HEYNE
BÜCHER

Das Buch

Ein außergewöhnliches Epos um Liebe und Freundschaft, um politische Ideale und Gerechtigkeit – angesiedelt zwischen Traum und Wirklichkeit, der Neuzeit und der Antike.

Anfang der siebziger Jahre in Griechenland während der Studentenrevolte gegen die Obristendiktatur: Ein Archäologieprofessor macht einen spektakulären Fund, eine goldene mykenische Vase mit der Abbildung der bisher unbekannten letzten Reise Odysseus', die der blinde Seher Teiresias prophezeit hatte. Gleichzeitig gerät eine Gruppe Archäologiestudenten in die Fänge der Polizeimaschinerie. Die junge Studentin Heleni wird schwer verwundet festgenommen. Unter den Augen ihres italienischen Verlobten Claudio läßt Polizeihauptmann Karamanlis Heleni foltern und vergewaltigen. Heleni stirbt, Claudio aber wird von dem mysteriösen ›Kommandant‹ vor dem Tod gerettet. Resigniert und völlig verbittert kehrt er nach Italien zurück.

Zehn Jahre später: Claudio wird von jenem geheimnisvollen Fremden zurück nach Griechenland gelockt – um das Verbrechen an seiner Geliebten zu sühnen. Auf dem magischen Berg Nemrut Dagi in der Türkei kommt es zu einem Showdown, bei dem der junge Italiener den Peinigern Helenis gegenübertritt …

»Manfredi gelingt es, Geschichte, Mythos und zwei Handlungsebenen, zwischen denen mehrere Jahrtausende liegen, mit dem äußerst gespannten Faden eines Krimis zu verbinden.« IL GIORNALE

Der Autor

Valerio Massimo Manfredi lehrt als Historiker und Archäologe an mehreren Universitäten. Er leitet Forschungsexpeditionen und Ausgrabungen. Neben wissenschaftlichen Büchern hat er mehrere Romane veröffentlicht, die in Italien zu Bestsellern wurden. Manfredi wird von der Kritik gerne als ›italienischer Indiana Jones‹ bezeichnet, und seine Romane werden mit denen von Wolfgang Hohlbein verglichen.

Der Autor lebt mit seiner Frau und zwei Kindern in Piumazzo di Castelfranco Emilia.

VALERIO M. MANFREDI

DAS ORAKEL

Roman

Aus dem Italienischen
von Elvira Bittner

Deutsche Erstausgabe

WILHELM HEYNE VERLAG
MÜNCHEN

HEYNE ALLGEMEINE REIHE
Nr. 01/10596

Titel der Originalausgabe
L'ORACOLO
erschien 1990 by Arnoldo Mondadori Editore S.p.A.,
Mailand

Besuchen Sie uns im Internet:
http://www.heyne.de

Umwelthinweis:
Das Buch wurde auf
chlor- und säurefreiem Papier gedruckt.

Redaktion: Birgit Groll

Printed in Germany 1998
Quellenhinweis: Auszüge aus der Ilias-Odyssee von Homer
in der Übersetzung von Johann Heinrich Voß (Seiten 9, 10, 145)
© 1995, 1998 Artemis & Winkler Verlag, Düsseldorf/Zürich
Umschlagillustration: Bildagentur Mauritius/SST, Mittenwald
Umschlaggestaltung: Atelier Ingrid Schütz, München
Satz: Pinkuin Satz- und Datentechnik, Berlin
Druck und Bindung: Ebner Ulm

ISBN 3-453-13662-4

Für Christos und Alexandra Mitropoulos

I

Ephyra, Nordwesten Griechenlands,
16. November 1973, 20.00 Uhr

Ein Windstoß strich plötzlich durch die Tannenwipfel und trockenen Blätter der Eichen und Platanen, wenngleich es bisher völlig windstill gewesen war und die Oberfläche des fernen Meeres kalt und bewegungslos wie eine Schiefertafel dalag.

Dem alten Wissenschaftler war, als sei jedes Geräusch in seiner Umgebung von einem Moment zum anderen verstummt. Kein Vogel zwitscherte mehr, kein Hund bellte, und selbst der Fluß schien sein Kiesbett nun in völliger Lautlosigkeit zu umspülen. Die Erde schien von einer seltsamen, unheilverkündenden Erregung erfüllt zu sein.

Ungläubig fuhr er sich mit der Hand durch die seidigen, weißen Haare. Sollte er nach über dreißigjähriger unermüdlicher Suche nun endlich am Ziel angelangt sein?

Gerne hätte er diesen Moment mit jemandem geteilt. Doch seine beiden Helfer, Yorgo und Stathis, hatten bereits ihre Werkzeuge verstaut und schlenderten nun mit hochgeschlagenen Krägen und tief in den Hosentaschen vergrabenen Händen in der Abenddämmerung davon, und er konnte noch das Geräusch ihrer Schuhsohlen auf dem Kies hören.

Von einem plötzlichen Gefühl der Beklemmung ergriffen, rief der alte Mann hastig: »Ari! Ari, sind Sie noch da?« Der Wächter kam sofort herbeigelaufen: »Ja, Professor, ich bin hier.« Doch da war der Augenblick der Schwäche schon wieder vorbei, und der Alte sagte ruhig: »Ari, ich möchte noch ein wenig hierbleiben. Sie können aber ruhig schon ins Dorf gehen. Es ist Abendessenszeit, und Sie werden sicher Hunger haben.«

Im Gesicht des Wächters lag ein Ausdruck zärtlicher Besorgtheit, als er einwandte: »Kommen Sie doch mit, Professor. Sie müssen sich ausruhen und auch etwas zu sich nehmen. Außerdem wird es langsam kühl, und wenn Sie noch länger hier draußen bleiben, holen Sie sich bestimmt eine Erkältung.«

»Nein, Ari, gehen Sie nur, ich ... nun, ich werde noch etwas bleiben.«

Der Wächter entfernte sich widerstrebend, stieg in den Wagen, den die Oberintendanz für Altertumswesen ihren Mitarbeitern zur Verfügung gestellt hatte, und fuhr in Richtung Dorf davon. Professor Harvatis sah ihm noch eine Weile nach und ging dann entschlossen in das kleine Gästehaus. Er nahm eine Schaufel, die dort an der Wand lehnte, in die eine Hand und eine brennende Gaslampe in die andere und näherte sich schließlich dem Eingang des Nekromanteions, des antiken Totenorakels.

Er durchquerte einen langen Gang und gelangte zu der Treppe, die sie in mühseliger Ausgrabungsarbeit vergangene Woche freigelegt hatten. Langsam stieg er die Stufen hinunter, bis er in einen Raum unterhalb der Opferstätte gelangte, in dem noch diverse Ausgrabungswerkzeuge herumstanden. Mit einem prüfenden Blick durchmaß er den engen Raum, ging dann ein paar Schritte auf die nach Westen gelegene Wand zu und begann mit der Schaufelspitze die Erdschicht aufzukratzen, bis das Werkzeug auf eine harte Oberfläche stieß. Der alte Mann ging in die Hocke, wischte die Erde zur Seite und legte eine Steintafel frei, auf deren glatter Oberfläche das Bild einer Schlange – das Symbol für das Jenseits – eingraviert war.

Der Professor zog eine Kelle aus der Jackentasche und kratzte die Erdreste von der Tafel, setzte dann die Schaufelspitze an und hob sie etwas aus ihrer Versenkung, bis sie zur Seite fiel. Der durchdringende Geruch von Schimmel und feuchter Erde schlug ihm aus der Tiefe entgegen, und aus dem schwarzen Loch schien ein eisiger Kältehauch emporzusteigen. Kein Zweifel, unter seinen Füßen lag das

Adyton, das geheime Orakel, in dem vor undenklichen Zeiten weise Seher die bleichen Schatten der Verstorbenen angerufen hatten. Unzählige Sagen rankten sich um diesen unheimlichen Ort, dessen Entdeckung bisher niemandem gelungen war.

Als er die Lampe tiefer in das Dunkel senkte und in ihrem Licht weitere Stufen entdeckte, fühlte er, wie das Leben in seinem Körper kurz aufflackerte wie die Flamme einer Kerze kurz vor dem Erlöschen.

Jetzo erreichten wir des tiefen Ozeans Ende.
Allda liegt das Land und die Stadt der kimmerischen Männer.
Diese tappen beständig in Nacht und Nebel, und niemals
Schauet strahlend auf sie der Gott der leuchtenden Sonne,
Weder wenn er die Bahn des sternigen Himmels hinansteigt,
Noch wenn er wieder hinab vom Himmel zur Erde sich wendet,
Sondern schreckliche Nacht umhüllt die elenden Menschen …

Wie ein Gebet sprach er die homerischen Verse vor sich hin, während er die Stufen hinunterstieg. Es waren die Worte der Nekiya, und sie erzählten von der Reise des Odysseus ins Reich der Schatten. In der zweiten unterirdischen Gruft angekommen, hob der Mann die Lampe, um die Wände besser sehen zu können. Auf seiner gerunzelten Stirn hatten sich Schweißperlen gebildet, und seine Hand zitterte so sehr, daß das Licht der Lampe über die Wand zu tanzen und die aufgemalte Szene aus einem blutigen antiken Ritual zu gespenstischem Leben zu erwecken schien: Vor seinen Augen war ein schwarzer Widder mit aufgeschnittener Kehle erschienen, dessen Blut sich in Strömen in einen Graben ergoß. Der Alte stand eine Weile in den Anblick des von Feuchtigkeit zerfressenen, nur noch schemenhaft zu erkennenden Bildes versunken, um sich schließlich den geheimnisvollen Zeichen an den Wänden zu widmen. In manchen konnte er die Namen großer Persönlichkeiten einer fernen Vergangenheit erkennen, doch viele andere blieben ihm ein Rätsel. Als er von neuem die Opferszene beleuchtete, begannen sich seine Lippen abermals kaum merklich zu bewegen:

… Aber nun eilt' ich und zog das geschliffene Schwert von der Hüfte,
Eine Grube zu graben, von einer Ell' ins Gevierte.
Hierum gossen wir rings Sühneopfer für alle Toten:
Erst von Honig und Milch, von süßen Weinen das zweite,
Und das dritte von Wasser, mit weißem Mehle bestreuet.
Dann gelobt' ich flehend den Luftgebilden der Toten …

Er trat in das Zentrum der Kammer, kniete dort nieder und begann emsig zu graben. Als seine von der Kälte steif gewordenen Finger zu schmerzen begannen, hielt er kurz inne und klemmte sie unter die Achseln. Bevor er sich erneut an die Arbeit machte, nahm er seine beschlagene Brille ab und rieb sie trocken. Dann grub er rastlos weiter, bis seine Finger auf einen glatten Gegenstand stießen, der sich noch kälter als die ihn umgebende Erde anfühlte. Als hätte ihn eine Schlange gebissen, zog der Alte ruckartig die Hand zurück und schaute in die Höhe. Ihm war, als ob die gegenüberliegende Wand sich soeben bewegt hätte. Da seine Umgebung jedoch völlig unverändert war, atmete er erleichtert auf und redete sich ein, daß ihm seine Fantasie aufgrund von Hunger und Erschöpfung einen Streich gespielt haben mußte.

Langsam betasteten seine Hände den geheimnisvollen Fund, und als er die Lampe etwas näher heranstellte, erkannte er unter der braunen Erde das mattkalte Leuchten von Gold …

Während seine dünnen Finger fieberhaft weitergruben, kam nach und nach eine kunstvoll verarbeitete und unglaublich schöne Vase zum Vorschein, die sich, wie durch eine unsichtbare Energie getrieben, aus dem Boden zu heben schien. Sie war mit parallellaufenden Ringen verziert, und auf ihrem Bauch befand sich ein medaillonartiges Reliefbild, dessen Umrisse noch nicht deutlich zu erkennen waren.

Vor Freude und Erregung stiegen dem Alten unwillkürlich Tränen in die Augen. War dies wirklich der Schatz, den er sein ganzes Leben lang gesucht hatte? War dies der Nabel der Welt, die Nabe des ewigen Rads, das Zentrum des Sichtbaren und des Unbekannten, die Vase des Lichts und der Dunkelheit, das Gold und das Blut?

Er stellte seinen Fund auf den Boden und umschloß mit bebenden Fingern behutsam die große, leuchtende Vase. Seine Augen drückten ungläubiges Staunen aus, als er sie hochhob und das Relief eingehend studierte: Es zeigte einen gehenden Mann, der mit einem Speer bewaffnet war und eine Schaufel oder ein Ruder geschultert hatte. Ihm gegenüber stand ein weiterer Mann in Wandererskleidung, der die Hand gehoben hatte, als ob er ihn etwas fragen wollte. Und in der Mitte war ein Pflug dargestellt, neben dem sich drei Tiere befanden: ein Stier, ein Widder und ein Eber.

Sein Traum war Wirklichkeit geworden: Er hielt die in Gold gearbeitete Prophezeiung des Teiresias, der dem Odysseus seine letzte Reise vorhergesagt hatte, in seinen Händen. Diese Reise, die nie überliefert worden war, sollte ihn durch Schlamm und Staub an einen Ort fern vom Meer führen, dessen Einwohner weder Salz noch Schiffe kannten und daher ein Ruder für eine Worfschaufel halten würden.

Er drehte die Vase in den Händen und betrachtete die anderen Bilder auf ihrem Leib, die im Schein der Lampe zum Leben erwachten und die verschiedenen Etappen eines grausamen Abenteuers darstellten, einer Odyssee ohne Hoffnung und ohne Wiederkehr. Sie würde den Helden zuerst ins Landesinnere und dann wieder zurück zum Meer führen, um ihm schließlich den Tod zu bringen.

Periklis Harvatis preßte die Vase gegen die Brust, und als er nun die Augen hob, fiel sein Blick auf die nach Norden hin gelegene Wand des Adyton: Sie war offen!

Bestürzt starrte er auf den schmalen Spalt, der in der steinernen Mauer klaffte und von dem er sich sicher war, daß er vorher nicht dagewesen war. Vergeblich versuchte er sich einzureden, er habe ihn wohl nur im schwachen Licht der Lampe nicht gesehen, denn in seinem Herzen wußte er mit grausamer Gewißheit, daß er ihn durch sein Eindringen in eine verbotene Welt selbst aufgetan hatte. Ohne die Vase loszulassen, machte er ein paar Schritte auf die Wand zu und beugte sich nieder, um einen Stein vom Boden aufzuheben und in die Kluft zu werfen ... Das Dunkel verschluckte ihn sofort, und es war kein Laut von seinem Aufprall zu hören.

Der Abgrund war also unendlich?

Er ging noch weiter auf den Spalt zu, und in der Hoffnung, dem Spuk damit ein Ende zu bereiten, schrie er, so laut er nur konnte, ein einziges Wort: »Nein!!!« Aber seine Stimme hallte nicht und breitete sich auch nicht aus, sondern schien in seinem Kopf zu implodieren und jede Lebenskraft zum Erlöschen zu bringen. Da fühlte er, wie sein Körper schwach wurde und eine eisige Kälte ihn durchströmte, gegen die er sich nicht wehren konnte. Jetzt wußte er: Die Kluft war stärker als alle Willenskraft, keine Energie konnte ihr widerstehen.

Aber welchen Sinn hätte sein Leben gehabt, wenn er jetzt aufgäbe? Hatte er nicht jahrelang nach Beweisen für seine Hypothese gesucht, die von allen verlacht worden war? Noch hatte er die reale Weit nicht verlassen, auch wenn er jetzt ein neues, geheimnisvolles Bewußtsein in sich einfließen fühlte, das über sie hinauszugehen schien. Mühsam zwang er sich zum Weitergehen, seinen Schatz fest an die Brust gedrückt. Er war entschlossen, das tiefe Schweigen und die undurchdringliche Dunkelheit mit aller Kraft zu besiegen.

Als er seine Hand in den Spalt legte, war er überzeugt, daß er auf Stein stoßen würde. Doch er hatte sich getäuscht: Er griff tatsächlich ins Nichts, und als das Licht seiner Lampe im selben Moment zu einem schwachen Pünktchen erstarb, wurde ihm plötzlich zur Gewißheit, was er seit Jahren geahnt hatte. Und unvermittelt fühlte er, wie das Leben unaufhaltsam aus seinen Adern zu weichen begann.

Zutiefst erschrocken wich er zurück und suchte den

Weg zu der Treppe, die ihn in den Abgrund geführt hatte. Die Vase war jetzt unerträglich schwer geworden, aber er wäre eher mit ihr in den Armen gestorben, als daß er sie zurückgelassen hätte, um auf diese Weise wenigstens im Tod einen letzten und einzigen Triumph zu genießen, der der Nachwelt überliefert würde.

Je weiter er sich von der geheimnisvollen Kluft entfernte, desto heller begann seine Lampe wieder zu leuchten. Dennoch fühlte er, daß sein Herz immer schwächer schlug.

Nur noch undeutlich konnte er im Licht der Lampe die Umrisse des Gewölbes erkennen, wahrend er auf den Treppenabsatz zuwankte und sich röchelnd vor Erschöpfung die Stufen hinauf in die obere Kammer schleppte. Es kostete ihn unendliche Mühe, die Öffnung zur Gruft wieder zu schließen, indem er den Stein an seinen alten Platz zurückschob und ihn mit Erde bedeckte. Dann nahm er die Vase auf, die er kurz abgesetzt hatte, und gelangte mit letzter Kraft zum Gästehaus.

Plötzlich verursachte ihm der Anblick der Vase eine solche Qual, daß er sie hastig in die Decke seines Feldbetts wickelte. Dann griff er erschöpft zu Stift und Papier und begann, etwas niederzuschreiben. Als er fertig war, steckte er das Blatt in einen Briefumschlag, versah diesen mit einer Adresse und klebte ihn zu. Er wußte, daß er nicht mehr lange zu leben hatte.

Ari nippte langsam an seinem türkischen Kaffee und rauchte eine Zigarette, deren Asche er auf den Teller mit den Resten seines Abendessens schnippte. Bei jedem Zug warf er einen Blick auf die Straße.

Die letzten Gäste machten sich gerade auf den Weg, und der Wirt hatte schon mit dem Aufräumen begonnen, trat jedoch ab und zu ans Fenster und stellte Spekulationen darüber an, ob es in der Nacht vielleicht regnen würde. Er hatte gerade die Stühle auf die Tische gestellt und wollte mit dem Putzen beginnen, als das Telefon klingelte. Widerwillig stellte er den Schrubber zur Seite und nahm den Hörer ab. Eine Weile lauschte er mit offenem Mund in den

Hörer und warf ab und zu einen Blick auf den rauchenden Ari. Dann wurde sein Gesicht plötzlich bleich, und er stammelte aufgeregt: »Ari, komm her, es ist für dich, mein Gott, o heilige Mutter Maria, komm her ...«

Ari sprang sofort auf und ergriff den Hörer. Am anderen Ende der Leitung vernahm er ein beunruhigendes Röcheln, und es dauerte eine kleine Weile, bis er Professor Harvatis' Stimme erkannte. Schnell warf er den Zigarettenstummel weg, der ihm schon die Finger verbrannte, stürzte zu seinem Auto und raste zum Ausgrabungsgelände, wo er mit quietschenden Reifen in den kiesbedeckten Innenhof einbog und schnell aus dem Wagen stieg, ohne den Motor abzustellen. Im Gästehaus brannte noch Licht. Ari nahm für alle Fälle eine Hacke aus dem Kofferraum und stieß mit dem Fuß die Eingangstür des Gebäudes auf. Vor seinen Augen lag der Professor in einer Ecke des Zimmers zusammengekrümmt, während neben seinem Kopf noch der Telefonhörer pendelte.

In den tränenverschleierten Augen im kreideweißen, von tiefen Falten zerfurchten Gesicht des Professors stand Panik. Sein Körper wurde von einem fiebrigen Zittern geschüttelt, und während seine Beine wie gelähmt auf den Boden hingestreckt waren, hielten seine Hände ein großes Bündel an die Brust gedrückt.

Ari ließ sofort die Hacke fallen und kniete neben dem alten Mann nieder: »Mein Gott, was ist denn passiert? Wer hat Sie nur so zugerichtet?« Er streckte die Hände nach dem Bündel aus: »Geben Sie mir das. Lassen Sie nur, ich bringe Sie jetzt sofort ins Krankenhaus von Prèveza ... Schnell, mein Gott, wir müssen uns beeilen.« Aber Harvatis umklammerte das Bündel nur noch heftiger und stieß abwehrend hervor: »Nein, nicht ...«

»Aber Sie brauchen sofort einen Arzt, Heilige Maria, kommen Sie doch, um Gottes willen ...«

Harvatis Augenlider waren jetzt halb geschlossen. »Ari, hören Sie mir zu, und tun Sie dann genau das, was ich Ihnen sage, verstanden? Bringen Sie mich nach Athen, jetzt sofort.«

»Nach Athen? O nein, daran ist gar nicht zu denken. Wenn Sie sich doch nur selbst sehen könnten ... ich bringe Sie ins Krankenhaus, und zwar gleich! Kommen Sie, so lassen Sie sich doch helfen.«

Der Blick des Professors verhärtete sich plötzlich, und seine Stimme klang fest entschlossen, als er sagte: »Ari, Sie müssen unter allen Umständen tun, was ich Ihnen sage! Nehmen Sie den Brief, der auf dem Tisch liegt, und bringen Sie mich zu der Adresse in Athen, die auf dem Umschlag steht. Ari, ich habe niemanden auf der Welt, weder Verwandte noch Freunde. Ich habe eine Entdeckung gemacht, die mich umbringen wird, und vielleicht müssen noch viele andere Menschen für sie sterben, unter Umständen sogar heute nacht noch, verstehen Sie? Ich muß eine bestimmte Person treffen und ihr das Ergebnis meiner Forschungen mitteilen ... und sie um Hilfe bitten, wenn das möglich ist, ... und wenn noch Zeit dazu bleibt ...«

Ari sah ihn erschüttert an. »Mein Gott, Professor, was meinen Sie denn damit?«

»Ari, ich muß mich auf Sie verlassen können! Tun Sie jetzt, was ich sage. Tun Sie es für das, was Ihnen auf der Welt das Liebste ist ... Ich bitte Sie, lassen Sie mich nicht im Stich!« Der Wächter senkte den Kopf und nickte kaum merklich. »Falls ich ... sterben sollte, bevor wir ankommen, müssen Sie dafür sorgen, daß der Brief dort ankommt.«

Ari nickte wieder. »Geben Sie mir doch wenigstens dieses Ding hier, ich werde es ins Auto legen«, sagte er kopfschüttelnd. »Ist es denn so wichtig, daß Sie sich so daran festklammern?«

»Sie müssen es in den Sicherheitsraum im Keller des Nationalmuseums bringen. Der Schlüssel ist in meiner Jakkentasche.«

»Wie Sie wollen, Professor. Machen Sie sich keine Sorgen, ich werde alles tun, was Sie wünschen. Aber jetzt müssen wir los. Stützen Sie sich auf mich.« Er legte den Arm um den alten Mann und schleppte ihn hinaus zum Auto, wo er ihn vorsichtig auf den Rücksitz gleiten ließ. Bevor er die Autotür zuschlug, warf er einen letzten Blick auf ihn, und unwillkürlich durchfuhr ihn der Gedanke, daß dieser Mann niemals lebend in Athen ankommen würde. Er hatte dem Tod ins Antlitz geblickt und war unweigerlich verloren ... Ari ging noch einmal zurück ins Gästehaus, legte den Telefonhörer auf, nahm den Brief und sah sich prüfend um. Es schien alles unverändert zu sein, nichts wies auf einen Einbruch oder Überfall hin, und in der Luft hing der vertraute Geruch nach Zwiebeln und Olivenöl. Ob der Alte plötzlich verrückt geworden war? Und wo hatte er den Gegenstand gefunden, den er nicht aus der Hand geben wollte? Gern wäre Ari in den Ausgrabungssektor hinuntergestiegen, um sich dort umzusehen, aber er tat es nicht, weil draußen im Auto ein todkranker Mann wartete, der seine Hilfe brauchte. Er verschloß die Tür und kehrte zurück zum Wagen.

»Wir fahren jetzt los, Professor, und werden bald in Athen sein. Ruhen Sie sich aus und versuchen Sie, etwas zu schlafen, wenn Sie können.« Während er den ersten Gang einlegte, warf er noch einen Blick auf den Alten, der keine Antwort gab. Nur sein unregelmäßiger, beschwerlicher Atem war zu hören, und Ari spürte seinen verzweifelten Wunsch, noch rechtzeitig zu seiner Verabredung in Athen zu gelangen.

Der Wagen raste durch die verlassenen Dorfstraßen, und hinter seinen schmutzigen Fensterscheiben sah der Wirt ihn in einer Staubwolke in Richtung Messolongion vorbeiflitzen. Er freute sich schon auf seinen ersten Gast am nächsten Morgen, dem er diese seltsame Geschichte erzählen würde.

»Claudio, es ist schon spät, ich mache mich auf den Weg. Was hast du denn noch vor? Wenn du Lust hast, können wir in der Plaka noch was trinken gehen. Ein wenig Gesellschaft würde nicht schaden und ...«

»Nein, danke, Michel, ich bleibe noch. Ich will diese Arbeit hier zu Ende bringen, ich kann sie wirklich nicht mehr sehen.«

»Da verpaßt du aber was. Ich bin später mit Norman

verabredet. Wir haben zwei holländische Touristinnen kennengelernt, mit denen wir bei Nikos einkehren wollen. Wer weiß, vielleicht kommen die beiden noch mit zu Norman nach Hause, nach Kifissìa.«

»Okay, schön für euch. Dann scheint es mir doch sowieso besser, wenn ich nicht mitkomme. Oder soll ich etwa fünftes Rad am Wagen spielen?«

»Stimmt, du bist viel zu verliebt, um dich noch anderweitig zu amüsieren. Was machst du morgen?«

»Hm, das ist so eine Sache, Michel. Soweit ich weiß, ist für morgen eine größere Demonstration im Polytechnikum geplant. Die Leute vom Studentenkomitee wollen sich dort verbarrikadieren und eine Protestaktion gegen die Regierung starten, da die Situation an der Universität anscheinend unerträglich geworden ist. Die Polizei hat überall ihre Spione sitzen, außerdem sind ein paar Leute verschwunden und man weiß nicht, was mit ihnen geschehen ist.«

»Weißt du das von Heleni?«

»Ja. Aber es handelt sich um Dinge, die allgemein bekannt sind. Warum?«

»Nur so. Und was hast du vor, willst du auch ins Polytechnikum gehen?«

»Nein, das nicht. Was haben wir denn damit zu tun? Es ist eine Angelegenheit der griechischen Studenten, und wir sollten uns da nicht einmischen. Aber ich will auf jeden Fall hier in der Nähe bleiben, man weiß ja nie ... Ich fürchte, daß auch Heleni da drin sein wird.«

»Gut. Dann sehen wir uns auf jeden Fall morgen wieder hier. Gute Nacht, Claudio.«

»Gute Nacht, Michel. Grüße an Norman.«

Kurz nachdem Michel hinausgegangen war, war das unverkennbare Geräusch seines Autos zu hören, das hustend und spuckend ansprang.

Claudio Setti begann wieder mit dem Beschriften der Karteikarten, mußte aber bald aufstehen und zu den Bücherregalen gehen, um ein Nachschlagewerk zu konsultieren. Während er noch darin blätterte, fiel ein schmales Buch aus dem Regal und landete neben seinen Füßen auf dem Boden. Als er sich hinunterbeugte, um es aufzuheben, fiel sein Blick auf den Titel:

PERIKLIS HARVATIS
Hypothese über den Totenbeschwörungsritus in der Odyssee XI

Er warf zunächst nur einen zerstreuten Blick in das Buch, begann dann aber mit wachsendem Interesse zu lesen. Bald hatte er seine eigentliche Beschäftigung, die er im Rahmen seiner Diplomarbeit durchführen mußte, völlig vergessen. Während er Seite um Seite des Buches verschlang, spürte er, wie sich langsam eine seltsame Unruhe in ihm breitmachte, die zu einer unbestimmten Angst anwuchs. Plötzlich fühlte er sich unendlich einsam.

Als das Telefon klingelte, stand er eine Weile unbeweglich da und starrte auf den Apparat, bevor er sich endlich dazu entschließen konnte, das Buch aus der Hand zu legen und den Hörer abzunehmen.

»Claudio?«

»Ach, du bist's, Heleni, Liebste.«

»*Agapimou,* ich dachte mir schon, daß du noch über deiner Arbeit sitzt. Hast du schon zu Abend gegessen?«

»Ich hatte eigentlich vor, nur ein Sandwich zu essen und noch weiterzuarbeiten.«

»Ich muß dich sehen, bevor ich heute nacht in die Universität zurückkehre.«

»Heleni, geh nicht, bitte …«

»Kannst du nicht herkommen? Ich bin hier in der Nähe der Taverne Tò Vounò. Bitte, komm doch.«

»Also gut, ich bin gleich bei dir. Bestell mir inzwischen eine Kleinigkeit zu essen.«

Er sammelte seine Notizen zusammen und steckte sie in eine Mappe, nicht ohne noch einen Blick auf das rätselhafte Buch zu werfen, das er auf den Tisch gelegt hatte. Schade, er hätte gerne noch weiter darin gelesen. Mit leisem Bedauern stellte er es wieder ins Regal, machte das Fenster zu, löschte alle Lichter und warf sich im Hinausgehen seine mit Webpelz gefütterte Militärjacke über die Schulter.

Die Straßen waren fast menschenleer, als er an der Agora vorbeiging, deren Marmormauern im Licht des Mondes in einem fast übernatürlichen Weiß leuchteten. Im Gassengewimmel der alten Plaka erhaschte er zwischen Häusern und Terrassen hindurch immer wieder einen Blick auf den gewaltigen Bau des Parthenons, das ihn unwillkürlich an ein gestrandetes und zwischen dem Himmel und den Häusern der Menschen liegengebliebenes Götterschiff denken ließ. Nach einer Weile gelangte er schließlich zu dem kleinen Platz bei dem antiken Turm der Winde.

Während er auf die Taverne zuging, konnte er durch das trübe Fensterglas Helenis schwarzes Haar sehen. Das Mädchen saß allein am Tisch, die Ellbogen aufgestützt, und schien in den Anblick der feinen Rauchsäule vertieft, die von ihrer im Aschenbecher ruhenden Zigarette aufstieg.

Claudio trat von hinten an sie heran und legte ihr eine Hand aufs Haar, die sie ergriff und küßte, ohne sich nach ihm umzudrehen. »Es war mir sehr wichtig, daß du kommst.«

»Entschuldige, daß ich mich so bitten ließ, aber ich hatte wirklich vor, diese Arbeit heute noch zu beenden. Du weißt, daß ich mein Studium so bald wie möglich abschließen möchte und noch viel zu tun habe.«

»Ja, das weiß ich. Es gibt übrigens *dolmades.* Ich habe sie dir warmmachen lassen, ist das in Ordnung?«

»O ja, natürlich, *dolmades* sind wunderbar.«

Das Mädchen nickte dem Wirt zu, der zwei Teller und eine Pfanne mit dem Gericht brachte.

»Ich mußte dich wirklich sprechen. Es ist wegen morgen ...«

»Was willst du damit sagen, Heleni?«

»Wir verlesen über unseren Radiosender in der Universität einen Aufruf, in dem wir die Bevölkerung zum Generalstreik auffordern wollen. Diese Regierung wird endlich die Maske abnehmen und ihr wahres Gesicht zeigen müssen! Auch die Studenten der Universitäten von Thessaloniki und Patras haben einen Aufstand geplant, und wir werden uns so wild gebärden, daß unser Aufschrei in ganz Europa zu hören sein wird.«

»O heiliger Strohsack, jetzt hast du dir also eine Revolution in den Kopf gesetzt! Gut, und um wieviel Uhr genau findet diese Revolution statt, habt ihr das auch schon entschieden?«

»Hör auf, mich auf den Arm zu nehmen! Du als Italiener hast leicht reden. Wenn du mit deiner Diplomarbeit fertig bist, kehrst du zurück nach Italien und suchst dir eine Arbeit. Wir dagegen müssen hier in dieser Hölle bleiben und uns dem Würgegriff dieser Schweine beugen, die unser Land zerstören. Viele unserer Freunde sind von einem Tag auf den anderen verschwunden, nur weil sie den Mund aufgemacht haben oder Mitglied einer Partei sind.«

»Aber Heleni, Liebes, ihr habt doch keine Chance. Was erhofft ihr euch? Die Situation hier ist doch die gleiche wie die in Südamerika: Die Amerikaner wollen kein Risiko eingehen, das Militär ist ihnen immer noch lieber als jede Gefahr von der linken Seite. Es hat keinen Sinn, ihr könnt damit nicht durchkommen, so glaub mir doch.«

»Du hast wahrscheinlich recht. Aber wir haben uns entschieden, zu handeln. Wenigstens können wir dann sagen, daß wir es versucht haben.«

»Und die Revolution kann wohl unter keinen Umständen ohne dich auskommen?«

»Claudio, was fällt dir ein? Was ist denn nun mit all deinem schönen Gerede von Freiheit und Demokratie, vom Erbe der Antike, Sokrates und Plato und dem ganzen Rest? Du sprichst ja wie ein langweiliger Beamter, verdammt noch mal!«

Sie war so in Rage geraten, daß Claudio nur fasziniert an ihren Lippen hängen konnte, ohne etwas zu erwidern. Dieses Mädchen war unglaublich. Sie war schön wie Helena von Troja, dazu stolz, mutig und leidenschaftlich. Während sie mit ihren kleinen, schmalen Händen wild gestikulierend ihre Worte unterstrich, war der Ausdruck ihrer Augen tief und dunkel wie der Nachthimmel. Er war sich bewußt, daß er sie lieber als seine persönliche

Gefangene gehalten hätte, als sie einer Gefahr ausgesetzt zu wissen.

»Heleni, was soll ich denn nur tun, wenn dir etwas zustößt? Du weißt doch, daß ich genauso wie du denke. Aber der Gedanke, daß du dich in Gefahr begibst, macht mich wahnsinnig. Sie werden euch in Stücke reißen! Du weißt doch selbst, daß sie die reinsten Schlächter sind … Liebste, ihr werdet ihrer Übermacht nicht standhalten können. Seit drei Tagen schon haltet ihr die Universität besetzt, und der Ministerpräsident wird das Militär nicht mehr lange aufhalten können, selbst wenn er es wirklich wollte. Glaub mir, wenn sie dann zuschlagen, werden sie das mit unerbittlicher Härte tun, und ihr könnt von keiner Seite Hilfe erwarten, auch nicht von der Bevölkerung. Die Leute werden euch im Stich lassen, weil sie Angst haben. Sie wollen nichts weiter, als ihrer Arbeit nachgehen und in Ruhe mit ihren Familien leben. Außerdem haben die meisten viel durchgemacht und hegen auch für die Zukunft keine Hoffnung mehr …«

Das Mädchen lächelte: »Nun komm schon, Claudio. Sie können uns doch nichts tun. Ich verspreche dir, daß es eine ganz friedliche Demonstration werden wird. Wir haben ja nicht mal Waffen.«

Ein Straßenmusikant war eingetreten und hatte begonnen, auf seiner Bouzouki zu spielen. Ein paar Gäste stimmten in seinen Gesang ein: *»Aspra, kòchina, kìltrina …«* Es war ein Lied, das Claudio und Heleni oftmals mit ihren Freunden gesungen hatten, und es berührte sie beide jetzt ganz besonders. Helenis Augen glänzten, als sie schwärmte: »Weißt du noch, wie oft wir dieses Lied gesungen haben? Und es ist immer noch schön, findest du nicht?«

»Heleni, bitte hör mir zu: Du kommst einfach mit mir nach Italien. Wir lassen alles hinter uns und reisen so schnell wie möglich ab. Dort heiraten wir dann und suchen uns irgendeine Arbeit …«

Das Mädchen schüttelte den Kopf, wobei ihr die Haare um Wangen und Hals wirbelten: »Ich mache dir einen aufregenderen Vorschlag: Wir gehen jetzt zu mir nach Hause.

Maria ist mit ihrem Freund ins Kino gegangen, und sie werden sicher nicht vor Mitternacht zurückkehren. Wir lieben uns, und danach wirst du mich zur Universität begleiten, Claudio. Ich kann auf diesen Tag nicht verzichten. Es wird ein großer Moment sein, wenn alle jungen Leute dieses Landes sich gegen die Diktatur erheben – und vielleicht werden uns dann auch andere folgen. Ich habe jedenfalls die Hoffnung noch nicht aufgegeben.«

Sie verließen das Lokal und gingen hinaus auf die Straße. Heleni hob die Augen zum sternenübersäten Himmel und sagte lächelnd: »Schau nur, morgen wird die Sonne scheinen.«

Ohne Zögern und ohne die Scham, die sie am Anfang ihrer Liebe noch gezeigt hatte, zog sie sich vor ihm aus. Stolz auf ihre Schönheit und ihren Mut setzte sie sich dann im schwachen Licht der Nachttischlampe auf den Bettrand und ließ sich von ihm bewundern. Claudio kniete vor ihr nieder, nackt und zitternd, küßte ihre Knie, legte seinen Kopf in ihren Schoß und streichelte lange ihre Hüften. Dann umschlang er sie mit seinen Armen, beugte sie auf das Bett zurück und legte sich auf sie, um sie mit seiner Brust und den breiten Schultern zu bedecken, als wolle er sie ganz in seinen Körper aufnehmen. Und doch fühlte er das Dunkel der Nacht schwer auf seinem Rücken lasten, erdrückend wie ein Felsblock und kalt wie die Schneide eines Messers. Von Zeit zu Zeit war ein fernes Donnergrollen und das Schlagen einer Kirchturmuhr zu hören.

Sein Herz schlug so heftig, als wollte es zerspringen, und das Herz Helenis unter den herrlichen Brüsten antwortete dem seinen. Schöne, anbetungswürdige Heleni, die heiß wie die Sonne war und ihm mehr bedeutete als sein Leben ... Niemand würde ihrer beider Umarmung lösen oder Heleni ein Leid zufügen können. Sie gehörten auf ewig zusammen, was immer auch geschehen mochte.

Später zogen sie sich wieder an, jeder auf seinem Bettrand sitzend und dem anderen den Rücken zugewandt.

Dann umarmten sie sich noch einmal, als wollten sie sich nie mehr trennen.

»Und jetzt begleite mich«, sagte das Mädchen schließlich. Sie hatte schon eine Tasche mit ein paar Kleidern und etwas Proviant vorbereitet. Claudio half ihr wortlos in die Jacke.

Das Panzerungetüm donnerte über den Asphalt, auf dem seine Ketten tiefe Kerben hinterließen. Sein Auspuff spie eine dicke schwarze Rauchwolke in die Luft, während es sich dröhnend seinen Weg durch die dunklen Straßen bahnte. Hinter ihm entließ das weitgeöffnete Kasernentor eine Reihe von weiteren Panzern mit bedrohlich schwenkenden Turmgeschützen und Kanonenrohren, auf deren glatten Oberflächen sich das Licht der Straßenlaternen spiegelte. Den Panzern folgten mehrere Lastwagen, die mit Soldaten in Tarnanzügen besetzt waren. Die Helme tief über die Augen gezogen und die Maschinengewehre auf dem Schoß, saßen die Männer schweigend auf ihren Bänken. Einige Offiziere hatten sich am Straßenrand postiert und prüften den Militärzug mit nervösen und angespannten Gesichtern. Von Zeit zu Zeit erhielten sie über Funk krächzende Befehle von ihren Vorgesetzten, die sie einsilbig beantworteten. Die Mission, die sie zu erfüllen hatten, war alles andere als ruhmreich.

Nachdem die Kolonne Eleusis und Piräus passiert hatte, teilte sie sich und näherten sich der Stadt von zwei Seiten: Während die eine Kolonne aus südlicher Richtung über die Odòs Peiraios und den Omoniaplatz kam, war die Nordkolonne in hoher Geschwindigkeit in die Leofóros-Patissìon-Straße eingebogen und fuhr nun am Nationalmuseum vorbei. Der Windstoß, den die Militärwagen verursachten, fegte die Seiten einer Zeitung durcheinander, die jemand auf den weißen Stufen zwischen den großen dorischen Säulen liegengelassen hatte.

Der letzte Panzer der Kolonne war mitten auf einer Kreuzung stehengeblieben, um den Personenverkehr aufzuhalten. Aus der Luke des Panzerturms hatte sich ein Uniformierter erhoben, der einen Kopfhörer um den Hals trug und die Hände herrisch in den Gürtel gesteckt hatte. Als plötzlich ein Auto in hoher Geschwindigkeit auf ihn zuraste, zog er blitzschnell seine Waffe und hob die linke Hand, um den Wagen zum Stehen zu bringen. Nachdem dieser kurz vor der Panzerkette abgebremst hatte, entstieg ihm ein Mann mit langem Bart, dessen Gesicht von äußerster Erschöpfung gezeichnet war und der sich nun verwirrt umblickte.

»Sie können hier nicht durchfahren!« donnerte der Offizier. »Das Zentrum der Stadt ist blockiert. Kehren Sie sofort um!«

Der Mann, der sich bisher nicht bewegt hatte, rief: »Bitte, laßt mich weiterfahren! Ich habe einen Kranken im Wagen und muß ihn unbedingt ins Krankenhaus bringen.«

»Hier kommen Sie nicht durch. Bringen Sie ihn nach Abelokipi oder nach Kifissìa.«

»Aber was ist denn nur los? Wieso haben Sie alles abgesperrt?«

»Ich sagte, Sie sollen hier verschwinden. Zwingen Sie mich nicht, es noch einmal zu wiederholen«, schrie der Offizier ungeduldig.

Resigniert setzte sich der Mann in Bewegung und kehrte zurück zum Wagen, dessen Hintertür er öffnete. »Professor, Professor! Wir können hier nicht durch, das Militär hält das ganze Viertel besetzt ... Professor Harvatis, hören Sie mich? So antworten Sie doch, ich flehe Sie an!«

Periklis Harvatis lag halb ausgestreckt auf dem Rücksitz, das Gesicht tief im Kragen seiner Jacke vergraben. Er schien fest zu schlafen. Ari ergriff seine Hand – sie war eiskalt.

»Professor, wir können nicht weiterfahren. Es war alles umsonst, mein Gott ... alles umsonst. Ich bringe Sie jetzt ins Krankenhaus.«

Ari stieg wieder ins Auto und fuhr mit höchster Geschwindigkeit nach Kifissìa. Im Hof des Krankenhauses lief er auf den Nachtwächter zu und stieß hervor: »Helfen Sie mir, um Gottes willen, ich habe hier einen Mann, dem es schlecht geht, sehr schlecht. Schnell, es kommt auf jede Minute an!«

Zwei Pfleger eilten mit einer Trage herbei und legten mit Aris Hilfe den alten Professor darauf.

»Es war alles umsonst«, murmelte Ari verzweifelt. »Ach, ich habe alles falsch gemacht, Professor.« Aber der Alte konnte ihn schon nicht mehr hören.

Nachdem man den Kranken weggebracht hatte, eilte Ari zurück zu seinem Wagen, zog den Brief aus der Tasche und las die Adresse: Sie befand sich in dem von den Militärs kontrollierten Gebiet. Es war zwei Uhr nachts, und er war völlig erschöpft, doch er wollte den Brief keinen Moment länger als nötig bei sich haben, und außerdem hatte er dem Professor versprochen, ihn abzuliefern.

Er schlug den Weg zur Acharnòn-Straße ein und versuchte, sich parallel zu der von den Panzern blockierten Patissìon-Straße zu halten, um seinem Ziel so nahe wie möglich zu kommen, ohne aufgehalten zu werden. Dann parkte er den Wagen auf einem kleinen Platz und ging ein paar Minuten zu Fuß weiter, wobei er sich ab und zu hinter einem Tor oder einem Haus verschanzte, um patrouillierende Soldaten vorbeizulassen. Was konnte diese Belagerung nur zu bedeuten haben?

Schließlich gelangte er zu dem Haus, dessen Anschrift auf dem Brief verzeichnet war: Dionysìou-Straße 17. Es handelte sich um ein altes Gebäude mit abbröckelndem Putz und grünen Fensterläden, das einen völlig unbewohnten Eindruck machte. Ein Rolladen war heruntergelassen und unten mit einem Schloß versehen. Über der Tür hing ein Schild, auf dem ›Druckerei‹ stand. Der ganzen Szenerie haftete etwas Unwirkliches an.

»Suchen Sie jemanden?« Die tiefe, rauhe Stimme hinter seinem Rücken ließ Ari zusammenzucken. Ruckartig wandte er sich um und fand sich einem etwa fünfzigjährigen Mann gegenüber, der einen grauen Mantel und einen Filzhut trug, den er tief über die Augen gezogen hatte, so daß Ari seine Gesichtszüge nicht ausmachen konnte. Die Umrisse der Gestalt des Mannes zeichneten sich dunkel im Lichtschein der Straßenlaterne ab.

»Ich … suche einen Mann namens Stavros Kouràs, dem

ich einen Brief überbringen muß. Mir wurde gesagt, daß er hier wohnen soll, aber ich habe nur die verschlossene Tür und dieses Schild hier vorgefunden. Vielleicht können Sie mir sagen, ob ...«

Der Mann stand nur da, die Hände in den Taschen vergraben, und sah ihn so durchdringend an, daß Ari unwillkürlich das Blut in den Adern gefror.

»Stavros Kouràs existiert nicht, mein Herr.« Der Mann zog die rechte Hand aus der Tasche und streckte sie ihm entgegen. »Aber Sie können mir den Brief geben.«

Ari schüttelte abwehrend den Kopf und wich zurück, wobei er mit den Schultern an den Rolladen stieß. Dann rannte er los, so schnell er konnte und ohne sich umzublikken. Als er sein Auto erreicht hatte, warf er sich hinters Steuer und versuchte zu starten, aber der Motor sprang nicht an. Mit gehetztem Blick sah er zu der Straße, aus der er gekommen war: Sie war leer. Er versuchte abermals, den Motor anzulassen, doch er hatte bereits zuviel Benzin bekommen, und Ari mußte ein paar Minuten warten, bis er es wieder versuchen konnte, wobei er sich immer wieder nach der Straße umdrehte. Als der Motor beim dritten Versuch endlich ansprang, schlug er das Lenkrad ein und fuhr schnell an, warf aber noch einen letzten Blick in den Rückspiegel: In diesem Moment tauchte die Gestalt des mysteriösen Fremden auf. Er ging langsam und hatte die Hände immer noch in den Taschen vergraben. Nichts deutete darauf hin, daß er es eilig hatte.

Claudio umarmte das Mädchen leidenschaftlich, hielt es dann ein Stück von sich weg und sah ihm tief in die Augen. »Du bist also wirklich entschlossen, und ich kann nichts tun, um dich davon abzubringen. Offensichtlich bedeute ich dir nicht viel.«

Als Heleni lächelte, schien das Strahlen ihrer Augen die Nacht zu erhellen. »Du dummer Kerl. Du weißt doch, daß nur du für mich zählst.«

»Und die Revolution.«

»Bitte, Claudio! Wir haben das nun ausführlich besprochen, und ich hatte gehofft, daß du mich verstehen würdest. Geh jetzt nach Hause und leg dich schlafen. Wenn alles läuft wie geplant, komme ich morgen abend raus und warte bei Nikos auf dich, um ein Glas Ouzo mit dir zu trinken.«

Claudios Miene verfinsterte sich. »Und wenn doch etwas passiert?«

»Dann werde ich auch irgendwie zu dir gelangen. Du kannst mir nicht mehr entkommen, und zwar nie mehr ... Wie du weißt, schenkt sich ein griechisches Mädchen nur dem Mann ihres Lebens.«

»Gut, dann komme ich mit dir.«

»Claudio, hör doch auf damit. Du mußt morgen arbeiten. Außerdem ist dies hier nicht dein Platz. Du bist doch gar nicht an dieser Universität eingeschrieben, und Grieche bist du auch nicht, Also los, geh jetzt. Ich versichere dir, daß nichts passieren wird. Wirklich, ich werde schon auf mich aufpassen, und zu irgendwelchen Heldentaten werde ich mich auch nicht hinreißen lassen. Außerdem stehen doch Wächter an den Toren, und ich werde im Inneren des Gebäudes in Sicherheit sein und in aller Ruhe mit dem Komitee den Aufruf vorbereiten, den wir an die Presse geben wollen.«

»Schwör mir, daß du vorsichtig sein und morgen abend zu Nikos kommen wirst.«

»Also gut, ich schwöre es.« Sie gab ihm einen letzten Kuß.

»Heleni, warte noch! Ich werde die ganze Zeit im Institut in der Nähe des Telefons sitzen. Ruf ab und zu an, wenn du kannst.«

»Wenn sie nicht die Leitungen kappen ...«

»Stimmt, daran habe ich gar nicht gedacht.«

»Ghià sou, krisèmou.«

»Ciao, Liebste.«

Heleni rannte schnell zum Eingangstor der Universität, das von zwei Jungen und einem Mädchen, die Wache hielten, geöffnet wurde. Als sie sich noch einmal umdrehte und ihm zuwinkte, leuchtete ihr Gesicht vor Erregung, als wäre sie auf dem Weg zu einem schönen Fest.

Claudio schlug den Kragen seiner Jacke hoch, um sich vor dem leichten, aber schneidend kalten Nordwind zu schützen, und ging die lange, schnurgerade Patissìon-Straße hinunter, ohne auf ein Hindernis zu stoßen, Der klare Himmel stand voller Sterne und verhieß einen strahlenden Samstagmorgen. Heleni hatte recht: Was konnte in einer so schönen Nacht schon geschehen?

Er war nicht müde und hatte keine Lust, nach Hause zu gehen. Statt dessen beschloß er, den Weg zum Omonia-Platz einzuschlagen, wo es eine Bar gab, die die ganze Nacht geöffnet hatte. Dort würde er sich eine frischgedruckte Zeitung kaufen und einen türkischen Kaffee trinken. Vielleicht konnte er sogar eine italienische Zeitung auftreiben. ›La Stampa‹ hatte dem Aufstand der Studenten gleich die Titelseite gewidmet, während der ›Corriere‹ noch mit Berichten auf sich warten ließ.

Er zog ein Päckchen Zigaretten aus der Tasche, riß sie auf und steckte sich im Licht einer Straßenlaterne eine Zigarette an. Als er den Blick wieder hob, wurde die nächtliche Stille plötzlich vom lärmenden Getöse eines monsterhaften Panzers zerrissen, der aus einer Seitenstraße gedonnert kam, sich vor ihm aufbaute und ihn mit seinen Scheinwerfern blendete. Das riesige Gefährt drehte sich einmal um die eigene Achse, wobei seine Ketten den Asphalt aufrissen, und schlug dann, gefolgt von zwei Lastwagen, den Weg zur Universität ein. Aus der entgegengesetzten Richtung näherte sich schnell ein weiterer Panzer, kurz bevor der erste vor dem Polytechnikum stehenblieb und sein Turmgeschütz auf den Säulengang des Atriums richtete.

Claudio stützte sich schwer gegen die Straßenlaterne und schlug mit der Faust gegen das eiskalte Eisen, wieder und wieder, bis seine Hand zu schmerzen begann. Heleni war gefangen.

Das Herz wollte ihm in der Brust zerspringen, als er losrannte und sich in das Straßenlabyrinth am Fuß des Lykabettos stürzte. Er hielt kurz inne, um Luft zu schöpfen, und lief dann wie gehetzt weiter, bis er den großen, menschenleeren Syntagmatos-Platz erreichte. Vor dem Parlamentsgebäude marschierten wie immer die beiden Wachposten, die das Grab des unbekannten Soldaten bewachten, im Paradeschritt auf und ab. Ihre in Schwarz und Gold gehaltenen Uniformjacken leuchteten in der Nacht, und ihre weißen Röcke flatterten leicht im Wind. Aus der Ferne sahen sie aus wie die kleinen Puppen, die sich in den Regalen der Souvenirläden auf der Plaka drängten. Hinter ihnen schlief der große, nackte Marmorkrieger seinen Todesschlaf, und die Worte einer großen Persönlichkeit der Vergangenheit, die über ihm in die Mauer eingemeißelt waren, wirkten in dieser unheilvollen Nacht wie ein Fluch.

II

Athen, städtisches Krankenhaus von Kifissìa,
17. November, 3.00 Uhr

»Ich bin der diensthabende Arzt. Wie kann ich Ihnen helfen?«

»Mein Name ist Aristotelis Malidis. Ich würde gerne wissen, wie es Professor Harvatis geht. Vor etwa einer Stunde habe ich ihn selbst hier eingeliefert.«

Der Arzt griff zum Telefon und rief auf der zuständigen Station an, um sich nach Harvatis zu erkundigen. »Es tut mir leid für Sie«, sagte er nach einer kurzen Weile, »der Patient ist verstorben.«

Ari senkte den Kopf und schlug drei Kreuze als Zeichen seines orthodoxen Glaubens. Dann fragte er: »Kann ich mit dem Arzt sprechen, der ihn behandelt hat? Der Professor hatte keine Verwandten mehr. Ich bin sein Assistent und war der einzige Mensch, der ihm nahestand ...«

Der Arzt rief wieder auf der Station an, und sagte dann: »Ja, Sie können hinaufgehen. Zweiter Stock, fragen Sie nach Doktor Psarros.«

Im Aufzug erschrak Ari über sein eigenes Gesicht, als sein Blick in den Spiegel fiel. Es war von Erschöpfung gezeichnet und sah in diesem grellen Licht alt und zerfurcht aus. Als die Tür sich wieder öffnete, betrat er einen langen, neonbeleuchteten Korridor. Zwei Pfleger saßen in eine Rauchwolke gehüllt in ihrem verglasten Aufenthaltsraum und spielten Karten. Ari verlangte Doktor Psarros zu sprechen, und wurde in dessen Büro geführt, wo ein Radio auf dem Schreibtisch des Arztes klassische Musik spielte.

»Mein Name ist Malidis. Ich habe vor einer Stunde Professor Harvatis hierhergebracht. Man hat mir gesagt, daß ... er gestorben sei.«

»Wir haben getan, was in unseren Kräften stand, doch es war zu spät: Sein Zustand war schon hoffnungslos, als er eingeliefert wurde. Wieso haben Sie ihn nicht früher hergebracht?«

Ari antwortete nicht auf die Frage. »Woran ist er gestorben?«

»Herzstillstand. Wahrscheinlich ein Infarkt.«

»Warum sagen Sie ›wahrscheinlich‹? Waren die Symptome etwa nicht eindeutig?«

»Da war etwas ... Seltsames mit diesem Mann, etwas, das wir nicht enträtseln konnten. Vielleicht können Sie uns weiterhelfen. Erzählen Sie mir doch bitte genau, was passiert ist.«

»Ich werde Ihnen alles sagen, was ich weiß. Aber vorher würde ich ihn gerne sehen.«

»Ja, natürlich. Er liegt noch im Krankenzimmer. Nummer 9.«

»Danke.

Professor Harvatis' Körper lag auf einem Bett und war mit einem Leintuch bedeckt. Als Ari das Tuch von seinem Gesicht zog, konnte er die Tränen nicht zurückhalten. Die Zeichen seines Leidensweges standen Harvatis noch im Gesicht geschrieben. Die Schläfen waren eingefallen, die Augenhöhlen schwarz umschattet, der Unterkiefer verzerrt. Ari kniete am Bett des Toten nieder und legte die Stirn auf den Bettrand. »Ich habe bei der Adresse niemanden vorgefunden, Professor, nur Ihren Wahnsinn und vielleicht auch den meinen ... O Gott, o Gott, wenn ich nur nicht auf Sie gehört hätte, vielleicht würden Sie dann noch leben ...« Dann erhob er sich langsam, fuhr mit einer Hand sanft über die Stirn des Toten und bedeckte sein Gesicht wieder mit dem Tuch. Er sah sich um, und sein Blick fiel schließlich auf einen Stuhl an der gegenüberliegenden Wand, auf dem die feinsäuberlich zusammengelegten Kleider des Professors lagen; daneben hing seine Jacke an einem Kleiderständer.

»Es gibt da noch etwas, das ich für Sie tun muß, Professor ...« Er warf einen prüfenden Blick zur Tür, näherte sich dann der Jacke und kramte in ihren Taschen, bis er einen Bund mit vielen Schlüsseln daraus hervorzog, die alle mit Plastiketiketten versehen waren. Nachdem er den Schlüsselbund eingesteckt hatte, verließ er das Krankenzimmer und ging zurück zum Büro des Doktor Psarros. Er wollte gerade eintreten, blieb aber stehen, als er hörte, daß der Doktor mit jemandem telefonierte.

»Es handelt sich um einen etwa sechzigjährigen Mann, der sagt, er heiße ... Malidis, glaube ich ... Ja, gut, ich werde versuchen, ihn unter einem Vorwand aufzuhalten, aber beeilt euch! Irgendwas an dieser Sache schmeckt mir nicht ... Ja, mein Zimmer ist im zweiten Stock ... Gut, ich warte, aber macht bitte schnell.«

Ari wich lautlos zurück und schlich sich vorsichtig zum Aufzug, wobei er versuchte, nicht ins Blickfeld der kartenspielenden Pfleger zu geraten. Ohne von jemandem bemerkt worden zu sein, erreichte er den Lift und fuhr hinunter in die Eingangshalle. Dort verabschiedete er sich mit einem hastigen Nicken von dem Mann am Empfang und saß wenig später schon hinter dem Steuer seines Wagens, um sich von neuem auf den Weg ins Zentrum zu machen.

Der Haupteingang des Archäologischen Nationalmuseums lag in der Leofóros Patissìon-Straße und war von Panzern blockiert. Deshalb schlug er den Weg in die Tosítsa-Straße ein, um zu sehen, ob der Personaleingang noch zugänglich war. Zu seinem Erstaunen gelang es ihm tatsächlich ohne Schwierigkeiten, ganz in der Nähe des Eingangs zu parken. Er nahm das Bündel mit der Vase vom Rücksitz, sperrte mit den Schlüsseln des Professors die Tür auf und betrat das Museum, wo er zunächst die Alarmanlage abstellte.

Das Dunkel in den Gängen und Sälen wurde von den kleinen Nachtlämpchen nur schwach erleuchtet. Es hätte absolute Stille geherrscht, wenn nicht von draußen gedämpfte Stimmen und die Motorengeräusche der Militärfahrzeuge zu hören gewesen wären. Ari stieg hinunter in den Keller, holte den Schlüssel zum Sicherheitslager hervor und schloß die Tür zu dem völlig fensterlosen Raum auf, in dem es nicht einmal eine Entlüftungsluke nach draußen gab. Die Luft war dumpf und muffig.

Er machte Licht und legte den geheimnisvollen Gegenstand, für den ein Mann sein Leben gegeben hatte, auf einen Tisch. Dann wickelte er ihn vorsichtig aus der schützenden Decke und hielt schließlich die Vase in der Hand, von der im unbeweglichen Dunkel des Kellers ein intensives Strahlen auszugehen schien. Ari starrte sie lange an, reglos vor Erstaunen. Sie war das Schönste und Schrecklichste, das er je gesehen hatte; sie war beunruhigend wie die zornige Totenmaske des Agamemnon im mykenischen Saal, herrlich wie die Goldbecher von Vaphió, leicht wie die blauen Schiffe von Thera. Ihre Form war vollkommen, und sie leuchtete, als habe er sie soeben aus den Händen ihres Schöpfers in Empfang genommen, nur hatte sich in den Furchen der Verzierungen etwas Staub und getrocknete Erde angesammelt.

Dafür lohnte es sich also, zu sterben? Ari fuhr sanft mit der Hand über die feingearbeitete Oberfläche und las mit den Fingerspitzen ihre rätselhafte Geschichte, ohne sie zu verstehen. Er war überwältigt von der Gestaltungskraft des unbekannten Künstlers, der nun schon lange tot und vergessen war … Schließlich riß er sich aus seinen Gedanken wie aus einem tiefen Traum, hüllte die Vase wieder in die Decke und ließ das Bündel auf dem Tisch stehen.

Er war zutiefst verwirrt und benommen vor Müdigkeit und Schmerz, und wenigstens für eine kleine Weile wollte er die Ereignisse der letzten Stunden vergessen. Daher suchte er sich in dem mit antiken Keramiken und Bruchstücken archäologischer Funde vollgestellten Raum eine freie Ecke und richtete sich aus einem Sack mit Sägespänen ein notdürftiges Lager her. Er machte das Licht aus, ließ sich erschöpft auf sein Lager fallen, und als er endlich die Augen schloß, schien es ihm, als ob die große Vase durch seine geschlossenen Augenlider um so heller weiterstrahlte.

Das nur dürftig bekleidete Mädchen erhob sich und suchte das Badezimmer, wo sie den Arzneischrank öffnete und eine Kopfschmerztablette herausnahm, die sie in ein Glas Wasser gab. Während sie noch sinnend auf das sprudelnde Wasserglas starrte, klingelte plötzlich das Telefon. Sie ging in den Gang hinaus und nahm den Hörer ab: »Hallo?«

»Wer bist du denn, verdammt noch mal? Hol sofort Michel oder Norman ans Telefon, schnell, es ist dringend!«

Das Mädchen wollte entnervt auflegen, aber Michel war auch aufgewacht und stand bereits neben ihr. »Wer ist das denn?«

Sie zuckte die Schultern, übergab ihm den Hörer und nahm einen Schluck aus ihrem Glas.

»Ja, hallo.«

»Michel, um Himmels willen, ihr müßt sofort herkommen!«

»Claudio, bist du das? Wie spät ist es denn? Und wo bist du?«

»Michel, das Militär ist da. Sie haben Panzer aufgefahren und greifen das Polytechnikum an! Kommt sofort her, Heleni ist da drin ... Schnell, schnell, wir haben keine Minute zu verlieren!«

»Gut, wir kommen so schnell wie möglich. Wo genau befindest du dich?«

»In der Telefonzelle am Syntagmatos-Platz.«

»Okay, warte dort auf uns, wir sind gleich da.«

»Nein, einen Moment noch. Die Leofóros-Patissìon-Straße ist gesperrt, da kommt ihr nicht durch. Ihr müßt die große Ippokrátous-Straße nehmen und von dort aus versuchen, die Tosítsa-Straße zu erreichen. Ich warte dort bei den Personalparkplätzen auf euch. Aber beeilt euch, bitte, es geht um jede Minute!«

»Wir kommen, Claudio, wir kommen sofort.«

Er legte den Hörer auf, stürzte durch den Gang, riß die Tür zum zweiten Schlafzimmer auf und schaltete das Licht an: Norman Shields und das Mädchen, mit dem er die Nacht verbracht hatte, setzten sich erschrocken im Bett auf und rieben sich die Augen. Michel riß Normans Kleider von einem Stuhl und warf sie ihm ins Gesicht.

»Das Militär will das Polytechnikum angreifen, Claudio

wartet schon auf uns ... Los, steh auf, wir haben nicht viel Zeit. Ich geh' schon runter zum Auto.«

Das andere Mädchen war die ganze Zeit mit dem Wasserglas in der Hand hinter ihm her gelaufen, ohne zu begreifen, was vor sich ging. »*Would you please tell me ...*« Aber Michel hörte gar nicht hin. Schnell zog er Jeans und Pullover an, fuhr mit den nackten Füßen in seine Turnschuhe, steckte sich ein Paar Strümpfe in die Tasche, griff nach einer Jacke und rannte die Treppe hinunter, während er in seinen zahlreichen Taschen hektisch nach den Autoschlüsseln kramte. Wider Erwarten sprang der kleine Wagen problemlos an, und während Michel gerade wendete, wurde von dem nur halb angezogenen Norman die Beifahrertür aufgerissen. Völlig außer Atem warf er sich auf den Sitz und begann, sich fertig anzukleiden.

»Ist es denn so schlimm? Was genau hat er gesagt?«

»Er hat nur gesagt, daß das Militär das Polytechnikum angreift.«

»Heißt das, daß sie schon drin sind oder daß sie nur vor der Universität Stellung bezogen haben? Vielleicht wollen sie die Studenten nur einschüchtern.«

»Ich weiß es nicht, Norman, jedenfalls war Claudio völlig außer sich, und wir müssen uns beeilen.«

Er fuhr, ohne den Fuß vom Gaspedal zu nehmen, in eine Kurve, wobei das Auto sich gefährlich zur Seite neigte und sein Freund, der sich gerade die Schuhe zuband, das Gleichgewicht verlor. Norman platzte heraus: »Von diesen verdammten französischen Autos wird man ja seekrank!« Michel dachte nicht daran, langsamer zu fahren. »Sie haben eben eine weiche Aufhängung, und das brauchen sie auch, denn bei uns gibt es viel Kopfsteinpflaster. Mach doch bitte mal das Handschuhfach auf und sieh nach, ob noch eine Schachtel Zigaretten drin ist. Wenn ja, zünde mir bitte eine an, mein Magen ist völlig durcheinander.«

Der Offizier stellte sich mitten auf die Straße und hob das Megafon zum Mund. Seine Stimme klang belegt, als er die Studenten aufforderte: »Ihr habt fünfzehn Minuten Zeit, um das Universitätsgebäude zu räumen. Ich wiederhole: Kommt sofort heraus und verlaßt die Universität. Wenn ihr diesem Befehl nicht folgt, müssen wir euch mit Gewalt holen!«

Die Studenten hatten sich im Hof hinter dem Tor zusammengedrängt und starrten bestürzt und verunsichert die Panzer und die Soldaten in voller Kriegsausrüstung an. Einen Moment lang herrschte Schweigen, in dem nur die Motorengeräusche der Militärfahrzeuge zu hören waren.

Plötzlich trat ein Junge mit lockigen Haaren und dem noch zarten Flaum des beginnenden Bartwuchses auf den Wangen entschlossen zum Tor und rief dem Offizier zu: *»Molòn lavè!«* Es waren die altgriechischen Worte, die vor 2500 Jahren Leonidas den Persern an den Thermopylen zugerufen hatte: Nur zwei trocken hingeworfene Worte, die jedoch die Wirkung von Gewehrschüssen hatten: »Komm uns holen!«

Ein zweiter Student trat neben den gelockten Jungen und schloß sich ihm an: *»Molòn lavè!«* Ein weiterer folgte, und noch einer und noch einer, bis immer mehr Studenten auf das Tor zustürzten, sich an seine Gitterstäbe klammerten und daran hochkletterten, wobei sie rhythmisch die Fäuste schüttelten und diese beiden Worte wiederholten. Ihr Ruf schwoll an zu einem Chor, zu einer Stimme wie aus einem Munde, voller Begeisterung, Herausforderung und Entschlossenheit. Der Offizier wurde bleich, als er die Worte vernahm, die auch er als Kind in der Schule gelernt hatte: Es war der Protestruf der Hellenen gegen den barbarischen Eroberer, und er fuhr ihm wie ein Schwerthieb in die Brust. Wahrend seine Männer in voller Montur bereitstanden und auf seinen Befehl warteten, sah er nervös auf die Uhr.

Als es Zeit war, wiederholte er nochmals seinen Aufruf: »Dies ist die letzte Warnung. Geht auseinander und verlaßt sofort das Universitätsgebäude!« Doch die Rufe der Studenten übertönten ihn, und seine Aufforderung blieb unbeachtet. Da begann plötzlich die Glocke einer nahen Kirche zu schlagen: Schwer, regelmäßig und drohend hämmerte der Schwengel gegen ihren metallenen Leib. Eine weitere Kirchturmglocke antwortete ihr, und dieser Ausdruck der Solidarität schien den jungen Leuten neue Energie zu geben und ihre Rufe noch lauter erschallen zu lassen.

Die fünfzehn Minuten waren abgelaufen, und immer noch prasselten jene Worte auf den Offizier ein, unheilvoll wie ein himmlisches Feuer, und vermischten sich mit dem eindringlichen Klang der Glocken.

Er sah abermals auf die Uhr und warf dann einen unschlüssigen Blick auf seine Männer, als ein Oberst neben ihn trat und an seiner Seite stehenblieb: »Worauf warten Sie noch? Geben Sie endlich den Befehl!«

»Aber ... sie hängen doch alle am Gitter ...«

»Sie sind gewarnt worden. Die Zeit ist um. Los jetzt!«

Als der erste Panzer auf das Tor zufuhr, wichen die Studenten noch immer nicht von der Stelle. Der Oberst gab dem Panzerführer, der sich aus dem Turm erhoben hatte und etwas hilflos auf seine unbewaffneten Gegner starrte, ein Handzeichen und schrie: »Vorwärts, habe ich gesagt!! Los jetzt!« Da setzte sich das Ungetüm wieder in Bewegung und rammte gegen das Tor, das unter dem gewaltigen Stoß schnell nachgab und aus der Verankerung gerissen wurde. Viele der Studenten, die heruntergefallen waren, wurden unter dem Tor begraben, während die anderen in panischer Angst davonstürzten oder von den Ketten der heranrückenden Panzer niedergewalzt wurden. Aus dem Inneren des Universitätsgebäudes kamen nun weitere Studenten gelaufen und versuchten, den Soldaten, die jetzt auch das Gewehrfeuer eröffnet hatten, Widerstand zu leisten. Der Hof war erfüllt von den Schreien verletzter und verzweifelter Menschen, die im Gewühl nach ihren Freunden riefen. Der Junge mit den Locken lag in einer Blutlache auf der Erde. Als die Studenten die schwere Eingangstür des Universitätsgebäudes verbarrikadieren und sich dahinter verschanzen wollten, zerschlugen die Militärs die Tür und brachen unkontrolliert durch die Gegend schießend durch die Gänge und Hörsäle der Universität, so daß

Holzsplitter und Putz wild durcheinanderwirbelten. Einzelne, die über die Treppen zu entkommen und sich selbst oder Verwundete in Sicherheit zu bringen suchten, wurden mit Gewehrkolben und Bajonetten niedergestreckt.

Als Michels Auto auf dem vereinbarten Parkplatz eintraf, war Claudio nicht mehr da. An ein Weiterfahren war nicht zu denken, da die Tosítsa-Straße dem Kampfschauplatz schon zu nahe lag.

»Was machen wir jetzt?« fragte Norman ratlos.

»Wir warten hier, wie wir ausgemacht haben. Er ist sicher in die Universität gelaufen, und falls er mit Heleni herauskommt, werden sie uns und den Wagen gut brauchen können. Wir lassen den Motor laufen und halten uns bereit. Er kann nur auf dieser Seite herauskommen.«

Claudio war tatsächlich ins Universitätsgebäude gelangt und lief, laut Helenis Namen rufend, von einem Saal in den anderen. Plötzlich sah er sie zusammen mit ein paar Kommilitonen auf einem Treppenabsatz auftauchen und wollte schon erleichtert auf sie zustürzen, als ein Soldatentrupp aus einem Korridor gerannt kam und der Truppführer der Gruppe zuschrie: »Stehenbleiben! Ihr seid verhaftet!« In panischer Angst stürzten die Studenten auf ein Fenster zu und rissen es auf, um hinunterzuspringen, doch der Soldat hinderte sie daran, indem er eine Gewehrsalve abfeuerte. Vor Claudios Augen stand Heleni einen Augenblick lang unbeweglich gegen die Wand gelehnt, während sich auf ihrer Brust schnell ein roter Fleck ausbreitete. Dann gaben ihre Beine nach, und sie sackte zusammen.

Ohne sich um die Schüsse und Schreie zu kümmern, rannte Claudio die Treppen hinauf und konnte das Mädchen gerade noch auffangen, bevor es auf dem Boden aufschlug. Der Soldat am anderen Ende des Korridors hatte sein Gewehr auf ihn gerichtet, während Claudio auf der verzweifelten Suche nach einem Rettungsweg eine Aufzugtür entdeckte, der er entgegenstolperte. Glücklicherweise befand sich der Aufzug schon auf der Etage, so daß die Tür sofort aufging, Claudio und Heleni in Empfang nahm und sich wieder schloß, noch bevor der Gewehrkolben des herbeigestürzten Soldaten sie blockieren konnte. Während Claudio sich mit Heleni im Arm auf den Boden duckte, vibrierte die Tür unter den donnernden Kolbenschlägen. Als die Stahlblechwände von den Schüssen des wütenden Soldaten zerrissen wurden und ein beißender Munitionsgeruch den Aufzug erfüllte, setzte sich die Kabine endlich in Bewegung. Im Erdgeschoß angekommen, stürzte Claudio mit dem bewußtlosen, todesbleichen Mädchen auf dem Arm aus dem Aufzug. Und da er auf der Treppe schon die Stiefelabsätze seiner Verfolger hörte, konnte er sich gerade noch in die nächstgelegene Aula flüchten und sich mit dem Mädchen unter dem Vorlesungspult verstecken, bevor die Soldaten hereinbrachen, sich kurz umsahen und dann wieder zurück in den Korridor liefen.

Als die Luft rein war, wagte er sich mit Heleni aus seinem Versteck und rannte in den hinteren Flügel des Gebäudes, wo er durch den Nebeneingang in den Hof gelangte, der zur Tosítsa-Straße führte. Gegen die Mauer gedrängt wartete er ab, bis niemand mehr auf der Straße zu sehen war.

Vereinzelt waren immer noch Schüsse und Schreie zu vernehmen, die auf das grausame Unrecht hindeuteten, das die Ruhe der Nacht zerstört hatte. Doch die Revolte war niedergeschlagen … Und das immer noch andauernde, regelmäßgige Schlagen der Kirchturmuhren klang nun wie ein Ausdruck der Qual und Verzweiflung.

Claudio legte die bewußtlose Heleni auf die Erde nieder und stürzte zu dem Tor, das auf die Straße führte, öffnete es und lief wieder zurück, um das Mädchen zu holen. Dann rannte er los, so schnell er konnte. Als Michel und Norman ihn plötzlich auftauchen sahen, hätten sie ihn beinahe nicht wiedererkannt: Seine Augen waren rot unterlaufen, sein Gesicht schwarz und verschmiert, die Kleidung zerrissen. In den Armen hielt er den leblosen Körper Helenis, und sein Hemd und seine Jeans waren voller Blut. Als er seine Freunde erblickte, fiel er auf die Knie und stammelte unter Tränen: »Ich bin's ... Helft mir, um Gottes willen, helft mir ...«

Ari hörte von weither die Geräusche von Schüssen und Schreien, aber er war so müde, daß er nicht gänzlich aus seinem Dämmerzustand erwachte. Es schien ihm, als rühre der Lärm aus einem der vielen Alpträume, die ihn in seinem kurzen, unruhigen Schlaf gequält hatten. Ein stechender Schmerz in der Hüfte zwang ihn jedoch schließlich, aufzustehen und die brennende Stelle zu massieren. Jetzt hörte er auch die Schläge der Kirchturmuhren, die das Kellergewölbe nur gedämpft erreichten und irreal und gleichzeitig bedrohlich klangen. Ari schaltete das Licht an und warf einen Blick zu dem Tisch, auf dem er die Vase abgestellt hatte: Die Decke war herabgerutscht, und die Vase sandte ein wundersames Leuchten aus, das in einem seltsamen Gegensatz zu den hereindringenden Schreien zu stehen schien, in denen Ari jetzt deutlich Schmerz und Verzweiflung mitschwingen hörte. Schnell hüllte er die Vase wieder ein und verknotete die Zipfel der Decke miteinander. Dann ging er hinauf ins Erdgeschoß und wollte das Gebäude gerade durch den Dienstausgang verlassen, als er plötzlich das Geräusch näher kommender Schritte hörte. Jemand versuchte, die Tür von außen zu öffnen. »Wer ist da?« fragte er. »Was wollt ihr?«

»Machen Sie die Tür auf, bitte, schnell, wir sind Studenten und haben eine verletzte Freundin bei uns.« Ari folgte der Bitte und fand sich drei jungen Männern gegenüber, von denen einer tatsächlich ein bewußtloses, verletztes Mädchen im Arm hielt.

»Ari, Sie sind's?« stieß Michel hervor, während er und die anderen schnell eintraten. »Gott sei Dank. Ich dachte, Sie seien mit Professor Harvatis in Parga.«

»Michel, du? O ja, das war ich auch, aber ich bin heute abend zurückgekommen. Aber was tut ihr denn hier? Das Mädchen sieht aus, als müßte es sofort in ein Krankenhaus.«

Während Heleni langsam wieder zu Bewußtsein zu

kommen schien und ein schwaches Stöhnen vernehmen ließ, erklärte Claudio Ari schnell, was vorgefallen war: »Meine Freundin wurde von den Militärs angeschossen, aber wenn wir sie in ein Krankenhaus bringen, wird man uns alle verhaften. Sie müssen uns helfen, einen Arzt zu finden ... oder eine Klinik, der wir vertrauen können.«

»Folgt mir, schnell!« erwiderte Ari und wies ihnen den Weg, indem er durch den Saal mit den kykladischen Skulpturen und die Treppe hinunter in den Keller vorausging. Dort öffnete er die Tür des Lagerraums. »Hier wird euch niemand suchen«, sagte er. »Wartet auf mich, ich komme so schnell wie möglich zurück. Versucht in der Zwischenzeit, ihre Wunde abzubinden. Sie darf nicht noch mehr Blut verlieren.« Damit ging er hinaus und schloß die schwere Tür hinter sich.

»Wir müssen sie hinlegen«, sagte Claudio und sah sich suchend nach einem geeigneten Platz um. Er entdeckte das Lager, das kurz zuvor Ari benutzt hatte, und legte Heleni sanft darauf nieder. Dann zog er ihr vorsichtig die Jacke aus und knöpfte ihre Bluse auf, um die Schulter freizumachen. Michel war neben Claudio getreten und sagte: »Gott sei Dank. Die Wunde ist sehr weit oben, wahrscheinlich hat die Kugel keine lebenswichtigen Organe verletzt. Wir müssen sie verbinden.« Claudio hatte schon ein Taschentuch hervorgezogen: »Wir können das hier benutzen, es ist sauber.«

Norman sah sich suchend um. »In dem Raum scheint man auch Restaurationsarbeiten zu machen, also müßte wohl irgendwo Alkohol herumstehen.« In einem Schränkchen fand er verschiedene mit Flüssigkeit gefüllte Flaschen. Er beschnupperte sie nacheinander, bis er feststellte: »Hier, ich habe ihn gefunden.«

Heleni zuckte zusammen und stöhnte leise vor Schmerz, als Claudio das Taschentuch in den Alkohol tauchte und sorgfältig ihre Wunde säuberte. Dann öffnete sie langsam die Augen und sah sich verwirrt um:

»Claudio ... Claudio ... Wo sind wir?«

»Wir sind in Sicherheit, Liebste. Sei ganz ruhig und beweg dich nicht, du mußt ganz stilliegen ... Du bist angeschossen worden, und wir werden dich so schnell wie möglich zu einem Arzt bringen. Mach dir keine Sorgen und versuche, dich etwas auszuruhen.« Heleni schloß erschöpft die Augen.

Claudio hatte inzwischen sein Hemd zerrissen und verband die Wunde, die nun nicht mehr blutete, notdürftig mit dem Stoffstreifen.

»Wir müssen sie warm halten. Vielleicht ist hier irgendwo eine Decke oder so was.«

Michel machte Anstalten, seine Jacke auszuziehen.

»Dort ist ja eine Decke«, sagte Norman und zeigte auf ein großes Bündel, das auf dem Tisch stand. Als er die Dekke hastig aufgeknotet hatte, wich er plötzlich in ungläubigem Erstaunen zurück. »Mein Gott, seht euch das an!« Claudio und Michel wandten sich nach ihm um und sahen verdutzt die goldene Vase vor sich, auf der ein Krieger, der ein Ruder auf der Schulter trug, ferner ein Widder, ein Stier und ein Eber mit langen Hauern dargestellt waren ... In diesem Moment durchschnitt der Glockenschlag eines Kirchturms ein letztes Mal den Himmel Athens, um von Tod und Verzweiflung zu künden. Die Revolte war zu Ende.

Michel war vom Anblick der Vase wie vor den Kopf geschlagen. Er war vor sie hingetreten und stand nun unbeweglich da und bestaunte das Wunderding, das ihnen so unversehens wie aus dem Nichts erschienen war. »Was kann das denn nur sein? Himmel, wie schön sie ist ... Claudio, Claudio, weißt du, was sie darstellt?«

Claudio hatte sich schon wieder von der Vase abgewandt und kniete über Heleni gebeugt, ihre Hand in der seinen, als wolle er seine Wärme und Lebenskraft auf sie übertragen. Auf Michels Frage hin drehte er sich kurz um und warf einen Blick auf die Vase, als plötzlich etwas Seltsames passierte: Seine wirkliche Umgebung schien vor seinen Augen zu verschwinden, und er sah in aller Deutlichkeit das Büchlein vor sich, das in der Bibliothek der archäologischen Akademie vor seine Füße gefallen war: *Hypothe-*

se über den Totenbeschwörungsritus in der Odyssee XI. Verwirrt schüttelte er das Bild ab und wandte sich wieder dem Mädchen zu.

»Es ist sicher eine Fälschung ... Aber ich glaube, sie hat irgend etwas mit den Versen aus der *Odyssee* zu tun, die über die Nekiya sprechen, über die Reise ins Totenreich.«

»Aber sie ist ... aus Gold«, stammelte Michel.

»Große Fälschungen sind immer aus wertvollem Material gemacht, um glaubwürdiger zu erscheinen. Sieh doch, sie haben den Stil der Becher von Ugarit imitiert ... Sie kann unmöglich echt sein. Gib mir jetzt lieber die Decke.«

Norman hob bebend die Vase hoch, unter der Michel die Decke hervorzog und sie Claudio reichte, der sie liebevoll über das Mädchen breitete.

»Was machen wir jetzt damit?« fragte Norman, während er die Vase wieder auf den Tisch stellte.

»Versteck sie«, erwiderte Claudio. »Schließlich war sie versteckt, als wir sie gefunden haben.«

»Stimmt«, sagte Norman. »Ist das nicht sonderbar? Sie sieht aus, als sei sie erst vor kurzem ausgegraben worden ... Es kleben immer noch etwas Staub und Erde dran.«

Michel ging zu der Vase, strich mit der Hand über ihre Oberfläche und zerrieb die Ablagerungen, die sich auf ihr angesammelt hatten, zwischen Daumen und Zeigefinger.

»Das ist keine Erde, ... das ist Blut.«

Norman fuhr zusammen. »Was sagst du da?«

»Das ist Blut, ich versichere es dir, ... jahrhundertealtes, vielleicht sogar jahrtausendealtes Blut, das nach der langen Zeit eine erdartige Konsistenz angenommen hat. Ich habe so was schon mal gesehen: in einem Opfergrab im Plutonium von Hieropolis, in der Türkei. Diese Vase wurde in das Blut vieler Opfer getaucht. Sie stammt sicher aus einer sehr bedeutenden Opferstätte.«

Claudio fühlte, wie ihn ein Schauder überlief. »Versteckt sie«, sagte er, ohne den Blick von Helenis Gesicht zu nehmen. Norman und Michel gehorchten und verbargen die Vase in einem alten Eckschrank, der am anderen Ende des Raumes stand.

Kurz darauf kam Ari zurück. »Ihr hattet recht«, sagte er. »Die Polizei überwacht alle Krankenhäuser und kontrolliert jeden Verletzten, der eingeliefert wird.«

Claudio wandte sich zu ihm um. »Heleni braucht so schnell wie möglich einen Arzt«, sagte er. »Ich habe die Wunde verbunden, aber sie hat Fieber. Sie braucht eine Bluttransfusion und Antibiotika. Vielleicht befindet sich auch die Kugel immer noch in der Wunde.«

»In fünf Minuten wird ein Taxi zum Hintereingang kommen, das euch in die Ambulanz eines Chirurgen bringen wird. Er ist ein Freund, daher wird er euch keine Fragen stellen, aber er braucht ein paar Medikamente und Geräte für die Transfusion. Du, Michel, wirst mit deinem Auto losfahren und in der Nachtapotheke am Dimitriou-Platz die Dinge kaufen, die auf diesem Zettel stehen. Dann bringst du sie zu der Adresse, die ich dir unten notiert habe. Weiß jemand, welche Blutgruppe das Mädchen hat?«

»A positiv«, antwortete Claudio, »sie steht auf dem Medaillon, das sie um den Hals trägt.«

»Genau wie ich«, fiel Norman ein. »Dann werde ich ihr Blut spenden.«

»Gut. Wir haben keine Zeit zu verlieren. Kommt, wir bringen sie nach draußen.« Da fiel Aris Blick auf die Decke, in die das Mädchen gehüllt war, und wanderte dann von dem Tisch, auf dem die Vase gestanden hatte, zu den Gesichtern der jungen Männer.

»Wieso sehen Sie uns so an?« fragte Michel verwirrt.

Ari zögerte einen Moment und sagte dann: »Ihr habt gut daran getan, sie zu verstecken. Wo ist sie?«

Michel deutete auf den Schrank.

»Ich muß euch bitten, mit niemandem darüber zu sprechen. Sie ist eine Entdeckung von Professor Harvatis, seine letzte Entdeckung – und er ist für sie gestorben. Später werde ich euch alles erzählen, was ich weiß. Für den Moment schwört mir nur, daß ihr keiner Menschenseele etwas darüber berichten werdet.«

Die Jungen nickten mit feierlichen Gesichtern.

»Gehen wir jetzt«, sagte Ari, »wir müssen uns um das Mädchen kümmern.«

Norman und Claudio trugen Heleni gemeinsam zu dem Taxi, das bereits mit laufendem Motor wartete. Als Ari dem Fahrer die Adresse mitgeteilt hatte, setzte sich das Auto sofort in Bewegung. Norman hatte vorne neben dem Fahrer Platz genommen, wahrend Claudio auf dem Rücksitz Helenis Kopf im Schoß hielt. Sanft strich er ihr mit der Hand über die schweißnasse Stirn: Sie war eiskalt.

Währenddessen bahnte sich Michel seinen Weg durch die Straßen Athens, die langsam zum Leben erwachten.

Der Apotheker war anscheinend bereits von jemandem benachrichtigt worden, denn er übergab ihm die gewünschten Medikamente, ohne Fragen zu stellen. Michel zahlte und machte sich gleich wieder auf den Weg. Er fuhr sehr vorsichtig, um keine Aufmerksamkeit zu erregen, und versuchte, sich abseits von den gefährlichen Gegenden zu halten. Als er der Meinung war, kein Risiko mehr einzugehen, trat er das Gaspedal durch. Die Adresse, die auf dem Zettel notiert war, befand sich in unmittelbarer Umgebung.

Er wollte schon erleichtert aufatmen, als plötzlich ein Polizeiwagen mit Blaulicht und Sirene aus einer Seitenstraße auftauchte. In panischer Angst nahm Michel wahr, wie der Polizeiwagen ihn überholte und ein Stoppschild aus seinem rechten Seitenfenster gehalten wurde. Verzweifelt bemüht, die Ruhe zu bewahren, fuhr er langsam an den Straßenrand und hielt an.

Einer der beiden Polizisten war ausgestiegen und hatte einen Blick auf das französische Kennzeichen von Michels Wagen geworfen. Dann trat er an sein Seitenfenster und streckte auffordernd die Hand aus.

»Tò diavatirio, parakalò.«

Michel zog seinen Führerschein und seinen Paß aus der Tasche und reichte sie dem Polizisten.

»Ah, Sie verstehen Griechisch«, sagte der Polizist.

»Ja«, erwiderte Michel, »ich spreche Ihre Sprache ein wenig. Ich studiere hier in Athen an der französischen Schule für Archäologie.«

»Ein Student also. Gut, gut. Dann wissen Sie doch sicher auch, daß wir hier eine Geschwindigkeitsbegrenzung von 50 km/h haben?«

»Oh, es tut mir wirklich leid, aber ich muß meinen Professor vom Bahnhof abholen und bin schon etwas spät dran. Ich habe den Wecker nicht gehört und ...«

Der andere Polizist, der am Steuer gesessen hatte, war inzwischen auch ausgestiegen und ging nun um das Auto herum und spähte suchend ins Wageninnere. Plötzlich trat er neben seinen Kollegen und flüsterte ihm etwas ins Ohr. Michel fühlte, wie ihm der Angstschweiß ausbrach, doch er war immer noch bemüht, eine gleichgültige Miene zur Schau zu stellen.

»Steigen Sie bitte aus«, befahl der erste Polizist, der nun ernst geworden war.

»Bitte, seien Sie doch nicht so streng, ich bin wirklich schon sehr spät dran.« Michel machte Anstalten, seine Brieftasche hervorzuziehen. »Wenn Sie mir sagen, wieviel Strafe ich zahlen muß ... Sehen Sie, wenn der Professor ankommt und ich bin nicht da, sitze ich wirklich in der Patsche und ...«

»Steigen Sie aus, bitte.«

Michel begriff, daß er keine andere Wahl hatte, und stieg aus. Mit der Brieftasche in der Hand blieb er hilflos neben dem Wagen stehen.

Einer der Polizisten inspizierte inzwischen den Innenraum des Wagens mit einer Taschenlampe. Als er den Lichtstrahl auf den Rücksitz richtete, war nicht zu übersehen, daß sich dort ein großer Blutfleck befand: Helenis Blut. Er griff nach der Tüte aus der Apotheke und öffnete sie: Sie enthielt Mullbinden, eine Transfusionsnadel, Xylokain, Katgut und Antibiotika.

»Mir scheint, daß Ihr Professor sich leider ein Taxi nehmen muß«, sagte er höhnisch grinsend zu Michel. »Sie müssen uns da ein paar Dinge erklären, Herr Charrier.«

Bis auf die üblichen kleineren Unfälle hatte Michel niemals in seinem Leben körperlichen Schmerz kennengelernt ... Das große, graue Gebäude, in das sie ihn brachten, war ganz in der Nähe gelegen. Dort führten sie ihn in den Keller und schlossen ihn in einen kleinen, völlig leeren Raum ein. Während er wartete, lauschte er auf die gedämpften Geräusche, die zu ihm durchdrangen. Ganz deutlich waren Schreie und Gewimmer zu vernehmen, und ab und zu wurde eine Tür zugeschlagen, oder es näherten sich Schritte und entfernten sich wieder. Irgendwann trat ein Mann ein, der ihn verhören wollte und dem er kurz und bündig eröffnete, daß ohne die Anwesenheit eines Vertreters des französischen Konsulats kein Wort über seine Lippen kommen würde.

Und dann redete er doch, sogar schon nach kürzester Zeit. Wie die meisten Menschen, konnte er der Folter nicht lange widerstehen. Bei den ersten Knüppelschlägen, die man seinen nackten Fußsohlen versetzte, biß er die Zähne zusammen und war fest entschlossen zu schweigen. Doch aller Mut und alle Liebe zu seinen Freunden vermochten nichts gegen den unerbittlichen Schmerz, der ihm durch den ganzen Körper bis in den Kopf fuhr und seinen Willen zunichte machte.

Erst schrie er, dann bettelte er, und am Ende schluchzte er nur noch verzweifelt. Als er schließlich nachgab, war sein Bewußtsein trotz des überall gegenwärtigen Schmerzes doch so klar, daß er sehr genau wußte, was er getan hatte. Sein Verrat war nicht mehr rückgängig zu machen, und dieser Gedanke war noch schmerzhafter als die Folter selbst.

Sein Peiniger, der die Schläge mit Ruhe und Präzision ausführte, als handelte es sich um eine Arbeit wie jede andere, schlug noch eine kleine Weile weiter, nachdem Michel schon herausgebrüllt hatte, daß er alles sagen würde, was man von ihm verlangte. Vielleicht wollte er ihn dafür bestrafen, daß er ihm nicht auch noch diese kurze Anstrengung erspart hatte.

Dann wischte er sich mit einem Taschentuch den Schweiß von der Stirn und der behaarten Brust und sagte etwas in die Sprechanlage, die an der Wand hing. Kurze Zeit später trat ein Zivilbeamter ein, um Michel hinauszuführen. Der Schläger blieb auf der Schwelle stehen und wartete, bis zwei Polizisten einen weiteren jungen Mann in Handschellen brachten, dessen Gesicht bereits von blauen Flecken gezeichnet war und in dessen Augen die nackte Panik stand.

Michel versuchte aufzustehen, aber sobald seine Füße den Boden berührten, sackte er mit einem Schmerzensschrei wieder zusammen. Bevor die beiden Polizisten ihn aufhoben und hinausschleppten, fesselten sie den anderen Jungen auf das Lager und zogen ihm Schuhe und Strümpfe aus.

Hinter Michel fiel die Tür mit einem dumpfen Knall ins Schloß. Draußen wartete bereits ein Polizeihauptmann, den sie Karamanlis nannten. Michel wandte sich noch einmal stumm um, als er durch die geschlossene Tür ein langgezogenes Wimmern hörte. Dann schlug er die Augen nieder und ließ sich torkelnd hinter dem Mann herführen, in dessen Händen sein weiteres Schicksal zu liegen schien.

»Also gut«, sagte der Polizist, als sie im Verhörzimmer angekommen und Michel auf einen eisernen Stuhl gedrückt worden war. »Ich will von Ihnen wissen: Wen haben Sie in Ihrem Auto mitgenommen, und wem wollten Sie die Medikamente bringen, die wir bei Ihnen gefunden haben?«

»Eine Freundin von mir wurde heute nacht im Polytechnikum verwundet. Wir haben versucht, ihr zu helfen.«

Der Mann schüttelte mißbilligend den Kopf. »Ach, wie leichtsinnig. Ihr hättet sie sofort ins Krankenhaus bringen sollen. Oder hattet ihr etwas zu verbergen?«

»Gar nichts hatten wir zu verbergen. Wir wollten ihr nur das ersparen, was ihr mit mir gemacht habt, ... und mit dem Jungen, der gerade da drin ist.«

»Das sind gefährliche Umstürzler, die keinerlei Mitleid verdienen. Sie haben nichts anderes im Sinn, als unser Land zu ruinieren, und Sie als Ausländer hätten sich da gar nicht erst einmischen sollen. Aber sagen Sie mir jetzt alles, was Sie wissen. Danach werden wir einfach so tun, als wären wir einander nie begegnet. Niemand wird erfahren, daß Sie heute nacht hier waren, und es wird auch kein Protokoll über Ihre Aussagen angefertigt werden. Wie heißt also dieses Mädchen?«

»Sie heißt … Heleni Kaloudis.«

»Kaloudis, sagten Sie? Gut. Und jetzt möchte ich gerne von Ihnen wissen, wo sie sich im Augenblick befindet … Kommen Sie schon, ich gebe Ihnen mein Ehrenwort, daß ihr nichts geschehen wird. Zu allererst werden wir sie medizinisch versorgen lassen, dann erst überlegen wir uns die weitere Vorgehensweise. Natürlich wird sie uns ein paar Fragen beantworten müssen, das ist ja ganz klar, aber glauben Sie mir: Wir würden niemals einer Frau etwas zuleide tun. Das ist doch wohl Ehrensache.«

Als Michel ihm Helenis Aufenthaltsort genannt hatte, grinste der Offizier ihn unverhohlen an. »Na endlich, endlich sind wir soweit. Diese verdammte Stimme aus dem Radio! Sehr gut, mein Junge, ausgezeichnet! Sie wissen gar nicht, welchen Dienst Sie uns damit erwiesen haben. Sie waren drauf und dran, einer gefährlichen Kriminellen zu helfen, einer Bedrohung der Sicherheit unseres Staates! … Aber natürlich, Sie sind ja Ausländer, wie hätten Sie das auch wissen sollen …«

Michel riß entsetzt die Augen auf. »Was, zum Teufel, reden Sie da? Was ist das für eine Geschichte mit dem Radio? Eine gefährliche Kriminelle? Ich glaube Ihnen kein Wort, Sie verdammter Lügner!«

Karamanlis kicherte. »Bringt ihn zurück in seine Zelle!« befahl er dann seinen Männern. »Ich brauche ihn im Moment nicht mehr.« Damit ging er hinaus und verschwand im Treppenaufgang. Michel wurde hinaus in den Korridor gezerrt, an dessen anderem Ende er seinen Peiniger am Türpfosten lehnen und eine Zigarette rauchen sah. Aus dem Folterraum war kein Laut zu hören.

»Ich habe getan, was ich konnte«, sagte der Arzt. »Die Wunde blutet nicht mehr, und die Infusion, die ich ihr gegeben habe, wird ihren Blutdruck heben. Aber das Mädchen braucht dringend eine Transfusion, und von eurem Freund ist immer noch keine Spur zu sehen. Es ist ihm sicher etwas zugestoßen.«

Claudio rang die Hände. »Ich verstehe das nicht, ich verstehe das wirklich nicht …«

Norman stand auf. »Claudio, wir befinden uns in einer sehr prekären Lage. Michel hätte uns sicher irgendwie verständigt, wenn ihm etwas dazwischengekommen wäre. Es bestehen kaum noch Zweifel, daß ihm etwas Schlimmes passiert ist. Wieso rufst du nicht Helenis Eltern an? Es ist eine große Verantwortung, die du da auf dich nimmst.«

»Helenis Eltern wohnen in Komotini. Von dort aus können sie sowieso nichts ausrichten, und sie würden sich nur Sorgen machen. Aber was, zum Teufel, kann denn nur mit Michel geschehen sein?«

»Ich weiß es auch nicht. Er hätte vor über einer Stunde hier sein müssen, auch wenn er in einen Stau oder in eine Straßensperre geraten wäre …«

»Vielleicht ist ein Teil der Stadt von Militärs eingeschlossen worden, und er kommt da nicht mehr heraus.«

»Ja, das mag sein, aber dann könnte er wenigstens anrufen.«

»Wenn das Militär nicht die Telefonleitungen gekappt hat …«

Heleni, die bisher stumm auf ihrem schmalen Bett gelegen hatte, öffnete die Augen. »Claudio«, sagte sie, »wir können hier nicht bleiben, es ist gefährlich, auch für den Arzt, der uns geholfen hat … Ins Krankenhaus will ich auch nicht, dort würden sie mich sofort verhaften lassen. Es geht mir ja jetzt schon etwas besser. Ruf bitte ein Taxi und bring mich zu mir nach Hause. Und dann kannst du ja die Medikamente besorgen, die Michel hätte holen sollen, und der Doktor könnte vielleicht heute abend noch mal bei mir vorbeischauen. Er hat gesagt, daß die Kugel auf der anderen Seite ausgetreten ist. Ich schaffe das schon. Michel wird sich früher oder später melden, du wirst sehen, aber jetzt müssen wir hier weg, ich bitte dich …«

»Heleni hat recht, Claudio«, sagte Norman.

»Ja, vielleicht ist das die einzige Möglichkeit, die uns bleibt.« Claudio wandte sich an den Arzt: »Was meinen Sie, Herr Doktor?«

»Ja, vielleicht ... Sie ist jung, und wenigstens verliert sie jetzt kein Blut mehr. Die Infusion hat sie etwas aufgepäppelt. Aber sie muß unbedingt Ruhe haben, darf auf keinen Fall aufstehen und sollte soviel wie möglich schlafen. Ich werde bis sieben Uhr meine Ambulanzpatienten versorgen, dann komme ich zu euch. Wie ist die Adresse?« Sie sagten sie ihm.

»Um acht Uhr bin ich bei euch. Da die Ausgangssperre für Ärzte nicht gilt, kann ich mich ungehindert in der Stadt bewegen. Sie müssen aber auch kommen, Norman, damit wir die Transfusion machen können.«

»Und was denken Sie, wann es ihr etwas besser geht und sie wieder aufstehen darf?« fragte Claudio.

»Frühestens in einer Woche, auf keinen Fall vorher.«

»Natürlich, geht in Ordnung. Gut, dann werde ich anschließend gleich ihre Eltern verständigen.«

»Macht euch jetzt fertig. Ich rufe euch ein Taxi.«

Claudio half Heleni beim Anziehen, während Norman auf die Straße ging, um nachzusehen, ob alles ruhig war. Als kurz darauf der Taxifahrer an der Tür klingelte, stützten Claudio und der Arzt die bleiche und noch sehr schwache Heleni beim Hinausgehen.

»Wie fühlst du dich?«

Heleni war sichtlich bemüht, ihre Kräfte zusammenzunehmen und ihrem Freund Mut zu machen. »Es geht mir schon viel besser, wirklich! Ich bin überzeugt, daß alles gutgehen wird. Wenn wir endlich bei mir zu Hause sind, haben wir das Gröbste hinter uns.« Als sie ins Auto gestiegen waren, schlug Norman die Tür hinter ihnen zu. Claudio kurbelte das Fenster herunter und bedeutete ihm, noch mal näher zu treten. »Norman ...«

»Ja, was gibt's noch?«

»Ich hab's mir anders überlegte Wir fahren doch nicht zu Heleni. Die Polizei könnte schon irgendwelche Hinweise bekommen haben und ihre Adresse kennen. Ich bringe sie lieber zu mir nach Hause.«

»Ja, du hast recht, das ist viel besser, ich hatte auch schon daran gedacht. Also, dann sehen wir uns dort.«

Claudio ergriff seine Hand. »Ich weiß, es ist nicht nötig, aber ich bitte dich nochmals, uns nicht im Stich zu lassen und zu kommen. Und … sag bitte zu niemandem ein Wort, wirklich zu keiner Menschenseele, außer zu unserem Arzt natürlich. Er muß ja wissen, daß sich die Adresse für heute abend geändert hat.«

»Sei ganz beruhigt, ihr könnt euch auf mich verlassen.« Und mit einem Lächeln fügte Norman hinzu: »Aber ich warne dich, Heleni wird nicht mehr dieselbe sein, wenn sie eine anständige Portion gallischen Bluts in den Adern hat. Sie wird dich unterbuttern … Und jetzt macht euch auf die Socken.«

Nachdem Claudio dem Fahrer die Adresse gegeben hatte, fuhr dieser sofort los.

»Warum hast du ihm deine Adresse gegeben?« murmelte Heleni.

»Die Polizei hat Hunderte von Leuten verhaftet, und viele von ihnen kennen dich. Vielleicht hat dich jemand verraten.«

»Es gibt keine Verräter unter uns«, sagte Heleni fest, und ihr blasses Gesicht wurde dabei von einem Schimmer der Erregung überlaufen.

»Vielleicht hast du recht, aber es ist dennoch besser, nichts zu riskieren. Ihr wart da drin zweitausend Leute, und mich kennt wenigstens niemand. In der Nähe meiner Wohnung ist eine Telefonzelle, von der aus werde ich später deine Eltern anrufen. Sei jetzt ganz ruhig; komm, lehn dich an mich an.«

Heleni legte ihren Kopf gegen seine Schulter und schloß die Augen. Durch seinen Rückspiegel warf ihnen der Taxifahrer von Zeit zu Zeit einen neugierigen Blick zu. Diese beiden jungen Leute kamen gerade aus einer Arztpraxis; das Mädchen war sehr bleich und hatte dunkle Schatten unter den Augen, und auch der Junge schien trotz seiner kräftigen Erscheinung erschöpft zu sein und zudem vor irgend etwas Angst zu haben. Wahrscheinlich hatte das kleine Flittchen gerade eine Abtreibung hinter sich, und der verantwortungslose Lümmel hatte sie in diese Lage gebracht. Wie er sie verachtete, diese verwöhnten Kinder ohne Scham und Moral. Den Hintern versohlen sollte man ihnen! Kaum ließ man ihnen die Zügel etwas locker, stellten sie schon den größten Unfug an. Genau wie diese Studenten, denen man besser eine handfeste Lektion erteilt hätte, als sie nutzlosen Unsinn zu lehren, der sie nur auf dumme Gedanken brachte ...

Die Fahrt schien eine Ewigkeit zu dauern, da das Taxi einen großen Umweg machen und hinter dem Olympieion herumfahren mußte, um in die Plaka zu gelangen. Endlich hielt es aber vor einem kleinen, weißgetünchten Haus, aus dessen Gartenmauer ein Weinstock wuchs. Ein paar Katzen strichen um die Abfallsäcke herum, die noch nicht abgeholt worden waren. Während Heleni, die geschlafen hatte, langsam zu sich kam, beugte sich Claudio nach vorne und gab dem Fahrer das Geld für die Fahrt.

»Wir sind da«, flüsterte er dann Heleni zu. »Kannst du einigermaßen gehen? Wir dürfen nicht auffallen.« Heleni nickte. Claudio stieg aus und bedeutete dem Fahrer, der ebenfalls aussteigen wollte, sitzenzubleiben. Dann half er Heleni aus dem Wagen, und während das Taxi sofort anfuhr und einen Moment später im Verkehrsgewühl der Altstadt verschwunden war, führte er sie langsam zu der Außentreppe, die zu seiner kleinen Wohnung hinaufführte. Oben angekommen, legte er sie behutsam auf sein Bett und deckte sie zu.

»Ich habe noch ein bißchen Fleisch im Kühlschrank und werde dir gleich eine Brühe kochen. Du mußt viel trinken und dich ausruhen. Mach dir keine Sorgen, hier bist du sicher. Niemand wird dich hier finden.« Damit schloß er die Wohnungstür von innen und drehte vorsichtshalber den Schlüssel zweimal um.

Heleni folgte ihm mit den Augen. »Weißt du, wie die Bewohner der Plaka bei uns genannt werden?«

Claudio öffnete den Kühlschrank und nahm das Fleisch heraus. »Nein, weiß ich nicht. Wie werden sie denn genannt?«

»*Gàngari.* Das heißt ›Riegel‹.«

»Das ist aber ein komischer Name.«

»Er geht auf ihren Widerstand gegen die türkischen Besatzer im Jahre 1925 zurück. Sie verriegelten die Türen jedes Hauses in der Plaka, fest entschlossen, sich bis aufs Blut zu wehren, wenn es zum Kampf kommen würde.« Sie liebkoste ihn mit einem langen, traurigen Blick. »Jetzt bist auch du zu einem *gàngaros* geworden ... und alles durch meine Schuld.«

»Genauso ist es. Aber du bist schlimmer als die Türken! Und jetzt sei still und schlafe, Liebste. Sobald die Brühe fertig ist, wecke ich dich.«

Er gab das Fleisch in einen Topf und fügte Wasser, ein paar Kräuter und eine gehörige Prise Salz hinzu, da dies eine blutdruckhebende Wirkung hatte. So, das würde reichen, bis Norman und der Doktor kamen. Aber was konnte nur mit Michel passiert sein, wieso meldete er sich nicht? ... Claudio zündete den Gasherd an und ließ sich auf einen Stuhl fallen. Eine kleine Weile starrte er auf das blaue Flämmchen, das den Topf umzüngelte, aber bald schon fühlte er eine tödliche Müdigkeit in sich aufsteigen. Eine Zeitlang versuchte er noch, ihr zu widerstehen, doch am Ende fiel sein Kopf nach vorne, und er schlief ein.

III

Athen, Botschaft Großbritanniens,
17. November, 14.00 Uhr

Der Botschaftsbeamte legte den Hörer auf und füllte sorgfältig das Besucherformular aus: »Herr Norman Shields für Herrn James Henry Shields, Geschäftsbeauftragter.«

Norman wurde ungeduldig und riß es ihm fast aus der Hand. »George, ist es denn die Möglichkeit, daß ich immer diese bürokratische Prozedur über mich ergehen lassen muß, um meinen Vater zu sehen? Sie merken doch, daß ich es eilig habe, verdammt noch mal!«

»Das sind nun mal die Vorschriften, und heute ist – milde ausgedrückt – ein besonders schlimmer Tag.«

»Mein Gott, wo mich doch hier sogar jede Putzfrau kennt. Es ist wirklich nicht zu fassen, George. Kann ich jetzt endlich hinaufgehen?«

Der Beamte nickte, und Norman schlüpfte schnell in den Aufzug und fuhr hoch in den zweiten Stock. Als er im Büro seines Vaters anlangte, war dieser gerade damit beschäftigt, seiner Sekretärin einen Brief zu diktieren.

»Vater, ich muß dich dringend sprechen. Es ist wirklich sehr wichtig.«

»Einen Moment noch, ich beende nur noch schnell diesen Brief und bin dann sofort bei dir … ›Angesichts der langjährigen freundschaftlichen Beziehungen unserer Staaten hegen wir keinen Zweifel, daß die Operation zu einem für beide Seiten zufriedenstellenden Ende gelangen wird. In Erwartung Ihrer Antwort, die für unser weiteres Vorgehen von größter Bedeutung ist, verbleibe ich hochachtungsvoll Ihr et cetera et cetera.‹ – Also, was ist diesmal los? Hast du Spielschulden, hast du ein Mädchen ins Unglück gestürzt, oder was sonst?«

Norman wartete, bis die Sekretärin hinausgegangen war, setzte sich dann auf einen Stuhl und stützte beide Ellbogen auf den Tisch. »Vater, es handelt sich um eine verteufelt ernste Angelegenheit. Ich brauche dringend deine Hilfe.«

James Shields betrachtete seinen Sohn nun etwas aufmerksamer. »Himmel, Norman, was ist denn mit dir geschehen? Bei deinen Augenringen könnte man ja fast meinen, du seist in eine Schlägerei geraten ...«

»Ich habe die ganze Nacht nicht geschlafen ... Folgendes: Ich war mit Michel und Claudio Setti unterwegs ... Das ist ein italienischer Freund von mir, dessen Freundin heute nacht in der Universität war. Sie heißt Heleni Kaloudis, vielleicht hast du schon von ihr gehört. Diese Verbrecher haben ihr eine Kugel in den Leib geschossen, sie ist schwer verletzt. Wir haben sie zu einem Arzt gebracht, der ihr eine Bluttransfusion geben wollte, aber es ist alles schiefgelaufen. Ins Krankenhaus wollte sie nicht, weil die Polizei sie sofort ins Gefängnis geworfen hätte. Deswegen war Michel losgefahren, um Medikamente zu holen, aber er ist nicht wiedergekommen, und ich fürchte, daß sie ihn erwischt haben und ...«

James Shields' Miene hatte sich verfinstert. »Nun mal der Reihe nach«, sagte er zu seinem Sohn. »Reiß dich zusammen und fang noch mal ganz von vorn an. Wenn du willst, daß ich dir helfe, mußt du mir alles ganz genau erzählen, alles, bis in die kleinsten Einzelheiten.«

Norman zog die Hände vom Tisch und preßte sie zwischen seine Knie. »O mein Gott. Ich weiß nicht mal, ob wir noch so viel Zeit haben ... Gut, ich werd's versuchen. Michel und ich waren mit zwei Freundinnen in Kifissìa, als Claudio plötzlich anrief und uns bat, sofort ins Polytechnikum zu kommen ...«

Er erzählte ganz genau, wie alles zugegangen war, und sah dabei immer wieder auf seine Armbanduhr, als gäbe ihm das die Möglichkeit, etwas Zeit zu gewinnen. Sein Vater hörte ihm aufmerksam zu und machte sich auf einem Block Notizen.

»Hältst du es für möglich, daß jemand euch gesehen hat, jemand von der Polizei, meine ich?«

»Ich weiß es nicht, ausschließen kann ich's jedenfalls nicht, bei dem Chaos, das in der Universitätsgegend geherrscht hat. Meine große Angst ist, daß sie Michel verhaftet haben, … es gibt eigentlich keine andere Erklärung für sein Verschwinden. Heleni geht es sehr schlecht, und sie kann nicht angemessen medizinisch versorgt werden. Ins Krankenhaus darf sie auf gar keinen Fall. Sie war die letzten Tage zu sehr im Lichte der Öffentlichkeit, hat oft im Radio gesprochen … Vater, ich wollte dich bitten, sie von einem Botschaftswagen abholen und ins englische Krankenhaus bringen zu lassen. Sie muß so schnell wie möglich eine Bluttransfusion bekommen.«

»Das ist alles nicht so einfach, wie du dir das vorstellst, Norman. Wenn es sich so verhält, wie du sagst, ist die griechische Polizei sicher auf der Suche nach diesem Mädchen. Es würde sich von unserer Seite aus um eine ungebetene Einmischung in die innenpolitischen Angelegenheiten unseres Gastlandes handeln und …«

»Verdammt noch mal, Vater!« rief Norman aufgebracht. »Ich komme zu dir mit der Bitte, einer Zwanzigjährigen das Leben zu retten, die nichts anderes wollte, als für die Freiheit ihres Landes kämpfen, und du sprichst mir von diplomatischen Spitzfindigkeiten.« Er stand so abrupt auf, daß sein Stuhl umfiel. »Lassen wir das, ich werde es schon alleine schaffen!« Damit wollte er auf und davon gehen, aber sein Vater stellte sich ihm in den Weg. »Benimm dich jetzt nicht wie ein Dummkopf, sondern heb den Stuhl auf und setz dich wieder hin. Ich werde sehen, was sich machen läßt. Gib mir nur ein paar Minuten Zeit.«

Er wählte eine interne Telefonnummer und wechselte ein paar Worte mit einem Kollegen. Dann nahm er den Notizblock vom Tisch und verließ den Raum. Norman erhob sich und ging nervös auf und ab.

Die Beziehung zu seinem Vater war schon seit langer Zeit unterkühlt, ja fast feindselig, und deshalb wollte er ihn zuerst auch nicht um Hilfe bitten. Er empfand es als eine

Niederlage und wollte ihm diesen Triumph nicht gönnen. Aber jetzt, wo er doch die Kraft gefunden hatte, sich an ihn zu wenden, bereute er, es nicht schon früher getan zu haben. Vielleicht wären dann in diesem Moment schon alle Probleme gelöst gewesen. Er hätte sich dessen bewußt sein und sofort handeln müssen, statt so lange zu zögern. Sowohl Claudio als auch Michel wußten sehr gut von seinem Konflikt und hatten es nicht gewagt, ihn zu bitten, sich mit seinem Vater in Verbindung zu setzen. Verdammt, wer weiß, was Michel inzwischen zugestoßen war und ob es überhaupt noch möglich war, Heleni zu retten. Wie konnte man nur so ein Idiot sein! Er hatte frei und unabhängig sein wollen und darüber vergessen, daß er sich diesen dummen Stolz nicht erlauben konnte.

Aber genauso sinnlos war es, sich jetzt noch Vorwürfe zu machen. Das einzige, was in diesem Moment zählte, war ein schnelles Handeln, denn es konnte jede Minute zu spät sein.

Als sein Vater wieder eintrat, lag ein Lächeln auf seinem Gesicht: »Wo genau befinden sich deine Freunde? Draußen wartet bereits ein Dienstwagen. In einer Stunde werden sie in Sicherheit sein.«

Normans Stimme zitterte, als er sagte: »Vater, ich weiß nicht, wie ... Mein italienischer Freund wohnt in einem Zimmer in der Plaka, die Adresse ist Aristomenis-Straße 32, erster Stock. Die Treppe ist an der Außenseite des Hauses. Ich könnte ja mitfahren.«

»Das ist ganz ausgeschlossen. Wir schicken einen unserer Leute, die schon ähnliche Missionen ausgeführt haben. Aber der Mann muß allein sein, ich hoffe, du verstehst das.«

»Ja, ja, sicher. Aber beeilt euch, ich bitte dich.«

»Aristomenis-Straße 32, sagst du?«

»Ja.«

»Ich gehe sofort runter und gebe ihm alle nötigen Anweisungen.« Damit ging er hinaus in den Korridor. Norman folgte ihm.

»Vater.«

»Ja?«

»Danke.«

Norman ging zurück ins Büro und trat ans Fenster. Von dort aus verfolgte er, wie sein Vater unten im Hof erschien, auf ein Auto zutrat, das bereits mit laufendem Motor wartete, und kurz mit dem Mann am Steuer sprach. Der Wagen setzte sich sofort in Bewegung und schlug den Weg zur Plaka ein. Es war dichter Verkehr und er würde viel Zeit brauchen … Zeit …

»Aristomenis-Straße 32. Sie sind aus einem Taxi gestiegen und in den ersten Stock hochgegangen, das Mädchen und ein junger Mann. Seit etwa einer halben Stunde sind sie nicht mehr herausgekommen.«

Über Radiofunk war die Stimme des Chefs der *astynomìa* zu hören: »Hier spricht Hauptmann Karamanlis. Wißt ihr, ob die Wohnung ein Telefon hat?«

»Nein, hat sie nicht, das ganze Haus ist nicht mit Telefonleitungen versorgt. Sie sind von der Umwelt abgeschnitten.«

»Seid ihr sicher, daß sie niemanden getroffen haben, bevor sie dort ankamen?«

»Ganz sicher. Das Taxi hat sie direkt hierhergebracht, ohne auch nur einmal anzuhalten. Sie haben nur mit einem Freund gesprochen, der bei ihnen war.«

»Und wo ist dieser Freund jetzt?«

»Er ist zu Fuß weggegangen, aber Roussos und Karagheorgis sind ihm gefolgt, Wagen 26.«

»Gut. Bewegt euch nicht von eurem Posten und laßt sie keine Sekunde aus den Augen. Sie tragen die Verantwortung.«

»Geht in Ordnung, Sie können sich auf mich verlassen.«

Der Beamte schaltete das Radio aus und zündete sich eine Zigarette an. Das Fenster im ersten Stock war immer noch geschlossen, und im ganzen Haus herrschte absolute Stille. Es war ihm nicht ganz klar, warum er diese beiden jungen Leute beschatten mußte. Sie waren ihm absolut harmlos erschienen. Sein Kollege am Steuer streckte sich auf seinem Sitz aus und zog sich die Mütze über die Augen. Doch es vergingen nur wenige Minuten, bevor die Radiostimme sich wieder meldete: »Hauptmann Karamanlis hier, könnt ihr mich hören?«

»Ja, Hauptmann, was gibt's?«

»Verhaftet die beiden, sofort!«

»Aber es scheint doch alles ganz ruhig zu sein da oben.«

»Ich habe mit dem Wagen 26 gesprochen. Der Junge, dem er gefolgt ist, ist zur britischen Botschaft gegangen. Kurz danach ist von dort ein Zivilwagen abgefahren, der sich nun in eure Richtung bewegt. Es wäre ja nicht das erstemal, daß sie versuchen, uns dazwischenzufunken, und ich will keine Schwierigkeiten. Verhaftet die beiden und bringt sie unverzüglich hierher.«

»Verstanden. Wir gehen sofort hinauf.«

Die Polizisten überquerten den kleinen Innenhof und stiegen die Treppen hinauf. Dann klopften sie an die Tür.

»Macht sofort auf, hier ist die Polizei!«

Claudio fuhr erschrocken hoch, und auch Heleni erwachte aus ihrem Dämmerschlaf. Auf dem Herd köchelte die Brühe vor sich hin und erfüllte das Zimmerchen mit einem verheißungsvollen Suppenduft. Die beiden jungen Leute sahen einander mit einer Mischung aus Panik und Verwunderung an.

»Man hat uns verraten«, sagte Claudio, als er sich etwas gefaßt hatte. »Schnell, du mußt aus dem Badfenster auf die Terrasse flüchten und von dort in die gegenüberliegende Dachwohnung einsteigen. Sie steht leer.« Dann rief er, zur Tür gewandt: »Einen Moment noch, ich komme sofort!« Er zog seine Freundin hoch und schob sie ins Bad, wo er ihr half, auf einen Stuhl zu steigen, von dem aus sie zum Fenster gelangen konnte.

»Es hat keinen Sinn«, sagte Heleni resigniert. »Es hat doch alles keinen Sinn. Laß mich mit ihnen gehen.«

»Wenn ihr nicht sofort aufmacht, treten wir die Tür ein!« hörten sie die Polizisten von draußen rufen.

»Ich werde versuchen, sie aufzuhalten. Tu jetzt, was ich dir gesagt habe. Von der Dachwohnung aus kannst du über die Hintertür auf die Straße gelangen. Du kennst doch die kleine Kirche Aghios Dimitrios genau gegenüber? Versteck dich dort und warte auf mich.« Er schloß das Badezimmer und ging endlich die Wohnungstür öffnen, die unter den Faustschlägen und Fußtritten der Polizisten schon nachzugeben drohte.

»Wo ist das Mädchen?« brüllten sie und hielten ihm ihre Pistolen unter die Nase.

»Sie ist vor einer Stunde mit ihren Eltern weggegangen.«

Der Polizist schlug ihm brutal ins Gesicht. »Wo ist sie?« Claudio antwortete nicht. Der zweite Beamte machte ein paar Schritte auf die Badezimmertür zu, aber Claudio warf sich auf ihn und schlug ihm von hinten mit der Faust in den Nacken, so daß er der Länge nach hinfiel. Nun wollte sich der erste Mann auf Claudio stürzen und ihm mit dem Kolben seiner Pistole einen Schlag versetzen, doch Claudio, der ihn aus dem Augenwinkel gesehen hatte, wich ihm aus und stellte ihm ein Bein. Der Mann schlug mit Wucht auf dem Boden auf, fuhr aber sofort zu Claudio herum und zielte mit der Pistole auf ihn, gerade in dem Moment, als Claudio sich auf ihn niederwerfen wollte.

»Wenn du auch nur eine Bewegung machst, puste ich dir das Gehirn aus dem Kopf.« Claudio blieb mit erhobenen Händen stehen. Der Polizist schlug ihm ein paarmal mit der Faust in den Magen, bis er vornüber kippte, und stieß ihm dann von unten das Knie ins Gesicht, so daß er, aus Mund und Nase blutend, in sich zusammensackte. Der zweite Polizist hatte sich inzwischen wieder aufgerichtet und mit einem Fußtritt die Badezimmertür aufgestoßen. Als er den Stuhl am Fenster entdeckte, lehnte er sich hinaus und sah sich um: Heleni war noch immer auf der Terrasse und schleppte sich langsam auf das Fenster der Dachwohnung zu. Er zielte mit der Pistole auf sie und rief höhnisch: »Komm zurück, meine Kleine, wir müssen uns miteinander unterhalten.«

Wenige Minuten später hielt der Wagen der britischen Botschaft vor dem Haus. Der Fahrer wollte schon aussteigen, hielt aber inne und kauerte sich mit gesenktem Kopf auf dem Autositz zusammen, als er sah, daß zwei Männer die Außentreppe herunterstiegen. Der eine hielt ein sehr bleiches Mädchen im Arm, das nur wankend die Stufen zu nehmen vermochte, der andere zog einen halb ohnmächtigen Jungen mit sich, dessen Gesicht und Kleider voller Blut waren. Sie stiegen in einen auf der anderen Straßenseite geparkten Wagen und fuhren schnell weg. Der Botschaftsbeamte schaltete mit einem Kopfschütteln das Funkradio an: »Hallo?«

»Ja, Shields hier. Und, was gibt's?«

»Sorry, ich bin zu spät gekommen. Sie haben sie erwischt, kurz bevor ich hier ankam. Was soll ich jetzt tun?«

Am anderen Ende der Leitung herrschte Schweigen.

»Mr. Shields, wenn Sie mir ein paar von den Jungs der Spezialeinheit schicken, könnten wir die Angelegenheit in Ordnung bringen, bevor sie die beiden verschwinden lassen.«

»Nein. Kommen Sie sofort zurück. Wir können nichts mehr für sie tun.«

Shields wandte sich verlegen zu Norman: »Es tut mir leid, mein Sohn, aber es war nichts mehr zu machen. Sie hatten die beiden schon verhaftet, als unser Beamter dort ankam. Es tut mir wirklich sehr leid …«

Norman bedeckte sein Gesicht mit den Händen. »O mein Gott«, sagte er nur, »… o mein Gott.«

Nachdem der Wagen in den Hof der Polizeizentrale eingefahren war, stieg einer der beiden Polizisten aus und öffnete die hintere Wagentür, um Heleni herauszuzerren und sie einem bereits wartenden Beamten zu übergeben. Claudio, der versucht hatte, Heleni zurückzuziehen, wurde mit Gewalt zu einem anderen Eingang geschleppt. Als man ihn durch den langen Gang des Polizeigebäudes führte und plötzlich eine der anliegenden Zimmertüren geöffnet wurde, sah er für einen kurzen Moment Michel zwischen zwei Polizisten sitzen.

Ihre Blicke begegneten sich, aber Michel schien ihn

nicht zu erkennen: Claudios Gesicht war stark geschwollen, seine Augen hatten sich zu zwei Schlitzen verengt, die Lippen waren wulstig und aufgerissen und die Haare klebten ihm schmutzig und naß an der Stirn.

Michel konnte noch immer nicht begreifen, wie die Welt sich innerhalb kürzester Zeit so verändert haben konnte. Noch vor vierundzwanzig Stunden war er ein junger Mann voller Enthusiasmus und Lebensfreude gewesen, jetzt war er ein gedemütigter und gebrochener Mann, ohne Gefühle und ohne eigenen Willen. Sie setzten ihn in einen Wagen, der in Richtung Faliron davonfuhr.

»Wohin bringt ihr mich?« fragte er.

»Zum Flughafen. Du bist des Landes verwiesen und kehrst sofort nach Frankreich zurück.«

»Aber ich wohne doch in Athen. Alle meine Sachen sind noch hier, ich habe ja nicht mal etwas zum Anziehen ... Man kann mich doch nicht einfach so ins Flugzeug setzen!«

»O doch. Mach dir keine Gedanken um deine Habe, sie wird dir nachgeschickt werden. Dein Flugzeug startet in einer Stunde. Wir haben auch schon ein Ticket für dich.«

Am Flughafen erwartete sie schon eine Bodenhosteß mit einem Rollstuhl, in den Michel gesetzt wurde.

»Er hat eine Art Operation hinter sich«, sagte der Polizist. »Für etwa eine Woche wird er nicht gehen können. Man muß ihm also auch nach der Landung noch behilflich sein.«

»Natürlich«, erwiderte das Mädchen. »Wir sind bereits verständigt worden.« Sie nahm ihren Platz hinter dem Rollstuhl ein und schob Michel durch die Kontrollschranke hindurch in die Abflughalle. Im Flugzeug wurde er von einem Steward zu seinem Fensterplatz getragen.

Bevor das Flugzeug an Höhe gewann, drehte es noch einen weiten Kreis über dem Golf und der Stadt. Der Steward begann, die Sicherheitsvorkehrungen an Bord zu erläutern und den Gebrauch der Schwimmwesten im Falle einer Wassernotlandung vorzuführen, doch Michel hörte ihm gar nicht zu. Unter sich sah er das Felsplateau der

Akropolis, und zum erstenmal erschien sie ihm nicht schön, sondern unendlich trist und öde, wie ein riesiger Grabhügel aus Kalk. Er würde nie mehr nach Athen zurückkommen. Zwischen den niedrigen Häusern der Plaka glaubte er für einen Moment die Agora und das Gebäude der Archäologischen Schule auszumachen. Würde er sich jemals von seinen Erinnerungen befreien können? Die an die Freunde Claudio und Norman zum Beispiel ... Er hatte sie zwei Jahre zuvor auf der Dorfstraße zwischen Metsovon und Ioannina getroffen. Sie waren per Anhalter unterwegs gewesen, und er hatte sie in seinem Wagen bis nach Parga mitgenommen. Sie hatten sofort Freundschaft geschlossen, eine verrückte Freundschaft, die eine verschworene Gemeinschaft geworden war und keine Eindringlinge geduldet hatte. Zusammen wollten sie die Welt entdecken, immer und überall die Besten sein, Abenteuer erleben. Sie hatten miteinander gelernt, gestritten, in der Taverne über das Los der Welt diskutiert, Retsina getrunken, Mädchen erobert ... Und dann war Heleni gekommen, die betörend schöne Heleni, die auch er begehrt hatte und die sich für Claudio entschieden hatte und auch ihm zur Freundin geworden war ... Heleni, so bezaubernd und liebenswert, so mutig und stolz ... Er hatte sie verraten, aus Schwäche und Feigheit, und niemand würde ihm das je verzeihen können, am wenigsten er selbst. Dieser Gedanke war es, der ihn am meisten quälte. Würde er jemals vergessen können?

Während das Flugzeug an Höhe gewann, fühlte er, wie der Druck ihn gegen die Lehne seines Sitzes preßte. Unter ihm breitete sich jetzt eine milchige, diffuse Fläche aus schemenhaften Formen aus, die wie weiße Trugbilder an ihm vorbeiglitten. Er starrte weiterhin aus dem Fenster, doch erkennen konnte er nichts mehr, denn seine Augen standen voller Tränen.

Was würde nun aus seinem Leben werden? Wie sollte er noch die Kraft finden, irgend etwas damit anzufangen? O Athen, Athen, ... nie würde er es wiedersehen ... nie mehr.

Erst jetzt merkte er, daß die Stewardeß ihn schon zum zweitenmal fragte: »Möchten Sie etwas trinken, mein Herr?«

Michel wandte sich nicht zu ihr um, als er mit fester, höflicher Stimme antwortete: »Nein, danke. Ich möchte nichts.«

In einer fensterlosen, eiskalten Zelle, in der nichts weiter stand als ein Stuhl, der ebenso wie die Zellentür aus Eisen war, wurde Claudio stundenlang der absoluten Isolation überlassen. Hosengürtel, Schnürsenkel, Brieftasche und Armbanduhr hatte man ihm abgenommen. Die brennende Lampe verbreitete ein hartes, grelles Licht, und die Wände ließen keinen Laut zu ihm durchdringen. Das einzige Geräusch war der Widerhall seiner Schritte, wenn er von Zeit zu Zeit aufstand und ein wenig in dem engen Raum umherging.

Niemals zuvor war er so verängstigt und verzweifelt gewesen, und niemals hatte er so starken körperlichen Schmerz empfunden. Ein Gefühl unerträglicher Beklemmung erfüllte ihn, neben dem es nichts anderes mehr zu geben schien. Als er irgendwann hörte, wie sich Schritte näherten und vor seiner Zelle innehielten, und als kurz darauf tatsächlich die Tür geöffnet wurde, stieg plötzlich der brennende Wunsch in ihm auf, alle Kraft zusammenzunehmen und den Mann, der dort in der Türöffnung stand, zu töten. Wie um sich vor einer sinnlosen Verzweiflungstat zu bewahren, war er hinter den Stuhl getreten und hatte sich an dessen Lehne geklammert.

Der Mann war mittelgroß und schlank, sein Gesicht war frisch rasiert und er machte in seiner Uniform der *astynomìa* eine tadellose Figur. Seine Haare wiesen die ersten weißen Fäden auf, und sein feiner Schnurrbart sah nach sorgfältiger Pflege aus. Er schien so ruhig und gelassen, daß er unter anderen Umständen einen vertrauenerweckenden Eindruck gemacht hätte. Als er auf ihn zutrat, roch Claudio den frischen, fast angenehmen Geruch seines Rasierwassers.

»Setzen Sie sich«, sagte der Mann auf italienisch. »Mein Name ist Hauptmann Karamanlis, und ich bin hier, um Ihnen zu helfen.«

»Ich bin italienischer Staatsbürger und habe ein Recht auf den Beistand meines Konsulats. Sobald Sie mich freilassen – und das werden Sie schon bald tun müssen –, lasse ich Sie zur Verantwortung ziehen.«

Der Offizier lächelte. »Mein lieber Freund, ich habe die Macht, Sie umbringen und Ihre Leiche anschließend so geschickt verschwinden zu lassen, daß sie niemals gefunden wird. Danach würde ich selbstverständlich mit dem größten Eifer mit Ihrem Konsulat zusammenarbeiten, um Ihren Verbleib zu klären. Ihre Akte würde zweifellos bald geschlossen werden, denn nichts fällt mir leichter, als falsche Spuren zu legen.«

Er zog ein Päckchen Zigaretten aus der Tasche, bot auch Claudio eine an und gab ihm Feuer. Während Claudio einen tiefen Zug nahm, fuhr Karamanlis fort: »Jetzt wissen Sie also, wie die Dinge stehen. Seien Sie aber versichert, daß mir gar nichts daran liegt, all diese schlimmen Dinge mit Ihnen anzustellen. Ich habe in Italien studiert, und ich bewundere und liebe Ihr Land. Schließlich haben wir Griechen und ihr Italiener doch vieles gemeinsam, nicht wahr?« Als Claudio schwieg, fuhr er fort: »Hören Sie mir also jetzt gut zu: Es gibt nur eine Möglichkeit, wie Sie sich selbst und Ihre Freundin aus dieser unangenehmen Situation retten können ... Sie lieben sie doch, oder täusche ich mich?«

»Lassen Sie Heleni sofort in ein Krankenhaus bringen. Sie ist verletzt, vielleicht ist ihr Leben in Gefahr ...«

»Das wissen wir. Und je mehr Zeit wir verlieren, desto größer wird die Gefahr für Ihre Freundin. Es hängt alles nur von Ihrer Bereitschaft ab, mit uns zusammenzuarbeiten. Wir wollen alles über Heleni Kaloudis wissen: Mit wem sie außer Ihnen noch Kontakte hatte, wer ihre Komplizen und Auftraggeber sind, und was genau sie im Schilde führten. Ferner würde es uns brennend interessieren, ob die Studenten Kontakte mit der kommunistischen Partei oder gar mit Agenten aus dem Osten unterhalten ...«

Claudio wußte nicht, ob er laut loslachen oder noch mehr verzweifeln sollte. Dieser Mann war durchaus nicht an der Wahrheit interessiert, sondern wollte nichts anderes als eine Bestätigung seiner Hirngespinste, an deren realer Grundlage er keinen Zweifel hegte. Keine noch so vernünftige Erklärung würde ihn dazu bringen, seine Überzeugungen zu revidieren.

»Hören Sie: Ich werde ehrlich zu Ihnen sein, da es nichts Wichtigeres auf der Welt für mich gibt als die Rettung Helenis. An all dem, was Sie da glauben, ist nicht ein Fünkchen Wahrheit. Heleni ist nichts anderes als ein Mitglied der Studentenbewegung, genau wie Tausende ihrer Kommilitonen auch. Wenn Sie aber darauf bestehen, dann bestätige ich Ihnen alles, was Sie vorhin gesagt haben: Verschwörungen, ausländische Agenten, kommunistische Auftraggeber, was immer Sie wollen ... Meine einzige Bedingung ist, daß das Mädchen umgehend in ein Krankenhaus kommt und von fähigen Ärzten versorgt wird.«

Karamanlis musterte ihn mit einem Gesichtsausdruck, in dem gleichzeitig Mitleid und Triumph lagen. »Ich freue mich, daß Sie sich zur Mitarbeit entschlossen haben, und verstehe natürlich Ihren Wunsch, das Mädchen in jedem Fall zu entlasten. Allerdings darf ich Ihnen auch nicht vorenthalten, daß Ihr ... Geständnis ... später bis in die kleinsten Einzelheiten mit dem verglichen werden wird, was wir aus dem Mädchen herausbekommen konnten.«

Claudio wich gegen die Wand zurück und umfaßte wieder hilfesuchend die Stuhllehne. »Ihr werdet sie in ihrem Zustand doch keinem Verhör unterziehen wollen?! Das könnt ihr nicht tun, ich beschwöre Sie, das darf nicht geschehen!«

»Das müssen wir aber tun, das befiehlt uns unsere Pflicht, Herr Setti. Und wenn wir dann eurer beider Aussagen gegenübergestellt und als übereinstimmend befunden haben, gut, dann können wir Sie freilassen und das Mädchen in ein Krankenhaus bringen, damit sie sich bis zum Beginn des Prozesses erholt hat ...«

»O nein, Hauptmann, da ist nichts zu machen, Sie haben wirklich nicht kapiert, was ich Ihnen zu erklären suche. Absolut nichts haben Sie verstanden! Also noch einmal: Ich arbeite nur mit Ihnen zusammen, wenn Heleni sofort in Behandlung kommt, ansonsten sage ich kein Wort. Ihr könnt mich in Stücke zerlegen, mir die Eier abschneiden, mir die Nägel ausreißen – und was ihr sonst noch in eurem Folterinventar habt. Ich schwöre Ihnen, ich sage kein Wort, kein Wort, haben Sie mich nun endlich verstanden? Heleni darf nicht verhört werden, sie muß sofort ins Krankenhaus …« Seine Stimme war immer lauter geworden, und er hatte sich nach und nach in Rage geschrien. Die Augen waren ihm fast aus den Höhlen getreten und die Adern an Hals und Schläfen stark angeschwollen. Er machte den Eindruck eines Wahnsinnigen.

Karamanlis hatte sich vorsichtig in Richtung Tür zurückgezogen, die sich in diesem Moment hinter ihm öffnete. Ein Polizist trat ein, näherte sich seinem Vorgesetzten und flüsterte ihm ins Ohr: »Es war nichts aus ihr herauszubekommen.« Karamanlis zog eine seltsame und unschöne Grimasse, die seinem glatten, respektierlichen Äußeren auf groteske Weise widersprach.

»Wie geht es ihr?« fragte er leise, so daß Claudio ihn nicht hören konnte.

»Sie ist sehr geschwächt. Wenn wir noch härter zugreifen, riskieren wir, daß sie draufgeht.«

»Das ist mir egal. Sie muß reden. Und der Wahnsinnige hier auch … Ist der Engländer schon da?«

»Ja, aber bisher haben wir ihm nicht viel zu erzählen …«

Claudio hatte sich ein paar Schritte herangewagt und versuchte, etwas von dem Gespräch aufzuschnappen. Mit hämischem Vergnügen nahm Karamanlis seinen panischen Gesichtsausdruck wahr. »Ihre Freundin hat noch nicht geredet«, sagte er, »falls es das ist, was Sie wissen möchten. Aber sie wird bald den Mund aufmachen, das garantiere ich Ihnen. Ich habe jemanden kommen lassen, der sich mehr als jeder andere darauf versteht, Menschen zum Sprechen bringen … Sein Name ist Sergeant Vlassos.« Der andere Polizist kicherte unwillkürlich. »Sergeant

Vlassos weiß sehr genau, wie er vorgehen muß, vor allem bei Frauen ... Wissen Sie, wie er von seinen Kollegen genannt wird? *Ò Chiròs* nennen sie ihn, ›das Schwein‹.«

Claudio stieß einen Schrei aus, packte den Stuhl und wollte sich damit auf Karamanlis stürzen. Doch dieser war schon hinausgegangen, und der Stuhl schlug krachend gegen die eiserne Tür.

Um vierzehn Uhr beendete Ari seinen Wachdienst im Museum. Er hatte am Morgen mit dem Direktor gesprochen, um ihm vom plötzlichen Tod des Professor Harvatis in Kenntnis zu setzen, ihm die Schlüssel zurückzugeben und seine übliche Arbeit wieder aufzunehmen. Der Direktor hatte ihm keine weiteren Fragen gestellt, da Harvatis als Wissenschaftler nicht ihm, sondern der Oberintendanz unterstellt gewesen war. Wie jedes Jahr war Ari für ein paar Monate zu den Ausgrabungsarbeiten nach Ephyra abberufen worden, um im Herbst zu seinem Dienst als Museumswächter zurückzukehren. Die goldene Vase, die er im Keller versteckt hatte, und der Brief, der sich noch immer in seiner Tasche befand, blieben sein Geheimnis.

Er betrat eine Taverne und bestellte sich etwas zu essen. Während er wartete, versuchte er, seine Gedanken zu ordnen und zu überlegen, was als nächstes zu tun war. Wohin sollte er sich wenden? Wen um Rat fragen? Und was sollte er mit dem Brief anfangen? Er holte ihn aus der Innentasche seiner Jacke und drehte und wendete ihn lange hin und her. Als der Kellner ihm ein Viertel Retsina brachte, goß er sich ein Glas ein und trank den herben Wein in kleinen Schlucken. Aber immer wieder kehrte sein Blick zu dem schon ganz abgegriffenen Umschlag zurück, den er auf den Tisch gelegt hatte. Einem plötzlichen Impuls folgend, griff er zum Messer, um ihn zu öffnen und wenigstens seinen Inhalt in Erfahrung zu bringen, aber dann bezwang er sich doch: Er hatte dem vom Tode gezeichneten Professor versprochen, ihn zu der angegebenen Adresse zu bringen.

Es blieb ihm nichts anderes übrig als nochmals die Drukkerei in der Dionysìou-Straße aufzusuchen. Wer weiß, vielleicht würde er beim nächstenmal jemanden antreffen. Es war dumm von ihm gewesen, sich von dem sonderbaren Mann einschüchtern zu lassen. Gut möglich, daß er völlig harmlos gewesen war, vielleicht handelte es sich ja nur um einen der vielen Obdachlosen, die nachts ziellos in der Stadt herumirrten. Bei Tageslicht betrachtet, sah die Sache jedenfalls schon viel ungefährlicher aus, aber in jener Nacht hätte wohl jeder mit dem Schlimmsten gerechnet.

Als ihm der Kellner sein Huhn mit Reis und Bauernsalat brachte, machte sich Ari mit Appetit über das Essen her. Er hatte die vergangenen zwölf Stunden so gut wie nichts gegessen und war hungrig wie ein Wolf. Plötzlich kamen ihm die jungen Leute in den Sinn, die sich mit dem verletzten Mädchen zu ihm ins Museum geflüchtet hatten, und er fragte sich besorgt, ob es ihnen wohl gelungen war, sie zu retten.

»Aber ich habe doch gar keinen Wein mehr bestellt«, sagte Ari verdutzt, als der Kellner ihm nach einer Weile noch ein Viertel Retsina hinstellte.

»Der Herr da hinten möchte Sie gerne einladen«, erwiderte der Kellner und wies auf einen Tisch in der Nähe der Tür.

Ari wandte sich langsam um und fühlte, wie ihm das Blut in den Adern gefror – kein Zweifel, der Mann dort war derselbe, der ihn vor der Druckerei in der Dionysìou-Straße angesprochen hatte. Ari hatte zwar in der Dunkelheit sein Gesicht nicht gut erkennen können, aber er trug auch diesmal den dunkelgrauen Mantel und den breitrandigen Hut, der seine Augen überschattete. Er rauchte eine Zigarette und hatte ein Glas Wein vor sich stehen.

Ari steckte den Brief in die Tasche, ergriff mit der einen Hand die Weinkaraffe, mit der anderen sein Glas und ging entschlossen auf den Tisch des Fremden zu, wo er beides niederstellte.

»Ich nehme grundsätzlich keine Einladungen von Unbekannten an. Wie haben Sie mich gefunden? Und was wollen Sie von mir?«

Der Mann hob den Kopf und streckte die Hand aus.

»Den Brief. Den Brief, der für Stavros Kouràs bestimmt ist.»

Er hatte helle Augen, von einem lichten Blau, das am Rand dunkler wurde und an Eis in sehr kalten Winternächten erinnerte. Haare und Bart waren tiefschwarz, unterbrochen von einzelnen weißen Strähnchen, und die dunkle Haut war von tiefen Falten zerfurcht. Er mochte ungefähr fünfzig Jahre alt sein.

»Aber Sie sind doch gar nicht Stavros Kouràs«, wandte Ari unsicher ein.

»Setzen Sie sich«, forderte ihn der Mann auf, in einem Ton, der keine Widerrede zu dulden schien. Als Ari Platz genommen hatte, nahm der Mann einen tiefen Zug aus seiner Zigarette.

»Hören Sie mir jetzt genau zu«, sagte er. »Wir dürfen keine Zeit verlieren. Es gibt niemanden namens Stavros Kouràs, sondern es handelt sich dabei nur um einen Decknamen. Dieser Brief ist von Periklis Harvatis geschrieben, nicht wahr?«

Ari sah ihn erstaunt an und nickte. Dann sagte er traurig: »Periklis Harvatis ist tot.«

Der Mann schwieg. Nichts an ihm ließ eine Gemütsbewegung erahnen.

»War er Ihr Freund? Kannten Sie ihn überhaupt?« fragte Ari.

Der Mann senkte den Blick. »Wir hatten ein gemeinsames Projekt, ein sehr wichtiges Projekt. Das ist der Grund, weshalb Sie mir den Brief geben müssen. Ich muß ihn unbedingt lesen.«

Ari zog den Brief aus der Tasche und sah dem Mann forschend in die Augen. »Wer sind Sie?« fragte er und versuchte, dem durchdringenden Blick des Fremden standzuhalten.

»Ich bin der Mann, für den der Brief bestimmt ist. Das muß Ihnen genügen. Es hat seinen Grund, daß ich an jenem Tag an dem Ort war, dessen Adresse auf dem Umschlag steht. Wie hätte ich sonst wissen sollen, wer den

Brief geschrieben hat? Geben Sie ihn mir. Sie haben keine andere Möglichkeit.«

Es klang, als würde er etwas völlig Selbstverständliches sagen, und ohne Widerrede übergab Ari ihm den Brief. Der Mann griff hastig danach, riß den Umschlag auf und begann zu lesen. Ari suchte in seinem Gesicht nach einer Reaktion, konnte aber in dem wie aus Stein gemeißelten Antlitz des Mannes nichts entdecken.

»Harvatis hat einen bestimmten Gegenstand gefunden. Sie wissen, wovon ich spreche. Wo ist er?«

»Er ist im Keller des Archäologischen Nationalmuseums versteckt.«

»Haben Sie ihn gesehen?«

»Ja.«

»Und außer Ihnen sonst noch jemand?«

Ari senkte verlegen den Kopf, denn obwohl er nicht einmal den Namen des Mannes kannte, hatte er das Gefühl, sich vor ihm rechtfertigen zu müssen.

»Vier junge Leute haben ihn gesehen ... Studenten, die ...« Ari versteifte sich plötzlich, als er an das Leid dachte, das ihnen widerfahren war, und ein zorniges Funkeln trat in seine Augen. »O Heilige Mutter, Sie wissen doch sicher was heute nacht im Polytechnikum passiert ist. Sie waren ja selbst unterwegs. Es handelt sich um Studenten, die aus der Universität geflüchtet sind. Ein Mädchen war auch dabei, es war schwer verletzt. Ich kenne die Jungen, es sind Studenten der ausländischen Archäologischen Schulen. Was hätte ich denn tun sollen? Das Lager im Keller war der einzige Ort, an dem sie in Sicherheit waren. Und ich konnte leider nicht verhindern, daß ...«

»Wo sind sie jetzt?«

»Das weiß ich nicht. Ich habe ihnen einen Arzt besorgt, der sich um das Mädchen kümmern wollte, ohne es an die Polizei zu verraten. Danach habe ich nichts mehr von ihnen gehört, keiner von ihnen hat sich noch einmal bei mir gemeldet.«

»Dann muß die Polizei sie erwischt haben. Sie sind ganz sicher verhaftet worden.« Der Mann stand auf und legte eine Münze im Wert von zwanzig Drachmen auf den Tisch. »Wie heißen diese jungen Leute? Sagen Sie mir ihre Namen.«

»Warum, was wollen Sie tun?«

»Wenn Sie mir nicht sagen, wer sie sind, sind sie alle verloren.«

»Einen von ihnen kenne ich gut: Ein Junge namens Michel Charrier, er ist Franzose. Die anderen beiden heißen Claudio Setti und Norman … Der Name des verletzten Mädchens ist Heleni Kaloudis. Mehr weiß ich auch nicht.«

Der Mann nickte und wandte sich zum Gehen.

»Warten Sie, sagen Sie mir doch wenigstens, wer Sie sind und wie ich Sie finden kann …« Ari lief ihm nach, öffnete die Glastür, die sich hinter dem Fremden schon wieder geschlossen hatte, und betrat den Bürgersteig. In diesem Moment fuhren mehrere mit Soldaten besetzte Militärwagen vorbei, und die ganze Stadt schien vom Heulen unzähliger Sirenen durchdrungen.

Der Mann war verschwunden.

IV

Athen, Polizeizentrale, 18. November, 7 Uhr 30

Sergeant Vlassos ging mit kleinen, eiligen Schritten durch den Korridor, wobei er die Fußspitzen bei jedem Schritt nach außen warf und die kurzen, fetten Hände rhythmisch schlenkerte. Er war von kräftiger, untersetzter Statur, und sein Hemd spannte über dem harten, über den Hosengürtel quellenden Bauch. Um seine beginnende Kahlheit zu kaschieren, trug er die Haare sehr kurz, aber wie immer stand ein schwarzer, borstiger Dreitagebart in seinem schwammigen weißen Gesicht. Seine Augen waren von einem wässerigen Hellblau und trugen den etwas trägen, friedliebenden Ausdruck des dienstbeflissenen Beamten. Obwohl er ein Feigling war, hatte er etwas Zügelloses. Seinen Vorgesetzten gegenüber war er treu und folgsam wie ein Hund, aber Schwächeren gegenüber war er zu jeder Grausamkeit fähig, solange er sich sicher sein konnte, daß ihm keine Strafe drohte und niemand ihn zur Rechenschaft ziehen würde.

Im Moment konzentrierten sich seine Gedanken auf diese kleine Nutte, die sich tagelang mit den Studenten im Polytechnikum herumgetrieben hatte und die jetzt nicht mit der Polizei zusammenarbeiten wollte. Sie hatte es gewagt, im Radio allerlei Verleumdungen und Beleidigungen gegen die Obrigkeit von sich zu geben, und jetzt weigerte sie sich strikt, auf die Fragen der Polizei zu antworten.

»Das ist ein Job für Sie«, hatte sein Chef zu ihm gesagt. »Nehmen Sie die Sache in die Hände, Vlassos. Die Kleine gehört Ihnen, Sie können mit ihr machen, was Sie wollen ... Haben Sie verstanden, mein Alter? Was immer Sie wollen ...« Dann hatte er ihn verschwörerisch angelächelt und ihm zugezwinkert, als wollte er sagen: »Wir haben uns schon verstanden, nicht wahr?« Und Vlassos hatte geantwortet: »Sie können auf mich zählen, Herr Kommandant. Ich weiß, was ich zu tun habe.«

»Gut, das dachte ich mir schon. Nach Ihrer … Behandlung wird das Mädchen dann hoffentlich sanft wie ein Lamm sein; ansonsten werden wir wohl noch weitermachen müssen, bis sie zur Vernunft kommt. Sie haben doch keine Probleme damit, die Behandlung zu wiederholen, falls es nötig sein sollte?« Vlassos hatte gekichert und erwidert: »O nein, nein, da sehe ich keine Probleme …«

Schwach und blaß lag Heleni auf ihrem Eisenbett. Als sie bemerkte, wie die Tür aufging und ein korpulenter Mann auf sie zukam, hob sie den Kopf und versuchte, sich auf die Ellbogen abzustützen.

»Jetzt werde ich dafür sorgen, daß du redest, du verdammte Hure, und wie du reden wirst …«

Heleni erschrak und flehte unter Tränen: »Bitte … bitte tut mir nicht mehr weh …«

»Halt den Mund!« schrie Vlassos. »Ich weiß schon, was ich zu tun habe.« Er hob die Hand und schlug ihr brutal ins Gesicht.

Hinter der Tür stand Karamanlis und beobachtete alles durch ein Spiegelglasfenster. Ein weiterer Mann mit angespanntem Gesicht, dem die Sache äußerst unangenehm zu sein schien, stand hinter seinem Rücken und hielt sich ein Stück von dem Fenster entfernt, als ob er nicht zuviel sehen wollte.

»Jetzt werden wir alles erfahren, was wir wissen wollen«, sagte Karamanlis, ohne sich zu dem Mann umzudrehen. »Und wenn sie nicht redet, dann wird der Junge es tun, das versichere ich Ihnen, Mister.«

»Diese Methoden sind unmenschlich, und Sie sind ein Aas, Karamanlis. Gehen Sie zum Teufel!«

»Sie können sich Ihre Scheinheiligkeit sparen. Ihre Freunde sind genauso daran interessiert wie wir, zu erfahren, wer hinter dem Aufstand steckt und diese Kinder an der Kandare hält. Wir hatten das Glück, dieses Grüppchen auszuheben, das bringt uns hoffentlich ein gutes Stück weiter. Lassen Sie mich also arbeiten und gehen Sie mir nicht auf die Nerven.«

Als sie Schritte hörten, wandten sich die beiden Männer um und sahen einen Polizisten durch den Gang kommen, der Claudio am Arm gepackt hielt. Auf ein Zeichen von Karamanlis stieß der Polizist den Jungen so hart gegen die Tür, daß sein Gesicht am Fenster klebte und er mitverfolgen mußte, wie Vlassos noch einmal in Helenis blutüberströmtes Gesicht schlug. Mit einem Schrei des Entsetzens fuhr er zu Karamanlis herum, doch der Polizist hatte ihm den Arm so heftig auf den Rücken gedreht, daß Claudio vor Schmerz laut aufschrie und auf die Knie stürzte. Trotzdem hörte er nicht auf, den Hauptmann wütend zu beschimpfen: »Feigling, Barbar, Bastard, du verdammter feiger Mörder ...!«

Karamanlis packte den Jungen zornig und zog ihn hoch zum Fenster, wo er sein Gesicht an die Scheibe preßte. »Schau dir genau an, was da drinnen vor sich geht! Und dann überlege dir gut, ob du immer noch nicht reden willst. Ich habe den Verdacht, daß du mir gleich alles erzählen wirst, was du weißt. Und deine schlauen Sprüche wirst du dir auch bald verkneifen, habe ich recht?«

Claudio war wie gelähmt vor Grauen. Während Heleni völlig leblos dalag, schien Vlassos das Schlagen des Mädchens erregt zu haben. Mit gierigem Blick öffnete er seine Hose, hob Helenis Rock und legte sich schnaufend und grunzend auf sie.

Während Claudio fühlte, wie etwas in ihm zerbarst und in tausend Stücke zersprang, schrie er wie von Sinnen: »Es gibt nichts zu sagen, verdammt noch mal! Es gibt doch überhaupt nichts zu sagen! ... Er soll aufhören, bitte, so haltet ihn doch auf!« Er nahm alle seine Kräfte zusammen und wand sich so heftig, daß es ihm gelang, mit einem Ruck seinen Arm zu befreien und dem Polizisten, der ihn zu halten suchte, einen Faustschlag mitten ins Gesicht zu versetzen. Der Mann fiel winselnd zu Boden und hielt sich mit den Händen die gebrochene Nase und den zerschlagenen Kiefer. Claudio warf sich wie ein wildgewordener Stier gegen die gepanzerte Tür und hätte sich wohl alle Knochen zertrümmert, wenn sich nicht zwei weitere Polizisten auf ihn gestürzt und ihn zu Boden geschlagen hätten. Einer der beiden stemmte ihm ein Knie auf die Brust und drückte mit der Hand seine Kehle zu.

Karamanlis, dessen Gesicht weiß wie ein Leintuch geworden war, befahl den Polizisten, ihn hochzuziehen und zu zwingen, weiter durch das Fenster zu sehen. Im selben Moment schaltete sich jedoch der Mann im Hintergrund ein, der die ganze Zeit wortlos dabeigestanden hatte: »Halten Sie dieses Tier auf, Karamanlis! Verdammt, halten Sie ihn auf! Sehen Sie denn nicht, daß sie gar nicht mehr lebt? Der Bastard hat sie umgebracht, mein Gott, sie ist tot! … Das werden Sie teuer bezahlen, ich schwöre es Ihnen.«

Helenis Körper zuckte noch unter den letzten Stößen, doch ihre Glieder hingen leblos herunter wie die einer Stoffpuppe; von ihren nach oben verdrehten Augen war nur noch das Weiße zu sehen.

Karamanlis öffnete endlich den Mund und befahl Vlassos vergeblich, das Mädchen loszulassen. Erst das gewaltsame Eingreifen der anderen beiden Polizisten konnte ihn dazu veranlassen, sich von Helenis Leiche zu lösen.

Der Mann, der Helenis Tod als erster bemerkt hatte, trat nun aus dem Halbschatten auf Karamanlis zu: »Sie sind ein verdammter Idiot, Karamanlis! Da er alles gesehen hat, müßt ihr jetzt auch noch den Jungen umbringen. Wirklich ein schönes Ergebnis, das Sie da erzielt haben, Sie Narr! Noch dazu ist er Staatsangehöriger eines alliierten Landes. Einen größeren Unfug hätten Sie gar nicht machen können!«

Claudio war halb bewußtlos. Sein Gesicht war so verschwollen, daß er nur noch mit dem linken Auge sehen konnte, doch mit jedem Blinzeln prägte sich ein scharfumrissenes Bild für immer in seine Erinnerung ein: Hauptmann Karamanlis, die Polizisten Roussos und Karagheorgis, der Mann mit dem englischen Akzent, dessen Züge für einen Moment von der Deckenlampe erhellt wurden, ... und Vlassos. Er sah ihn nicht herauskommen, doch während er das Bewußtsein verlor, stieg ihm für einen Augenblick ein scharfer, widerlicher Geruch in die Nase.

Karamanlis, der sich bisher bemüht hatte, eine gleichgültige und unberührte Miene zur Schau zu stellen, schien plötzlich in sich zusammenzufallen. Sein Gesicht sah abgespannt und erschöpft aus, und auf seiner zerfurchten Stirn standen Schweißperlen. »Bringt ihn weg«, ordnete er an, »schafft ihn aus der Stadt, sobald es dunkel wird, und macht dem Ganzen ein Ende. Und vergeßt nicht: Ihr müßt dafür sorgen, daß keine Spuren zurückbleiben, oder ihr haltet alle den Kopf hin. Das Mädchen könnt ihr mit ihm zusammen begraben.« Er deutete auf den Körper Helenis, der noch immer auf dem Bett lag.

Eine Stunde später ging Karamanlis an der Zelle vorbei, in die man Claudio geworfen hatte, und blieb wie angewurzelt stehen: Aus der Tür drangen seltsame Laute zu ihm heraus, eine Art Gesang, dessen Worte er nicht verstehen konnte. In der sanften Melodie, die langsam höher und volltönender wurde, schwang ein großer Schmerz, und sie steigerte sich zu einer beunruhigenden, verzweifelten Rhapsodie. Unwillkürlich packte ihn beim Klang dieses Gesangs, der eine unerträgliche Herausforderung zu enthalten schien, eine große Angst. Wütend schlug er mit der Faust gegen die Tür und schrie hysterisch: »Genug! Hör auf damit, verdammt noch mal! Hör auf mit diesem Gejammer!«

Der Gesang brach abrupt ab, und der lange Korridor fiel in tiefes Schweigen.

Der große, dunkelblaue Wagen bremste scharf ab und hielt vor dem Wachhaus der Polizeikaserne. An seinem linken Kotflügel war ein hellblaues Fähnchen mit drei goldenen Sternen befestigt, um anzuzeigen, daß ein hochrangiger Offizier sich im Wagen befand. Der Fahrer stieg aus, öffnete die rechte Wagentür und nahm Habachtstellung ein, als ein Mann in enganliegender, eleganter Uniform der griechischen Marine zum Vorschein kam, seine Jacke glattstrich und die Handschuhe über den langen, kräftigen Fingern höherzog. Der Wachposten, der ihm zuerst nur einen zerstreuten Blick zugeworfen hatte, wurde von dem Blick des Mannes wie vom Blitz getroffen und präsentierte das Gewehr.

Die seltsame Intensität seiner Augen, die dunkle Tönung seines Gesichts und die tiefen Furchen, die es gezeichnet hatten, deuteten darauf hin, daß er sich seine Auszeichnungen durch ein langes Leben auf hoher See verdient hatte.

Er führte kurz die Hand zur Mütze, um einen Gruß anzudeuten, und betrat dann mit entschlossenen Schritten die Kaserne. Als er im Büro des diensttuenden Sergeanten ankam, sprang dieser sofort auf und stand stramm.

»Mein Name ist Admiral Bògdanos«, sagte der Offizier streng, wobei er kurz einen Ausweis vorzeigte, den er schnell wieder in der Innentasche seiner Jacke verschwinden ließ. »Ich muß sofort mit dem Kommandanten sprechen.«

»Einen Moment nur, Herr Admiral. Ich werde ihn sofort verständigen.« Der Beamte griff zum Telefon und wählte eine interne Nummer.

Vor Karamanlis' Schreibtisch standen Roussos und Karagheorgis und nahmen ihre Anweisungen in Empfang. Karamanlis erklärte ihnen gerade, wie sie das Verschwinden von Heleni Kaloudis und Claudio Setti in die Wege zu leiten hatten. Als das Klingeln des Telefons ihn unterbrach, nahm er abrupt den Hörer ab und bellte mit gereizter Stimme in den Apparat: »Was ist denn los? Ich hatte doch gesagt, daß ich nicht gestört werden will.«

»Hauptmann, ein Admiral Bògdanos ist hier und will Sie sofort sprechen.«

»Ich kann jetzt nicht. Sagen Sie ihm, daß er warten soll.« Karamanlis hatte so laut gesprochen, daß der Admiral, der vor dem Sergeanten stand, seine Worte gehört hatte. Mit vor Zorn blitzenden Augen versetzte er daher: »Teilen Sie ihm mit, daß er innerhalb von einer Minute hierzusein hat, wenn er nicht vor einem Kriegsgericht landen will. Ich erinnere Sie daran, daß wir uns im Moment im Ausnahmezustand befinden.«

Der Sergeant senkte respektvoll den Blick. »Es ist besser, wenn Sie gleich kommen, Herr Hauptmann«, warnte er seinen Vorgesetzten in eindringlichem Ton und legte den Hörer auf. »Haben Sie einen Augenblick Geduld, Herr Admiral. Er wird sich sofort auf den Weg machen.«

Karamanlis stand widerwillig auf. »In ein paar Minuten wird es dunkel«, sagte er zu den beiden Beamten. »Schnappt euch den Jungen und fahrt so schnell wie möglich los.« Damit nahm er seine Mütze vom Kleiderhaken und ging hinaus. Mit langen Schritten eilte er durch den Korridor, der zum Büro des Sergeanten führte. Dort angekommen, öffnete er die Glastür und fand sich dem Admiral gegenüber, der breitbeinig dastand und die Hände hinter dem Rücken verschränkt hatte.

Karamanlis' Blick fiel auf die Mütze, die auf einem Stuhl lag. Aller Wahrscheinlichkeit nach hatte er ein Mitglied des Generalstabs oder sogar der Junta vor sich. Er würde fürs erste versuchen, sich nicht beeindrucken zu lassen und ihm mit eiserner Miene gegenüberzutreten.

»Darf ich fragen, Herr Admiral, weshalb Sie mich in einem Moment von größter Wichtigkeit in meiner Arbeit unterbrechen, und kann ich dann bitte auch Ihren Ausweis sehen?«

Der Offizier gab ihm mit seiner behandschuhten Hand ein Zeichen, drehte ihm den Rücken zu und begab sich in eine Ecke des Büros, in der der Sergeant sie nicht hören konnte. Karamanlis folgte ihm verwirrt.

»Sind Sie wahnsinnig geworden?« zischte ihm der Admiral dann zu, der sich mit einem Ruck umgewandt hatte. »Wie konnten Sie nur auf die Idee kommen, zwei Ausländer zu verschleppen, noch dazu Angehörige zweier wichtiger NATO-Länder? Haben Sie gesehen, welche schamlosen Verleumdungen die ausländische Presse schon jetzt über uns in Umlauf gesetzt hat? Dringend notwendige Kredite an unsere Nationalbank sind bereits aufgekündigt worden. Jetzt fehlt uns nur noch, daß wir Schwierigkeiten mit den diplomatischen Vertretungen bekommen. Was, zum Teufel, haben Sie mit dem Franzosen Charrier und dem Italiener Claudio Setti angestellt?«

Karamanlis fühlte, wie seine Knie weich wurden, als er begriff, daß es sich bei dem Mann um ein Mitglied des Geheimdienstes handeln mußte.

»Also? Ich warte auf Ihre Antwort.«

Karamanlis versuchte zu bluffen: »Sie müssen sich getäuscht haben, Herr Admiral. Wir haben im Moment gar keine Ausländer eingesperrt.«

Der eisige Blick des Offiziers ließ ihn verstummen. »Machen Sie Ihre Lage nicht noch schlimmer, als sie ist, Hauptmann. Jedem kann mal ein Irrtum unterlaufen, und ich habe Verständnis dafür, wenn Sie aus Übereifer etwas voreilig gehandelt haben. Sollten Sie sich aber weigern, mit mir zusammenzuarbeiten, riskieren Sie sehr viel mehr als nur Ihre Karriere … Ich habe von meinen Vorgesetzten die Anweisung erhalten, diese unselige Affäre in Ordnung zu bringen, bevor sie uns aus den Händen gleitet. Und jetzt sprechen Sie, verdammt noch mal!«

Karamanlis kapitulierte. »Charrier wurde einem Verhör unterzogen, bis er die Namen seiner Komplizen gestanden hat. Dann haben wir ihn des Landes verwiesen und nach Frankreich zurückgeschickt. Er ist gestern nachmittag um 16.00 Uhr mit dem Flug der Air France abgereist.«

Bògdanos zuckte verärgert zusammen und schlug sich nervös mit der Faust gegen die linke Handfläche. »Verdammt, das ist ja eine schöne Bescherung, es wird einen Skandal geben … Die französische Regierung wird uns ins Gesicht spucken!«

»Der Junge wird kein Wort über die Geschichte verlauten lassen. Er dürfte ein sehr großes Interesse daran haben, sie so schnell wie möglich zu vergessen.«

»Ich werde die Liste der Flugpassagiere überprüfen lassen. Und der Italiener?«

»Der … ist so gut wie tot.«

»Eines Ihrer Verhöre, nehme ich an.«

Karamanlis nickte.

»Das habe ich mir gedacht. Liefern Sie ihn mir aus, und zwar sofort. Falls er stirbt, müssen wir einen Unfall simulieren und uns über eine geeignete Version der Geschichte Gedanken machen, die wir den Verwandten und der italienischen Presse auftischen können.«

»Dafür habe ich schon gesorgt, Herr Admiral.«

»Halten Sie den Mund und gehorchen Sie, oder ich überstelle Sie einem Kriegsgericht. Glauben Sie mir, mir ist nicht nach Scherzen zumute! Ich kann diese Angelegenheit nicht Ihnen überlassen, sondern muß sie persönlich in die Hände nehmen.«

Karamanlis zögerte einen Moment. »Folgen Sie mir, bitte«, sagte er dann und ging hinaus in den Korridor. Sie gelangten an eine Seitentür, die auf einen kleinen Hof an der Rückseite des Polizeigebäudes führte. Ein Wagen mit zwei Insassen war gerade im Begriff, zum Tor hinauszufahren.

»Halt!« rief Karamanlis. Das Auto blieb sofort stehen. Er ließ sich von dem Beamten am Steuer die Wagenschlüssel geben und sperrte den Kofferraum auf. Zwei miteinander verknäulte menschliche Körper lagen darin: der eines Mädchens und der eines jungen Mannes.

»Und das ist sicher Heleni Kaloudis«, sagte Bògdanos. Karamanlis fuhr zusammen. Er hätte nie geglaubt, daß die militärischen Geheimdienste ihn so scharf überwachten.

»Sie ist im Polytechnikum angeschossen worden und war schon halbtot, als sie hierhergebracht wurde. Ich habe nur versucht, aus ihr herauszubekommen, was sie wußte. Sie hatte wirklich kaum Überlebenschancen ...«

Er wurde von einem Stöhnen unterbrochen, und der Admiral sah, daß sich im Kofferraum etwas bewegte.

»Er lebt ja noch, mein Gott ... Sie werden sich zu verantworten haben, Hauptmann. Eigentlich müßte ich Sie sofort unter Arrest stellen. Halten Sie sich bis auf weiteres bereit, und warten Sie auf Anweisungen des Generalstabs.« Dann wandte sich Bògdanos an einen der Polizisten: »Gehen Sie sofort zum vorderen Hof und lassen Sie meinen Wagen herkommen.«

Der Polizist sah Karamanlis fragend an.

»Tun Sie, was er sagt.«

Kurz darauf hielt der dunkelblaue Wagen vor ihnen, und der Admiral ließ den halb bewußtlosen Claudio Setti auf seinen Rücksitz legen.

»Lassen Sie sie begraben«, sagte er voller Verachtung zu Karamanlis und wies auf Helenis im Kofferraum zusammengekrümmte Leiche. »Diese ganze Geschichte ist schon schrecklich genug. Die Militärstreitkräfte müssen sich nicht auch noch die Hände daran schmutzig machen ... Für diese Dinge haben wir ja die Polizei.«

Inzwischen war es dunkel geworden. Das Auto mit Helenis Leiche fuhr schnell in Richtung Norden los, während der Wagen von Admiral Bògdanos ihm zunächst folgte und an der ersten Kreuzung in die entgegengesetzte Richtung abbog.

Als Claudio das Bewußtsein wiedererlangte, schlug eine Woge des physischen und psychischen Schmerzes über ihm zusammen. Dann sah er bunte Lichter wild durcheinanderwirbeln und vernahm den Klang einer tiefen, rauhen Stimme. Er hoffte, daß der Tod nahe war und ihm bald ewiges Vergessen schenken würde. Niemals würde er mit der Erinnerung an das, was er gesehen hatte, weiterleben können.

»Biegen Sie jetzt links ab«, sagte die Stimme, »und halten Sie unter den Bäumen dort drüben an.« Der Fahrer tat wie geheißen und stellte den Motor ab. »Gut, und jetzt blinken Sie zweimal, und schalten Sie dann das Licht aus.«

Claudio wurde langsam klar, daß er sich auf dem Rücksitz eines Autos befand und daß seine Hände und Füße nicht mehr gefesselt waren. Auf dem Beifahrersitz saß ein Offizier in Marineuniform. Als er sich vorsichtig hochzog und zum Fenster hinausblickte, sah er einen Mann im Schatten der Bäume einer Allee eilig auf das Auto zugelaufen kommen. Eine Straßenlaterne erhellte sein Gesicht: Es war Ari, der Wächter des Nationalmuseums, der ihn und seine Freunde in den Keller gelassen und ihnen dann einen Arzt besorgt hatte. War er es etwa gewesen, der sie verraten hatte?

Der Mann auf dem Beifahrersitz stieg aus und ging auf Ari zu, dessen Augen sich vor Erstaunen weiteten, als er den Fremden aus der Taverne erkannte. »Sie? Heilige Mutter Maria! Aber … wieso haben Sie denn diese Uniform an?«

»Es ist jetzt nicht die Zeit, um Fragen zu stellen. Die Polizei könnte mir gefolgt und jeden Moment hier sein. Der italienische Junge befindet sich in Sicherheit. Er ist hier in meinem Wagen, aber sie haben ihn schlimm zugerichtet – körperlich und seelisch. Sehen Sie zu, was Sie für ihn tun können. Sein französischer Freund wurde anscheinend ausgewiesen und in die Heimat zurückgeflogen. Leider bin ich zu spät gekommen, um auch das Mädchen zu retten … Es ist gestorben.« Als der Mann dem Fahrer ein Zeichen gab, öffnete dieser die hintere Wagentür und half Claudio beim Aussteigen.

»Ich hoffe, Sie haben Ihr Auto dabei.«

Ari, der fassungslos auf den verletzten Claudio gestarrt hatte, stammelte: »Ja … ja, es ist da hinten, sehen Sie, dort hinter den Bäumen.«

Claudio wurde von den Männern in das alte Auto verfrachtet, das vor nur zwei Tagen Periklis Harvatis nach Athen gebracht hatte, und kauerte sich auf seinem Sitz zusammen. Er ließ alles mit sich geschehen und hatte nicht einmal mehr die Kraft, etwas zu sagen.

»Aber was soll ich denn jetzt tun?« fragte Ari verwirrt. »Wie kann ich Sie finden, wenn ich Ihre Hilfe benötige?«

»Bringen Sie ihn weit weg, irgendwohin, wo niemand ihn erkennen wird.«

»Und der Auftrag, den mir Professor Harvatis vor seinem Tod noch gegeben hat? Ich weiß doch überhaupt nicht, wie ich jetzt weitermachen soll …«

Ein kalter Windstoß fuhr durch die Bäume und riß die toten Blätter von den Ästen. Der Fremde stieß einen langen Seufzer aus und wandte sich zur Straße. Ein alter Bus, der bei jedem Schlagloch hin- und herschuckelte, als würde er jeden Moment auseinanderfallen, kam langsam auf sie zugefahren.

»Die Vase«, sagte er dann und sah Ari wieder in die Augen. »Ist sie noch im Keller versteckt?«

»Ja.«

»Und Sie haben zu niemandem etwas über sie gesagt?«

»Zu niemandem«, erwiderte Ari.

»Holen Sie sie weg von dort, heute nacht noch, und verbergen Sie sie an einem Ort, den nur Sie kennen. Ich werde zu Ihnen kommen, wenn die Zeit reif ist. Und jetzt gehen Sie.«

»Aber bitte, sagen Sie mir doch wenigstens ...«

»Gehen Sie, habe ich gesagt!«

»Wie wollen Sie mich denn finden? Ich weiß ja selbst nicht, wohin ich gehen werde ...«

»Ich werde Sie finden, dessen können Sie sicher sein. Es ist nicht leicht, mir zu entkommen.«

Endlich wandte sich Ari ab und ging zu seinem Wagen, ließ den Motor an und fuhr los.

»Wohin bringen Sie mich?«« fragte Claudio mit schwacher Stimme.

»An einen Ort, wo niemand dich finden kann. Leg dich hin und versuch zu schlafen, mein Sohn.«

»Lassen Sie mich sterben ... Sie wissen ja nicht, was ich gesehen habe, was sie mir angetan haben ...«

»Du wirst dich damit abfinden und weiterleben müssen, und wenn es nur deshalb ist, um dich eines Tages an ihnen zu rächen. Deine Stunde ist noch nicht gekommen, mein Junge. Es darf nicht umsonst gewesen sein, daß du der Hölle entkommen bist.« Er bremste ab, um in die Straße nach Piräus einzubiegen.

»Warten Sie«, sagte Claudio. »Halten Sie bitte einen Moment an.«

Ari fuhr auf den Gehsteig, und Claudio setzte sich mühsam auf, kurbelte das Fenster herunter und beugte sich nach hinten hinaus: Der dunkelblaue Wagen des Admiral Bògdanos war verschwunden. Am Straßenrand stand ein

Mann, in einen dunklen Mantel gehüllt und mit einem großen Hut, der sein Gesicht überschattete. Er hob die Hand, um dem Busfahrer ein Zeichen zu geben. Der alte Bus kam ächzend zum Stehen und ließ ihn einsteigen. Als er wieder anfuhr, spie er eine große schwarze Abgaswolke aus seinem Auspuff, die vom Wind, der nun stärker und kälter geworden war, gleich wieder zerstreut wurde. Claudio schloß das Fenster und bemerkte, daß auch Ari sich umgedreht hatte.

»Wer ist dieser Mann, der mich hergebracht hat? Warum hat er mir geholfen?«

»Ich weiß es nicht«, antwortete Ari, während er wieder losfuhr. »Ich schwöre dir, daß ich keine Ahnung habe, aber ich bin mir sicher, daß wir ihn wiedersehen werden. Und jetzt ruh dich aus, wir haben eine lange Fahrt vor uns.«

Claudio kauerte sich wieder auf dem Sitz zusammen, zog die Knie an seinen von Krämpfen geplagten Bauch, legte den Kopf in die Arme und begann, leise zu weinen: Tränen der Verzweiflung und der Wut, eines großen Schmerzes und einer unendlichen Einsamkeit.

Er hätte nicht sagen können, ob mehrere Stunden vergangen waren oder nur wenige Minuten, als das Auto anhielt und Ari die Tür öffnete, um ihm herauszuhelfen.

»Wir sind da, mein Sohn. Komm, stütz dich auf mich.«

Das Klingeln des Telefons unterbrach die düsteren Gedanken von Hauptmann Karamanlis, der in seinem Büro vor einem angebissenen Sandwich und einem Glas Mineralwasser saß. Er nahm den Hörer ab: »Polizeizentrale, ja bitte?«

»Mein Name ist Doktor Psarros vom städtischen Krankenhaus in Kifissìa. Ich habe Ihnen einen verdächtigen Vorfall zu melden.«

»Hier ist Hauptmann Karamanlis. Sagen Sie mir, worum es sich handelt.«

»Am Samstag abend wurde hier ein sterbender Mann eingeliefert. Aus seinen Papieren ging hervor, daß es sich um Professor Periklis Harvatis handelte, einen bekannten

Wissenschaftler, der für die Oberintendanz für Altertumswesen arbeitete. Trotz unserer Bemühungen konnten wir ihn nicht retten. Er starb eine Stunde nach seiner Einlieferung. Der Mann, der ihn ins Krankenhaus gebracht hatte, kam später wieder und wollte den Toten sehen, und da mir sein Benehmen irgendwie sonderbar vorkam, verständigte ich das Distriktskommissariat. Als die Polizei eintraf, war der Mann aber spurlos verschwunden. Wir wissen leider gar nichts darüber, was dem Kranken zugestoßen war, bevor er hier im Krankenhaus ankam.«

»Wissen Sie, wie der andere Mann hieß?«

»An der Rezeption hat er den Namen Aristotelis Malidis angegeben, aber der Name könnte natürlich auch falsch sein.«

»Konnten Sie feststellen, woran der Patient gestorben ist?«

»Herzstillstand. Wir haben um die Genehmigung für eine Autopsie gebeten, aber Sie wissen ja, wie die Dinge momentan stehen ... Der Gerichtsmediziner ist zeitlich sehr in Anspruch genommen.«

Karamanlis machte sich auf einem Block Notizen. »Malidis, haben Sie gesagt. Ich werde sehen, was ich über ihn in Erfahrung bringen kann. Falls ich weitere Informationen von Ihnen benötige, rufe ich Sie wieder an. Was hat das Kommissariat von Kifissìa unternommen?«

»Ich glaube nicht, daß die sich um den Fall kümmern werden. Der Kommissar wird zur Zeit wegen seiner Reaktion auf die Räumung des Polytechnikums zur Rechenschaft gezogen. Darum habe ich bei euch angerufen.«

»Das war sehr richtig von Ihnen, Herr Doktor. Ich danke Ihnen. Gute Nacht.«

»Gute Nacht, Herr Hauptmann.«

Karamanlis wählte sofort die Nummer der Zentrale: »Rufen Sie sofort den Oberintendanten für Altertumswesen an. Er sitzt in Kleoménis Ikonómou.«

»Aber Herr Hauptmann, um diese Zeit sind die Büros doch schon lange geschlossen.«

»Dann rufen Sie ihn zu Hause an, verdammt noch mal.

Lassen Sie sich vom Kultusministerium die Nummer geben. Muß ich euch denn auch noch erklären, wie man sich die Nase schneuzt?«

»Aber auch dort werden nur noch der Pförtner und der Nachtwächter dasein.«

»Dann holen Sie irgendeinen Verantwortlichen aus dem Bett und fragen Sie ihn, ob ein Wissenschaftler namens Harvatis bei ihnen beschäftigt war … Ja, Periklis Harvatis. Und fragen Sie auch nach einem gewissen Aristotelis Malidis … Nein, ich weiß nicht, welche Funktion er ausübt. Na endlich … Ja, gut, rufen Sie mich wieder an, sobald Sie etwas wissen.«

Karamanlis nahm sein Sandwich in die Hand und aß ohne rechten Appetit weiter, wobei er ab und zu einen Schluck von seinem Mineralwasser nahm. Er hatte ein unbestimmtes Gefühl, daß diese seltsame Angelegenheit ihm vielleicht aus der Patsche helfen könnte. Dieser verdammte Schnüffler von Bògdanos schien nicht ungefährlich zu sein. Er mußte so bald wie möglich und auf diskrete Art und Weise Erkundigungen über den Mann einziehen. Immerhin hatte auch er ein paar Freunde im Verteidigungsministerium … Das neuerliche Klingeln des Telefons unterbrach seine Gedanken. »Und, haben Sie etwas in Erfahrung gebracht?«

»Noch nicht, Herr Hauptmann, ich rufe aus einem anderen Grund an. Hier ist ein junger Mann, ein Ausländer, der unbedingt mit dem Kommandanten der Zentrale sprechen will. Er sagt, es sei von größter Wichtigkeit.«

»Wie heißt er?«

»Er sagt, sein Name sei Norman Shields.«

»Haben Sie ›Shields‹ gesagt? S-H-I-E-L-D-S?«

»Ja, genau.«

»Lassen Sie ihn hereinkommen. Ich empfange ihn sofort.«

»Kommen Sie bitte, Mister Shields, Mister Norton erwartet Sie bereits in seinem Büro.« Der Beamte ging ihm durch die verlassenen Gänge der Botschaft der Vereinigten Staaten voraus, bis er vor einer Tür mit der Aufschrift ›Kulturattaché‹ zu stehen kam. Er klopfte.

»Herein!« war eine Stimme zu vernehmen.

»Mister James Henry Shields ist hier und möchte Sie sprechen, Mister Norton.«

»Kommen Sie herein, Shields, und setzen Sie sich. Ich habe Sie schon mit Ungeduld erwartet. Wie sind die Dinge gelaufen?«

»Verflucht noch mal, Oberst, das hatten wir nicht vereinbart! Ihr habt mich in eine furchtbare Lage gebracht! Da mache ich nicht mehr mit! Alles hat seine Grenzen, und es gibt gewisse Grundsätze, die man zu respektieren hat. Wir sind doch keine Verbrecher! Wie konnten Sie nur auf die Idee verfallen, mit diesem Teufel von Karamanlis zusammenzuarbeiten?«

Oberst Nortons herzliche Miene, mit der er seinen Besucher empfangen hatte, verfinsterte sich bei Shields' rüder Zurechtweisung. »Also hören Sie mal, Shields, halten Sie gefälligst Ihre Zunge im Zaum, oder ich muß Sie von meinen Männern rauswerfen lassen! Ich weiß gar nicht, was Sie wollen: Sie haben nun mal den Auftrag Ihrer Botschaft angenommen, uns behilflich zu sein, und wir brauchen gewisse Informationen, die nicht leicht zu bekommen sind. Sagen Sie mir also, was Sie zu sagen haben, und verschwinden Sie. Ich habe keine Lust mehr, mich mit Ihrer Arroganz herumzuschlagen. Wenn dieser Beruf für Sie nicht taugt, dann schreiben Sie sich bei den Pfadfindern ein und lassen Sie mich in Ruhe, verdammt noch mal!«

Shields atmete tief durch und versuchte, seine Selbstbeherrschung zurückzuerlangen. »Gut, Oberst, Sie wollen also wissen, wie es gelaufen ist, nicht wahr? Ich werde es Ihnen sagen … Vorausschicken möchte ich allerdings, daß Karamanlis nichts herausbekommen hat und genauso klug ist wie zuvor, obwohl er etwas so Monströses getan hat, daß wir alle – Sie und ich eingeschlossen – erledigt sind, wenn etwas davon an die Öffentlichkeit durchsickern sollte. Und jetzt hoffe ich, daß Sie abgehärtet genug sind, um sich meinen Bericht anzuhören, denn ich selbst mußte mich übergeben, bevor ich hierher kam.«

Norton senkte verlegen den Blick. Er konnte sich nicht vorstellen, was einem Mann wie James Henry Shields so sehr zu Herzen gegangen war. Er war ein ehemaliger Offizier des Spezial Air Service, der britische Geheimdienst hatte ihn während des Partisanenkrieges nach Griechenland beordert, und später war er während der härtesten Jahre der Guerilla-Kämpfe in Vietnam und Kambodscha gewesen.

»Ich bin Hauptmann Karamanlis. Setzen Sie sich, bitte. Was kann ich für Sie tun?«

Norman Shields' Augen waren dunkel umrändert und angeschwollen, als hätte er seit Tagen nicht geschlafen. Sein Hemd war schmutzig, seine Hosen abgewetzt und an den Knien ausgebeult. Er zögerte mit der Antwort und war auf der Suche nach den richtigen Worten.

»Herr Hauptmann«, setzte er dann an, »ich möchte Ihnen einen Vorschlag machen, der Sie schon bald zu einem steinreichen Mann machen könnte.«

Karamanlis starrte ihn verdutzt an und schien zu überlegen, ob die Person, die da vor ihm saß, im Vollbesitz ihrer geistigen Kräfte war. Norman erriet seinen Gedanken und fuhr fort: »Ich habe Beweise für die Richtigkeit meiner Angaben. Wenn Sie wollen, können Sie alles überprüfen, während ich hierbleibe und auf Sie warte.«

»Und was habe ich getan, um eine solche Belohnung verdient zu haben?«

Norman ignorierte Karamanlis' Frage und setzte wieder an: »Am Samstag nacht hat hier in Athen jemand eine mykenische Vase aus massivem Gold versteckt. Sie ist von unschätzbarem Wert, und ihr Fund steht nirgends verzeichnet. Soweit mir bekannt ist, weiß niemand von ihrer Existenz. Ich nehme an, daß sie erst kürzlich ausgegraben worden ist.«

Karamanlis hatte ihm nun seine volle Aufmerksamkeit geschenkt: »Fahren Sie fort, ich bin ganz Ohr.«

»Lassen Sie meine Freunde frei, Claudio Setti und Heleni Kaloudis, und auch Michel Charrier, falls er hier ist. Dann werde ich Ihnen sagen, wo sich die Vase befindet. Sie können sie mühelos holen, und ich kann sie auf den Auktionstisch von Sotheby's nach London schaffen lassen. Dort können Sie eine Million Dollar dafür bekommen. Das scheint mir kein schlechtes Geschäft für Sie zu sein.«

Als Norman den hohen Geldbetrag nannte, fuhr Karamanlis unwillkürlich zusammen. Er versuchte zwar, den unanfechtbaren Gesichtsausdruck des ehrlichen Beamten und Staatsdieners aufzusetzen, aber es gelang ihm nicht ganz, und das Beben seines borstigen Schnurrbarts verriet seine innere Anspannung. »Was Sie da gesagt haben, könnte Sie in große Schwierigkeiten bringen. Aber ich werde so tun, als hätte ich nichts gehört. Natürlich bin ich jedoch sehr daran interessiert, der Oberintendanz für Altertumswesen einen archäologischen Schatz auszuliefern, der Zeugnis der großen Vergangenheit unseres Landes ist. Und was Ihre Freunde betrifft: Ich habe nicht die Macht, jemanden freizulassen, der sich gegenüber den Justizbehörden zu verantworten hat. Wenn ich mich aber richtig erinnere, so wurden sie nur vorübergehend in Haft genommen, um uns bei der Aufklärung einer unangenehmen Affäre zu helfen, und sie können sicher bald ihrer Wege gehen.« Er tat so, als würde er diesbezüglich in Unterlagen nachsehen.

»Ich will, daß meine Freunde sofort entlassen werden, oder ich sage Ihnen kein Wort.«

»Geben Sie acht auf Ihre Äußerungen, ich könnte Sie auch verhaften lassen.«

»Das können Sie ruhig versuchen. In der britischen Botschaft weiß man, daß ich hier bin«, log Norman, »und mein Vater ist ein sehr einflußreicher Mann.«

»Ich kann Ihnen nur versprechen, daß ich die Formalitäten vereinfachen werde, so daß Ihre Freunde ... morgen freikommen können. Wenn Sie sich allerdings weigern sollten, mir die Information zu geben, von der Sie vorhin gesprochen haben, dann könnte ich mich auch gezwungen sehen, den Präventivgewahrsam zu verlängern ...«

»Sie täuschen sich, wenn Sie denken, daß ich mich ohne eine Sicherheit von Ihrer Seite auf dieses Geschäft einlasse.«

»Es tut mir leid, aber Sie müssen mir schon vertrauen. Sagen Sie mir, wo sich jener Gegenstand befindet, dann sehen Sie Ihre Freunde morgen wieder. Ich verspreche es Ihnen.«

»Morgen früh?«

»Ganz genau.«

»Die Vase ist im Archäologischen Nationalmuseum.«

»Das ist in der Tat ein gutes Versteck. Sehen Sie, in diesem Fall wären doch alle Probleme aus der Welt geschafft: Das Museum hat ein sehr gutes Alarmsystem, daher ist es unmöglich, es vor der regulären Öffnungszeit morgen früh zu betreten. Wenn Sie bis dahin Ihre Freunde nicht sehen, könnten Sie ja immer noch den Direktor verständigen und ihn zu der Vase führen, falls Sie mir nicht trauen.«

»Also gut, dann sage ich es Ihnen morgen früh.«

»Das ist unmöglich, ich muß für einige Tage verreisen. Sie müssen es mir jetzt sagen.«

»Einverstanden, ich werde es Ihnen verraten. Aber ich warne Sie: Versuchen Sie nicht, mich hinters Licht zu führen! Ich würde einen Weg finden, Sie dafür bezahlen zu lassen, dessen können Sie sicher sein.« Als Karamanlis abwartend schwieg, fuhr Norman fort: »Die Vase ist im Lagerraum im Keller des Museums versteckt, die Tür ist die zweite links vom Gang aus. Sie steht in einem Eckschrank, in einem mit Sägespänen gefüllten Eimer. Vergessen Sie nicht, Karamanlis. Wenn Sie sich nicht an unsere Vereinbarungen halten, werde ich Sie zur Rechenschaft ziehen und dafür sorgen, daß Sie Ihr Täuschungsmanöver bereuen.« Er stand auf und ging auf die Tür zu, wandte sich aber noch einmal um: »Ich glaube Ihnen übrigens kein Wort davon, daß Sie die Vase an die Oberintendanz weitergeben wollen«, sagte er, bevor er hinausging. »Was mich betrifft, werde ich mein Versprechen halten. Wenn Sie meine Freunde freilassen, sorge ich dafür, daß sie das Stück verkaufen und eine Menge Geld damit machen können. Ich habe aber auch nichts dagegen, wenn Sie sich selbst darum kümmern wollen. Ich bleibe die nächsten Tage noch hier, und Sie finden mich in der britischen Schule für Archäologie. Danach werde ich von hier verschwinden und nie mehr einen Fuß in dieses unselige Land setzen.«

Mit eiligen Schritten ging er durch den Gang und den Vorhof auf die Straße hinaus. Dort hielt er das erste vorbeifahrende Taxi an und sprang hinein.

»Wohin soll ich Sie bringen?« fragte der Fahrer. Norman gab ihm seine Adresse in Kifissìa, und während das Auto sich in Gang setzte, wandte er sich noch einmal nach dem Polizeigebäude um. Irgendwo in diesem düsteren Bau mußten seine gefangenen Freunde sein. Wenn er seine Karten schlau ausgespielt hatte, würde ihr Leiden bald ein Ende haben. Ein weiterer Gedanke beschäftigte ihn, der zunächst nur ein leiser Verdacht gewesen war, jetzt aber immer mehr zur Gewißheit wurde: Wie war es der Polizei gelungen, zu Claudio Settis Wohnung in der Plaka zu gelangen, wenn doch nur er selbst gewußt hatte, daß er und Heleni sich dort aufhielten? Und wo war Michel? Sein Verschwinden konnte nur eine Erklärung haben: Die Polizei mußte ihn verhaftet haben, und vielleicht hatte sie ihn gezwungen, seine Freunde zu verraten. Armer Michel!

Zehn Minuten später kam auch Hauptmann Karamanlis aus der Polizeizentrale, setzte sich schnell in seinen Dienstwagen und schlug den Weg zum Omonia-Platz ein. Man hatte den Generaldirektor für Altertumswesen in einem Restaurant im Zentrum aufgespürt, und er erwartete ihn zum Kaffee.

V

Athen, Archäologisches Nationalmuseum,
18. November, 23.45 Uhr

Die goldenen Masken, in denen die strengen Gesichter der mykenischen Könige verewigt waren, leuchteten unheimlich im Schein der Taschenlampe des Nachtwächters Kostas Tsountas, und in den stillen Sälen hallten seine langsamen Schritten wider. Er machte wie jede Nacht seinen Kontrollgang durch die ausgestorbenen, von den kleinen Deckenlämpchen nur schwach erhellten Räume des Museums. Nachdem er den Mykenischen Saal verlassen hatte, ging er an den Kuroi-Skulpturen vorbei in den Saal mit kykladischer Kunst, um ganz zuletzt die Keramiken und Fresken von Santorini zu passieren.

Fast zärtlich strich der Lichtkegel seiner Taschenlampe über die herrlichen Formen des Marmors, und die zeitlose, dem alten Wächter schon so lange vertraute Atmosphäre dieser Welt der Kunst erfüllte ihn mit einem Gefühl tiefer Ruhe und Zufriedenheit.

Er hatte so gut wie sein ganzes Leben zwischen diesen herrlichen Wesen aus Stein, Bronze und Gold verbracht, die für ihn in der Dunkelheit der Nacht zum Leben erwachten. Jeden Abend begrüßte er sie stumm wie alte Freunde. Bei Tageslicht dagegen, wenn zahllose Touristen hinter ihren Fremdenführern einhertrotteten, sie hastig betrachteten und dabei in allen Sprachen der Welt drauflos plapperten, wurden sie wieder zu starren und leblosen Figuren.

Im ersten Stock betrachtete er liebevoll die riesige Dipylon-Vase, auf deren Wölbung in streng geometrischer Anordnung kleine, menschliche Figuren aufgeprägt waren, die einer Bestattungszeremonie beiwohnten. Kostas

Tsountas hatte selbst ein Alter erlangt, in dem er sich manchmal fragte, wer bei seinem Tod um ihn weinen würde ... Er wandte den Blick ab und sah auf die Uhr: Es war zwanzig Minuten vor zwölf. Sein Dienst würde bald zu Ende sein, und es war Zeit, wieder hinunterzugehen.

Das unerwartete, durchdringende Geräusch des klingelnden Telefons ließ ihn zusammenfahren. Wer konnte denn um diese Zeit noch anrufen? Schnell lief er hinunter in den Eingangsbereich und nahm vor Anstrengung schwer atmend den Hörer ab: »Hallo?«

»Hier ist Ari Malidis, mit wem spreche ich bitte?«

»Ari? Was willst du denn um diese Zeit? Hier ist Kostas.«

»Kostas, entschuldige bitte, daß ich so spät noch anrufe, aber ich habe ein Problem.«

»Sag mir, was los ist, aber beeile dich bitte: In einer Viertelstunde ist meine Dienstzeit zu Ende.«

»Nun, es geht darum, daß ich gerade die Ausgrabungsbestände kontrolliert habe, und dabei ist mir aufgefallen, daß ich ein wichtiges Stück nicht ins Museum gebracht habe. Wenn der Direktor morgen seinen Kontrollgang macht und es merkt, bin ich ruiniert. Du weißt ja, wie streng er in solchen Fällen ist. Normalerweise wäre mir das nie passiert, aber der arme Professor Harvatis ist so unerwartet verstorben, daß vieles unerledigt geblieben ist. Es geht alles ein bißchen drunter und drüber, da kann so was schon mal vorkommen. Bitte, Kostas, laß mich kurz ins Museum, damit ich das Stück ins Lager bringen kann.«

»Bist du verrückt geworden, Ari? Du weißt doch, daß ich unter keinen Umständen jemanden hereinlassen darf.«

»Kostas, ich flehe dich an, es handelt sich um ein kleines, aber ungemein wertvolles Stück. Erst jetzt habe ich gemerkt, daß es seit drei Tagen bei mir zu Hause steht, und der Direktor wird mir wirklich große Unannehmlichkeiten machen ... Tu mir doch den Gefallen, ich verspreche dir hoch und heilig, daß ich nur zwei Minuten brauchen werde. Ich muß es nur zu den anderen Ausgrabungsfunden stellen, dann verschwinde ich wieder.«

Tsountas verharrte einen Moment in Schweigen und dachte nach, bevor er sagte: »Gut, dieses eine Mal lasse ich dich herein, aber wenn dir so was noch mal passiert, mußt du selbst sehen, wie du zurechtkommst. Ich will keine Schwierigkeiten kriegen.«

»Danke, Kostas, ich bin in einer Viertelstunde bei dir.«

»Nein, du mußt früher kommen. Um zwölf Uhr kommt der neue Wächter von der zweiten Schicht; der wird dir nicht aufmachen, selbst wenn du ihn unter Tränen darum anflehst.«

»Gut, dann komme ich sofort. Ich werde dreimal an die Hintertür klopfen, damit du weißt, daß ich es bin.«

»Einverstanden, aber beeile dich.«

Tsountas legte den Hörer auf und nahm die Schlüssel aus einer Schublade, um die Alarmanlage im östlichen Sektor des Museums auszuschalten. ›Vorstellungen haben die Leute‹, dachte er kopfschüttelnd. ›Wie kann man nur jemanden um so einen Gefallen bitten? Und ich bin so blöd und riskiere meinen Arbeitsplatz, verdammt!‹ Andererseits war Ari ein gutmütiger und hochanständiger Mensch, und die Sache schien ihm wirklich wichtig zu sein.

Er wartete zehn Minuten und durchquerte dann abermals den kykladischen Saal, um in den Teil des Museums zu gelangen, in dem die Verwaltung ihre Räume hatte. Kurz nachdem er den Alarm abgestellt hatte, hörte er auch schon das vereinbarte Klopfzeichen, und eine Stimme rief leise: »Ich bin's, Ari, mach mir bitte auf.«

»Komm herein und mach bloß schnell. In fünf Minuten stelle ich die Alarmanlage wieder an. Bis dahin solltest du wieder weg sein.«

»Ich laufe schnell hinunter und komme dann sofort wieder«, sagte Ari, während er zur Tür hereinschlüpfte, um dann eilig die Treppen zum Keller hinunterzurennen.

Kostas schlurfte brummelnd zurück in den Eingangsbereich, als plötzlich wieder das Telefon zu klingeln begann. »Heiliger Strohsack«, stieß der Alte verärgert aus und beschleunigte seine Schritte, »wer ist denn das nun schon wieder? Dreißig Jahre lang herrschte hier eine himmlische

Ruhe, und jetzt sind sie plötzlich alle verrückt geworden ... Nun würde gerade noch fehlen, daß ... – Archäologisches Nationalmuseum«, meldete er sich dann laut und versuchte, seiner Stimme einen ruhigen, etwas gelangweilten Ausdruck zu verleihen.

»Hier spricht der Generaldirektor für Altertumswesen. Wer ist am Apparat?«

»Der Nachtwächter Kostas Tsountas. Was kann ich für Sie tun, Herr Direktor?«

»Ich rufe aus einem Polizeiwagen an, der unterwegs zum Museum ist. Wir haben eine Inspektion durchzuführen und werden in fünf Minuten an der Eingangstür stehen. Ich wollte Sie nur bitten, uns unverzüglich die Tür zu öffnen.«

Kostas war zu Tode erschrocken und bemühte sich nun verzweifelt, Zeit zu gewinnen. »Ich habe keine Erlaubnis, jemandem um diese Zeit zu öffnen. Wenn Sie wirklich der Direktor sind, kennen Sie die Vorschriften ja sehr gut. Ich kann einer Stimme am Telefon wirklich kein Vertrauen schenken.«

»Sie haben selbstverständlich recht, Herr Tsountas«, erwiderte die Stimme. »Ich habe jedoch eine schriftliche Anweisung des Ministeriums bei mir, die ich Ihnen zusammen mit meinem Ausweis unter der Tür durchschieben werde. Zu Ihrer Information: In meiner Begleitung befindet sich Hauptmann Karamanlis von den Athener Polizeibehörden ... Ich muß Ihnen ein Lob aussprechen, Herr Tsountas, Ihr Diensteifer ist vorbildlich.«

Tsountas nahm sich zusammen und antwortete: »Ich werde mir die Papiere ansehen und dann entscheiden, ob ich Sie hereinlassen kann.« Damit legte er den Hörer auf und ließ sich schwer auf einen Stuhl fallen.

Was sollte er jetzt mit Ari anstellen? Er mußte das Gebäude unbedingt verlassen, bevor die anderen vor der Tür standen. Vielleicht hatte jemand ihn hereinschlüpfen sehen und die Polizei angerufen ... Ja, so mußte es gewesen sein, es gab keine andere Erklärung!

Kostas stand schnell auf, lief in den Keller hinunter und

rief: »Ari! Komm sofort wieder herauf! Die Polizei will das Museum durchsuchen, sie ist schon auf dem Weg hierher!« Die nackten Kellerwände warfen das Echo seiner Worte zurück, doch dann herrschte wieder tiefes Schweigen. Ari schien ihn nicht gehört zu haben.

Als Kostas die Tür zum Lagerraum öffnen wollte, fand er sie verschlossen. Gott sei Dank, Ari war also offensichtlich schon weg! Dennoch war es wohl besser, sich selbst zu vergewissern, ob im Lager alles in Ordnung war. Er fingerte fieberhaft an seinem Schlüsselbund, fand endlich den richtigen Schlüssel, schloß die Tür auf und schaltete das Licht an: Nichts schien darauf hinzudeuten, daß jemand hiergewesen war. Erleichtert schloß er die Tür wieder ab und stieg hinauf ins Erdgeschoß, wobei Übergewicht, Alter und Aufregung ihm das Atmen schwer werden ließen. Unmittelbar danach hörte er bereits das Läuten der Türglocke am Haupteingang, gefolgt von einem ungeduldigen Hämmern, das mit einem harten Gegenstand ausgeführt schien und die Säle und Gänge des Museums erbeben ließ.

Am Eingang angekommen, strich er seine Uniform zurecht, trocknete sich den Schweiß auf der Stirn und versuchte, Festigkeit in seine Stimme zu legen, als er rief: »Wer ist da? Was wünschen Sie?«

»Hier ist der Generaldirektor, Tsountas, begleitet von Polizeihauptmann Karamanlis. Ich habe Sie vor fünf Minuten angerufen und werde Ihnen jetzt wie angekündigt die schriftliche Anweisung sowie meinen Ausweis und den von Hauptmann Karamanlis unter der Tür durchschieben. Kontrollieren Sie die Papiere und machen Sie dann sofort auf. Jeder Widerstand nach diesen Formalitäten wird Ihnen als Ungehorsam ausgelegt werden und unangenehme Konsequenzen für Sie haben.«

Tsountas besah sich die Dokumente und versicherte sich, daß sie in Ordnung waren. Da er der festen Überzeugung war, daß Ari sein Fundstück verstaut und das Gebäude wieder verlassen hatte, war er relativ gelassen, als er nun die Tür öffnete.

»Treten Sie ein, Herr Direktor«, sagte er und nahm die Mütze ab, »und verzeihen Sie mein Zögern, aber Sie wissen wohl, daß die Verantwortung ...«

»Haben Sie einen Plan des Museums?« unterbrach ihn Karamanlis. »Ich muß mich sehr genau umsehen.«

»Aber was ist denn passiert?« wagte Tsountas zu fragen, während er einen für Museumsbesucher gedachten Faltplan vom Souvenirtisch nahm und ihn Karamanlis aushändigte.

»Es scheint, daß eine Gruppe von Umstürzlern während der Besetzung des Polytechnikums den Keller als Basis benutzt hat«, erwiderte der Direktor. »Und es ist anzunehmen, daß ein Museumsangestellter mit ihnen unter einer Decke steckt, da sie sonst keine Möglichkeit gehabt hätten, in das Gebäude zu gelangen. Der Hauptmann will den Keller durchsuchen, bevor eventuelle Spuren oder Beweise verschwinden können. Dafür haben Sie doch Verständnis, nicht wahr?«

Tsountas wurde etwas beklommen zumute, als er daran dachte, wie aufgewühlt ihm Ari erschienen war. Konnte es sein, daß er etwas mit den Umstürzlern zu tun hatte? Aber das war ja gar nicht möglich! Er kannte Ari seit dreißig Jahren und wußte, daß er sich nie für Politik interessiert hatte.

Ari Malidis war am Rande der Verzweiflung. Er hatte den Eckschrank vergeblich von oben bis unten durchsucht, in dem den Worten der Jungen zufolge die Vase versteckt war. Danach hatte er jeden weiteren Winkel des Raumes durchforscht. Als er Kostas Tsountas' Schritte und das Drehen des Schlüssels im Schlüsselloch hörte, beschloß er, sich hinter einem Besenschrank zu verstecken und kein Lebenszeichen von sich zu geben, um anschließend die Suche wieder aufzunehmen. Doch auch diesmal konnte er nichts entdecken, und nun saß er mit pochendem Herzen da und wußte sich keinen Rat mehr.

Professor Harvatis war umsonst gestorben. Ein Schatz, der ein Menschenleben gekostet hatte, war verschwunden und vielleicht in die Hände eines Dritten gelangt, der seinen Wert nicht zu schätzen wußte. Was sollte er nur jenem rätselhaften Fremden sagen, wenn er kommen und nach der Vase fragen würde? Denn Ari hegte keinen Zweifel, daß der Mann irgendwann wieder auftauchen und fordern würde, was offensichtlich sein war …

Der Raum war nicht sehr groß, und mit etwas Ruhe und Geduld hätte man einen Gegenstand von der Größe der Vase eigentlich sofort finden müssen. Doch Ari befand sich inzwischen in einem Zustand heller Panik und fing mit seiner atemlosen Suche immer wieder von vorne an, in der verzweifelten Überzeugung, vorher nur nicht richtig nachgesehen zu haben.

Ja, der Mann würde wiederkommen, ihn mit seinem eisigen Blick ansehen und mit der tiefen Stimme, der man ohne zu überlegen gehorchen mußte, nach der Vase verlangen. Wie sollte er ihm dann nur sagen, daß sie verloren war – vielleicht sogar für immer?

Als er das Geräusch von näherkommenden Schritten hörte, schlich sich Ari schnell wieder in sein Versteck. Einen Moment später wurde ein Schlüssel von außen ins Schloß gesteckt und die Tür geöffnet, dann ging jemand mit entschlossenen Schritten auf den Eckschrank zu.

Hauptmann Karamanlis wußte genau, wo er zu suchen hatte. Er nahm den Eimer aus dem Schrank, tauchte seine Hände in die Sägespäne, zog die Vase daraus hervor und hielt sie ins Licht, um sie besser sehen zu können. Der Schimmer des Goldes, der sich in seinem Gesicht spiegelte, verlieh ihm eine unnatürliche Blässe. Es bestand kein Zweifel, daß der Gegenstand in seinen Händen sofort Besitz von ihm ergriffen hatte, denn seine Augen glänzten wie im Wahnsinn, und trotz aller Besitzgier stand auch eine seltsame Rührung in seinem Gesicht, die einen seltsamen Kontrast zu seinen harten Zügen bildete.

Ari wurde sich bewußt, daß er sofort etwas unternehmen mußte, wenn er die Chance nicht ungenutzt verstreichen lassen wollte. Er hatte eine Stablampe ergriffen und sich hinter Karamanlis geschlichen. Und als dieser nun die

Vase auf einen Tisch stellte, versetzte er ihm mit der Lampe einen kräftigen Schlag in den Nacken. Karamanlis sackte zu Boden, ohne einen Laut von sich zu geben.

Zehn Minuten später fanden Tsountas und der Wächter, der ihn ablösen sollte, den gerade wieder zu sich kommenden Karamanlis auf dem Fußboden. Erschrocken liefen sie auf ihn zu und halfen ihm beim Aufstehen.

»Herr Hauptmann, was haben Sie denn? Ist Ihnen etwas zugestoßen?«

Karamanlis stützte sich ein paar Sekunden gegen die Wand, dann strich er sich mit der Hand übers Gesicht und sah sich langsam um. Als sein Blick auf den leeren Tisch fiel, sagte er ruhig: »Ein Schwächeanfall, nur ein kleiner Schwächeanfall. Ich habe seit zwei Nächten nicht geschlafen ... Vielleicht war die muffige Kellerluft der Auslöser, es gibt ja hier nicht mal ein Fenster ... Gehen wir wieder nach oben, ich brauche Luft.«

»Dem Hauptmann geht es nicht gut«, sagte Tsountas zu dem wartenden Generaldirektor, als sie im Erdgeschoß angekommen waren.

»Es ist nichts, nur ein vorübergehendes Unwohlsein. Ich bin todmüde ...«

»Haben Sie gefunden, was Sie suchten?« fragte der Direktor.

Karamanlis zog eine sonderbare Grimasse, während er sich den Nacken rieb. »Ja«, sagte er, »ich habe es gefunden, und früher oder später werde ich die Schuldigen zur Rechenschaft ziehen, soviel ist sicher.«

Zusammen mit dem Direktor trat er aus dem Gebäude und ging die Treppen des Haupteingangs hinunter. Auf der Straße angekommen, hielt Karamanlis ein Taxi auf, das den Direktor nach Hause bringen sollte.

»Aristotelis Malidis ... Sagt Ihnen der Name etwas?« fragte er nachdenklich, bevor sie sich verabschiedeten. Der Direktor schüttelte den Kopf.

»Er ist einer Ihrer Angestellten. Ich will alles über ihn wissen. Lassen Sie mir bitte seine Personalakte schicken, wenn möglich noch heute.«

»Wird gemacht, Herr Hauptmann. Gibt es Indizien, daß er in dieser Sache die Finger im Spiel hat?«

»Nichts Konkretes. Es ist nur ein Verdacht, aber wir müssen ihm nachgehen.«

»Natürlich.«

»Gute Nacht, Herr Direktor, und danke für Ihre Mitarbeit.«

»Gute Nacht, Herr Hauptmann. Keine Ursache, ich stehe Ihnen jederzeit zur Verfügung.«

Karamanlis sah dem Taxi hinterher, bis es in der Nacht verschwand, und ging dann zu seinem eigenen Wagen. Auch für ihn war es Zeit, ins Bett zu gehen, obwohl der Tag nicht sehr befriedigend verlaufen war. Morgen früh, wenn er klarer im Kopf war, würde er überlegen, was er zu tun hatte.

Auch Kostas Tsountas hatte seinen Dienst beendet und machte sich auf den Nachhauseweg. Er stieg auf sein Fahrrad, dessen Lampe nur schwach die nächtliche Straße erhellte, und trat dann kräftig in die Pedale. Er freute sich auf sein Bett, wenn er auch nicht sicher war, ob er nach dem aufregenden Abend schlafen konnte. Daheim zog er den Schlüssel aus der Tasche, schob den Rolladen der Garage hoch und stellte das Fahrrad hinein, das trotz der zwanzig Jahre, die es auf dem Buckel hatte, noch fast wie neu aussah. Um die Nachtruhe der Nachbarn nicht zu stören, ließ er den Rolladen ganz vorsichtig wieder herunter und kniete sich dann ächzend auf den Boden, um abzusperren, wenngleich er wußte, daß sich in der Garage nichts befand, das zu stehlen der Mühe wert gewesen wäre.

Als er wieder aufstehen wollte, legte sich von hinten eine Hand auf seine Schulter. Zu Tode erschrocken hätte er beinahe das Gleichgewicht verloren und laut aufgeschrien, doch da sprach jemand beruhigend auf ihn ein: »Ich bin's nur, Kostas. Ari.«

Der alte Tsountas richtete sich ächzend auf und lehnte sich erschöpft gegen die Mauer. »Du? Was willst du denn, verdammt noch mal? Meinst du nicht, daß du mir schon genug auf der Nase herumgetanzt bist? Ich bin mir ziemlich sicher, daß du in Wirklichkeit gar nichts ins Lager bringen mußtest, sondern statt dessen irgendwelche Spuren verwischen wolltest. Ist es nicht so? Und dafür setzt du skrupellos den Ruf und die Ehre eines alten Kollegen aufs Spiel ...«

»Du hast recht«, sagte Ari und senkte den Blick. »Ich wollte tatsächlich Spuren verwischen. Nach dem Aufstand im Polytechnikum habe ich ein paar Studenten im Museum untertauchen lassen: drei verzweifelte, zu Tode erschrockene Jungen und ein verwundetes Mädchen, ... ein unschuldiges Mädchen, dem diese Schlächter eine Kugel in den Leib geschossen hatten. Ich habe versucht, sie zu retten, während viele andere erschlagen oder von den Panzern zerquetscht wurden ... arme Kinder ...« Seine Stimme zitterte. »Es sind doch unsere Kinder, Kostas, ...« Mit gesenktem Haupt stand er da und weinte. »Es sind doch unsere Kinder ...«

»Das hast du gut gemacht«! erwiderte Tsountas ergriffen. »Mein Gott, das hast du gut gemacht. Ich konnte ja nicht wissen ...« Er setzte sich auf die Treppen seines Hauses. »Setz dich einen Moment zu mir«, sagte er leise zu Ari, »nur einen Moment.«

Zur selben Zeit fuhren Petros Roussos und Yorgo Karageorgis die Hauptstraße nach Marathon entlang und immer tiefer in die Wälder hinein, die die Anhöhen des Pentelikon-Gebirges bedeckten. Endlich gelangten sie an einen großen Stausee, der Athen mit Strom versorgte und von dem Fluß Mornos gespeist wurde. Dort fuhren sie von der Straße ab und schlugen einen Pfad ein, der das nordöstliche Ufer entlangführte und mitten im Wald endete. Dies war der Ort, den Karamanlis mit ihnen vereinbart hatte, und es schien fast, als ob das Boot, das an einen Pfahl angebunden im Wasser lag, sie bereits erwartete.

Mit vereinten Kräften legten sie Helenis Körper ins Boot und schleppten einen großen Sandsack, der die Leiche beschweren sollte, hinterher. Roussos nahm am Steuer des im Bootsheck angebrachten Dieselmotors Platz, während

Karagheorgis die Standlichter ihres Wagens anschaltete und seinem Kollegen dann ins Boot folgte. Roussos warf den Motor an und steuerte zur Mitte des Sees, wo das Wasser am tiefsten war. Die Nacht war so schwarz, daß er sich an dem Kontrollicht des Stauwerks orientieren konnte, das einer halben Meile Entfernung in der Dunkelheit blinkte. Insgeheim schmiedete er schon Pläne, wie er die Sonderzulage verwenden würde, die sein Chef ihm für diese nächtliche Mission versprochen hatte. Währenddessen bereitete Karagheorgis alles Weitere sorgfältig vor: Die Seilschlingen aus Nylon, mit denen die Leiche des Mädchens an dem Sack befestigt wurde, würden sie bis in alle Ewigkeit auf dem Grund des Sees festhalten ...

Auf der Höhe einer kleinen Halbinsel, die sich von links in den See schob, hielten sie an. Karagheorgis schaltete das Bootslicht an, um die Schlinge gut befestigen zu können; dann warf er die Leiche ins Wasser, den Ballastsack hinterher, und sah zu, wie beides in der Tiefe verschwand.

Für einen Moment war unter der Wasseroberfläche Helenis weiße Stirn zu sehen, um die ihre langen Haare wogten wie Algenbüschel um das Gesicht einer Wassernixe.

Dann löschte Roussos das Bootslicht und steuerte schnell zurück ans Ufer, wo die Standlichter des Wagens ihn mit großen weißen Augen anzustarren und in die Welt der Lebenden zurückzurufen schienen.

Der strömende Regen wusch den Schmutz in dicken schwarzen Streifen von der Windschutzscheibe, während Karamanlis seinen Dienstwagen durch den Morgenverkehr steuerte und über die Ereignisse der letzten Tage nachdachte. Er hatte vor Nervosität noch nicht gefrühstückt, sondern nur eine Tasse Kaffee getrunken und zwei Zigaretten geraucht. Bei Roussos und Karagheorgis schien wenigstes alles glattgegangen zu sein, denn er hatte das verabredete Zeichen – einen an der hinteren Stoßstange seines vor dem Haus geparkten Wagens befestigten *kombolòi* – vorgefunden. Ein Problem stellte jedoch der junge

Italiener dar. Was hatte Bògdanos mit ihm gemacht? Falls der Junge noch lebte und sich zum Reden entschloß, konnte er ihm ernsthafte Schwierigkeiten bereiten. Auch war das Militär manchmal unberechenbar. Er mußte so bald wie möglich herausbekommen, von wem Bògdanos seine Anweisungen bekam und wie er ihn unter Kontrolle bekommen konnte. Vielleicht gab es über die vertraulichen Datenbestände der Polizeizentrale irgendeine Möglichkeit, mehr über den Mann zu erfahren. Als Karamanlis das Radio einschaltete, um die Morgennachrichten zu hören, stutzte er plötzlich und lauschte dann aufmerksam dem Bericht des Nachrichtensprechers: »Soeben wurde in unmittelbarer Nähe der Polizeizentrale ein Personenwagen durch ein Sprengstoffattentat zerrissen. Die Insassen, ein Mann und eine Frau, waren sofort tot. Ein Flügel des Polizeigebäudes wurde schwer beschädigt.«

Karamanlis rief sofort über Funk die Zentrale an: »Hier ist Hauptmann Karamanlis. Warum habt ihr mich noch nicht verständigt? Ich habe eben in den Radionachrichten von dem Attentat gehört.«

»Wir wollten Ihnen gerade Bescheid geben, Herr Hauptmann. Der Radiosender ist hier in der Nähe, daher hat man die Explosion dort sofort mitbekommen.«

»Verstanden. Laßt niemanden an den Tatort, ich bin in zwei Minuten da.«

»Wir erwarten Sie. Was sollen wir in der Zwischenzeit den Journalisten sagen?«

»Sorgt dafür, daß sie sich abseits halten, und gebt auf keinen Fall eine Erklärung heraus, bevor ich eintreffe. Ist der Untersuchungsrichter schon da?«

»Noch nicht, aber er ist unterwegs und wird in etwa zwanzig Minuten eintreffen.«

»Okay. Ich wiederhole noch einmal: Laßt niemanden an den Tatort! Ich komme so schnell wie möglich. Ende.«

Er nahm ein Blaulicht aus dem Handschuhfach und setzte es auf das Autodach, dann schaltete er die Polizeisirene ein und raste in voller Geschwindigkeit durch den dichten Berufsverkehr. Als er am Tatort ankam, hatte eine

Gruppe von Polizisten bereits eine Kette gebildet, um Schaulustige fernzuhalten. Überall lagen Bruchstücke des zerrissenen Autos auf dem Asphalt verstreut; was von dem Wrack selbst noch übrig war, lag unter einer Wolke aus Rauch und Feuerlöscherschaum begraben. Sanitäter versuchten unterdessen, die blutigen Fleischfetzen, die einmal zu einem menschlichen Körper gehört haben mußten, mit Plastikplanen zu bedecken.

Ein Polizeibeamter trat auf Karamanlis zu: »Es ist anzunehmen, daß die beiden ein Attentat auf das Polizeigebäude vorhatten und die Sprengladung explodiert ist, bevor sie aussteigen konnten. Aller Wahrscheinlichkeit nach handelte es sich wohl um Dilettanten.«

»Weiß man, wer die beiden Toten waren?«

»Nein, sie wurden bei der Explosion völlig zerfetzt und konnten nicht identifiziert werden. Die Sprengstoffmenge war enorm. Wenn Sie jetzt bitte hineingehen wollen – der Bericht für den Untersuchungsrichter wird gerade angefertigt.«

»Geht in Ordnung. Seht ihr euch inzwischen hier weiter um, ich bin in wenigen Minuten zurück. Gebt mir sofort Bescheid, wenn der Untersuchungsrichter kommt.«

Karamanlis trat in sein Büro und war gerade damit beschäftigt, den Bericht zu überfliegen, als das Telefon klingelte. »Polizeizentrale, Hauptmann Karamanlis. Wer ist da, bitte?«

Er erkannte die Stimme am anderen Ende der Leitung sofort. »Hier ist Bògdanos.« Karamanlis lockerte seine Krawatte und steckte sich nervös eine weitere Zigarette an.

»Ich höre«, sagte er dann.

»Stimmt es, daß in dem Wagen ein Mann und eine Frau saßen?«

»Ja, das stimmt.«

»Sind die Leichen noch zu identifizieren?«

»Das größte Stück, das von ihnen übrig ist, hat etwa die Größe einer Zigarettenschachtel.«

»Gut. Dann hätten wir ja eine Lösung für unser Problem. Ich kann Ihnen am Telefon nichts Näheres sagen.

Verlassen Sie das Polizeigebäude und überqueren Sie die Straße. Sie finden mich in der Bar gegenüber.«

»Aber ich muß hierbleiben. Der Untersuchungsrichter wird gleich eintreffen.«

»Eben darum. Ich muß Sie unbedingt sprechen, bevor er Genaueres erfährt. Kommen Sie sofort herüber, es ist unsere einzige Chance.«

Karamanlis trat ans Fenster und sah zu der Bar hinüber. Tatsächlich sah er hinter der Glasscheibe einen Mann mit Hut und dunklem Mantel am Telefon stehen. »Gut, ich komme«, sagte er schließlich, legte auf, verließ sein Büro und eilte über die Straße. Bògdanos hatte sich inzwischen an einen Tisch gesetzt und einen türkischen Kaffee bestellt.

»Das Attentat hilft uns aus einer großen Verlegenheit, denn es liefert uns zwei namenlose Leichen, die wir für unsere Zwecke verwenden können. Wir identifizieren die Insassen des Wagens als Claudio Setti und Heleni Kaloudis. Sie war eine gefährliche Terroristin, ihr italienischer Liebhaber war ihr Komplize. Geben Sie diese Information an die Presse, und alle unsere Probleme sind gelöst. Natürlich wird die italienische Botschaft Ermittlungen einleiten, aber sie wird nicht viel damit ausrichten können.«

»Einen Moment mal, Admiral, ich weiß zwar, daß das Mädchen tot ist, aber der Junge lebte noch, als Sie ihn mitgenommen haben. Wer garantiert mir, daß er nicht doch wieder auftaucht, nachdem ich die Nachricht von seinem Tod verbreitet habe?«

Bògdanos, dessen Augen unter dem Hut verborgen waren, hob nicht einmal den Kopf, um seinen Gesprächspartner anzusehen. »Der Junge wird nicht mehr auftauchen. Nach allem, was er gesehen hat, konnten wir ihn unmöglich am Leben lassen. Wenigstens hat er uns aber alles gesagt, während Sie mit ihren verabscheuungswürdigen Methoden rein gar nichts erreicht haben.«

»Meine Methoden mögen verabscheuungswürdig sein, aber wenigstens bin ich so ehrlich, keine Tricks zu benutzen, sondern reine, einfache Gewalt – der Stärkere gewinnt. Ihr dagegen haltet euch an hinterhältige Täuschungsmanöver ... Sicherlich hat der Junge geglaubt, daß ihr ihn am Leben laßt. Ihr seid um keinen Deut besser, nur scheinheiliger.«

Als Bògdanos leicht den Kopf hob, sah Karamanlis dessen angespannten Unterkiefer. »Die List ist eine sehr menschliche Waffe, sie ist intelligent und vielleicht sogar barmherzig; auf brutale Gewalt dagegen verfallen nur Rohlinge. Tun Sie, was ich Ihnen gesagt habe. Haben Sie irgendein persönliches Dokument von Heleni Kaloudis, das ihre Identität beweisen könnte?«

»Ihren Studentenausweis.«

»Übergeben Sie ihn dem Untersuchungsrichter, nachdem Sie etwas Benzin daraufgetröpfelt und ihn an den Rändern angesengt haben. Und legen Sie das dazu.« Er zog ein Medaillon aus der Tasche und reichte es Karamanlis, der es in den Händen drehte und die in griechischer Schrift aufgeprägten Worte las: »›Für Claudio, in Liebe, Heleni.‹ Niemand wird Verdacht schöpfen, dessen können Sie sich sicher sein. Setti und das Mädchen sind tatsächlich tot, und die Komplizen der beiden Terroristen werden sich davor hüten, an die Öffentlichkeit zu treten.«

Karamanlis zögerte noch einen Moment, doch schließlich steckte er das Medaillon in die Tasche und sagte: »Sie haben wohl recht. Ich werde Ihre Weisung befolgen.« Als er einen Blick auf die Straße warf, bemerkte er, daß der Untersuchungsrichter gerade angekommen war und einer seiner Männer mit der Hand auf die Bar wies. »Ich muß jetzt gehen.«

»Karamanlis.«

»Ja, was ist?«

»Was haben Sie heute nacht im Keller des Nationalmuseums gesucht?«

Karamanlis war wie vom Donner gerührt, während er nach einer vernünftigen Erklärung suchte. Trotz seiner langjährigen Erfahrung im Polizeidienst, die ihn mit allen Wassern gewaschen hatte, fühlte er sich von Bògdanos sofort durchschaut.

»Es handelte sich um eine Routinedurchsuchung. Ich hatte Hinweise bekommen, daß …«

»Was immer Sie gesucht haben, vergessen Sie es. Und vergessen Sie alles, was damit zu tun hat. Haben Sie mich verstanden? Wenn Ihnen Ihr Leben lieb ist, befolgen Sie meinen Rat. Ich werde Sie nicht noch einmal warnen.« Damit stand der Mann auf, legte eine Münze auf den Tisch und ging.

Karamanlis blieb noch einen Moment verwirrt stehen und folgte ihm dann auf die Straße, wo der Untersuchungsrichter bereits auf ihn wartete.

»Guten Tag, Herr Richter.«

»Guten Tag, Herr Hauptmann. Es besteht wenig Hoffnung, daß wir die beiden identifizieren können, fürchte ich«, sagte der Richter und wies auf das Chaos am Explosionsort.

»Das würde ich nicht sagen, Herr Richter. Wir haben etwas gefunden, das die Identität der Wageninsassen eindeutig belegt. Wenn Sie mit Ihrer Arbeit hier fertig sind, kommen Sie bitte in mein Büro. Ich habe Ihnen etwas zu zeigen.«

Eine Stunde später saß Claudio Setti in einem kahlen, armseligen Zimmer im Hafenviertel Piräus und hörte über Radio die Nachricht von seinem und Helenis Tod. Er weinte um Heleni, um den Schmerz und die Demütigung, die man ihr angetan hatte, und um ihren Tod, und er weinte auch um sein eigenes Leben, das nun genauso verloren war wie das ihre. Er würde zwar noch die gleiche Luft atmen wie die anderen Menschen, aber er wußte, daß die Zeit des Glücks unwiderbringlich für ihn zu Ende war. Sein Herz lag zusammen mit dem grausam geschändeten Leichnam Helenis an einem unbekannten Ort begraben.

Nach Fertigstellung des gerichtsmedizinischen Gutachtens fand am selben Abend noch die Beerdigung von Professor Harvatis im Beisein eines *papàs* und zweier Totengräber statt. Seit den frühen Morgenstunden regnete es unaufhörlich, und als sein Sarg in das von einem Bagger ausgehobene Grab gesenkt wurde, stand dieses bereits unter Wasser. Ari hatte durch Kostas Tsountas von der Beerdigung erfahren, als er am Morgen seinen Dienst im Museum angetreten hatte. Da der Tote keine Verwandten gehabt hatte, war nur die Direktion für Altertumswesen vom Krankenhaus verständigt worden.

Ari hatte sich sofort auf dem Weg gemacht um der Beerdigung beizuwohnen, hielt sich nun aber in einiger Entfernung vom Grab, um von niemandem gesehen zu werden. Hinter einem Pfeiler in einem Säulengang stehend, sprach er sein Sterbegebet für Periklis Harvatis und bat Gott, daß Harvatis' Seele das Ewige Licht leuchten möge. Er bedauerte zutiefst, daß der alte Professor so eilig und unwürdig bestattet wurde. Doch noch etwas anderes lastete auf Aris Herzen: Er spürte die Gegenwart von etwas Dunklem und Bedrückendem auf dem schlammigen Friedhof, das keine Ruhe zu finden und sich mit dem Sarg in das Grab zu senken schien.

Er blieb noch lange stehen, denn er hatte fest mit dem Erscheinen des einzigen Menschen gerechnet, der den Grund für Periklis Harvatis' Tod kannte. Doch seine Erwartung erfüllte sich nicht, und nachdem der *papàs* und die Totengräber gegangen waren, blieb der Friedhof einsam und verlassen.

Ari trocknete sich endlich die Augen und eilte zum Ausgang, denn der Friedhofswächter wollte gerade schließen. Dann stand er noch eine Zeitlang am Gitter und blickte von der Ferne auf den frischen Grabhügel, auf den immer noch das Wasser niederprasselte. Fast widerstrebend öffnete er schließlich seinen Schirm und ging unter dem dichten Regen davon.

VI

Athen, 19. November, 18.00 Uhr

Norman Shields las die Nachricht vom Tode Claudio Settis und Heleni Kaloudis' in der Abendausgabe der ›Tà Nèa‹. Beinahe hätte er den Artikel übersehen, da er neben dem auf der Titelseite prangenden, achtspaltigen Bericht über das letzte Fußballspiel fast unterging. Als Norman am Morgen – wie mit Karamanlis vereinbart – vor der Polizeizentrale angekommen war, hatte er das durch die Explosion verursachte Chaos vorgefunden und war sich unwillkürlich klargeworden, daß seine Freunde in dieser Situation kaum freigelassen werden würden. Er war im Auto sitzen geblieben und hatte lange die Aktivitäten der Polizisten und Justizbeamten verfolgt. Dabei hatte er auch beobachtet, wie Karamanlis sich in der Bar gegenüber mit einem Unbekannten getroffen hatte.

Er wußte zwar nicht, was Karamanlis vorhatte, doch durch den Zeitungsbericht wurde Norman klar, daß er in jedem Fall ein falsches Spiel mit ihm spielte. Sein erster Gedanke war gewesen, sofort zum Archäologischen Nationalmuseum zu fahren, doch dann war ihm eingefallen, daß Ari, falls er überhaupt Dienst gehabt hatte, sicher schon nach Hause gegangen war.

Also beschloß er, sich nochmals an seinen Vater zu wenden, und fuhr zur britischen Botschaft, um ihm die Zeitung mit dem Bericht über das Attentat zu zeigen. Wie konnte es denn möglich sein, daß Claudio und Heleni in dem zerstörten Auto gesessen hatten, wenn sie doch in Wirklichkeit im Polizeigebäude gefangen waren? Sein Vater wußte doch genauso gut wie er selbst, daß sie vor den Augen eines britischen Spezialagenten von der griechischen Polizei verhaftet und anschließend verschleppt worden waren.

»Norman … Norman, ich fürchte, sie haben sie umgebracht«, sagte sein Vater und senkte den Kopf. »Sie haben einen terroristischen Anschlag vorgetäuscht, um die Leichen verschwinden zu lassen und alle Spuren auszulöschen.«

Norman schwindelte vor Entsetzen, und er mußte sich gegen die Wand stützen. »Aber wieso denn«, stammelte er, »warum nur … warum?«

»Norman, Heleni Kaloudis galt als eine der Anführerinnen des Studentenaufstands im Polytechnikum. Vielleicht hat die Polizei geglaubt, wichtige Informationen aus ihr herauspressen zu können. Vielleicht sind sie in ihren Verhörmethoden zu weit gegangen … Das ist jedenfalls meine Sicht der Dinge, aber ich weiß natürlich auch nicht, was genau passiert ist. Deine Freunde wären nicht die ersten, die bei dieser Art von Verhören daran glauben mußten.«

»Aber wenn es wirklich so ist, wie du sagst, dann haben wir doch auch Zeugen dafür, daß Claudio und Heleni in den Händen der Polizei waren, und können sie zur Verantwortung ziehen. Wir müssen doch wenigstens dafür sorgen, daß ihr Tod nicht ungesühnt bleibt.«

»Nein, das ist nicht möglich. Unser Spezialagent darf nicht als Zeuge auftreten, und wir müssen unter allen Umständen verhindern, daß der Fall an die Öffentlichkeit gerät. Die Konsequenzen sind zu schwerwiegend: Wir würden damit riskieren, daß Griechenland aus der NATO ausgeschlossen wird. Uns sind die Hände gebunden, mein Sohn. Du mußt dich leider damit abfinden. Ich weiß, das ist eine sehr bittere Erfahrung für dich, und auch für mich, glaub mir. Ich habe getan, was in meiner Macht stand.«

»Ich verstehe«, sagte Norman, der sich wie erschlagen fühlte. »Dann gehe ich jetzt.«

»Wo willst du hin?«

»Ich fliege mit dem nächstmöglichen Flugzeug zurück nach England. In diesem Land will ich nicht mehr bleiben.«

»Und dein Studium?«

Norman antwortete nicht.

»Kommst du noch mal zu mir, um dich zu verabschieden?«

»Ich weiß es nicht. Sei mir bitte nicht böse, falls ich es nicht tue. Meine Wut gilt nicht dir, sondern der ganzen Welt und auch mir selbst. Ich will nur noch vergessen, aber ich weiß nicht, ob mir das jemals gelingen wird. Leb wohl, Vater.«

»Leb wohl, mein Sohn.«

James Shields erhob sich, um seinen Sohn zur Tür zu begleiten, und als dieser hinausgehen wollte, hielt er ihn zurück und umarmte ihn fest. »Du bist noch jung«, sagte er, »du wirst diese schrecklichen Tage vergessen.«

Norman löste sich aus der Umarmung seines Vaters. »Jung? Mein Gott, ich fühle mich unendlich alt. Ich habe nichts mehr, woran ich mich halten kann.«

Er trat hinaus auf die Straße und schlug schnell den Weg zur Bushaltestelle ein. Sein Vater stand noch ein paar Minuten am Fenster seines Büros und folgte ihm mit den Augen, bis er hinter einer Straßenecke verschwand.

James Shields hatte immer verhindern wollen, daß sein Sohn unter den Konsequenzen, die sein Beruf mit sich brachte, zu leiden hatte. Dies war auch der Grund, weshalb er ihn immer auf Distanz gehalten und nie etwas gegen seine Leidenschaft für die Archäologie eingewendet hatte, wenngleich er diese Wissenschaft für eine kostspielige und im Grunde nutzlose Beschäftigung hielt. Doch nun hatten sich ihre Lebenswege durch einen seltsamen Zufall auf gefährliche Weise gekreuzt, und er begann plötzlich, an sich selbst zu zweifeln. Indem er die Verzweiflung seines Sohnes erlebt hatte, fühlte er sich plötzlich selbst den Opfern nahe, und ein leiser Schmerz erinnerte ihn an seine eigene Schuld. Dieses Mal handelte es sich nicht um namenlose Leichen, wie bei den vielen anderen, an die er sich im Laufe seiner Karriere gewöhnt hatte – mit dem Zynismus eines Mannes, der immer und überall die Interessen seines Landes über sein eigenes Leben stellte. Die Tränen seines Sohnes brachten ihm zu Bewußtsein, wie jung dieser war und wie sehr er der Hilfe seines Vaters bedurfte.

Und plötzlich hoffte er, daß am Ende der erbitterten Kämpfe der letzten Jahre die Versöhnung folgen würde. Der Junge war ein aufrührerischer Hitzkopf, der nach Unabhängigkeit strebte und seinen Vater zu verachten schien, während er selbst eine sehr strenge Erziehung genossen hatte, die ihn tief geprägt hatte … Sicherlich war es gut, daß der Junge Griechenland den Rücken kehrte und nach England reiste. Die Zeit würde seine Wunden heilen, und vielleicht würde er sogar ein nettes Mädchen kennenlernen, das ihm dabei half, die schrecklichen Erlebnisse zu vergessen.

Norman zog sich in seine kleine Wohnung in Kifissìa zurück und packte ein paar persönliche Dinge in einen Rucksack. Dann überprüfte er seine Geldvorräte und stellte fest, daß sie nicht einmal für die Zugfahrt, geschweige denn für einen Flug nach England ausreichten. Um nicht seinen Vater um Geld bitten zu müssen, entschloß er sich, zu trampen.

Nach dem Packen legte er sich aufs Bett und fiel in einen unruhigen Schlaf, in dem er von Alpträumen gequält wurde: Ein Auto ging in die Luft und löste sich in Tausende von blutigen Fetzen auf, er selbst lauerte Karamanlis mit einer Waffe auf und streckte ihn mit zahllosen Schüssen nieder. Deutlich sah er den Körper des Polizisten bei jedem Kugeleinschlag zusammenzucken, sah sein blutüberströmtes Gesicht und seine einstmals tadellose Uniform, die nun von Blut und Schmutz durchtränkt war. Mehrmals wachte er auf und fand sich in kalten Schweiß gebadet.

Als es endlich Morgen wurde, schob er die Hausschlüssel und einen Umschlag mit dem Geld für die letzte Miete unter der Tür des Hausmeisters durch und verließ das Haus. Es war noch dunkel, und die Straßen lagen still und verlassen da. Er ging in eine kleine Bar, die gerade aufmachte, setzte sich an einen Tisch und bestellte einen türkischen Kaffee und zwei Weißbrotkringel mit Fenchelkörnern. Sie hatten ihm immer so gut geschmeckt, wenn sie gerade aus dem Ofen kamen und noch frisch und knusprig waren. Wie oft waren er und seine Freunde um diesen

Tisch gesessen und hatten sie gegessen. Und jetzt waren Heleni und Claudio tot, nur Michel lebte noch, aber es hatte keinen Sinn, ihn zu suchen. Wahrscheinlich war er schon irgendwo in Frankreich und kämpfte mit seiner Scham und seinen Gewissensbissen. Wozu hätte er ihn aufspüren sollen? Um ihn zur Rechenschaft zu ziehen, ihm Vorwürfe für seine Schwäche zu machen? Nein, auch Michel hatte ein Recht, zu vergessen. Wer weiß, vielleicht würden sie eines Tages den Mut finden, sich an einem neutralen Ort wiederzusehen und so zu tun, als sei nichts geschehen. Vielleicht würden sie dann beide von der schönen Zeit schwärmen, von ihrer ersten Begegnung in Epirus, den Abenden in der Taverne, dem Studium, den Mädchen …

Als er wieder hinaus auf die Straße trat, zeichnete sich im kalten Morgenlicht der kahle Rücken des Hymettos gegen einen aschfahlen Himmel ab. Norman schulterte seinen Rucksack und lenkte seine Schritte in Richtung Norden. Ein Lastwagen, der eine Schafherde zu den thessalischen Weiden transportierte, hielt an und ließ ihn einsteigen, bevor er sich schwankend wieder in Bewegung setzte. Norman fiel erleichtert auf den Beifahrersitz und nahm seinen Rucksack auf den Schoß. Das Blöken der Schafe, das Geplauder des Fahrers und das Getöse des schrottreifen Gefährts drangen kaum in sein Bewußtsein. Während er geistesabwesend vor sich hinstarrte, herrschte in seinem Herzen tödliche Stille.

Er ließ Thessalien und Makedonien hinter sich, gelangte bei Evzoni über die Grenze und durchquerte Jugoslawien in einem bulgarischen Lastwagen, der Fleisch nach Italien lieferte. Auf der Reise durch Österreich und Deutschland schlief er eine Nacht in einer Jugendherberge und schlug sich eine weitere auf einer Autobahnraststätte um die Ohren. Drei Tage und drei Nächte war er unterwegs, bis er den Ärmelkanal erreichte und schließlich von der Fähre aus das schneebedeckte Dover vor sich liegen sah.

Schon jetzt schien ihm Athen in so unerreichbare Ferne gerückt, als läge es auf einem anderen Planeten.

Als er seinen Paß aufschlug, um ihn dem Grenzbeamten hinzuhalten, rutschte ein Foto heraus und fiel auf die Erde: Es war in den Bergen von Epirus aufgenommen und zeigte ihn zusammen mit Michel und Claudio, wie sie lachend an Michels alter Ente lehnten. Er beugte sich nicht hinunter, um es aufzuheben, sondern ließ zu, daß es von den schmutzigen Stiefeln der Fernfahrer, die hintereinander durch die Paßkontrolle gingen, zertreten wurde.

So wurde auch in seinem Inneren die Erinnerung an die letzten Jahre seiner Jugend zertreten.

Wenngleich Claudio Setti keine näheren Verwandten mehr hatte, veranlaßte die italienische Botschaft auf Anweisung des Außenministeriums eine Untersuchungskommission, die Nachforschungen über seinen Tod anstellen sollte. Die Version der griechischen Polizeibehörden widersprach nämlich in nicht wenigen Punkten den Aussagen, die die Botschaftsbeamten bei Settis Studienkommilitonen und Dozenten an der Italienischen Schule für Archäologie in Athen eingeholt hatten: Claudio wurde als ruhiger und freundlicher junger Mann beschrieben, der sich mit Eifer seinem Studium widmete und politisch sehr gemäßigte Ansichten hatte. Auf jeden Fall konnte davon ausgegangen werden, daß er kein gefährlicher Terrorist war. Obwohl es ja immerhin möglich war, daß er seine Freundin begleitet hatte, ohne von der Sprengstoffladung im Wagen zu wissen. Für seine Tatbeteiligung konnte jedenfalls nicht der kleinste Hinweis gefunden werden, und sein Tod blieb letztlich ungeklärt.

Hauptmann Karamanlis hätte gerne mehr über Ari Malidis in Erfahrung gebracht, aber es gab gute Gründe, die ihn schließlich dazu veranlaßten, dessen Spur nicht weiterzuverfolgen. Aufgrund bürokratischer Hindernisse – die wahrscheinlich auf den Mangel an Sympathie zurückzuführen waren, den die Direktion für Altertumswesen der Polizei gegenüber hegte – wurde ihm die angeforderte Personalakte erst nach mehreren Anfragen ausgehändigt, und wenngleich sie seinen Verdacht zu bestätigen schien, erbrachte sie dennoch keine konkreten Informationen. Außerdem hatte Admiral Bògdanos einen tiefen Eindruck auf ihn hinterlassen, und wenn er ihn auch nicht wiedersah, hingen seine letzten Worte doch wie eine beständige Drohung über ihm. Und schließlich hatte die aufreibende Tagesroutine, die nie abreißende Reihe von Überwachungen, Verhören, Hausdurchsuchungen und Verhaftungen, ihm keine Zeit mehr gelassen, sich mit den mysteriösen Ereignisse jener Tage auseinanderzusetzen.

Überdies hatte er sich vorübergehend nach Patras und nach Saloniki begeben müssen, um einige Professoren zu verhaften, die sich während der Revolte im Polytechnikum mit den Studenten solidarisiert hatten, und um die Gewerkschaftsführer an die Kandare zu nehmen, die einem Aufruf der Studenten zum Generalstreik beigestimmt hatten.

Trotz aller Bemühungen war es ihm nicht gelungen, auf Hinweise zu stoßen, die auf eine kommunistische Führung des Studentenaufstands hingedeutet hätten. Nicht, daß er deswegen seine tiefe Überzeugung von einem Zusammenhang zwischen den Studenten und den Ostblockmächten angezweifelt hätte – er war nach wie vor davon überzeugt, daß die Verschwörung von höherer Stelle angezettelt war und daß ein unglückliches Mißgeschick ihm leider nur die kleinen Fische ins Netz getrieben hatte.

Manchmal saß er mit einem Sandwich und einem Glas Bier bis spät in die Nacht hinein in seinem Büro und dachte über die Beziehungen der Menschen untereinander nach, die in jenen turbulenten Tagen eine wichtige Rolle für ihn gespielt und viele Fragezeichen hinterlassen hatten: Norman Shields, der von der geheimnisvollen Vase gewußt hatte, war der Sohn von James Henry Shields, dem Verbindungsagenten zwischen dem griechischen und dem amerikanischen Geheimdienst. Überdies war dieser Norman befreundet gewesen mit Claudio Setti, Michel Charrier und Heleni Kaloudis, und er kannte sogar Ari Malidis. Der wiederum hatte mitten in der Nacht einen sterbenden Mann ins Krankenhaus von Kifissìa eingeliefert.

Und dann gab es da natürlich noch diesen Admiral Bògdanos, der immer alles zu wissen und überall gleichzeitig zu sein schien, und der sogar über Karamanlis' mißglückte nächtliche Expedition in den Keller des Museums informiert gewesen war. Wer konnte ihm davon erzählt haben? Der Direktor des Amts für Altertumswesen? Unwahrscheinlich. Der junge Shields? Was konnte denn ein Geheimdienstoffizier höchsten Ranges mit einem kaum zwanzigjährigen Studenten zu tun haben? Das Sonderbarste an der Sache war, daß es zwischen all diesen Personen offensichtlich keine Beziehungen zu geben schien, außer natürlichen zwischen den jungen Leuten, die zusammen studiert hatten. Und doch gab es etwas, das sie alle miteinander verband: Die herrliche goldene Vase, die auch er für einen Moment in Händen gehalten hatte.

War sie die geheimnisvolle Achse, um die sich alles drehte? Vielleicht würde er eines Tages herausfinden, wo sie abgeblieben war und was die Bilder auf ihrem Bauch bedeuteten; und vielleicht würde er dann auch wissen, was diese Personen miteinander zu tun hatten. Aber für den Moment war die Vase verschwunden, und zwar spurlos. Und vielleicht war es sogar besser so, denn Karamanlis spürte instinktiv, daß sie ein gefährliches Geheimnis barg. Bògdanos' Drohung hatte ihn fast den hinterhältigen Schlag in den Nacken vergessen lassen, den ein Unbekannter ihm im Keller des Nationalmuseums versetzt hatte.

Ein paar Wochen lang quälte ihn auch die Angst, daß Bògdanos ihm wegen der Geschichte mit Claudio Setti Schwierigkeiten machen könnte. Im Grunde hatte er keinen einzigen Beweis für Settis Tod, und er machte sich wiederholt Vorwürfe, weil er sich von Bògdanos hatte herumkommandieren lassen wie ein blutiger Anfänger, statt die Sache selbst in die Hand zu nehmen. Vielleicht hatte Bògdanos ihn getäuscht, vielleicht tauchte er sogar eines Tages auf, um ihn mit der Drohung zu erpressen, einen Toten wiederauferstehen zu lassen oder ihn Karamanlis auf den Hals zu hetzen. Doch andererseits: Was konnte ihm schon geschehen? Er würde sich einfach auf seine Gutgläubigkeit berufen und auf die persönlichen Gegenstände – den Ausweis und das Medaillon – hinweisen, die er dem Untersuchungsrichter nach dem Sprengstoffanschlag vorgelegt hatte.

Lange Zeit geschah nichts. Als Karamanlis die ganze Sache schon fast vergessen hatte, wurde ihm eines Tages ein Briefumschlag übergeben, in dem eine Fotografie steckte, die den aufgebahrten, leblosen Körper von Claudio Setti zeigte. Karamanlis' erster Gedanke war, es den Kollegen aus dem Fotolabor vorzulegen und auf seine Echtheit überprüfen zu lassen, doch dann entschied er sich, seiner persönlichen Erfahrung zu vertrauen. Später verbrannte er das Foto und hatte es bald vergessen.

So verging die Zeit, und mit jedem Tag kehrte das Leben ein Stück mehr in seine gewohnten Bahnen zurück. Die Polizeizentrale nahm ihre Routinearbeit wieder auf und hatte sich wie ehedem um gewöhnliche Diebe, Räuber, Schmuggler und Betrüger zu kümmern. Die Regimegegner hatten aufgegeben und fügten sich resigniert in die Verhältnisse.

Eigentlich hätte Karamanlis sehr zufrieden mit seinem Leben sein sollen, doch er fühlte sich meist nervöser und angespannter als je zuvor in seinem Leben. Während es ihm früher gelungen war, die Sorgen und Ängste, die sein Beruf mit sich brachte, nach Dienstschluß hinter sich zu lassen, so war er jetzt auch zu Hause meist übler Laune und gereizt. Seine Frau bemerkte die Veränderung, die mit ihrem Mann vor sich ging, und wurde nicht müde, ihn nach dem Grund dafür zu fragen. Vergeblich. Manchmal, wenn er zu Fuß nach Hause ging, um noch frische Luft zu schnappen, hatte Karamanlis den untrüglichen Verdacht, daß er verfolgt wurde. Es war ihm, als sähe er aus dem Augenwinkel einen Schatten, der sich jedoch in Nichts auflöste, sobald er den Kopf wandte. Verfolgt, er! Dabei war doch immer er der Verfolger gewesen, hatte seiner Beute aufgelauert, wochenlang, monatelang, bis er die Falle schließlich zugehen ließ … Es mußte wohl die Erschöpfung sein.

Eines Tages entschloß er sich, einen Freund vom Verteidigungsministerium anzurufen: »Habt ihr einen Marineoffizier namens Bògdanos verzeichnet?«

»Wieso willst du das wissen?«

»Ach, aus keinem besonderen Grund. Es ist nur persönliche Neugier.«

»Bògdanos, hast du gesagt? Warte mal, ich sehe nach … Ja, natürlich, Bògdanos Anastasios. Ich rufe dich zurück, wenn ich die Unterlagen durchgesehen habe, dann können wir uns irgendwo treffen. Lange nichts von dir gehört, alter Freund. Du meldest dich immer nur, wenn du etwas brauchst.«

»Du hast recht, ich sollte mich wirklich schämen. Danke auf jeden Fall schon im voraus.«

Sie trafen sich ein paar Tage später nachmittags in einer Taverne in der Plaka.

»Es handelt sich bei diesem Bògdanos um einen ehemaligen Kriegshelden, der das Unterseeboot *Velos* befehligt und Unmengen von Auszeichnungen bekommen hat. Später war er Kommandant der Marineakademie und ist jetzt Generalstabsmitglied mit besonderen Aufgaben.«

»Ist es zuviel verlangt, wenn ich dich frage, um welche Aufgaben es sich dabei handelt?«

»Du sagst es. Laß lieber die Finger davon, mein Freund, du könntest sie dir sonst verbrennen.«

»Ist er so mächtig?«

»Er ist nicht nur mächtig, sondern praktisch auch unfehlbar. Ihn unter Druck setzen zu wollen, wäre aussichtslos. Und in der gegenwärtigen Situation macht ihn das zu einem Mann, der zu fürchten ist, denn er weiß alles über alle, läßt sich selbst aber nichts zuschulden kommen.«

»Glaubst du, daß man ihm vertrauen kann?«

»Soweit ich weiß, hat er sein Wort nie gebrochen. Falls du bei irgendeiner Operation mit ihm zusammengearbeitet hast, sitzt du fest im Sattel. Er ist jemand, der seine Rechnungen immer persönlich bezahlt … Aber falls ihm jemand in die Quere kommt, bestraft er ihn auch persönlich.«

»Wo hält er sich jetzt auf?«

»Ich glaube nicht, daß ich dir noch mehr sagen kann, selbst wenn ich wollte. Diese Informationen müssen dir genügen. Hoffentlich kannst du etwas damit anfangen.«

»O ja, natürlich, du hast mir sehr weitergeholfen. Ich danke dir.«

Der Ministeriumsbeamte hatte das Thema gewechselt und war erst auf Fußball und dann auf das Musik-Festival in Saloniki zu sprechen gekommen, als aus einem nahen Haus Bouzouki-Klänge und die eindringlichen Worte aus einem Lied von Theodorakis zu hören waren:

Sie haben Andrèas in seiner Zelle gefoltert
Und morgen werden sie ihn töten …

»Hör nur, welche Schweinereien sie da spielen! Man müßte sie auf der Stelle einsperren, alle miteinander!«

Karamanlis ließ gedankenverloren die Plastikkugeln seines *kombolòi* durch die Finger gleiten.

»Ja …«

»Also gut, ich muß los. Und wie gesagt – melde dich mal wieder, und zwar nicht nur, wenn du etwas brauchst.«

Es wurde schon dunkel, als Karamanlis auf sein Auto zuging. Bei einem Straßenverkäufer blieb er kurz stehen, um eine Tüte Röstkastanien zu kaufen – seine Kinder waren ganz verrückt danach.

VII

Tarquinia, Italien, 28. Mai 1983, 17.30 Uhr

Der Mann an der Rezeption wandte widerwillig den Blick von dem kleinen Fernseher ab. Er hatte sich die Übertragung des Formel-1-Rennens angesehen, und wandte sich nun dem Gast zu, der gerade das Hotel betreten hatte.

»Wir sind belegt«, sagte er, »oder haben Sie reserviert?«

»Ja, das habe ich«, erwiderte der Fremde und stellte seinen Koffer auf den Boden.

Bevor der Angestellte nach der Gästeliste griff, warf er noch einen letzten Blick auf den Fernseher.

»Auf welchen Namen bitte?«

»Kouràs. Stavros Kouràs.«

Langsam fuhr der Angestellte mit dem Zeigefinger über die Liste. Als er den Namen gefunden hatte, sagte er nikkend: »Kouràs … Ja, hier stehen Sie. Zimmer Nummer 45, erster Stock. Ihren Ausweis bitte noch, dann können Sie gleich hinaufgehen.«

Der Fremde legte seinen Reisepaß auf die Theke. »Entschuldigen Sie bitte«, sagte er dann, »ich würde Sie gerne noch etwas fragen.«

»Ja bitte?« erwiderte der zwischen seiner Pflicht und dem Rennen sichtlich hin- und hergerissene Angestellte.

»Ich suche einen Mann namens Dino Ferretti. Er wohnt hier in Tarquinia und arbeitet als Fremdenführer.«

»Ferretti? Ja, den kenne ich, er ist oft mit unseren Gästen unterwegs. Im Moment macht er gerade eine Führung durch die antike Begräbnisstätte in Monterozzi. Wenn Sie sich beeilen, treffen Sie ihn dort noch an. Es ist seine letzte Führung für heute. Wissen Sie, wie Sie dort hinkommen?«

»Nein, aber ich werde sicher jemanden finden, der mir den Weg erklären kann«, antwortete der Fremde.

»Ah, ja, das ist schön«, sagte der Hotelangestellte erleichtert und stellte den Fernseher wieder lauter.

Der Fremde überließ es einem Gepäckträger, seinen Koffer aufs Zimmer zu bringen, und wandte sich zum Gehen, ohne dem durchdringenden Motorengeräusch aus dem Fernseher Beachtung zu schenken. Draußen stieg er in sein Auto und fuhr aus der Stadt, bis er den Eingang der Begräbnisstätte erreichte. Es war fast schon Schließungszeit, und der Mann an der Kasse war gerade dabei, die Eintrittskarten wegzupacken und das Glasfenster seines Häuschens zu schließen. Dann ging er zum Eingangstor und wartete dort auf die letzte Reisegesellschaft, die schließlich grüppchenweise eintraf und auf einen bereitstehenden Omnibus zuging. Der Fremdenführer, ein junger Mann von etwa fünfunddreißig Jahren mit der Erkennungsmarke des Fremdenverkehrsamts an der Brust, folgte der Gruppe mit zwei oder drei älteren Amerikanerinnen in Shorts und Sonnenhut, die ihn mit Fragen bombardierten. Sie waren von den erotischen Darstellungen auf den Gräbern noch ganz benommen und baten den jungen Mann verlegen kichernd um weitere Erläuterungen.

Als alle Touristen endlich im Bus saßen, stieg auch der junge Mann auf das Trittbrett. Er wandte sich noch einmal um und hielt nach eventuellen Nachzüglern Ausschau. Dabei fiel sein Blick auf die schwarze Limousine mit Athener Kennzeichen am anderen Ende des Parkplatzes. Das dunkle Profil eines Mannes hinter der Windschutzscheibe jagte ihm einen plötzlichen Schauder durch den Leib, und er behielt den Wagen, der hinter dem Bus vom Parkplatz fuhr und ihm in einiger Entfernung folgte, durch den Rückspiegel im Visier. Der Bus hielt vor dem Hotel Rasenna und ließ die Touristen aussteigen. Der junge Mann begleitete sie noch in die Empfangshalle und ging anschließend zu Fuß auf die Altstadt zu. Seine unruhigen Augen suchten auf der Straße nach der Limousine, doch sie war verschwunden.

Unterwegs betrat er ein Lebensmittelgeschäft, um etwas Käse und Wurst zu kaufen, erstand an einem Kiosk eine

Zeitschrift, in der er beim Weitergehen blätterte, bis er vor einem mehrstöckigen Haus in der Nähe der Piazza del Duomo stehenblieb. Er sah sich um, als fühlte er sich noch immer verfolgt. Als er aber niemanden entdecken konnte, schloß er schließlich die Haustür auf und trat in den Flur, um zum obersten Stockwerk hinaufzugehen.

In seiner Wohnung angekommen, ging er zuerst ans Fenster und ließ den Blick über die roten Dächer der Stadt und über die umliegenden blühenden Felder und Wiesen schweifen. Die Luft war erfüllt vom Duft frischgemähten Grases, und ein Schwarm Stare, auf der Suche nach einem Nachtquartier, zog wie ein dunkler Schleier über den Himmel. Der Abend war schon angebrochen.

Plötzlich vernahm er ein kurzes, entschlossenes Klopfen. Instinktiv wußte er, daß es sich bei dem unerwarteten Besucher um den gleichen Mann handelte, den er auf dem Parkplatz der Totenstadt hinter der Windschutzscheibe der Limousine nur undeutlich wahrgenommen hatte. Als er noch einen letzten Blick aus dem Fenster warf, wurde der Starenschwarm am Himmel vom dunklen Schatten einer Gabelweihe auseinandergetrieben. Mit nachdenklicher Miene ging er endlich zur Tür und öffnete.

»Guten Abend, mein Sohn.«

»Admiral Bògdanos, … Sie?«

»Hast du mich nicht mehr erwartet? Hätte ich mein Kommen vielleicht ankündigen sollen?«

Der junge Mann senkte das Haupt und trat zur Seite.

»Kommen Sie herein.«

Der Mann trat ein, ging langsam im Zimmer umher und blieb dann am Fenster stehen. »Es ist sehr schön hier«, sagte er langsam. »Die Aussicht ist herrlich … Hier also lebt Dino Ferretti.«

»Ja, hier lebt er. Und hier wird er auch sterben, und zwar sehr bald … Ich habe nämlich beschlossen, meine wahre Identität wieder anzunehmen.«

Als Bògdanos sich umdrehte, las Claudio Setti zu seinem Erstaunen den Ausdruck der Bestürzung in seinen Augen. Wäre da nicht die unwiderstehliche Intensität seines Blicks gewesen, hätte er fast gedacht, daß Bògdanos Angst hatte. Für einen Augenblick überfiel ihn eine unerklärliche Scham für das, was er gesagt hatte.

»Ich verdanke Ihnen viel, Admiral, ... nicht nur mein Leben, sondern auch die Ruhe dieses Ortes, in dem ich Schutz gefunden habe. Aber ich kann dieses Versteckspiel nicht mehr länger aushalten. Ich will wieder ein normales Leben führen.«

Bògdanos wurde rot vor Zorn. »Ein normales Leben? Du willst ein normales Leben führen? Ich verstehe: Du willst also deinen richtigen Namen wieder annehmen, vielleicht eine Frau finden, Kinder mit ihr haben, ein Haus mit Garten und deinen verdienten Jahresurlaub ... Ist es das, was du willst? Antworte mir! Ich will wissen, ob alle meine Bemühungen vergeblich waren, weil der Mensch, den ich damals kennengelernt und gerettet habe, nicht mehr existiert.«

Claudio ließ sich auf einen Stuhl fallen und hob verzweifelt die Hände vors Gesicht. »Die Zeit verändert vieles, Kommandant. Auch die schrecklichste Wunde kann heilen. Ich wollte einmal aus Wut und Schmerz sterben, aber wenn ich überlebt habe, so heißt das, daß eine unbewußte Kraft mich zum Leben drängt. Dafür können Sie mir doch keine Vorwürfe machen.«

»Ich habe verstanden. Jetzt, wo die politische Lage in Griechenland sich stabilisiert hat, fühlst du dich nicht mehr bedroht und willst deine wahre Identität wieder annehmen. Das wird einen schönen Zeitungsbericht geben: Claudio Setti von den Toten auferstanden ...«

»Sie halten mich für feige und undankbar, nicht wahr? Nun gut, Sie täuschen sich. Jahrelang habe ich so gelebt, wie Sie es wollten und nur auf den Moment der Rache gewartet. Ich bin immer Ihren Anweisungen gefolgt. Aber heute weiß ich, daß es keinen Sinn hat: Es liegt nicht in meiner Macht, das Böse aus der Welt zu schaffen.«

Bògdanos nickte langsam mit dem Kopf und blieb noch ein paar Sekunden schweigend stehen, dann nahm er seinen Hut und ging auf die Tür zu.

Claudio hob den Kopf und rief ihn zurück: »Kommandant …« Bògdanos, den Türgriff schon in der Hand, wandte sich zu ihm um. »Weshalb sind Sie gekommen?« fragte Claudio leise.

»Das hat keine Bedeutung mehr.«

»Doch. Ich will es wissen.«

»Es tut mir leid, dich so verändert vorzufinden. Ich bin gekommen, um deine Wunde wieder aufzureißen und sie schmerzen zu lassen wie einst, auch wenn das vielleicht falsch ist … Ich habe die Beweise für die Schuld der Männer, die Helenis Tod zu verantworten haben, und für die ihrer Komplizen. Und ich habe einen Plan, wie wir sie bestrafen können.«

Claudio war bleich geworden. »Wieso übergeben Sie die Beweise nicht einem Gericht?«

Bògdanos sah ihn an, als habe er einen Verrückten vor sich, doch seine Stimme war ganz ruhig, als er fortfuhr: »Alle Verbrechen, die in jenen Tagen begangen wurden, sind entweder verjährt oder unter eine Amnestie gefallen. Die Schuldigen können nicht mehr gerichtlich belangt werden. Sie werden ungestraft bleiben. Ich weiß auch, wohin sie Helenis Leiche geworfen haben: in den Stausee von Tournaras. Sie haben ihr erst die Kleider ausgezogen, weil sie befürchteten, daß ein Stoffetzen an die Wasseroberfläche gelangen und das Grab verraten könnte. Ein kaltes Grab …«

Claudio, dem nun die Tränen die Wangen hinunterliefen, brachte kein Wort hervor. Bògdanos sah ihn einen Moment lang schweigend an, dann verließ er die Wohnung und ging die Treppen hinunter. Claudio riß sich hoch und stürzte ihm hinterher. Als er ihn anrief, blieb Bògdanos stehen und wandte langsam den Kopf. »Weshalb wollen Sie diese Rache?« rief Claudio flehend. Bògdanos wollte antworten, doch da ging die Haustür auf und eine Frau mit mehreren Einkaufstüten erschien im Flur. Erst als sie in ihrer Wohnung verschwunden war, antwortete Bògdanos langsam: »Ich habe immer gegen das Verbrechen gekämpft.«

»Aber warum haben Sie gerade mich ausgewählt? Wieso haben Sie mich nicht sterben lassen?«

Bògdanos war schon unten angekommen, und als er nun zum letztenmal den Kopf hob und sprach, klang seine Stimme grollend und bedrohlich, wie das Knurren eines Wolfes aus den Tiefen seiner Höhle: »Nicht ich habe dich ausgewählt, sondern das, was du erlebt hast, verpflichtet dich zur Rache. Was mich selbst betrifft ... Mir sind die Hände gebunden, ich kann nicht offen kämpfen wie ich gerne möchte, nicht jetzt. Ich muß jetzt zurück ins Hotel, denn ich bin müde. So lange schon bin ich unterwegs. Verstehst du? Ich bin müde ...«

»In welchem Hotel wohnen Sie?«

»Im Rasenna.«

»Unter welchem Namen? Für den Fall, daß ... ich Sie suchen sollte, nach wem muß ich fragen?«

»Kouràs, Stavros Kouràs. Gute Nacht, mein Sohn.«

Er verschwand auf der Straße, und die Tür fiel laut hinter ihm ins Schloß. Claudio legte den Kopf auf das Treppengeländer und lauschte auf die sich entfernenden Schritte von Admiral Bògdanos. Im Geiste sah er Helenis weißen Körper im dunklen Wasser liegen und schließlich in der Tiefe verschwinden. »Gute Nacht, Kommandant«, murmelte er.

VIII

Universität Grenoble, Frankreich, 10. Juni, 17.00 Uhr

»Guten Morgen, Professor.«

»Guten Morgen, Jacques. Gibt's Neuigkeiten?«

»Nichts Außergewöhnliches ... Ach, ja, ich sollte Sie daran erinnern, daß heute nachmittag Fakultätssitzung ist.«

»Stimmt. Denken Sie, daß es Schwierigkeiten geben wird?«

»Wahrscheinlich schon. Madame Fournier ist sehr verärgert, weil ihre Abteilung ihr zwei Stipendien gestrichen hat, und die Studenten wollen einen Antrag zur Prüfungsreform für das kommende akademische Jahr einbringen.«

»Ich verstehe. Na, wir werden auch dieses Gewitter überleben. Stellen Sie mir bitte die nächsten zehn Minuten keine Telefonate durch. Ich muß noch die Post und meine Notizen für die Vorlesung durchsehen.«

Michel Charrier betrat sein Büro, hängte seine Jacke auf und setzte sich an den Schreibtisch. Eine Minute später klingelte schon das Telefon.

»Jacques, ich hatte doch um mindestens zehn Minuten gebeten.«

»Tut mir leid, diesen Anruf muß ich Ihnen durchstellen: Es ist Senator Laroche, aus Paris.«

»Gut, Jacques, Sie haben recht ... Hallo, bist du's, Georges? Was bringt dich denn auf die Idee, mich anzurufen?«

»Hallo Michel! Tja, ich habe gute Nachrichten für dich. Das Parteikomitee hat beschlossen, deine Kandidatur für die nächsten Parlamentswahlen zu unterstützen. Nicht schlecht, was? ... Nun, was ist, du sagst ja gar nichts?«

»Himmel, Georges, was soll ich denn sagen? Du meine Güte, ich weiß wirklich nicht ... Das hatte ich sicher nicht erwartet ... Aber natürlich freue ich mich! Bedanke dich bitte in meinem Namen bei allen für ihr Vertrauen ... Georges, ich bin sprachlos ...«

»Wie, einer wie du ist sprachlos? Das ist doch lächerlich! Auf jeden Fall mußt du deine Sprache bald wiederfinden denn es werden eine Menge Versammlungen und Konferenzen auf dich zukommen, und da wirst du reden müssen!«

»Aber Georges, was soll ich denn mit der Universität machen?«

»Ja, genau darüber wollte ich mit dir reden. Siehst du, wir wollten die Sache nämlich gut vorbereiten und damit deine Karriere sowohl als Politiker als auch als Wissenschaftler fördern. Es würde sehr zu deinem Prestige beitragen, wenn du noch vor Beginn der nächsten Wahlkampagne deinen eigenen Lehrstuhl bekämst. Wir wollen versuchen, mit dem hohen intellektuellen Niveau unserer Kandidaten neue Wähler zu gewinnen. Die Zeiten, in denen wir ihnen Arbeiter präsentiert haben, sind nun mal unwiderruflich vorbei. Die gegnerischen Parteien setzen uns sehr zu, und wir können uns nicht erlauben, zu viele Zugeständnisse an die Ideologie zu machen.«

»Na, du hast gut reden ... Das ist alles andere als einfach. Ich glaube nicht, daß die Fakultät die Absicht hat, einen Lehrstuhl für meinen Forschungsbereich einzurichten.«

»Dem kann Abhilfe geschaffen werden. Wir sind zwar in der Opposition, aber gerade in Grenoble sind wir ziemlich stark. Außerdem haben auch wir wichtige Freunde, die sich für dich einsetzen könnten.«

»Georges, ich fürchte, daß das nicht genug ist. Was ich brauche, ist eine ... direkte Unterstützung.«

»Wir werden sehen, was sich machen läßt, aber du mußt in der Zwischenzeit hart arbeiten: Suche dir irgendein Thema, das auch außerhalb der akademischen Welt – vielleicht sogar im Ausland – Furore machen könnte.«

»Ich verstehe. Mal sehen, was ich tun kann. Du mußt mir auf jeden Fall Zeit geben, von einem Moment auf den anderen geht das nicht. Ich habe da zwar eine Forschungsarbeit im Auge, aber ich fürchte, daß sie nicht viel Sensationelles zu bieten hat … Laß mich darüber nachdenken.«

»Aber natürlich, das ist ja ganz klar. Zerbrich dir jetzt nicht zu sehr den Kopf darüber. Wir werden die Sache gemeinsam und in aller Ruhe angehen und in der Zwischenzeit versuchen, Sponsoren zu finden. Das Wichtigste ist jetzt, daß du dich dieser Herausforderung gewachsen fühlst.«

»Na, wenn es nur das ist …«

»Gut, sehr gut, so gefällst du mir, der Rest kommt später. Ich muß jetzt Schluß machen. Ich melde mich dann nächste Woche wieder. Einverstanden?«

»Ja, sicher. Danke, Georges. Vielen Dank.«

Michel legte auf, lehnte sich in seinem Sessel zurück und stieß einen langen Seufzer aus. Mein Gott, Michel Charrier, auf einen Schlag Lehrstuhlinhaber und Parlamentsmitglied, das wäre ja ungeheuerlich! Wenn alles gutging, würde er schon bald einer der brillantesten Akademiker und einer der jüngsten Abgeordneten Frankreichs sein …

Er streckte die Hand aus und griff nach dem gerahmten Foto einer schönen jungen Frau, deren blondes Haar in der Sonne leuchtete – Mireille, seine Kollegin, eine hervorragende Kunsthistorikerin. Sie war eine Saint-Cyr und gehörte damit dem ältesten Adel der Stadt an. Ihre Familie war sehr standesbewußt, doch wenn alles nach Plan lief, würde sie schon bald keinen Grund mehr haben, hochnäsig auf ihn herabzublicken. Mireilles Eltern würden ihn endlich akzeptieren müssen und seiner Beziehung mit ihrer Tochter keine Steine mehr in den Weg legen. Vielleicht konnten sie sogar heiraten.

Aber er fühlte auch einen Anflug von Scham. Er liebte Mireille, und sie liebte ihn auch, doch ihre Eltern weigerten sich hartnäckig, ihre Liebe ernst zu nehmen … Und da fiel ihm, dem jungen Mann aus bescheidenen bürgerlichen Verhältnissen, nichts anderes ein, als durch eine Politikerkarriere gegen den Elfenbeinturm der Hocharistokratie anzustürmen und dabei zu versuchen, seine linksprogressiven Ideale nicht zu verraten ... Zum Teufel, die Geschichte klang wie aus einem Groschenroman! Plötzlich kam er sich sehr lächerlich vor.

Andererseits war es auch keine Tragödie, sich ab und zu lächerlich zu machen. Man lebte schließlich nur einmal, und das Leben bestand hin und wieder aus Klischees. Außerdem mochte er das Mädchen wirklich, sie verstanden sich prächtig ... Der Rest sollte ihm egal sein. Bei dem Gedanken, daß das Glücksrad sich diesmal zu seinen Gunsten drehte, fühlte er sich von einem plötzlichen Taumel ergriffen und hätte am liebsten seinen Arbeitsplatz verlassen, um alle weiteren Schritte in die Wege zu leiten.

Doch das war Unsinn. Er mußte sich das Ganze gut überlegen und durfte nicht den Kopf verlieren. Die Partei wollte den Wählern einen erfolgreichen Akademiker präsentieren, der seinen politischen Idealen trotzdem treu geblieben war. Die Worte des Senators hatten wohlwollend und ermutigend geklungen, doch es war klar, daß das Gelingen des Unternehmens vor allem von ihm selbst abhing. Er mußte daher vernünftig sein und seine Karten klug und wohlüberlegt ausspielen.

Nachdem er Mireilles Fotografie wieder auf den Tisch gestellt hatte, nahm er die Mappe mit den Notizen zu seiner Forschungsarbeit zur Hand: ›Spuren römischer Propaganda in den Monumenten der Agora von Ephesus‹ ... Nicht besonders aufregend.

Die Arbeit war originell, präzise und stringent in der Argumentation, alles in allem aber hatte sie ihre Grenzen. Innerhalb der akademischen Welt würde sie sicherlich Beachtung finden, aber keine Begeisterungsstürme auszulösen. Ganz sicher war sie nicht dazu angetan, auch außerhalb der Universität Interesse zu wecken. Was er brauchte, war ein aufsehenerregendes Forschungsthema, und überdies mußte er die Öffentlichkeit davon überzeugen, daß Politik und Wissenschaft nicht im Widerspruch zueinander stehen mußten, sondern einigermaßen friedlich miteinander leben konnten, ohne daß die Politik mit der Wissenschaft Schindluder trieb.

Sollte er den Senator anrufen und alles abblasen, oder aber den Versuch wagen, diese beiden Welten ohne größere Einbußen miteinander zu verbinden? Das beste war wohl, sich zunächst ein passendes Forschungsthema zu überlegen.

Falls das nicht gelingen sollte, konnte er immer noch auf die Politik verzichten, mit der Begründung, daß seine Berufsehre den Kompromiß mit der Macht nicht zuließ. Die Situation erinnert ihn an die Fabel vom Fuchs und den Weintrauben.

Endlich griff er nach dem Päckchen mit der unerledigten Post und begann, die an ihn gerichteten Briefe zu öffnen. Es gelang ihm zwar nicht ganz, seine Gedanken von der neuen Herausforderung abzulenken, aber er sah im Moment auch keine Möglichkeit, seinen Tatendrang auszuleben. Und doch war er von Rastlosigkeit erfüllt und kam sich vor wie eine Mücke, die man in einer Flasche gefangen hatte und die nun immer wieder gegen die Wände surrte.

»Beruhige dich jetzt«, sagte er mit einem Seufzer zu sich selbst. »Es ist noch zu früh, sich den Kopf darüber zu zerbrechen; laß es einfach auf dich zukommen. Für den Moment ist es wichtiger, sich um das Nächstliegende zu kümmern.«

Die Post enthielt wie üblich Kataloge, Abonnements, eine Einladung zu einem Kongreß, Bücherrechnungen und Auszüge aus verschiedenen Forschungsarbeiten.

›Über das Zotenreißen im Soldatenleben des römischen Imperiums‹;

›Die Bedeutung des Asyndetons in der Prosa des Sallust‹;

›Die Zusammensetzung des Zementmörtels in den Bauwerken der sillanischen Zeit‹;

›Hypothese zum Totenbeschwörungsritus in der *Odyssee XI*‹;

›Die Begehbarkeit der Innenseite des Hadrianswalls‹;

›Phallusmetaphern in den Verzierungen von Schleudergeschossen‹.

Scheinbar hatten seine Kollegen von anderen Universitäten auch keine weitbewegenderen Ideen als er selbst …

Sein Assistent riß ihn schließlich aus seinen Gedanken: »Es ist Zeit, Professor. Die Studenten erwarten Sie schon.«

Michel griff nach seiner Mappe mit den Büchern und Notizen und betrat entschlossen den Hörsaal, wenngleich es um seine Konzentration nicht besonders gut bestellt war. Während er den Lehrstoff vortrug, hatte ein unbestimmter Gedanke in seinem Hinterkopf Fuß zu fassen begonnen und schien nur darauf zu warten, zu Ende gedacht zu werden. Irgendwie wußte Michel, daß dieser Gedanke ihm aus der Klemme helfen konnte, und es fehlte nur noch ein Verbindungsstück, das ihn an den Tag bringen würde … Was war es denn nur, zum Teufel …

Plötzlich merkte er, daß er mitten im Satz abgebrochen hatte und die Studenten ihn verdutzt anstarrten. »Entschuldigen Sie, bitte«, stotterte er verwirrt und versuchte, sich zusammenzunehmen. »Verzeihen Sie, ich habe gerade an etwas ganz anders gedacht … Helfen Sie mir doch kurz auf die Sprünge: Wo war ich gerade stehengeblieben?«

»Sie stellten die These auf, daß man aus einem Fragment von Heraklides Pontikus die Absicht Alexanders des Großen erkennen könne, sich auch die westliche Welt zu unterwerfen«, antwortete ein Mädchen, das in der ersten Reihe saß. Michel kannte sie gut, denn sie versäumte keine Vorlesung und schien ihm immer wie gebannt zuzuhören. Sie war eine von den Studentinnen, die irgendwann kommen, um die Diplomarbeit zu besprechen und anschließend das Institut nie mehr zu verlassen.

»Vielen Dank, meine Liebe. Nun gut, und genauso ist es auch, aber Heraklides Pontikus spricht nicht etwa von offenen Kriegsabsichten Alexanders. Er sagt uns nur, daß der Gott Dionysos erst Indien und dann Etrurien unterwarf, das heißt also, erst den äußersten Osten und dann den äußersten Westen – gemäß dem Kenntnisstand seiner Zeit, natürlich. Da wir nun wissen, daß Alexander sich aufgrund seiner Erziehung und des religiösen Glaubens seiner Mutter Olympia als Nachahmer des Gottes Dionysos betrachtete, können wir daraus schließen, daß er nach der Niederwerfung Indiens die Eroberung des westlichen Etruriens – also des heutigen Italiens – geplant hatte. In der Antike hatte die Kraft der Mythen oft sehr konkrete Konsequenzen für die Wirklichkeit … Gut, das war's dann für heute. Es tut mir wirklich leid wegen vorhin: Ich bin wohl einfach übermüdet.«

Die Studenten verließen nach und nach den Vorlesungssaal. Ganz zuletzt folgte das Mädchen, das ihm geholfen hatte, den Faden wieder aufzunehmen. Über den Rand ihrer eleganten Brille hinweg warf sie ihm einen Blick zu, der eine Mischung aus mütterlichem Verständnis und Bewunderung – nicht nur für seine fachlichen Fähigkeiten – ausdrückte.

Michel blieb noch in der leeren Aula und ließ sich auf einem Stuhl nieder. Er wollte versuchen, sich auf den Gedanken zu konzentrieren, der ihn von seinem Stoff abgelenkt hatte und sich weigerte, klare Formen anzunehmen. Sonderbarerweise ging ihm dabei ständig eine Musik im Kopf herum, es waren nur wenige Noten, ein altes Volkslied vielleicht, die Melodie war eingängig und gefühlvoll …

Jetzt hatte er's: Der Gedanke hatte mit einem der Forschungstitel zu tun, die er vorhin gelesen hatte, irgendwas mit einer Hypothese … ja genau, da war er endlich:

Hypothese zum Totenbeschwörungsritus in der Odyssee XI.

Hier lag der Schlüssel zu einem spannenden Forschungsthema, das ihm die Aufmerksamkeit einer breiten Öffentlichkeit sichern konnte: Das Totenorakel in der Odyssee, die Prophezeiung des Teiresias!

Der Gedanke traf ihn wie ein Blitz, und mit ihm stieg aus den Tiefen seiner Erinnerung ein Bild auf, das er jahrelang verdrängt hatte. Die harte Narbe über der Wunde schien sich plötzlich zu öffnen, und ein rasiermesserscharfer Schmerz fuhr unvermittelt und tief ins Herz. Das Bild gewann langsam schärfere Konturen, und jetzt sah er es im Geiste deutlich vor sich: Ein Krieger, der ein Ruder geschultert hatte, ein Mann in skythischer Kleidung, der ihm gegenüberstand, und daneben die drei Tiere – ein Stier, ein Eber, ein Widder ... Was die goldene Vase darstellte, war die Prophezeiung des Teiresias und die weiteren Abenteuer des Odysseus, die der Menschheit bis zum heutigen Tage nicht bekannt waren. Die goldene Vase war die Fortsetzung der *Odyssee!*

Und gleich der Büchse der Pandora entströmte dem Bild dieser Vase eine Flut von Erinnerungen – die verdrängte Schuld, die vergessenen Toten, das Salz längst getrockneter Tränen, die blauen Augen im bleichen Gesicht Helenis, der verschleierte Blick des sterbenden Claudio Setti. Und dann diese seltsame Musik ... Ja, da war sie wieder, und jetzt wußte er auch, woher er sie kannte: Es war das Lied, das Claudio immer auf seiner Flöte gespielt hatte, wenn er traurig oder nachdenklich gewesen war. Oft hatte er sich dann allein an den Strand gesetzt, weitab vom Scherzen und Lachen seiner Freunde ...

Michel wartete, bis sein wild schlagendes Herz sich beruhigte und in seinem Inneren nur noch die sanfte Melodie von Claudios Lied zu hören war. Dann fiel sein Blick auf das weiße Blatt eines Notizblocks, der auf dem Tisch lag.

Er nahm einen Bleistift zur Hand, dachte einen Moment nach und warf dann mit geschickten Zügen eine Skizze aufs Papier, die ein genaues Abbild jenes ominösen Gegenstandes darstellte, den er vor zehn Jahren – in der Nacht des Blutbads im Polytechnikum – im Keller des Nationalmuseums von Athen gesehen hatte.

Plötzlich war ihm, als seien seither nur wenige Minuten vergangen. Vor seinem inneren Auge drehte sich die Vase im Kreis: Er sah ihre parallellaufenden Verzierungsringe vor sich, die von den aufeinanderfolgenden Bilderszenen durchbrochen wurden, und seine Hand glitt wie im Fieber über das Papier und fertigte nach und nach eine bis in die Details wahrheitsgetreue Reproduktion der Vase an. Von Zeit zu Zeit hielt er inne, um seine Erinnerung klarere Formen gewinnen zu lassen, und je mehr ihm dies gelang, desto tiefer spürte er den Schmerz, der all die Jahre nur darauf gewartet hatte, aus seinem Versteck zu kriechen. Nie gesehene Monster und wilde Tiere kamen ihm in den Sinn, die unbeweglich wie die Figuren eines Wappens vor dem Helden mit seiner aufgesetzten Lanze auf den Hinterbeinen standen, dann wieder Berge und Täler, Vögel mit weitgespreizten Flügeln, die bewegungslos und starr an einem metallisch bleichen Himmel hingen.

... Michel hätte nicht sagen können, wie lange er dort gesessen hatte. Erst als das Gesicht des Pedells im Türrahmen erschien, bemerkte er, daß sein Hemd schweißnaß war und die Haare ihm auf der Stirn klebten.

»Ja, um Gottes willen, Professor, was machen Sie denn hier? Ich habe Sie überall gesucht ... Die Fakultätssitzung ist schon seit einer halben Stunde zu Ende.«

Als er Michels verwirrten Blick bemerkte, trat der Hausmeister auf ihn zu und fragte besorgt: »Aber was ist denn mit Ihnen los, was haben Sie denn?«

Michel raffte schnell die über den ganzen Tisch verstreuten Blätter zusammen und steckte sie in seine Aktentasche. Dann zog er ein Taschentuch hervor und trocknete sich die Stirn. »Ach, Sie sind's Jacques. Wie spät ist es denn?«

»Halb acht. Ich drehe gerade meine allabendliche Runde und wollte dann zuschließen. Wenn ich nicht zufällig noch in den Vorlesungssaal geschaut hätte, hätte ich Sie eingesperrt. Gott sei Dank! Ich habe ja schon immer gesagt, daß man lieber einmal zuviel als zuwenig nachsehen sollte, man weiß ja nie ...«

»Halb acht schon? Das ist spät, wirklich spät ... Entschuldigen Sie, Jacques, ich hatte einen kleinen Schwächeanfall und habe hier gewartet, bis er vorbei war. Ich wollte niemanden alarmieren, denn es war wirklich nicht schlimm und ist schon wieder in Ordnung. Wahrscheinlich habe ich in der letzten Zeit nur etwas zu viel gearbeitet. Nächste Woche wird es mir schon wieder bessergehen, Sie werden sehen ...«

»Möchten Sie, daß ich Ihnen ein Taxi rufe?«

»Nein, vielen Dank. Mein Auto steht draußen. Machen Sie sich keine Sorgen, ich kann selbst fahren.«

»Gut, wenn Sie das sagen ... Dann auf Wiedersehen, Professor. Schönes Wochenende wünsche ich Ihnen.«

»Einen Augenblick noch, Jacques.«

»Ja, was ist denn?«

»Könnten Sie kurz mit mir kommen? Es dauert gar nicht lange, ich möchte Ihnen nur etwas zeigen.«

»Ja, sicher.«

Michel ging ihm voraus in sein Büro und zog den Briefumschlag mit den Forschungsarbeiten aus dem Poststapel hervor.

»Jacques, alle diese Exzerpte, die Sie hier sehen, sind ganz allgemein ans Institut adressiert, und Sie geben sie immer an mich weiter, weil ich mich normalerweise damit befasse. Dieser Umschlag hier ist jedoch ganz konkret an mich adressiert, aber es ist kein Absender angegeben. Könnten Sie herausfinden, ob wir Beziehungen zu diesem Verlag haben und ob es an der Universität weitere Veröffentlichungen von diesem Verlag gibt?«

»Gut, Professor, ich werde das am Montag kontrollieren und sehen, was ich herausfinden kann. Aber um die Wahrheit zu sagen: Ich habe den Namen dieses Verlags bisher weder gehört noch gelesen. Wenn Sie als Empfänger nichts mit ihm anfangen können, werde ich Ihnen wohl auch nicht viel mehr darüber berichten können.«

»Sehen Sie doch bitte auch mal nach, ob Sie noch weitere Publikationen des Autors finden. Ich werde wohl erst am Mittwoch wieder im Institut sein. Am besten hinterlassen Sie mir eine Nachricht.«

»Geht in Ordnung. Ich werde mein Möglichstes versuchen.«

»Vielen Dank. Das Exzerpt nehme ich selbst mit.«

Michel steckte das Schriftstück in seine Jackentasche und verließ die Universität. Die Luft war immer noch warm, und die Abendsonne zauberte einen goldenen Saum um die dunkle Wolke, die sich vor sie geschoben hatte. Michel trat in ein Café auf der gegenüberliegenden Straßenseite und bestellte einen Cognac, der ihn hoffentlich wieder auf die Beine bringen würde. Sein ganzer Körper fühlte sich so ermattet an, als hätte er eine große Anstrengung hinter sich. Als der Kellner den Schnaps brachte, stürzte er ihn in einem Zug hinunter und zog dann das geheimnisvolle Schriftstück aus der Tasche, um abermals den Namen des Verlags zu lesen: ›Perièghesis‹. Er hatte nie von ihm gehört. Die Adresse lautete Dionysiou-Straße 17, Athen.

Athen ... Sollte das alles bedeuten, daß er diese Stadt wiedersehen würde?

Grenoble, 13. Juli, 20.00 Uhr

Mireille Catherine Geneviève de Saint-Cyr saß fertig angekleidet – in Jeans und mit Fransen bestückter Lederweste – zu Hause und wartete. Sie war mit Michel und zwei befreundeten Paaren für einen Theaterabend verabredet, und es war ihr unbegreiflich, daß Michel nicht wenigstens angerufen und seine Verspätung angekündigt hatte.

Um ihre Freunde nicht länger warten zu lassen, rief sie schließlich selbst bei Michel an, doch er nahm nicht ab. Sicherlich war er gerade auf dem Weg zu ihr. Trotz des dichten Samstagabendverkehrs konnte es höchstens eine halbe Stunde dauern, bis er vor dem Tor ihrer Villa stehen würde. Selbst wenn man berücksichtigte, daß er ein linksintellektueller Snob war, der sich weigerte, ein vernünftiges Auto zu fahren, um statt dessen mit einem mindestens zehn oder zwölf Jahre alten Auto herumzuschippern, das fast auseinanderfiel ... In der Zwischenzeit rief Mireille ihre Freunde an, um ihnen Bescheid zu geben, daß sie später kommen würden. Aber die halbe Stunde verging, und es verging eine Stunde, ohne daß Michel auftauchte. Nachdem sie schließlich aufgegeben und den Theaterabend abgesagt hatte, versuchte sie wiederum erfolglos, Michel zu erreichen. Sie begann, sich ernsthafte Sorgen zu machen. Michel war zwar in letzter Zeit recht seltsam gewesen, aber dieses Verhalten paßte einfach nicht zu ihm.

Mireille ging hinunter in die Garage, rauschte mit ihrem Wagen durch die Privatallee hinaus auf die Straße und stand zwanzig Minuten später schon vor Michels Mietshaus in der Rue des Orfèvres. Vor dem Haus parkte sein staubiger und mit Papierkram beladener Wagen, und in seiner Wohnung brannte Licht. Aber wieso hatte er das Telefon nicht abgenommen, wenn er doch zu Hause war? Vielleicht war er krank oder überfallen worden …

Sie ging leise die Treppe hinauf und klopfte an Michels Wohnungstür. Zunächst kam keine Antwort, aber nach einigen Momenten vernahm sie eine unsichere Stimme: »Wer ist da?«

Es war nicht Michels Stimme. Sie hatte einen fremdländischen Akzent, und Mireille hatte sie nie zuvor gehört. Plötzlich ging die durch einen Timer regulierte Treppenhausbeleuchtung aus, und als Mireille an der Wand nach dem Lichtschalter tastete, betätigte sie versehentlich die Klingel. Die unbekannte Stimme sagte: »Die Tür ist offen, kommen Sie herein.« Mireille bekam es mit der Angst zu tun und wollte sich schon zum Gehen wenden, doch da wurde die Tür geöffnet und im Dunkeln stand ihr ein Mann gegenüber. Unwillkürlich stieß sie einen Schrei aus.

»Mireille, beruhige dich doch, ich bin's!«

»Michel? Mein Gott, was ist denn nur los, warum hast du mich nicht angerufen? … Und wer ist da bei dir in der Wohnung?«

»Es ist … ein Freund von mir. Er kam ganz unerwartet, um eine sehr wichtige Sache mit mir zu besprechen.«

»Aber wir waren doch für heute abend verabredet, du hättest mir doch wenigstens Bescheid geben können. Ich habe dauernd versucht, dich zu erreichen.«

»Es tut mir leid, Mireille, verzeih mir bitte.« Seine Stimme klang rauh und heiser, als hätte er sehr viel geredet an diesem Abend. »Es ist etwas ganz Unvorhergesehenes passiert, ich mußte noch mal weg und hab' dann völlig vergessen, dich anzurufen.«

»Ist es etwas Schlimmes?«

»Nein, Chérie, nichts Schlimmes. Aber ich muß dich bitten, jetzt zu gehen. Ich rufe dich morgen an und erkläre dir alles.«

Erst jetzt kam er auf die Idee, das Licht anzuschalten, und Mireille sah, daß er sehr bleich war und seine Augen wie im Fieber glänzten. »Bist du sicher, daß es dir gutgeht? Willst du nicht doch, daß ich bei dir bleibe?«

»Nein, nein, ich bin in Ordnung. Geh jetzt, bitte.«

Widerwillig wandte sich die junge Frau zum Gehen, während Michel noch ein Weilchen in der Tür stand und auf ihre sich entfernenden Schritte lauschte.

»Deine Freundin?« fragte eine Stimme hinter ihm.

»Ja. Ich hatte sie ganz vergessen. Sie hat sich Sorgen gemacht.«

»Es tut mir leid, ich habe dir wohl den Abend verdorben.«

»Das macht nichts, Norman, ich hatte sowieso keine Lust, auszugehen. Komm, wir kochen uns einen Kaffee.«

Michel stellte die italienische Espressomaschine auf den Gasherd und nahm zwei Tassen aus dem Küchenschrank. »Wieso bist du zu mir gekommen?« fragte er, ohne sich umzudrehen.

»Wir sind doch Freunde, oder?«

»Ja, sicher.«

»Du bist einer der besten Wissenschaftler auf deinem Gebiet.«

»Es gibt Tüchtigere als mich.«

»Vielleicht. Der wahre Grund ist wahrscheinlich, daß all die Dinge, die in letzter Zeit vorgefallen sind, zuviel waren für mich allein: Erst wird mein Vater unter mysteriösen Umständen umgebracht, dann taucht plötzlich nach zehn Jahren diese Vase des Teiresias in einem Dörfchen auf dem Peloponnes auf. Das alles scheint irgendwie mit den Ereignissen von damals zusammenzuhängen, die wir eigentlich vergessen wollten.«

»Aber was habe ich damit zu tun?«

»Man hat meinem Vater einen Pfeil aus einem Pearson-Bogen – einer wirklich mörderischen Waffe – mitten ins Herz geschossen. Erst nach seinem Tod hat man ihn gefesselt und geknebelt. Außerdem habe ich Gerüchte gehört, daß man auf seiner Leiche einen Zettel mit einer geheimnisvollen Botschaft gefunden hat, die einem antiken Text entstammen könnte. Der Mörder muß sich irgendein makaberes Rätsel ausgedacht haben. Ich muß ständig an den Tag denken, als ich Athen verließ: Mein Vater äußerte damals einen Verdacht über Claudios und Helenis Tod, beharrte aber darauf, daß ihm seine berufliche Position Schweigen gebot. Verstehst du, Michel? Alle Indizien verweisen auf die Zeit von damals, und nur du kannst mir helfen, Licht in die Sache zu bringen, weil du … weil du auch …«

»Ja, weil ich … sagen wir mal die Hintergründe kenne.«

»So ist es. Ich wüßte nicht, wen ich sonst um Hilfe bitten sollte. Außerdem glaube ich, daß du mich wahrscheinlich verflucht hättest, wenn ich mich alleine auf die Suche gemacht hätte, ohne dir wenigstens Bescheid zu geben.«

»Vielleicht werde ich dich aber auch dafür verfluchen, daß du mich aufgesucht hast.«

Norman sah betreten zu Boden. »Du konntest also nicht vergessen …«

»Konntest du es denn?«

»Wir waren damals noch dumme Jungen, Michel … Wir haben getan, was wir konnten.«

»Ja, du vielleicht.« Michels Stimme zitterte. »Ich dagegen …« Er konnte nicht weitersprechen.

»Du bist nur zufällig der von uns beiden gewesen, der das Pech hatte, in diese Lage zu geraten, Michel …«

»Mein Pech war nichts gegen das von Claudio und Heleni … Sie mußten sterben.«

Normans stummer Blick ruhte auf seinem Freund, der plötzlich wie ein alter Mann aussah. Ein tiefer Schmerz lag auf seinem Gesicht und aus seinen geschlossenen Augen liefen Tränen. Norman legte ihm eine Hand auf die Schulter und sagte sanft: »Wir waren doch noch Kinder … Mein Gott, Michel, wir waren doch noch so jung …«

Da fuhr Michel unvermittelt hoch: »Oh, verdammt, der Kaffee, … der Kaffee ist fertig.« Schnell lief er in die Küche und drehte den Gasherd aus. Bevor er den Kaffee in zwei nicht zueinander passende Tassen schenkte, trocknete er sich die Augen und schneuzte sich geräuschvoll die Nase. »Irgendwo hatte ich mal ein richtiges Service, aber ich finde es nicht mehr«, sagte er dann.

»Laß nur. Du warst schon immer ein Chaot, und mit zunehmendem Alter wird sich das sicher noch verschlimmern. Hast du eine Zigarette?«

»Natürlich«, erwiderte Michel und zog ein Päckchen aus der Tasche.

Norman nahm eine Zigarette und zündete sie an. »Mein Gott, du rauchst ja immer noch dieses Kraut. Es ist alles wie in alten Zeiten ... Der Kaffee ist übrigens gut, aber ich hätte Lust auf einen türkischen. Es ist lange her, daß ich einen getrunken habe ...«

»Also gut!« sagte Michel und zündete sich auch eine Zigarette an. »Es ist nicht nötig, daß du lange um den heißen Brei herumredest. Sprich Klartext mit mir und sag mir genau, was du vorhast.«

»Ich will herausfinden, wer meinen Vater umgebracht hat und warum.«

»Das wollen sicher auch die griechische Polizei und der britische Geheimdienst. Mir scheint, daß es genügt, wenn sie sich darum kümmern.«

»Ich glaube aber, daß wir mehr wissen als sie.«

»Welche Pläne hast du noch?«

»Wir holen uns die Vase des Teiresias.«

Michel wollte gerade die Tasse zum Munde führen und hielt nun jäh in der Bewegung inne.

»Trink nur, der Kaffee wird sonst kalt«, sagte Norman seelenruhig.

»Was weißt du über diese Vase?«

»Sie ist wieder aufgetaucht, und zwar in einem Dorf auf dem Peloponnes, es heißt Skardamoula. Und sie steht zum Verkauf.«

»Zu welchem Preis?«

»Eine halbe Million Dollar.«

»Wer weiß außer dir noch davon?«

»Niemand, glaube ich, außer den Verkäufern natürlich. Das Angebot ist vor drei Tagen direkt auf meinen Tisch geflattert. Ich schreibe für die ›Tribune‹ und bin überdies seit vier Jahren als Berater für Sotheby's tätig, vor allem was archäologische Funde betrifft. Auch die nicht ganz legalen Angebote landen auf meinem Schreibtisch.«

»Du sprichst von Diebesgut.«

»Ja. Manchmal handelt es sich tatsächlich um Diebesgut«, antwortete Norman ohne eine Spur von Verlegenheit.

»Wie kannst du sicher sein, daß es sich dabei um unsere Vase handelt und nicht um irgendeine andere?«

Norman kramte aus seiner Reisetasche eine Fotografie hervor und reichte sie Michel. »Sie ist es. Meiner Meinung nach gibt es keinen Zweifel.«

Michel betrachtete erstaunt das Foto und sagte dann: »Du hast recht, das ist tatsächlich die Vase von damals. Woher hast du dieses Foto?«

»Das weiß ich selbst nicht so recht. Ein Mann hat mich angerufen und mir gesagt, ich solle zu meinem Wagen hinuntergehen: Ein Briefumschlag für mich sei unter den Scheibenwischer geklemmt. Der Anrufer tat sehr geheimnisvoll und hatte einen ausländischen Akzent, wahrscheinlich einen griechischen, ... nein, ganz sicher sogar.«

»Hat er dir gesagt, wo sich die Vase befindet?«

»Ja. Und er hat mir auch gesagt, wie man zu ihr gelangt.«

»Und ich? Was soll meine Aufgabe bei der ganzen Sache sein? Du kannst sehr gut alleine hinfahren und sie holen. Und dann verkaufst du sie in England.«

»Die Vase könnte uns vielleicht zu Pavlos Karamanlis führen – und uns helfen, die Wahrheit über den Tod von Claudio und Heleni herauszufinden.«

Michel stellte seine Kaffeetasse schweigend auf den Tisch. Dann stand er auf und ging zum Fenster. Er blieb eine geraume Weile stehen und sah hinunter auf die Straße, wo die bunten Lichter und der rege Verkehr verrieten, daß es Samstag war und die Menschen begannen sich ins Nachtleben zu stürzen.

»Du hättest nicht kommen sollen«, sagte er dann langsam. »Norman, du hättest nicht kommen sollen.«

»Ich bin aber gekommen, Michel, und nun erwarte ich eine Antwort.«

Michel ging zu seinem Schreibtisch und zog das Exzerpt hervor, das er aus der Universität mitgenommen hatte. »Es ist wirklich seltsam«, sagte er dann.

»Was ist seltsam?«

»Dir hat man dieses Foto zukommen lassen. Aber auch mir hat man ein Zeichen geschickt, das auf die Vase hinweist.«

»Hast du Angst?«

»Ja, aber ich weiß nicht, wovor.«

»Also, wie hast du dich entschieden?«

»Ich reise mit dir nach Griechenland. Gib mir nur die Zeit, die Prüfungen an der Universität abzuschließen.«

»Gut. Und jetzt sage mir, was das für ein Zeichen ist, von dem du gerade gesprochen hast?«

»Dieses Schriftstück hier.«

»Worum geht es?«

»Ich habe es in den letzten Wochen immer wieder gelesen. Es enthält eine Hypothese über den Ritus der Totenbeschwörung, der im elften Gesang der *Odyssee* beschrieben wird. Und diese Hypothese hat wiederum mit den auf der Vase dargestellten Szenen zu tun ... Seit 2500 Jahren ist das Ende des Odysseus ein ungelöstes Rätsel ... Aber vielleicht ist jetzt nicht der Zeitpunkt, um mit dir über diese Dinge zu sprechen: Dein Vater ist erst vor kurzem gestorben ...«

»Nein, Nein. Sprich bitte weiter.«

»Man nimmt an, daß der Schlüssel zu diesem Geheimnis im zweiten Teil der Prophezeiung des Teiresias liegt. Die Vorgeschichte ist folgende: Odysseus ist bei der Zauberin Kirke zu Gast und bittet sie, ihm sein Schicksal vorherzusagen. Sie teilt ihm jedoch mit, daß das nur der tote Seher Teiresias könne. Odysseus müsse sich daher wiederum auf See begeben, bis er mitten im Ozean an einen Felsen gelange, der an der gemeinsamen Mündung des Acheron, des Kozytus und des Phlegethon – also der drei Unterweltsflüsse – gelegen sei. Dort solle er einem schwarzen Widder die Kehle durchschneiden und sein Blut in eine heilige Furche strömen lassen, die er selbst mit seiner Lanze gegraben habe. Das Blut ziehe die Seelen der Verstorbenen aus dem Hades an, unter ihnen auch die des Teiresias … Nachdem Teiresias von dem Blut getrunken habe, könne Odysseus ihn nach seinem Los fragen.«

Norman ging zum Bücherregal und zog unter den griechischen Klassikern eine Ausgabe der *Odyssee* hervor.

»Vers 119«, sagte Michel.

Norman suchte den Passus und las langsam vor:

Hast du jetzo die Freier, mit Klugheit oder gewaltsam
Mit der Schärfe des Schwerts, in deinem Palaste getötet,
Siehe, dann nimm in die Hand ein geglättetes Ruder und gehe
Fort in die Welt, bis du kommst zu Menschen, die das Meer nicht
Kennen und keine Speisen gewürzt mit Salze genießen,
Welchen auch Kenntnis fehlt von rotgeschnäbelten Schiffen
Und von geglätteten Rudern, den Fittichen eilender Schiffe.
Deutlich will ich sie dir bezeichnen, daß du nicht irrest.
Wenn ein Wanderer einst, der dir in der Fremde begegnet,
Sagt, du trägst eine Schaufel auf deiner rüstigen Schulter,
Siehe, dann steck in die Erde das schöngeglättete Ruder,
Bringe stattliche Opfer dem Meeresbeherrscher Poseidon,
Einen Widder und Stier und einen mutigen Eber.
Und nun kehre zurück und opfere heilige Gaben
Allen unsterblichen Göttern, des weiten Himmels Bewohnern,
Nach der Reihe hin. Zuletzt wird außer dem Meere
Kommen der Tod und dich von hohem behaglichem Alter
Aufgelöseten sanft hinnehmen, wenn ringsum die Völker
Froh und glücklich sind. Nun hab ich dein Schicksal verkündet.«

»*Thànatos èx halòs*«, sagte Michel nachdenklich. »Der Tod wird kommen ›außer dem Meere‹. Aus diesen drei Worten haben viele Interpreten geschlossen, daß Odysseus auf dem Meer gestorben sein müsse. Dante Alighieri, der den griechischen Originaltext gar nicht kannte, beschreibt, daß er über die Säulen des Herkules hinausfährt und mit seinem Schiff vor dem Berg des Purgatoriums untergeht. Tennyson läßt ihn mitten im Atlantik sterben, während er auf die Neue Welt zusteuert. Aber es gibt auch Forscher, die die griechischen Worte als ›fern vom Meer‹ deuten und daraus schließen, daß Odysseus weitab von seinem natürlichen Element gestorben ist ...«

»Tatsächlich scheint die Prophezeiung von einer Reise tief ins Landesinnere zu sprechen ...«

»Ja, eine Reise an einen Ort, wo die Menschen weder das Meer kennen, noch je ein Schiff gesehen haben, und wo sie ein Ruder nicht von einer Worfschaufel unterscheiden können, die man dazu benutzt, um die Spreu vom Weizen zu trennen.«

»Eine Odyssee aufs Festland also, von der uns nichts überliefert ist, soweit ich weiß.« Norman suchte in dem Band nach Anmerkungen zu dem gelesenen Text. »Dieser Kommentar hier besagt, daß der zweite Teil der Prophezeiung des Teiresias nur eine Art Verlegenheitslösung des Dichters gewesen sei, da er sein Werk nicht beenden konnte. Homer konnte über die Feindschaft zwischen Odysseus und dem Gott Poseidon, dessen Sohn – den Zyklopen Polyphem – Odysseus geblendet hatte, nichts Abschließendes berichten, da es zu seiner Zeit unvorstellbar war, daß ein Mensch die Götter bis zum Letzten herausforderte.«

»Ja, der elfte Gesang wird oft für eine nachträgliche Hinzufügung gehalten. Aber wir haben jetzt einen Beweis, daß das nicht so ist: Die Vase legt Zeugnis ab, daß es die zweite Odyssee gegeben hat, denn sie ist mindestens vierhundert Jahre älter als die erste schriftliche Abfassung des Epos ... Komm, sieh dir das an, es gibt keinen Zweifel: Sie ist mykenischen Ursprungs und dürfte aus dem zwölften Jahrhundert vor Christus stammen.«

Michel suchte in einem Schrank nach der Mappe mit den Zeichnungen, die er an der Universität begonnen hatte, und legte sie dann eine nach der anderen auf den Tisch.

Norman betrachtete sie völlig verdutzt. »Wer hat denn diese Zeichnungen gemacht? Mein Gott, ich sehe die Vase vor mir, als wär's gestern gewesen ...«

»Ich selbst habe sie gemacht. Vor ein paar Wochen ist plötzlich das Bild der Vase in unglaublicher Deutlichkeit vor meinem inneren Auge erschienen. Ich habe sie gezeichnet, als hätte ich sie wirklich vor mir gehabt.«

»Das ist ja sonderbar. Es sieht so aus, als hättest du dich auch ohne mich irgendwann auf die Suche nach der Vase begeben.«

»Ich weiß es nicht. Vielleicht hast du recht. Ich habe in den letzten Wochen viel nachgedacht ...«

»Michel, du hast beschlossen, diese Reise zu wagen. Aber was willst du damit erreichen, welches persönliche Ziel verfolgst du?«

»Ich glaube nicht, daß ich ein bestimmtes Ziel verfolge, denn meine Gefühle bei der ganzen Sache sind sehr gemischt: Einerseits will ich natürlich einen Forschungsgegenstand finden, der meinen Namen mit einer der größten Entdeckungen unseres Jahrhunderts verknüpfen könnte, also mit der Enträtselung der letzten Tage des Odysseus. Und außerdem ... Ich weiß es selbst nicht. Vielleicht will auch ich Karamanlis finden. Ich bin jetzt fünfunddreißig Jahre alt, er dürfte etwa sechzig sein. Früher oder später wird in einem Menschen wohl der Wunsch nach Vergeltung wach ... Die Zeit hat mich härter gemacht, ihn dagegen schwächer und älter, so ist der Lauf der Natur ... Und du? Willst du nur nach Griechenland fahren, um die Wahrheit herauszufinden? Oder willst auch du die Jagd auf den Schatz aufnehmen? Wenn wir zusammen fahren wollen, müssen wir mit offenen Karten spielen. Es ist viel Zeit vergangen, und wir haben uns beide verändert. Wir müssen ehrlich zueinander sein.«

»Es ist nicht nur wegen des Todes meines Vaters. Ich hatte all das Schreckliche, das wir damals erlebt haben, tief in mir vergraben und war die ganze Zeit der Überzeugung, daß es nie mehr zum Vorschein kommen würde. Und dann hat dieses Foto einen Teil von mir wieder zum

Leben erweckt, den ich für tot gehalten hatte ... Plötzlich überfielen mich Haßgefühle, die ich mir vorher nicht eingestanden hatte, und auch eine tiefe Traurigkeit erfüllte mich. Ich weiß nicht, wie ich das erklären soll: Hinter jeder Ecke schien auf einmal ein Alptraum zu lauern ... Michel, ich will nach Griechenland fahren, weil ich dort vor zehn Jahren ein Stück meines Lebens verloren habe. Ich will wissen, wer daran schuld ist und warum das passiert ist. Und ich will wissen, was noch von mir übrig ist. Selbst wenn ich wollte, könnte mich jetzt nichts mehr davon abhalten, das herauszufinden.«

Michel stellte die *Odyssee* wieder ins Regal und spülte die Kaffeetassen ab. »Gut. Wenn wir also dorthin zurückkehren müssen«, sagte er, »und wenn du Pavlos Karamanlis wiedersehen willst, dann sollte ich dir vielleicht erzählen, was genau in jener Nacht mit mir geschehen ist ... Wenn du nicht zu müde bist.«

»Nein«, erwiderte Norman. »Der Kaffee wird seine Wirkung tun. Wir haben alle Zeit der Welt. Danach werde ich dir dann meine eigene Geschichte erzählen.«

Mireille saß zusammengekauert auf dem Fahrersitz ihres Autos und beobachtete das erleuchtete Fenster von Michels Wohnung. Meistens war er nur schemenhaft zu erkennen, doch wenn er im Raum herumging und ans Fenster trat, konnte sie ihn mit den Händen gestikulieren sehen. Einmal schien es ihr, als würde er die Hände vors Gesicht schlagen und in sich zusammensinken, als habe ihn ein unvermittelter Schmerz oder eine bittere Erinnerung überfallen.

Ein junger Kerl, der eine mit Nieten besetzte Lederjacke auf dem nackten Oberkörper trug, näherte sich plötzlich ihrem Wagen und klopfte ans Seitenfenster: »Hey, Puppe, nimmst du mich mit?«

»Leck mich am Arsch«, versetzte sie angewidert und ließ den Motor an. Dann legte sie den ersten Gang ein und rauschte mit Vollgas davon. Ihr Wagen flog durch die inzwischen schlafende Stadt und hinaus auf das von sommerlichem Wiesenduft erfüllte Land. Der Horizont war wolkenverhangen, und in der Ferne blitzte es.

Norman und Michel sprachen noch lange miteinander. Danach verharrten sie eine Weile in Schweigen, starrten ins Leere oder sahen einander an, ohne sich wirklich wahrzunehmen. Die Stille hatte etwas Feierliches und half ihnen, ihre Gedanken zu ordnen und Ruhe zu finden. Als Michel endlich aufstand und ins Bett gehen wollte, hielt Norman ihn mit einer Handbewegung zurück: »Michel ...«

»Wir sind beide müde, Norman, und sollten uns jetzt besser hinlegen.«

»Eine Frage noch: Was bedeutet diese Vase? Wofür stehen die Figuren?«

»Sie symbolisiert den dunklen Aspekt der *Odyssee,* die Reise ins Unbekannte, die wir alle machen müssen. Erst geht sie hinauf, durch Traum und Abenteuer, einem flammenden Horizont entgegen, um uns dann unaufhaltsam hinunter in dunkle Tiefen und eisige Ödnis zu führen, den Ufern des fernsten Ozeans entgegen, dessen dunkles Wasser von keiner Welle bewegt wird.«

Norman stellte den Kragen seiner Jacke auf, als ob ihm plötzlich ein kalter Hauch in den Nacken gefahren wäre. »Es ist nur eine Vase, Michel«, sagte er dann, »eine wunderschöne, mykenische Vase aus purem Gold. Und wir werden sie finden.«

IX

Parthenion, Arkadien, 15. Juli, 21.30 Uhr

Der pensionierte Polizist Petros Roussos fuhr mit seinem Fahrrad über die leicht abfallende und vom Lichtkegel der Fahrradlampe nur schwach erhellte Straße auf das Dorf zu. Auf beiden Seiten der Straße erstreckten sich Olivenhaine, und die uralten Bäume mit ihren zerfurchten Rinden und ihren leise rauschenden Blättern wirkten im Licht des Vollmonds wie gespenstische Gestalten, die jeden Moment zum Leben erwachen würden. Plötzlich kam ein Hase über die Straße gerannt und blieb im Lichtschein der Fahrradlampe erschrocken stehen; dann gab er sich einen Ruck und sprang leichtfüßig davon, um von den unheimlichen Schatten der Bäume verschluckt zu werden.

Vor einer moosbedeckten Grotte, in der eine muntere Quelle sprudelte, bremste Roussos ab, um sich vor dem Heiligenbild der Jungfrau Maria in der winzigen Kapelle zu bekreuzigen. Dann ließ er den Blick zufrieden über die umliegenden Felder schweifen, auf denen unzählige Glühwürmchen blitzten wie unversehens vom Himmel auf die Erde gefallene Sterne.

Es war immer sein Wunsch gewesen, nach der Pensionierung die Stadt mit ihrem Lärm und ihrem Gestank hinter sich zu lassen und in sein weitvergessenes Dorf nach Arkadien zurückzukehren. Und nun erfüllte es ihn mit tiefer Freude, endlich wieder den Duft von Zitronen, Zedern und wildem Rosmarin zu riechen, die einfache ländliche Küche zu genießen, und sich um weiter nichts als das Feld und die Weide zu kümmern, die seine schon lange verstorbenen Eltern ihm hinterlassen hatten.

Hier wollte er die Schmutzarbeit vergessen, mit der er so viele Jahre seines Lebens verbracht hatte. Man mußte ja schließlich von etwas leben und auch diese Art von Arbeit mußte getan werden … Als Sohn armer Eltern, aufgewachsen in einem halb verödeten Bergdorf, hatte er im Grunde keine andere Wahl gehabt, als entweder zur Polizei zu gehen oder vor Hunger zu krepieren. Aber Gott sei Dank war das endlich vorbei! Erst vor sechs Monaten war er zurückgekommen, doch schon jetzt hatte er beinahe das Gefühl, er wäre nie weggewesen. Etwas schade fand er allerdings, daß er viele seiner Freunde aus Kindheit und Jugend nicht mehr vorgefunden hatte. Einige waren nach Amerika emigriert oder in die Stadt gezogen, andere gestorben … Aber zum Glück waren doch noch ein paar geblieben, wie Yannis Kottàs zum Beispiel. Er und Yannis hatten schon als Kinder zusammen die Schafe zur Weide gebracht, und später hatten sie gemeinsam ihren Militärdienst abgeleistet, in Alexandroupolis, an der türkischen Grenze. Es war schön gewesen, sich nach so vielen Jahren wiederzufinden und unter den Falten und den grauen Haaren den Jungen von einst zu suchen. Schon nach kürzester Zeit war es ihnen zur Gewohnheit geworden, sich jeden Donnerstag abend bei einer Flasche Retsina zu treffen, um Karten zu spielen oder über die alten Zeiten zu plaudern.

Petros überquerte eine Kreuzung und fuhr dann weiter die schmale Straße entlang, die nun bergauf verlief und an deren Ende er schon das kleine Dorf mit seinen weißen Häusern erkennen konnte, die im Licht der wenigen Straßenlampen leuchteten. Ganz oben auf dem Berg lag malerisch die winzige Kirche Haghios Dimitrios. Yannis Kottàs war als Nachtwächter in der am Fuß des Dorfes gelegenen Eisfabrik beschäftigt, die die umliegenden Häuser, die noch keinen elektrischen Strom hatten, belieferte und die einzige Industrieanlage weit und breit war. Vor der Fabrik angekommen, lehnte Roussos sein Fahrrad gegen die Mauer und klingelte. Als niemand öffnete, sah er durch das Fenster in das kleine Büro hinein: Das Licht brannte, aber von Yannis war nichts sehen. Wahrscheinlich drehte er gerade seine Kontrollrunde. Da die Tür jedoch offen war, trat er ein und rief: »Yannis? Yannis, ich bin's, Petros. Hast du den Wein schon kalt gestellt? Mach dich auf was gefaßt, heute abend gebe ich dir die Revanche!«

Es kam keine Antwort. Schließlich betrat Roussos die große Fabrikhalle und versuchte, mit seiner Stimme den Lärm der Kompressoren zu übertönen, aber von Kottàs konnte er auch hier keine Spur entdecken.

»Yannis, sitzt du etwa auf dem Klo?«

Plötzlich verlöschten alle Lichter. »Yannis, was treibst du denn da für Scherze? Willst du mir Angst einjagen? Komm schon, mach das Licht wieder an, es ist genug!«

Doch nichts geschah. Auf einmal fielen jedoch auch die Kompressoren aus, und es herrschte eine unheimliche Stille. Roussos wußte, daß sein Freund es nie gewagt hätte, die Kompressoren abzuschalten. Es konnte also unmöglich Yannis sein, der da sein übles Spiel mit ihm trieb ... Vorsichtig zog Roussos sich zu einer Gitterwand zurück, an der seine Hände im Dunkeln einen großen Eishaken ertasteten. Erleichtert ergriff er die Waffe und murmelte: »So, jetzt kannst du mir ruhig kommen, du Scherzkeks ... Wir werden ja sehen, was du vorhast.«

Da erklang wie aus dem Nichts eine tiefe, bedrohliche Stimme, die seinen Namen rief: »Petros! Petros Roussos!« Vom metallenen Dach der Fabrikhalle zurückgeworfen, schwoll sie an zu einem unheilverheißenden Donner, der über den zu Tode erschrockenen Roussos hinwegzurollen schien.

Eine leise Ahnung stieg in Roussos auf, daß hier jemand war, der sich für ein vergangenes Unrecht rächen wollte und der lange Zeit auf diesen Tag gewartet hatte. Er begann, im Gedächtnis die zahlreichen Episoden seines Polizistenlebens abzuspulen, in denen er sich durch Brutalitäten und Schikanen tödliche Feinde geschaffen haben mochte ...

»Wer bist du?« rief er schließlich. »Und was willst du«?«

»Was hast du mit dem Mädchen gemacht, Roussos? Heleni Kaloudis, wo hast du sie hingebracht?«

Das war es also! Eine grausame Rache für eine Sache, die zehn Jahre zurücklag, und das gerade jetzt, wo er nach

Hause zurückgekehrt war, um hier in Ruhe seinen Lebensabend zu verbringen.

Roussos stand dicht an die Wand gepreßt und hielt den Haken fest in der Hand. Er wußte jedoch mit schrecklicher Gewißheit, daß ihm nur noch wenige Minuten zu leben blieben …

Wenngleich sich in der Halle nichts bewegt hatte, schien die kalte Stimme nun von einer anderen Richtung auf ihn einzudröhnen: »Warst du nicht der Fährmann des Todes, Roussos?«

»Also gut. Komm her, ich warte auf dich. Einer von uns beiden wird wohl zur Hölle fahren müssen!« Er packte den Haken noch fester und ging vorsichtig ein paar Schritte in die Richtung, aus der die Stimme gekommen war, als ihn das Geräusch eines harten Aufpralls abrupt innehalten ließ. Im selben Moment gingen alle Lichter wieder an, und als seine geblendeten Augen sich an die gleißende Helligkeit gewöhnt hatten, sah er, daß ein Eisblock sich von oben gelöst hatte und beim Aufprall in tausend Splitter zersprungen war, die nun auf dem Boden schimmerten wie unzählige Diamanten. Dann hörte er ein hartes, trockenes Knacken, und gleich darauf ein ohrenbetäubendes Gepolter, und als er voller Panik zur Decke blickte, sah er eine riesige Eislawine auf sich herabstürzen, die alles mitriß, was ihr in den Weg kam. Vergeblich versuchte er, sich hinter einer Säule in Sicherheit zu bringen: Ein Eisblock schleuderte ihn mit aller Gewalt zu Boden und brach ihm beide Beine. Bevor er das Bewußtsein verlor, hörte er noch, wie die Kompressoren ihr rhythmisches Schnauben wieder aufnahmen, und sah einen dunklen Schatten auf sich zukommen. Da wußte er, daß der Moment der Vergeltung gekommen war.

Yannis Kottàs war ins Dorf hinaufgegangen, um in der Taverne ein paar Flaschen Wein zu holen, damit er und sein Freund Petros an diesem Abend nicht auf dem trockenen sitzen mußten. Anschließend hatte er eilig den Rückweg zur Fabrik angetreten. Eigentlich war er der Überzeugung gewesen, noch ein halbes Dutzend Flaschen vorrätig zu haben, aber zu seiner Verwunderung hatte er die Weinkiste leer vorgefunden. Sicher waren es die Fabrikarbeiter gewesen, die ihm diesen Streich gespielt hatten. Da man vor diesen Kerlen nichts verborgen halten konnte, würde er sich wohl in Zukunft angewöhnen müssen, die Kiste verschlossen zu halten ...

Als er das Fahrrad seines Freundes an der Wand lehnen sah, rief er laut: »Hey, Petros, wo steckst du denn? Bist du schon lange hier? Ich komme gerade von der Taverne, der Wein war mir ausgegangen ...« Er erhielt keine Antwort. Schließlich zog er achselzuckend seine Schlüssel aus der Tasche und wollte die Tür aufsperren ... Sie war offen! Was war denn hier los? Er wußte doch ganz genau, daß er sie beim Verlassen des Gebäudes abgesperrt hatte. Hatte denn außer ihm noch jemand einen Schlüssel, oder hatte gar jemand das Schloß aufgebrochen? Und wo mochte nur Petros stecken? Wieder rief er seinen Namen, doch auch jetzt kam keine Antwort.

Kopfschüttelnd ging er zu seinem Arbeitstisch und nahm vorsichtshalber die Pistole aus der Schublade. Als er die Tür zu der großen Halle mit den Kompressoren öffnete, fuhr er wie geblendet zurück. Alle Lichter waren angeschaltet, und seinen Augen bot sich das Bild einer Katastrophe: Überall lagen Eisblöcke verstreut, diverse Regale waren umgerissen und Ammoniakfässer umgekippt worden. In einer Ecke sah er zu seinem Entsetzen einen großen Blutflecken, der sich zu einem Rinnsal verengte und auf eine der großen Kühltruhen zulief. Auch die Wände der Truhe waren blutverschmiert. Als Kottàs nach einigem Zögern auf die Truhe zuging, den Deckel hob und einen angstvollen Blick hineinwarf, fühlte er, wie ein eiskalter Schauer seinen ganzen Körper durchlief. Seine Hände sackten kraftlos herunter, die Pistole fiel auf den Boden und der Truhendeckel klappte mit einem lauten Knall zu. Kottàs wich schwankend zurück, die Augen weit aufgerissen, als hätte er den Teufel in Person gesehen. »O Heilige Maria ...« stammelte er, »o Heilige Maria ...«

Erst gegen Mitternacht traf der Inspektor der nächsten Polizeidienststelle auf seinem Motorroller ein, und in der Zwischenzeit hatten sich so gut wie alle Dorfbewohner um die Eisfabrik versammelt. Die nackte Leiche von Petros Roussos war in der Kühltruhe zu einem Eisklumpen gefroren. In seinem Fuß steckte noch der Eishaken, mit dem man ihn zu der Truhe geschleift hatte wie ein geschlachtetes Tier.

Auf der Innenseite des Truhendeckels stand mit Kreide ein Satz geschrieben, der wie eine Verhöhnung des Toten anmutete:

Ich bin nackt und friere.

Der Polizist wagte nicht, vor dem Eintreffen des Untersuchungsrichters und des Gerichtsmediziners etwas anzurühren. Nachdem die beiden jeden Winkel des Tatorts nach Beweismaterial durchsucht hatten, fragte er den Richter, was er von dem rätselhaften Satz halte.

Der Richter zuckte nur mit den Schultern und schüttelte ratlos den Kopf. Es gab keinerlei Hinweise, was es mit den Worten auf sich hatte. Auch das Tatmotiv lag völlig im dunkeln: Roussos hatte keine Feinde im Dorf; im Gegenteil, er war wegen seiner offenen und leutseligen Art sehr beliebt bei den Bewohnern.

Man hielt es für überflüssig, die umliegenden Straßen sperren zu lassen. Der Mörder war gewiß schon über alle Berge. Er hatte genug Zeit gehabt, mit seinem Auto oder Motorrad gemütlich auf der Bundesstraße davonzutukkern, und vielleicht hatte er sich auch über einen der unzähligen Bergwege in die Wälder geschlagen.

Als der Richter von Petros Roussos' Vergangenheit als Berufspolizist erfuhr, schien es ihm vernünftig, in Hinblick auf einen eventuellen Vergeltungsakt zu ermitteln. Es kam immer wieder vor, daß entlassene Strafgefangene sich an den Polizeibeamten rächten, die sie einst hinter Schloß und Riegel gebracht hatten.

Die Beweisaufnahme wurde um zwei Uhr nachts abgeschlossen, mit dem Ergebnis, daß außer der absurden Aufschrift keinerlei Spuren des Täters oder seines Motivs zu finden waren. Auch von den Leuten aus dem Dorf hatte in den vergangenen Tage niemand irgendwelche verdächtigen Unbekannten gesehen. Müde und enttäuscht setzte sich der Richter schließlich wieder in seinen Wagen und fuhr nach Hause.

Die Schaulustigen standen noch eine Zeitlang in Grüppchen herum und diskutierten fassungslos das sensationelle Geschehen, das ihr verschlafenes Dörfchen heimgesucht hatte. Doch schließlich lösten auch sie sich auf und gingen – immer noch aufgeregt schwatzend – ins Dorf hinauf.

Am folgenden Tag studierte der Untersuchungsrichter den gerichtsmedizinischen Bericht, der auf seinem Schreibtisch lag: Petros Roussos war ertrunken, nachdem ihm mit einem stumpfen Gegenstand – aller Wahrscheinlichkeit nach einem Eisblock – beide Beine gebrochen worden waren. Der Mörder mußte die Kompressoren vorübergehend abgeschaltet und den Verletzten zu einer der Kühltruhen geschleift und ihn in das zu Wasser geschmolzene Eis geworfen haben. Roussos konnte noch nicht lange tot gewesen sein, als seine Leiche von Yannis Kottàs entdeckt wurde. In den zwei Stunden vor Eintreffen der Ermittlungsbeamten hatten die Kompressoren dann genügend Zeit gehabt, um das Wasser wieder zum Gefrieren zu bringen.

Der Fall ging dem Richter nicht aus dem Kopf: Eine so grauenhafte Tat wollte gar nicht in das Bild eines Dörfchens passen, das in der ruhigsten Region Griechenlands lag. Aus seinem Archiv ging hervor, daß es die letzten fünfundzwanzig Jahre in Arkadien ganze vier Morde gegeben hatte! Nein, die Lösung mußte irgendwo anders liegen … Er rief die lokale Polizeidienststelle an und ließ sich durch ihre Vermittlung Roussos' Personalakte zukommen: Die letzten zwei Jahre seiner Dienstzeit hatte er bei der Hafenpolizei in Patras verbracht, aber zuvor war er fünfzehn Jahre lang bei der politischen Polizei in Athen im Einsatz gewesen. Dort war es, wo man suchen mußte …

Sergeant Yorgo Karagheorgis verbrachte sein letztes Dienstjahr in dem ruhigen Örtchen Areopolis, das in der Gegend von Kalamàta auf dem südlichen Peloponnes gelegen war. Es war ein hübsches Fleckchen Erde, das im Sommer seiner schönen Strände wegen zahlreiche Touristen anzog. Überdies lagen in Richtung des Kap Tainaron, der südlichsten Spitze der Halbinsel, die berühmten Höhlen des Pirgos Dirou, die von nicht wenigen Neugierigen besucht wurden. Auch sein Sohn verbrachte hier mit Frau und Kind seine Sommerferien. Jeden Abend nach Dienstschluß zog Karagheorgis Zivilkleidung an und holte seinen Enkel ab, um eine Radtour oder einen Strandspaziergang mit ihm zu machen. Manchmal nahmen sie auch die Angelausrüstung mit und setzten sich zusammen auf einen Felsen. Yorgo warf dann die Angelschnur ins Wasser und rauchte in Ruhe seine Zigarre, während der Kleine immer wieder aufsprang und am Strand auf und ab rannte, um Muscheln zu sammeln oder mit einem Stöckchen im Sand verborgene Krebse aufzustöbern. Wenn Yorgo Glück hatte, fing er ein paar Seebarben, die sie dann im Garten des Häuschens, das er etwas außerhalb des Ortes gemietet hatte, zum Abendessen grillten.

Ab und zu kam sein Enkel ihn auch im Büro besuchen, und dann fragte er oft: »Darf ich die Pistole sehen, Opa?« Worauf Yorgo mit einem milden Lächeln erwiderte: »Laß nur, Panos, lieber nicht, man sollte nie mit Waffen spielen. Du weißt doch, daß unsere Pistolen immer geladen sein müssen, und es kann sich manchmal unversehens ein Schuß lösen …«

»Hast du denn schon mal einen Verbrecher erschossen?« fragte der Kleine einmal. »Ja, ein paarmal schon, aber nur, um mich zu verteidigen.« Und dann erzählte er ihm stolz von den wilden Verfolgungsjagden, die sein Beruf manchmal mit sich gebracht hatte.

Die letzten paar Tage war ihm am Strand ein etwa dreißigjähriger Mann mit dunklen Haaren aufgefallen, der ihm irgendwie seltsam vorkam. Etwa zweihundert Meter von der Stelle entfernt, an der Karagheorgis beim Fischen saß, pflegte der junge Mann stundenlang am Meer zu sitzen, das Kinn auf die angezogenen Knie gestützt, und traurig auf die heranrauschenden und sich wieder entfernenden Wellen zu blicken. Sobald es dunkel wurde, stand er schließlich auf und ging in südlicher Richtung davon. Soweit Karagheorgis wußte, befanden sich jedoch in dieser Richtung nur die steil ins Meer abfallenden Klippen, die sich weiter draußen wie bizarre, scharf gezackte Gestalten aus den tiefblauen Fluten erhoben.

Mehrere Male war er versucht gewesen, dem Mann zu folgen, doch dann hatte er seine Neugierde bezähmt. Die Welt war nun mal voller seltsamer Menschen, und schließlich ging es ihn nichts an, was es mit dem Mann auf sich hatte …

Eines Abends nach Dienstschluß beschloß Karagheorgis dann doch, mit dem Dienstwagen noch eine Runde zu drehen und sich den jungen Mann aus der Nähe anzusehen, der wie immer auf seinem Felsen saß und aufs Meer hinaussah. Das Motorengeräusch schien ihn aus seinen Gedanken zu schrecken, und als er sich umdrehte und den Polizeiwagen auf sich zukommen sah, sprang er sofort auf und begann in die entgegengesetzte Richtung zu rennen, wo er bald hinter einer Kurve verschwand. Karagheorgis wendete seinen Wagen und folgte dem Mann. An der Straße angekommen, konnte er gerade noch sehen, wie er in einen am Straßenrand geparkten Wagen stieg und in südlicher Richtung davonbrauste. Karagheorgis war bemüht, sich dem Tempo des Mannes anzupassen, doch die Küstenstraße war schmal und kurvig, und wenn er nicht über die Klippen hinausschießen und im Meer landen wollte, mußte er so vorsichtig wie möglich sein. Allzu weit konnte der Mann jedenfalls nicht kommen, denn die Straße endete an der Spitze der Halbinsel und bot keine weitere Fluchtmöglichkeit.

Sicherheitshalber beschloß Karagheorgis, über Funk seinen Kollegen im Polizeirevier zu rufen: »Andreas? Ich bin's, Yorgo. Hör zu, ich bin da gerade einem verdächtigen Typen auf den Fersen, der sofort die Flucht ergriffen hat, als er meinen Dienstwagen sah. Nun rast er gerade wie ein Verrückter in Richtung Dirou. Ich wollte dich bitten, mir mit einem zweiten Wagen zu Hilfe zu kommen. Keine Ahnung, ob der Mann gefährlich ist, aber es ist auf jeden Fall besser, auf Nummer Sicher zu gehen.«

Sein Kollege willigte sofort ein und versprach, sich unverzüglich auf den Weg zu machen. Yorgo Karagheorgis atmete erleichtert auf und legte seine geladene Pistole neben sich auf den Beifahrersitz.

Der Golf von Messenien zu seiner Rechten war in das rötliche Licht der untergehenden Sonne getaucht. Bis zu den Bergen war es nur noch wenig mehr als ein Kilometer: Der Verfolgte würde bald aufgeben müssen …

Wenige Minuten später sah Karagheorgis den Wagen des Unbekannten mit weit geöffneter Fahrertür auf dem Parkplatz der Grotten von Dirou stehen. Er stellte seinen eigenen Wagen ab, griff nach seiner Pistole, stieg aus und ging vorsichtig auf das Auto zu, aus dem leise Radiomusik zu vernehmen war: Es war leer. Über die Berge konnte der Mann nicht geflüchtet sein, denn sie waren steil und zerklüftet und boten auch einem geübten Kletterer keinen Halt. Die einzige Möglichkeit war, daß er über den Absperrzaun geklettert und in die Höhlen gelaufen war …

Zögernd kletterte auch Karagheorgis über den Zaun, blieb jedoch am Höhleneingang stehen und rief laut: »Kommen Sie sofort heraus!« Er erschrak fast über das Echo seiner eigenen Stimme, das aus dem unterirdischen Labyrinth zurückgeworfen wurde. Es war ihm alles andere als wohl bei der Sache, und er drehte sich immer wieder nervös um, um nach seinem Kollegen Ausschau zu halten, von dem jedoch noch immer keine Spur zu sehen war. Die Höhlen alleine zu betreten, wagte er nicht, denn wenn der Typ bewaffnet war, konnte er sich mit Leichtigkeit in einer der vielen Schluchten verschanzen und ihn abknallen, sobald er in seine Nähe kam. Seltsam, daß Andreas so lange auf sich warten ließ: Es waren doch nur wenige Kilometer bis zum Polizeirevier, länger als zehn Minuten konnte das doch kaum dauern ... Ob ihm etwas dazwischengekommen war?

Tatsächlich war Andreas auf halber Strecke steckengeblieben. Er hatte sich auf der sehr schmalen Küstenstraße plötzlich einem großen Lastwagen mit einer riesigen Holzladung gegenübergefunden, der die ganze Fahrbahn für sich beanspruchte. An ein Weiterfahren war nicht zu denken.

»Bewegen Sie sich, Mann, ich muß da durch!« rief er dem Fahrer aufgeregt zu.

Der Lastwagenfahrer steckte den Kopf zum Fenster heraus und erwiderte achselzuckend: »Wo soll ich denn hin, ich kann ja schließlich nicht fliegen! Zu zweit kommen wir hier nicht weiter.«

»Dann fahren Sie zurück! Die Straße wird ja wohl irgendwo breiter werden.«

»Nein, das geht nicht. In der Richtung, aus der ich komme, sind es noch mindestens zwei Kilometer bis zur nächsten Ausweichstelle. Mit meiner schweren Ladung kann ich unmöglich so weit im Rückwärtsgang fahren, und ich habe keine Lust, ins Meer zu stürzen.«

Andreas blieb keine andere Wahl als den Rückwärtsgang einzulegen und langsam und vorsichtig die unzähligen Kurven bis zum nächsten Ausweichplatz zurückfahren.

Yorgo Karagheorgis stand immer noch unschlüssig am Höhleneingang. Schließlich gab er es jedoch auf, noch weiter auf seinen Kollegen zu warten. Er mußte sich eine andere Lösung überlegen.

Den Mann in den Höhlen zu lassen und nach Hause zu gehen war nicht möglich. Am nächsten Tag würden sicherlich wieder viele Touristen die Höhlen besichtigen, und möglicherweise geschah dann etwas Schlimmes, wofür er als Polizeibeamter verantwortlich gemacht würde.

Karagheorgis ging schließlich noch einmal zurück zu seinem Wagen und nahm erneut Funkverbindung mit Andreas auf: »Sag mal, was ist denn mit dir los, willst du nicht endlich deinen Arsch bewegen? Dieser Verrückte ist in die Höhle von Katafigi gelaufen. Wir müssen ihn da rausholen!«

»Tut mir leid, Yorgo, ich hatte plötzlich einen Lastwagen vor der Nase, der die ganze Straßenbreite einnahm, und muß nun die ganze Strecke bis zur nächsten Ausweichstelle zurückfahren.«

»Einen Lastwagen? Weißt du, wie der Fahrer heißt?«

»Nein, weiß ich nicht. Der Mann kommt mir aber bekannt vor; er ist aus Hierolimin, glaube ich.«

»Laß ihn wenigstens eine saftige Strafe zahlen. Er muß doch wissen, daß es für Laster verboten ist, die Küstenstraße zu benutzen. Versuch so schnell wie möglich, ihn loszuwerden. Ich mache mich jetzt auf den Weg in die Höhlen.«

»Gut. Ich komme so schnell wie möglich nach.«

Als Yorge Karagheorgis zögernd die Höhle betrat, bemerkte er zu seinem Erstaunen, daß die Höhlenbeleuchtung angeschaltet war. Sollte das heißen, daß der Mann die Schlüssel hatte, oder zumindest wußte, wo sie zu finden waren? Karagheorgis zog seine Pistole und wagte sich vorsichtig weiter in den Tunnel vor, der sich schon bald verbreiterte und in eine weiträumige, mit einem geisterhaften Wald aus zart-weißen Stalagmiten bestandene Grotte auslief. Karagheorgis lauschte aufmerksam auf verdächtige Geräusche, konnte aber nur das gespenstische Konzert des Wassers vernehmen, das in gleichmäßigem Rhythmus von den Tropfsteinen an der Decke tropfte. Plötzlich hörte er ein leises Gurgeln: die unterirdischen Seen! Der Mann mußte dort irgendwo untergetaucht sein, vielleicht, um sich eines der Boote zu schnappen, in denen ansonsten die Touristen herumgefahren wurden.

Schnell lief Karagheorgis durch das Höhlenlabyrinth zum Ufer des nächstgelegenen der zahlreichen Seen. Er war schon des öfteren hiergewesen, doch nie zuvor hatte ihn diese geheimnisvolle unterirdische Welt so sehr beeindruckt wie jetzt: Ohne jedes Zeichen von Leben lag der See dunkel und schweigend in der weitflächigen Höhle; auf seiner unbewegten Oberfläche vermischten sich die Reflexe der künstlichen Lichter und der bizarren Formen und Farben der Felswände zu einem Schauspiel von atemberaubender Schönheit. Karagheorgis verharrte einen Augenblick in feierlichem Erstaunen, bevor sich seine Gedanken wieder seinem Gegner zuwandten. Was hatte dieser Mann ausgerechnet hier zu suchen? Und wo hielt er sich verborgen?

Karagheorgis ging etwa hundert Meter auf dem am Ufer des Sees gelegenen Pfad entlang. Die Wasseroberfläche lag immer noch glatt und schwarz wie eine polierte Stahlplatte da, und nichts deutete darauf hin, daß sich unter ihr etwas anderes befand als leere, unendliche Tiefe. Und doch schien sie eine schreckliche Drohung zu enthalten, als ob unter ihrer nur vorgetäuschten Unbeweglichkeit ein dunkler Gedanke langsam Gestalt annahm und nur darauf wartete heraufzuschnellen. Wie um einen Zauber zu brechen oder einen Alptraum zu vertreiben, hob Karagheorgis einen Stein vom Boden auf und warf ihn ins Wasser: Die Tiefe verschluckte ihn fast ohne jegliches Geräusch. Keinen anderen Laut konnte Karagheorgis in der unheimlichen Stille ausmachen als seinen eigenen Atem und das heftige Schlagen seines Herzens.

Er beschloß, umzukehren und nachzusehen, ob sein Kollege schon angekommen war. Der Mann würde die Höhle früher oder später wieder verlassen müssen, und es war vielleicht das Beste, ihm einfach am Eingang aufzulauern. Doch bevor er sich zum Gehen wenden konnte, rollte auf einmal eine donnernde Stimme über den See und breitete sich in der Höhle aus. Und in panischem Entsetzen vernahm er seinen Namen: »Yorgo Karagheorgis!«

Das Blut gefror ihm in den Adern, und seine schweißnasse Hand griff fester nach der Pistole, die ihm vor Schrecken beinahe entglitten wäre. Mit weit aufgerissenen Augen blickte er um sich, konnte aber nichts entdecken als die leblosen Zapfen der Tropfsteine, an deren weißen Leibern grünliche Wasserperlen wie Tränen hinunterliefen.

»Woher kennst du meinen Namen?« rief er. Seine Stimme brach sich an den Stalaktiten und zerfiel in tausend Stücke, die wieder auf ihn zurückprasselten.

»Du hast das Mädchen in den See geworfen, Yorgo Karagheorgis! Warst nicht du es, der sie ausgezogen und ihren nackten Leib dem kalten Wasser übergeben hat?« Die Stimme schien plötzlich aus der anderen Richtung zu kommen ... Wie war das nur möglich? »Ich bin gekommen, um dich zu holen ... Weißt du nicht, daß dies der Eingang zur Hölle ist?«

Karagheorgis stand in stummem Entsetzen gegen die Wand gepreßt. Doch als ihm nun schlagartig klar wurde, daß es sich um den Vergeltungsakt eines Wahnsinnigen handelte, fühlte er sich für einen Moment fast erleichtert. So ist das also, dachte er, einer von uns beiden wird dran glauben müssen ...

Langsam begann er, sich in einen dunkleren Winkel der Höhle hineinzutasten. Als er kurz den Blick zur Decke hob, fuhr er unwillkürlich zusammen: Für den Bruchteil einer Sekunde erschien die Fratze eines monsterhaften Hundes vor seinen Augen, der ihn mit weit aufgerissenem Maul, aus dem zwei spitze, blutige Eckzähne hervorstanden, anfletschte. Er atmete erleichtert auf, als er bemerkte, daß es sich nur um ein Trugbild handelte und die Eckzähne nichts weiter waren als zwei rotgestreifte Stalaktiten. Dennoch – es war kein gutes Omen ...

Plötzlich wurde die Stille von einem klatschenden Geräusch durchbrochen, das von dem in völliges Dunkel gehüllten, gegenüberliegenden Seeufer kam. Karagheorgis sah mit ungläubigen Augen ein Boot auf dem See erscheinen, das von einem in Mantel und Kapuze gehüllten Fährmann langsam in seine Richtung gerudert wurde. Trotz seiner Angst mußte Karagheorgis unwillkürlich grinsen: Dachte der Kerl etwa, ihn mit dieser Maskerade einschüchtern zu können? Er wartete, bis das Boot nahe genug gekommen war, dann sprang er aus seinem Versteck und zielte, die Pistole in beiden Händen haltend, auf den Fährmann.

»Wieso hast du es getan?« rief in diesem Moment die

Stimme, die diesmal fast menschlich klang und einen tiefen Schmerz zu enthalten schien.

»Ich hatte keine Wahl«, riet Karagheorgis mit zitternder Stimme. »Ich hatte doch keine Wahl, verdammt!«

Er hielt die Pistole immer noch in beiden Händen, doch als er nun in panischer Angst abdrückte, gingen plötzlich alle Lichter in der Höhle aus. Der Knall des Schusses zerriß die unheimliche Stille und wurde von den Höhlenwänden wieder und wieder zurückgeworfen, bis der Eindruck entstand, als lieferten sich mehrere Gegner ein wildes Feuergefecht. Als endlich wieder Ruhe in das undurchdringliche Dunkel einkehrte, hatte Karagheorgis jegliches Orientierungsvermögen verloren und hörte nur noch das wilde Schlagen seines Herzens.

Plötzlich vernahm er abermals das Geräusch leise klatschenden Wassers: Das Boot mit seinem unheimlichen Fährmann mußte also immer noch auf ihn zuhalten! Er verlor die Kontrolle und begann, wie ein Wahnsinniger draufloszuschießen, bis er keine Kugel mehr im Revolver hatte. Während der letzte Schuß verhallte, durchzuckte zu seiner Linken eine riesige, weißgrelle Flamme die Dunkelheit. Doch bevor Karagheorgis noch begreifen konnte, was geschah, wurde er plötzlich von drei wuchtigen Schlägen und einem stechenden Schmerz zu Boden gerissen.

Dann hörte er auf dem Kiesweg das Geräusch menschlicher Schritte und sah langsam einen schwachen Lichtschein auf sich zukommen. Als die dunkle Gestalt endlich vor ihm stand, stellte sie die Lampe nieder und machte sich an seinem schmerzenden Körper zu schaffen, um ihm die Kleider auszuziehen. Ihre Hände waren eiskalt, doch Karagheorgis fühlte nun keine Furcht mehr. Als er vollständig nackt war, entfernte sich die Gestalt wortlos und ließ ihn in der Dunkelheit allein. Warm und feucht sickerte sein Blut in den Boden, während er frierend auf den Tod wartete.

Als Andreas Pendeleni am Höhleneingang eintraf, fand er im Dienstwagen seines Kollegen das Funkradio noch angeschaltet. Schnell kletterte er über die Absperrung und betrat die Höhle, die zu seinem Erstaunen hell erleuchtet war. Seine geladene, neunkalibrige Beretta fest in der Hand, wagte sich der Polizist Schritt für Schritt tiefer in die Höhle hinein, die jedoch völlig ausgestorben dazuliegen schien. Als er weder von seinem Kollegen noch von dem anderen Mann eine Spur entdecken konnte, rief er laut: »Yorgo! Yorgo, wo bist du? Antworte mir, wenn du mich hörst!«

Statt einer Antwort vernahm er nur ein leises Röcheln. Schnell stürzte er in die Richtung, aus der es zu kommen schien. Und schließlich sah er ihn: Dort, am Ufer des dunklen Sees, lag nackt und blutüberströmt der weiße Körper des Sergeanten Karagheorgis …

Er lag halb im Wasser, und in seinem Hals, seinem Bauch und seiner Leiste steckten wie gewaltige Speere drei Stalagtiten. Pendeleni ließ sich an seiner Seite nieder und strich dem noch schwach atmenden Mann hilflos über die Stirn.

»O mein Gott, Yorgo, was ist denn nur passiert?«

Karagheorgis konnte nicht antworten und hob nur den Blick zur Decke der Grotte, und als Andreas ihm mit den Augen folgte, sah er, daß die Stalaktiten, die seinen Kollegen durchbohrt hatten, sich von dort gelöst haben mußten. Es konnte sich unmöglich um einen Unfall handeln …

»Wer war das, Yorgo?« fragte Andreas. »Hast du ihn sehen können?«

Karagheorgis öffnete den Mund und versuchte zu sprechen, doch als Andreas sein Ohr an die Lippen seines sterbenden Kollegen legte, hörte er nur ein letztes Röcheln. Dann sackte Karagheorgis' Kopf zur Seite: Er war tot. Andreas schloß mit einer sanften Bewegung die Augenlider des Toten und zog dann seine Jacke aus, um ihn notdürftig zuzudecken. Dann erhob er sich und machte sich auf den Weg zum Ausgang. Als sein Blick auf einen Felsen fiel, der den Fußweg flankierte, blieb er wie angewurzelt stehen. Mit dem Blut seines Kollegen stand dort in großen Lettern geschrieben:

Ich bin nackt und friere.

Pendeleni schüttelte ungläubig den Kopf und beschleunigte seine Schritte. Am Wagen angekommen, rief er über Funk die Polizeidienststelle in Kalamàta: »Hier spricht Pendeleni. Ich habe euch ein schreckliches Unglück … nein, einen Mord zu melden: Sergeant Karagheorgis ist in den Höhlen von Dirou das Opfer eines Verbrechens geworden. Schickt mir bitte sofort ein paar Leute her und verständigt die Ermittlungsbehörden. Ich warte am Eingang der Höhlen auf euch.«

Die Sonne war schon hinter dem Horizont verschwunden, Nur ein blaßgoldener Streifen umspielte noch die grauen Türme Hierolimins und ließ sie in der Ferne verheißungsvoll leuchten.

X

Areopolis, Peloponnes, 7. August, 19.00 Uhr

Der Hauptkommissar der Polizeidienststelle von Kalamàta ordnete sofort an, daß alle Straßen der Halbinsel zu sperren seien, um den Mörder nicht ins Landesinnere gelangen zu lassen. Sobald er sich aus seinem Versteck in den Bergen wagte, mußte er ihnen unweigerlich ins Netz gehen. Die Küstenwache war schon verständigt worden, daß jedes verdächtige Wasserfahrzeug, das sich von Hierolimin oder Kap Tainaron aus einzuschiffen suchte, zu überprüfen sei. Zahlreiche Hubschrauber flogen pausenlos die ganze Umgebung ab, um von oben die Höhlenausgänge zu kontrollieren.

Die Polizeizentrale in Athen, die unverzüglich von dem Fall benachrichtigt worden war, hatte sofort auf einen Zusammenhang des Verbrechens mit dem kürzlich verübten Mord an dem pensionierten Polizisten Petros Roussos im arkadischen Parthenion geschlossen: Der Mörder hatte zweimal die gleiche, scheinbar sinnlose Botschaft hinterlassen. Man ging davon aus, daß es sich bei dem Mann um einen gefährlichen Psychopathen handelte, der ein grausames Vergnügen darin fand, seine blutrünstigen Fantasien in die Tat umzusetzen. Athen sicherte dem Kommissar von Kalamàta umgehende Unterstützung durch einen Kollegen aus der Hauptstadt zu und forderte ihn auf, inzwischen alles Menschenmögliche zu tun, damit Karagheorgis' Mörder nicht entkommen konnte.

Andreas Pendeleni, der den sterbenden Karagheorgis in der Höhle von Katafigi gefunden hatte, durchkämmte zusammen mit Kollegen und erfahrenen Fremdenführern jeden Winkel des Höhlengeländes. Von der Universität Patras hatte man kundige Höhlenforscher kommen lassen, die dem Suchteam mit Rat und Tat zur Seite standen. Auch die dunklen Gewässer der unterirdischen Seen wurden von routinierten Tauchern nach Beweismitteln durchforscht. Nachdem man jedoch einen Tag und eine Nacht lang pausenlos im Einsatz gewesen war und absolut nichts gefunden hatte, das auf den Mörder oder die näheren Umstände der Tat hingedeutet hätte, machte sich eine große Ratlosigkeit breit. Schließlich wurden die Recherchen ohne jegliches Resultat abgebrochen.

Zufällig traf Andreas Pendeleni am Abend desselben Tages in einer Taverne in Hierolimin auf den Lastwagenfahrer, der die Straße blockiert hatte, als er Karagheorgis zu Hilfe hatte eilen wollen. Der Mann arbeitete seit über dreißig Jahren in der Gegend und war über jeden Verdacht erhaben. Pendeleni horchte jedoch auf, als der Fahrer ihm erzählte, wie es zu seiner fatalen Anwesenheit auf der schmalen Küstenstraße gekommen war: Am Pier von Hierolimin hatte er eine Ladung Holz von einem Schiff in Empfang genommen und den Auftrag erhalten, sie an den Hafen von Gythion zu transportieren. Seltsam war jedoch, daß das Schiff, das die Ladung in Gythion abgeholt hatte, haargenau so ausgesehen hatte wie das in Hierolimin.

»Haben Sie sich denn darüber nicht gewundert?« fragte Pendeleni den Mann.

»Doch, ja, klar habe ich mich gewundert.«

»Wieso haben Sie denn Ihren Auftraggeber nicht gefragt, was es damit auf sich hat?«

»Man hat mich im voraus bezahlt, und ich sah keinen Grund, mich in Dinge einzumischen, die mich nichts angehen. Wenn man mir einen Auftrag erteilt und das Geld stimmt, ist es mir egal, was die Leute mit der Ladung vorhaben.«

»Können Sie sich noch erinnern, wie Ihr Auftraggeber ausgesehen hat?«

Der Fahrer nickte lebhaft. »O ja, so ein Gesicht vergißt man so schnell nicht.«

»Kommt der Mann hier aus der Gegend?«

»Nein, ich habe ihn hier jedenfalls noch nie gesehen.

Aber ich hatte trotzdem den Eindruck, daß er sich sehr gut auskannte.«

»Woraus schließen Sie das?«

»Gestern früh in Hierolimin wehte der Meltemi – ein besonders heimtückischer Wind, dem der erfahrenste Seemann mißtraut. Aber ich kann Ihnen sagen: Der Mann steuerte sein Boot so geschickt, als kenne er diese Gewässer seit Ewigkeiten. Ich war wirklich sehr überrascht.«

»Können Sie mir den Mann beschreiben?«

»Er war etwa mittelgroß, sehr kräftig, ungefähr fünfzig Jahre alt, blaue Augen, … ein sehr auffälliges Blau übrigens, hell und zugleich tief, wie das Wasser der See in der Nähe der Felsen. Sein Gesicht sah aus wie aus Stein gehauen … Zweifellos ist er Seemann, und zwar einer von der besonderen Sorte.«

»War er auch in Gythion wieder an Bord des Schiffs?«

»Nein. Seltsamerweise war dort gar niemand auf dem Schiff. Ich habe die Ladung einfach am Hafen abgeliefert und die Empfangsquittung von jemandem von der Transportgenossenschaft unterschreiben lassen. Keine Ahnung, ob das Holz überhaupt abgeholt wurde …«

Der Tunnel war zuerst stockfinster und eng wie ein Schlauch gewesen, und nun begann er endlich, etwas breiter zu werden. Auch schien ein ganz schwacher Lichtschimmer aus der Ferne darauf hinzuweisen, daß der Stollen bald zu Ende war.

»Es ist nicht mehr weit, nur noch ein paar Meter, dann können wir uns ausruhen. Komm weiter, nur Mut. Sieh nur, da sind wir schon …«

Der Gang lief an dieser Stelle in eine Felshöhle aus, die sich unter der gewölbten Decke über einen schier unermeßlich scheinenden Raum ausbreitete. Ein sanfter, doch ungewöhnlich klarer Lichtschimmer, der nach der absoluten Dunkelheit um so gespenstischer anmutete, tauchte die Höhle in eine traumhafte Helligkeit.

»Mein Gott, Kommandant, was ist denn das für ein Licht?«

»Es entsteht durch das natürliche Phosphoreszieren der Felsen, die hier auch eine sehr hohe Radioaktivität haben. Daher habe ich darauf bestanden, daß du den Schutzmantel anziehst, und du solltest jetzt auch die Kapuze wieder aufsetzen. Wir müssen hier einige Stunden bleiben, und ich möchte nicht, daß du zuviel Strahlung abbekommst.«

»Das alles ist mir ein einziges Rätsel. Woher kennen Sie nur diesen Unterwassertunnel, und woher wußten Sie, daß er schließlich in dieser Art unterirdischer Kathedrale münden würde?«

»Dies ist noch nicht alles, mein Sohn. Wenn wir noch etwas warten, wird das Meer, das diese Grotte umschlossen hält, sich weit genug zurückziehen, um das Licht des Mondes durch die Höhlenöffnung dringen zu lassen. Du wirst staunen, welche Wunder du dann zu Gesicht bekommen wirst.«

»Sie haben meine Frage nicht beantwortet ... Überhaupt antworten Sie nie auf meine Fragen.«

»Du tust mir unrecht. Ich habe bisher alle deine Fragen beantwortet, die wirklich wichtigen jedenfalls. Du wolltest Gerechtigkeit, und ich habe dir den Weg zur Vergeltung für dein und Helenis zerstörtes Leben geebnet. Was willst du noch?«

In diesem Moment begann aus dem fernen Höhleneingang ein wundersamer, ätherischer Lichtschimmer heranzuflackern, der sich in dem weiten Gewölbe schnell ausbreitete und die Höhle mit seinem betörenden Spiel in eine märchenhafte Wunderwelt verwandelte: Es war das Licht des Mondes, das sich auf der Meeresoberfläche spiegelte und mit den Wellen rhythmisch auf- und abtanzte. Plötzlich funkelten die Felswände in zauberhaften Farben, und von weitem war der Atem des Meeres zu hören, der wie das langgezogene und schwerfällige Seufzen eines schlafenden Riesen klang. Mit einemmal erfüllte ein scharfer Geruch nach Meersalz die zu flimmerndem Leben erwachte Atmosphäre.

»Komm jetzt«, sagte Admiral Bògdanos, »wir haben bis zum Ausgang der Höhle fast eine Stunde zu gehen. Wir müssen uns beeilen, bevor die Flut zu hoch steigt.« Er ging Claudio voraus, und das Geräusch seiner Schritte auf dem steinigen Pfad vermischte sich mit dem fernen Rauschen der vom Wind aufgewühlten Wellen der Ägäis.

Claudio folgte ihm zögernd, blieb aber noch einmal stehen und wandte sich um. Das Schauspiel, das sich nun seinen Augen bot, verschlug ihm förmlich den Atem: Das Licht hatte nun auch den Boden der Grotte überflutet, und erst jetzt sah er, daß der Raum eine schier unermeßliche Fläche einnahm und von unzähligen kleinen Bodenerhebungen übersät war, die eigentlich nichts anderes sein konnten als Grabhügel. Sie waren teilweise mit steinernen Umrandungen geschmückt, und neben manchen lagen vom Salz zerfressene Waffen und Grabbeigaben auf dem Boden. An einigen Stellen waren die Erdhügel mit der Zeit vom Wasser abgetragen worden, und verkrustete menschliche Skelettreste ließen keinen Zweifel daran, daß die Höhle nichts anderes war als ein riesiger Friedhof. Wenngleich Claudio von dem Anblick zu Tode erschrocken war, konnte er seine Augen dennoch nicht abwenden.

»Was ist das? Kommandant, was ist das nur für ein Ort? Er sieht aus wie eine riesige Totenstätte … Aber das ist doch nicht möglich … Nein, so etwas kann es doch gar nicht geben …«

Bògdanos war weitergegangen, ohne sich umzuwenden. »Dies ist der Hades, die Totenwelt. Die Überlieferung besagt, daß die Höhlen von Pirgos Dirou der Eingang zur Unterwelt waren. Nun, dies ist die Unterwelt.«

»Wollen Sie mich auf den Arm nehmen?«

»Die Mythen enthalten tiefe Wahrheiten, die nur mit der Zeit ihre Gestalt verändert haben, genauso wie Länder es tun, die im tiefen Meer begraben werden. Diese Höhle wurde dreitausend Jahre lang als Begräbnisstätte benutzt. Hier ruhen die Minyer und auch die legendären Pelasger, die einstmals die Meere beherrschten, sowie die Achäer mit den schönen Beinschienen, die Troja die Zerstörung brachten. Hier lauschen sie seit Jahrtausenden dem Gesang des Meeres und warten jede Nacht darauf, daß Hekate, die Göttin des Mondes, ihre nackten Knochen mit ihren Strahlen streichelt. Alle waren sie junge Menschen, die in der Blüte ihres Lebens von den Unheil und Tod bringenden Keren niedergeworfen wurden: zarte Jungfrauen oder junge Mütter, denen man ihre Kinder aus den Armen gerissen hat, Männer im besten Mannesalter, Jünglinge mit dem ersten Bartflaum auf den rosigen Wangen. Sie bereisten Länder und Meere in wendigen Schiffen, auf feurigen Pferden oder in herrlichen Kutschen mit glühenden Rädern … Jetzt schlafen sie zwischen reinen Felsen im kühlen Sand, unter dem Schutzdach dieses heiligen Gewölbes. Niemandem ist es erlaubt, ihre ewige Ruhe zu stören …«

Nun wandte Bògdanos langsam den Kopf, und Claudio sah, daß seine Augen dunkel und starr waren, als seien sie in eine weite Ferne gerichtet. Verwundert und erschrocken murmelte Claudio: »Sie sprechen ja, als seien Sie des Lebens müde, Kommandant. Was ist Ihnen denn?«

Bògdanos senkte den Kopf und verbarg seine Augen im Schatten seiner Kapuze. »Wir müssen weitergehen«, sagte er nur.

Andreas Pendeleni schnallte sich den Gurt mit seiner Dienstpistole vom Leib und hängte ihn an den Kleiderständer. Bei seinem Schreibtisch wartete bereits der Kommissar, den die Kollegen aus Kalamàta geschickt hatten. Bei Pendelenis Eintreten hob er den Kopf und sah ihn fragend an: »Nichts?«

Pendeleni schüttelte den Kopf. »Nicht der allerkleinste Hinweis. Wir haben jeden Zentimeter der Höhlen durchforscht, die Taucher sind alle Seen abgeschwommen, alles ohne Erfolg.«

Auch der Kommissar hatte in der Nacht kein Auge zugetan, da er neben dem Funkradio auf Neuigkeiten gewartet hatte. Unter seinen Augen lagen tiefe Schatten, und seine Stimme klang heiser von den unzähligen Zigaretten, die er geraucht hatte. Der Aschenbecher auf dem Tisch quoll fast über, und im Zimmer standen dichte Rauchschwaden. Pendeleni ging rasch zum Fenster und öffnete es. »Haben Sie etwas dagegen, wenn ich etwas frische Luft hereinlasse?«

»O nein, ganz im Gegenteil ... Sie werden sicher ebenfalls müde sein und gleich schlafen gehen wollen. Schließlich waren wir beide die ganze Nacht auf den Beinen.«

»Und noch dazu ganz umsonst.«

»Haben Sie wirklich überhaupt nichts gefunden, nicht ein winziges Indiz, das uns vielleicht auf die richtige Spur bringen könnte?«

»Meiner Meinung nach war alles von langer Hand vorbereitet: Als der arme Karagheorgis mich anrief und um meine Unterstützung bat, bin ich sofort losgefahren; doch dann wurde ich von diesem Holzlaster aufgehalten und habe dadurch fast eine halbe Stunde verloren. Mehr als genug Zeit für den Mörder, um sein Opfer in aller Ruhe zur Strecke zu bringen ... Es tut mir wirklich leid um Karagheorgis, er wäre in ein paar Monaten pensioniert worden.«

»Tja, man könnte fast sagen, er starb wie ein Soldat am letzten Tag vor dem Ende des Krieges ... Wieso haben Sie denn den Lkw-Fahrer nicht verhaftet?«

»Ihn trifft keine Schuld. Er hat nur seine Arbeit getan und konnte nicht wissen, daß es sich um ein abgekartetes Spiel handelte. Die Holzladung wurde ihm etwa zu dem Zeitpunkt übergeben, als Karagheorgis die Höhle von Katafigi betrat ...«

»Das heißt, daß der Mörder mit ziemlicher Sicherheit einen Komplizen hatte. Vielleicht kann uns das auf eine Spur bringen.«

»Ich habe mich in der Gegend umgehört: Kein Mensch scheint den Mann zu kennen, den der Fahrer mir beschrieben hat. Und selbst wenn wir ihn finden sollten, und er tatsächlich mit dem Mörder unter einer Decke steckt, wird es nicht so leicht sein, etwas aus ihm herauszubekommen. Schließlich ist es nicht verboten, eine Ladung Holz von einem Ort zu einem anderen transportieren zu lassen ...« Pendeleni zog ein Blatt Papier aus der Innentasche seiner Jacke und legte es auf den Schreibtisch. »Nun, auf jeden Fall haben wir hier eine ziemlich genaue Beschreibung des

Mannes, der den Transport in Auftrag gegeben hat.« Er stand auf und schloß das Fenster, bevor er sich wieder an den Kommissar wandte: »Wie ist es denn hier gelaufen? Haben die Kollegen an den Straßensperren schon einen Verdächtigen festgenommen? Und was ist mit den Hubschraubern und der Küstenwache?«

Der Kommissar schüttelte bedauernd den Kopf. »Nichts. Der Mann scheint sich in Luft aufgelöst zu haben ... Alles was wir haben, ist diese absurde Botschaft an der Wand ...«

»›Ich bin nackt und friere.‹ Hört sich ganz so an, als wolle der Typ uns auf den Arm nehmen. Was kann ihn nur auf die Idee gebracht haben, den Sterbenden nackt auszuziehen? Es muß sich um einen Verrückten handeln, um ein völlig krankes Gehirn ...«

In diesem Moment trat ein Kellner aus der nahegelegenen Bar ein, der ein Frühstückstablett in den Händen balancierte. Der Kommissar nickte Pendeleni zu und sagte: »Sie werden sicher Hunger haben. Ich hatte vorhin Kaffee und ein paar Sandwiches bestellt. Bedienen Sie sich.« Andreas nahm eine Tasse dampfenden Kaffees von dem Tablett, während der Kommissar fortfuhr: »Ich nehme an, daß Sie gleich nach Hause gehen wollen, aber vielleicht möchten Sie ja vorher noch den Kollegen aus Athen kennenlernen, der jeden Moment hier eintreffen müßte. Es handelt sich wohl um eine Art Spezialagenten aus der Polizeizentrale in der Hauptstadt, der für besonders verzwickte Fälle zuständig ist ...«

Pendeleni schüttelte den Kopf, stand auf und nahm seinen Waffengurt vom Kleiderständer. »Nein danke, kein Bedarf. Ich muß so schnell wie möglich ins Bett. Grüßen Sie ihn meinetwegen von mir. Wenn Sie mich brauchen, finden Sie mich bei mir zu Hause.«

Als Pendeleni aus dem Polizeigebäude trat und in seinen Wagen stieg, konnte er gerade noch sehen, wie ein fremder Wagen auf dem Parkplatz einfuhr. Zu erschöpft, um ihm weitere Beachtung zu schenken, schlug er erleichtert den Nachhauseweg ein.

Dem Wagen entstieg ein Polizeibeamter von offensichtlich hohem Dienstrang, der schnellen Schrittes das kleine Gebäude betrat. Bei seinem Erscheinen stand der Kommissar sofort auf, trat auf ihn zu und reichte ihm die Hand. Der Andere hob die Hand zur Mütze und schüttelte dann herzlich die ausgestreckte Rechte des Kommissars.

»Hauptmann Karamanlis von der Polizeizentrale Athen.« Mit einem Blick auf das immer noch auf dem Tisch stehende Tablett meinte er dann: »Doch wie ich sehe, habe ich Sie gerade beim Frühstück gestört, Herr Kommissar. Das tut mir leid.«

»Nein nein, Sie haben mich gar nicht gestört. Ich war nur gerade dabei, einen Happen zu essen, nachdem ich – ebenso wie meine Kollegen – die ganze Nacht nicht geschlafen habe ... Aber bitte, nehmen Sie doch Platz. Und falls Sie hungrig sind – bedienen Sie sich bitte ...«

Karamanlis setzte sich auf den angebotenen Stuhl. »Nun, ich nehme Ihre Einladung gerne an, Herr Kommissar. Auch ich habe heute nacht kein Auge zugetan, um so schnell wie möglich hierherzugelangen. Ich möchte Sie bitten, mir ganz genau zu schildern, was Sie über den Fall wissen. Wie Sie sich denken können, haben wir es hier wahrscheinlich mit einem außerordentlich gefährlichen Psychopathen zu tun: Bereits vor drei Wochen wurde in Parthenion ein Kollege namens Petros Roussos unter ganz ähnlichen Umständen ermordet, ›massakriert‹ wäre wohl das passendere Wort.«

»Haben Sie den Mann gekannt?«

»Ja, ich kannte ihn sehr gut. Er hat fünfzehn Jahre lang mit mir zusammengearbeitet ... Ein hervorragender Polizist, fähig, mutig, pflichtbewußt, alles in allem einer meiner besten Männer.«

»Und Karagheorgis, kannten Sie den auch?«

Karamanlis nickte. »Ja, auch er war viele Jahre einer meiner direkten Untergebenen; überdies kämpfte er während des Bürgerkriegs monatelang an meiner Seite gegen die Kommunisten, die sich in den Bergen verschanzt hatten. Der Mann war ein Draufgänger in jeder Hinsicht, nicht einmal der Teufel konnte ihm Angst einjagen.«

Der Kommissar, der sein Gegenüber bei den letzten Worten noch aufmerksamer betrachtet hatte, sagte nun mit einer Mischung aus Furcht und Bewunderung in der Stimme: »Karamanlis ... Sind Sie wirklich Pavlos Karamanlis, der während des Bürgerkrieges unter dem Kampfnamen *ò Tàvros* berühmt wurde? Mein Gott, Herr Hauptmann, ich komme aus der Gegend von Kastritza, wo man noch heute von Ihnen spricht. Sie sind dort zu einem Mythos geworden ...«

Karamanlis schenkte ihm nur ein müdes Lächeln. »Das ist Vergangenheit. Es freut mich aber, daß sich noch jemand an den ›Stier‹ erinnert.«

Der Kommissar, der sich davor hütete, hinzuzufügen, aus welchem Grunde die Leute von Kastritza *ò Tàvros* nie vergessen hatten, wechselte geschickt das Gesprächsthema: »Aber Herr Hauptmann, wenn Roussos und Karagheorgis wirklich jahrelang für Sie gearbeitet haben, noch dazu unter so heiklen Umständen, dann können Sie uns sicher viel wichtigere Informationen liefern als wir Ihnen. Ich habe gestern abend mit dem Untersuchungsrichter telefoniert, der die Ermittlungen in der Mordsache Roussos leitet: Auch er ist der Meinung, daß das Motiv für die Morde in der Zeit zu suchen ist, als die beiden Opfer für die politische Polizei in Athen gearbeitet haben, ... unter Ihrer Führung.«

»Sicherlich gibt es eine Verbindung zwischen den beiden Verbrechen und ich habe da auch schon einen leisen Verdacht. Wenn er zutrifft, handelt es sich jedoch um eine theoretisch ganz unmögliche, ja fast absurde Sache ... Doch ich werde nach weiteren Indizien suchen ...«

»Und diese Aufschrift? Man hat mir gesagt, daß die gleiche auch in Parthenion, in der Nähe der übel zugerichteten Leiche von Roussos gefunden wurde.«

»Ja, das stimmt. Sie ist auch das augenscheinliche Indiz, das die beiden Verbrechen miteinander verknüpft. In gewisser Hinsicht ist sie die Unterschrift des Mörders und seine ganz persönliche Herausforderung ...«

»Natürlich ist sie ein Zeichen ...«

»Ja, sicher, ein Zeichen. Oder eine Falle ... Genau das muß ich herausfinden. Aber berichten Sie mir jetzt, was sich hier im einzelnen zugetragen hat.«

Der Kommissar nahm einen letzten Schluck aus seiner Kaffeetasse, wischte sich mit einer Serviette über den Mund und zündete sich eine Zigarette an. »Rauchen Sie?« fragte er dann und hielt Karamanlis das Zigarettenpäckchen hin.

»Ich habe vor einem Jahr damit aufgehört.«

»Sie Glücklicher! ... Nun, leider ist es nicht sehr viel, was ich Ihnen zu sagen habe. Unsere Nachforschungen haben bisher nur äußerst magere Resultate ergeben. Ich denke, daß wir es hier mit einem nicht nur sehr brutalen, sondern auch ungewöhnlich intelligenten Verbrecher zu tun haben. Die einzige heiße Spur, auf die wir bisher gestoßen sind, führt zu einem geheimnisvollen Unbekannten, der vor zwei Tagen einen scheinbar völlig sinnlosen Holztransport vom Hafen von Hierolimin zu dem von Gythion in Auftrag gegeben hat.«

Karamanlis hörte dem Kommissar aufmerksam zu, der ihm den Fall in allen Einzelheiten schilderte. Danach nahm er das von Pendeleni verfaßte Protokoll zur Hand, in dem auch eine eingehende Beschreibung des Mannes, der den Transport in Auftrag gegeben hatte, enthalten war.

»Erinnert der Mann Sie vielleicht an jemanden?« fragte der Kommissar.

»In gewisser Weise ja ... Nun, ich werde der Sache nachgehen. Spüren Sie mir bitte so schnell wie möglich diesen Lastwagenfahrer auf: Vielleicht läßt sich mit seiner Hilfe ein Phantombild des Mannes anfertigen. Und sorgen Sie dafür, daß die Recherchen mit äußerster Sorgfalt fortgeführt werden: Der Bastard kann sich ja schließlich nicht in Luft aufgelöst haben!«

»Selbstverständlich, wir werden unser Möglichstes tun, Herr Hauptmann. Jeden Moment dürfte mein Stellvertreter eintreffen, der die weiteren Ermittlungen leiten wird, und das sicherlich zu Ihrer vollsten Zufriedenheit. Heute abend werden wir dann hoffentlich auch den gerichtsmedizinischen Bericht vorliegen haben und Sie umgehend benachrichtigen.«

»Ich danke Ihnen, Herr Kommissar. Sollten Sie meine Hilfe benötigen, finden Sie mich im Hotel Xenia.«

Karamanlis steckte das Protokoll in die Tasche und ging hinaus zu seinem Wagen. Die Sonne stand schon hoch am Himmel und verhieß einen herrlichen Sommertag. Im Hotel angekommen, ging er sofort auf sein Zimmer, um zu duschen und sich anschließend ein paar Stunden hinzulegen. Danach würde er sich dann mit frischer Kraft auf die Jagd machen …

Während das warme Wasser über seinen Körper lief und seine von der Müdigkeit und der langen Fahrt über die Straßen des Peloponnes erschöpften Glieder sich entspannten, ging er in Gedanken nochmals den Ablauf des Telefongesprächs durch, das er vor drei Tagen in Athen geführt hatte. Es war schon spät in der Nacht gewesen, als er nach einem nervenaufreibenden Arbeitstag nach Hause gekommen war und sich noch für ein paar Minuten in sein Arbeitszimmer gesetzt hatte, um bei einem Blick in die Zeitung zur Ruhe zu kommen. Plötzlich hatte das Telefon geklingelt. Ganz deutlich erinnerte er sich auch jetzt noch an den Klang der Stimme des Anrufers, deren schneidende Deutlichkeit ihm unwillkürlich einen Schauer über den Rücken gejagt hatte: »Hauptmann Karamanlis?«

»Ja, wer ist da?«

»Erinnern Sie sich noch an die Vase, die vor zehn Jahren aus dem Keller des Nationalmuseums verschwunden ist?«

»… Wer ist denn da bitte?«

»Jemand, der weiß, wo sie sich befindet.«

»Schön für Sie. Behalten Sie sie meinetwegen und lassen Sie mich in Ruhe.«

»Seien Sie nicht so voreilig, sondern hören Sie mir einen Augenblick ruhig zu! Es gibt außer mir noch weitere Personen, die von der Vase wissen, und zufällig handelt es sich dabei um alte Bekannte von Ihnen: Michel Charrier und Norman Shields. Die beiden sind heute morgen in Patras angekommen und haben sich sofort auf den Weg nach Süden gemacht. Sie wollen die Vase ...«

»Sollen sie sie bekommen!«

»Ich fürchte aber, daß sie eine längst vergessene Sache wieder aufrollen könnten ... Zwei Freunde von ihnen sind in der Nacht des Blutbads im Polytechnikum unter mysteriösen Umständen ums Leben gekommen ... Claudio Setti und Heleni Kaloudis ... Erinnern diese Namen Sie nicht an etwas, Hauptmann?«

Karamanlis hatte sofort aufgelegt, aber der Gedanke an den unheimlichen Anruf war ihm nicht mehr aus dem Kopf gegangen. Was, zum Teufel, konnte Shields und Charrier veranlaßt haben, nach all den Jahren zurückzukommen, noch dazu gemeinsam? ... Das Rauschen des Wassers hatte seine Nerven etwas beruhigt, und er hatte sich erschöpft auf dem Boden der Dusche niedergelassen und den Kopf gegen die Wand gelehnt. Am liebsten hätte er sich jetzt im Wasser aufgelöst, doch statt dessen mußte er in wenigen Stunden wieder seinen Mann stehen und sich mit der unangenehmsten Episode seines Lebens beschäftigen. Die ruhelosen Geister jener lange zurückliegenden Nacht schienen sich in diesem gottverlassenen Nest des Peloponnes ein Stelldichein gegeben zu haben. Und einer von ihnen hatte nun beschlossen, mit unerbittlicher Härte zuzuschlagen. Wer würde das nächstemal an der Reihe sein? Er selbst vielleicht? Wenn er nur das Motiv für die Verbrechen und die Bedeutung jener geheimnisvollen Worte wüßte. Vielleicht würde ein weiterer Mord schon genügen, um Licht in die Sache zu bringen ... vielleicht würde er ihn aber auch für immer ins Nichts stoßen.

Das Wasser wurde lauwarm, dann eiskalt, so daß der halb eingenickte Hauptmann abrupt hochfuhr, als hätte ihm jemand einen Peitschenschlag versetzt. Nachdem er sich abgetrocknet hatte, fiel er kraftlos aufs Bett. Er war es gewohnt, auch unter den ungemütlichsten Umständen einschlafen zu können, doch diesmal gelang es ihm nicht so einfach wie sonst. Eine unheimliche Bedrohung hatte sich seiner bemächtigt, und was immer er auch tat – sie wollte nicht weichen.

Die Sonne ging schon unter, als Michel Charrier im Schrittempo in das Städtchen Skardamoula einfuhr und auf dem kleinen Marktplatz im Zentrum seinen Wagen parkte. Norman hatte er am Morgen in Kalamàta abgesetzt, da er sich dort mit einem pensionierten Angestellten des britischen Konsulats treffen wollte, der ihm vielleicht Hinweise zum Tod seines Vaters geben konnte.

An diesem Tag wurde der Schutzheilige der Stadt gefeiert, und eine Festprozession zog gerade durch die Straßen der Altstadt auf die mit vielen bunten Lichtern geschmückte Kirche zu. Überall waren Imbißstände aufgebaut, die die Luft mit dem einladenden Duft von gegrilltem Fisch und *souvlakia* erfüllten. Michel war eine Zeitlang auf und ab gewandert und hatte immer wieder auf die Uhr gesehen, als ihm schließlich jemand eine Hand auf die Schulter legte: »Was meinst du, Michel, sollen wir hier etwas essen?« Es war Norman, der einladend auf einen der Stände deutete.

»Ach, da bist du ja«, erwiderte Michel erleichtert, als er seinen Freund erblickte. »Und, hast du etwas in Erfahrung bringen können?«

Norman schüttelte verneinend den Kopf. »Praktisch nichts. Die jugoslawische Polizei tappt völlig im dunkeln. Mein Vater ist in einem Wald in der makedonischen Strymon-Hochebene umgebracht worden, nur wenige Kilometer von der griechischen Grenze entfernt. Jemand muß ihm in einem Hinterhalt aufgelauert und ihn mit einem einzigen Schuß aus einem großen Jagdbogen – wahrscheinlich einem Pearson oder einem Kastert – mitten ins Herz getroffen haben ... Ansonsten konnte man nur noch feststellen, daß der Mörder ihm erst nach seinem Tod den Mund geknebelt und die Augen verbunden hat.«

»Was hat dein Vater denn in dieser gottverlassenen Gegend gemacht?«

»Er war zum Jagen dort. Seit Jahren ging er immer wieder ganz allein in irgendwelchen abgelegenen Gegenden auf die Jagd und verbrachte die Nächte unter freiem Himmel.«

»Also war er sicher auch bewaffnet.«

»Ja, das stimmt. Aber es hat ihm nichts genutzt. Aus seinem Gewehr hat sich kein Schuß gelöst. Komm, setzen wir uns doch, dann können wir in Ruhe reden. Bist du mit diesem Stand hier einverstanden? Das Essen riecht jedenfalls sehr gut.«

»Ja, klar, scheint mir eine gute Idee zu sein«, antwortete Michel.

Sie setzten sich an einen Tisch und bestellten gegrillten Fisch, Brot, Wein und griechischen Salat mit Feta. Der Standinhaber legte ein paar lose Zeitungsblätter als Unterlage auf den Tisch und brachte ihnen einen Laib Brot und einen Krug Retsina. Schließlich servierte er ihnen zwei Portionen knusprig gegrillter Seebarben und gemischten Salat dazu.

Norman goß seinem Freund und sich selbst Wein ein und schüttete das erste Glas auf einen Zug hinunter, als wolle er so die bedrückenden Gedanken verscheuchen, die ihm im Kopf herumgingen. »Ja, genau so muß man Retsina trinken, auf einen Zug, alles andere ist Unsinn … Mein Gott, dieser Geschmack, diese Düfte und Geräusche … Mir scheint fast, ich sei niemals weggewesen … Komm, nimm auch einen Schluck.«

Michel trank in langen Zügen, mit halbgeschlossenen Augen, als würde er einen Zaubertrank in sich aufnehmen. »Du hast ganz recht, Norman. Es ist, als seien wir wieder die Jungen von damals.«

»Weißt du noch, wie wir uns damals in Parga kennengelernt haben? Du hast uns mit deiner alten Karre am Straßenrand aufgelesen.«

»Ja, und dann sind wir in diese Taverne gegangen – Bei Tàssos hieß sie, wenn ich mich richtig erinnere. Ich hatte dort den ersten Rausch meines Lebens.«

»Zuviel Retsina.«

»Genau. Und damals habe ich mir geschworen, nie wieder welchen zu trinken.«

»Das sagen alle.«

»Hm, stimmt.«

Norman hob sein Glas und prostete Michel zu: »Auf die alten Zeiten, mein Freund.«

»Auf die alten Zeiten«, erwiderte Michel und hob ebenfalls sein Glas. Nachdem er getrunken hatte, senkte er den Kopf und schwieg eine Weile. Auch Norman sagte nichts.

»Hattest du deinen Vater gern?« fragte Michel plötzlich.

»Wir hatten nie eine wirkliche Beziehung zueinander. Nach meiner Rückkehr nach England habe ich ihn mehr oder weniger einmal im Jahr an Weihnachten gesehen. Aber was heißt das schon ...«

»Klar, das heißt gar nichts.«

»Nur ein einziges Mal dachte ich, daß wir vielleicht Freunde werden könnten, und zwar damals in Athen, als er mir helfen wollte, Claudio und Heleni zu retten.« Als Michel den Blick traurig auf seinen Teller senkte, fuhr Norman in aufmunterndem Ton fort: »Machst du dir schon wieder düstere Gedanken? Mein Gott, wir sind hierhergekommen, um ein Abenteuer zu bestehen und nicht, um über die Vergangenheit zu weinen. Wir haben eine große Aufgabe vor uns, verstehst du, Michel?« Schnell füllte er das Glas seines Freundes von neuem.

Als Michel nun den Kopf hob, lag ungläubige Verwunderung in seinem Blick. Er deutete mit dem Finger auf die Zeitung auf dem Tisch und rief aus: »Ich kenne diesen Mann, Norman, ich kenne ihn ganz sicher! Und weißt du, woher? Ich habe ihn in jener Nacht in Athen gesehen, als sie mich und auch Claudio und Heleni verhaftet haben.« Seine Stimme zitterte, und seine Augen blitzten vor Wut und Aufregung.

»Michel, was redest du da für einen Unsinn? Ich habe ja schon immer gesagt, daß du keinen Retsina verträgst ...«

Michel schob Teller, Gläser und Besteck auf die Seite, hob dann die Zeitung hoch und hielt sie Norman hin. »Sieh doch nur! Weißt du, wer dieser Mann ist?«

Norman betrachtete die Fotografie, die einen Toten zeigte, der mit weit aufgerissenen Augen auf dem Rücken lag. Sein nackter Oberkörper war blutüberströmt, und in seinem Hals über dem Schlüsselbein steckte ein spitzer Gegenstand. Die Schlagzeile lautete: ›Mysteriöses Verbrechen in den Höhlen von Dirou: Sergeant Karagheorgis von der Polizeidienststelle Areopolis von einem Wahnsinnigen ermordet.‹

Norman schüttelte den Kopf. »Ich habe ihn noch nie gesehen. Bist du sicher, daß du ihn kennst?«

»Hundertprozentig sicher. Er ist natürlich älter geworden, hat weniger Haare, und sein Schnurrbart ist ergraut, aber ich weiß ganz bestimmt, daß er es ist. Er und ein anderer Mann haben mich nach der Folter zum Verhör in die Zelle geschleppt.«

»Seltsam.«

»Warte einen Moment, ich will den Bericht lesen.« Michel überflog rasch den Artikel, dann legte er die Zeitung wieder auf den Tisch und trank in einem Zug sein Glas aus.

»Also ich bin ja nach wie vor der Meinung, daß dir der Wein zu Kopf gestiegen ist.«

»Überhaupt nicht. Sieh doch selbst: Vor drei Wochen ist in Arkadien ein weiterer Polizist namens Petros Roussos ermordet worden, der genau wie Karagheorgis fünfzehn Jahre lang bei der Polizeizentrale Athen gearbeitet hat. Beide waren also direkte Untergebene von Karamanlis. Und weißt du, wen man mit der Leitung der Ermittlungen beauftragt hat? Pavlos Karamanlis höchstpersönlich! Er befindet sich in diesem Moment in Areopolis, nur wenige Kilometer von hier entfernt. Sie alle waren also an den Vorkommnissen im Polytechnikum beteiligt!«

»Aber Michel, was soll das denn? Ich verstehe wirklich nicht, was das mit uns zu tun hat.«

Ein kleines Mädchen, das eine Schachtel mit Süßigkeiten in der Hand trug, trat auf sie zu: »Mister, möchten Sie nicht ein paar *loukoumia* kaufen?«

»Nein, danke, meine Kleine … Claudio ist tot, Michel! Als die Nachricht von dem Bombenattentat in der Zeitung erschien, sagte mir mein Vater, daß der Anschlag wahrscheinlich von der Polizei inszeniert war. Sie wollten die Leichen von Claudio und Heleni spurlos verschwinden lassen. Mach dir keine Gedanken mehr darüber.«

Michel fuhr fort, in der Zeitung zu blättern. »Vielleicht war es nur so ein Gefühl, vielleicht auch mehr. Aber ich denke, daß die Sache sich bald aufklären wird.«

»Kann sein ...«

»Die Lösung muß in den Worten liegen, die der Mörder am Ort der Verbrechen an Roussos und Karagheorgis hinterlassen hat: ›Ich bin nackt und friere‹ ... Es ist eine Botschaft, verstehst du? Ganz sicher ist es das, und wenn es uns gelingt, herauszubekommen, wofür die Worte stehen, wissen wir vielleicht auch, wer der Mörder ist und warum er mit solcher Grausamkeit zuschlägt.«

Normans Miene verfinsterte sich plötzlich. »Eine Botschaft ... wie bei meinem Vater. Wer weiß, vielleicht ist sein Mörder derselbe wie der der beiden Polizisten ... Aber sag mir eins: Du meinst doch wohl nicht, Claudio sei zurückgekehrt, um seine Henker zu richten?«

»Du denkst natürlich, daß dahinter nur meine Schuldgefühle stecken, weil ich Claudio seinen Mördern ausgeliefert habe. Sag es ruhig, wenn's so ist, komm schon, sprich es aus!«

»Aber das ist doch alles absurd, sieh das doch ein! Außerdem – was sollte mein Vater damit zu tun gehabt haben? Er hat doch versucht, Claudio und Heleni zu retten! Er hat sogar einen Agenten im Auto hingeschickt, der sie in Sicherheit bringen sollte ... Ich war selbst dabei. Ich schwöre dir, er hat wirklich versucht, ihnen zu helfen.«

Er hatte die Stimme erhoben, so daß der Wirt und ein paar Gäste an den benachbarten Tischen sich neugierig zu ihnen umwandten. Norman senkte verlegen den Kopf auf seinen Teller und begann schweigend, weiterzuessen, während Michel sich auf die Unterlippe gebissen hatte und versuchte, die Tränen zurückzuhalten.

»Deine Nerven sind einfach blank«, sagte Norman leise. »Und jetzt iß. Kalte Seebarbe schmeckt nicht.«

XI

Skardamoula, 9. August, 22.30 Uhr

Michel klopfte an die Tür von Normans Zimmer und rief: »Ich gehe schon mal runter und fahre den Wagen heraus. Komm herunter, wenn du fertig bist.«

»Okay«, erwiderte Norman, »in zehn Minuten bin ich bei dir.«

Michel fuhr den Wagen aus der Hotelgarage und blieb unter einer Straßenlampe stehen. Dann zog er das Schriftstück von Periklis Harvatis aus seiner Aktentasche und begann zu lesen: *Hypothese über den Totenbeschwörungsritus in der Odyssee XI.* Wieder und wieder hatte er Harvatis' Ausführungen gelesen. Der Autor stellte die These auf, daß es sich bei dem im elften Gesang der *Odyssee* beschriebenen Totenbeschwörungsritus, der an den die Grenzen der Welt bildenden Ufern des Ozeans stattgefunden haben soll, um nichts anderes handelte als um die Orakelbefragung im Nekromanteion von Ephyra, das in Epirus, direkt vor den ionischen Inseln, gelegen war – also direkt vor Ithaka. Ausgrabungen hatten ergeben, daß das Orakel im mykenischen Zeitalter – also der Zeit, in der die homerischen Helden gelebt hatten – entstanden war. In Ephyra lag die Mündung des Acheron, in den der Kozytus und der Phlegethon einflossen, und in Ephyra befand sich auch der stygische Sumpf. In den umliegenden Bergdörfern begrub man noch immer die Toten, nachdem man ihnen eine Silbermünze im Wert von zwanzig Drachmen in den Mund gelegt hatte. Sie galt als Obolus für Charon, den Fährmann, der die Seelen der Verstorbenen übers Wasser brachte. Und am Tag, an dem man der Toten gedachte, aßen die Leute noch immer rohe Puffbohnen ... In Ephyra schien die Zeit stillzustehen.

Jahrhundertelang hatte es als magischer Ort gegolten, an dem unheimliche Dinge vor sich gingen. So geschah es zum Beispiel zur Zeit des Kaisers Tiberius, daß ein Kapitän, der mit seinem Schiff nach Italien unterwegs war, in der Nähe der Ephyra vorgelagerten Insel Paxos eine Stimme rufen hörte:

Der große Gott Pan ist tot!

Nachdem die Stimme mehrmals diese Worte gerufen hatte, hatte ein Chor in den umliegenden Wäldern düstere Klagegesänge angestimmt. Der Bericht des Kapitäns war schließlich auch dem Kaiser zu Ohren gekommen, der ihn über sein geheimnisvolles Erlebnis persönlich befragt hatte. Denn man munkelte, daß es sich bei den Gesängen um die Ankündigung eines neuen Zeitalters nach dem Tod der heidnischen Götter handelte. Das Jahr, und vielleicht sogar Monat und Tag, stimmten mit der Berechnung von Christi Auferstehung von den Toten überein … Deshalb also hatte in Ephyra eine sterbende Welt mit angstvoller Stimme ins Meer gerufen:

Der große Gott Pan ist tot!

Michel wurde aus seinen Gedanken gerissen, weil Norman die Beifahrertür aufgerissen und eingestiegen war. »Liest du schon wieder dieses Zeug? Du mußt das Schriftstück doch inzwischen auswendig kennen.«

»Ja, da hast du wohl recht. Und doch ist da etwas, das mich stutzig macht: Harvatis' hier vorgetragene Thesen scheinen harmlos, sogar oberflächlich, und doch haben seine Forschungen eine unglaubliche Entdeckung zutage gebracht: Die Vase des Teiresias, den Beweis der zweiten *Odyssee.* Mir scheint, daß diese Forschungsarbeit unvollständig ist und daß der eigentlich wichtige Teil noch fehlt.«

»Das ist gut möglich. Es ist ja nicht gesagt, daß das Endergebnis seiner Forschungen auch publiziert wurde: Vielleicht hat Professor Harvatis sich Notizen gemacht, die er dann nicht mehr in Druck geben konnte ... Aber jetzt müssen wir uns auf die Socken machen. Wir haben über eine Stunde Fahrt vor uns bis zum Ort unserer Verabredung.«

Michel startete den Wagen, überquerte den fast leeren Dorfplatz und schlug die bergige Küstenstraße in Richtung Süden zum Kap Tainaron ein. Es war kein Mond zu sehen, doch der Himmel war klar und stand voller Sterne.

»Norman.«

»Ja.«

»Ich bin mir sicher, daß dieser Ort namens Ephyra ein Geheimnis verbirgt.«

Norman zündete sich eine Zigarette an und nahm einen tiefen Zug. »Klar, dort liegt der Eingang zur Unterwelt. In der Antike gab es dort ein Totenorakel, nicht wahr?«

»Reiß du nur deine Witze! Aber es muß einen Grund geben, wieso die Leute fast zweitausend Jahre lang davon überzeugt waren, daß sie von diesem Ort aus Kontakt zum Jenseits aufnehmen können.«

»Nun gut, in Delphi glaubten sie auch, die Stimme Apolls zu hören, der ihnen die Zukunft vorhersagte.«

»Auch dafür gibt es einen Grund ... Und ausgerechnet vor Ephyra ereignete sich zur Zeit des Kaisers Tiberius jene Episode von Pazos. Die Überlieferung sagt, es sei der Tag der Auferstehung Christi gewesen. Verstehst du? Jene Stimme verkündete das Ende des Heidentums und aller heidnischen Götter, die der Gott Pan symbolisierte ... jene Stimme, die vielleicht aus Ephyra kam ...«

»Aus dem Eingang zur Unterwelt. Genau das sagte ich doch.«

Michel beschloß, den Spott in Normans Worten zu ignorieren. »Auch die Vase kam aus Ephyra: Dort hat Professor Harvatis sie ausgegraben, und sie war einst in das Blut unzähliger Opfer getaucht worden ... Und jetzt kommt sie plötzlich in der Nähe der Höhlen von Dirou, die als ein weiteres Tor zum Hades gelten, wieder zum Vorschein. Kannst du dich noch erinnern, daß Ari Malidis uns in der Nacht des Blutbads im Polytechnikum erzählte, die Vase sei die letzte Entdeckung des Professor Harvatis gewesen und er sei sogar für sie gestorben? Er wollte uns später alles erklären … Doch dazu kam es leider nicht, denn am Morgen nach jener schrecklichen Nacht wurde ich in ein Flugzeug gesetzt und nach Frankreich zurückbefördert. Danach habe ich nie mehr von ihm gehört.«

»Ich weiß.«

»Vielleicht ist Aristotelis Malidis der Mann, der am verabredeten Ort auf uns wartet.«

»Oder Pavlos Karamanlis.«

»Wieso?«

»Ich habe Karamanlis damals gesagt, wo sich die Vase befindet.« Als Michel vor Erstaunen zu ihm herumfuhr, sagte Norman schnell: »Achte lieber auf die Straße, sonst passiert noch ein Unglück! Da, schau, da vorne am Ende der Bucht liegt schon das Dorf Oitylos. Du fährst einfach weiter bis Pirgos Dirou, dann biegen wir nach links in die Berge ein.«

An der Ausfahrt nach Oitylos hatte die Polizei eine Straßensperre aufgebaut. Einer der Polizisten beugte sich zu Michel herunter und leuchtete mit einer Taschenlampe ins Wageninnere. Michel fühlte, wie ihm das Blut in den Adern gefror: Einen Moment lang war er wieder der zu Tode erschrockene junge Mann, der verzweifelt nach einer Erklärung dafür suchte, wieso er mitten in der Nacht durch die Straßen Athens raste und wie die Blutflecken auf den Rücksitz seines Wagens gelangt waren.

»Ihre Papiere, bitte«, sagte der Polizist.

Norman hatte die Panik seines Freundes bemerkt und drückte ihm fest die Schulter, während er auf Griechisch zu dem Polizisten sagte: »Sofort, wir haben sie gleich.« Damit öffnete er das Handschuhfach und holte den Fahrzeugschein und Michels Führerschein daraus hervor. »Ist etwas nicht in Ordnung?« fragte er dann.

»Vorgestern ist in den Höhlen ein Verbrechen geschehen, daher führen wir nun verschärfte Kontrollen durch. Wohin fahren Sie?«

Norman zögerte einen Moment. »Nach Kharoudha«, antwortete Michel, der sich wieder gefangen hatte. »Wir haben dort ein Boot liegen und wollen für eine Woche Fischen gehen. Eigentlich hatten wir auch vor, die Höhlen zu besichtigen, aber nachdem dort so etwas Gräßliches passiert ist, werden sie wohl im Moment geschlossen sein.«

»O nein«, erwiderte der Polizist. »Ab morgen sind sie schon wieder geöffnet, Sie können sie problemlos besichtigen.«

»Dürfen wir jetzt weiterfahren?«

»Ja, natürlich. Aber seien Sie vorsichtig: Der Mörder könnte noch in der Nähe sein, und man weiß nicht, was er noch alles vorhat.«

»Danke für die Warnung«, erwiderte Norman, »wir werden schon auf uns achtgeben.«

»Wir hatten doch vereinbart, daß wir einander die Wahrheit sagen«, nahm Michel nach einer Weile das Gespräch wieder auf.

»Ich habe damals versucht, Karamanlis zu einem Tausch zu überreden: Die Vase gegen das Leben von Claudio und Heleni … Ich hatte es dir verschwiegen, um …«

»… um mich nicht noch mehr zu demütigen.«

»Es schien mir einfach nicht notwendig. Aber jetzt, wo wir zu dieser Verabredung mit einem Unbekannten fahren, dachte ich, daß du besser … daß wir beide auf alle Möglichkeiten vorbereitet sein sollten.«

»Das heißt also, daß sowohl das Auftauchen von Harvatis' Forschungsarbeit als auch das Foto auf der Windschutzscheibe deines Wagens und all die anderen seltsamen Ereignisse eine Falle sein könnten, die Karamanlis uns stellen will … Immerhin sind wir beide die einzigen, die bezeugen können, daß Claudio und Heleni seine Gefangenen waren.«

»Und daß die Geschichte von dem Terroristenanschlag nur ein Polizeimärchen war, das einen Doppelmord kaschieren sollte.«

»Aber warum jetzt, nach so vielen Jahren …«

»Ich weiß es nicht. Vielleicht hat jemand Drittes von der Sache Wind bekommen, vielleicht fühlt Karamanlis sich aus irgendwelchen Gründen bedroht, oder er wird erpreßt ... Oder, oder ...« Ein schrecklicher Verdacht stieg kurz in Norman auf, um gleich wieder zu verschwinden. »Na, vielleicht machen wir uns aber auch ganz umsonst so viele Gedanken. Wahrscheinlich handelt es sich um einen ganz normalen Erpresser, der nur einen Haufen Geld von uns will.«

»Die ganze Sache ist zu verwickelt für einen einfachen Erpresser – vielleicht sogar für Karamanlis ... Hör zu, Norman: Wir sind hier in ein höchst kompliziertes Labyrinth geraten. Ich bin fest davon überzeugt, daß alles irgendwie zusammenhängt: Der Tod von Roussos und Karagheorgis, der Tod deines Vaters, das Wiederauftauchen der Vase des Teiresias, die Tatsache, daß wir und Karamanlis uns nun zur gleichen Zeit in dieser Gegend aufhalten ... Es sind zu viele Übereinstimmungen, als daß wir hier von Zufall sprechen könnten ...«

Norman schwieg und sah versonnen vor sich hin auf die schmale Straße, die kurvenreich zwischen den Felswänden einer Schlucht hindurch zum Paß hinaufführte.

Michel setzte schließlich noch einmal an: »Norman.«

»Ja. »

»Es darf keine Geheimnisse mehr zwischen uns geben. Falls da noch etwas ist, das ich nicht weiß, dann sag es mir jetzt gleich, auch wenn es mir sehr weh tun sollte.«

»Da ist nichts mehr, ich verspreche es dir. Alle weiteren Geheimnisse müssen wir zusammen aufklären.«

Michel fuhr langsamer, als sie den Paß erreichten, damit sie das atemberaubende Naturschauspiel, das sich ihnen bot, besser betrachten konnten: Tief unter sich sahen sie im Osten den lakonischen und im Westen den messenischen Golf schimmern. Im Süden konnten sie die graubraune Felswüste erahnen, die relativ steil zum Kap Tainaron abfiel. Sie wirkte wie der Rücken eines riesigen Drachen, der vor Urzeiten ins Meer getaucht war und nun auf ewig aus dem tiefblauen Wasser ragte.

»Wieso mußten wir eigentlich diesen Maultierpfad fahren, wenn doch unten eine viel bequemere Straße nach Kòtronas führt?« fragte Michel.

»Das ist doch sonnenklar: Unser Mann ist stolz auf seine griechische Heimat und will, daß wir dieses herrliche Panorama bei Nacht zu Gesicht bekommen.«

»Ist ja schön für dich, daß du immer noch zu Scherzen aufgelegt bist.«

»Na gut, dann bin ich von nun an ernst. Die Sache scheint mir jedenfalls sehr einleuchtend: Da in dieser Gegend ein Verbrechen stattgefunden hat, wimmeln die Straßen von Polizisten. Unser Mann braucht für sein Geschäft aber ein möglichst ruhiges und abgelegenes Örtchen: Was er vorhat, ist schließlich alles andere als legal, und die Summe von einer halben Million Dollar ist kein Klacks.« Norman sah auf die Uhr. »Es ist jetzt ein Uhr. Wir haben noch eine halbe Stunde Zeit. Er sagte, daß der Pfad irgendwann in die Küstenstraße mündet, die wir dann in Richtung Süden weiterfahren müssen. Nach sechs Kilometern kommen wir zu einem Leuchtturm, der nicht mehr benutzt wird. Dort wird uns jemand ein Zeichen geben.«

Michel schlug das Steuer nach links ein und begann die Abfahrt.

Hauptmann Karamanlis legte dem Fahrer seines Dienstwagens die Hand auf die Schulter und wies ihn an: »Halten Sie bitte dort bei der Straßensperre. Ich will sehen, ob es Neuigkeiten gibt.« Als der Polizist an den Straßenrand gefahren war, wandte sich Karamanlis an den Beamten, der die Sperre beaufsichtigte: »Und, hat sich bei euch etwas getan?«

»So gut wie nichts.«

»Dieser Hurensohn kann sich doch nicht in Luft aufgelöst haben. Habt ihr wirklich alle Fahrzeuge kontrolliert?«

»Alle, Herr Hauptmann.«

»Und es war kein einziger verdächtiger Wagen dabei?«

»Keiner, der besonders aufgefallen wäre … Oder vielleicht doch: Vor kurzem kam ein Wagen mit englischem Kennzeichen vorbei. Die Insassen waren zwei Touristen, ein Engländer und ein Franzose. Sie waren auf dem Weg nach Kharoudha, zum Fischen. Anscheinend kommen sie sehr oft nach Griechenland, denn beide sprachen sehr gut Griechisch.«

Karamanlis verabschiedete sich, stieg wieder in seinen Wagen und gab dem Fahrer ein Zeichen zum Weiterfahren. Plötzlich aber schien ihm ein Gedanke zu kommen, und er ließ den Fahrer nochmals anhalten und rief dem Polizisten zu: »Wissen Sie noch, wie die beide hießen?«

»Der Franzose hieß Charrier, glaube ich, Michel Charrier«, erwiderte der Polizist.

»Welches Auto fuhren sie?«

»Einen dunkelblauen Rover.«

Karamanlis sprang ins Auto und befahl dem Fahrer, so schnell wie möglich nach Kharoudha zu fahren.

Im selben Moment erreichte Michel die Küstenstraße nach Kap Tainaron und schlug das Steuer nach rechts Richtung Süden ein. Exakt sechs Kilometer weiter stand der vereinbarte Leuchtturm. Michel parkte am Straßenrand, schaltete die Scheinwerfer aus und ließ nur die Standlichter an.

»Wir sind da«, sagte Norman. »Jetzt müssen wir nur noch auf sein Zeichen warten.«

»Wie fühlst du dich, mein Sohn?«

»Schwach und sehr müde.«

»Auf dem Meer waren zu viele Kontrollen. Wir konnten das Risiko nicht eingehen, mit dem Boot hinauszufahren. Ich hatte keine andere Wahl als den Weg durch diesen Tunnel zu nehmen. Du kannst jetzt nicht aufgeben: Einige haben ihre Schuld noch nicht bezahlt.«

»Aber sind wir den Kontrollen auf dem Landweg nicht noch mehr ausgeliefert, Kommandant?«

»Es wartet dort bereits jemand auf dich, der dich weit weg bringen wird. Und jetzt bleib stehen und laß mich vorangehen. Ich werde dich gleich rufen.«

Claudio hörte ein quietschendes Geräusch und sah kurz darauf über seinem Kopf ein helles Viereck aufleuchten: Es war eine Dachluke, die in einen hell erleuchteten Raum führte. Gleich darauf zeichnete sich Bògdanos' Gestalt vor dem Lichtschein ab, und seine Stimme sagte: »Geh jetzt weiter, dann stößt du auf eine in den Fels gehauene Treppe. Steig sie herauf.«

Claudio stieg die rutschigen Stufen hinauf und gelangte in einen leeren, staubigen Raum, der nur ein einziges Fenster hatte, das zudem zerbrochen und mit zerschlissenen Vorhängen verhängt war. Ganz in der Nähe war das Plätschern von Wasser zu hören. »Wo sind wir denn hier?«

»Auf der anderen Seite der Halbinsel, an der Ostküste. Wir befinden uns in dem verlassenen Leuchtturm von Kòtronas, der schon seit dem letzten Krieg nicht mehr in Betrieb ist. Schon damals benutzte ich diesen Pfad, um zu meinem Unterseeboot zwischen den Felsen von Hierolimin zu gelangen.«

»Wollen Sie damit sagen, daß wir Kap Tainaron auf einem unterirdischen Weg durchquert haben?«

»Genau. Und wir sind auf diesem Wege schneller gewesen als die Schiffe der Küstenwache, die noch immer in der Gegend von Hierolimin mit dem Meltemi und den Felsenriffs kämpfen. Wie der Dichter sagt: ›*Ephthes pezòs iòn è egò syn neì melàine*‹. Du bist zu Fuß schneller als ich mit dem schwarzen Schiff.«

»Ich verstehe Altgriechisch. Es ist ein Vers aus der *Odyssee*, nicht wahr?« fragte Claudio, der sich jedoch nicht mehr an die genaue Textstelle erinnern konnte.

Bògdanos senkte den Kopf, und für einen Moment trat ein Schatten der Traurigkeit in seine blauen Augen. »Es sind Worte, die an einen zu früh gestorbenen Freund gerichtet waren ... Komm jetzt«, sagte er dann, »wir haben nicht mehr viel Zeit.«

Als er ans Fenster trat, sah er, daß in etwa hundert Metern Entfernung ein dunkler Wagen mit angeschaltetem Standlicht parkte. »Gut, es läuft alles wie geplant. Folge mir jetzt.«

Er trat in einen angrenzenden Raum, in dem ein kleiner Lieferwagen stand, dessen Ladefläche mit einem Tuch bedeckt war. Bògdanos hob das Tuch und forderte Claudio auf, sich darunter zu verstecken.

»Der Lieferwagen gehört der Fischereigenossenschaft, daher kennt die Polizei ihn sehr gut. Du wirst darin nach Norden gebracht, wo du vor den Straßensperren sicher bist, von denen es bis Gythion nur so wimmelt. Wenn ihr die Stadt passiert habt, wird der Wagen langsamer fahren, und dann mußt du abspringen und dich selbst durchschlagen. Der Fahrer darf dich unter keinen Umständen sehen, sei also vorsichtig. Nur Mut: In Ajìa gibt es eine Taverne, die um sechs Uhr morgens für die Fernfahrer aufmacht. Laß dir dort Eier *omattia* braten, und iß dazu gekochte Bohnen. Daß läßt dich wieder zu Kräften kommen. Wir sehen uns so bald wie möglich, mein Sohn.«

Bògdanos ließ das Tuch herunter und ging in den Hauptraum des Leuchtturms zurück. Dort zündete er eine Kerze an und bewegte sie dreimal vor dem Fenster hin und her. Zum Zeichen, daß sein Signal verstanden worden war, wurden die Scheinwerfer des Wagens ein paarmal an- und wieder ausgeschaltet. Dann stiegen die Männer aus und kamen auf den Leuchtturm zu, wo Bògdanos sich im Halbschatten hinter dem Fenster verborgen hielt, so daß sein Gesicht nicht zu erkennen war.

»Es ist mir etwas Unvorhergesehenes dazwischengekommen«, sagte er dann zu den Männern. »Ihr habt sicher gehört, daß in Dirou ein Verbrechen geschehen ist und die Polizei jeden Zentimeter der Halbinsel nach dem Mörder abgrast. Ich konnte die Vase nicht mitbringen: Es wäre zu gefährlich gewesen.«

»Ja, ich denke auch, daß es so besser war«, erwiderte Norman.

»Und wann können wir die Vase sehen?« fragte Michel.

»Bald«, versprach Bògdanos, »soweit ihr tut, was ich euch jetzt sage: Überlaßt mir euren Wagen und nehmt statt dessen den Lieferwagen, der in der Garage steht. Ihr fahrt ihn bis Gythion und laßt ihn dann vor dem Esso-Motel stehen, das außerhalb der Stadt, etwa fünf Kilometer nach dem Bahnübergang auf der linken Straßenseite gelegen ist. Euer eigener Wagen wird euch morgen früh zum Hotel gebracht werden.«

»Aber woher sollen wir wissen, daß wir Ihnen vertrauen können … Und was soll dieser Tausch überhaupt?«

»Es könnte euch jemand gefolgt sein oder sich euer Auto gemerkt haben. Ich will nicht das geringste Risiko eingehen.«

»Beweisen Sie uns, daß Sie die Vase wirklich haben«, forderte Michel.

»Die Vase ist in der Nacht zwischen dem achtzehnten und dem neunzehnten Dezember 1973 aus dem Keller des Archäologischen Nationalmuseums in Athen verschwunden, und zwar gerade als Hauptmann Karamanlis von der Athener Polizei sich ihrer bemächtigen konnte. Jemand muß ihm gesagt haben, wo genau sie sich befand: In einem mit Sägespänen gefüllten Blecheimer, der in einem Eckschrank versteckt war …«

»Wir glauben Ihnen«, lenkte der verdutzte Norman schnell ein. »Wir glauben Ihnen wirklich … Und wir werden tun, wie Sie gesagt haben.«

»Sagen Sie uns Ihren Namen«, sagte Michel, der sich plötzlich von einer unbestimmten Angst gepackt fühlte, »damit wir Kontakt mit Ihnen aufnehmen können.«

»Menschen wie ich haben viele Namen – oder keinen. Geht jetzt in die Garage, steigt in den Lieferwagen und fahrt los. Es ist besser, wenn jeder von uns so schnell wie möglich wieder seiner eigenen Wege geht.«

Eine Minute später bemerkte Claudio in seinem Versteck, daß der Lieferwagen angelassen wurde und sich in Gang setzte. Er kroch auf die Hinterseite der Ladefläche zu, hob das Tuch und sah hinaus: Der alte Leuchtturm zeichnete sich deutlich vor dem sternenübersäten Himmel und den funkelnden Wogen des Meeres ab. Einen Moment lang schien es ihm, als sähe er die dunkle Gestalt des Admiral Bògdanos davor stehen und die Hand zum Gruß heben … Dann wiegte ihn das unregelmäßige Holpern des Wagens langsam in einen Dämmerzustand, und mit ihm kam der einzige Traum, der ihn noch am Leben erhielt: Die Augen Helenis, ihre Stimme, ihre Hände, ihr warmer, lebendiger, unsterblicher Leib. Wie eine laue Brise umhüllte ihn der Traum, wie ein Frühlingswind, der Eis und Schnee zu Wasser schmilzt und es klar und rein die Felsen hinunterrinnen läßt ... Wann würde der Winter jemals enden, der sich auf sein Leben gelegt hatte? Bògdanos wußte es vielleicht, ja, er mußte es wissen ... Dieser Mann wußte alles, er war anders als andere Menschen, sein Geist kannte unbekannte und geheimnisvolle Wege, die anderen verborgen waren. Er hatte ihn daran gehindert, wieder ein normales Leben aufzunehmen, hatte seine alten Wunden wieder aufgerissen und ihn zurück in die Vergangenheit gebracht, die er begraben geglaubt hatte. Und nun führte er ihn durch die Hölle ... Sollte er nur so der Erinnerung an Heleni Frieden geben können? War dies der bittere Kelch, den er bis zum Grund leeren mußte, um am Ende leben oder sterben zu können? Natürlich, Bògdanos hatte immer recht behalten, sogar als er ihm angekündigt hatte, daß der Anblick der Schuldigen ungeahnte Kräfte in ihm wecken würde. Wie viele waren es noch? Die beiden letzten Male schon hatte er die seltsame Energie gespürt, die ihn plötzlich durchdrungen hatte. Zuerst war da der zerstörerische Haß, und danach war er in die Ruhe der Erschöpfung und in die Dunkelheit eingetaucht. Aber vor allem einer war es, dessen Bestrafung er herbeisehnte und dem er alle Gewalt und alles Leid, das er erfahren hatte, zurückzahlen wollte. Er hatte bereits die Todesbotschaft für ihn gewählt.

Hauptmann Karamanlis hatte die verlassenen Straßen des schlafenden Städtchens Kharoudha erfolglos nach dem dunkelblauen Wagen mit dem englischen Kennzeichen durchsucht, in dem er Michel Charrier und Norman Shields vermutete. Wahrscheinlich waren sie schon weiter in Richtung Ostküste gefahren. Er mußte sie unbedingt finden und ihnen folgen, ohne selbst dabei gesehen zu werden. Nach einer Weile kehrte er um und fuhr zurück auf die Hauptstraße, wo er an der Kreuzung rechts nach Kòtronas abbog. Diesmal hatte er Glück: Schon nach wenigen Kilometern sah er einen Wagen mit englischem Nummernschild aus einer Selbstbedienungstankstelle heraussteuern und in westlicher Richtung davonfahren. Schnell wendete er sein Fahrzeug und folgte dem Wagen, hielt sich aber in einiger Entfernung, um nicht bemerkt zu werden. Das Auto vor ihm erreichte schließlich die westliche Hauptstraße und fuhr weiter in nördlicher Richtung nach Kalamàta, bis er schließlich auf das Zeichen eines Polizisten hin an der Straßensperre in der Nähe von Oitylos halten mußte. Auch Karamanlis hielt kurz an und gab sich den Polizisten durch ein Handzeichen zu erkennen, sprach aber nicht mit ihnen, sondern wartete, bis der andere Wagen wieder anfuhr, um sich ihm von neuem auf die Fersen zu heften.

Der Wagen fuhr gemächlich weiter bis Skardamoula, wo er vor einem kleinen Hotel parkte. Ein fremder Mann stieg aus, sperrte das Fahrzeug ab und ging ins Hotel, um gleich darauf wieder herauszukommen und zu Fuß wegzugehen. Erstaunt fragte sich Karamanlis, ob er sich vielleicht getäuscht hatte. Andererseits war es äußerst unwahrscheinlich, daß es in dieser Gegend zwei solcher Autos mit englischem Kennzeichen gab, die um zwei Uhr nachts auf diesen einsamen Straßen unterwegs waren: Und wenn es sich bei dem Mann um den Mörder handelte? Aber warum hatten die Kollegen an der Straßensperre ihn dann weiterfahren lassen? Karamanlis beschloß, der Sache nachzugehen, parkte seinen Wagen und betrat das Hotel.

»Ich bin von der Polizei«, sagte er dort zu dem Nachtportier. »Kannten Sie den Mann, der gerade eben hier hereingekommen ist?«

»Nein. Ich habe ihn nie zuvor gesehen.«

»Aber er hat seinen Wagen im Hof des Hotels geparkt.«

»Ja, das stimmt. Im Auftrag der Besitzer, die zu unseren Gästen gehören.«

Karamanlis dankte dem Portier und verabschiedete sich mit den Worten: »Sagen Sie bitte niemandem etwas von dieser Kontrolle. Es handelte sich wohl um einen Irrtum, und der Wagenbesitzer würde nur unnötig beunruhigt werden.«

»Selbstverständlich«, erwiderte der Portier gelangweilt und wandte sich wieder seinem Kreuzworträtsel zu.

Karamanlis stieg wieder in sein Auto und schlug die Richtung ein, in der der Mann verschwunden war. Er wollte ihm ein paar Fragen stellen, falls er ihn noch antreffen würde. Tatsächlich sah er den Gesuchten schon bald auf der linken Straßenseite rasch dahingehen. Seine Hände waren in den Taschen seiner Baumwollhosen vergraben, zu denen er eine dunkle Jacke und leichte Leinenschuhe trug. Karamanlis stieg aufs Gas und überholte ihn, um nach der nächsten Kurve wieder umzukehren und zurückzufahren, so daß er im Licht der Scheinwerfer sein Gesicht sehen konnte. Er erkannte ihn sofort. Der stechende Blick, der herrische Gesichtsausdruck, das harte und von tiefen Furchen gezeichnete Antlitz: Es war Anastasios Bògdanos. Zehn Jahre waren vollkommen spurlos an den Zügen dieses Gesichts vorbeigegangen …

Karamanlis wollte auf die Bremse treten, überlegte es sich dann aber anders. Er parkte den Wagen außer Sichtweite und ging zu Fuß zurück, um dem Mann noch weiter zu folgen. Nach einer Weile beobachtete er, wie er die Straße verließ und auf einen kleinen Felshügel hinaufstieg, der ins Meer hinabfiel. Auf dem Gipfel des Hügels angekommen, setzte er sich nieder, nahm die Hände zwischen die Knie und starrte unbeweglich auf die funkelnden Wellen der See hinaus.

Claudio Setti saß in seinem Versteck und blickte auf die kurvenreiche Straße zurück. Aus dem Führerhäuschen drangen Radiomusik und die gedämpften Stimmen zweier Männer, die sich miteinander unterhielten. Immer wieder wurde ihr Gespräch von langen Schweigepausen unterbrochen. Als der Wagen an den Straßensperren ein paarmal kurz anhalten mußte, beobachtete Claudio durch einen Spalt unbeteiligt die Polizisten, bis sie hinter der nächsten Biegung verschwanden.

Als der Wagen Gythion durchquert und die Straße in den Norden eingeschlagen hatte, begann langsam eine lähmende Müdigkeit von Claudio Besitz zu ergreifen, die von dem gleichmäßigen Geschaukel des Wagens noch verstärkt wurde. Jemand hatte die Radiomusik lauter gestellt, und das Lied, das gerade gespielt wurde, erinnerte ihn an eine alte Volksweise, die seine Mutter ihm immer vorgesungen hatte, als er noch ein Kind gewesen war. Sie war gestorben, als er noch sehr klein gewesen war, und das Lied war so gut wie die einzige Erinnerung, die er an sie hatte. In den wichtigsten Momenten seines Lebens war es ihm immer ein Trost gewesen.

Etwa zehn Kilometer hinter Gythion bremste der Wagen ab und hielt an einem Bahnübergang. Claudio, der eingenickt war, schreckte hoch und sprang schnell aus dem anfahrenden Wagen. Er wartete eine Weile im Schutz des Bahnwärterhäuschens und ging dann zu Fuß in die gleiche Richtung weiter, in welcher der Lieferwagen verschwunden war. Er mußte unwillkürlich grinsen, als er daran dachte, daß die beiden Unbekannten ihm ohne ihr Wissen geholfen hatten, einen riesigen Polizeiapparat an der Nase herumzuführen.

Seine Lebensgeister schienen langsam wieder zu erwachen, wenngleich er seit vielen Stunden nichts gegessen hatte. Nur das Krähen der Hähne und das Gebell der Hunde durchbrachen die Stille der lauen Nacht, während Claudio ruhig dahinwanderte. In der Morgendämmerung nahm ihn ein Traktor bis zu der kurz vor Ajìa gelegenen Taverne mit, wo der Wirt ihm gebratene Eier *ommatia* und gekochte Bohnen mit frischem Brot servierte.

Das Essen war gut und kostete nur zweihundert Drachmen.

XII

Areopolis, 12. August, 8.00 Uhr

Hauptmann Karamanlis wurde vom Anruf eines Kollegen aus der Athener Zentrale geweckt.

»Herr Hauptmann, ich bin auf einen Bericht von Interpol gestoßen, der Sie sicher interessieren wird: Vor zwei Monaten wurde in Jugoslawien ein Diplomat der britischen Botschaft in Belgrad ermordet. Sein Name war James Henry Shields. Er war im Strymon-Tal in Makedonien auf Jagdurlaub, und jemand hat ihm aus einem Hinterhalt einen Pfeil mitten ins Herz geschossen. Anschließend hat der Mörder dem Leichnam den Mund geknebelt und die Augen verbunden.«

Karamanlis schwieg eine Weile und dachte nach, bevor er sagte: »Nun, das ist ja keine so verwunderliche Sache. Der Mann hatte einen gefährlichen Beruf.«

»Ja, aber ich habe ihnen noch nicht alles erzählt: In seiner Jackentasche hat man einen Zettel mit einer in griechischer Sprache verfaßten Nachricht gefunden. Das war es eigentlich, was mich stutzig machte: Ich mußte unwillkürlich an die Mordfalle Roussos und Karagheorgis denken.«

»Was stand denn auf dem Zettel?«

»Eigentlich macht die Nachricht überhaupt keinen Sinn ...«

»Wollen Sie mir nun endlich sagen, was draufstand, verdammt noch mal?«

»Ja natürlich, Herr Hauptmann ... Die jugoslawische Polizei hat folgenden Wortlaut weitergeleitet: ›Schon bei vieler Männer Ermordung warst du zugegen, die in dem Zweikampf blieben und in der wütenden Feldschlacht. Doch kein Anblick hatte dein Herz so innig gerühret‹.«

Karamanlis setzte sich schwer auf sein Bett: Das war der

dritte Mord, der das Mosaik vielleicht vervollständigen konnte. Es bestand nun kein Zweifel mehr, daß die Verbrechen mit jener Nacht vor zehn Jahren in Zusammenhang standen. Während er noch überlegte, was der Mörder mit seinen rätselhaften Worten ausdrücken wollte, riß der Polizist am anderen Ende der Leitung ihn aus seinen Gedanken: »Herr Hauptmann, sind Sie noch dran?«

»Ja, ich höre.«

»Wie sollen wir denn nun weiter vorgehen? Brauchen Sie noch besondere Informationen?«

»Sergeant Vlassos, Vassilios Vlassos ... Wissen Sie, wo er sich im Moment befindet?«

»Einen Moment, Herr Hauptmann, ich sehe mal nach ... Ah, ja, Vlassos ist zur Zeit im Urlaub.«

»Wo?«

»In Porto Lagos.«

»Und wo, zum Teufel, liegt dieses Porto Lagos? Ich habe nie davon gehört.«

»Es ist ein Dorf in Thrakien. Vlassos hat dort eine Freundin.«

»Nehmt sofort Kontakt mit ihm auf und sagt ihm, daß er vorsichtig sein soll: Es besteht nämlich die Gefahr, daß jemand ihn genauso zurichten will wie Roussos, Karagheorgis und den Engländer. Haben Sie mich verstanden?«

»Ja, natürlich. Wir werden sofort alles Nötige veranlassen.«

»Und verständigen Sie meinen Kollegen in Thessaloniki, daß ich mich gleich bei meiner Ankunft dort mit ihm in Verbindung setzen werde.«

»Wird gemacht.«

Karamanlis legte auf und zog ein Notizbuch hervor, in das er die Worte eintrug, die man bei Shields' Leiche gefunden hatte. Es war besser, sie nicht zu vergessen. Dann wusch er sich, zog sich hastig an, sammelte seinen Sachen zusammen und stopfte sie in seinen kleinen Koffer. Bevor er hinunter in die Hotelhalle ging, rief er noch das Polizeirevier in Kalamàta an, um den vor dem Hotel Plaja geparkten dunkelblauen Rover und seine Eigentümer unter Beobachtung stellen zu lassen. Wenige Minuten später saß er bereits in seinem Wagen.

Er nahm eine Landkarte aus dem Handschuhfach, faltete sie auf dem Lenkrad auseinander und suchte mit dem Finger den Ferienort des Sergeanten Vassilios Vlassos. Es handelte sich um ein winziges Dörfchen, das in Ostthrakien – nicht weit von der türkischen Grenze entfernt – auf halber Strecke zwischen Xanthi und Komotini gelegen war. In seiner unmittelbaren Umgebung schien sich ein Sumpfgebiet oder eine Lagune zu erstrecken. Und das, wo es doch in Griechenland so viele schöne Urlaubsorte gab … Er legte die Karte wieder zusammen und startete den Motor, nahm sich jedoch vor, nicht allzu schnell zu fahren: Wenn er es bis zum Abend des nächsten Tages schaffen würde, war das immer noch früh genug. Er überlegte noch kurz, ob er wegen Bògdanos etwas unternehmen sollte, doch dann beschloß er, für den Moment nicht mehr darüber nachzudenken. Eine leise Ahnung sagte ihm, daß er ihn in Porto Lagos wiedersehen würde, und wenn dem wirklich so war, dann würden sich vielleicht schon bald einige Dinge klären. Über Funk setzte er sich noch einmal mit den örtlichen Polizeibehörden in Verbindung und riet ihnen, die Straßensperren aufzuheben. Der Mörder war sicher längst über alle Berge, und sie mußten sich wohl für die Zukunft schlauere Maßnahmen ausdenken, um ihm ein Bein zu stellen. Wenn sein Verdacht stimmte, dann war nun Vlassos an der Reihe … und anschließend er selbst … Er war sich sicher, daß der Mörder ihn ganz zuletzt töten wollte. Wenn er sein eigenes Leben retten wollte, mußte er also alles versuchen, um dem Bastard zuvorzukommen und ihn zur Strecke zu bringen.

Es war schon Abend, als er Sparta hinter sich gebracht hatte. Er fuhr die ganze Nacht durch und machte am nächsten Morgen einen Zwischenstop in Korinth, um etwas zum Frühstück zu sich zu nehmen. Von dort aus rief er auch seine Frau an, um ihr zu sagen, daß er noch eine Weile unterwegs sein würde.

»Wann entschließt du dich endlich, deinen Dienst zu

quittieren?« schimpfte die arme Irini. »Du hast doch weiß Gott schon genug Jahre auf dem Buckel, und mit dem Abstandsgeld könnten wir wenigstens umziehen und uns neue Möbel kaufen.«

»Aber Irini, jetzt ist doch nicht der Moment, um mir Vorwürfe zu machen. Komm schon, beruhige dich ... Ja, ich bringe dir Feta aus Komotini mit; ich weiß doch, daß er dort besonders gut schmeckt.«

Den Dienst quittieren ... Als ob das so einfach wäre. Er hatte einen Beruf, den man nicht von einem Tag auf den anderen an den Nagel hängen konnte ... Es konnte natürlich sein, daß jemand, der schneller oder schlauer als man selbst war, das für einen erledigte ... Arme Irini, sie war eine einfache Frau, aber sie hatte ein großes Herz und hatte ihn immer geliebt. Er würde ihr eine Freude machen und ihr Oliven aus Kalamàta und Feta aus Komotini mitbringen ...

Statt nach Athen hineinzufahren, blieb er auf der Autobahn und setzte seinen Weg fort in Richtung Thermopylen und Lamia. In den endlosen Stunden, die er alleine hinter dem Steuer verbringen mußte, gingen ihm Irinis Worte nicht mehr aus dem Kopf. Was sprach eigentlich dagegen, sich bald in den Ruhestand zu begeben? Irini hatte vielleicht gar nicht so unrecht: anstatt seine Kräfte bis zum Ende auszuschöpfen, sollte er vielleicht mit dem Arbeiten aufhören, solange er das Leben noch genießen konnte. Sie würden endlich Reisen machen können, ans Meer oder in die Berge. Die Kinder waren erwachsen. Dimitrios studierte Architektur in Florenz und würde bald sein Diplom machen, und Maria hatte in Patras mit dem Medizinstudium begonnen. Sie war ein wunderschönes Mädchen geworden, und manchmal konnte er kaum glauben, daß er und seine Frau dieses schöne Wesen in die Welt gesetzt hatten ...

Er mußte den Mörder finden und ihm zuvorkommen. Niemand würde ihn für das, was damals geschehen war, bestrafen können, denn im Grunde hatte er aus reiner Notwehr gehandelt. Aber wer konnte der Mörder sein? Der

Engländer kam nicht in Frage, aber der Franzose? ... Nein. Nur ein Verrückter konnte nach so vielen Jahren wiederkommen und für einen aberwitzigen Rachefeldzug auch sein eigenes Leben aufs Spiel setzen. Überdies konnte der Franzose doch gar nicht viel wissen ... Nein. Es mußte sich um einen Verwandten des Mädchens oder auch des Jungen handeln. Aber wie konnte ein Verwandter über alles, was sich damals zugetragen hatte, so genau Bescheid wissen? Wie konnte er über James Henry Shields' Rolle in jener Nacht im Bilde sein?

Nein. Keine dieser Hypothesen konnte stimmen. Es hatte keinen Zweck, sich nicht eingestehen zu wollen, daß es nur eine einzige mögliche Lösung für das Rätsel gab: Claudio Setti! Nur Claudio Setti hatte Gründe genug, Roussos, Karagheorgis und Shields umzubringen ... Aber er war doch tot, man hatte ihm sogar ein Foto der Leiche zukommen lassen ... Doch was bedeutete schon ein Foto? ... Es hatte keinen Zweck, sich weiter den Kopf darüber zu zerbrechen. Auch wenn es sich um den Teufel höchstpersönlich handeln sollte, mußte er ihn finden und aus dem Weg schaffen. Und er würde es mit dem größten Vergnügen tun ...

Gegen Abend traf er in Thessaloniki ein, wo er sich ein Zimmer in einem Hotel am Meer nahm. Da er todmüde war, ging er früh schlafen, nachdem er seine geladene neunkalibrige Beretta unter dem Kopfkissen verstaut hatte. Er wußte instinktiv, daß das entscheidende Gefecht unmittelbar bevorstand und er von nun an immer auf der Hut sein mußte.

In den folgenden zwei Wochen jedoch geschah nichts.

Karamanlis hatte Sergeant Vlassos in seinem Feriendomizil aufgespürt und beobachtete ihn rund um die Uhr. Es war keine besonders komplizierte Aufgabe, da Vlassos' Tagesablauf ungewöhnlich monoton war: Er stand ziemlich spät auf, ging ins Café zum Frühstücken und blieb dort bis zur Mittagszeit ins Gespräch mit den Männern aus dem Dorf vertieft. Hauptsächliche Gesprächsthemen waren zweifellos Fußball und Frauen. Nach dem Mittagessen schlief er dann wieder bis spät am Nachmittag, um anschließend in einem Boot in den verdammten Sumpf zu rudern und dort stundenlang dazusitzen und blöde vor sich hinzustarren. Er rauchte wie ein Schlot, warf die Angel aus und wartete, bis er ab und zu einen häßlichen, knorrigen Fisch aus dem Sumpf zog. Karamanlis fing langsam an, den Mann, dessen Leben er beschützen sollte, zu hassen.

Porto Lagos war der übelste Ort, den man sich nur vorstellen konnte. Zu jeder Tages- und Nachtzeit warteten Millionen von Schnaken nur darauf, ein menschliches Opfer zu finden, dem sie das Blut aus den Adern saugen konnten. Karamanlis fragte sich ernsthaft, wie vernünftige Leute in einem Ort wohnen konnten, in dem das Ungeziefer einem das Leben zur Hölle machte. Von dem Insektenmittel, mit dem er sich anfangs täglich eingerieben hatte, hatte er schließlich einen Ausschlag bekommen, der noch schlimmer juckte als die Schnakenstiche. Er war mit seinen Nerven am Ende, und fast sehnte er den Moment herbei, in dem jemand Vassilios Vlassos aus einem Hinterhalt abknallte und der Warterei ein Ende machte.

Noch schlimmer war die Nachtwache. Fast jeden Abend ging Vlassos seine Freundin besuchen, die in einem Häuschen am Ende der Lagune wohnte, wo eine alte, ehemalige Militärbrücke aus morschem Holz hinüber nach Komotini führte. In der Nähe des Hauses stand eine uralte Akazie, die von trockenem Gestrüpp umgeben war, in dem unzählige Schnaken ihre Behausung hatten. Dort versteckte sich Karamanlis, um die ganze Gegend überblicken zu können. Manchmal schlich er sich aber ans Fenster, um zu sehen, ob im Haus alles in Ordnung war, und dann konnte er aus unmittelbarer Nähe das merkwürdigste Liebesspiel mitverfolgen, das er je gesehen hatte.

Die Frau war eine ungewöhnlich fette Riesin mit überquellenden Brüsten und runden, sehr kräftigen Schenkeln. Wenn sie ihre weißen Arme hob, stachen üppige schwarze Haarbüschel aus ihren Achselhöhlen hervor, die sich auch im Schambereich wie ein dunkler Wald über die Innenseite ihrer Schenkel bis fast zu den Knien hinunter rankten. Vlassos stürzte sich mit der Gier eines wütenden Stiers in diesen Fleischberg, und es gelang ihm jedesmal, dieses unförmige Weib zum Zittern und Stöhnen zu bringen wie ein junges Mädchen, das sich zum erstenmal ihrem Liebsten hingibt. Nachdem er dann auf ihr gekommen war und sich schnaufend auf den Rücken gerollt hatte, begann sie jedesmal, seinen ganzen Körper mit nassen Küssen zu bedekken, wie eine Kuh, die ihr frischgeborenes Kälbchen trokkenleckte. Karamanlis mußte sich ein paarmal von dem unappetitlichen Schauspiel abwenden, da sich ihm schier der Magen umdrehen wollte ... In gewisser Hinsicht mußte er Vlassos aber auch bewundern: Denn obwohl er nicht mehr der Jüngste war, schaffte er es immer noch, sich stundenlang mit dieser Frau zu vergnügen, die jedem normalen Mann unbezwingbar erschienen wäre ...

Irgendwann gelangte Karamanlis zu der Überzeugung, daß er sich wohl getäuscht haben mußte. Der Mörder hatte unzählige Gelegenheiten, Vlassos allein beim Fischen aufzulauern und ihn kaltblütig umzubringen, ungenutzt verstreichen lassen. Er konnte doch unmöglich warten, bis Vlassos seinen Dienst wiederaufnahm und schwer bewaffnet und in Begleitung von Kollegen durch die Straßen Athens lief. Sowohl Shields als auch Roussos und Karagheorgis waren an abgelegenen und einsamen Orten ermordet worden. Hatte er sich vielleicht alles nur eingebildet und war einer falschen Spur gefolgt?

Schließlich war Vlassos' letzter Ferientag herangekommen, und Karamanlis bemerkte zu seinem Erstaunen, daß der Sergeant nicht wie üblich Fischen ging, sondern zu Hause blieb. Er war wohl damit beschäftigt, seine Koffer zu packen und die Abreise vorzubereiten. Karamanlis beschloß kurzerhand, sich ein Weilchen freizunehmen und irgendwo zu Abend zu essen. Danach wollte er wiederkommen und wie gewöhnlich bis ein oder zwei Uhr nachts Vlassos' Haus bewachen, um anschließend in seiner ganz in der Nähe gelegenen Pension schlafen zu gehen, nicht ohne die Ohren auch von dort aus weiterhin gespitzt zu halten. Da Vlassos von der Polizei gewarnt worden war, hatte er sicherlich eine Pistole im Haus, mit der er sich im Notfall verteidigen konnte.

Er fuhr in das wenige Kilometer östlich von Porto Lagos gelegene Messemvria, setzte sich in die einzige Taverne des Dörfchens und bestellte Lammkoteletts mit Bratkartoffeln. Am Nebentisch saß der *papàs*, und einige der Anwesenden sprachen türkisch – man befand sich schon ganz in der Nähe der Grenze.

Nach einer Weile kam der Wirt mit einem halben Liter Retsina an seinen Tisch. »Der Herr dort hinten möchte Sie gerne einladen«, sagte er und stellte auch noch zwei saubere Gläser vor ihn hin. Als Karamanlis erstaunt den Kopf hob und den Blick suchend über die Hüte und die glänzenden Glatzen der Gäste in der verrauchten Kneipe schweifen ließ, trafen seine Augen plötzlich den festen Blick von Admiral Bògdanos.

Das Rätsel würde sich also bald auflösen ... Ohne sich seine Verwunderung anmerken zu lassen, gab Karamanlis ihm ein Zeichen, an seinen Tisch zu kommen. Als Bògdanos von seinem Stuhl aufstand, ragte sein Haupt über die Rauchschwaden hinweg wie ein Gipfel, der sich aus den Wolken erhebt. Langsam bewegte er sich auf Karamanlis' Tisch zu, der die beiden Gläser mit Retsina füllte.

»Sie scheinen ja gar nicht erstaunt, mich nach so vielen Jahren wiederzusehen«, sagte Bògdanos, nachdem er Platz genommen hatte.

»Das bin ich auch nicht. Ich habe Sie vor ein paar Wochen in der Nähe von Dirou gesehen, und mein Instinkt sagte mir, daß Sie auch hier auftauchen würden.«

»Ach ja? Wie kamen Sie denn auf diese Idee?«

»Weil der Polizeisergeant Vassilios Vlassos hier auf Urlaub ist und ihm etwas ähnlich Unangenehmes zustoßen könnte wie den bedauernswerten Herren Karagheorgis, Roussos und James Henry Shields.«

»Wie es scheint, haben Sie aus dieser Serie von Verbrechen schon Ihre Schlüsse gezogen.«

»So wie Sie, wenn ich mich nicht täusche.«

»Sie täuschen sich nicht. Ich bin jedoch erstaunt, Sie um diese Zeit hier zu treffen: Der Mörder könnte ja nur darauf gewartet haben, Vlassos allein zu erwischen, um ungestört zuschlagen zu können.«

Karamanlis schlug so heftig mit der Faust auf den Tisch, daß das Besteck auf dem Teller klirrte und der Wein aus den Gläsern schwappte. »Und Sie besitzen wirklich die Frechheit, mir eine Strafpredigt zu halten? Wahrscheinlich haben wir es sogar Ihnen zu verdanken, daß ein Wahnsinniger sich damit die Zeit vertreibt, meine Männer abzuschlachten. Gott weiß, wo diese Geschichte noch hinführen wird ... Und wenn Sie meine Meinung hören wollen, dann muß ich Ihnen sagen, daß ich nur eine mögliche Erklärung für das habe, was hier vor sich geht: Claudio Setti ist gar nicht tot, wie Sie mir zugesichert hatten. Er ist so lebendig wie Sie und ich, und er macht sich nicht nur einen Spaß daraus, uns einen nach dem anderen ins Grab zu befördern, sondern besitzt auch noch die Unverfrorenheit, uns mit diesen ungemein witzigen Botschaften an der Nase herumzuführen.«

Bògdanos schien plötzlich kleinlaut geworden zu sein. »Um die Wahrheit zu sagen: Ich muß zugeben, daß auch mir diese Lösung immer wahrscheinlicher vorkommt ...«

»Das ist ja wunderbar! Es freut mich, daß mein Verdacht Ihre gütige Zustimmung findet. Und wie erklären Sie sich nun dieses Affentheater? Wir hatten eine Übereinkunft getroffen, an die Sie sich anscheinend nicht gehalten haben.«

»Ich bin kein Schlächter. Sie werden ja wohl nicht erwartet haben, daß ich persönlich Hand an einen Gefangenen lege. Ich habe lediglich den Befehl zu seiner Eliminierung erteilt und hatte damals keinen Grund zu der Annahme, daß dieser Befehl nicht ausgeführt wurde.«

»Ach ja«, höhnte Karamanlis, »ihr feinen Herren macht euch natürlich nicht die Hände schmutzig, dafür habt ihr eure Sklaven ... Jedenfalls scheinen diesmal wir ins Visier dieses Unglücksteufels geraten zu sein ... Sie können mir mit Ihrem salbungsvollen Getue gestohlen bleiben. Sagen

Sie mir lieber, was Sie über den Tod von Claudio Setti wissen. Außerdem würde mich interessieren, was Sie in Dirou zu suchen hatten und wieso Sie jetzt hier sind.«

Bògdanos war ungehalten geworden. »Hüten Sie gefälligst Ihre Zunge, Karamanlis! Sie haben nicht einmal das Recht, mich um einen Gefallen zu bitten, geschweige denn, mir Befehle zu erteilen. Ich bin hier, um diese Verbrechen aufzuklären und den Mörder zu stellen und nach Möglichkeit auszuschalten. Erst dann werden wir eine endgültige Antwort haben ... Und hoffentlich wird diese Geschichte dann endlich abgeschlossen sein. Danach werden Sie mich nie wiedersehen, das verspreche ich Ihnen. Aber jetzt sollten wir besser zusammenarbeiten, denn die Zeit drängt: Einige Leute im Ministerium sind hellhörig geworden und haben begonnen, lästige Fragen zu stellen. Sie ahnen verdächtige Verbindungen zwischen diversen ›Zufällen‹ ... Wir müssen dafür sorgen, daß die Aktendeckel über dieser Affäre für immer geschlossen werden, und zwar bald.«

»Aber Sie haben mir doch ein Foto der Leiche zukommen lassen ...«

»Das Foto wurde Ihnen von der Person übermittelt, die den Auftrag ausgeführt hat. Es handelte sich um einen absolut vertrauenswürdigen Mann. Man kann in solchen Fällen ja wohl schlecht nach der offiziellen Bestätigung eines Gerichtsmediziners verlangen ... Damals hatte ich jedenfalls nicht den geringsten Zweifel daran, daß der Mann, von dem wir hier sprechen, verstorben ist ... Und jetzt Schluß damit, wir haben schon zuviel Zeit verloren. Wo hält sich Vlassos in diesem Moment auf?«

»Zu Hause, glaube ich.«

»Glauben Sie? Verdammt noch mal, Karamanlis, ich verstehe nicht, wie ein Mann mit Ihrer Erfahrung ... Gehen wir, bevor es zu spät ist.«

Sie traten auf den kleinen Dorfplatz von Messemvria hinaus, dessen einzige Beleuchtung eine kleine, an der Vorderseite der Kirche angebrachte Lampe war. Es war Karamanlis ein Rätsel, wie Bògdanos, der keinen Wagen bei sich hatte, in dieses gottverlassene Nest gelangt war. Schließlich konnte er ja nicht vom Himmel gefallen sein … Doch er verkniff sich die Frage, ließ Bògdanos in seinen Wagen einsteigen und fuhr los.

In eine dichte Staubwolke gehüllt, tuckerten sie eine Weile über die ungeteerte Nebenstraße, bevor sie auf die Hauptstraße gelangten und nach links in Richtung Porto Lagos abbogen. Kurz vor zehn Uhr parkte Karamanlis den Wagen in der Nähe von Vlassos' Häuschen, dessen hell erleuchtetes Küchenfenster zu seiner Erleichterung darauf schließen ließ, daß der Mann zu Hause war. Karamanlis ging langsam auf das Fenster zu und spähte in die Küche hinein: Ein geöffneter Koffer, in dem sich ein Kleiderhaufen türmte, stand auf dem Tisch, und unter einem Topf auf dem Gasherd züngelte ein blaues Flämmchen. Karamanlis klopfte mehrmals gegen das Fenster und rief nach Vlassos, doch er erhielt keine Antwort.

»Er ist weg, verdammt!« fluchte Bògdanos hinter seinem Rücken. »Gehen Sie ins Haus und sehen Sie sich um. Vielleicht befindet er sich nur in einem anderen Raum.«

Karamanlis fand die Haustür offen und trat ein. Er durchsuchte das ganze Haus, konnte aber keine Spur von Vlassos entdecken. Es war jedoch offensichtlich, daß er das Haus sehr überstürzt verlassen hatte. Der Hauptmann drehte das Gas aus, löschte das Licht und ging wieder hinaus zu Bògdanos.

»Er muß ganz plötzlich aus dem Haus gerannt sein. Auf dem Herd stand noch ein Milchtopf und das Licht war auch an.«

»Wohin könnte er denn gegangen sein?« fragte Bògdanos.

»Der einzige Mensch, der in der Lage sein könnte, ihm Feuer unterm Hintern zu machen, ist seine Freundin. Vielleicht hat sie ihn geholt.«

»Oder jemand hat sie benutzt, um ihn wegzulocken. Verdammt, Karamanlis, Sie sind wirklich …«

»Regen Sie sich nicht so auf. Wenn Sie seinerzeit saubere Arbeit geleistet hätten, müßten wir uns jetzt nicht in diesem Scheißdorf mit diesem Vieh von einem Mann herumquälen.«

Bògdanos sah auf die Uhr. »Wo wohnt die Frau?«

»Nicht weit von der Militärbrücke entfernt.«

»Also dann los, vielleicht kommen wir noch rechtzeitig, bevor etwas Schlimmes geschieht.«

In rasender Geschwindigkeit fuhren sie zu der Brücke und standen wenige Minuten später schon vor dem Haus der Frau. Auch hier war die Tür offen, das Licht brannte und im Radio wurde in voller Lautstärke ein Konzert von Hadjidakis übertragen. Das Haus war in großer Unordnung, Möbel waren umgestürzt, Geschirr zerbrochen: Die Riesin hatte sich offensichtlich gewehrt, bevor man sie weggebracht hatte.

Bògdanos runzelte verärgert die Stirn. »Es ist also wie ich befürchtet habe: Jemand hat die Frau entführt und dann Vlassos erpreßt, um ihn in die Falle zu locken.«

»Aber wo sind sie alle hin?«

»Wahrscheinlich hat er sie in die Sümpfe geschleppt. Kommen Sie, wir müssen uns auf die Suche machen.«

Inzwischen war ein frischer Wind aufgezogen, der die Wasseroberfläche der Lagune kräuselte. »Das hat uns gerade noch gefehlt: Das Wetter scheint schlecht zu werden«, schimpfte Karamanlis.

»Sie brauchen sich gar nicht zu wundern«, erwiderte Bògdanos. »Der Wetterdienst hatte es vorhergesagt, und ich habe den Verdacht, daß unser Mann genau darauf gewartet hat.«

Sie vereinbarten, sich zu trennen und jeder ein anderes Ufer abzusuchen, doch da hielt Bògdanos Karamanlis plötzlich zurück: »Halt! Sehen Sie, dort unten.«

»Ich sehe nichts.«

»Da war ein Licht. Für einen Moment habe ich ein Licht aufblitzen sehen. Was befindet sich in dieser Richtung?«

»Eine kleine Insel mit einer winzigen Kirche, die Haghios Spiridon geweiht ist. Die Leute ziehen jedes Jahr am fünfzehnten Juli in einer Prozession dorthin und halten eine Messe für den Heiligen, aber für den Rest des Jahres ist sie geschlossen. Die Insel ist über eine etwa fünfzig Meter lange Brücke mit dem Ostufer verbunden. Vlassos geht dort manchmal fischen.«

»Wie weit ist es bis zu der Insel?«

»Etwa eineinhalb Kilometer.«

»Und auf welcher Seite ist der Eingang der Kirche?«

»Auf der Seite des Ostufers.«

»Dann müssen wir uns von zwei Richtungen anschleichen. Ich nähere mich vom Ufer aus über die Brücke, Sie nehmen eines der Boote und kommen von der Südseite. Der Mörder könnte sich den Fluchtweg übers Wasser freigehalten haben.«

Nachdem sie auseinandergegangen waren, stieg Karamanlis in ein Boot, an dem ein kleiner Außenbordmotor angebracht war, und ruderte so geräuschlos wie möglich auf die Insel zu. Bògdanos sah noch einmal auf die Uhr und ging dann rasch am Ufer entlang in Richtung Brücke. Der Himmel sah wirklich bedrohlich aus, und der immer stärker wehende Wind hatte das Sumpfwasser zu schaumigen Wellen aufgewühlt. Im Norden zuckten Blitze am Horizont, ein Donnergrollen kam über die Berggipfel herab. Nur undeutlich waren über das Brausen des Windes hinweg die Schläge der Kirchturmuhr von Porto Lagos zu hören. Es war halb elf.

Vassilios Vlassos blieb schnaufend vor dem Tor der Kirche Haghios Spiridon stehen. Außer dem Quietschen der Holzbrücke über dem aufgewühlten Wasser und dem immer bedrohlicheren Heulen des Windes war nichts zu hören. Durch das Fenster der Kirche drang ein schwacher Lichtschein, der von einer brennenden Kerze rühren mochte.

Vlassos zog seine Beretta hervor und entsicherte sie. Dann trat er auf das Fenster zu und sah hinein, konnte aber nichts erkennen außer ein paar Kirchenbänken, auf denen sich ein flackerndes Licht spiegelte. Kurz entschlossen trat er die Kirchentür auf und warf sich sofort auf den Fußboden, wo er sich mit der Pistole in der Hand in den Schutz einer Bank rollte.

Als er das groteske Schauspiel sah, das sich seinen Augen darbot, erschrak er zutiefst: Seine Freundin war halbnackt an eine Säule der Ikonostase gefesselt und hing dort wie eine gotteslästerliche Heiligenfigur. In ihrem Mund steckte ein Knebel, und vor ihr auf dem Boden brannte eine mit rotem Papier umwickelte Kerze.

Plötzlich tönte hinter der Ikonostase eine klare, schneidende Stimme hervor, die in dem engen Raum ganz nah und fast vertraut klang: »Guten Abend, Sergeant Vlassos! Du bist gekommen, um deine Frau zu holen, ist es nicht so?«

Statt einer Antwort schrie Vlassos in ohnmächtiger Wut: »Laß sie gehen. Ich gebe dir alles, was du willst. Aber laß sie frei, laß sie …«

»Dein Täubchen liegt dir sehr am Herzen, nicht wahr? Gut. Wenn sie dir etwas bedeutet, dann wirf mir jetzt deine Pistole vor den Altar.« Vlassos zögerte. »Du hattest bisher sicher noch nicht das zweifelhafte Vergnügen, zusehen zu müssen, wie die Frau, die du liebst, zu Tode gefoltert wird … Habe ich recht?!«

Vlassos warf die Pistole auf den Boden, die bis zur Balustrade der Ikonostase schlitterte und dort liegenblieb. Die Frau zuckte bei dem Geräusch zusammen und gab ein klägliches Wimmern von sich.

»Hab' keine Angst«, sagte Vlassos in beruhigendem Ton zu ihr. »Du brauchst wirklich keine Angst zu haben, ich werde nicht zulassen, daß er dir etwas antut … Ich weiß, wer du bist«, sagte er dann laut. »Du warst es, der Roussos und Karagheorgis abgeschlachtet hat. Aber was willst du mit ihr? Sie hat nichts mit der Sache zu tun. Laß sie gehen, dann können wir die Sache unter uns abmachen. Hör mir zu: Ich werde dir genau sagen, wie alles gewesen ist. Es war nicht unsere Schuld, sondern einzig und allein die von Karamanlis. Er war es, der zu mir gesagt hat …«

»Es gibt nichts, das du mir zu sagen hättest, Vlassos. Ich weiß alles. Und diesmal bin ich derjenige, der Macht über Leben und Tod besitzt. Komm jetzt langsam nach vorn.«

Vlassos stand auf und ging in der Mitte des kleinen Kirchenschiffs langsam auf die Ikonostase zu. Wenn er es geschickt anstellte, konnte es ihm vielleicht gelingen, der Kerze einen Fußtritt zu versetzen und im Schutz der Dunkelheit seine Freundin zu befreien … Aber zunächst blieb ihm nichts anderes übrig, als wie befohlen Schritt vor Schritt zu setzen und den richtigen Moment abzuwarten.

Da setzte plötzlich das Unwetter ein. Ein weißgreller Blitz, gefolgt von einem rollenden Donner, ließ das Innere der Kirche für einen Moment lang taghell werden. Die weiße Haut der gefangenen Frau leuchtete gespenstisch, und auf der Ikonostase erschien mit einemmal die unheimliche Gestalt eines Mannes, dessen Gesicht von einer Sturmhaube verhüllt war. Er hielt Pfeil und Bogen in den Händen und zielte damit auf Vlassos, und bevor dieser auch nur einen Mucks machen konnte, zischte schon der erste Pfeil pfeifend auf ihn zu und durchbohrte ihm den Unterleib. Vlassos stieß einen Schrei aus und sackte auf dem Boden zusammen. Der zweite Pfeil trat ihn in den Arm, und ein dritter fuhr ihm in den Oberschenkel.

Als der Wind sich plötzlich gelegt hatte, begann es in Strömen zu regnen. Der blutüberströmte Vlassos wälzte sich weinend auf dem Boden und wartete auf weitere Pfeile, aber nichts geschah. Plötzlich kam es ihm vor, als höre er das Geräusch von zerbrechendem Fensterglas, und dann vernahm er ein aufgeregtes Flüstern: »Du mußt sofort von hier verschwinden. Man hat dir aufgelauert, und sie werden gleich hier sein. Geh jetzt, sage ich dir … Nein, laß das. Du mußt weg, jetzt sofort.« Dann waren da Schritte, ein paar Schüsse, jemand schrie laut auf, dann nichts mehr …

Karamanlis war vom Regen völlig durchnäßt, als er am Ufer anlangte und Bògdanos ihm mit einer noch rauchenden Pistole in der Hand entgegenlief. »Wenn wir eine Minute früher gekommen wären, hätten wir ihn noch gekriegt …«

»Wir kriegen ihn so oder so«, erwiderte Karamanlis mit einem selbstsicheren Lächeln, »dieses Mal habe ich vorgesorgt.« Er zog ein Walkie-talkie aus der Innentasche seiner

Jacke und sprach ins Mikrofon: »An alle Polizeieinheiten. Hier spricht Hauptmann Pavlos Karamanlis. Soeben ist in der Kirche Haghios Spiridon in der Lagune von Porto Lagos ein Mordversuch verübt worden. Der Täter ist vor zwei Minuten geflohen. Sammelt alle Männer, die ihr bekommen könnt, blockiert alle Straßen und Wege in der Gegend und durchsucht jeden Quadratzentimeter der Lagune. Ich ziehe euch die Haut bei lebendigem Leibe ab, wenn ihr ihn diesmal entkommen laßt ... In welche Richtung ist er gelaufen?« fragte er dann zu Bògdanos gewandt.

»Dorthin«, antwortete Bògdanos und wies mit der Hand auf die Berge, »und ich bin mir ziemlich sicher, daß ich ihn verwundet habe. Sie kümmern sich jetzt aber besser um Ihren Kollegen: Er liegt dort drinnen und ist übel zugerichtet.«

Sie holten erst die Frau und deckten sie notdürftig zu, dann legten sie auch den schwer verletzten Vlassos ins Boot. Karamanlis ließ den Motor an und fragte Bògdanos: »Und was ist mit Ihnen? Kommen Sie nicht mit?«

»Nein, ich will mich hier in der Gegend noch etwas umsehen.«

»Wie Sie wollen«, erwiderte Karamanlis. »Aber vergessen Sie nicht, auf der Seite des Dorfes herauszukommen, auf der ich mich befinde. Ansonsten riskieren Sie, in eine der Straßensperren zu gelangen.«

Damit entfernte er sich in Richtung Porto Lagos. Als ein weiterer Blitz herniederfuhr, sah er einen Moment lang die Gestalt von Bògdanos im strömenden Regen stehen. Dann war sie plötzlich verschwunden. Am gegenüberliegenden Ufer kamen ihm schon seine Männer und Sanitäter entgegen, die Vlassos sofort medizinisch versorgten. Er lebte noch, hatte aber einen starken Blutverlust erlitten.

Das Unwetter hatte sich schon gelegt, als Karamanlis sich zum Schutz gegen den Regen eine Plastiktüte auf den Kopf setzte und erschöpft zu seinem Wagen ging. Es war ihm, als höre er das Echo von Schüssen aus der Richtung, in der die Berge lagen. War es Bògdanos vielleicht gelungen, diesen Wahnsinnigen kaltzumachen? Die schwarzen

Wolken, die der Meltemi gebracht hatte, hingen immer noch düster am Himmel, doch der Mond war bereits wieder zu sehen und selbst ein paar Sterne hatten sich hervorgewagt. War es wirklich das Echo von Schüssen gewesen, das er gehört hatte – oder rührte es von einem Donner her? Es hätte ihn nicht gewundert, wenn Bògdanos auch über die Himmelsmächte gebieten konnte ...

Karamanlis ließ sich von einem seiner Mitarbeiter auf einer Karte zeigen, wohin man die Suchtrupps und Straßensperren beordert hatte. Die Beschaffenheit des Territoriums machte es zu einer perfekten Falle: Es gab keine Schluchten oder Höhlen, die Vegetation war spärlich, und der einzige Zugang zum Meer wurde peinlich genau überwacht. Sie brauchten also nur zu warten ... Er befahl dem Polizisten nochmals, größte Sorgfalt walten zu lassen, und stieg endlich in sein Auto, um zum Krankenhaus zu fahren, wo er sich direkt in den Operationssaal bringen ließ.

Der Blutdruck des Patienten war mit Hilfe einer Transfusion normalisiert worden, aber dem Chirurgen war bisher nur die Entfernung des gefährlichsten der drei Pfeile gelungen. Dieser hatte Vlassos den Dickdarm durchstoßen und war am Hüftbein wieder ausgetreten, wobei er ihm einen Hoden glatt amputiert hatte.

Der Chirurg machte gerade eine Pause und wischte sich den Schweiß von der Stirn, während die Pfleger mit dem Nähen der Operationswunde beschäftigt waren. »Mein Gott«, sagte der Arzt zu Karamanlis gewandt, »was kann jemanden nur zu solcher Grausamkeit veranlassen?«

Karamanlis' Blick fiel auf den noch blutigen Pfeil, den man aus Vlassos' Leib entfernt hatte: Auf dem Federstiel schien etwas geschrieben zu stehen ... Nachdem er seine Brille aufgesetzt und die Inschrift gelesen hatte, sagte er zu dem Arzt: »Vielleicht ist das die Antwort auf Ihre Frage.« Der Chirurg sah ihn fragend an und ergriff den Pfeil. Mit sicherer Hand hatte jemand eine Botschaft in den Stiel geritzt, die aus den unheilvollen Worten bestand:

Du hast die Brote in den kalten Backofen geschoben.

XIII

Porto Lagos, Thrakien, 27. August, 23.30 Uhr

Es war stockdunkel und regnete noch immer, als Claudio in der Ferne Lichter auftauchen sah und das Geräusch von menschlichen Stimmen und Hundegebell hörte, das immer näher zu kommen schien. Er hatte sich im Schutz des alten Gebäudes zusammengekauert und zitterte vor Angst und Wut, ausgerechnet bei dem Mann, den er am meisten haßte, versagt zu haben. Nachdem sein Rachefeldzug bisher exakt nach den Plänen von Admiral Bògdanos verlaufen war, war er über diese überraschende Wendung tief enttäuscht.

Er fühlte sich so jämmerlich wie ein gehetztes Tier, wie ein vom Feuer umzüngelter Skorpion. Entschlossen, sich solange wie möglich zu wehren, drückte er den stählernen Pearson-Bogen fester an sich, aus dem er noch vor kurzem drei Pfeile auf Vlassos' Körper abgeschossen hatte. Sollten ihn die Hunde zerreißen, widerstandslos ergeben würde er sich nicht … Je näher seine Verfolger kamen, desto mehr stieg in Claudio der Verdacht auf, daß Bògdanos selbst es gewesen war, der ihn an seine Feinde verraten hatte …

Als er Schritte zu hören glaubte, öffnete er vorsichtig die Tür und war durch einen kleinen Spalt einen Blick hinaus in die mit Gebüsch und Gestrüpp bewachsene Sumpflandschaft: Wegen des Regens, der die ausgedörrte Erde abgekühlt und aufgeweicht hatte, hing ein feuchter Nebel in der Luft, aber Claudio konnte deutlich eine männliche Gestalt erkennen, die langsam auf ihn zukam: Es war Admiral Bògdanos. Nach allem, was geschehen war, war sein Schritt noch immer ruhig und sicher, leicht und doch herrisch, als gäbe es auf dieser Welt nichts, das ihm etwas anhaben konnte.

Kurz darauf trat Bògdanos in das alte Steinhaus. Claudio konnte seinen Ärger nicht bezwingen und fuhr ihn wütend an: »Wieso haben Sie mich davor zurückgehalten, dieses Schwein abzuschlachten? Und wieso mußten wir ausgerechnet an diesem Ort kommen: Die Suchtrupps haben uns umzingelt; wir haben praktisch keine Möglichkeit, ihnen zu entkommen ...«

»Wir müssen uns erst in Sicherheit bringen, mein Sohn, dann werde ich dir alles erklären. Dieses Gebäude war früher ein Mönchskloster, und der Brunnen im Hof ist mit einer römischen Zisterne verbunden, aus der die Mönche damals ihr Trinkwasser gewonnen haben. Folge mir, wir haben nicht viel Zeit.«

Sie gingen hinaus in den Hinterhof und gelangten an einen Brunnen, den schon sehr lange niemand mehr benutzt zu haben schien.

»Ich werde dich jetzt an dieser Kette hinunterlassen. Etwa auf der Hälfte der Brunnentiefe wirst du den Eingang eines Schachts finden, der zu der Zisterne führt. Du mußt dich hineinschwingen und dort am Schachtrand stehenbleiben. Halte die Kette gut fest, damit ich dir nachkommen kann. Hier hast du eine Taschenlampe. Den Bogen kannst du mir geben, ich werde ihn dir nachher hinunterbringen.«

»Ist gut«, willigte Claudio ein. »Wir müssen uns beeilen, die Hunde kommen immer näher. Verdammt, es sieht ganz so aus, als hätte die Polizei Wind von unseren Plänen bekommen«, sagte Claudio, während er mit dem Abstieg begann.

»Gewissermaßen hast du recht. Unser größter Gegner ist nicht nur kaltblütig und skrupellos, sondern auch sehr schlau. Doch er weiß nicht, daß ich ihm immer ein Stück voraus bin ... So, mein Sohn, wenn ich mich richtig erinnere, dürftest du jetzt an der richtigen Stelle angelangt sein. Der Eingang müßte sich direkt vor dir befinden.«

»Ja, Kommandant, ich sehe ihn schon.« Der Lichtschein der Taschenlampe tanzte ein Weilchen an den Wänden auf und ab und verschwand dann plötzlich, als sei er vom

Nichts verschluckt worden. Claudios Stimme klang dumpf und verhalten, als er von unten rief: »Sie können sich jetzt herunterlassen, Kommandant, aber lassen Sie erst noch mehr Kette zu mir herab, sonst kann ich sie nicht richtig strammziehen.« Bògdanos ließ noch etwa zwei Meter Kettenlänge hinunter, prüfte dann, ob sie wirklich straff war, hängte sich den Bogen um den Hals und ließ sich in die Tiefe gleiten. Das Gebell der Hunde war jetzt bedrohlich nahe. Am Eingang des Schachts angekommen, reichte er Claudio den Bogen und ließ sich von seinem Gefährten hineinziehen, wobei er die Kette nicht aus den Händen gab.

»Wieso haben Sie sie nicht fallen lassen? Wir können doch sowieso nicht mehr an ihr hochklettern ...«

»Das wirst du gleich sehen«, erwiderte Bògdanos. »Schalte jetzt die Taschenlampe aus.«

Ein paar Minuten später gelangte der Suchtrupp am Haus an. Nachdem die Spürhunde zuerst an der Eingangstür gekratzt hatten, rannten sie in den Hof und blieben schließlich unter lautem Gekläff vor dem Brunnen stehen.

»Sie müssen hier irgendwo eine Spur gerochen haben«, sagte einer der Männer.

»Durchsucht ihr inzwischen das Gebäude«, befahl der Anführer des Trupps, »ich sehe mal im Brunnen nach, ob ich etwas finde.« Er beugte sich über den Brunnenrand und leuchtete mit einer starken Taschenlampe in die Tiefe. »Hier ist nichts«, meinte er dann enttäuscht und ging zurück zum Haus, wo auch seine Männer ihre Suche beendet hatten.

»Verstehst du jetzt?« fragte Bògdanos seinen Begleiter. »Hätte ich die Kette einfach so in die Tiefe fallen lassen, dann hätte der Polizist die Wellen unten auf dem Wasser gesehen und daraus geschlossen, daß vor kurzem jemand etwas in den Brunnen geworfen hat. Daraufhin wäre er mißtrauisch geworden und vielleicht sogar heruntergekommen.«

Beim spärlichen Licht der Taschenlampe machten sie sich auf den Weg durch den an den Wänden dicht mit

Frauenhaar bewachsenen Schacht und langten nach einer halben Stunde Weges im *castellum aquarum* an, der großen Zisterne des antiken Aquädukts.

»Eine geniale Konstruktion«, belehrte Bògdanos den jungen Mann. »Wenn das Brunnenwasser infolge der Regenfälle oder der Schneeschmelze stieg, wurde es in diese Zisterne geleitet. Von hier aus wurden dann auch umliegende Brunnen, die kein oder aber nur salzhaltiges Wasser führten, mit Trinkwasser versorgt.« Er ging um die Zisterne herum und schlug den Weg in einen der abzweigenden Schächte ein. »In jener Zeit müssen die Wasserbestände hier jedoch sehr viel reicher gewesen sein, denn wie du siehst, ist der Wasserstand jetzt ziemlich niedrig.« Claudio folgte ihm schweigend, den großen Bogen immer noch an sich gedrückt. Inzwischen waren die Wände nicht mehr mit Frauenhaar, sondern mit Flechten bewachsen, ein Zeichen dafür, daß sie die Feuchtigkeit der Sümpfe hinter sich gelassen hatten.

»Wir sind fast schon am Ausgang«, sagte Bògdanos nach einer Weile und blieb ein paar Minuten später vor einer dunklen Öffnung stehen, wobei er Claudio bedeutete, näherzutreten. »Komm her, mein Sohn, dies ist der Brunnen, durch den wir wieder nach oben gelangen. Er ist halb verfallen, aber wenn wir vorsichtig sind, können wir an seinen Wänden hochklettern.«

Claudio stieg als erster hinauf, und wenig später gelangte auch Bògdanos oben an. Sie befanden sich an einem Strand, der von Brombeerbüschen bewachsen und auf der Südseite der Hauptstraße nach Komotini gelegen war. In einiger Entfernung waren die Lichter einer Strandbar zu sehen, aus der leise Musik erklang, die sich mit dem gleichmäßigen Rauschen der Brandung vermischte. Bògdanos ließ sich erschöpft auf den Sand fallen.

»Wie fühlst du dich? Komm, setz dich ruhig zu mir.«

»Kommandant«, sagte Claudio, während auch er sich niederließ, »weshalb sind wir dieses Mal gescheitert?«

Bògdanos senkte den Kopf. »Wir haben viel gewagt, mein Sohn, und können froh sein, daß wir mit heiler Haut davongekommen sind ... Aber wir müssen unsere Mission jetzt für eine Weile unterbrechen. Wir haben in ein Wespennest gestochen, und die gesamte griechische Polizei ist hinter uns her. Vlassos wird eine Zeitlang von einem Bataillon von Leibwächtern umgeben sein, und Karamanlis ist ein kluger Kopf. Er wird sich davor hüten, sich einer Gefahr auszusetzen. Doch ein Ziel haben wir wenigstens erreicht: Auch die dritte Botschaft ist in die richtigen Hände gelangt. Du wirst sehen, daß sie nicht versäumt, ihre Wirkung zu tun ...«

»Es ist mir wirklich ein Rätsel, wie Sie sich Ihrer Sache so sicher sein können ... Schon der Gedanke, daß Vlassos und Karamanlis meiner Rache entkommen könnten, macht mich verrückt. Durch die Schuld dieser Männer bin ich seit langem kein normaler Mensch mehr, Kommandant, und vielleicht werde ich es nie mehr sein ... Ich muß diesen Wahnsinn zu Ende führen, ob mit oder ohne Ihre Hilfe, verstehen Sie? Erst wenn alles vorbei ist, kann ich versuchen, mir wieder ein halbwegs normales Leben aufzubauen ...«

Die riesige rote Mondkugel verschwand hinter den Wolken und hinterließ einen Streifen am Himmel, der wie eine Blutspur aussah. Bògdanos wandte sich verärgert zu Claudio um und sagte scharf: »Du mußt dich gedulden, bis der richtige Moment gekommen ist, Junge, hast du verstanden? Es ist deine einzige Chance. Ich habe dich nur daran gehindert, Vlassos zu töten, weil Karamanlis dich ansonsten mit Sicherheit erwischt hätte. Es ist schon in Ordnung, so wie es ist. Auch wenn du nicht ans Ziel gekommen bist, hast du mit aller Härte zugeschlagen. Ich habe Vlassos gesehen, als ich Karamanlis half, ihn ins Boot zu schaffen: Er blutete heftig und war übel zugerichtet ...« Bògdanos streckte die Hand aus und strich sanft über den Griff des großen Pearson-Bogens. »Es gibt immer noch keine Waffe, die so präzise und geräuschlos ist wie diese«, sagte er dann, »und der heutigen Technik ist es möglich, ein vollendetes Schmuckstück daraus zu machen. Früher genügte es, sie zu ölen und im Feuer zu erhitzen ...«

»Ich will ihn tot sehen.«

»Das wirst du auch.«

»Wann?«

»Nicht jetzt.«

»Wann dann?«

»Und auch nicht hier.«

»Was heißt das?«

»Erst müssen wir die, die uns noch bleiben, an einem Ort vereinen – alle drei, auch Vlassos, falls er überlebt. Wir müssen sie weit weg von hier führen, dorthin, wo niemand ihnen mehr beistehen kann und wo sie uns hilflos ausgeliefert sind. Vertrau mir, wenn der Moment gekommen ist, wird jeder von ihnen – ohne es zu wissen – den Weg einschlagen, der geradewegs in den Tod durch deine Hand führt. Aber erst muß die Zeit kommen, in der die Tage kürzer sind und die Sonne tief und bleich am Horizont steht. Die gleiche Zeit wie damals, als das Blutbad geschehen ist – als sie die Tränen und das Blut einer unschuldigen Kreatur vergossen und ihren Körper und Geist mit Füßen traten.«

Claudio schwieg und sah zu, wie das letzte Stück des Mondes im Meer verschwand. Die Tränen rollten aus seinen Augen, und sie waren bitterer als das Wasser der Wellen, die zu seinen Füßen erstarben. Schließlich brach er sein Schweigen.

»Kommandant.«

»Ja, mein Sohn.«

»Wer war der Mann, den ich in Makedonien umgebracht habe?«

»Du hast ihn doch wiedererkannt, nicht wahr? Es war der Engländer, den du in jener Nacht zusammen mit Karamanlis gesehen hast.«

»Ja, ich habe ihn wohl wiedererkannt. Aber wer war er?«

»Willst du das wirklich wissen?«

»Ja.«

»Sein Name war James Henry Shields.«

»Shields? War er gar …«

»Ja. Er war Normans Vater.«

Claudio senkte den Kopf und verbarg ihn zwischen den Knien. »Das heißt, daß Norman es war, der mich verraten hat?«

»Nein. Es war Michel.«

Claudio schnellte in die Höhe, als hätte man ihm einen Peitschenhieb versetzt, und sah Bògdanos entsetzt an. Dann kauerte er sich wieder zusammen und weinte still vor sich hin. Bògdanos streckte die Hand aus und wollte sie tröstend auf seine Schulter legen, doch dann zog er sie wieder zurück.

Endlich stand er auf und sagte: »Ich muß jetzt gehen, denn ich will verhindern, daß Karamanlis Verdacht schöpft. Außerdem wäre es gut, wenn ich ihm einen Beweis dafür liefere, daß er mir vertrauen kann.« Er zog ein Taschentuch aus der Jacke und trocknete damit das Blut einer kleinen Wunde an Claudios Arm, die er sich bei der Flucht durch das dichte Gestrüpp zugezogen hatte.

»Wir werden uns jetzt viele Wochen nicht sehen«, sagte Bògdanos. »Finde dich in der Nacht des vierzehnten November in Ephyra ein, das im kimmerischen Vorgebirge liegt. Das Blutbad im Polytechnikum wird sich dann zum zehntenmal jähren. Gib in der Zwischenzeit auf dich acht und hüte dich davor, Fehler zu begehen. Bevor das Jahr zu Ende ist, wird alles vorbei sein, aber bis dahin haben wir noch einen weiten Weg vor uns. Dein Auftrag wird weit, sehr weit von hier seine Vollendung finden.«

Claudio hob den Kopf und sah ihn an. »Kommandant … Falls mir etwas zustoßen sollte, falls ich in einen Hinterhalt geraten und getötet werden sollte … Werden Sie zu Ende führen, was wir begonnen haben?«

Bògdanos Augen blitzten vor Zorn, als er mit Donnerstimme sprach: »So etwas darfst du nicht sagen! Du wirst abermals zuschlagen, mit sicherer Hand, aber erst wenn dein Moment gekommen ist. Du wirst es für Heleni tun, für dich … und auch für mich. Leb wohl, mein Sohn.«

»Leben Sie wohl, Kommandant.«

Nachdem Bògdanos' schattenhafte Gestalt verschwunden war, blieb Claudio allein mit den Wellen und den dunklen Wolken zurück. Er schleppte sich zu einem Felsvorsprung, unter dem der Sand trocken geblieben war, und ließ sich endlich von seiner lähmenden Müdigkeit besiegen. Bald war er eingeschlafen, und er träumte, daß die Sonne aufging und Heleni nackt aus den Wellen stieg und ihm entgegenlief. Sie war so schön und leuchtend wie der Morgenstern.

Hauptmann Karamanlis saß am Steuer seines Dienstwagens und wollte sich vor Nervosität schon eine Zigarette anzünden; obwohl er das Rauchen aufgegeben hatte, trug er immer ein Zigarettenpäckchen für alle Fälle in der Tasche. Im letzten Moment beherrschte er sich aber und redete sich ein, daß noch nicht aller Tage Abend sei. Die meisten Suchtrupps hatten zwar schon gemeldet, daß sie ihre Arbeit ergebnislos abgebrochen hatten, aber ein paar weitere standen noch aus. Vielleicht war doch noch Hoffnung, daß der Mann gefunden wurde ... Nachdem er das Licht im Wageninneren angeschaltet hatte, schlug er die Landkarte auf, um alle bereits durchsuchten Gebiete mit einem Kreuz zu kennzeichnen. Viele Möglichkeiten blieben leider nicht mehr übrig ...

Als er den Kopf wieder hob, zuckte er unwillkürlich zusammen: Vor seinem Wagen stand wie aus dem Nichts die dunkle Gestalt des Admiral Bògdanos ... Karamanlis zog einen Zahnstocher aus der Jackentasche, den er statt einer Zigarette in den Mund steckte, stieg dann aus dem Wagen und ging auf Bògdanos zu.

»Wo kommen denn Sie auf einmal her?«

»Habt ihr ihn erwischt?«

»Nein, haben wir nicht, jedenfalls noch nicht ... Aber wollen Sie mir nicht erst sagen, wie Sie hierhergekommen sind?«

»Ich bezweifle, daß man ihn noch kriegen wird. Wenn es mir schon ohne weiteres gelungen ist, die Sperren zu umgehen, dürfte es ihm auch nicht besonders schwer fallen.«

»Sie wollen damit sagen, daß Sie aus dem durchsuchten

Gebiet herausgelangt sind, ohne aufgehalten zu werden? Das kann ich nicht glauben.«

»Das können Sie halten wie Sie wollen. Fragen Sie von mir aus Ihre Männer, ob einer von ihnen mich gesehen hat, dann werden Sie mir wohl oder übel glauben müssen.«

»Danke für den Tip. Aber ich wüßte wirklich nicht, wie es einem aller Wahrscheinlichkeit nach verletzten Mann gelingen sollte, einer Horde von sechzig bis an die Zähne bewaffneten Männern zu entgehen.«

»Da mögen Sie recht haben, Karamanlis. Jedoch hat der Mann, den wir suchen, schon mehr als einmal außergewöhnliche Spitzfindigkeit bewiesen. Vielleicht haben Regen und Dunkelheit ihm das Untertauchen leichter gemacht, oder Ihre Männer haben nicht gut genug aufgepaßt, wer weiß ... Wenigstens habe ich diesen kleinen Hinweis hier gefunden.« Er reichte Karamanlis das blutige Taschentuch. »Wie Sie sehen, habe ich mich nicht getäuscht, als ich sagte, daß ich ihn verwundet habe. Das Taschentuch lag in der Nähe einer Weidengruppe im nordöstlichen Teil der Lagune. Lassen Sie es untersuchen und die Blutgruppe feststellen. Wenn ich mich recht erinnere, hatten Sie damals ein Medaillon von Claudio Setti, in dem auch seine Blutgruppe stand. Ich hoffe, Sie haben sie noch irgendwo notiert. Falls es sich um dieselbe wie die auf dem Taschentuch handelt, haben wir einen einigermaßen sicheren Beweis und wissen wenigstens, nach wem wir suchen müssen.«

Auf Karamanlis' Gesicht lag ein seltsames Lächeln, als er sagte: »Ich danke Ihnen. Ich werde die Blutgruppe natürlich überprüfen lassen, aber ich weiß ja nie, wo ich Sie finden kann. Wie soll ich Ihnen also das Ergebnis mitteilen?«

»Machen Sie sich darüber keine Sorgen. Ich werde Sie schon im rechten Moment kontaktieren. Ist mir das nicht immer gelungen?«

»Da haben Sie natürlich recht.«

»Leben Sie wohl.«

»Leben Sie wohl, Admiral.«

Karamanlis stieg wieder in sein Auto und rief über Funk einen Suchtrupp nach dem anderen an, um sich Bericht erstatten zu lassen, wenngleich sein Instinkt ihm von Anfang an sagte, daß niemand etwas gefunden hatte ... Als er den letzten negativen Bescheid erhalten hatte, fuhr er wieder ins Krankenhaus. Der Morgen dämmerte bereits. Vassilios Vlassos war in der Zwischenzeit noch einmal einer fast zweistündigen Operation unterzogen worden. Nachdem man ihm eine weitere Bluttransfusion gegeben hatte, lag er nun in seinem Krankenhausbett, ohne das Bewußtsein wiedererlangt zu haben.

»Er hat ein schreckliches Trauma hinter sich«, sagte der Arzt, »das jedem normalen Menschen das Leben hätte kosten können. Aber jetzt ist er über den Berg und wird sich in wenigen Tagen schon wieder einigermaßen erholt haben. Allerdings müssen wir ihn noch einige Zeit künstlich ernähren, bis die Operationswunden am Darm vollständig verheilt sind. Leider mußten wir ihm einen Hoden abnehmen. Der Pfeil hatte ihn praktisch zerrissen.«

»Ich danke Ihnen sehr für alles, was Sie getan haben, Herr Doktor.«

»Keine Ursache, ich bin schließlich Arzt«, antwortete der Mediziner. »Ein Pfleger wird gleich die Pfeile bringen, die wir aus dem Körper Ihres Kollegen entfernt haben. Ich nehme an, daß Sie sie als Beweismittel benötigen.«

»Das ist richtig. Nochmals vielen Dank, Herr Doktor.«

Kurze Zeit später trat ein Pfleger ein und händigte Karamanlis eine mit einem Gummi verschlossene Plastiktüte aus. Er öffnete sie und untersuchte die Pfeile, die alle die gleiche seltsame Inschrift aufwiesen. Während er sie noch zwischen seinen Fingern drehte, öffnete Vlassos die Augen.

»Sie haben mehrere Operationen hinter sich, Vlassos, und müssen jetzt ganz ruhig liegenbleiben. Der Eingriff war ganz schön kompliziert: Sehen Sie mal, der Arzt hat Ihnen diese Dinger hier aus dem Leib geholt.« Damit zeigte er ihm die Pfeile. »Eine Zeitlang werden Sie wohl noch sehr eingeschränkt leistungsfähig sein. Einer der Pfeile hat

Ihnen den Darm durchbohrt und einen Hoden zerstört … Aber der Doktor sagt, es bestehe kein Grund zur Beunruhigung, und mit etwas Geduld wird es Ihnen bald besser gehen. Und mit dem Liebesleben ist es deswegen noch lange nicht vorbei, mein Alter, einem wie Ihnen dürfte doch auch ein Hoden vollauf genügen, nicht wahr?«

Vlassos bewegte die Lippen als wolle er etwas sagen, brachte aber keinen Laut heraus.

»Sie dürfen sich nicht anstrengen«, wiederholte Karamanlis, »wenn Sie sich etwas erholt haben, können Sie mir immer noch alles erzählen.«

Vlassos bedeutete ihm, näherzutreten, und seine Stimme war wenig mehr als ein Flüstern, als er stammelte: »Ich bringe ihn um, Herr Hauptmann, ich reiße dem Schweinehund die Eier ab, ich …«

»Ja, natürlich. Aber darüber können Sie sich immer noch Gedanken machen, wenn Sie wieder gesund sind.«

Vlassos versuchte, sich auf die Ellbogen zu stemmen. »Sie müssen mir versprechen, daß sie ihn mir überlassen, Herr Hauptmann. Ich will ihm mit meinen eigenen Händen den Garaus machen …«

»Ich sagte, Sie sollen liegenbleiben, Sie sturer Esel. Sie sind frisch genäht, und wenn eine der Wunden sich öffnet, riskieren Sie, dabei draufzugehen.«

»Versprechen Sie es mir …«

Karamanlis nickte beschwichtigend. »Gut, ich verspreche es. Wenn wir ihn gefunden haben, steht er zu Ihrer persönlichen Verfügung. Sie können mit ihm tun, was Sie wollen.«

»Danke, Herr Hauptmann … Was ist mit meiner Freundin?«

»Es geht ihr ausgezeichnet, sie ist mit dem Schrecken davongekommen. Wir haben sie gleich nach Hause gebracht und werden ihr nun sofort Bescheid sagen, daß die Operation vorüber ist und sie Sie besuchen kann.«

Vlassos ließ sich auf sein Kissen zurückfallen, den Mund zu einem wilden und etwas blöden Grinsen verzogen. Karamanlis legte ihm eine Hand auf die Schulter und sagte: »Wir kriegen ihn, mein Alter, seien Sie sich dessen sicher. Früher oder später ist er in unseren Händen, und dann gnade ihm Gott.«

Als Karamanlis das Krankenhaus verließ, war es schon heller Tag, und die Straßen waren unter dem ersten Morgenverkehr zum Leben erwacht.

Die Sonne ging gerade auf, als Claudio von dem Glockengeräusch einer weidenden Schafherde geweckt wurde. Er richtete sich auf, strich sich die Haare aus dem Gesicht und setzte sich mit dem Rücken gegen einen Felsen.

»Wer bist du denn?« sagte eine etwas heisere Stimme hinter ihm. Als Claudio sich umwandte, erblickte er einen Jungen von etwa dreizehn Jahren, der auf die Schafe aufpaßte.

»Ich komme aus Italien und mache hier Urlaub. Ich habe gerade einen Spaziergang gemacht, um den Sonnenaufgang zu sehen. Und du?«

»Mein Name ist Stelio … Weißt du, was das hier für ein Ort ist?«

»Ich weiß nur, daß wir in der Nähe von Messemvria sind.«

»Früher lag hier Ismaros. Odysseus hat auf der Rückkehr von Troja hier haltgemacht, um den Wein zu kaufen, mit dem er dann später den Zyklopen betrunken gemacht hat … Wie, du bist ein Tourist und weißt diese Dinge nicht?«

Claudio lächelte. »O doch, natürlich weiß ich davon. Ich dachte nur nicht, daß der Ort genau hier war. Aber woher kennst du denn diese Geschichte?«

»Mein Lehrer hat sie mir erzählt. Willst du ihn kennenlernen? Er wohnt dort drüben.« Der Junge zeigte auf ein kleines Häuschen, das auf einem Felshügel stand.

»Leider kann ich jetzt nicht mit dir kommen. Aber vielleicht ein anderes Mal, wenn ich wieder in dieser Gegend bin.«

»Ist gut«, sagte der Junge, »du findest mich dann wieder hier. Ich bringe nämlich meine Schafe jeden Morgen her.«

Claudio stand auf, verabschiedete sich von dem kleinen Hirten und schlug den Weg zur Hauptstraße ein. Er lief eine Weile am Straßenrand entlang und versuchte zu trampen, bis ein Lastwagen, der auf dem Weg in die Türkei war, anhielt und ihn einsteigen ließ. Eine Stunde später waren sie schon an der Grenze, wo der Fahrer einem Polizisten die beiden Reisepässe reichte: einen türkischen auf den Namen Tamer Unloglu, wohnhaft in Urfa, und einen italienischen auf den Namen Dino Ferretti, wohnhaft in Tarquinia.

»Ach, Sie sind Italiener!« rief der gutgelaunte Grenzbeamte aus. »Spaghetti, Maccheroni!« Claudio wartete, bis er ihm seinen gestempelten Paß zurückgab und winkte ihm dann freundlich zu. »Ja, ja, mein Freund. Spaghetti, Maccheroni ... und der ganze Rest.«

Der Lastwagen fuhr wieder an und überquerte kurz darauf die Brücke über den Evros, um wenige Minuten später an der türkischen Grenzstation anzuhalten. Während der Fahrer die Zollformalitäten erledigte, stieg Claudio aus, um sein Einreisevisum zu holen und etwas Geld zu wechseln. Nachdem sie dann Ipsala und Kesan passiert hatten, mußte der Lkw in Richtung Süden nach Çanakkale abbiegen. Claudio stieg nun aus und stellte sich an die Straße nach Instanbul. Schon nach wenigen Minuten hielt ein weiterer Lastwagenfahrer, der ihn am frühen Abend am Eingang des großen Bazars in Istanbul absetzte. Claudio verabschiedete sich und war wenig später in der bunten Menge verschwunden, die die Wege des riesigen Marktes bevölkerte.

Hauptmann Karamanlis beschloß, die Inschrift auf den Pfeilen für sich zu behalten, und er verpflichtete auch den Arzt, sie als Geheimnis zu betrachten und mit niemandem ein Wort darüber zu wechseln. Allerdings konnte er nicht verhindern, daß seine Vorgesetzten in Athen Rechenschaft über seinen Aufenthalt in Thrakien und über das Attentat auf Vlassos in Porto Lagos forderten. Das stellte ihn vor nicht geringe Schwierigkeiten, denn in den vergangenen zehn Jahren war die Spitze der Sicherheitskräfte vollständig ausgewechselt worden, und bei dem neuen politischen Kurs konnte er nicht mehr damit rechnen, im Notfall von ihr Rückendeckung zu erhalten.

Es kam, wie Karamanlis erwartet hatte. Der Athener Polizeichef begrüßte ihn bei seiner Rückkehr mit finsterer Miene und wies ihn scharf zurecht: »Nun, Herr Hauptmann, wir haben Sie zur Leitung der Ermittlungen nach Dirou geschickt, und Ihre Ergebnisse dort waren alles andere als zufriedenstellend. Auch in Porto Lagos ist es Ihnen nicht besser ergangen. Was soll ich nun daraus schließen? Daß wir es bei dem Mörder mit einem Gespenst zu tun haben – was mir allerdings höchst unwahrscheinlich erscheint – oder daß Sie nicht besonders effizient gearbeitet haben? Bisher konnten wir die Presse zwar aus dieser Affäre heraushalten, aber es wird sicher nicht mehr lange dauern, bis sie Wind davon bekommt.«

Karamanlis blieb nichts anderes übrig, als klein beizugeben: »Ich muß leider gestehen, daß ich tatsächlich eine peinliche Niederlage erlitten habe, Herr Generalkommandant. Trotzdem möchte ich Sie um eine zweite Chance bitten, da ich nach wie vor fest entschlossen bin, dem Mörder das Handwerk zu legen. Ich glaube, ich habe da noch eine Karte in der Hinterhand …«

»Aha. Und um welche Karte handelt es sich, wenn ich fragen darf?«

»Ich glaube zu wissen, wer der Mörder ist, und bin überdies davon überzeugt, daß ich selbst als Nächster auf seiner Abschußliste stehe. Und wer könnte besser für die Leitung der Ermittlungen geeignet sein als jemand, der Opfer und Jäger gleichzeitig ist?«

»Nun, Herr Hauptmann, es ist zweifellos sehr mutig von Ihnen, sich als Lockvogel zur Verfügung zu stellen – aber sollten Sie mir nicht besser sagen, wer der Mörder ist und aus welchen Gründen er es auf Sie und Ihre Männer abgesehen hat?«

»Es ist noch zu früh, um endgültige Schlüsse zu ziehen, und ich möchte Sie bitten, mir noch nicht zu viele Fragen zu stellen. Ich kann Ihnen nur sagen, daß das Motiv der Verbrechen wahrscheinlich in einem Vergeltungsakt zu suchen ist. Sie wissen selbst, wie oft es vorkommt, daß ein entlassener Straftäter sich an den Polizisten rächen will, die ihn einst hinter Schloß und Riegel gebracht haben … Bedenken Sie bei Ihrer Entscheidung bitte auch, daß der Täter diesmal nicht ans Ziel gelangt ist: Sergeant Vlassos wurde zwar verletzt, konnte aber doch in letzter Minute durch unser Eingreifen gerettet werden.«

»Das ist wahr. Sie wollen also, daß der Fall in Ihren Händen bleibt?«

»Es wäre mein größter Wunsch.«

»Einverstanden, Hauptmann. Ich will Ihnen den Gefallen tun, aber Sie müssen damit rechnen, daß es Ihre letzte Bewährungsprobe ist.«

»Eine weitere werde ich auch nicht brauchen«, erwiderte Karamanlis und verließ das Büro seines Vorgesetzten.

Am Abend desselben Tages begab er sich nochmals aufs Revier, um das Phantombild in Empfang zu nehmen, das die Kollegen in Kalamàta nach den Angaben des Lastwagenfahrers aus Hierolimin von dem Auftraggeber des mysteriösen Holztransports anfertigen hatten lassen. Die Gesichtszüge des Phantoms ähnelten aufs Haar denen von Admiral Anastasios Bògdanos.

XIV

Skardamoula, 13. September, 9.00 Uhr

Norman und Michel hatten den Lieferwagen an der vereinbarten Tankstelle stehen lassen und waren mit dem Bus in ihr Hotel zurückgekehrt. Dort teilte man ihnen mit, daß jemand ihren Wagen zurückgebracht und die Schlüssel an der Rezeption abgegeben hatte. Danach hörten sie nichts mehr von dem Mann, den sie am Leuchtturm getroffen hatten, und Tag für Tag warteten sie vergeblich darauf, daß er wieder Kontakt mit ihnen aufnahm.

Michel hatte sich lange vergeblich den Kopf darüber zerbrochen, was die Botschaft bedeuten mochte, die man bei den Leichen von Petros Roussos und Yorgo Karagheorgis gefunden hatte. Es war ihm nur klargeworden, daß er bei den Geschehnissen von damals anknüpfen mußte, um etwas Licht in die Sache zu bringen. Er und Norman beschlossen daher, in die Hauptstadt zurückzukehren und sich auf die Suche nach Aristotelis Malidis zu machen. Er hatte Periklis Harvatis in den letzten Stunden seines Lebens beigestanden, und er war damals auch der Hüter der Vase des Teiresias gewesen. Vielleicht konnte er ihnen mehr über den rätselhaften Mann sagen, der ihnen die Vase hatte zeigen wollen und dann einfach verschwunden war.

Zuerst wollte Norman aber nach Makedonien reisen und sich an dem Ort umsehen, an dem die Leiche seines Vaters gefunden worden war. Vielleicht konnte er mehr in Erfahrung bringen als die spärlichen Hinweise, die Scotland Yard ihm gegeben hatte. Nach einigen Diskussionen vereinbarten Michel und Norman daher, sich für etwa eine Woche zu trennen und bis zu ihrem Wiedersehen in Athen jeden zweiten Tag zu telefonieren.

Als Norman an einem schönen Septembertag das Strymon-Tal durchstreifte, hätte er über der Schönheit der Landschaft fast den Grund seiner Expedition vergessen. Zwischen üppigen Wäldern und fruchtbaren Weiden schlängelte sich in breiten Windungen der Fluß dahin, um schließlich in eine Bucht zu münden, deren Wasseroberfläche mit einem dichten Teppich blühender Seerosen bewachsen war. Uralte Platanen und Buchen standen so dicht am Flußufer, daß ihre Blätterpracht die Fluten streifte, und an den heißesten Stunden des Tages wurden Schafherden in das Flußtal getrieben, die dort ihren Durst stillen und die Kühle des Schattens zu suchten. Dies war die Heimat der Vorfahren des Orpheus und des Zalmoxis, der mythische Ort der Kentauren und der Chimären.

Normans Nachtquartier war ein sauberes und frisch gestrichenes Privatzimmer in dem Dörfchen Sidirokastron, das nur einen Katzensprung von der Grenze entfernt war. Die Sterne, die über dem Pindos-Gebirge leuchteten, schienen der Erde hier näher als anderswo zu sein. Wie der blumenübersäte Schleier einer Göttin standen sie am Himmel, und man hätte fast glauben mögen, daß sie einen betörenden Duft verströmten …

Am Abend erkundigte sich Norman in der Dorftaverne, ob es möglich sei, einen ortskundigen Führer zu bekommen, der sich auch im jugoslawischen Teil Makedoniens auskannte und den dort gesprochenen Dialekt beherrschte. Als Bezahlung bot er die großzügige Summe von fünfzig Dollar pro Tag, und so war es nicht schwer, jemanden zu finden. Schon am frühen Morgen des nächsten Tages präsentierte sich ihm ein etwa vierzigjähriger Jäger namens Haralambos Hackiris, der in der Gegend geboren und aufgewachsen war und im Umkreis von zwanzig Quadratkilometern jeden Baum und jeden Strauch kannte. Auch in den Dörfern jenseits der Grenze hatte er ein paar Bekannte, und er machte Norman gegenüber keinen Hehl daraus, daß er seinen Lebensunterhalt unter anderem mit Schmuggelgeschäften finanzierte. Dennoch schien er ein seriöser Mann zu sein, dem man unbedingt vertrauen konnte.

Norman klärte ihn über den Grund seines Aufenthalts in den von Fremden nur selten besuchten Bergen auf und fragte ihn auch, was ihm über den Mord an seinem Vater zu Ohren gekommen war.

»Natürlich ist über diese Sache viel geredet worden«, erwiderte Hackiris, »und wenn du meine persönliche Meinung hören willst – wer immer deinen Vater auch umgebracht hat, er ist nicht aus dieser Gegend, denn ansonsten würde ich sowohl den Mörder als auch sein Motiv kennen. Wir erfahren alles, was in diesen Bergen passiert. Es gibt hier zwar noch Wilderer, die mit Pfeil und Bogen auf die Jagd gehen, um sich nicht von den Wildhütern erwischen zu lassen, aber viele sind es nicht mehr und sie sind alle alte Männer. Ich kenne jeden von ihnen und weiß, daß sie für kein Geld der Welt einen Menschen umbringen würden. Und auch die Drogenschmuggler haben anderes zu tun als sich um einen englischen Freizeitjäger zu kümmern.«

»Ich biete dir eine Belohnung von dreihundert Dollar«, sagte Norman, »wenn du mir hilfst, Licht in diese Sache zu bringen. Aber wenn du versuchst, mich zu betrügen, zahle ich dir nicht mal deinen Lohn.«

Am nächsten Morgen fuhren sie mit dem Auto über die jugoslawische Grenze und ließen es dann an der Hauptstraße stehen, um sich zu Fuß auf den Weg in die Berge der Strymon-Hochebene zu machen.

»Wenn es überhaupt jemanden gibt, der etwas wissen könnte, dann muß er hier zu finden sein«, sagte Hackiris und wies auf ein Dorf, das auf halber Höhe eines Berges jenseits des Flußufers lag. Sie durchwateten den Fluß an einer seichten Stelle und gelangten gegen drei Uhr nachmittags in das fast verlassene Dörfchen. Außer ein paar schwarzgekleideten alten Frauen, die ein Grasbündel oder einen Wasserkrug auf dem Kopf trugen, war niemand zu sehen. Im Ort gab es zwar kein Polizeirevier, jedoch war in einem Privathaus ein ziviler Wachposten untergebracht. Hackiris erzählte dem Mann den Grund ihres Herkommens, doch da sie im Dialekt sprachen, konnte Norman kein Wort verstehen.

»Hast du zwanzig Dollar bei dir?« fragte Hackiris Norman nach einer Weile, der ihm bereitwillig das Geld reichte.

»Und?«

»Ich habe etwas Interessantes herausgefunden. Der Mann hier war es, der deinen toten Vater gefunden hat, und er sagt, daß die Leiche sicherlich nicht länger als ein paar Stunden dort gelegen hat.«

»Hat er etwas bei meinem Vater gefunden?«

»Auf die Jackentasche der Leiche war eine Botschaft geheftet, die er noch vor dem Eintreffen der Polizei abgeschrieben hat. Später hat er sie dann von einem Freund, der Griechisch spricht, übersetzen lassen.«

»Wieso hat er das getan?«

»Scheinen dir zwanzig Dollar nicht Grund genug? Er hatte sich schon gedacht, daß diese Worte früher oder später etwas wert sein würden.«

»Kann ich die Botschaft sehen?«

»Natürlich.«

Der Wachmann nahm eine Vase aus einem Regal, holte ein kariertes Stück Papier daraus hervor und reichte es Norman, der atemlos die wenigen Zeilen überflog, die darauf geschrieben standen:

Schon bei vieler Männer Ermordung warst du zugegen, die in dem Zweikampf blieben und in der wütenden Feldschlacht, doch kein Anblick hatte dein Herz so innig gerühret.

Hackiris sah ihn fragend an. »Und, ist es die zwanzig Dollar wert gewesen?«

»Es ist noch viel mehr wert gewesen«, erwiderte Norman, »ein Mann hat mit dem Leben dafür bezahlt …«

Hackiris schien von Normans Worten nicht besonders beeindruckt und begann, statt eine Antwort zu geben, wieder mit ihrem Gastgeber zu plaudern.

»Er hat dir noch etwas zu erzählen«, sagte Hackiris nach einer Weile, »aber dafür will er das Doppelte haben: vierzig Dollar.«

»Na gut«, meinte Norman und zückte zum zweitenmal den Geldbeutel. Der Wachmann verschwand kurz in einem anderen Zimmer und kam dann mit einem in Zeitungspapier gewickelten Päckchen zurück, das er auf den Tisch legte. Als Norman es aufwickelte, fiel ein Pfeil heraus.

»Der Pfeil steckte in etwa zwei Metern Höhe in einem Baumstamm«, übersetzte Hackiris, »und zwar ganz in der Nähe des Ortes, wo dein Vater lag. Der Mann hat mit seinem Jagdmesser die Spitze des Pfeils aus dem Baum herausgeschnitten und ihn mit nach Hause genommen. Die Waffe ist hier in der Gegend unbekannt und stammt mit Sicherheit von einem Fremden.«

»Sein erster Schuß war also danebengegangen«, murmelte Norman vor sich hin. »Also ist seine Hand nicht immer ganz sicher ...« Dann sagte er zu seinem Führer gewandt: »Laß dir erklären, wo er die Leiche gefunden hat, und führe mich dorthin.«

Der Wachmann ging ihnen voran aus dem Haus und brachte sie an den Rand des Dorfes. Von dort wies er mit ausladenden Gesten in das Tal zu ihren Füßen und erklärte Hackiris genau, wie sie zum Schauplatz des Verbrechens gelangen konnten. Nach einer Weile kamen Norman und sein Führer in einer feuchten und dicht mit Wald und Moos überwachsenen Sandsteinschlucht an, in der riesige Buchen standen, die nur wenig Sonnenlicht einfallen ließen. Eine kristallklare Wasserquelle rieselte über den Boden.

»Wenn ich den Mann richtig verstanden habe, muß es genau hier gewesen sein«, sagte Hackiris und deutete auf eine Nische zwischen zwei gewaltigen Baumwurzeln. Norman setzte sich auf einen Stein und strich mit der Hand über die rauhe Baumrinde. Eine Weile lauschte er dem ruhigen Rauschen der Blätter und dem gleichmäßigen Plätschern der Quelle, das den heißen Spätsommernachmittag mit tiefem Frieden erfüllte.

»Es ist ein schöner Ort zum Sterben«, sagte er dann, und endlich traten ihm die Tränen in die Augen. »Leb wohl, Vater.«

Michel fühlte sich wie unter Schock, als er in Athen einfuhr und all die vertrauten Orte wiedersah: die Akropolis, das Polytechnikum, die französische Schule für Archäologie, das Nationalmuseum … Es war, als hätte jemand seine Lebensuhr zurückgedreht und ihn wieder in jenen Moment versetzt, als er mit zitternden Knien und an Leib und Seele verwundet aus der Polizeizentrale geführt und kurz darauf in ein Flugzeug gesetzt worden war.

Er bezog sein reserviertes Zimmer in dem Hotel in der Plaka, wo er sich mit Norman verabredet hatte, und machte sich danach zu Fuß auf den Weg durch die Stadt, ohne ein festes Ziel zu haben. Nachdem er das Olympieion und den Syntàgmatos-Platz, wo die Touristen wie immer auf den Wachwechsel der Evzonen warteten, passiert hatte, gelangte er zu der Bar an der Ecke zur Stadìou-Straße, wo er so viele Male bis spät in die Nacht mit seinen Freunden gesessen hatte. Er trat ein, nahm an einem Tisch Platz und bestellte ein Fix-Bier.

»Das wird aber gar nicht mehr hergestellt, mein Herr«, sagte der Kellner.

»Dann nehme ich ein Alfa.«

»Auch das gibt es nicht mehr. Es muß lange her sein, seit Sie das letztemal in Griechenland waren. Heutzutage haben wir nur noch Exportbiere.«

»Ja, das stimmt, es ist lange her … Gut, dann will ich doch kein Bier. Bringen Sie mir statt dessen einen türkischen Kaffee.«

Der Kellner brachte ihm den Kaffee, und Michel saß eine Weile schweigend da und betrachtete eine Gruppe junger Leute, die am Nebentisch ausgelassen scherzten und lachten. Er fühlte sich so sehr in die Vergangenheit versetzt, daß er sich am liebsten zu ihnen gesetzt hätte, als sei er noch in ihrem Alter und habe noch nie erfahren, wie grausam das Leben sein konnte. Da fiel sein Blick plötzlich in einen Spiegel an der Wand, und er sah die grauen Strähnen an seinen Schläfen und die Fältchen um die Augen, und er sah auch, daß er allein und um ihn nur Dunkelheit und Leere war. Seine einzige Gesellschaft waren die Schatten einer unseligen Vergangenheit ... Wie von Sinnen floh er aus der Bar und auf die Straßen, in denen die Menschen aus ihren Büros oder Geschäften nach Hause drängten, und er lief und lief, ohne zu wissen wohin, wie im Traum, bis er auf einmal zu seiner eigenen Verwunderung vor einem Straßenschild stand, auf dem ›Dionysìou‹ geschrieben war. Kein Mensch war in der kleinen Straße zu sehen.

Er ging langsam den Gehsteig entlang und zählte die ungeraden Hausnummern auf der gegenüberliegenden Straßenseite. Es war schon Abend, und der graue Himmel Athens hatte sich in ein bläßliches, nebelhaftes Rot verfärbt. Ein Junge fuhr auf einem Fahrrad vorbei. Ein kleines Kind auf einem Balkon war gerade mit seinem Ball beschäftigt und warf dem Passanten einen neugierigen Blick zu. Ein Flugzeug hinterließ einen weißen Streifen am Himmel ...

Endlich las Michel: Dionysìou 17.

Das Schild, das das Gebäude als Druckerei auswies, war vergilbt und halb abgeblättert, und der heruntergelassene Rolladen war so verstaubt, als sei er seit Jahren nicht mehr geöffnet worden. Michel blieb eine Weile schweigend stehen und betrachtete das allem Anschein nach verlassene Gebäude. Dann lenkte er seine Schritte zu einer etwa hundert Meter entfernt gelegenen Bar namens Milos, deren Leuchtanzeige gerade angeschaltet worden war. Er trat ein und setzte sich in die Nähe des Eingangs, so daß er die Straße überblicken konnte. Nachdem er einen Ouzo mit Wasser und Eis bestellt hatte, nahm er den Kellner beiseite und deutete auf das Haus Nummer 17: »Ist die Druckerei dort Ihres Wissens noch in Betrieb?«

Der Kellner sah hinaus auf die Straße und schüttelte dann den Kopf. »Seit ich hier bin, war sie immer geschlossen.«

»Und wie lange arbeiten Sie schon hier?«

»Seit sieben Jahren.«

»Kommen Sie schon morgens her?«

»Ja. Jeden Morgen.«

»Und niemals haben Sie jemanden herauskommen oder hineingehen sehen?«

»Nein, niemals. Aber darf ich fragen, wieso Sie das wissen wollen?«

»Ich sammle eine Zeitschrift, die früher hier gedruckt wurde, und es fehlen mir noch ein paar alte Exemplare.«

»Ich verstehe.«

»Wissen Sie, ob der Häuserblock dort drüben einen Hausmeister oder einen Pförtner hat?«

»Nein, das glaube ich nicht. Nur die schönen und modernen Gebäude in der Patissìon-Straße oder in der Stadìou-Straße oder auch am Omonia-Platz haben einen Pförtner. Aber das hier sind alte Häuser, die noch aus der Zeit vor dem Krieg gegen die Türken stammen.«

»Ich danke Ihnen.« Michel legte seiner Bezahlung ein großzügiges Trinkgeld bei und verließ das Lokal, in der Absicht, ins Hotel zurückzukehren und zu sehen, ob Norman schon angerufen hatte. Der Kellner räumte den Tisch ab und steckte das Geld ein, dann ging er hinaus, um die im Freien stehenden Tische zu decken. Zufällig fiel sein Blick auf die gegenüberliegende Straßenseite. Es war inzwischen dunkel geworden, und aus einem Spalt unter der Rolltür des Hauses Nummer 17 drang unverkennbar Licht hervor.

»Hallo, warten Sie!« rief er hinter Michel her, der schon am Ende der Straße angelangt war. Aber Michel konnte ihn nicht mehr hören und war einen Moment später um die Ecke gebogen und verschwunden. Der Kellner zuckte die Schultern und machte sich wieder an die Arbeit, doch immer wieder warf er einen Blick auf die gegenüberliegende Straßenseite. Als er um zwei Uhr nachts den Nachhauseweg antrat, war der Lichtschimmer noch immer da.

Norman rief gegen neun Uhr abends an.

»Wo bist du denn?« fragte Michel.

»Auf einem Parkplatz, wenige Kilometer von der Grenze entfernt. Ich werde heute nacht in Sidirokastron schlafen und mich morgen auf den Weg nach Athen machen.«

»Das ist aber schnell gegangen. Hast du etwas gefunden?«

»Ja. Scotland Yard hat mir tatsächlich einen besonderen

Hinweis bezüglich des Todes meines Vaters vorenthalten: Es befand sich nämlich ein Zettel mit einer Botschaft bei der Leiche ...

»Wirklich? Und wie lautet die Botschaft?«

Norman las langsam die Worte auf dem Zettel vor:

Schon bei vieler Männer Ermordung warst du zugegen, die in dem Zweikampf blieben und in der wütenden Feldschlacht. Doch kein Anblick hatte dein Herz so innig gerühret.

»Was hat das nur zu bedeuten, Michel?«

»Ich weiß es ... Ja, ich weiß es, Norman. Ruf mich in zehn Minuten noch mal an, dann kann ich dir Näheres sagen. Ich bin mir ganz sicher.«

Nachdem Norman aufgelegt hatte, lief Michel zu seinem Koffer und zog die Ausgabe der *Odyssee* heraus, die er von zu Hause mitgebracht hatte. Einige Passagen, die ihn besonders beeindruckt hatten, waren mit Lesezeichen versehen ... Da war die Stelle: *Odyssee XI*. Es waren die Worte, die Agamemnon im Totenreich an Odysseus gerichtet hatte ...

Als Norman wieder anrief, stand Michel schon mit dem aufgeschlagenen Buch in den Händen bereit: »Es ist ein Passus aus der Nekyia, Norman, aus dem elften Gesang der *Odyssee*. Odysseus trifft im Totenreich den Schatten des Agamemnon, und der erzählt ihm, wie seine Gefährten und die Seherin Kassandra bei ihrer Rückkehr aus dem trojanischen Krieg in seinem Haus niedergemetzelt wurden ... Er verflucht mit diesen Worten das abscheuliche Massaker an einem unschuldigen Mädchen ...« Am anderen Ende der Leitung herrschte Schweigen. »Norman, bist du noch da?«

Normans Stimme klang müde und traurig, als er erwiderte: »Ja ... Das würde also heißen, daß der Tod meines Vaters mit dem von Roussos und Karagheorgis in Zusammenhang steht ...«

»Möglicherweise ja ...«

»Es gibt keine andere Erklärung.«

»Ich weiß es nicht, Norman, wir sollten keine voreiligen Schlüsse ziehen. Komm erst mal nach Athen, dann sprechen wir darüber. Ich werde in der Zwischenzeit herauszufinden suchen, was die anderen Botschaften bedeuten. Mir ist da eine Idee gekommen.«

»Ist gut«, sagte Norman, »ich bin so schnell wie möglich bei dir.«

»Norman?«

»Ja.«

»Verlier jetzt nicht den Mut. Wir müssen den Weg zu Ende gehen.«

»Mach dir keine Sorgen um mich ... Ich habe übrigens noch etwas gefunden, das ich dir zeigen muß.«

»Was ist es denn?«

»Ein Pfeil ... Genau so einer wie der, der meinen Vater getötet hat.«

Nach dem Telefongespräch mit Norman ließ Michel sich am Tisch nieder, zündete sich eine Zigarette an und verglich die Worte, die Norman ihm vorgelesen hatte, mit dem Passus aus der *Odyssee*. Dann überflog er Seite für Seite des umfangreichen Werks, um herauszufinden, ob auch die Botschaften, die man bei den Leichen von Roussos und Karagheorgis gefunden hatte, aus dem Epos stammten. Doch seine Suche führte zu keinem Ergebnis.

Er warf sich aufs Bett und versuchte, sich zu entspannen, doch die Gedanken in seinem Kopf kreisten unaufhörlich weiter. Was sie bisher herausgefunden hatten, war alles andere als vielversprechend. Sie hatten die Jagd auf die Vase des Teiresias abbrechen müssen und die Spur des Mannes, mit dem sie sich in Kòtronas getroffen hatten, verloren. Und die Tatsache, daß der Tod von James Shields rätselhafte Parallelen mit dem der beiden Polizisten aufwies, machte die Sache nur noch verfahrener, als sie sowieso schon war. Auch war ungeklärt, woher die Schrift von Periklis Harvatis stammte, wenn die Druckerei in der Dionysìou-Straße 17 schon so lange Zeit geschlossen war.

Am nächsten Morgen würde er beim Direktor des Nationalmuseums vorsprechen, um nach dem Verbleib von

Aristotelis Malidis zu fragen. Der alte Museumswächter war seine letzte Hoffnung.

Als das Telefon abermals klingelte, wies ihn die Stimme der Rezeptionsangestellten darauf hin, daß es sich um einen Anruf aus dem Ausland handelte.

»Michel? Ich bin's, Mireille. Gott sei Dank, daß ich dich endlich erwischt habe.«

»Verzeih mir. Ich hatte bisher noch gar nicht die Zeit, dich anzurufen und dir zu sagen, daß ich in Athen angekommen bin.«

»Das macht nichts. Ich habe es mit der Nummer versucht, die du mir gegeben hast, und wie du siehst, war ich erfolgreich. Wie geht es dir denn?«

»Ach, es ist alles ziemlich kompliziert, ich stoße auf ein Hindernis nach dem anderen ...«

»Ich würde dich gerne sehen.«

»Das möchte ich auch.«

»Ab nächster Woche habe ich frei, und da möchte ich zu dir nach Griechenland zu kommen.«

»Mireille, ich bin hier nicht einfach nur mit einer wissenschaftlichen Forschungsarbeit beschäftigt, sondern will Norman helfen, den Tod seines Vaters aufzuklären ... Wir können nicht ausschließen, daß wir uns vielleicht selbst in Gefahr begeben müssen.«

»Das ist ja der Grund, warum ich bei dir sein will.«

»Es gibt nichts, das ich mir mehr wünschen würde, glaub mir, Mireille ... Ich träume jede Nacht von dir, aber – nun, deine Anwesenheit würde im Moment einfach Probleme schaffen, vor allem für Norman. Es gibt da ein paar Dinge, die wir unter uns beiden abmachen müssen. Ich kann nur hoffen, daß du Verständnis hast ...«

»Natürlich. Du meinst also, daß ich dir nur zur Last fallen würde, stimmt's?«

»Mireille, bitte gib mir noch ein paar Tage Zeit. Wenn sich etwas Neues ergibt, rufe ich dich sofort an ... Außerdem kannst du mir vielleicht sogar eher behilflich sein, wenn du zu Hause bleibst.«

»Gut, für den Moment gebe ich mich geschlagen. Aber

vergiß nicht: Je länger die Abstinenz dauert, zu der du mich verurteilst, desto schlimmer wird nachher deine Strafe ausfallen ...«

Michel lächelte. »Ich werde mich deinen Grausamkeiten gerne freiwillig unterwerfen, meine Gebieterin.«

»Du fehlst mir.«

»Du mir auch.«

»Michel, gibt es etwas, das du mir verbirgst?«

»Um die Wahrheit zu sagen: Ja. Bitte habe etwas Geduld, Mireille ... Zum jetzigen Zeitpunkt wüßte ich nicht, wie ich dir alles erklären sollte. Aber erhalte mir deine Liebe, jetzt und ... auch später. Sie ist das Wichtigste in meinem Leben.«

Als sie an der griechischen Grenze vor Sidirokastron halten mußten, händigte Norman seinem Führer die vereinbarte Geldsumme aus. Hackiris dankte ihm und machte sich zu Fuß auf den Weg ins Dorf, nachdem er dem Polizisten seinen Grenzgängerausweis gezeigt hatte. Als jedoch Norman seinen Paß vorwies, sah der Polizist ihn prüfend an, und statt ihm das Dokument zurückzugeben, sagte er nur kurz: »Wollen Sie mir bitte folgen, Herr Shields?«

»Aber wieso denn?«

»Eine reine Formalität, es dauert nur wenige Minuten ... Lassen Sie Ihren Wagen ruhig hier stehen, mein Kollege wird ihn für Sie einparken.«

Norman gehorchte und betrat hinter dem Polizisten das Grenzhäuschen. Das Büro wurde nur von einer Schreibtischlampe erleuchtet, und Norman sah zunächst nur die dunkle Gestalt eines Mannes am Tisch sitzen, ohne sein Gesicht erkennen zu können.

»Guten Abend, Herr Shields, nehmen Sie doch bitte Platz.«

»Nun hören Sie mal: Es ist Mitternacht, ich bin todmüde und möchte nichts anderes als schlafen. Wenn Sie schon eine Kontrolle machen müssen, dann seien Sie doch wenigstens so freundlich und ...«

»Was denn, Herr Shields, erinnern Sie sich etwa nicht

mehr an mich? Sie werden doch wohl ein paar Minuten für einen alten Bekannten übrig haben.«

Als Norman die Stimme erkannte, sah er sich den Mann am Schreibtisch näher an und fiel wie vom Donner gerührt auf einen Stuhl: »Pavlos Karamanlis!«

»Ganz genau, Herr Shields.«

»Was soll diese Komödie mit der Kontrolle? Was wollen Sie in Wirklichkeit von mir?«

»Anscheinend sind Sie ein Mann, der nicht lange um den heißen Brei herumredet. Gut, dann kommen wir also gleich zur Sache: Ich will wissen, warum Sie und Ihr Freund Michel Charrier nach Griechenland zurückgekommen sind, und was Sie in Dirou zu suchen hatten, nachdem Yorgo Karagheorgis in der Höhle von Katafigi umgebracht worden war. Und weiterhin würde es mich sehr interessieren, wer der Mann ist, mit dem Sie sich am Abend des neunten August an der Ostküste der lakonischen Halbinsel getroffen, und dem Sie anschließend Ihr Auto überlassen haben.«

Norman versuchte, eine gleichgültige Miene aufzusetzen. »Sie haben nicht mehr den verzweifelten Jungen von vor zehn Jahren vor sich, Karamanlis. Ihre Fragen gehen mich nichts an, und Sie haben auch kein Recht, mich hier festzuhalten. Ich werde jetzt aufstehen und gehen.«

Karamanlis erhob sich und sagte drohend: »Das würde ich Ihnen allerdings nicht raten, Shields ... Meine Jungs haben sich in der Zwischenzeit nützlich gemacht und ein kleines Geschenk in Ihrem Wagen versteckt. Es handelt sich um wunderbar weißen Schnee, und zwar mehr als genug, um Sie für eine Weile ins Gefängnis wandern zu lassen ...«

»Sie bluffen doch nur, Karamanlis.«

»Außerdem will ich noch wissen, was Sie in Jugoslawien mit einem Bergführer zu suchen hatten.«

Norman schüttelte den Kopf und wollte aufstehen, doch Karamanlis hielt ihn zurück: »Sehen Sie sich vor, Shields, Sie wissen sehr gut, daß ich nicht zu scherzen pflege. Auch wenn sich irgendwann Ihre Unschuld erweisen sollte, würde meine kleine Aufmerksamkeit Sie ein paar Monate Ihres Lebens kosten. Denken Sie doch nur an all die lästigen Verhöre, den Prozeß, die schwierige Beweislage … Ich habe noch immer die Macht, Sie zugrundezurichten …« Wieder machte Norman Anstalten, sich zu erheben, doch Karamanlis fuhr unerbittlich fort: »Warten Sie! Es dürfte Ihnen wohl klar sein, daß ich kein persönliches Interesse daran habe, Ihnen Unannehmlichkeiten zu bereiten. Alles, was ich will, ist, herausfinden, welches Aas sich mit dem Abmetzeln meiner Männer vergnügt. Vergessen Sie nicht, Shields, daß auch Ihr Vater dran glauben mußte …«

Norman hatte das Gefühl, daß alle Kraft aus seinem Körper wich, als er aus Karamanlis' Mund die Bestätigung seines Verdachts vernahm, daß der Tod seines Vaters mit den anderen Morden in Zusammenhang stand. Er fiel schwer gegen die Lehne seines Stuhls zurück und fragte mit gesenktem Kopf: »Was hat mein Vater damit zu tun?«

»Ihr Vater war zur Zeit der Revolte im Polytechnikum ein wichtiger Verbindungsmann zwischen dem amerikanischen Geheimdienst und unserer Sicherheitspolizei. Er starb aus demselben Grund wie Roussos und Karagheorgis, aus demselben Grund, aus dem noch ein weiterer meiner Männer – Vassilios Vlassos – um ein Haar draufgegangen wäre.«

Norman hob den Kopf und fragte mit angespannter Miene: »Was ist mit Ihrem Kollegen geschehen?«

»Vlassos wurde von ein paar harmlosen kleinen Pfeilen durchsiebt und dabei zur Hälfte kastriert. Aber er hat überlebt.«

»Wann und wo ist das passiert?«

»Einen Moment mal, Shields. Eigentlich bin ich hier derjenige, der die Fragen stellt.«

»Hören Sie, Karamanlis, ich verabscheue Sie zutiefst, und Gott weiß, welches Opfer es für mich ist, Ihre Gegenwart auch nur für kurze Zeit zu ertragen. Aber ich bin mir bewußt, daß Sie interessante Informationen für mich haben könnten, und nur aus diesem Grund werde ich Ihnen alles sagen, was ich weiß. Schließen wir also einen Pakt über gegenseitige Hilfeleistung, der jedoch nichts daran ändern wird, daß wir in Wirklichkeit Feinde sind.«

»Ich habe mir die Vase nicht unter den Nagel gerissen.«

»Darum geht es nicht. Sie sind schuld am Tod von Claudio Setti und Heleni Kaloudis.«

Karamanlis schien sich nicht aus der Ruhe bringen zu lassen. »Ich will nichts weiter von Ihnen, als daß Sie meine Fragen beantworten.«

»Und ich bin dazu bereit, wenn ich dafür die meinen stellen kann.«

Karamanlis erhob sich. »Gut. Ich muß Sie aber erst durchsuchen«, sagte er dann, »Sie könnten ein Aufnahmegerät bei sich haben.«

Norman ließ die Prozedur über sich ergehen und setzte sich dann wieder. »Zuallererst will ich wissen, was genau mein Vater mit dieser ganzen Angelegenheit zu tun hatte.«

Karamanlis sah ihn schweigend an und sagte dann: »Wie Sie wollen.«

Sie sprachen lange miteinander. Norman rauchte nervös eine Zigarette nach der anderen und lauschte konzentriert Karamanlis' Ausführungen, die das Netz der Verwicklungen zunächst noch mehr zu verdichten schienen, statt zu einer Lösung der Rätsel zu führen.

»Haben Sie die Pfeile gesehen, die Vlassos durchbohrt haben?« fragte Norman, als der Bericht seines Gegenübers beendet war.

»Ich habe sie bei mir«, antwortete Karamanlis.

»Holen Sie sie. Ich komme sofort wieder.« Er stand auf, ging hinaus in den Hof und nahm das Zeitungsbündel mit dem Pfeil aus seinem Wagen, das ihn vierzig Dollar gekostet hatte.

Als er wieder in Karamanlis' Büro trat, lagen auf dem Schreibtisch schon die drei anderen Pfeile feinsäuberlich aufgereiht. Er legte den seinen daneben: Bei allen vieren handelte es sich um Exemplare der sehr seltenen Marke Easton Eagle, deren hölzerne Stiele von einer Spitze aus Stahl gekrönt waren.

Die Uhr zeigte zwei Uhr nachts, als in Michels Hotelzimmer das Telefon klingelte.

»Ja, Michel Charrier … Wer ist denn da?«

»Michel, sie haben versucht, einen weiteren Polizisten aus Karamanlis' Reihen zu töten, und zwar wieder mit Pfeil und Bogen, genau wie meinen Vater … Der Verletzte heißt Vassilios Vlassos.«

»Ach, du bist's, Norman«, murmelte Michel schlaftrunken. »Woher weiß du das denn?«

»Und auf die Stiele der Pfeile hat jemand eingeritzt: ›Du hast die Brote in den kalten Backofen geschoben‹.«

»Schon wieder so ein Rätsel … Wann kommst du denn nun nach Athen?«

Statt einer Antwort schwieg Norman eine Weile, und als er wieder sprach, kam seine Stimme nur zögerlich, als fürchtete er sich vor seinen eigenen Worten: »Michel«, stammelte er endlich, »Michel, ich glaube, du hattest recht …«

»Was willst du damit sagen?«

»Claudio … Claudio lebt … Und er bringt sie alle um, einen nach dem anderen.«

XV

Athen, 28. September, 23.30 Uhr

Nach Normans schrecklichen Worten versuchte Michel vergeblich, wieder einzuschlafen. Konnte es wirklich sein, daß Claudio der Urheber dieser Verbrechen war? Sein Freund von damals ein gnadenloser Rächer? Zehn Jahre waren inzwischen vergangen ... War es möglich, daß jemand zehn Jahre lang in tödlichem Schweigen lebte und kein anderes Gefühl mehr kannte als puren Haß? War ein Mann dazu fähig, zehn Jahre lang seine Vergeltung zu planen und nur auf den richtigen Moment zu warten, in dem er zuschlagen konnte?

Er rief sich die verschiedensten Episoden der schönen Zeit, die sie zusammen verlebt hatten, ins Gedächtnis – ihre Späße, ihre Diskussionen, ihre Eskapaden – und suchte darin einen Hinweis auf den Mann, der diesen wahnwitzigen Rachefeldzug inszeniert hatte – falls es sich bei diesem wirklich um Claudio handeln sollte. Doch er fand nichts. Wieder und wieder las er den letzten Satz, den er unter die anderen Botschaften auf einen Zettel geschrieben hatte:

Du hast die Brote in den kalten Backofen geschoben

Doch auch diese Worte halfen ihm nicht weiter. Als er gerade beschlossen hatte, ein Schlafmittel zu nehmen und sich wieder hinzulegen, kam ihm plötzlich eine Idee ... Aber sicher, weshalb hatte er nicht schon vorher daran gedacht? Gut, der Satz, den man bei Shields' Leiche gefunden hatte, stammte aus der *Odyssee,* doch bei den anderen Botschaften konnte es sich auch um Textstellen von anderen klassischen Autoren handeln. Aber wo sollte er in dem riesigen Labyrinth der überlieferten Texte anfangen zu suchen? Vielleicht hatte er den Passus sogar schon einmal irgendwo gelesen, vielleicht war die Lösung einfacher, als er dachte, aber dennoch brauchte er einen ersten Hinweis. Trotz seiner Fachkenntnisse gab es immer noch unüberwindliche Berge von antiker Literatur, die er nicht kannte. Wie sollte ein normaler Sterblicher wie er sich auf die Suche nach wenigen Worten begeben, deren Herkunft vollständig anonym war ... Nein, für einen Menschen war das unmöglich, aber einem Computer konnte es vielleicht gelingen ... *Ikarus!*

Ikarus war dazu in der Lage, jede mindestens zwei Vokabeln umfassende Wortverbindung in der gesamten griechischen und lateinischen Literatur von Homer bis zu Isidor von Sevilla aufzuspüren. Die Produkte der großen Geister aus fünfzehn Jahrhunderten waren auf einer Platte von fünf Millionen Kilobytes gespeichert. Allerdings war Michel sich nicht sicher, ob die Programmierung und das Scanning von *Ikarus* bereits vollständig abgeschlossen waren. Soweit er wußte, hatte die Firma British Informatics den umfangreichen Katalog zwar schon fast fertiggestellt und teilweise sogar bereits vor ein paar Jahren herausgegeben, aber die Datenbank selbst war zum jetzigen Zeitpunkt noch nicht für die Öffentlichkeit verfügbar, geschweige denn an die Terminals der Forschungsinstitute angeschlossen.

... Mireille! Ihre Eltern waren Teilhaber des Unternehmens und saßen in seinem Aufsichtsrat. Wenn es ihr gelang, eine Genehmigung zu erhalten, würde sie nach London fahren und im Firmenhauptsitz den Rechner befragen können. Wenige Worte wie ›kalter Backofen‹ oder ›ich friere‹ reichten sicher hin, um den Passus aufzustöbern, und selbst wenn die Wortverbindung nicht ganz exakt sein sollte, würde der Computer das Original finden können.

Endlich warf er sich aufs Bett und nahm ein leichtes Schlafmittel ein, um wenigstens ein wenig schlafen und die aufwühlenden Ereignisse der letzten Zeit vergessen zu können.

Als er am Morgen aufwachte, war sein erster Gedanke, Mireille anzurufen. Tatsächlich hatte er Glück und traf sie noch zu Hause an.

»Mireille, ich brauche deine Unterstützung. Du mußt mir dabei helfen, ein Problem zu lösen, das mich andernfalls noch in den Wahnsinn treibt.«

»Ich bin erstaunt, daß du deine Meinung in wenigen Stunden völlig geändert hast: Erst willst du nichts von mir wissen, und jetzt kann ich dir plötzlich das Leben retten?« fragte die junge Frau mit unverhüllter Ironie.

»Mireille, mir ist im Moment wirklich nicht nach Scherzen zumute ... Es geht in dieser Sache um Leben und Tod, verstehst du? Also gut, hör zu: British Informatics verfügt über ein Programm namens *Ikarus,* das für Normalsterbliche bisher noch nicht zugänglich ist. Ich möchte, daß du alles versuchst, dir den Zugriff auf die Datenbank zu beschaffen, und mir dann so schnell wie möglich berichtest, was du herausgefunden hast.«

Mireille schwieg eine Weile verblüfft und sagte dann: »Ich muß erst meinen Vater fragen ...«

»Ja, das weiß ich ... Sag ihm, daß du das Programm für dich selbst brauchst. Er wird dir den Gefallen nicht abschlagen.«

»Das ist nicht der Punkt. Du weißt selbst, wie es um unser Verhältnis steht und ...«

»Mireille, wenn ich dir doch sage, daß es um Leben und Tod geht.«

»Na gut. Ich tu's.«

»Danke.«

»Aber ich werde dir das Ergebnis persönlich nach Athen bringen.«

»Soweit ich weiß, nennt man das kaltblütige Erpressung.«

»Du hast zwei Möglichkeiten: ablehnen oder akzeptieren.«

»Einverstanden. Und jetzt schnapp dir Papier und Bleistift. Ich muß dir eine Reihe möglicher Kombinationen sagen. Es handelt sich um Passagen in modernem Griechisch, aber ich nehme an, daß sie aus einem antiken Original übersetzt sind. Hast du mich verstanden?«

»Natürlich. Und du willst, daß ich die Textstelle und den Autor herausfinde?«

»Wenn es möglich ist ... vorausgesetzt, ich hatte die richtige Intuition.«

Michel diktierte ihr die möglichen Versionen der griechischen Sätze, die *Ikarus* herausfinden sollte. »Hast du alles aufgeschrieben?« fragte er dann.

»Ja«, erwiderte Mireille. »Seltsame Worte sind das. Ich weiß nicht warum, aber sie jagen mir eine Gänsehaut über den Rücken.«

Das Gespräch mit Norman Shields hatte Pavlos Karamanlis' Zweifel vollständig zerstreut: Es war ein und derselbe Täter, der für den Tod von James Shields, Petros Roussos und Yorgo Karagheorgis und für den versuchten Mord an Vassilios Vlassos verantwortlich war. Und er hatte es auch auf ihn selbst, Polizeihauptmann Karamanlis, abgesehen, wollte sie ihn jedoch für ganz zuletzt aufsparen. Wahrscheinlich trieb er ein kaltblütiges Katz-und-Maus-Spiel mit ihm und wartete nur auf den passenden Moment, um zuzuschlagen. Auch konnte inzwischen davon ausgegangen werden, daß es sich bei dem Mörder um den totgeglaubten Claudio Setti handelte, der in Wirklichkeit quicklebendig war. Allerdings war es auch nicht auszuschließen, daß jemand anderer den Verdacht absichtlich auf Claudio Setti zu lenken suchte.

Karamanlis war der Überzeugung, daß der Mörder noch einmal versuchen würde, Vlassos umzubringen, bevor er sich an ihn selbst heranwagte. Das gab ihm immerhin die Möglichkeit, sich eine möglichst perfekte Falle auszudenken, um den Gejagten nicht entkommen zu lassen.

Er verließ das Polizeirevier von Sidirokastron um acht Uhr morgens und ging zu Fuß ins Dorf, um den versprochenen Feta für seine Frau zu kaufen. Überdies erstand er ein paar Würste, frischen Molkenkäse, Brot und eine große

Flasche frischgezapften Retsina. Gegen halb neun stieg er in sein Auto und machte sich auf den Weg zur Autobahn nach Thessaloniki.

Ein weiterer Gedanke ließ ihm keine Ruhe: Welche Rolle spielte Bògdanos in der ganzen Geschichte? Was Shields ihm über das mysteriöse Treffen in Kòtronas erzählt hatte, machte seine Absichten keineswegs deutlicher. Ein Verdacht – oder vielleicht nur ein Gefühl – sagte Karamanlis, daß Bògdanos an dem Mord an Karagheorgis nicht unbeteiligt war. Doch wieso hätte er dann Vlassos das Leben retten sollen? Und was war der wahre Grund für sein Treffen mit Shields und Charrier? ... Er mußte unbedingt herausfinden, auf welcher Seite Bògdanos stand und was er im Schilde führte.

Auf der Autobahn beschleunigte er seine Geschwindigkeit. Falls er nicht zu spät in Athen ankam, konnte er versuchen, seinen alten Freund vom Verteidigungsministerium zu erreichen und ihm ein paar Fragen zu stellen – vorausgesetzt er war überhaupt noch im Dienst. Um Zeit zu sparen, legte er mittags keine Pause ein, sondern aß nur einen Bissen im Auto, so daß er bereits am frühen Nachmittag in Athen ankam.

Er parkte auf einem kleinen Platz im Zentrum in der Nähe des Ministeriums und rief von dort aus seinen Freund an. Mit maßloser Verblüffung nahm er zur Kenntnis, was dieser ihm zu sagen hatte: »Anastasios Bògdanos ist gestorben, mein Freund.«

»Gestorben? Aber das ist doch nicht möglich. Ich habe vor wenigen Tagen noch mit ihm gesprochen.«

»Es ist auch erst vor wenigen Tagen passiert. Die Beerdigung hat in Volos stattgefunden. Er stammte von dort.«

»Kannst du mir genau sagen, wann das war?«

»Warte einen Moment«, antwortete der Beamte, »ich sehe mal nach ... Ach ja, hier: Die Beerdigungsfeier war am vergangenen Dienstag.«

»Am vergangenen Dienstag ... Und woran ist er gestorben?« fragte Karamanlis.

»Soweit ich weiß, war er schon lange krank ... Irgendwas mit dem Herzen, glaube ich. Es war jedenfalls unheilbar. Was kann ich sonst noch für dich tun?«

»Nichts ... Für den Moment jedenfalls. Falls ich doch noch Fragen habe, melde ich mich wieder.«

Karamanlis sah in seinem Kalender nach. Am vergangenen Dienstag ... Das würde ja heißen, daß Bògdanos genau vier Tage nach ihrer Begegnung in Porto Lagos gestorben war. Seltsam, sehr seltsam ... Und herzkrank sollte er gewesen sein ... Er dachte daran, wie flink und wendig Bògdanos in jener Nacht in Skardamoula den Weg hinaufgestiegen war. Das war doch nicht der Schritt eines schwer herzkranken Mannes ...

Er griff wieder zum Telefon und rief seine Frau an: »Irini, ich bin's. Es tut mir leid, aber ich komme heute abend erst sehr spät nach Hause. Vielleicht komme ich auch gar nicht, ich weiß es noch nicht ...«

»Was ist denn nun schon wieder los? Du hattest mir doch versprochen, früh heimzukommen. Und der Feta aus Sidirokastron wird auch schlecht werden!«

»Irini, bitte, was denkst du denn, was mich dein Feta kümmert ... Entschuldige, ich wollte dich nicht beleidigen, aber du weißt doch, wie meine Arbeit ist. Also dann bis später, vielleicht schaffe ich es bis heute abend.«

Er sprang wieder in sein Auto und fuhr zurück in die Richtung, aus der er gekommen war. Um sich besser durch den Stadtverkehr schlängeln zu können, setzte er bis zur Autobahnauffahrt das Martinshorn auf; dann trat er voll aufs Gas und zwang den alten Motor seines Wagens, sein Letztes zu geben.

Nach zweieinhalb Stunden erreichte er den Friedhof von Volos. Da dieser schon geschlossen war, mußte er erst bei der Gemeinde anrufen, um sich den Namen und die Adresse des Friedhofswächters geben zu lassen. Als der Wächter endlich kam und aufsperrte, neigte sich der Tag schon dem Ende zu. Der auf einem Hügel gelegene Friedhof bot einen malerischen Ausblick auf die Bucht von Volos, die nun im Licht der untergehenden Sonne rötlich schimmerte. Im Osten leuchtete bereits der erste Stern über dem Gipfel des Pelion.

»Wissen Sie zufällig, wo das Grab von Admiral Bògdanos liegt?«

Der Wächter ließ seinen Begleiter eintreten, schloß das Tor wieder und zeigte endlich mit der Hand auf eine Ecke des Friedhofs. »Dort drüben«, erwiderte er, »in dem Marmormausoleum. Es ist ein Familiengrab.«

Karamanlis ging hinüber zu der angewiesenen Stelle und betrat das Mausoleum. Sein Blick fiel sofort auf einen wie neu glänzenden Grabstein, der mit frischen Blumen geschmückt war. Hier mußte erst vor kurzem jemand bestattet worden sein …

Die in bronzenen Lettern gearbeitete Grabsteinaufschrift wies nur den vollständigen Namen des Verstorbenen sowie dessen Geburts- und Todesdaten aus. Doch als Karamanlis seine Brille aufsetzte und niederkniete, um die Fotografie des Toten zu betrachten, schüttelte er ungläubig den Kopf: Sie zeigte ein hageres Gesicht mit einem feinen, nach unten gezwirbelten Schnurrbart und kleinen schwarzen Augen. Eine über den Kopf gekämmte Haarsträhne versuchte den vollständig kahlen Schädel zu verstecken …

Karamanlis hatte sich erhoben und stand eine Weile stumm und unbeweglich da, während in seinem Kopf langsam der Gedanke Gestalt gewann, daß er betrogen worden war. Der Mann, den er für Admiral Anastasios Bògdanos gehalten hatte, hatte ihm die ganze Zeit über eine Komödie vorgespielt!

Schließlich riß er sich aus seinen düsteren Überlegungen und ging zurück zum Tor, wo der Friedhofswächter auf ihn wartete und ihn nun neugierig fragte: »Sind Sie ein Verwandter?«

»Ein Verwandter? Nein, wir waren Kriegskameraden.«

»Ah, ja, ich verstehe«, erwiderte der Wächter, bevor er das Tor abschloß und sich wieder auf den Nachhauseweg machte.

Karamanlis begab sich unverzüglich zum Polizeirevier von Volos, wo er die Suchmeldung nach dem angeblichen

Bògdanos anfertigen und an alle Dienststellen des Landes weiterleiten ließ. Als Begründung gab er an, daß der Mann höchstwahrscheinlich im Besitz von wichtigen Informationen sei, die eine entscheidende Wende in den Mordfällen Roussos und Karagheorgis herbeiführen könnten. Dann verständigte er die Kollegen von Scotland Yard, daß man vielleicht eine heiße Spur in der Mordsache James Henry Shields gefunden habe. Die Zentrale in Athen wies er an, ihn sofort zu benachrichtigen, falls sich erste Hinweise auf die gesuchte Person einfinden sollten.

Es traf ihn hart zu wissen, daß er von Anfang an hintergangen worden war. Zehn Jahre zuvor hatte ihm der Mann den Gefangenen Claudio Setti entzogen, sicherlich aus keinem anderen Grund, als ihm das Leben zu retten. Und er – Karamanlis – hatte sich wie ein blutiger Anfänger hinters Licht führen lassen. Doch wenigstens war es ihm jetzt gelungen, seinem Gegner die Maske vom Gesicht zu reißen, und von nun an würde er nicht mehr auf seine hinterlistigen Tricks hereinfallen. Jetzt war es an ihm, dem Mann einen Namen zu geben, der sich zehn Jahre lang hinter der Identität von Anastasios Bògdanos versteckt hatte. Er kannte nur sein Gesicht, aber vielleicht würde das schon genügen. Früher oder später mußte doch aus irgendeiner Ecke Griechenlands oder auch aus dem Ausland ein Hinweis eintreffen. Falls nötig, würde man wohl Interpol einschalten müssen. Eines war jedenfalls klar: Sowohl für ihn selbst als auch für diesen Mann ging es um Leben und Tod.

Seine Frau öffnete die Tür, als er kurz vor zehn Uhr abends nach Hause kam. Sein Anblick schien sie zu erschrecken, und sie sah ihn lange an, wie er mit dem Feta in der einen und der Flasche Retsina in der anderen Hand auf der Türschwelle stand. »Du siehst sehr schlecht aus«, sagte sie dann. »Was ist mit dir geschehen?«

Es war ein paar Jahre her, daß Mireille ihren Vater zum letztenmal um einen Gefallen gebeten hatte, denn seit dem Beginn ihrer Beziehung mit Michel war ihr Verhältnis sehr gespannt. Daher fiel es ihr auch nicht leicht, sich eine glaubwürdige Ausrede auszudenken, mit der sie Guy François de Saint-Cyr um den Zugriff auf *Ikarus* bitten konnte. Aber sie war bereit, alles zu tun, um wieder bei Michel sein zu können und einen neuen Zugang zu seinem Leben zu finden, aus dem sie sich schon seit einiger Zeit ausgeschlossen fühlte. Jene Nacht in der Rue des Orfèvres in Grenoble war in ihrer Erinnerung noch sehr lebendig und erfüllte sie mit einer seltsamen Unruhe und Angst, die sich durch die sonderbaren Worte, deren Entschlüsselung Michel ihr aufgetragen hatte, noch verstärkt hatte.

»Ich brauche für eine Forschungsarbeit unbedingt ein paar Fachausdrücke aus der antiken Literatur, und *Ikarus* könnte mir in einer halben Stunde die Informationen liefern, für die ich sonst monatelang in Bibliotheken herumstöbern müßte. Aber ich will dir auf keinen Fall Probleme machen; wenn du mir helfen kannst, bin ich dir dankbar – wenn die Sache dir aber lästig ist, dann verzichte ich lieber. Ich kann auch in die Vereinigten Staaten fahren, wo bereits ein paar Universitäten über Teilbände verfügen. In Stanford, glaube ich, oder in Los Angeles ...«

Allein der Gedanke daran, daß Mireille sich in den unzivilisierten und drogenverseuchten Sündenpfuhl begeben könnte, der Kalifornien seiner Meinung nach war, war für den Grafen von Saint-Cyr Grund genug, ihr seine volle Unterstützung zuzusichern. Überdies war er froh und erleichtert, daß seine Tochter sich wieder um Hilfe an ihn wandte, wie sie das in der Vergangenheit so oft getan hatte.

Mireille mußte eine Weile auf die Genehmigung aus London warten und hatte währenddessen häufigen telefonischen Kontakt mit Michel. Auch er wollte in Griechenland keine Zeit vergeuden und hatte mit seinen eigenen Nachforschungen in der Nationalbibliothek von Athen begonnen, wo er Berge von Büchern nach jenen geheimnisvollen Worten durchforschte. Er arbeitete ohne System, sondern ging gefühlsmäßig an die Sache heran und durchstöberte unter anderem das Alte Testament, Athenäus, Apollodor, Dionysius Aeropagita, die Kirchenväter und Lukian. Auch hatte er sich aufs Grundbuchamt begeben, um herauszufinden, wem die Druckerei in der Dionysìou-Straße gehörte, aber der Amtsangestellte ließ sich Zeit. Michel hatte sogar versucht, den Mann zu bestechen, allerdings ohne Erfolg, denn er war nicht der einzige, der auf diese Idee gekommen war. Erst Mitte Oktober erhielt Mireille eine offizielle Bestätigung der British Informatics, die ihr den gewünschten Zugang zu *Ikarus* zusicherte. Sie präsentierte sich dem Direktor des Unternehmens mit der sicheren Eleganz, die ihrer Schönheit und ihrem sozialen Rang angemessen war, und wurde nicht nur höflich, sondern geradezu herzlich begrüßt. Anschließend vertraute er sie einem Informatiker namens Doktor Jones an, der ihr bei der Befragung von *Ikarus* behilflich sein sollte. Jones war ein sehr schüchterner junger Mann mit roten Haaren und unzähligen Sommersprossen, der sich zum erstenmal in seinem Leben einer Frau gegenüberfand, die so intelligent war, daß sie mit *Ikarus* kommunizieren wollte, und zudem so umwerfend schön, daß er völlig außer Fassung geriet und sich kaum auf den zitternden Beinen halten konnte. Seine Versuche, sich als charmanter Gesellschafter zu erweisen und sie mit Komplimenten zu überschütten, waren hilflos und ungeschickt.

Dennoch zeigte Mireille ihr schönstes Lächeln, während sie die langen Gänge durchquerten und mit dem Aufzug in die sterilen, neonbeleuchteten Kellerräume hinunterfuhren, in denen die Geheimnisse des Unternehmens untergebracht waren. Es schien ihr immer noch als ein Wunder, daß eine kleine Platte von einigen Quadratzentimetern Durchmesser das ganze Wissen enthalten sollte, das man aus der überlieferten Welt der Antike hatte retten können.

Da sie verhindern wollte, daß ihr Vater die Erfüllung ihres Wunsches bereute, stellte Mireille dem Computer mindestens eine Stunde lang vollkommen belanglose Fragen, die im Notfall die Ehrlichkeit ihres Ansinnens bezeugen konnten. Dabei konnte sie es kaum erwarten, endlich die Sätze auf ihrem Notizblock loszuwerden …

Als sie meinte, daß es an der Zeit war, zur Sache zu kommen, flötete sie mit ihrer süßesten Stimme: »Doktor

Jones, ich weiß gar nicht, wie ich Ihnen danken soll. *Ikarus* ist wirklich ein wunderbares Programm und hat mir Monate mühseliger Forschungsarbeit erspart.«

»Oh, aber ich habe doch gar nichts Besonderes getan. Ganz im Gegenteil! Sie wissen gar nicht, wie sehr ich mich freue, Sie kennengelernt zu haben. Man begegnet ja nicht alle Tage einer so schönen Frau wie Ihnen. Sehen Sie, das ist ein weiterer Vorteil von Computern – sie sind weiblichen Reizen gegenüber unempfindlich und arbeiten völlig korrekt und rational. Ich will damit sagen, daß ein Mensch aus Fleisch und Blut ganz durcheinander gerät beim Anblick einer … Jedenfalls einer wie ich …«

»Sie sind wirklich sehr nett, Doktor Jones.«

Jones schluckte. »Sind Sie sicher, daß sie unserem Programm keine weiteren Fragen stellen wollen?«

»Jetzt, wo Sie mich darauf ansprechen … Ich hätte da noch ein paar Zitate, die ich in einem Buch aufgeschnappt habe und von denen ich gerne die Quellen erfahren möchte. Aber ich will Ihre Zeit nicht noch länger in Anspruch nehmen. Es sind auch nur ganz nebensächliche Dinge … »

»Aber nein, ich bitte Sie, ich stehe wirklich ganz zu Ihrer Verfügung. Worum handelt es sich denn?«

»Sie sprechen doch sicher Griechisch?«

»Natürlich, ja, sonst hätte ich ja nicht bei der Programmierung von *Ikarus* mitarbeiten können.«

»Gut. Ein Freund hat mir die Stellen nämlich in Neugriechisch aufgeschrieben, und ich würde nun gerne das Original herausfinden. Es sind nur zwei Sätze, nämlich:

Ich bin nackt und friere

und

Du hast die Brote in den kalten Backofen geschoben.«

Sie zeigte ihm auch die Übertragungen ins Altgriechische, die sie auf ihrem Notizblock vorgenommen hatte. »So ungefähr müßte die Originalversion lauten.«

»Das sind aber sehr sonderbare Worte«, sagte Jones.

»Ja, da haben Sie recht.«

»Gut. Wir können es ja mal versuchen.«

Jones tippte den ersten Satz in den Computer ein und klickte dann die Funktion ›search‹ an. Sofort begannen die durchsuchten Files auf dem Bildschirm abzulaufen, während am unteren Rand der Hinweis erschien:

ESTIMATED TIME FOR THE RESEARCH: EIGHT MINUTES

Acht Minuten! Diese Maschine konnte die gesamte überlieferte klassische Literatur in acht Minuten lesen und identifizieren!

»Er hat es gefunden«, sagte der Informatiker plötzlich. »Sehen Sie nur, da ist die Quelle.« Oben rechts blinkte in der Tat ein blaues Licht, das die Beendigung der Suche anzeigte, und in der Mitte des Bildschirms erschien im selben Moment die genaue Quelle der eingegebenen Worte:

ORACLES OF THE DEAD, APUD HERODOT. V, 92,2.

Jones wandte sich mit einem Ausdruck leichter Bestürzung an die junge Frau: »Ein Totenorakel, das von Herodot überliefert wurde.«

Herodot! Wer weiß, welche abstrusen Quellen Michel in diesem Moment gerade durchstöberte. Wie dumm, daß man immer zu kompliziert dachte. Ausgerechnet Herodot!

»Und jetzt sehen wir mal nach, wer diese Worte gesprochen hat«, fügte Jones hinzu und gab einen zweiten Suchbefehl in den Computer ein. Dieses Mal antwortete *Ikarus* innerhalb einer Sekunde:

SEE MELISSA.

Und dann:

PERIANDER'S DEAD WIFE.

»Der Satz ist von Melissa, der toten Frau von Periander – einem korinthischen Tyrannen, wenn ich mich nicht täusche.«

CORRECT

antwortete *Ikarus,* nachdem Jones die Bestätigung angefragt hatte.

»Dann können wir es ja jetzt mit dem zweiten Satz versuchen«, meinte Jones und gab die erste Version ein, die Mireille auf ihrem Block notiert hatte.

NOT FOUND

antwortete *Ikarus* nach ein paar Minuten und fügte hinzu:

SEARCHING FOR A SIMILAR EXPRESSION.

Es vergingen einige Minuten, in denen der Computer in einem Bildschirmfenster alle möglichen grammatikalischen und stilistischen Varianten durchprobierte, die sein enormes philologisches Gedächtnis aufzuweisen hatte. Mireilles Augen waren fest auf den Bildschirm gebannt, als plötzlich der Satz erschien:

SENTENCE NOT AVAILABLE IN DIRECT SPEECH.

»Sie haben mir den Satz in direkter Rede angegeben, aber es scheint ihn so nicht zu geben«, sagte Jones. »Wir probieren es mal mit indirekter Rede.« Er tippte in die Tasten:

TRY INDIRECT SPEECH.

Ikarus machte sich wieder auf die Suche und antwortete nach einigen Sekunden:

ORIGINAL SENTENCE FOUND.

Wonach in antikem Griechisch erschien:

ÖTI EPÌ PSYCHRÒN TÒN IPNÒN TOÙS ÄRTOUS ÈPÉBALE

Schließlich folgte auch noch der Quellenhinweis:

ORACLES OF THE DEAD, APUD HERODOT. V, 92,3.

Seltsam«, murmelte Mireille, »ist es denn möglich, daß es sich um denselben Passus handelt?«

»Nicht ganz, Miß. Der zweite Satz stammt aus dem folgenden Absatz. Warten Sie, ich rufe jetzt den Text des gesamten Kapitels ab.«

Nach wenigen Augenblicken erschien das ganze Kapitel 92 aus Herodots Totenorakel auf dem Bildschirm. Beide lasen schweigend, bis Jones mit einem etwas süffisanten Seitenblick auf Mireille meinte: »Das ist aber eine äußerst makabere Geschichte ...«

»Allerdings«, erwiderte Mireille etwas verlegen. »Ich frage mich, was sie in dem Kontext, in dem ich sie gelesen habe, zu bedeuten hat.«

»*Ikarus* wird jetzt alles ausdrucken, was wir heute eingegeben haben. Wenn Sie mehr als ein Exemplar haben möchten, kann ich es noch mal extra ausdrucken lassen.«

»O ja, es wäre nett, wenn Sie mir gleich mehrere Kopien überlassen könnten.«

»Auch von dem letzten Text?«

»Auch von dem, ja.«

Jones stapelte die ausgedruckten Blätter aufeinander, sammelte sie in einer Mappe und reichte diese Mireille, die ihm herzlich dankte. »Kehren Sie sofort nach Frankreich zurück?« wagte er dann verlegen zu fragen.

Mireille sah auf ihre Uhr: »Wenn ich mich beeile, schaffe ich den Flug um 19.30 Uhr von Heathrow noch. Ich weiß wirklich gar nicht, wie ich Ihnen danken soll, Doktor Jones. Sie grüßen doch den Herrn Direktor von mir, nicht wahr?«

»O ja, selbstverständlich«, stammelte Jones enttäuscht. Als sie kurz darauf in der engen Kabine des Aufzugs nah beieinander stehen mußten, hätte er fast einen zweiten Versuch gewagt. Doch da war der Aufzug schon oben angekommen und die Tür aufgegangen.

»Nochmals vielen herzlichen Dank«, sagte Mireille, bevor sie ihren verwirrten Begleiter stehenließ und den langen Korridor entlang auf den Ausgang zuging. Jones stand eine Weile wie angewurzelt da und bewunderte den weichen Schwung ihrer Hüften unter dem weißen Leinenrock, dann schämte er sich plötzlich für die Gedanken, die ihm durch den Kopf gegangen waren, und rief ihr schnell nach: »Kommen Sie uns besuchen, wenn Sie noch etwas benötigen. Wir stehen jederzeit zu Ihrer Verfügung!«

Mireille wandte sich lächelnd um und winkte ihm zu, bevor sie das Gebäude verließ. Vor ihrem Abflug versuchte sie mehrmals, Michel anzurufen, doch er nahm nicht ab. Sie konnte ja nicht wissen, daß Michel gerade damit beschäftigt war, in der Nationalbibliothek die Texte der Tragiker durchzugehen. Es war schon nach Mitternacht, als sie ihn endlich erreichte. »Mission erfüllt, Herr Professor.«

»Mireille, hast du es wirklich geschafft?«

»*Ikarus* ist wirklich großartig. Er hat wenig mehr als eine Viertelstunde gebraucht, um herauszufinden, daß beide Sätze aus einem Text von Herodot stammen ...«

»Herodot? O heiliger Strohsack, ich kann es nicht glauben.«

»Das konnte ich zunächst auch nicht. Herodot V, 92, 2–3. Es handelt sich um ein Totenorakel. Die Botschaft kommt von den Ufern des Acheron ...«

Pavlos Karamanlis betrat die Polizeizentrale in dem sicheren Glauben, Hinweise für die Identifizierung des Mannes auf der Polizeiskizze vorzufinden. Doch er erlebte eine herbe Enttäuschung. Auf seinem Schreibtisch lagen zwar schon ein paar Antworten, doch sie waren alle negativ. Bis auf die Zeugen in Skardamoula und Hierolimin schien niemand je dieses Gesicht gesehen zu haben.

Er hatte seinen Freund im Verteidigungsministerium um eine Unterredung gebeten und traf ihn nun zum Abendessen in einer Taverne.

»Ich wollte dich fragen, ob es möglich sein kann, daß in euren Personalunterlagen Fehler aufgetreten sind, ... daß man zum Beispiel zwei Personen miteinander verwechselt hat?«

»Nein, das würde ich völlig ausschließen. Aber warum fragst du?«

Karamanlis zog eine Kopie des Phantombilds aus der

Tasche und zeigte es seinem Freund. »Hast du diesen Mann schon einmal gesehen?« Sein Gegenüber schüttelte verneinend den Kopf. »Sieh ihn dir gut an«, fuhr Karamanlis fort, »die Sache ist ungeheuer wichtig. Bist du ganz sicher, daß du ihn nicht kennst?«

»Absolut sicher. So ein Gesicht vergißt man nicht.«

»Gut. Ich hatte mit diesem Mann in den letzten zehn Jahren mehrmals beruflich zu tun und war die ganze Zeit über der Meinung, es handele sich um Admiral Anastasios Bògdanos. So hat er sich mir damals vorgestellt.«

»Aber Admiral Bògdanos sah ganz anders aus, die beiden haben überhaupt keine Ähnlichkeit miteinander. Ich verstehe gar nicht, wie ein Mann wie du darauf hereinfallen konnte ... Bist du denn nicht auf die Idee gekommen, dich genauer über ihn zu informieren?«

»Ich habe dich damals angerufen und dich um ein paar Auskünfte über Bògdanos gebeten, aber auf den Gedanken, dich nach seinem Aussehen zu fragen, kam ich nicht. Außerdem wußte er immer so verdammt genau über alles Bescheid, schien sich seiner Sache so sicher, war immer zur richtigen Zeit am richtigen Ort ... All das hatte den Effekt, daß ich wirklich nicht den leisesten Zweifel an seiner Identität hatte.«

»Du sagtest, daß du ihn auch vor kurzem gesehen hast?«

»Ja. Und ihm ist es zu verdanken, daß einer meiner Männer, Sergeant Vlassos, einen Mordanschlag überlebt hat.«

»War das die Sache in Porto Lagos?«

»Genau. Wir haben versucht, die Presse rauszuhalten, aber es ist klar, daß hier derselbe Wahnsinnige am Werk war, der schon Roussos und Karagheorgis auf dem Gewissen hat.«

»Ja, das klingt schlüssig.«

»Ich muß ihn unbedingt finden, verstehst du? Wenn diese Sache mir aus den Händen gerät, werde ich das bitter büßen müssen ... Ich bin zwischen die Fronten geraten: Auf der einen Seiten sitzen mir die Behörden im Genick, die inzwischen mißtrauisch geworden sind und vielleicht schon eigene Ermittlungen in die Wege geleitet haben, auf der anderen Seite ist da dieser verdammte Amokläufer …«

»Willst du damit sagen, daß er es auch auf dich abgesehen haben könnte?«

»Dessen bin ich mir absolut sicher.«

»Und was bedeutet dieser Mann, der nicht Bògdanos ist, für dich?«

»Alles. Vielleicht sogar die Rettung …«

»Was weiß er über dich?«

»Viel … zu viel.«

»Und was weißt du über ihn?«

»Nichts. Nicht einmal seinen richtigen Namen.«

»Hast du wenigstens eine Spur, der du folgen kannst?«

Karamanlis schüttelte den Kopf. »Nur eine goldene Vase, die vor zehn Jahren – in der Nacht, in der die Sache im Polytechnikum geschah – aus dem Nationalmuseum verschwand. Ich weiß, daß sie ihm sehr wichtig ist.«

»Und wo ist diese Vase jetzt?«

»Wenn ich das wüßte! Vielleicht ist sie in seinem Besitz, oder er hat sie an jemand anderen weitergegeben …«

»Das ist alles, was du in Händen hast?«

»Alles … oder jedenfalls fast alles«, mußte Karamanlis zugeben.

Sie waren fertig mit dem Essen, und der Kellner hatte das Geschirr schon abgeräumt und den Kaffee gebracht. Die Gäste am Nebentisch hatten ihre Diskussion über Fußball beendet und begonnen, Volkslieder zu singen und dazwischen Pistazien zu essen und Wein zu trinken.

»Das ist wirklich nicht viel«, setzte der Ministeriumsbeamte wieder an. »Die ganze Sache ist äußerst merkwürdig. Ich weiß nicht weshalb, aber ich habe das Gefühl, daß ihr allein mit dem Verstand nicht beizukommen ist … Wann hast du entdeckt, daß der Mann ein Betrüger ist?«

»Als du mir gesagt hast, Bògdanos sei gestorben, konnte ich es mir einfach nicht vorstellen, daher bin ich sofort nach Volos zum Friedhof gefahren – und habe dort die Fotografie des echten Bògdanos gesehen.«

»Nun, ich hätte dir einen Vorschlag zu machen, der dir etwas sonderbar vorkommen mag. Aber da du völlig im dunklen tappst, solltest du darüber nachdenken. Es gibt gewisse Personen, die anhand einer Fotografie oder auch einer Zeichnung den Menschen aufspüren können, der darauf abgebildet ist – etwa so, wie ein Radargerät ein Objekt am Himmel oder im Meer ausmachen kann.«

Karamanlis schmunzelte. »Scheine ich dir schon so am Ende meines Lateins, daß du mich zu einem Scharlatan schickst, der mir die Zukunft aus dem Kaffeesatz lesen kann?«

Sein Freund klang etwas gekränkt, als er erwiderte: »Die Person, von der ich spreche, ist kein Scharlatan, sondern ein Mensch mit besonderen Fähigkeiten. Man erzählt sich, daß selbst hochkarätige Politiker ihn in kritischen Situationen schon konsultiert haben. Er lebt in völliger Abgeschiedenheit, in einer Hütte auf dem Berg Peristeri und ernährt sich von der Milch seiner Schafe und Ziegen und von dem, was er sonst noch in den Tälern findet. Niemand kennt sein Alter und nicht einmal seinen Namen. Geh zu ihm und zeige ihm das Bild, beschreibe ihm auch die Vase, wenn du dich an sie erinnern kannst. Ihm kann es vielleicht gelingen, aus den Bruchstücken dieses Rätsels ein Ganzes zu formen. Er geht, wohin er will, wann immer er will. Er ist … ein *kallikàntharos.*

In der Taverne befanden sich nur noch wenige Gäste. Ein wahrscheinlich betrunkener alter Mann hatte in einer Ecke den Kopf auf die Arme gelegt und war eingeschlafen. Karamanlis stand auf und zog seine Jacke an. »Ich werde es mir überlegen«, sagte er. »So etwas tut man nicht alle Tage, aber ich werde darüber nachdenken.«

XVI

Athen, Bar Olympia, 20. Oktober, 17.00 Uhr

Norman bestellte einen Metaxa für sich und ein Glas Roditis für Michel. Dann sagte er: »Ich überlege gerade, ob ich für den Bullen da draußen im Auto auch etwas zu Trinken bestellen soll.«

»Glaubst du wirklich, daß er uns beobachtet?«

»Was sollte es sonst zu bedeuten haben, daß er mir seit Sidirokastron gefolgt ist? Nun gut, es soll uns egal sein. Sag mir lieber, wie es dir damit geht, nach all den Jahren wieder in dieser Bar zu sitzen.«

»Ich war vor ein paar Tagen schon einmal eher zufällig hier, und da hat mich die Erinnerung wie ein Hammerschlag getroffen. Unsere Rückkehr nach Athen ist nicht einfach für mich.«

»Du sagtest, daß du die Bedeutung der Botschaften herausgefunden hast. Stimmt das?«

»Jedenfalls habe ich den Kontext feststellen können, und das ist ja schon besser als nichts. Mireille war in meinem Auftrag im Hauptsitz der British Informatics in London und hat dort *Ikarus* konsultiert. Dieses Teufelsprogramm hat die gesamte überlieferte klassische Literatur in seinem Datensatz, und überdies die wichtigste Sekundärliteratur der vergangenen zehn Jahre. Die Worte stammen jedenfalls von Herodot, dem nicht gerade unbekanntesten der antiken Schriftsteller.«

»Und wir dachten wunder was ...«

»Eben. Also, das Ganze hat folgenden Hintergrund: Bei den Leichen von Roussos und Karagheorgis fand man die Worte ›Ich bin nackt und friere‹. Diese Antwort gibt die tote Melissa ihrem Mann Periander – einem korinthischen Tyrannen –, als er im Totenorakel von Ephyra ihren

Geist anruft. Periander will nämlich von ihr den Ort wissen, wo ein bestimmter Schatz vergraben ist. Melissa aber bleibt ihm die Antwort schuldig und beklagt sich statt dessen mit genau diesen Worten, daß ihr Mann aus Habgier ihre wertvollen Kleider nicht mit ihrer Leiche verbrannt hat, wie es der Brauch verlangt. Als Periander einsehen muß, daß er nicht zum Ziel kommt, läßt er alle wohlhabenden Damen der Stadt unter einem Vorwand zusammenkommen und ihnen die Kleider vom Leib reißen, die er dann zu Ehren seiner toten Frau verbrennt. Anschließend beschwört er abermals Melissas Geist, und dieses Mal erhält er als Antwort die Worte, die sich auf den Pfeilen fanden, die Sergeant Vlassos durchbohrten: ›Du hast die Brote in den kalten Backofen geschoben‹. Diese makabere Anspielung bezieht sich darauf, daß Periander seine Frau nach ihrem Tod vergewaltigt hatte. Melissa wirft ihm die Entweihung ihres toten Leibes vor, denn damals betrachtete man Nekrophilie nicht nur als eine Form sexueller Perversion wie wir heute, sondern als unmenschliches, ja monströses Verbrechen, das die schlimmsten Strafen verdiente.«

»Und welche Bedeutung haben diese Worte deiner Meinung nach für uns?«

»Darüber habe ich lange nachgedacht. Eine logische Erklärung – falls man in dieser absurden Geschichte überhaupt von Logik sprechen kann – wäre, daß die Botschaften einen tieferen Zusammenhang mit den Motiven für die Verbrechen haben. Das hieße also, daß Roussos und Karagheorgis eine gemeinsame Schuld auf sich geladen haben, wenn ich auch noch nicht nachvollziehen kann, worin sie besteht. Die Aussage der zweiten Botschaft dagegen ist schon expliziter …«

In diesem Moment begann plötzlich die Musikbox zu spielen, die bisher geschwiegen hatte. Michel, der eine Weile gelauscht hatte, wurde totenbleich und stammelte aufgeregt: »Norman, dieses Lied … Erkennst du es nicht?«

Norman schüttelte verwundert den Kopf.

»Claudio hat es an dem Abend in Parga gesungen, als

wir uns kennengelernt haben, und auch später. Manchmal hat er es auch auf seiner Flöte gespielt ...«

Michel fuhr ruckartig hoch und lief zu der Musikbox, wo er dem Mann, der das Lied aufgelegt hatte, prüfend ins Gesicht sah: Er war von dunkler Hautfarbe, hatte rabenschwarze Augen und trug einen großen, buschigen Schnurrbart. Wahrscheinlich war er einer der vielen Libanesen oder Zyprioten in Athen. Als der Mann ihm einen verwunderten Blick zuwarf, entschuldigte sich Michel und kehrte zurück zu seinem Tisch, wo er zitternd wieder Platz nahm.

Norman suchte ihn zu beruhigen: »Aber Michel ... Claudios Lied war eine italienische Volksballade! Was sollte es denn in dieser Musikbox zu suchen haben? Ich glaube, du fängst an zu halluzinieren ... »

Michel senkte den Kopf und starrte eine Weile schweigend vor sich hin. Als er wieder aufsah, lag tiefe Verzweiflung in seinen Augen: »Ich ... ich kann einfach an nichts anderes denken als ...«

»Reiß dich zusammen«, sagte Norman beschwichtigend, »wir müssen versuchen, einen kühlen Kopf zu bewahren.«

»Die einzige Erklärung ist, daß Heleni das gleiche widerfahren ist wie Melissa, man muß ihren toten Körper auf die gleiche ungeheuerliche Weise mißbraucht haben ... O mein Gott!«

Michel schlug die Hände vors Gesicht, da er die Tränen nun nicht mehr zurückhalten konnte. Auch Norman schien zutiefst getroffen: »Ich glaube, damit könntest du der Wahrheit sehr nahe sein. Einer der Pfeile hat Vlassos an den Geschlechtsteilen verwundet, und mit ziemlicher Sicherheit war es kein Zufall, daß der Schütze ausgerechnet dieses Ziel wählte.«

»Wenn es wirklich so ist, müssen die beiden Unvorstellbares gelitten haben. Und falls Claudio wirklich überlebt hat, ist es kein Wunder, daß er nur noch Haß empfindet und keinen anderen Wunsch als den nach Rache kennt. Nach allem, was ihm widerfahren ist, ist er kein Mensch mehr, Norman, sondern eine … Tötungsmaschine. Und das alles durch meine Schuld …«

Norman reichte ihm ein bis an den Rand mit Schnaps gefülltes Glas und forderte ihn auf, es auszutrinken. Dann legte er ihm eine Hand auf die Schulter und fuhr fort: »Kein Mensch kann alles ertragen, Michel, und du warst damals ein unreifer Junge, der auf die Qualen der Folter nicht vorbereitet war. Vielleicht hätte Claudio an deiner Stelle auch nachgegeben, vielleicht auch ich selbst. Es ist auf jeden Fall keine Schande, was dir passiert ist, Michel! Hör mir jetzt bitte zu: Wir müssen versuchen, mit Claudio in Kontakt zu treten, falls er noch lebt. Wir müssen mit ihm sprechen und ihn aus der Isolation reißen, in der er bis heute gelebt haben muß. Wenn wir ihm erzählen, wie sich alles zugetragen hat, und dadurch sein Verständnis zu gewinnen suchen, können wir ihn vielleicht daran hindern, weitere Verbrechen zu begehen. Doch vorher müssen wir ihn finden! Karamanlis ist der festen Überzeugung, daß er nochmals versuchen wird, Vlassos umzubringen, und daß danach er selbst an der Reihe ist.«

Michel schwieg eine Weile und schien den Leuten nachzusehen, die draußen auf dem Gehsteig vorbeigingen, doch in Wirklichkeit starrte er ins Leere. In seinen Augen spiegelten sich Angst und Unruhe, als er endlich murmelte: »Gerade ist mir ein Gedanke gekommen: Es könnte sein, daß auch ich auf seiner Liste stehe. Wir waren Freunde, und es scheint mir unmöglich, daß er mir nach dem Leben trachtet, aber …«

»Und was ist mit mir, Michel? In Claudios Augen könnte ich genauso schuldig sein wie du. Wir hatten damals mit dem Arzt vereinbart, daß ich am Abend zu Claudios Wohnung in die Plaka kommen sollte, um Heleni Blut zu spenden. Er könnte denken, daß ich ihn damals verraten habe. Denk doch nur mal an meinen Vater: Aus der Botschaft, die man bei ihm fand, ließe sich schließen, daß auch er an dem Verbrechen beteiligt war; aber Karamanlis sagte mir in Sidirokastron, daß das nicht der Wahrheit entspreche. Wir haben keine andere Wahl, Michel: Wir müssen Claudio finden und ihm die Wahrheit sagen. Er wird uns wohl oder übel glauben müssen, verflucht noch mal! Aber um ihn aufzuspüren, bleibt uns nichts anderes übrig als mit Karamanlis zusammenzuarbeiten. Wir treffen uns mit ihm und ...«

Michel fuhr entsetzt zu ihm herum. »Niemals! Dieser Mann ist an allem schuld: Er war es, der mich foltern ließ und der Claudio zu dem gemacht hat, was er jetzt ist.« Ein kaltes Licht lag in seinen Augen, als er hinzufügte: »Sollte ich Karamanlis jemals wiedersehen, dann nur, um eine Rechnung mit ihm zu begleichen ...«

Norman packte ihn an der Schulter. »Rede keinen Unsinn, verdammt! Wir müssen ihm gegenübertreten, verstehst du das nicht? Was hast du denn sonst für einen Vorschlag? Ich glaube nicht, daß er mir in Sidirokastron alles gesagt hat, was er weiß, denn er hat eher versucht, soviel wie möglich aus mir herauszubekommen. Da wir nun die Botschaften entziffert haben, sind wir ihm einen Schritt voraus, da er keine Ahnung hat, was sie bedeuten. Als Gegenleistung wird er sich sicher darauf einlassen, uns seinerseits ein Stück weiterzuhelfen. Nur auf diese Weise können wir die Lösung finden – und uns überlegen, wie wir weiter vorgehen wollen.«

Michel zündete sich eine Zigarette an und rauchte schweigend. Schließlich sagte er leise: »Norman, ich weiß einfach nicht, ob ich den Anblick dieses Mannes ertragen kann. Versuch doch, dich in meine Lage zu versetzen ...«

»Du mußt es tun, Michel, auch zu deinem eigenen Besten! Du warst in jener Nacht in der Polizeizentrale dabei und durch das Wiedersehen mit ihm könntest du dir vielleicht über einige Dinge klar werden. Es hätte keinen Sinn, wenn ich allein ginge ...«

Michel atmete tief durch und ballte die Fäuste. Plötzlich fühlte er sich entschlossen, alle seine Kräfte zu sammeln und die Herausforderung anzunehmen. »Gut, ich mache mit«, sagte er schließlich. »Wann?«

»Jetzt gleich.«

Norman erhob sich, ohne zu warten, bis Michel es sich

noch einmal anders überlegen konnte, und ging festen Schrittes auf den Wagen zu, der auf der anderen Straßenseite geparkt war. Als der Fahrer ihn kommen sah, ließ er den Motor an, doch Norman hielt ihn zurück: »Hey, Sie da! Jetzt können Sie sich endlich nützlich machen. Rufen Sie Ihren Hauptmann Karamanlis an und sagen Sie ihm, daß mein französischer Freund und ich ihn zu sprechen wünschen, und zwar noch heute abend. Wir erwarten ihn im Nebenzimmer der Bar.«

Der Polizist war über seine Entdeckung peinlich berührt und fuhr davon, ohne etwas zu erwidern, rief aber über Funk sofort seinen Chef an und übermittelte ihm die Worte des Engländers. Karamanlis ließ alles stehen und liegen und sprang in sein Dienstauto, um sich zu der angegebenen Adresse zu begeben. Über Piräus ging gerade die durch den graubraunen Smogschleier nur schemenhaft zu sehende Sonne unter.

Norman und Michel hatten sich inzwischen im Nebenzimmer an einem Fensterplatz niedergelassen, als Norman das Wort nach einer Weile wieder an seinen Freund richtete: »Michel, was hältst du von dem Zettel, der bei meinem Vater gefunden wurde?«

»Ich weiß es nicht, aber er scheint sich an einen hartgesottenen Burschen zu richten, den ein besonders bestialischer Akt der Gewalt tief schockiert hat. Vermutlich wußte der Verfasser, daß dein Vater durch seine Agententätigkeit und seine Kriegsteilnahme viel erlebt hat, dem Tod eines unschuldigen Mädchens aber nicht gewachsen war …«

»Meinst du, er hat Helenis Ermordung mit angesehen?«

»Vielleicht … Jedenfalls haben alle diese Botschaften etwas gemein.«

»Was denn?«

»Sie wurden alle von Toten ausgesprochen. Ich glaube, daß das ein wichtiger Aspekt ist.«

Als Normans Blick auf die Straße fiel und er sah, daß Karamanlis gerade aus seinem Wagen stieg, zischte er seinem Freund zu: »Nur Mut jetzt. Er kommt.«

Michel erbleichte, fand aber seine Beherrschung sofort

wieder. Als Karamanlis eintrat und sich ihm gegenübersetzte, hielt er seinem Blick tapfer stand und sagte mit leiser Stimme: »Wer hätte gedacht, daß wir uns einmal wiedersehen, Hauptmann Karamanlis. Was möchten Sie trinken?«

Um die gespannte Atmosphäre am Tisch zu überspielen, brachte Norman das Gespräch sofort auf ihre Entdekkung, daß die geheimnisvollen Botschaften von Herodot stammten. Karamanlis lauschte gespannt und wurde sich bald darüber klar, daß es das Vernünftigste war, mit den beiden Jüngeren zusammenzuarbeiten und auch seine eigenen Karten aufzudecken. Die drei Männer waren so sehr in ihre Unterhaltung vertieft, daß sie gar nicht bemerkten, wie eine schwarze Limousine mit verdunkelten Fenstern vor der Bar vorfuhr und am gegenüberliegenden Straßenrand parkte. Während sie am Tisch saßen und tranken und redeten, kurbelte jemand ein Seitenfenster des Wagens herunter und schoß mit Hilfe eines Teleobjektivs mehrere Fotos von ihrem scheinbar harmonischen Zusammensein. Dann setzte sich der Wagen wieder in Bewegung und war bald hinter der nächsten Straßenkreuzung verschwunden.

Inzwischen war auch Karamanlis mit seinem Wissen herausgerückt und hatte Norman erzählt, aus welchem Grund sein Vater sterben hatte müssen. Auch hielt er nicht damit hinter dem Berg, was es mit der ersten Botschaft, die bei Roussos und Karagheorgis gefunden worden war, auf sich hatte. Als jedoch Michel die makabere Geschichte von Melissa und Periander erzählte und die schon im Gespräch mit Norman geäußerten Vermutungen über die Parallelen mit Helenis Schicksal anstellte, folgte ein peinliches Schweigen, das die beiden Freunde als Eingeständnis von seiten Karamanlis' deuten mußten. Michel konnte sich nicht mehr beherrschen und stieß voller Haß und Entsetzen hervor: »Und Sie haben Vlassos bei einer solchen Bestialität gewähren lassen? Sie verdammter Unmensch, wie konnten Sie denn das nur zulassen? Ich kann einfach nicht glauben, daß so jemand wie Sie ungeschoren davonkommt und weiterlebt, als sei nichts geschehen ... Glauben Sie mir, ich wünsche nichts mehr, als daß Sie eines Tages für alles büßen müssen, was Sie verbrochen haben!«

Norman, dem Michels Gefühlsausbruch unangenehm war, fuhr schnell dazwischen: »Michel, ich bitte dich. Wir sind nicht hier, um Richter zu spielen.«

Karamanlis dagegen schienen Michels Worte wirklich getroffen zu haben. »Ich hatte nicht gewollt, daß es so weit kommt«, sagte er unsicher, »die Sache ist mir einfach aus den Händen geglitten ...«

»Das geht uns alles nichts an«, unterbrach Norman unwirsch. »Der einzige Grund für unser Wiedersehen war, die Hintergründe dieser Botschaften herauszufinden. Wenn Sie mir vor kurzem in Sidirokastron schon alles gesagt hätten, hätten wir uns diese unerfreuliche Begegnung jetzt ersparen können.«

Lange Zeit sagte niemand ein Wort. Als der Kellner an den Tisch kam und fragte, ob sie noch etwas trinken wollten, erschrak er fast vor den bleichen und düsteren Gesichtern der drei Männer, die tief in Gedanken versunken waren und ihm keine Antwort gaben. Wenngleich sie zu dritt an einem Tisch saßen, schienen sie sich alles andere als wohlgesonnen. Verdutzt und fast eingeschüchtert ging er unverrichteter Dinge wieder weg.

»Sie sagten, daß mein Vater dieses Verbrechen nicht gebilligt hat«, setzte Norman nach einer Weile wieder an, »und daß er versucht hat, Ihnen Einhalt zu gebieten. Nun ist er aber tot, und ich kann auf Ihr verdammtes Mitleid verzichten. Sagen Sie mir also die Wahrheit.«

»Es ist so, wie ich gesagt habe. Ihr Vater war entsetzt und hat mich wüst beschimpft ... Aber Claudio Setti muß ihn dort wohl gesehen und aus seiner Anwesenheit geschlossen haben, daß auch er beteiligt war. Allerdings habe ich mir schon ergebnislos darüber den Kopf zerbrochen, woher er den Namen Ihres Vaters wußte und wie es ihm gelungen ist, ihn zehn Jahre später in einem Wald in Jugoslawien aufzuspüren. Ich weiß wirklich nicht, was ich davon halten soll. Manchmal glaube ich fast daß uns jemand eine Komödie vorspielt und den Verdacht absichtlich auf den toten Setti lenkt …«

»Sie wollten mich in Sidirokastron glauben machen, daß nicht Sie für den Tod von Claudio Setti verantwortlich sind. Was sollte das heißen?« fragte Norman.

»Ich habe den Befehl zu seiner Eliminierung nicht persönlich gegeben«, erwiderte Karamanlis. »Der Geheimdienst hat mir aber die Nachricht von seinem Tod zukommen lassen, und ich hatte keinen Grund, daran zu zweifeln.«

Michel, der eine Zeitlang geistesabwesend vor sich hingestarrt hatte, schien dem Gespräch jetzt wieder zu folgen. »Geben Sie sich keinen Illusionen hin, Karamanlis. Alle Botschaften gehen von einem ganz bestimmten Ort aus, und alle sind sie von Verstorbenen ausgesprochen: dem Geist des Agamemnon und dem von Melissa. Beide befinden sich aber im Reich der Toten … Der Verfasser ist ein Mensch, den man ins Jenseits schicken wollte, und der nun zurückkehrt, um sich an den Schuldigen zu rächen. Es ist Claudio, der sich mit uns an den Ufern des Acheron verabreden will. Dort werden wir erfahren, welchen Todes wir sterben müssen.«

Karamanlis erhob sich. »Ich lasse mich nicht einschüchtern«, sagte er. »In meinem Leben gab es gefährlichere Situationen als diese, und ich bin ihnen noch jedesmal entkommen. Meine Männer sind nicht von einem Geist umgebracht worden, sondern von einem Menschen aus Fleisch und Blut, der selbst verwundbar ist und seinerseits getötet werden kann. Wenn es noch etwas gibt, das Sie mir nicht gesagt haben, dann tun Sie es jetzt und ziehen Sie dann Ihrer Wege. Ich weiß nicht, was Sie vorhaben, und es interessiert mich auch nicht besonders. Aber wenn Sie einen Rat wollen: Kehren Sie so schnell wie möglich in Ihre Heimat zurück. Die Toten sind tot und können nicht mehr zum Leben erweckt werden; es ist zu spät. Vergessen Sie die ganze Sache und überlassen Sie es mir, die Morde aufzuklären. Es wäre das Beste für uns alle. Wenn es stimmt, was Sie sagen, dann sind auch Sie Ihres Lebens nicht mehr sicher, denn nur Sie beide wußten, wo Setti und das Mädchen sich in jener Nacht aufgehalten haben, und das bringt Sie in tödliche Gefahr.« Wie zur Bekräftigung seiner Worte klopfte er kurz auf den Tisch. »Verlassen Sie Athen und Griechenland, solange noch Zeit ist«, sagte er abschließend. Dann wandte er sich ab und ging hinaus.

Drei Tage später saß Claudio Setti in einer *ciayane* an der Brücke von Galata in Istanbul und trank Tee, als ein Junge auf ihn zutrat und sagte: »Der Kommandant hat mich gebeten, dir das hier zu übergeben.« Damit reichte er Claudio einen Umschlag und ging wieder seiner Wege, ohne ein Trinkgeld oder eine Antwort abzuwarten. Claudio öffnete den Umschlag und zog ein Schwarzweißfoto daraus hervor: Es zeigte Michel Charrier und Pavlos Karamanlis, die in einer Bar zusammen an einem Tisch saßen und sich lebhaft miteinander unterhielten …

Claudio spürte einen stechenden Schmerz in der Brust und konnte nicht verhindern, daß die Tränen ihm in die Augen stiegen. Nach einer Weile stand er auf und trat ans Brückengeländer. Unter ihm glitzerte das Wasser des Goldenen Horns wie tausend Edelsteine, ein paar Schiffe mit weißen Segeln schipperten gemächlich dahin, und ein Schwarm Möwen stritt sich kreischend um die Abfälle, die von den Restaurants auf der Brücke ins Wasser geworfen wurden. Das Festland, das am fernen Horizont zu erkennen war, gehörte schon zu Asien …

Mit einer weit ausholenden Bewegung warf Claudio das Foto ins Wasser und verfolgte mit den Augen, wie es langsam unterging. »Güle güle, arkadash«, murmelte er in türkischer Sprache: »Leb wohl, mein Freund.« Dann kehrte er zurück zu seinem Tisch und nippte weiter an seinem Tee.

Sein Blick war jetzt ruhig und klar und schien auf einen leeren Punkt am Himmel gerichtet. Er glich dem des alten Bettlers, der nicht weit von ihm entfernt zerlumpt und mit nackten Füßen auf der Erde saß: Das Leben hatte ihm alle Kraft geraubt.

Mireille war fest entschlossen, Michel auch ohne sein Einverständnis nach Griechenland zu folgen. Keiner der Gründe, die er für die Verlängerung seines Aufenthalts dort angeführt hatte, hatte sie überzeugt. Überdies erfüllten sie die Worte, deren Herkunft sie mit Hilfe von *Ikarus* herausgefunden hatte, nach wie vor mit Unruhe, und sie konnte sich keinen Reim darauf machen, was Michel in dieser schrecklichen Geschichte zu suchen hatte. Was hielt er vor ihr verborgen? Als sie ihm bei ihrem letzten Telefongespräch ihre baldige Ankunft in Griechenland mitgeteilt hatte, war Michel alles andere als erfreut gewesen. Liebevoll, aber bestimmt hatte er ihr deutlich gemacht, daß er ihre Anwesenheit immer noch nicht wünschte.

Als ihr Vater den Grund ihrer Reise nach Griechenland erfuhr, teilte er ihr in klaren und unmißverständlichen Worten mit, was die Familie von ihrer Verbindung mit Michel hielt: Es hätte schon genügt, daß Michels Eltern nicht dem gesellschaftlichen Rang der Saint-Cyrs entsprachen; doch das eigentlich Bedenkliche an der ganzen Sache war, daß Michel in Wirklichkeit gar keine Familie hatte. Michel war ein ›mouton‹, wie man die Findelkinder aus dem Waisenhaus von Château Mouton hämisch zu nennen pflegte. Die Charriers hatten ihn adoptiert, als er noch klein gewesen war, doch es war nicht auszuschließen, daß sein richtiger Vater ein Verbrecher und seine leibliche Mutter eine Prostituierte war. Mireille müsse sich darüber im klaren sein, daß Michels Herkunft – sollte sie jemals im Familienkreis bekannt werden – für einen Skandal sorgen würde. Der Graf sprach zwar gelassen und bedacht, und er hütete sich davor, ein abfälliges Wort über den Freund seiner Tochter fallen zu lassen, doch ließ er auch keinen Zweifel daran, daß ihre Wahl die Familie vor erhebliche Probleme stellte.

Aber Mireille ließ sich nicht aus der Ruhe bringen. In wohlüberlegten Worten machte sie ihrem Vater deutlich, daß sie unter keinen Umständen auf Michel verzichten würde. Vielmehr sei sie – vorausgesetzt, daß es auch Michels Wunsch war – fest entschlossen, ihn bald zu heiraten, selbst wenn sie dadurch riskieren sollte, den Anspruch auf ihr Erbe zu verlieren. Michel hatte sich bereits einen Namen als brillanter Wissenschaftler gemacht, und auch sie selbst würde sich als Universitätsdozentin ohne weiteres von ihrem eigenen Geld ernähren können. Sie riet ihrem Vater daher, auf eventuelle Erpressungsversuche von vornherein zu verzichten.

Um das Mädchen von seinem Entschluß abzubringen, den es seiner Meinung nach später bereuen würde, entschloß sich der Graf endlich, seine letzte Karte auszuspielen. Es gab ein Geheimnis, das er bisher wohlweislich für sich behalten hatte. Doch nun schien der Moment gekommen, der seine Preisgabe erforderte.

»Sei mir bitte nicht böse«, schickte er mit milder Stimme voraus, »ich habe es wirklich nur zu deinem Besten getan … Es ist wohl an der Zeit, daß du erfährst, daß ich mir schon vor einiger Zeit die Unterlagen über Michels Ankunft im Waisenhaus zukommen habe lassen. Für einen Mann von meinem Einfluß öffnen sich so manche Türen …«

Mireille, die ihr Temperament bis zu diesem Zeitpunkt mit Mühe und Not im Zaum gehalten hatte, konnte sich jetzt nicht mehr beherrschen und platzte wütend heraus: »Ach, und solch ein billiges und würdeloses Verhalten soll also eines Saint-Cyr würdig sein? Ich soll mir an dir ein Beispiel nehmen, der du schamlos meinem Freund hinterherspionierst? Was immer du auch herausbekommen hast: In Wirklichkeit ist es Michel, der sich schämen müßte, mit Leuten wie uns eines Tages vielleicht verwandt zu sein!«

»Mireille, ich verbiete dir …«

»Gut, Papà, wir wissen nun übereinander Bescheid. Du kannst mir jetzt ruhig auch die ganze Wahrheit erzählen. Ich bin wirklich neugierig, welch ungeheuerlicher Makel an Michel haftet, daß die Familie Saint-Cyr sich so gegen ihn sträubt.«

»Wie du willst! Dann sei also darüber in Kenntnis gesetzt, daß dein Michel aus der unehelichen Verbindung zwischen einem italienischen Soldaten und einer arabischen Beduinin hervorgegangen ist. Der Italiener war während des Krieges in englische Gefangenschaft geraten, hatte aber fliehen können und war bei einem Beduinenstamm in der Oase von Siwa untergeschlüpft. Dort hatte er ein Verhältnis mit dieser Frau, dem bald darauf ein Kind entsprang. Die Mutter starb an Typhus, woraufhin der Vater das Kind in ein französisches Waisenhaus bringen ließ und sich selbst nach Algerien zur Fremdenlegion meldete. Du wirst jetzt also sicherlich besser verstehen ...«

Mireille schüttelte in gespielter Entrüstung den Kopf. »Halb Italiener, halb Beduine. Das ist ja schlimmer, als ich jemals gedacht hätte, Papà! Gut, nachdem du mir jetzt reinen Wein eingeschenkt hast, wird es dich sicher freuen, zu hören, daß mir Michels Herkunft völlig egal ist. Im Gegenteil, diese interessante Mischung macht mir nicht nur gewisse Charakterzüge verständlicher, sondern erklärt mir auch seine ganz außergewöhnliche Männlichkeit ...«

Bei Mireilles provozierenden Worten hob der Graf in ohnmächtiger Wut die Hand, um ihr eine Ohrfeige zu versetzen, aber anstatt auszuweichen, sah Mireille ihm nur ungerührt in die Augen und sagte langsam: »Wenn du mich anrührst, siehst du mich niemals wieder ... Ich meine es ernst.« In ihrer Haltung lag eine solche Entschlossenheit, daß der Graf die Hand sinken ließ und müde zu Boden blickte. Er hatte den Kampf verloren.

»Ich reise also ab«, sagte Mireille nach einer Weile etwas sanfter, »vielleicht gelingt es dir bis zu meiner Rückkehr, deine Selbstgerechtigkeit zu überwinden.«

Nach allem, was sie über die Gemeinheit ihrer Familie und die chaotische Herkunft Michels erfahren hatte, fühlte sich Mireille nur noch stärker mit ihrem Geliebten verbunden. Sie sehnte sich mehr denn je danach, ihn in ihre Arme zu schließen und den trockenen Duft seiner Haut zu riechen, der sie an die Küstenwälder der Sète und an die Wiesen der Camargue erinnerte, über die sie so oft zusammen geritten waren. Dabei wußte sie nicht einmal, wo sie ihn im Moment erreichen konnte. Alles was sie hatte war die Telefonnummer eines Hotels in dem Städtchen Parga, das er aber erst in der ersten oder zweiten Oktoberwoche erreichen wollte.

Sie ging hinauf in ihr Zimmer und holte die Schlüssel zu Michels Wohnung in der Rue des Orfèvres aus einer Schublade. Wenigstens wollte sie heute nacht dort schlafen und davon träumen, in seinen Armen zu liegen. Es war ein kleiner Trost, seine Sachen um sich zu haben, seine Musik zu hören, in seinen Büchern zu blättern und ein Bad in seiner Wanne zu nehmen.

Unterwegs aß sie in einer Bar ein Sandwich zu Abend und trank ein Glas Beaujolais dazu. Dann fuhr sie weiter zu Michels Wohnung, wo sie zuerst einen Blick ins Schlafzimmer warf. Ein Lächeln überflog ihr Gesicht, als sie daran dachte, daß Michel noch immer etwas scheu wirkte, wenn er sich vor ihren Augen auskleidete, und daß er jedesmal vergaß, seine Socken auszuziehen, bevor er ins Bett schlüpfte.

Sie ging in die Küche, um einen Espresso aufzusetzen, und begab sich dann in Michels Arbeitszimmer. Es war feinsäuberlich aufgeräumt, und nur auf dem Schreibtisch türmte sich wie immer ein unübersehbarer Stapel Papierkram.

Als sie das Chaos näher betrachtete, gewann sie jedoch den Eindruck, daß es eine gewisse Logik aufwies. Vor allem ein einfaches Pauspapierblatt genau in der Mitte des Schreibtischs war es, das ihren Blick magisch anzog. Es zeigte eine Linie, um die sich vier durch Buchstaben gekennzeichnete Punkte gruppierten: Oben stand ein D, unten ein O, am linken Ende ein T und am rechten ein S. Zwischen dem Buchstabenkreuz stand deutlich hervorgehoben das Wort ›Ephyra‹, und die ganze Zeichnung war mit dem Titel ›Die Achse des Harvatis‹ überschrieben. Ephyra … Diesen Namen hatte sie doch vor kurzem irgendwo gehört. Aber natürlich – Ephyra war der Ort, an dem sich Michel in wenigen Tagen einfinden wollte.

Da die Kaffeemaschine auf dem Herd zu brodeln begann, mußte sie ihre Überlegungen unterbrechen, um in die Küche zu gehen und sich eine Tasse Espresso einzuschenken. Jetzt, wo sie wußte, daß Michel zur Hälfte Italiener war, schien ihr seine Vorliebe für italienischen Kaffee fast eine unbewußte Reminiszenz an seine Herkunft, wenngleich sein Charakter ansonsten doch sehr französisch war … Während sie genußvoll ihren Kaffee schlürfte, ging sie zurück ins Arbeitszimmer und machte sich wieder an die Inspektion der seltsamen Zeichnung.

Als sie kurze Zeit später vom Schreibtisch hochsah, fiel ihr Blick auf eine Karte des antiken Griechenlands, die an der Wand hing und mit den Worten ›*Graecia Antiqua Cum Oris Maris Aegaei*‹ überschrieben war. Konnte die Pauspapierzeichnung vielleicht von dieser Karte abkopiert sein? Sie trat näher auf die Karte zu und sah nun ganz deutlich den Ort Ephyra aufgezeichnet, der sich im Norden des ambrakischen Golfes, an der den Ionischen Inseln vorgelagerten Küste befand. Ephyra … Aber in Ephyra war doch auch das Totenorakel, wo Periander den Schatten seiner toten Frau beschworen hatte. Mireille trug in ihrer Tasche immer noch die Kopie der Textstelle aus dem Werk von Herodot bei sich, die Jones für sie hatte ausdrucken lassen. Was um Himmels willen hatte Michel mit einem Totenorakel zu tun?

Mireille trank ihren Kaffee aus, nahm die Pauspapierzeichnung vom Schreibtisch und legte sie über die Wandkarte, so daß das Kreuz mit dem Wort ›Ephyra‹ genau über dem entsprechenden Ort auf der Karte lag. Dann drehte sie das Blatt so weit, bis auch die anderen, nur von Buchstaben bezeichneten Punkte Ortsnamen entsprachen: D stand für Dodona, die Kultstätte des pelasgischen Zeus, das älteste Orakel der antiken Welt; O für Olympia, das große Heiligtum des panhellenischen Zeus; T für Tainaron, das südliche Ende des Peloponnes; und endlich, noch weiter unten in der nordafrikanischen Wüste: S für Siwa, die Oase des Orakels von Ammon. War das etwa die Achse des Harvatis? Was konnte sie nur bedeuten?

Die junge Frau begann, den Schreibtisch so lange nach einem Hinweis zu durchsuchen, bis sie auf ein Notizheft stieß, auf dessen erster Seite notiert war: Periklis Harvatis,

Hypothese über den Totenbeschwörungsritus in der Odyssee XI. Beim Durchblättern des Heftes stellte sie fest, daß Michel darin das Werk dieses Harvatis stichpunktartig zusammengefaßt hatte. Der Autor stellte die These auf, daß der im elften Gesang der Odyssee beschriebene Totenritus in Wirklichkeit derselbe war, der schon im mykenischen Zeitalter im Nekromanteion von Ephyra praktiziert wurde. Folglich habe er nicht, wie in der *Odyssee* beschrieben, an den Ufern des Ozeans, sondern in Epirus, an der Mündung des Acheron stattgefunden. Die ›Stadt der Kimmerer‹, von der der Dichter gesprochen hatte, sei folglich im kimmerischen Vorgebirge – etwa eine Meile von Ephyra entfernt – anzusiedeln.

Dann hatte Michel sich noch Notizen gemacht, die er mit der Überschrift *Die Prophezeiung des Teiresias* versehen hatte und die folgendermaßen lauteten: »Die drei Tiere, die Odysseus opfern sollte – ein Stier, ein Eber und ein Widder – könnten sich auf Sternzeichen beziehen. Die Zodiakalachse hat ihr Zentrum in Siwa, Ägypten, und verbindet die Eingänge der Unterwelt in Kap Tainaron (Grotten von Dirou) und in Ephyra, wodurch sie die drei großen Heiligtümer vereint, die mit den drei Tierkreissymbolen zusammenhängen. Merke: Der Eber oder das Wildschwein ist ein Wasserzeichen, das dem Sternzeichen der Fische entspricht und der Kultstätte des Zeus in Dodona zugeschrieben wird. Auch die Insel Kerkyra fällt unter das Zeichen der Fische.« Auf der nächsten Seite wurden die Aufzeichnungen fortgeführt: »Die Hypothese von Harvatis bezüglich der Zodiakalachse, die die bedeutendsten Kultstätten des Mittelmeers der Antike miteinander verbindet, stammt ursprünglich nicht von ihm selbst. Sie wird von Forschern jedoch nur selten berücksichtigt, da es nicht erwiesen ist, inwieweit man in der Antike schon in der Lage war, Längengrade und Breitengrade zu berechnen und Lossodromen zwischen so weit voneinander entfernten Orten wie Siwa, Ephyra und Dodona es waren, herzustellen.«

Mireille schrieb Michels Notizen feinsäuberlich ab und fertigte auch eine Kopie der Zeichnung an, die er die ›Achse des Harvatis‹ genannt hatte. Als sie das Heft schon wieder zurücklegen wollte, sah sie jedoch, daß auch die Rückseiten der Blätter teilweise beschrieben waren, und las weiter: »Problem: An allen im Mittelmeer gelegenen Orten, an denen dem Mythos zufolge das Schiff des Odysseus angelegt oder einer seiner Gefährten gestorben ist, oder an denen sich ein anderer homerischer Held aufgehalten hat (wie Diomedes in Apulien, Teukros in Zypern, Antenor in Venetien, Aeneas in Latium), entstand später ein Kult, der uns durch Heiligtümer, antike Statuen etc. überliefert ist. In Ithaka, der Heimat des Odysseus, scheint es aber nie einen Heldenkult gegeben zu haben. Warum nicht? Es muß einen Grund dafür geben. Aber welchen?«

Eine weitere Seite war in Großbuchstaben mit dem Wort ›KELKEA‹ überschrieben, und darunter stand: »Siehe Schol. Hom. XI, 112. Kelkea (bei anderen Autoren tritt es in Zusammenhang mit dem Namen Boúneima auf) ist vielleicht alles, was von einem verlorenen Epos noch übrig ist ... Die Fortsetzung der *Odyssee?* Kelkea ist der Ort, an dem Odysseus seine Abenteuer ein für allemal hätte beenden sollen, indem er einen Stier, einen Eber und einen Widder opferte. Aber wo lag Kelkea?«

Am unterer, Seitenrand stand eine weitere Anmerkung: »Den Herausgeber von Harvatis auftreiben, die Adresse ist Dionysìou-Straße 17, Athen ... Wie soll ich nur die Kraft für ein Wiedersehen mit Athen finden?«

Mireille blieb bis spät in die Nacht auf und schrieb alles ab, las dann ihre eigenen Aufzeichnungen wieder und wieder und suchte nach einer Verbindung zwischen den hingeworfenen, rätselhaften Bruchstücken. Als sie irgendwann müde wurde, zog sie sich aus und legte sich in Michels Bett. Dort wurde sie von der Erinnerung an das letztemal überfallen, als sie mit Michel geschlafen hatte, und sie dachte mit Wehmut an seinen schlanken Körper, seine langen Beine, seinen flachen, muskulösen Bauch, seine schwarzen Wimpern und seine dunklen, immer etwas feuchten Augen. Niemals zuvor hatte sie sich so nach ihm gesehnt ...

XVII

Athen, Flughafen Glyfada, 26. Oktober, 10.30 Uhr

Als Mireille an einem wolkenverhangenen Tag am Flughafen Athen-Glyfada ankam, nahm sie sofort ein Taxi und ließ sich in ihr in der Nähe des Zappeions gelegenes Hotel bringen. Zu Hause hatte sie eine Nachricht für Michel auf dem Anrufbeantworter hinterlassen, daß sie für eine Weile nicht erreichbar sei und sich selbst bei ihm melden würde. Sie wollte ihm bis auf weiteres noch nicht sagen, daß sie in Griechenland war, denn es gab zu viele Dinge, die Michel vor ihr zu verbergen schien und mit denen sie sich erst selber auseinandersetzen mußte.

Da sie von der Reise und der schwülen, stickigen Luft müde und verschwitzt war, nahm sie im Hotel zunächst eine Dusche. Dann zog sie ihre mitgebrachten Notizen aus der Reisetasche und legte sich im Bademantel aufs Bett. Die sonderbare Bemerkung, die sie in Michels Unterlagen gefunden hatte, ging ihr nicht aus dem Kopf: ›Den Herausgeber von Harvatis auftreiben, die Adresse ist Dionysìou-Straße 17, Athen … Wie soll ich nur die Kraft für ein Wiedersehen mit Athen finden?‹ Die Worte schienen auf ein trauriges Erlebnis zurückzugehen, das Michel wohl am liebsten vergessen hätte …

Mireille nahm einen Stadtplan zur Hand und suchte darauf die Dionysìou-Straße. Sie lag im Zentrum, gar nicht weit von der Altstadt entfernt. Aber warum wollte er eigentlich den Herausgeber finden? War es denn nicht besser, sich gleich auf die Suche nach dem Verfasser zu machen? Mireille griff zum Telefonbuch und suchte nach dem Namen Periklis Harvatis. Da sie diesen jedoch nicht finden konnte, beschloß sie, sich ans Einwohnermeldeamt zu wenden.

Sie wählte ein für den Anlaß vielleicht etwas zu elegantes Kleid und fuhr mit dem Taxi zum Rathaus. Der zuständige Beamte war eine etwas merkwürdige Erscheinung: ein kleiner Mann von Ende Fünfzig, der in einen tadellosen beigen Anzug gekleidet war und als Blickfang eine Nelke im Knopfloch trug. Als Mireille in sein Büro trat, saß er gerade hinter seinem Schreibtisch, rauchte eine elegante, oval geformte Zigarre und nippte an seinem türkischen Kaffee. Mireille stellte sich vor und erfand eine Geschichte, die den Grund ihres Kommens erklären sollte: »Ich habe vor einigen Jahren mit Professor Harvatis zusammengearbeitet und würde ihn gerne wiedersehen, aber ich habe seine Adresse verloren.«

»Da muß ich erst mal nachsehen, ob er überhaupt in Athen wohnt. Wenn Sie ihn im Telefonbuch nicht gefunden haben, könnte er ja vielleicht verzogen sein. Warten Sie einen Moment, bitte ...« Damit ging er hinüber zu den Aktenschränken und begann zu suchen. »Hier«, erklärte er nach ein paar Minuten: »Harvatis, Periklis, geboren in Ioannina am 4. April 1901, gestorben in Athen am 17. November 1973.«

»Gestorben?«

»Leider ja, mein Fräulein. Der Professor ist schon lange tot ... in drei Wochen sind es genau zehn Jahre.«

»Können Sie mir wenigstens sagen, ob noch Verwandte von ihm am Leben sind, die ich aufsuchen könnte? Bitte, es ist sehr wichtig für mich. Ach, und haben Sie vielleicht auch einen Zettel für mich, damit ich mir Notizen machen kann?«

Der Beamte sah sie mit bewunderndem Augenaufschlag an, als er ihr ein Blatt Papier reichte, und sagte dann: »Leider kann ich aus meinen Unterlagen nur ersehen, daß Harvatis unverheiratet war und alleine im Stadtteil Neapolis wohnte. Er scheint keine Verwandten mehr gehabt zu haben. Tut mir leid, mein Fräulein.«

Mireille bot ihm ein Trinkgeld für seine Bemühungen an, doch er lehnte entschieden ab. Sie wollte gerade den Raum verlassen, als ihr noch eine letzte Möglichkeit in den

Sinn kam: »Würden Sie unter Umständen noch etwas für mich tun?« fragte sie den Beamten mit einem Anflug von Koketterie in der Stimme, die allerdings gar nicht nötig gewesen wäre. Auch ohne ihre ausdrückliche Bitte hätte der Mann alles für sie getan.

»Wäre es möglich, Havartis' Sterbeurkunde aufzutreiben, und vielleicht auch den Namen des Arztes, der sie ausgestellt hat?«

»Ja, das ist wohl möglich.«

»Wie lange wird es dauern?«

»Nun, ich glaube nicht, daß ich es während der Bürozeiten noch schaffe, aber wenn Sie heute abend bei mir zu Hause vorbeikommen wollen …«

Mireille hatte mit einem ähnlichen Vorschlag gerechnet und die Antwort in Gedanken schon vorbereitet. »Ich komme Sie um zwei Uhr abholen, dann können wir zusammen zu Mittag essen. Ist Ihnen das recht, Herr …?«

»Zolotas, Andreas Zolotas. Sie können mich Andreas nennen, wenn Sie wollen … Gut, ich werde sehen, was ich tun kann.«

Mireille dankte ihm mit einem Lächeln und verließ kopfschüttelnd das Rathaus. Auf ihrem Stadtplan sah sie, daß die Dionysìou-Straße gar nicht weit entfernt war, und da sie Zeit hatte, machte sie sich zu Fuß auf den Weg. Das Haus Nummer 17 sah völlig verlassen aus, und vor seinem Eingang war ein Rolladen heruntergelassen, der offensichtlich schon seit Ewigkeiten nicht mehr geöffnet worden war. Enttäuscht beschloß Mireille, sich ein Weilchen in die Bar auf der anderen Straßenseite zu setzen und einen Ouzo mit Eis zu trinken, da dieses Getränk dem französischen Pernod am nächsten kam.

»Wohnt denn niemand in der Nummer 17?« fragte sie den Kellner, als er ihr den Ouzo brachte. Erstaunt zog dieser die Augenbrauen hoch und erzählte ihr, daß vor einiger Zeit einmal ein Ausländer vorbeigekommen sei und sich nach dem Haus erkundigt habe. Damals habe er ihm gesagt, daß es seit Jahren verlassen sei, doch ausgerechnet am selben Abend habe er dann einen Lichtschimmer unter dem Rolladen nach draußen dringen sehen. Später sei das noch öfter passiert, und er hätte es dem fremden Herrn gerne mitgeteilt, aber leider sei er nie mehr aufgetaucht.

Aus der Beschreibung, die der Kellner ihr von dem Besucher gab, folgerte Mireille, daß es sich mit ziemlicher Sicherheit um Michel handelte. Sie gab dem Mann ein Trinkgeld in der Höhe von tausend Drachmen und hinterließ ihm ihre Telefonnummer im Hotel, mit der dringenden Bitte, er möge sie sofort anrufen, falls er noch einmal Licht im Haus Nummer 17 sehe. Der Kellner dankte ihr und versprach hoch und heilig, ihrer Bitte nachzukommen.

Da sie noch etwas Zeit bis zu ihrer Verabredung mit Herrn Zolotas hatte, ging Mireille zu Fuß in Richtung Odòs-Stadìou-Straße zurück. Im Vorbeigehen warf sie noch mal einen kurzen Blick auf den heruntergelassenen Rolladen der Nummer 17. Seltsam, er war von einer dicken Staubschicht bedeckt. Wenn sich in letzter Zeit wirklich jemand im Inneren des Gebäudes aufgehalten hatte, mußte er einen anderen Eingang als diesen benutzt haben.

Andreas Zolotas war in der Zwischenzeit sehr erfolgreich gewesen und hatte einige üblicherweise nur schwer zugängliche Unterlagen aufgetrieben. Beim Mittagessen in einem kleinen Restaurant zeigte er Mireille unverhohlen seinen Stolz, und sie erwiderte schmeichlerisch: »Ich dachte mir doch sofort, daß Sie eine verantwortungsvolle Stellung innehaben, die Ihnen viele Türen öffnet.«

»Also, mein Fräulein, ich habe folgendes herausgefunden: Professor Harvatis ist am Samstag, dem siebzehnten November 1973, um drei Uhr nachts gestorben, wahrscheinlich an einem Herzanfall. Das war übrigens jene schreckliche Nacht, in der das Militär das Polytechnikum überfallen hat. Sie müssen wissen, daß ich politisch immer auf der Seite der Linken gestanden habe und ein erbitterter Gegner der Diktatur war.«

»Das bezweifle ich nicht«, sagte Mireille, auch wenn Zolotas eher aussah wie der Prototyp des kleinen, konservativen Spießers, der sich auf seinem bequemen Beamtenstatus ausruht und gar nicht daran dachte, sich politisch zu engagieren.

»Die Sterbeurkunde wurde im Krankenhaus von Kifissìa von einem Doktor Psarros ausgestellt. Ich habe mich auch nach Psarros erkundigt: Er ist noch immer im Dienst und wohnt in der Odòs-Spètses-Straße Nummer 20.«

»Ich bin wirklich sprachlos, was Sie in der kurzen Zeit alles für mich getan haben, Herr Zolotas. Glauben Sie mir, ich würden Sie auch gerne für Ihre Mühe entschädigen.«

»So verstehen Sie doch, mein Fräulein: Ich will keine Entschädigung. Die Tatsache, daß Professor Harvatis in jener furchtbaren Nacht und unter mysteriösen Umständen gestorben ist, ist Grund genug für mich, Ihnen zu helfen. Viele junge Menschen haben damals ihr Leben lassen müssen, und nicht nur die Studenten, sondern auch einige Professoren, die auf ihrer Seite standen, hatten unter den Folgen zu leiden …«

»Herr Zolotas, ich … ich weiß nicht, ob …«

»Nein, lassen Sie mich ausreden, meine Liebe: Einer meiner Söhne war in jener Nacht im Polytechnikum. Als man ihn mir damals nach Hause brachte, blutüberströmt und völlig verzweifelt, lebte er zwar noch, aber in seiner Seele war etwas zerstört worden … Seitdem ist es aus und vorbei mit ihm: Er hat keine Arbeit, ich glaube sogar, daß er stiehlt und vielleicht auch Drogen nimmt. Er ist ein Herumtreiber geworden, und ich habe ihn lange nicht gesehen. Dabei war er immer ein guter Junge, glauben Sie mir, ein schöner Junge auch, groß, viel größer als ich …«

Mireille war tief betroffen. Als es Zeit zum Aufbruch war, wollte sie wenigstens die Rechnung bezahlen, doch auch daran hinderte Herr Zolotas sie höflich, aber entschlossen. Schließlich ersetzte er seine etwas verwelkte Nelke mit einer frischen, die er aus der Tischvase nahm, küßte Mireille mit einer eleganten Verbeugung die Hand und ging von dannen.

Mireille hatte eigentlich damit gerechnet, die peinlichen Anzüglichkeiten eines alternden Mannes über sich ergehen lassen zu müssen. Nun war sie sehr erleichtert, daß das Treffen mit Herrn Zolotas ganz anders verlaufen war, schämte sich aber auch etwas für ihr anfängliches Mißtrauen. Es war seltsam: Sie war noch nicht einmal fünf Stunden in Athen und hatte schon das Gefühl, in einen rasend schnellen Strudel eingetaucht zu sein, von dem sie nicht wußte, wohin er sie tragen würde und wie lange noch Zeit zur Umkehr war. Doch da sie nun einmal beschlossen hatte, kein Hindernis zu scheuen, um Michel wieder nahe zu sein und ihm vielleicht beizustehen, wollte sie sich auch keine Gedanken mehr darüber machen.

Doktor Psarros hatte gerade seinen Dienst im Krankenhaus beendet, als er sich um halb fünf Uhr nachmittags vor seinem Haus in der Odòs-Spètses-Straße einfand, wo die junge Französin, die ihn im Krankenhaus angerufen hatte, schon auf ihn wartete.

»Weshalb interessieren Sie sich für Professor Harvatis?« fragte er Mireille.

»Ich bin Kunsthistorikerin und arbeite in der Forschung. Professor Harvatis hat eine Studie von großer Bedeutung geschrieben, die er jedoch vor seinem Tod nicht mehr beenden konnte. Daher möchte ich herausfinden, womit er in den letzten Tagen seines Lebens beschäftigt war. Vielleicht gelingt es mir dadurch, seine Arbeit zu Ende zu führen.«

»Wir können hinein in meine Wohnung gehen«, meinte Psarros, während er in seinen Taschen nach dem Schlüssel kramte, »oder uns auch hier in die kleine Taverne setzen, wenn Ihnen das lieber ist.«

»O ja«, erwiderte Mireille, »Ich würde gerne ein Glas Retsina trinken.«

»Gut, dann kommen Sie bitte ... Ich muß jedoch zugeben«, sagte Psarros, als sie am Tisch Platz genommen hatten, »daß mich Ihr Anruf vor einer Stunde sehr überrascht hat. Immerhin ist diese Episode schon zehn Jahre her, und ich hatte im ersten Moment Schwierigkeiten, mich daran zu erinnern.«

»Ja, es sind ziemlich genau zehn Jahre. Damals geschah ja auch das Massaker im Polytechnikum ...«

Psarros verzog das Gesicht. »Massaker? Aber mein Fräulein, ich bitte Sie! Es handelte sich um eine ganz normale Polizeimaßnahme, die das Ziel hatte, ein paar rebellische junge Leute zur Ordnung zu rufen. Die Presse hat das Ganze dann zu einem monströsen Blutbad aufgeblasen und von zahlreichen Verletzten und sogar Toten gesprochen. Gut, einige Leute haben sicherlich den ein oder anderen Kratzer abbekommen, aber damit hatte sich die Sache. Sie brauchen sich doch nur anzusehen, wie heruntergekommen unser Land heute ist. Die Linken wollten die Demokratie. Gut, sie haben sie bekommen. Aber welche Folgen zog das nach sich – hier, lesen Sie!« Damit blätterte er in einer Ausgabe der ›Tò Vradi‹, die auf dem Tisch lag. »... Die Inflationsrate ist höher denn je, die Staatsverschuldung völlig außer Kontrolle geraten, Korruption und Drogenhandel florieren ... Glauben Sie mir, als das Militär an der Macht war, herrschte hier ein anderer Wind. Die jungen Leute ließen sich die Haare schneiden und liefen in anständigen Kleidern herum.«

»Ja, natürlich hat eine Demokratie auch ihre negativen Seiten. Aber was wollen Sie? Die Griechen – vielmehr die Athener – haben sie doch erfunden, wenn ich mich nicht irre«, unterbrach Mireille schnell. »Aber wir wollten eigentlich über Professor Harvatis sprechen.«

»Ach ja, Harvatis ... Nun, ich kann Ihnen nicht besonders viel über den Mann sagen. Ich habe aber nach Ihrem Anruf den Krankenbericht und meine persönlichen Notizen von damals herausgesucht: Harvatis wurde um zwei Uhr morgens im Krankenhaus eingeliefert, und zwar von einem Mann namens Aristotelis Malidis, der – wie ich später erfuhr – sein Assistent war und auch als Museumswärter im Archäologischen Nationalmuseum gearbeitet hat. Der Professor war in einem äußerst kritischen Zustand. Er schien einen schweren Schock erlitten zu haben und war praktisch bewußtlos. Sein Herzschlag war sehr schwach, und er schien sowohl körperlich als auch geistig nicht mehr die Kraft zu haben, sich dem Tod zu widersetzen. Wir haben alles versucht, aber es war schon zu spät. Eine

Stunde nach seiner Einlieferung ist er gestorben. Dieser Malidis ist dann noch einmal kurz aufgetaucht, um gleich wieder zu verschwinden. Da mir der Fall irgendwie seltsam vorkam, habe ich schließlich Hauptmann Karamanlis – Pavlos Karamanlis, glaube ich – von der Polizeizentrale Athen verständigt. Allerdings habe ich dann nichts mehr von ihm gehört und weiß nicht einmal, ob der Sache noch weiter nachgegangen wurde.«

»Wissen Sie vielleicht, wo Professor Harvatis beerdigt wurde?«

»Nein. Weshalb wollen Sie denn das wissen?«

»Ich glaube, ich würde wenigstens gerne sehen, wie er ausgesehen hat. Vielleicht ist ja ein Foto auf dem Grab.«

»Kann gut sein. Sie könnten es ja mal auf dem Friedhof von Kifissìa versuchen. Wissen Sie, wo der ist?« Als Mireille verneinte, zog er einen Kugelschreiber aus der Tasche und zeichnete ihr auf einer Serviette den Weg auf. »Also, wir sind hier. Sie kehren zurück zu der Allee, fahren sie ganz hinunter und biegen dann nach rechts ab. An der dritten Ampel halten Sie sich links ...« Schließlich faltete er die Serviette zusammen und reichte sie Mireille.

»Doktor Psarros, wurde an der Leiche eine Autopsie vorgenommen?« fragte Mireille dann.

»Ja, das weiß ich noch genau, da ich sie selbst beantragt habe. Wegen der chaotischen Verhältnisse damals dauerte es aber ein paar Tage, bis sie durchgeführt wurde.«

»Und was wurde dabei festgestellt?«

»Das Ergebnis stellte uns vor ein Rätsel: Wir hatten einen Infarkt als Todesursache angenommen ...«

»Und was hat man herausgefunden?«

»Nichts. Das Herz des Toten war völlig intakt.«

»Und wie erklären Sie sich dann seinen Tod?«

»Herzstillstand aus unbekanntem Anlaß.«

»Das ist keine sehr präzise Diagnose.«

»Stimmt. Sie erklärt eigentlich gar nichts.«

»Und was ist Ihre persönliche Meinung?«

»Ich habe keine, mein Fräulein. Der Mann muß einen Schock erlitten haben, soviel ist klar. Aber darüber hinaus läßt sich nicht viel sagen. Vielleicht hätte uns dieser Malidis erzählen können, was dem Patienten zugestoßen war. Jedoch habe ich wie gesagt nie wieder von ihm gehört. Vielleicht hat Hauptmann Karamanlis mit ihm gesprochen …«

»Ich danke Ihnen, Herr Doktor.«

»Keine Ursache. Lassen Sie es mich wissen, wenn Sie etwas Neues herausfinden.«

Mireille stieg wieder in ihren Leihwagen und machte sich auf den Weg zum Friedhof, obwohl sie wenig Hoffnung hatte, ihn noch offen vorzufinden, da es schon sechs Uhr abends war. Aber vielleicht war ja ein Wächter da, den sie mit einem guten Trinkgeld um Einlaß bitten konnte.

»Für fünfhundert Drachmen grabe ich Ihnen auch den Sarg aus«, sagte der Wächter, der gerade nach Hause gehen wollte, als Mireille ihm das Geld in die Hand drückte.

»Würden Sie mich bitte begleiten«, bat Mireille. »Es wird schon dunkel, und ehrlich gesagt finde ich es etwas unheimlich, allein zwischen den Gräbern herumzuspazieren.«

Der Wächter willigte ein und ging ihr voraus über den Friedhof, während er in gutmütigem Ton vor sich hinmurmelte: »Es ist ein großer Irrtum, vor den Toten Angst zu haben, mein Fräulein. In Wirklichkeit sind es nämlich die Lebenden, vor denen man sich vorsehen muß. Nehmen Sie zum Beispiel meinen Schwager: Vor fünf Jahren schon habe ich ihm einen Haufen Geld geliehen, weil er einen Laden aufmachen wollte, und bis heute habe ich keine Drachme davon wiedergesehen …« Als er schließlich vor einem bestimmten Grab stehenblieb, sagte er: »Hier liegt er, der alte Periklis Harvatis. Ich kenne alle meine Täubchen hier auf dem Friedhof, wir sind eine große Familie.«

Mireille betrachtete aufmerksam die Fotografie in dem ovalen Rahmen, die das hagere Gesicht eines schönen und würdigen alten Mannes mit schlohweißen Haaren zeigte. Darunter standen nur Name und Lebensdaten geschrieben, aber das Grab war sehr gepflegt, und in einer Vase stand ein Strauß frischer Blumen. »Haben Sie ihm die Blumen gebracht?« fragte Mireille.

Als der Wächter mit einem spitzbübischen Gesichtsausdruck den Kopf hob und die Augen zudrückte, mußte Mireille amüsiert lächeln. Seltsam, diese Art der Verneinung, die die Menschen der südöstlichen Mittelmeerländer von Sizilien bis zum Libanon anwandten …

Der Mann bedeutete ihr schließlich, ihm zum Ausgang des Friedhofs zu folgen, und wies von dort aus auf einen der Blumenläden auf der anderen Straßenseite: »Die Frau aus dem zweiten Laden von links, die bringt manchmal Blumen an sein Grab.«

»Ach, und wie oft tut sie das?«

Der Wächter schien nun keine Lust mehr zu haben, ihr noch weitere Fragen zu beantworten, und zuckte nur die Schultern. Mireille dankte dem Mann, schüttelte ihm herzlich die Hand und schlug den Weg über die Straße zu dem Blumengeschäft ein.

Wie jeden Abend vor dem Nachhausegehen machte sich der Besitzer der Bar ›Milos‹ einen Teller mit Feta, Oliven und Tomaten zurecht und schenkte sich ein Glas Wein ein. Er genoß es, nun endlich selbst derjenige zu sein, der gemütlich an einem Tisch saß und es sich schmecken ließ. Draußen wehte der Schirokko, und es war für die Jahreszeit noch sehr warm, aber die Wettervorhersage hatte für die nächsten Tagen bereits eine empfindliche Abkühlung angekündigt. Nach dem Essen nahm er das Sportblatt zur Hand, das wie immer zerfledderter war als alle anderen Zeitungen. Gespannt ging er die Ergebnisse der Pferderennen durch, denn er hatte die Hoffnung noch immer nicht aufgegeben, daß er irgendwann einmal gewinnen würde – aber er hatte auch diesmal verloren.

Enttäuscht fragte er sich, wieviel Geld er eigentlich noch für diesen uneinträglichen Spaß zum Fenster hinauswerfen wollte, als seine Aufmerksamkeit plötzlich von einer schwarzen Limousine abgelenkt wurde, die langsam an der Bar vorbeifuhr und vor dem Haus Nummer 17 zum Stehen kam. Neugierig trat der Mann ans Fenster, um zu sehen, ob jemand ausstieg, aber nachdem die Lichter des Wagens ausgegangen waren, geschah überhaupt nichts.

Wenige Minuten später verließ der Betreiber der Bar das Lokal und lenkte seine Schritte hinüber auf die andere Straßenseite, wo er einen prüfenden Blick ins Innere des Wagens warf: Er war leer! Allerdings war unter dem Rolladen wieder ganz deutlich ein Lichtschimmer zu sehen, und als er sein Ohr gegen die Tür legte und angestrengt lauschte, schien es ihm, als vernähme er das dumpfe Geräusch von Schritten, die sich durch einen langen Gang entfernten.

Da fiel ihm das Versprechen ein, das er der jungen Frau, die am Nachmittag in seiner Taverne gewesen war, gegeben hatte. Schnell begab er sich zur nächsten Telefonzelle und wählte ihre Nummer. »Miß? Entschuldigen Sie die späte Störung, aber ich wollte Ihnen sagen, daß in der Dionysìou-Straße Nummer 17 Licht brennt.«

Mireille hatte schon seit ein paar Stunden geschlafen und verstand nicht sofort, was dieser nächtliche Anruf zu bedeuten hatte …

»Miß, hören Sie mich? Ich bin der Kellner aus der Bar ›Milos‹ und hatte versprochen, Sie anzurufen, wissen Sie noch?«

»O ja, natürlich, jetzt begreife ich … Vielen Dank, daß Sie sich melden.«

»Es ist sehr sonderbar. Vor dem Haus parkt ein schwarzer Wagen, aber ich habe niemanden aussteigen sehen und wüßte auch nicht, wie jemand ins Haus gelangt sein könnte.«

»Sind Sie sicher, daß jemand drin ist?« fragte Mireille.

»Ja, Sir«, antwortete der Mann, der vor lauter Aufregung ganz vergessen hatte, daß er mit einer Frau sprach.

»Gut, danke nochmals.«

»Gute Nacht«, meinte der Kellner abschließend, legte auf und ging nach Hause.

Mireille fiel zurück in die Kissen und wollte schon das Licht löschen, da sie sich von der Reise und dem langen und ereignisreichen Tag wie erschlagen fühlte. Doch die

Tatsache, daß es sich vielleicht um eine nicht wiederkehrende Gelegenheit handelte, ließ sie keinen Schlaf finden, und schließlich stand sie widerwillig auf, zog sich an und legte sogar etwas Schminke auf. Dann verließ sie das Hotel und fuhr durch die fast menschenleeren Straßen Athens zur Dionysìou-Straße.

Tatsächlich fiel dort durch einen schmalen Spalt unter der Tür Licht auf die Straße. Allerdings war der Rolladen nach wie vor mit einem Vorhängeschloß versehen, und es war ihr ein Rätsel, wie jemand ins Haus gelangt sein sollte. Der schwarze Wagen stand noch auf dem Gehsteig, doch es saß niemand darin. Sonderbar … Und doch befand sich um halb zwei Uhr nachts jemand in den Räumen der ominösen Druckerei, die angeblich das Werk von Professor Harvatis herausgegeben hatte.

Mireille entschloß sich, vor der Bar gegenüber zu parken und sich nicht von der Stelle zu rühren, bis der Besitzer des Wagens auftauchen würde. Die Straße war nur spärlich beleuchtet, und während sie sich auf ihrem Sitz zusammenkauerte, wurde ihr doch etwas unheimlich zumute. Um sich nicht so allein zu fühlen, schaltete sie das Radio an, konnte jedoch auf allen Sendern nur griechische Volksmusik empfangen. Da die Musik ihr unpassend erschien, schaltete sie das Radio wieder aus und zündete sich eine Zigarette an. Sie bemühte sich nach Kräften, wach zu bleiben und den Wagen nicht aus den Augen zu lassen, doch es geschah immer wieder, daß sie für einen Moment einnickte. Bei dem Gedanken, daß sie noch am Tag zuvor in ihrem schönen Haus inmitten von Komfort und Luxus geschlafen hatte, mußte sie unwillkürlich lächeln. Sie hätte sich auch jetzt etwas Angenehmeres vorstellen können, als todmüde und frierend in einem unbequemen Mietauto zu sitzen und eine verschlossene Tür zu beobachten, und dabei nicht einmal zu wissen, warum …

Kurz vor sechs Uhr morgens konnte sie nicht mehr gegen die Müdigkeit ankämpfen, legte den Kopf gegen die Sitzlehne und schlief ein. Ein Motorengeräusch ließ sie jedoch schon nach wenigen Minuten hochfahren. Als sie begriffen hatte, wo sie war, warf sie sofort einen Blick auf den Rolladen: Das Licht war nicht mehr da. Einen Moment später wurden die Scheinwerfer der Limousine angeschaltet, und der Wagen setzte sich langsam und fast lautlos in Bewegung, um in Richtung Stadìou-Straße zu verschwinden. Mireille war inzwischen vollkommen wach und folgte dem Wagen in einiger Entfernung. Trotz der frühen Stunde herrschte schon lebhafter Verkehr, und wenn sie Glück hatte, würde der Fahrer des Wagens sie nicht bemerken.

Als sie an einer roten Ampel neben der Limousine zu stehen kam, warf sie dem Mann am Steuer einen verstohlenen Blick zu: Er war etwa fünfzig Jahre alt und hatte eine relativ dunkle Gesichtsfarbe, Haare und Bart waren schwarz, aber von grauen Fäden durchzogen. Über einem hellen Rollkragenpullover trug er einen dunkelblauen Blazer. Seine Hände, die auf dem Lenkrad ruhten, waren zwar groß und kräftig, aber ungewöhnlich fein geformt.

Der Himmel war von schweren, dunklen Wolken verhangen und schien nichts Gutes zu verheißen, als der Wagen die Stadt hinter sich ließ und hinter Faliron die Küstenstraße einschlug. Mireille, die ihm weiterhin in einigem Abstand folgte, sah auf ihrer Landkarte, daß die Straße geradewegs zum Kap Sunion führte, dem südlichsten Punkt des Festlands, auf dem sich der berühmte Poseidon-Tempel erhob. Die Sonne stand schon hoch am Himmel, als Mireille wenig später am Kap eintraf. Über dem Meer hing eine dichte Wolkendecke, doch wenn die Strahlen der Sonne sie durchbrachen und den auf einem Felshügel erbauten dorischen Tempel trafen, bot sich Mireilles Augen ein Schauspiel von atemberaubender Schönheit: Die in makellosem Weiß leuchtenden, eleganten Marmorsäulen des Tempels ließen Meer und Himmel fast schwarz erscheinen, und der Kontrast verlieh der Kultstätte eine gleichzeitig märchenhafte wie unheilvolle Feierlichkeit. Ein starker Wind hatte sich erhoben und peitschte durch den mattgelben Ginsterteppich, der den Hügel überzog.

Der Mann, dem Mireille seit Athen gefolgt war, hatte

seinen Wagen am Straßenrand geparkt und war ausgestiegen. In einen Regenmantel gehüllt war er den Hügel hinaufgegangen und stand nun hoch erhobenen Hauptes vor dem Tempel, dessen Leuchten erloschen und in das Grau des schwer über ihm hängenden Himmels übergegangen war. Etwa zehn Minuten lang rührte der Fremde sich nicht von der Stelle, als habe der dem Meeresgott Poseidon geweihte Tempel einen Bann über ihn gelegt. Schließlich wandte er sich ab und trat an einen Felsvorsprung, der geradewegs ins Meer abfiel. Als ein Windstoß seinen Mantel aufblähte, hätte man den Mann für einen großen Vogel mit gespreizten Flügeln halten können, der sich über die Fluten der Ägäis erheben und zu der wie ein Walfischrücken aus dem Meer ragenden Insel Patroklos hinüberfliegen wollte.

Nach einer Weile stieg der Fremde wieder in seinen Wagen und kehrte um, um nun den Weg ins Landesinnere der attischen Halbinsel einzuschlagen. Mireille folgte ihm noch eine gute Stunde, doch sie war hungrig und müde; überdies hatte sie den Eindruck, daß der Mann ziellos durch die Gegend fuhr und ihre Verfolgungsjagd keinen Zweck mehr hatte. Als sie gerade aufgeben und nach Athen zurückkehren wollte, verließ die Limousine plötzlich die Straße und bog in einen Feldweg ein, der sich durch ein Eichenwäldchen zu einem alleinstehenden Haus hinaufschlängelte. Mireille parkte ihren Wagen am Straßenrand und ging zu Fuß weiter.

Wenig später wurde dem Mann von einem Greis die Tür geöffnet. Während die beiden Männer im Haus waren, schlich sich Mireille vorsichtig auf ein hellerleuchtetes Fenster zu und spähte hinein: Der große Raum schien eine Art Künstleratelier zu sein. In einer Ecke stand eine mit Folie bedeckte Schüssel mit frischem Ton, in der anderen eine Staffelei mit einem noch feuchten Bild, das ein traditionelles Fischeridyll darstellte: Männer mit kräftigen, nackten Armen hatten unter sengender Sonne ihre Netze ausgeworfen, in denen sich allerlei Fische tummelten.

Mireille sah von ihrem Platz aus das Profil des jüngeren

Mannes, während sie von dem Alten, der ihr den Rücken zukehrte, nur dessen wallendes weißes Haar, das über den Kragen seines Baumwollkittels fiel, erkennen konnte. Während sie mucksmäuschenstill in ihrem Versteck saß, konnte sie fast mühelos das Gespräch der beiden Männer erlauschen.

»Ich bin glücklich, Sie zu sehen, Kommandant. Sind Sie gekommen, um Ihr Werk vollenden zu lassen?« brach der Alte nach einer Weile das Schweigen.

»Ja, darum bin ich hier. Auch ich freue mich, Sie wiederzusehen, Meister. Wie geht es Ihnen?«

»Wie jemandem, der das Ende nahen fühlt.«

»Wieso sagen Sie so etwas?«

»Ich lebe schon zu lange. Es bleibt mir nicht mehr viel Zeit.«

»Haben Sie keine Angst?«

»Mein Augenlicht verschlechtert sich immer mehr, und bald wird die Nacht um mich vollkommen sein. Keine sehr tröstlichen Aussichten ...«

»Hat es denn jemals eine Nacht gegeben, der kein Morgen gefolgt ist?«

»Ich bin Künstler und kann nicht auf den Anblick der Natur verzichten.«

Ein Wind hatte sich erhoben und rauschte durch den Wald, so daß Mireille nicht mehr verstehen konnte, was im Haus gesprochen wurde. Dennoch blieb sie am Fenster stehen, gebannt von dem durchdringenden Blick der dunkelblauen Augen des Unbekannten, die in der grauweißen Sphäre des Zimmers leuchteten, als seien sie das einzig Lebendige im Raum. Ruhig und unbeweglich saß er auf seinem Hocker, die Hände über den Knien verschränkt, und sprach in bedächtigem Ton mit dem Künstler. Dieser trat ab und zu auf ihn zu und tastete mit seinen langen, mageren Fingern über sein Gesicht, als wolle er dessen Züge in sich aufnehmen. Erst jetzt sah Mireille, daß der Alte damit beschäftigt war, eine Maske des Fremden anzufertigen.

Aus Angst, entdeckt zu werden, wandte Mireille sich

immer wieder um. Doch es schien keine Menschenseele in der Nähe zu sein, und aus dem Wald drang kein weiteres Geräusch als das Rascheln der Blätter im nun heftiger werdenden Wind. Der Künstler hatte sein Werk inzwischen beendet, den Kittel ausgezogen und sich die Hände gewaschen. Durch das erleuchtete Fenster konnte Mireille die Tonplastik bewundern, die das Gesicht des abgebildeten Mannes mit geschlossenen Augen zeigte. Es sah aus, als ob er schliefe – oder als sei er tot. Sein Gesicht hatte die ihm im Leben eigentümliche Härte und die Intensität des Blicks verloren, und er schien in tiefer Ruhe zu verharren wie ein schlummernder König.

Als der Künstler den Fremden zur Tür brachte, gelang es Mireille, Teile des Gesprächs aufzuschnappen.

»Wir sind am Ende angekommen. Noch vor dem Abend wird der Ton im Ofen gebrannt.«

»Dann fehlt nur noch das Gold.«

»Sie müssen es mir bald bringen, denn dies könnte mein letztes Werk sein, und ich will, daß es vollkommen wird. Wieso haben Sie ausgerechnet mir den Auftrag erteilt, Kommandant?«

»Sie haben mit Ihren Händen nicht nur mein Gesicht nachgebildet, sondern meine Seele berührt. Was könnte ich Ihnen sagen, das Sie im Grunde Ihres Herzens nicht schon längst wissen? Bei dem Gold, das ich Ihnen bringen werde, handelt es sich nicht um ungeformtes Metall, sondern Sie werden etwas zerstören müssen, um etwas Neues daraus zu bilden. Ein Werk, das Sie vielleicht selbst vor sehr langer Zeit geschaffen haben. So wird sich der Kreis schließen, und ich werde endlich ruhen können. Werden Sie das für mich tun?«

Der Alte nickte. »Ja, Ihnen zuliebe werde ich es tun, Kommandant.«

»Ich wußte, daß Sie mich nicht enttäuschen würden. Leben Sie wohl, Meister.«

Der Alte blieb auf der Schwelle seines Hauses stehen, bis der Fremde in seinen Wagen gestiegen und auf der staubigen Straße davongefahren war. In der Zwischenzeit hatte Mireille ihren Fotoapparat herausgeholt und durch die Fensterscheibe mehrmals die rätselhafte Tonmaske abgelichtet. Sie erinnerte sie an etwas, das sie schon irgendwo einmal gesehen hatte …

Mireille wachte gegen zwei Uhr mittags auf und versuchte, Michel in Ephyra unter der Nummer zu erreichen, die er ihr gegeben hatte. Doch im Hotel teilte man ihr mit, Herr Charrier sei schon am Morgen ausgegangen und habe keine Nachricht hinterlassen, wann er zurückkomme. Mireille ging enttäuscht ins Erdgeschoß hinunter, um in der Hotelbar einen Happen zu essen. Dann bat sie den Mann an der Rezeption, für sie in der Oberintendanz für Altertumswesen anzurufen und zu fragen, ob ein Herr Aristotelis Malidis noch in deren Diensten stünde. Sie erhielt die Auskunft, daß Malidis schon lange pensioniert sei und man keine Ahnung habe, was aus ihm geworden sei. Es sei aber gut möglich, daß er wieder in seiner Geburtsstadt Parga lebe. Parga – das war doch die Hauptstadt des Bezirks, in dem auch Ephyra lag. Ob Michel vielleicht auch dorthin gefahren war, um Malidis aufzusuchen?

Sie machte sich zu Fuß auf den Weg zu dem Fotogeschäft, in dem sie bei ihrer Rückkehr vom Kap Sunion am späten Vormittag ihren Film zum Entwickeln abgegeben hatte. Die großformatigen Schwarzweißabzüge waren zwar etwas unscharf geworden, aber die Umrisse der Tonplastik waren gut zu erkennen. In einem Schreibwarengeschäft kaufte sie Bleistifte und Pauspapier und zog sich anschließend wieder in ihr Hotelzimmer zurück, um mit Hilfe des Pauspapiers die Züge der Maske nachzuzeichnen und aus ihrer Erinnerung noch weitere Einzelheiten des Gesichts ihres lebenden Vorbilds hinzuzufügen. Als sie ihr Werk abschließend betrachtete, stellte sie befriedigt fest, daß es dem Fremden mit seinem klaren Blick und seinen markanten Gesichtszügen täuschend ähnlich sah. Sie steckte die Zeichnung in ihre Tasche, stieg in ihr Auto und begab sich zum Friedhof von Kifissìa, wo sie in den Blumenladen trat und der Verkäuferin das Bild zeigte. »Ist das der Mann, der die Blumen auf das Grab von Periklis Harvatis bringen läßt?«

Die Frau betrachtete die Zeichnung mit einem Ausdruck tiefen Erstaunens und nickte lebhaft mit dem Kopf: »*Nè, nè, aftòs ine.* Ja, genauso sah er aus.«

Am Abend traf sich Mireille noch einmal mit Doktor Psarros und legte ihm die Zeichnung vor. »Dieser Mann stand irgendwie in Verbindung mit Periklis Harvatis«, erklärte sie. »Ich weiß nicht, was genau er mit ihm zu tun hatte, aber ich bin mir sicher, daß er ihn zu seinen Lebzeiten kannte. Haben Sie ihn schon mal gesehen?«

Psarros schüttelte den Kopf. »Noch nie. Wissen Sie, wie der Mann heißt?«

»Nein, aber ich würde es gerne herausfinden. Der Mann ist eine äußerst rätselhafte Erscheinung, doch leider weiß ich rein gar nichts über ihn. Allerdings habe ich mir das Kennzeichen seines Wagens notiert.«

Psarros verharrte eine Weile in nachdenklichem Schweigen, bevor er sagte: »Warum wenden Sie sich nicht an Hauptmann Karamanlis von der Polizeizentrale Athen? Ich bin mir relativ sicher, daß er noch im Dienst ist, und wenn es jemanden gibt, der Ihnen weiterhelfen kann, dann ist er es. Wer weiß, möglicherweise ist er der Sache damals nachgegangen.«

»Ja, vielleicht haben Sie recht«, erwiderte Mireille. »Ich werde es auf jeden Fall versuchen. Nochmals vielen Dank, Doktor Psarros.«

Als Karamanlis gegen Mitternacht in der Polizeizentrale anrief, um nach Neuigkeiten zu fragen, eröffnete ihm der wachhabende Polizist: »Herr Hauptmann, können Sie sich noch an dieses Phantombild erinnern, das Sie uns vor kurzem gegeben haben?«

»Was für eine Frage! Natürlich kann ich mich daran erinnern.«

»Nun, heute ist eine junge Ausländerin vorbeigekommen und hat uns eine Zeichnung vorgelegt, die dem Bild aufs Haar glich. Sie fragte uns, ob wir den Mann kennen und wollte mit Ihnen persönlich sprechen.«

»Mit mir?«

»Jawohl. Sie verlangte ausdrücklich nach Herrn Hauptmann Karamanlis.«

»Und wie heißt dieses Mädchen?«

»Mireille de Saint-Cyr. Eine adelige Französin.«

»Saint-Cyr? Nie gehört.«

»Sie sagte, sie sei dem Mann auf dem Bild gefolgt und habe sich das Kennzeichen seines Wagens notiert, aber uns wollte sie es nicht geben.«

Karamanlis versetzte drohend: »Passen Sie gut auf, daß sie uns nicht entkommt, sonst kriegen Sie's mit mir zu tun!«

»Soll ich sie in Untersuchungshaft nehmen?«

»Nein, Sie Idiot! Aber behalten Sie sie im Auge, ich muß unbedingt mit ihr sprechen. Ich werde morgen wieder in Athen sein.«

»Wo sind Sie denn jetzt gerade, Herr Hauptmann?«

»Das geht Sie einen Dreck an! Morgen bin ich wieder da, das muß Ihnen genügen.«

XVIII

Drepanon, Kozani, 4. November, 8.00 Uhr

Pavlos Karamanlis war sich darüber im klaren, daß Norman Shields und Michel Charrier seinen Rat, Griechenland zu verlassen, nicht befolgen würden. Ihm war zu Ohren gekommen, daß sie von Athen aus weiter nach Messolongion gefahren waren, das auf dem Weg nach Parga lag. Wenn er richtig tippte, war das Ziel ihrer Reise das Totenorakel von Ephyra. Die beiden mußten wirklich verrückt sein, wenn sie sich freiwillig in die Falle begaben, die der Mörder für sie aufgestellt hatte. Es war mit ziemlicher Sicherheit anzunehmen, daß auch sie auf der Liste der Todeskandidaten standen, und wahrscheinlich hofften sie, ihren früheren Freund zur Vernunft zu bringen. Doch Karamanlis war sich sicher, daß dieser Mann keine Gnade kannte.

Sollte es wirklich Claudio Setti sein, der sie in Ephyra erwartete, um mit ihnen abzurechnen? Früher oder später würde wohl auch er – Karamanlis – sich zu diesem gefährlichen Rendezvous einfinden müssen, doch vorher gab es noch einiges für ihn zu erledigen. Zu allererst mußte er sich eine schlaue Strategie für sein weiteres Vorgehen ausdenken, und dann mußte er den angeblichen Admiral Bògdanos auftreiben, um ihm ein paar Fragen zu stellen. Er war der einzige Mensch, der vielleicht wußte, wo Setti sich aufhielt.

Falls Claudio Setti tatsächlich noch am Leben war und sich an den Schuldigen von damals – vor allem an Vlassos und ihm selbst – rächen wollte, dann gab es nur ein Mittel, das ihn aufhalten konnte. Karamanlis war sich sicher, daß seine Menschenkenntnis ihn in dieser Beziehung nicht trog.

Karamanlis verständigte die Kollegen in Parga, daß sie Charrier und Shields im Auge behalten sollten, sobald sie ein Hotel in der Gegend bezogen hatten. Er selbst dagegen fuhr über Kalambaka nach Kozani, wo er noch eine persönliche Mission zu erfüllen hatte.

Es war ihm nämlich ein Gedanke gekommen: Vor einigen Jahren war die Familie Kaloudis in das ganz in der Nähe von Kozani gelegene Dorf Drepanon gezogen. Kurz nach Helenis Tod hatte sie ihren Besitz in Thrakien verkauft und in Drepanon eine kleine Holzverarbeitungsfabrik erstanden. Karamanlis wußte, daß das Ehepaar Kaloudis noch eine Tochter hatte, die zehn Jahre jünger als Heleni war und daher heute etwa zwanzig Jahre alt sein mußte – genauso alt, wie Heleni bei ihrem Tod gewesen war. Ein Instinkt sagte ihm, daß er sich dieses Mädchen einmal aus der Nähe ansehen sollte.

Er erkannte sie sofort, als er sie mit der Einkaufstasche in der Hand nach Hause schlendern sah. Es war wirklich kaum zu fassen – sie war ihrer Schwester wie aus dem Gesicht geschnitten!

In seinem Büro in Athen bewahrte Karamanlis noch immer ein paar Fotos von Heleni auf, die seine Männer damals gemacht hatten. Ohne eigentlich zu wissen warum, zog er sie manchmal hervor und betrachtete sie. Aus diesem Grunde war ihm das Gesicht des Mädchens noch sehr gut im Gedächtnis, und er erkannte sofort die frappierende Ähnlichkeit mit der jüngeren Schwester.

Er übernachtete in einem kleinen Hotel in Kozani und machte sich am nächsten Tag mit einem Teleobjektiv ans Werk. Er fotografierte das Mädchen auf dem Fahrrad, beim Einkaufen, beim Plaudern mit Freundinnen und beim Flirten mit ein paar Jungen aus dem Dorf.

Erst nachdem die Fotos entwickelt waren und er festgestellt hatte, daß sie alle gut gelungen waren, entschloß er sich, Kozani zu verlassen. Ein Gefühl sagte ihm, daß diese Bilder eines Tages seine Rettung sein könnten, und auf alle Fälle waren sie ein guter Köder, der seinen Gegner nicht wenig verwirren würde. Spätestens seit Karamanlis den übel zugerichteten Vlassos gesehen hatte, war er fest entschlossen, diesen Wahnsinnigen zur Strecke zu bringen. Er mußte so schnell wie möglich herausfinden, wo der Hurensohn sich versteckt hielt. Die Neuigkeit aus der Zentrale in Athen hatte ihm wieder neuen Mut gegeben: Vielleicht war dieses Mädchen mit dem Phantombild das ersehnte Zeichen, daß es das Schicksal doch gut mit ihm meinte und er noch eine Karte in der Hinterhand hielt …

Als er sich am nächsten Tag wieder auf den Weg nach Athen machte, wählte er statt der vielbefahrenen Nationalstraße über Larissa die etwas ruhigere Strecke, die über Grevena und Kalambaka führte. Kurz vor der Abzweigung nach Kalambaka kam ihm der unangenehme Gedanke, daß vielleicht noch ein anderer, ihm zunächst nicht bewußter Grund ihn zu diesem Umweg veranlaßt hatte. Ganz in der Nähe befand sich nämlich der geheimnisvolle Ort, der ihn in den letzten Tagen immer wieder beschäftigt hatte. Konnte es nicht vielleicht doch wahr sein, daß es Menschen mit seherischen Fähigkeiten gab, die die Geheimnisse des Dunkels durchdringen konnten?

Er blieb ein paar Minuten an der Kreuzung stehen und überlegte, dann entschloß er sich, nach rechts statt nach links abzubiegen – in Richtung Metsovon.

Der kahle Gipfel des Berges Peristeri befand sich etwa in der Mitte des Pindosgebirges, auf halber Strecke zwischen Metsovon und Kalambaka. Es war nicht viel los in dieser Gegend, und nur in den Sommermonaten, wenn die Hitze in Athen erdrückend war, bevölkerten erholungsbedürftige Urlauber mit ihren Familien das kleine Städtchen Metsovon und bewanderten die angenehm kühle Berglandschaft. Im September waren aber die meisten der Besucher schon wieder verschwunden, und die Schäfer blieben mit ihren Herden allein auf den Weiden am Fuß des Berges zurück.

Pavlos Karamanlis hielt auf einem kleinen Parkplatz am Straßenrand und wanderte dann zu Fuß den bergan führenden Pfad hinauf. In seiner Tasche trug er das Phantombild des Mannes bei sich, den er zehn Jahre lang für Admiral Bògdanos gehalten hatte und dessen tatsächliche Identität ihn vor ein unlösbares Rätsel stellte. Vielleicht würde ihm die Französin bald weiterhelfen, doch darauf konnte er sich nicht verlassen. Im letzten Moment hatte er sich doch noch zu der etwas merkwürdigen Expedition in die Berge des Epirus entschlossen; es konnte ja schließlich nichts schaden, sich diesen *kallikàntharos* einmal anzuhören, und vielleicht konnte er ihn wirklich auf die richtige Spur bringen. Immerhin hatte sein Bekannter vom Ministerium felsenfest behauptet, daß Polizei und Geheimdienste bei besonders verzwickten Fällen des öfteren die Hilfe von Menschen mit übernatürlichen Fähigkeiten in Anspruch nähmen, und zwar nicht nur in Griechenland, sondern auch in vielen anderen Ländern. So habe zum Beispiel in Italien ein Seher den genauen Ort angeben können, wo der entführte Politiker Aldo Moro gefangengehalten wurde. Nur durch eine Namensverwechslung habe die Polizei zunächst am falschen Ort gesucht.

Karamanlis wußte nur, daß die Hütte des Sehers auf der südlichen Seite des Peristeri lag und daß es ganz in ihrer Nähe eine Grotte und eine Quelle gab. Nachdem ein Schäfer ihm den genauen Weg erklärt hatte, marschierte er entschlossen weiter. Es war schon drei Uhr nachmittags, und da die Tage bereits kürzer wurden und die reine Gehzeit für den Hin- und Rückweg insgesamt mindestens zwei Stunden betrug, mußte er sich beeilen, wenn er nicht inmitten dieser unbekannten Schluchten von der Dunkelheit überrascht werden wollte. Bald schon war er erschöpft und naßgeschwitzt, da er einen viel zu warmen Anzug und für eine Bergwanderung völlig ungeeignetes Schuhwerk trug. Mehrere Male rutschte er auf dem unwegsamen Gelände aus und fiel hin, so daß seine vorher tadellose Kleidung innerhalb kurzer Zeit völlig verschmutzt war. Auch schien das Wetter sich zu ändern, und erste Wolken verschleierten bereits die Sonne.

Von einem Hügel aus erblickte er endlich die Behausung des Einsiedlers, die wie alle alten Häuser der Gegend aus versetzt aufeinandergestapelten Steinen gemauert und mit einem Schieferdach gedeckt war. Dem Haus war ein großer Hof vorgelagert, auf dem sich mehrere eingezäunte Gehege befanden, die einen bunten Zoo zu beherbergen schienen: Zahlreiche Schafe, Ziegen, Schweine, ein paar Esel, Hühner, Truthähne und Gänse zeterten wild durcheinander, und Karamanlis glaubte sogar, die Schreie von Affen und Papageien zu vernehmen. Es war kaum vorstellbar, daß an diesem unwirtlichen und seltsam bedrohlich anmutenden Ort auch noch ein Mensch hausen sollte, der tagaus tagein das unmelodische Konzert der Tierstimmen zu ertragen hatte.

Da die Wolkendecke immer dichter wurde und der Gedanke, sich noch länger in dieser Einöde aufhalten zu müssen, ihn zutiefst ängstigte, war Karamanlis schon fast entschlossen, den Rückzug anzutreten. Doch da wurde plötzlich die Haustür geöffnet, und er blieb neugierig stehen und wartete auf das Erscheinen des Hausherrn. Da aber keine Menschenseele zu sehen war, ging Karamanlis den Hügel hinunter und rief: »Hallo, ist jemand da? Darf ich hereinkommen?«

Als er keine Antwort erhielt, fiel ihm plötzlich ein, daß der Mörder die Angewohnheit hatte, seine Opfer an einen einsamen Ort zu locken … einen Ort wie diesen. Wie hatte er nur so dumm sein und sich freiwillig hierherbegeben können? Vielleicht war er sogar ein Fehler gewesen, seinem Bekannten vom Ministerium zu vertrauen, denn im Grunde basierte ihre Beziehung auf nichts anderem als auf den nicht unbescheidenen Geldsummen, die Karamanlis ihm für seine Informantendienste zuschob. Die Polizei unterhielt für diese Fälle einen Fonds, aus dem sie sich von Zeit zu Zeit bedienen mußte, um dringend benötigte Auskünfte zu erhalten.

Karamanlis zog seine Pistole aus dem Halfter und steckte sie griffbereit in die Hosentasche, als aus dem Inneren des Hauses eine Stimme ertönte: »Du brauchst keine Waffe. Wenn auch an anderen Orten Gefahren auf dich lauern mögen – hier bist du sicher …«

Karamanlis zuckte erschrocken zusammen, wagte es aber nach einer Weile, das Haus vorsichtig zu betreten. Ein schwarzgelockter Mann, der ihm den Rücken zuwandte, saß an einem erloschenen Feuer. Ein großer Falke hockte neben ihm auf einer Stange, und zu seinen Füßen ruhte völlig unbeweglich ein riesiger Hund mit grauem Fell, der den Eintretenden fixierte, ohne mit der Wimper zu zucken.

»Ich bin …«

»Du bist *Ò Tàvros* und befiehlst über viele Männer. Aber nun hast du Angst, allein übrigzubleiben, nicht wahr? Dein ehemals so großer Mut hat dich verlassen.«

»Anscheinend hast du schon von mir gehört«, sagte Karamanlis, während er seine Pistole wieder in ihrem Halfter unter seiner Achsel verstaute. Einen Moment später wandte sich der Mann zu ihm um: Sein Gesicht war dunkel und von Wind und Wetter gegerbt, sein Körper kräftig und muskulös, wenngleich er sehr feingliedrige Hände hatte. Seine Kleidung entsprach der traditionellen Tracht der Gegend und bestand aus einer plissierten Hose, einem Hemd mit Puffärmeln und einem schwarzen Wolljäckchen.

Karamanlis versuchte, seine Verwirrung nicht zu zeigen, als er sagte: »Du hast mich gerade bei dem Kampfnamen genannt, den man mir während des Bürgerkrieges gegeben hat. Heißt das, daß du mein Kommen vorhergesehen hast?«

»In gewisser Weise ja. Was willst du von mir?«

Draußen war es plötzlich dunkel geworden, und der Hund ließ ein leises Winseln vernehmen.

»Ich suche einen Mann, den ich lange Jahre unter einem falschen Namen gekannt habe. Sein Handeln ist rätselhaft und widersprüchlich, so daß ich mir auf nichts von dem, was er tut, einen Reim machen kann. Der Tod ist sein ständiger Begleiter, zuweilen geht er ihm voraus, zuweilen folgt er ihm nach …« Karamanlis hielt plötzlich inne, erstaunt über seine eigenen Worte, die klangen, als erwarte er wirklich eine Antwort von dem Eremiten. Dann fügte er hinzu: »Ich kenne nur sein Gesicht. Hat man es einmal gesehen, vergißt man es nicht mehr. Es scheint auf seltsame

Weise unveränderlich, als ob die Zeit für ihn nicht vergehen würde …«

»Nun, es gibt Menschen, denen das Alter scheinbar nichts anhaben kann«, wandte der Mann ein.

»Sag mir eins: Weißt du, von wem ich spreche?«

»Nein.«

Karamanlis war enttäuscht und tadelte sich im stillen für seine Leichtgläubigkeit, die ihn für nichts und wieder nichts an diesen einsamen Ort getrieben hatte.

»Aber ich fühle, daß sein Schatten über dir schwebt«, fuhr der Mann nach einer Weile fort. »Kannst du ihn mir beschreiben?«

»Oh, mehr als das«, erwiderte Karamanlis, »ich kann dir ein Bild von ihm zeigen.«

Er zog schnell das Phantombild aus der Tasche und reichte es dem Eremiten, der jedoch keinen Blick darauf warf, sondern es vor sich auf einen Schemel legte. Dann senkte er seine gespreizte Hand auf die Zeichnung und fragte mit einer Stimme, die tiefer und rauher klang als zuvor: »Was willst du nun von mir?«

»Mein Leben ist in Gefahr«, antwortete Karamanlis. »Ich will wissen, wer mich bedroht und wie ich mich retten kann.«

»Es ist dieser Mann, der dich bedroht.«

»Dieser hier, nicht ein anderer? Durch sein Eingreifen hat vor kurzem einer meiner Leute einen Mordversuch überlebt.«

»Er ist es, der den Tod verwaltet. Wohin willst du jetzt gehen?«

»Nach Athen.«

»Das stimmt nicht. Sag mir, was dein wirkliches Ziel ist.«

»Ephyra. Wahrscheinlich fahre ich nach Ephyra, früher oder später …«

»Wo der Acheron fließt. Ephyra ist der Ort der Toten, weißt du das?« Die Stimme des Sehers schien jetzt schmerzverzerrt, als koste ihn jedes Wort unendliche Mühen.

»Ja, ich weiß es. Aber alle Spuren führen nach Ephyra,

und ich bin ein Jäger und muß ihnen folgen, auch wenn sie mich geradewegs in die Hölle führen. Hör zu: Falls du jetzt schon weißt, daß ich dort unten krepieren werde, will ich, daß du es mir verschweigst. Ich muß meinen Weg zu Ende gehen, auch wenn es mein letzter sein sollte.«

»Die Gefahr … ist nicht … dort.«

Die Lippen des Sehers waren weiß geworden, und sein zitternder Körper war schweißüberströmt. Von den Tieren in ihren Gehegen war plötzlich nur noch das aufgeregte Scharren ihrer Füße auf dem steinigen Boden zu vernehmen, und es klang, als würden sie zu Tode erschrocken hin und her laufen.

Langsam begann der *kallikàntharos* wieder zu sprechen: »Dein Mut ist groß … Aber jeder Mensch muß zuallererst versuchen, zu überleben … Meide … wenn möglich … den Gipfel des großen Dreiecks, und meide die Pyramide auf dem Gipfel des Dreiecks … Dort, wo Osten und Westen sich berühren und einander den Rücken zukehren … Dort, wo der Stier, der Widder und …«

Karamanlis war auf den Mann zugetreten und befand sich nun ganz dicht vor seinem Gesicht: Seine Züge waren angespannt und von tiefen Falten zerfurcht, und er schien ganz plötzlich um zehn Jahre gealtert zu sein.

»Sag mir, wer dieser Mann ist und wo er sich jetzt befindet!« forderte Karamanlis ihn auf.

Der Kopf des Sehers sackte schwer nach vorne, als hätte ihm jemand einen Schlag in den Nacken versetzt, und der Hund setzte sich plötzlich auf den Vorderbeinen auf und schnüffelte ängstlich winselnd in der Luft.

»Er ist …«

»Wer ist er, zum Teufel noch mal?« schrie Karamanlis und packte seinen Arm. »Sag mir, wer dieser Bastard ist, der mich zehn Jahre lang an der Nase herumgeführt hat!«

Mit unendlicher Anstrengung hob der Seher den Kopf. Wenngleich der Rest seines Körpers nun von einem heftigen Beben geschüttelt wurde, ruhte seine Hand immer noch fest auf dem Foto. Nach einer langen Pause stammelte er: »Er ist … hier!«

Karamanlis fuhr zusammen. »Hier? Was sagst du da?«

In panischer Angst sah er sich im Zimmer um und drehte sich dann mit gezogener Pistole zur Tür, auf deren Schwelle er schon die fürchterliche Gestalt jenes Mannes zu sehen erwartete, der ihn langsam an den Rand des Wahnsinns trieb. Als er jedoch niemanden entdecken konnte und sich wieder dem Seher zuwandte, erschrak er: Das Gesicht des Mannes war fast bis zur Unkenntlichkeit verzerrt, aus seinem Mund kam ein zischendes Geräusch, das unerträglichen Schmerz verriet. Langsam zog dieser nun seine Hand von dem Bild, und als er jetzt wieder die Stimme erhob, überlief Karamanlis ein unvorstellbares Grauen: Dies war nicht mehr die Stimme des Sehers, sondern die des Mannes, den er jahrelang für Admiral Bògdanos gehalten hatte …

»Was haben Sie hier zu suchen, Hauptmann Karamanlis?« fragte die Stimme drohend.

Karamanlis wurde von wilder Angst ergriffen und wich taumelnd zurück, als plötzlich die Tür aufschwang und ein heftiger Windstoß ins Zimmer fuhr. »Wer bist du?« schrie Karamanlis außer sich vor Angst und Entsetzen. »Um Gottes willen, wer bist du?«

Ohne eine Antwort abzuwarten, flüchtete er ins Freie und konnte nur noch hören, wie der Wind die Tür hinter ihm mit einem lauten Knall ins Schloß fallen ließ. Der Gipfel des Peristeri war nun hinter dichten, schwarzen Wolken verschwunden, und es begann zu regnen. Karamanlis rannte, als wäre der Teufel hinter ihm her. Immer wieder rutschte er aus und fiel der Länge nach hin, raffte sich aber sofort wieder auf und hetzte weiter, bis er endlich tropfnaß, laut keuchend und mit heftig pochendem Herzen bei seinem Wagen anlangte. Er stieg ein, schaltete die Heizung an, zog seine nassen Kleider aus und blieb nackt und zitternd vor Kälte und Angst so sitzen, bis der Sturm sich etwas gelegt hatte. Endlich fuhr ein Auto vorbei, dann ein Lastwagen und schließlich ein Camper mit ausländischen Touristen: Er war wieder in der Wirklichkeit, mit Menschen aus Fleisch und Blut, deren Stimmen wirklich ihnen gehörten. Und niemals, für keinen Grund der Welt, würde er sie freiwillig wieder verlassen.

Nachdem sie bei der Polizei gewesen war und Karamanlis nicht angetroffen hatte, kehrte Mireille in die Dionysìou-Straße zurück, um den Wirt der Bar Milos nochmals zu bitten, sie auf jeden Fall anzurufen, wenn er etwas Auffälliges beobachten würde. Der Kellner steckte das großzügige Trinkgeld ein, das sie ihm auch diesmal gab, und versicherte ihr, auf jeden Fall eine Nachricht in der Hotelrezeption zu hinterlassen, falls er sie nicht persönlich anträfe. Dann verabredete sich die junge Frau in einer Bar auf dem Omonia-Platz von neuem mit Herrn Zolotas, der sich ihr diesmal in einem altmodischen, aber gepflegten blauen Anzug mit Tupfentaschentuch und einer Gardenie im Knopfloch präsentierte.

»Nun, mein Fräulein, wie geht es voran mit Ihren Nachforschungen?«

»Eigentlich besser als gedacht, aber leider fehlt mir noch die Lösung zu all den Fragen, die in der Zwischenzeit aufgetaucht sind. Ich bin inzwischen sogar schon bei der Polizei gewesen, aber die Person, mit der ich sprechen wollte, war nicht da. Man sagte mir aber, daß der Mann heute zurückkommt.«

»Wenn es nicht zu indiskret ist, würde ich gerne wissen, wer der Mann ist, den Sie zu sehen wünschen.«

»Ein höherer Polizeibeamter, der irgendwie mit den Ereignissen nach dem Tod von Professor Harvatis zu tun hatte. Sein Name ist Hauptmann Pavlos Karamanlis.« Als sie Zolotas erbleichen sah, fragte Mireille gespannt: »Kennen Sie ihn vielleicht?«

»Ja, und ich bin alles andere als glücklich darüber. Sie müssen wissen, daß er ein sehr gefährlicher Mann ist. Während der Militärdiktatur in unserem Land war er einer der gefürchtetsten Bluthunde. In der Nacht des Massakers im Polytechnikum hat er eine sehr unehrenvolle Rolle gespielt, und die Leute, die damals in seine Hände gerieten, haben heute noch unter den Folgen zu leiden, das kann ich

Ihnen versichern. Seien Sie vorsichtig und schenken Sie ihm auf keinen Fall Ihr Vertrauen!«

»Ich muß Ihnen immer wieder danken, Herr Zolotas. Sie sind mir bisher wirklich eine sehr große Hilfe gewesen.«

»Kann ich noch etwas für Sie tun?«

»Nun, vielleicht ja … Ist es Ihnen möglich, an die Unterlagen des Grundbuchamts heranzukommen?«

»Nein, jedenfalls nicht persönlich. Ich kann aber versuchen, meine Beziehungen spielen zu lassen. Was möchten Sie denn wissen?«

»Ich muß herausfinden, wer die Druckerei in der Dionysìou-Straße 17 besitzt oder vielleicht auch nur gemietet hat. Und ob sie irgendeinen geheimen Eingang hat, da die Vordertür seit mindestens sieben Jahren verschlossen zu sein scheint.«

Zolotas zog einen winzigen Bleistift hervor und machte sich ein paar Aufzeichnungen in seinem Notizbuch. Mireille betrachtete ihn versonnen und stellte fest, daß sie anfing, ihren neuen Bekannten zu mögen. Mit seinen etwas hervorstehenden Augen, die eine undefinierbare, wässerige Farbe hatten, seiner Hakennase und den leicht eingefallenen Wangen war er sicher kein schöner Mann. Doch er strahlte einen gewissen ehrlichen Stolz aus, und sein Auftreten erinnerte Mireille an die hellenischen Büsten der stoischen Philosophen aus der Spätzeit, die im Nationalmuseum zu besichtigen waren.

»Was wollten Sie denn von Hauptmann Karamanlis wissen?« fragte er, nachdem er seine Notizen beendet hatte.

»Ich wollte ihm eine Zeichnung zeigen und ihn fragen, wer der Mann ist, den sie darstellt, und außerdem habe ich das Autokennzeichen dieses Mannes.«

»An Ihrer Stelle würde ich das Kennzeichen für mich behalten.«

»Aber warum denn?« fragte Mireille erstaunt.

»Er soll es selbst herausfinden, wenn es ihn interessiert. Ich halte nichts davon, daß Sie Karamanlis bei der Arbeit behilflich sind.«

»Aber ich dachte, ich könne durch Karamanlis' Hilfe mehr über den Mann erfahren.«

»Haben Sie Vertrauen zu mir?«

»Ja.«

»Gut, dann geben Sie mir die Autonummer. Ich gehe für Sie zur Zulassungsstelle und finde heraus, wem der Wagen gehört. Da ich Grieche bin, kann ich mich besser mit den Leuten dort verständigen als Sie.«

»Und ich dachte, mein Griechisch sei gar nicht so schlecht«, wandte Mireille etwas beleidigt ein.

»O nein, Ihr Griechisch ist sogar sehr gut. Wenn Sie noch ein oder zwei Monaten hierbleiben, werden Sie unsere Sprache perfekt beherrschen.«

»Ich bin sehr oft in Ferien hiergewesen und habe in Frankreich das humanistische Gymnasium besucht. Griechisch zu lernen ist nicht mehr so schwer, wenn man sich einmal an eure seltsame Aussprache gewöhnt hat.«

Zolotas hob mit leichter Mißbilligung die Augenbrauen. »Seltsam? Aber mein Fräulein, das können wir Muttersprachler doch wohl am besten selbst beurteilen.«

»Das stimmt natürlich auch wieder.« Mireille lächelte ihm versöhnlich zu und gab ihm ihre Telefonnummer im Hotel. »Sie können mich unter dieser Nummer erreichen. Ich gehe heute abend zur Polizei.«

»Passen Sie gut auf sich auf und schlagen Sie meine Warnung nicht in den Wind, mein Fräulein.«

»Das werde ich bestimmt nicht tun, Herr Zolotas. Glauben Sie denn wirklich, daß mein Vorhaben so gefährlich ist?«

»Wenn Sie meinen ehrlichen Rat wollen: Kehren Sie so schnell wie möglich zurück nach Frankreich und warten Sie dort auf Ihren Freund. Die ganze Sache scheint auf Ereignisse zurückzugehen, die vor langer Zeit stattgefunden haben. Es ist sehr riskant, durch ein Labyrinth zu stolpern, das ein düsteres Geheimnis verbirgt ... Nun, ich habe Sie gewarnt, aber Sie müssen natürlich selbst wissen, was Sie tun. Leben Sie wohl, mein Fräulein.«

»Leben Sie wohl, Herr Zolotas.«

Als Hauptmann Karamanlis um sieben Uhr abends grußlos die Polizeizentrale betrat, zog er sich sofort in sein Büro zurück. Er sperrte die unterste Schreibtischschublade auf und zog die Mappe mit den Fotos von Heleni hervor. Nachdem er sie lange betrachtet hatte, wählte er ein paar davon aus und verglich sie gespannt mit den Bildern, die er von ihrer Schwester geschossen hatte. Er hatte sich nicht getäuscht. Es schien sich um ein und dieselbe Person zu handeln. Ein paar Retuschen im Polizeilabor, und die Illusion würde perfekt sein ...«

Er hatte die Fotos schon wieder aufgeräumt und war gerade damit beschäftigt, seine Post durchzugehen, als das Telefon klingelte und ein Kollege ihm Mireilles Ankunft mitteilte: »Hauptmann, dieses Mädchen ist wieder da. Alle Achtung, sie ist wirklich ein äußerst appetitliches ...«

Karamanlis, der nicht in Stimmung für anzügliche Witze war, versetzte mißgelaunt: »Es interessiert mich nicht, was sie ist. Lassen Sie die Frau gleich zu mir kommen.«

»Ja, Herr Hauptmann, natürlich, sofort.«

Als Mireille eintrat, stand Karamanlis auf und war sichtlich bemüht, sich von seiner höflichsten Seite zu zeigen.

»Guten Tag, junge Dame. Wie ich höre, haben Sie meinen Kollegen gestern das Bild eines Mannes gezeigt und wollten sich erkundigen, ob wir ihn kennen.«

»So ist es«, erwiderte Mireille.

»Kann ich das Bild sehen?«

Mireille zog ihre Zeichnung aus der Tasche und reichte sie ihm. Karamanlis betrachtete sie eingehend und konnte sein Erstaunen kaum verbergen.

»Haben Sie das gezeichnet, Fräulein?«

»Ja.«

»Es ist wirklich erstaunlich, wie gut Sie ihn getroffen haben. Da ich den Mann viele Male gesehen habe, kann ich mir erlauben, das zu beurteilen. Und was möchten Sie nun von mir wissen?«

»Ich bin auf der Suche nach Informationen über einen Archäologen namens Periklis Harvatis, der vor zehn Jahren hier in Athen gestorben ist. Er hat eine sehr bedeutende

Forschungsarbeit hinterlassen, die leider unvollendet geblieben ist, und es wäre sehr wichtig für mich, an seinen Nachlaß heranzukommen. Ich habe bisher herausgefunden, daß er Kontakte zu einem Angestellten der Oberintendanz für Altertumswesen hatte, einem gewissen Aristotelis Malidis, und zu noch jemandem …« Sie deutete auf die Zeichnung und setzte hinzu: »Zu diesem Mann hier.« Karamanlis war immer noch in den Anblick der Zeichnung versunken, und wenngleich er sich dagegen wehrte, hatte er das deutliche Gefühl, von den Augen des Mannes bis ins Innerste seiner Seele durchschaut zu werden …

»Nun, ich nehme nicht an, daß Sie zufällig an mich geraten sind. Hat Ihnen jemand geraten, sich mit mir persönlich in Verbindung zu setzen?« fragte er dann.

»Ja, das ist richtig.«

»Darf ich fragen, wer das war?«

»Ein Arzt, der im Krankenhaus von Kifissìa arbeitet. Sein Name ist Psarros.«

»Psarros … Ach ja, jetzt erinnere ich mich. Er hat mich in der Nacht, in der Periklis Harvatis gestorben ist – oder vielleicht war es auch die Nacht danach –, angerufen, um mir von den mysteriösen Umständen seines Todes zu berichten. Damals habe ich auch Erkundigungen über Malidis eingeholt. Er hat Harvatis des öfteren bei seinen Ausgrabungen assistiert.«

»Um welche Ausgrabungen handelte es sich dabei?«

»Das weiß ich nicht. Die Direktion für Altertumswesen hat mir eine Liste der Arbeiten geschickt, die damals gerade im Gange waren, und mir gesagt, daß ich mich für weitere Informationen an die Oberintendanz wenden müsse. Aber ich habe so gut wie nichts herausgefunden und die Sache dann auch nicht weiterverfolgt.«

»Aber ich. Bevor ich hierherkam, war ich in der Nationalbibliothek, um mir Ausgrabungsprotokolle anzusehen: Am sechzehnten November 1973 hat Periklis Harvatis das Adyton des Totenorakels von Ephyra ausgegraben. Die Ergebnisse wurden von seinem Nachfolger – einem gewissen Professor Màkaris – veröffentlicht.«

Karamanlis war nicht sehr wohl dabei, einer so hübschen und dabei auch so intelligenten und selbstbewußten jungen Frau gegenüberzusitzen. Ephyra … Von dort kam doch auch die goldene Vase. Wer war es denn nun eigentlich gewesen, der sie damals nach Athen gebracht hatte, und wo befand sie sich jetzt? War sie vielleicht gar nach Ephyra zurückgebracht worden? Wer weiß, eventuell waren Charrier und Shields ihretwegen nach Ephyra gefahren …

»Sie hätten Polizistin werden sollen, mein Fräulein«, sagte er mit einem schiefen Lächeln. »Wie dem auch sei … Wir haben damals nichts gefunden, das wir Malidis zur Last hätten legen können, oder besser gesagt, ich hatte da so meine Vermutungen, aber es ist mir nicht gelungen, Beweise dafür aufzutreiben.«

»Und dieser Mann hier? Was hatte er mit Professor Harvatis zu tun?« fragte Mireille und zeigte auf das Bild.

Karamanlis zögerte. Es gab einige Dinge, die er gerne von der jungen Frau gewußt hätte, aber es war ihm auch klar, daß sie ihren Preis dafür verlangen würde. Daher mußte er so offen wie möglich zu ihr sein, ohne ihr jedoch zu viele Einzelheiten zu enthüllen.

»… Gut, meine Liebe«, sagte er nach einer Weile. »Ich kann Ihnen sagen, daß dieser Mann mir schon sehr viel Kopfzerbrechen bereitet hat. Seit kurzem scheint die Sache sich aber etwas zu lichten, und ich bin der Überzeugung, daß wir bald mehr wissen werden; allerdings nur, wenn Sie sich bereit erklären, mir zu helfen. Sie erwähnten meinen Männern gegenüber ein Autokennzeichen …«

»Herr Hauptmann«, unterbrach Mireille, »ich bezweifle nicht, daß wir gute Freunde werden können, wenn wir vorher ein paar Dinge klarstellen. Ich bin nicht hergekommen, um mich von Ihnen verhören zu lassen, daher schlage ich eine Art Pakt auf Gegenseitigkeit vor: Ich beantworte Ihre Fragen, wenn Sie die meinen beantworten. Was halten Sie davon?«

»Ich bin selbstverständlich ganz Ihrer Meinung«, willigte Karamanlis mit gespielter Höflichkeit ein. »Nun gut, ich kann Ihnen nicht viel mehr sagen, als daß dieser Mann – den ich jahrelang unter einem falschen Namen gekannt habe – von einem sehr wertvollen archäologischen Schatz wußte, der aller Wahrscheinlichkeit nach in der Nacht vom sechzehnten auf den siebzehnten November 1973 von Malidis oder auch von Harvatis selbst von Ephyra nach Athen gebracht wurde.«

»Das haben Sie aber nun aus meinen eigenen Worten über das Ausgrabungsprotokoll geschlossen, stimmt's?«

»Nun, ich gebe zu ...«

»Das heißt, daß wir für den Augenblick quitt sind. Hätte ich Ihnen nicht gesagt, daß Harvatis in Ephyra gearbeitet hat, hätten Sie wiederum diesen Gegenstand nicht mit ihm, Malidis oder ... diesem Herrn X in Verbindung bringen können.«

»Sie sind ja wirklich ein harter Brocken, mein Fräulein! Sind Sie sich eigentlich darüber im klaren, daß man normalerweise ohne Gegenleistung mit der Polizei zusammenarbeitet?«

»Oh, ich verlange auch keine Gegenleistung. Ich will nur klarstellen, worüber wir überhaupt sprechen. Das scheint mir doch ein sehr berechtigtes Anliegen zu sein. Also: Sie sagten, dieser Mann hat mit einem archäologischen Schatz zu tun. Inwiefern? Und worum handelt es sich bei dem Gegenstand?«

»Nun hören Sie mal ... Normalerweise stelle ich in diesem Büro die Fragen ...«

»Gut, wenn das so ist ...«, versetzte Mireille und wollte sich erheben.

»Nehmen Sie bitte wieder Platz. Wir sollten gemeinsam herausfinden, wer dieser Mann ist. Es gibt Menschen, die in Lebensgefahr schweben, und er – nun, er ist die einzige Spur, mit deren Hilfe wir vielleicht weiteres Unheil abwenden können.«

»Ich verstehe. Dann sagen Sie mir nun, worum es sich bei dem Gegenstand handelt. Ich bin Kunsthistorikerin und kann vielleicht für manches eine Erklärung finden. Überdies habe ich herausgefunden, daß ein Blumenladen hier in der Stadt jede Woche frische Blumen auf das Grab von Professor Harvatis legt – und zwar im Auftrag dieses Mannes.« Damit wies sie von neuem auf die Zeichnung auf Karamanlis' Schreibtisch.

»Das verstehe ich nicht. Wie haben Sie das denn angestellt?«

»Wollen Sie nun meine Frage beantworten? Es könnte sehr wichtig sein.«

»Es handelt sich um eine Vase, um eine antike Vase aus Gold.«

»Haben Sie sie gesehen?«

»Ja.«

»Wo?«

»Im Keller des Archäologischen Nationalmuseums.«

»Und jetzt ist sie natürlich nicht mehr da.«

»Natürlich nicht.«

»Und in wessen Besitz befindet sie sich?«

»Meiner Meinung nach hat er sie«, sagte Karamanlis und wies mit dem Kinn auf das Porträt. »Anscheinend wollte er sie an zwei Ausländer verkaufen.«

»Erinnern Sie sich, wie die Vase aussah? Können Sie sie mir beschreiben?«

Karamanlis bemühte sich, eine wirklichkeitsgetreue Beschreibung der Vase abzugeben, wenngleich es zehn Jahre her war, daß er sie gesehen hatte und ihm auch damals nur ein kurzer Blick auf sie vergönnt gewesen war.

»... und in ihrer Mitte war ein Mann abgebildet, der eine Schaufel oder eine Keule über der Schulter trug. Ihm folgten ein Stier, ein Widder und ein Eber oder so ... Dann hat mir jemand einen Schlag gegen den Hinterkopf versetzt, und als ich wieder zu Bewußtsein kam, war die Vase verschwunden. Ich bin davon überzeugt, daß dieser Mann sie hat entfernen lassen.«

»Vielleicht ist sie sein Eigentum, oder sie sollte aus irgendeinem anderen Grund in seine Hände gelangen.«

»Nun möchte ich Sie aber etwas fragen, mein Fräulein: Wie sind Sie dazu gekommen, diese Zeichnung anzufertigen und sich seine Autonummer aufzuschreiben?«

»Zuerst möchte ich kurz rekapitulieren, was wir bisher zusammengetragen haben: In der Nacht vom sechzehnten auf den siebzehnten November 1973 reisen zwei Menschen – wahrscheinlich Professor Harvatis und sein Assistent Aristotelis Malidis – von Ephyra nach Athen. Harvatis ist todkrank, doch Doktor Psarros, der eine Autopsie der Leiche anordnete, ist nicht in der Lage, die Todesursache anzugeben. Die Krankheitssymptome weisen auf einen Infarkt, aber ein solcher kann bei der Untersuchung nicht nachgewiesen werden. Die Vase wird dann von Malidis, der als Angestellter der Oberintendanz uneingeschränkten Zugang zu den Museumsräumen hat, in den Keller des Nationalmuseums gebracht. Allerdings bleibt sie dort nur für kurze Zeit, denn bald darauf verschwindet sie, um sich – davon können wir wohl ausgehen – in den Händen unseres mysteriösen Freundes wiederzufinden.«

»Na wunderbar«, brummelte Karamanlis, den die Besserwisserei dieses jungen Dings zunehmend verärgerte. »Denken Sie denn, daß ich darüber noch nie nachgedacht habe? Und was fangen wir nun damit an? Sehen Sie, Sie wissen auch nicht mehr als ich. Wenn wir nicht herausfinden, wer dieser Mann ist und was er vorhat, kommen wir keinen Schritt weiter. Außerdem bin ich mir sicher, daß Sie mir noch etwas vorenthalten.«

»In der besagten Nacht fand auch die Besetzung des Polytechnikums statt, nicht wahr, Hauptmann Karamanlis?« Mireille war plötzlich der merkwürdige Satz eingefallen, den Michel auf seinen Block in Grenoble gekritzelt hatte: »Wie soll ich nur die Kraft für ein Wiedersehen mit Athen finden?« Hatte er vielleicht etwas mit den damaligen Ereignissen zu tun?

»Ja, das stimmt. Aber wie kommen Sie plötzlich darauf?«

»Purer Zufall. Es fiel mir nur gerade so ein.«

»Wollen Sie mir jetzt endlich sagen, wie Sie diese Zeichnung anfertigen konnten? Glauben Sie mir doch, es stehen Menschenleben auf dem Spiel.«

Mireille zog eine der Fotografien aus ihrer Tasche, die

sie am Tag zuvor in der Nähe von Kap Sunion gemacht hatte. »Ich habe sie von diesem Foto abgezeichnet.«

Karamanlis griff nach dem Foto und betrachtete es verblüfft.

»Können Sie mir das dalassen? Sie haben doch sicher noch das Negativ.«

»Es tut mir leid, aber das geht nicht. Ich kann und will es nicht aus den Händen geben.«

»Dann gestatten Sie mir wenigstens, das Bild noch einmal fotografieren zu lassen.«

Mireille stimmte zu.

»Es dauert nur fünf Minuten«, sagte Karamanlis. »Haben Sie etwas Geduld, ich bringe es Ihnen gleich zurück.«

Er ging hinaus und machte sich auf den Weg zum Fotolabor. Als die Tür sich hinter ihm geschlossen hatte, fiel Mireilles Blick auf eine Aktentasche, die neben Karamanlis' Stuhl auf dem Boden stand. Sie konnte der Versuchung nicht widerstehen, sie kurz zu durchsuchen, wenngleich sie nichts Interessantes zu enthalten schien: Prozeßunterlagen, allerlei Papierkram, einen Kalender, in dem der nächste Tag mit einem Lesezeichen markiert war. Als Mireille den Kalender aufschlug, fand sie aber einen über die ganze Seite mit Bleistift hingekritzelten Satz, der ihr irgendwie seltsam vorkam. Sie schrieb ihn ab und steckte den Kalender wieder in die Tasche, gerade noch rechtzeitig, bevor Karamanlis wieder in den Raum hereinkam.

»Wo haben Sie denn dieses Foto eigentlich gemacht? Und was ist das für eine Plastik?«

»Ich habe es in der Werkstatt des Künstlers gemacht, der die Plastik angefertigt hat. Über ihre Bedeutung kann ich aber nur Vermutungen anstellen.«

»Und was sind das für Vermutungen?«

»Nun, ich habe lange darüber nachgedacht. Für mich gibt es nur eine einzige Erklärung: Es handelt sich um eine Maske – und zwar um eine Totenmaske.« Mireille schwieg eine Weile, bevor sie fragte: »Haben Sie im Nationalmuseum jemals die goldenen Masken von den mykenischen Gräbern gesehen?«

XIX

Athen, Polizeizentrale, 6. November, 18.00 Uhr

»Findet heraus, wo sie wohnt, und laßt sie von nun an keinen Augenblick mehr aus den Augen!«

Einer der Beamten konsultierte den Zentralrechner der *astynomìa,* und es dauerte nicht lange, bis er seinem Chef mitteilen konnte: »Sie hat seit drei Tagen ein Zimmer im Neon Hermìs in der Plaka.«

»Wen haben wir dort in der Gegend?«

»Manoulis und Papanikolaou.«

»Taugen sie was?«

»Es sind hervorragende Männer, Hauptmann.«

»Gut. Sie sollen ihr Zimmer durchsuchen. Ich muß dieses Autokennzeichen haben.«

»Geht in Ordnung, Hauptmann.«

»Einen Moment noch: Es ist wohl klar, daß sie nichts davon merken darf.«

»Aber sicher. Unsere Männer werden Samthandschuhe anziehen.«

»Noch was: Man soll Tag und Nacht ihr Telefon überwachen.«

»Aber das wird nicht gehen, Hauptmann. Es ist eine interne Nummer.«

»Das ist mir vollkommen egal. Zapft das ganze Hotel an, wenn es nötig ist!«

»Wie Sie wollen, Hauptmann.«

Karamanlis ging zurück in sein Büro und nahm erneut die beiden Fotografien zur Hand: Heleni und Angeliki Kaloudis – von ihren Freunden Kiki genannt – glichen sich wirklich wie ein Ei dem anderen. Dann las er in seinem Kalender nochmals den Satz nach, den er eigentlich hatte vergessen wollen: »Meide den Gipfel des großen Dreiecks, und meide die Pyramide auf dem Gipfel des Dreiecks ...« Blödsinn, was sollte er sich darüber Gedanken machen, es handelte sich dabei doch nur um geometrische Spitzfindigkeiten. Man brauchte wirklich kein Hellseher zu sein, um sich diesen Quatsch aus den zu Fingern saugen ... Als an die Tür geklopft wurde, fuhr Karamanlis aus seinen Gedanken auf.

»Hauptmann, etwas äußerst Merkwürdiges und vielleicht sehr Wichtiges ...« sagte der eintretende Polizist vorsichtig.

»Was gibt's denn nun schon wieder?«

»Wir haben einen Hinweis auf dieses Phantombild bekommen.«

»Woher?«

»Aus Korsika.«

Karamanlis erhob sich und folgte dem Polizisten.

»Hier, schauen Sie mal.« Der Beamte zeigte ihm eine Bildtelegrafie, auf der eine Truppe von Fremdenlegionären in einer afrikanischen Wüstenoase abgebildet war. Das Gesicht eines Offiziers war mit einem Kreis umrandet. »Ein Feldwebel der Sûreté von Saint Clément behauptet, den Mann auf dem Phantombild gekannt zu haben. Als die Fremdenlegion mit den Engländern zusammen zwischen Sidi el Barrani und Alexandrien gestanden sei, sei er sein Kommandant gewesen. Dieses Foto hier wurde am vierzehnten April 1943 in der Oase von Siwa aufgenommen.«

Karamanlis setzte seine Brille auf und sah sich das Foto lange an. »Sicher, er sieht ihm ziemlich ähnlich ... aber nein«, sagte er dann, »es kann sich unmöglich um dieselbe Person handeln. Dieser Mann müßte ja mittlerweile mindestens achtzig Jahre alt sein. Der, den wir suchen, ist aber nicht älter als fünfzig ... Geht der Sache trotzdem nach. Man weiß ja nie.«

Nach ihrer Begegnung mit Karamanlis hatten Norman und Michel lange darüber gesprochen, wie sie nun weiter vorgehen sollten. Auch hatten sie versucht, ein Resümee der bisherigen Ergebnisse ihrer Nachforschungen zu ziehen, das allerdings eher dürftig ausgefallen war. Sie hatten nicht die geringste Ahnung, wohin sie das Labyrinth, in das sie geraten waren, noch führen würde, und nur ein unbestimmtes Gefühl sagte ihnen, daß der Strudel der jüngsten Ereignisse für ihrer beider vergangenes und zukünftiges Leben von größter Wichtigkeit war. Leider mußten sie zugeben, daß sie im Moment jede Spur von der Vase des Teiresias verloren hatten. Dabei war ausgerechnet sie der Gegenstand, der sie mit jener lang vergangenen, unseligen Nacht verband und um den alle Überlebenden der Tragödie nun plötzlich wieder zu kreisen schienen. Eines war jedenfalls klar: Früher oder später würden sie sich nach Ephyra begeben müssen, denn alle Zeichen wiesen darauf hin, daß das antike Totenorakel seine unheimlichen Prophezeiungen wieder aufgenommen hatte.

Michel, der durch seinen Beruf gute Beziehungen zum Nationalmuseum hatte, war es inzwischen gelungen, Neuigkeiten über Aristotelis Malidis in Erfahrung zu bringen. Er war vor zwei Jahren pensioniert worden und in seine Heimat Parga zurückgekehrt, wo er eine kleine Wohnung besaß. Und nach einigen Schwierigkeiten hatte man ihm sogar seine Adresse gegeben.

»Ich bin mir sicher, daß er vieles weiß, von dem wir keine Ahnung haben«, sagte er zu Norman. »Immerhin hat er noch jahrelang in Athen gewohnt, als wir schon lange weg waren.«

»Vielleicht kann er uns sogar sagen, wo sich die Vase befindet. Er hat sie sehr wahrscheinlich damals als letzter gesehen. Möglicherweise kennt er auch den Mann, den wir in Dirou getroffen haben.«

»Ja, das könnte sein.«

Sie beschlossen, Athen zu verlassen und sich auf den Weg nach Westen zu machen. In Messolongion fuhren sie dann in Richtung Norden, wo auch Ephyra gelegen war. Als sie das Dorf von weitem erblickten, ging bereits die Sonne unter, denn die Tage waren nun sehr viel kürzer geworden. Norman hielt auf einem kleinen Platz an und stieg aus, um sich die Beine zu vertreten.

Michel war ebenfalls ausgestiegen und hatte sich eine Zigarette angezündet. »Mein Gott, wie schön dieses Land ist! Ich muß zugeben, daß ich es all die Jahre über nie vergessen konnte. Siehst du, dort oben in den Bergen liegt das Dörfchen, wo ich dich und Claudio damals aufgegabelt und mit nach Parga genommen habe.«

»Es war der Anfang einer schönen Freundschaft.«

»Ja, schön und kurz ... Und schau mal dort – die Sonne geht gerade über Paxos unter. Mir ist geradezu, als hörte ich selbst die Klagen aus den Höhlen der Insel: ›Der große Gott Pan ist tot!‹«

»Hmm ... Und da drüben hinter den dunklen Tannen liegt Parga.«

»Und der Abend fällt auf die kalten Ufer des Acheron ...«

»Mein Gott, Michel, du bist ein unverbesserlicher Romantiker. Sieh dich doch mal um! Da haben sie eine Pizzeria aufgemacht, und dort wird eine Diskothek gebaut. Die kalten Ufer des Acheron werden bald von Hard-Rock-Klängen erfüllt sein, jedenfalls in der Hauptsaison. Ich kann mir nicht helfen, aber du lebst einfach zu sehr in deinen Stimmungen und Gefühlen. Dies ist ein Ort wie jeder andere, mein lieber Freund, und wir sind hier, um einem Leiden ein Ende zu setzen, das schon viel zu lange gedauert hat. Und um vielleicht einen verlorenen Freund wiederzufinden und weiteres sinnloses Morden zu verhindern. Das Tollste wäre, wenn es uns bei dieser Gelegenheit auch noch gelänge, einen Schatz von unvergleichbarer Schönheit aufzuspüren und seine Bedeutung zu enträtseln ... Wie auch immer – es bleibt die Tatsache, daß dies ein Ort wie jeder andere ist. Einverstanden, Michel?«

Michel warf den Stummel seiner Zigarette auf den Asphalt und hob den Kopf. »Norman, es ist nicht nötig, daß du unsere Lage zu verharmlosen oder mich zu schonen suchst, falls das in deiner Absicht liegt. Ich fühle mich vollkommen ruhig und ausgeglichen, mach dir also keine Sorgen. Doch wenn du behauptest, daß dies ein Ort wie jeder andere ist, dann laß dir folgendes gesagt sein: Dort unten ist der Leukadische Fels, von dem sich die Menschen jahrhundertelang ins Meer gestürzt haben; dahinter liegt Ithaka, die Heimat des aufregendsten und rätselhaftesten Mythos der gesamten Menschheitsgeschichte, und vor uns siehst du die Insel Paxos, von der aus eine geheimnisvolle Stimme das Ende der Antike verkündet hat. In der Lagune, die wir soeben hinter uns gelassen haben, entschieden Oktavian und Agrippa das Los der Welt, indem sie Markus Antonius und Kleopatra besiegten. In diesen Wassern hier begann der Peloponnesische Krieg, der das Ende von Athens Blütezeit zur Folge hatte, und dort, zu unseren Füßen, mündete der Acheron in den stygischen Sumpf. Jenseits der Berge, die hier vor uns stehen, befragte man zweitausend Jahre lang das pelasgische Orakel von Dodona, welches das älteste Orakel Europas ist und dessen Stimme aus dem Rauschen der Blätter einer riesigen Eiche zu vernehmen war ... Ja, Norman, du hast vollkommen recht, dies ist ein Ort wie jeder andere.«

Norman brummelte etwas vor sich hin, das in etwa klang wie: »Ist ja gut, aber ich würde jetzt lieber etwas zwischen die Zähne bekommen ...« Dann stieg er ins Auto, wartete, bis auch Michel wieder auf dem Beifahrersitz Platz genommen hatte, und fuhr los.

»Wollen wir wetten, daß es Tàssos' Taverne in Parga immer noch gibt?«

»Das wäre ja wunderbar! Ich hätte wirklich Lust, dort einzukehren. Glaubst du, daß er uns noch erkennt?«

»Ich weiß nicht. Wir sind lange nicht dagewesen, aber schließlich haben wir ihn damals ziemlich oft besucht.«

Tàssos hatte den Großteil seiner Haare eingebüßt und einen ziemlichen Bauch angesetzt, aber er erkannte die beiden jungen Männer sofort. »Das ist ja eine Freude! Willkommen, Jungs!« begrüßte er sie herzlich. »Wie ist es euch denn in der Zwischenzeit ergangen?«

»Ach, eigentlich ganz gut, Tàssos. Wir freuen uns auch, dich zu sehen«, erwiderte Norman. »Wir dachten, daß wir bei dir vorbeischauen und zu Abend essen, bevor wir weiter zu unserem Hotel fahren.«

Sie nahmen an einem Tisch auf der regengeschützten Terrasse Platz und ließen sich von dem Wirt verwöhnen.

»Macht's euch nur gemütlich!« sagte Tàssos, während er ihnen Wein einschenkte und dem Kellner sagte, er solle ein wenig von allen Speisen bringen, die sie vorrätig hatten. »Wollt ihr denn wirklich nicht hineingehen? Es ist doch schon ganz schön kühl am Abend.«

»Nein, danke«, lehnte Michel ab. »Wir sind warm angezogen, und außerdem haben wir den ganzen Tag im Auto gesessen.«

»Wie ihr wollt«, willigte der Wirt ein. Er setzte sich zu ihnen und begann, von den alten Zeiten zu erzählen, als sie noch Studenten gewesen waren und die Berge von Epirus nach antiken Schätzen abgesucht hatten. »Was ist denn aus eurem italienischen Freund geworden?« fragte er nach einer Weile.

»Claudio ... ist leider vor zehn Jahren in die Auseinandersetzungen im Polytechnikum geraten ... Er ist tot, Tàssos.«

»Tot?« fragte der Wirt, wobei in seiner Stimme Verwunderung und Ungläubigkeit lagen.

»Jedenfalls hat man uns das damals gesagt«, sagte Norman. »Wieso, zweifelst du etwa daran?«

Tàssos schenkte sich Wein ein und erhob das Glas: »Zum Wohl!« Norman und Michel prosteten ihm mit etwas betretenen Gesichtern zu. »Schade! Es wäre schöner gewesen, so wie früher alle zusammen hier zu sitzen und zu trinken ... ihr sagt, daß er im Polytechnikum gestorben ist?«

»Nicht direkt bei den Auseinandersetzungen im Polytechnikum, sondern ein paar Tage später. So haben wir es jedenfalls in der Zeitung gelesen«, erklärte Norman.

Nur selten fuhr ein Auto auf der schmalen Straße vorbei, und Tàssos' Lokal hatte sich schon fast geleert. Plötzlich fing der Hund des Wirts, der vor dem Haus an einer Kette hing, laut zu bellen an. Die Hunde in den umliegenden Gehöften antworteten ihm, und bald hallte das ganze Tal von dem Gekläff wider. Als der Wirt ihm einen Tritt versetzte, heulte der Hund laut auf und rollte sich dann schweigend zusammen. Nach und nach verstummten auch die anderen Hunde. Ein kühler Wind hatte sich erhoben und pfiff durch das Tal, und auf der spiegelglatten Meeresoberfläche in der Ferne waren nun Schaumkronen zu sehen.

Als der Kellner schließlich das Essen brachte, schenkte Tàssos sich ein weiteres Glas Wein ein und nahm das Gespräch wieder auf: »Ich weiß nicht, aber ich könnte schwören, daß ich Claudio in letzter Zeit hier in der Gegend gesehen habe, allerdings könnte ich nicht mehr genau sagen, wann das gewesen ist. Na, vielleicht war es ja auch nur Einbildung ... Schrecklich, was damals im Polytechnikum passiert ist. In ein paar Tagen jährt sich das Blutbad zum zehntenmal.«

»Stimmt«, bestätigte Michel. »Und ich muß bald nach Grenoble zurückkehren. Die Vorlesungen fangen wieder an.«

»Kennst du einen Aristotelis Malidis?« fragte Norman nachdenklich.

»Den alten Ari? Aber natürlich.«

»Weißt du, wo er wohnt?«

»Er hat eine kleine Wohnung in Parga, aber ich glaube, daß er sie zur Zeit vermietet hat. Da er als Wächter auf dem Ausgrabungsgelände unten in Ephyra arbeitet, wohnt er dort im Gästehaus und führt während der Urlaubssaison die wenigen Touristen herum, die die Stätte besuchen wollen.«

Inzwischen war vollkommene Dunkelheit eingekehrt und es war kühl geworden. Norman und Michel beschlossen, ihre Rechnung zu bezahlen und sich auf den Weg zum Hotel zu machen.

»Hast du gehört, was Tàssos über Claudio gesagt hat?« fragte Norman später im Auto.

»Ja, ich hab's gehört. Und ich ertrage diese Ungewißheit nicht länger, ich ertrage sie einfach nicht mehr.«

»Michel, ich bin's, Mireille. Gut, daß ich dich endlich erreiche.«

»Meine Liebste, wie schön, deine Stimme zu hören! Ich hätte dich aber heute abend sowieso angerufen.«

»Dann bin ich dir eben zuvorgekommen.«

»Wo bist du?«

»Zu Hause. Senator Laroche hat übrigens schon mehrmals angerufen, um sich zu beschweren, daß du dich nicht mehr bei ihm gemeldet hast.«

»Ja, da hat er recht. Sag ihm, daß ich einer außergewöhnlich wichtigen wissenschaftlichen Entdeckung auf der Spur bin und ihn so bald wie möglich anrufen werde. Damit wird er sich hoffentlich eine Weile zufriedengeben.«

»Wann kommst du zurück?«

»Bald, hoffe ich.«

»Ich möchte dir so vieles sagen, Michel, aber am Telefon kommen mir die Worte nur schwer über die Lippen. Ich ... es ist noch nie passiert, daß wir uns so lange nicht gesehen haben. Was kann denn nur so wichtig sein, daß du dich eine halbe Ewigkeit von mir fernhältst?«

»Auch ich leide unter der Trennung, Liebling. Aber ich lebe im Moment in einer ganz merkwürdigen Dimension, die ich mir selbst nicht erklären kann. Wenn ich zurückgekommen bin und dir alles erzählt habe, wirst du mich besser verstehen.«

»Wie ist dieses Ephyra?«

»Es ist ein ganz seltsamer Ort, in dem die Zeit stillzustehen scheint. Alles hier ist starr und unbeweglich: Die Vögel singen nicht und fliegen nicht, und selbst das Meer sieht aus wie tot.«

»Komm zu mir zurück, Michel! Jetzt sofort.«

»Mireille ... Mireille ... Du klingst so nah.«

»Ja, auch für mich hört es sich an, als seist du ganz in der Nähe. Aber das macht es nur noch schlimmer.«

»Bitte, sag das nicht. Ich muß meine Arbeit hier zu Ende führen.«

»Michel, ich will wissen, was du suchst. Es ist wichtig, daß du mir nicht alles verschweigst. Auch ich beginne, vieles zu ahnen.«

»Wie soll ich dir das sagen? Es ist alles so schwierig. Ich

suche ... nach einem Bruchstück meines Lebens und nach einem verlorenen Freund. Doch das ist noch nicht alles.«

»Wer ist dieser Freund?«

»Er hieß Claudio

»Ein Italiener? Und wieso suchst du ihn ausgerechnet in Ephyra?«

»Es scheint, daß jemand ihn hier gesehen hat. Vielleicht gibt es noch Hoffnung, ihn zu finden.«

»Michel, ich kann dich jetzt nicht länger belügen: Ich bin nicht zu Hause, sondern in Griechenland.«

»Was?? Was tust du denn hier?«

»Eine Antwort auf meine Fragen suchen. Wenn dir etwas zustößt, geht das auch mich etwas an. Ich gehöre zu dir, oder hast du das vergessen?«

»Mireille, ich bitte dich, flieg nach Hause zurück.«

»Warum?«

»Weil ... du mich auf diesem Weg nicht begleiten kannst. Es ist zu gefährlich!«

»Und dein Freund Norman?«

»Er war von Anfang an dabei, und die Geschichte betrifft ihn persönlich. Mireille, mein Alles, ich flehe dich an: Kehre zurück nach Frankreich!«

»Dummkopf! Wenn ich jetzt nackt vor dir auf dem Bett läge ...«

»Nein, Mireille, du mußt umkehren! Ich ... ich werde das Totenorakel befragen und ... ich weiß nicht, wie die Antwort lauten wird.«

»Und ich werde dir folgen und dich aus diesem Wahnsinn herausziehen.«

»Mireille, ich liebe dich, aber ich bin an einem Punkt angelangt, von dem es keine Umkehr gibt. Ich spüre, daß bald etwas geschehen wird. Und ich flehe dich nochmals an: Verschwinde aus Griechenland!«

»Ich will aber nicht.«

»Es gibt ein dunkles Kapitel in meinem Leben, Mireille, das ich für mich klären muß, und zwar allein. Und wenn es das Letzte wäre, das ich in meinem Leben zu tun hätte. Es geht um ein Erlebnis, für das ich mich zutiefst schäme und das mich unerträglich schmerzt. Und ich habe ein Recht, es für mich zu behalten.« Mireille schwieg verlegen und ratlos. »Verzeih mir«, fuhr Michel fort, »ich wollte dich nicht verletzen. Später werde ich dir alles erklären, dann wirst du verstehen.«

»Michel, in der Dionysìou-Straße 17 gehen seltsame Dinge vor sich. Außerdem glaube ich, den Herausgeber dieser Studie von Harvatis gefunden zu haben, die dich so brennend interessiert.«

Michel fand vor Verwunderung zunächst keine Worte. Dann stammelte er: »Aber woher weißt du denn ...«

»Ich habe die Notizen auf deinem Schreibtisch in Grenoble gelesen und bin hier in Athen auf weitere Einzelheiten gestoßen. Bist du immer noch sicher, daß du mich nicht sehen willst?«

»Mireille, du spielst mit dem Feuer. Aber gut, wenn du darauf bestehst, dann komm nach Ephyra.«

»Sobald ich ein gewisses Problem gelöst habe, bin ich bei dir. Ich rufe dich wieder an. Mach dir in der Zwischenzeit keine Sorgen um mich. Ich kann sehr gut alleine auf mich aufpassen. Und du sei bitte sehr vorsichtig, denn wenn jemand von uns beiden in Gefahr ist, dann bist du es. Wenn dir ... etwas zustoßen sollte, wüßte ich nicht, wie ich dich ersetzen sollte, in meinem Herzen, meinem Kopf und meinem Bett.«

Als Mireille auflegte, wußte sie nicht, daß Hauptmann Karamanlis den Inhalt ihres Gesprächs mit Michel in wenigen Minuten bis in alle Einzelheiten kennen würde. Nachdenklich setzte sie sich an den Tisch und sah sich nochmals die Aufzeichnungen an, die sie in Grenoble abgeschrieben hatte, und ging dann in Gedanken durch, was sie – in Athen bisher in Erfahrung gebracht hatte. Eines war klar: Hinter der Reise von Michel und Norman nach Griechenland steckte irgendein schreckliches Erlebnis, das die beiden vor langer Zeit dort zusammen gehabt haben mußten, aber worum es sich dabei handelte, war ihr ein völliges Rätsel. Vielleicht würde sie mehr wissen, wenn sie eine Möglichkeit hätte, in das Haus in der Dionysìou-Straße zu gelangen.

Während sie noch ihren Gedanken nachhing, wurde sie von der Hotelrezeption angerufen: »In der Hotelhalle wartet jemand auf Sie, Madame de Saint-Cyr.«

Es war Herr Zolotas.

»Was für eine Freude, Sie zu sehen«, begrüßte Mireille ihn strahlend.

»Auch mir ist es ein Vergnügen, mein Fräulein.«

»Gibt es etwa Neuigkeiten?«

»Leider nicht, jedenfalls nichts Weltbewegendes. Ich habe mich nach diesem Kennzeichen erkundigt: Der Wagen gehört einer Leasinggesellschaft, die hier in Athen nur eine Filiale in der Dimokritou-Straße hat. Der Hauptsitz befindet sich in Beirut. Und zufällig wurde das Auto vom Hauptsitz aus zugelassen, so daß man hier in Athen nicht weiß, wer das Auto gemietet hat. Was das Haus in der Dionysìou-Straße betrifft, kann ich Ihnen wohl erst morgen mehr sagen.«

»Vielen Dank, Herr Zolotas, Sie haben mir nun schon so oft weitergeholfen. Kann ich ihnen etwas zu trinken anbieten?«

»Ich nehme gerne einen Kaffee, danke. Der Espresso hier ist nicht schlecht.«

Mireille bestellte ihrem Gast einen Espresso und sich selbst ein Glas Mineralwasser.

»Wie ist es Ihnen denn mit Karamanlis ergangen?« fragte Zolotas.

»Er wollte unbedingt dieses Kennzeichen, aber ich habe es ihm nicht gegeben. Jedoch habe ich in Erfahrung bringen können, daß Professor Harvatis in jener unseligen Nacht vor zehn Jahren aller Wahrscheinlichkeit nach einen sehr wertvollen Gegenstand aus dem Ausgrabungsgelände in Ephyra nach Athen gebracht hat. Es handelt sich dabei um eine antike Goldvase, die Karamanlis selbst im Nationalmuseum gesehen hatte, bevor sie noch in derselben Nacht spurlos verschwand. Ich habe das unbestimmte Gefühl, daß diese Vase mit Harvatis' Tod in Zusammenhang steht.«

»Das ist möglich«, erwiderte Zolotas. »Es ist viel geschehen in jener Nacht, und die wenigsten Menschen erinnern sich gerne daran. Nun, es wird Zeit für mich, nach Hause zu gehen, meine Liebe. Wenn Sie meine Hilfe benötigen, können Sie mich jederzeit anrufen: Ich bin immer für Sie da.«

»Vielen Dank, das werde ich tun«, sagte Mireille. »Gute Nacht, Herr Zolotas.«

Nachdem Zolotas gegangen war, begab sich Mireille zurück in ihr Zimmer, schaltete das Radio an und machte sich von neuem an die Lektüre ihrer Notizen. Sie hatte ein Foto von Michel an den Spiegel gehängt, und ab und zu hob sie den Kopf, um es zu betrachten. Fast meinte sie, ihn auf diese Weise beschützen zu können …

Als das Telefon klingelte und Mireille den Hörer abnahm, erkannte sie die Stimme sofort.

»Hallo Fräulein, hier ist der Kellner von der Bar Milos. Ich wollte Ihnen nur sagen, daß der schwarze Wagen gerade vor der Nummer 17 erschienen ist …«

»Vielen Dank für Ihren Anruf, Sie sind wirklich ein Schatz«, erwiderte Mireille. »Ich komme sofort zu Ihnen, bitte lassen Sie den Wagen in der Zwischenzeit nicht aus den Augen.«

»Seien Sie ganz beruhigt«, antwortete der Wirt. »Für die nächsten zwei Stunden rühre ich mich nicht von der Stelle.«

Mireille warf einen Blick aus dem Fenster und stellte fest, daß der Himmel schwarz und kein Stern zu sehen war und daß ein scharfer Wind ums Haus pfiff, der Regen zu verheißen schien. Sie zog den einzigen warmen Pullover an, den sie aus Frankreich mitgenommen hatte, warf sich eine Lederjacke über die Schultern und verließ das Hotel.

Eine Minute später wurde Pavlos Karamanlis davon in Kenntnis gesetzt, daß die junge Französin sich gerade auf dem Weg in die Dionysìou-Straße befinde. Jemand habe sie im Hotel angerufen und ihr gesagt, daß der schwarze Wagen wieder aufgetaucht sei – wahrscheinlich dasselbe Auto, das auch Karamanlis suche.

»Sorgt dafür, daß an jeder Ecke der Dionysìou-Straße

ein Zivilwagen postiert wird, und behaltet den Wagen unauffällig im Auge. Ich bin in zehn Minuten bei euch.«

Der Kellner hatte seinen letzten Gästen den Kaffee serviert und stand nun hinter der Glastür seines Lokals, von wo aus er neugierig die Limousine beobachtete. Diesmal schien wirklich jemand im Wagen zu sitzen, denn er konnte ganz deutlich die Umrisse einer menschlichen Gestalt im Gegenlicht erkennen. Aber was tat der Mann dort nur, ganz allein und um elf Uhr abends? Auf dem Autodach war eine lange Antenne befestigt, und der Mann schien etwas in Höhe des rechten Ohrs in der Hand zu halten. Ob das ein Telefon war?

Die Leitung war gestört, und Claudio Settis Stimme klang verzerrt und wurde immer wieder unterbrochen. Wahrscheinlich war irgendwo ein Gewitter. »Kommandant, hier ist Claudio, können Sie mich hören?«

»Ja, ich höre dich. Wo bist du, mein Sohn?«

»In Metsovon. Ich bin auf dem Weg nach Prevesa. Gilt unsere Verabredung am kimmerischen Vorgebirge noch?«

»Ja, wenn ich mich auch im Moment nicht von hier wegbewegen kann.«

»Aber ich muß Sie sehen. Wo genau befinden Sie sich?«

»Ich bin in Athen und sitze in meinem Auto. Hör mir jetzt gut zu: Du mußt zu Ari nach Ephyra gehen. Sag ihm, er soll die Vase zu dem verabredeten Ort bringen. Ich werde ihm das vereinbarte telefonische Zeichen geben, und dann muß er sich sofort auf den Weg machen. Sag ihm auch, daß ich ihm danke für alles, was er für mich getan hat, und daß dies der letzte Gefallen ist, um den ich ihn bitte, der allerletzte. Und du paß gut auf dich auf. Menschen, die dich sehr gut kennen, sind hinter dir her. Sei vor allem tagsüber sehr vorsichtig und behalte alles im Auge, was sich um dich herum bewegt.«

»Warum sind wir ausgerechnet an diesem unheimlichen Ort verabredet, Kommandant?«

»Weil wir sie in die Einsamkeit locken müssen, wo niemand ihnen zu Hilfe kommen kann. Du selbst bist der Köder, den sie unbedingt haben wollen. Fühlst du dich dazu bereit?«

»Werden Sie auch kommen?«

»Ja, ich werde kommen, und es wird alles gutgehen. Wenn wir Karamanlis und die anderen am rechten Ort und zur rechten Zeit zur Strecke gebracht haben, wird unsere Aufgabe erfüllt sein. Danach werde ich nichts mehr von dir verlangen, und ich werde dir viele Dinge erklären, die du jetzt noch nicht verstehst ...« Plötzlich brach er abrupt ab.

»Kommandant, Kommandant, ich kann Sie nicht mehr hören. Sind Sie noch da?«

»Ja, mein Sohn, aber ich muß jetzt Schluß machen. Mir scheint, hier stimmt etwas nicht. Vielleicht ist mir jemand gefolgt ...«

»Sind Sie in Gefahr?«

»Jemand versucht wohl, mir eine böse Überraschung zu bereiten, aber da ist er an den Falschen geraten. Und du, mein Junge, tu, wie ich dir gesagt habe. Von Ari wirst du erfahren, wann und wo wir uns wiedersehen.«

»Gut, ich werde Ihre Anweisungen befolgen. Aber auch Sie müssen auf sich aufpassen! Sind Sie sicher, daß Sie meine Hilfe nicht brauchen? In maximal drei Stunden könnte ich in Athen sein.«

»Nein nein, das kommt gar nicht in Frage, ich schaffe es schon allein. Aber ich muß mich jetzt von dir verabschieden.«

»Wie Sie wollen. Halten Sie mich auf dem laufenden, Kommandant!«

Mireille parkte in relativ großer Entfernung von der Dionysìou-Straße, um den Mann in der Limousine nicht auf sich aufmerksam zu machen. Dann wagte sie sich zu Fuß bis zur nächsten Straßenkreuzung und wollte sie gerade überqueren, als sie ein Auto auf der anderen Straßenseite halten und einen Mann aussteigen sah. Er schien ein großes Interesse an dem etwa hundert Meter weiter geparkten Wagen zu haben. Nach und nach tauchten weitere Männer auf, die von dem ersten Anweisungen in Empfang zu nehmen schienen.

Als Mireille näher auf den Mann zutrat und dieser sich plötzlich umdrehte und ihr – ohne sie zu bemerken – sein Gesicht zuwandte, erkannte sie ihn: Es war Hauptmann Karamanlis, der über sein Funkgerät mit einem ganzen Bataillon von Polizisten sprach. Ohne Zweifel hatte er es auf die schwarze Limousine abgesehen.

Mireille machte eine Kehrtwendung und lief einen großen Bogen, um von einer anderen Querstraße aus wieder auf die Dionysìou-Straße zu stoßen, diesmal mehr oder weniger auf der Höhe, auf der der Wagen parkte. Doch auch hier entdeckte sie in beiden Richtungen mehrere verdächtige männliche Gestalten, die dem Wagen aufzulauern schienen. Selbst auf dem Dach gegenüber hatte sich gerade etwas bewegt ...

Die junge Frau mußte daran denken, wie edel und stolz die Gesichtszüge des Unbekannten gewesen waren, der für die rätselhafte Maske Modell gesessen hatte, und wie falsch und kalt ihr dagegen Pavlos Karamanlis erschienen war. Ganz instinktiv hatte sie sich auf die Seite des Fremden geschlagen und begann, einen Rettungsplan zu schmieden. Vielleicht konnte sie mit dem Mann in eine der kleineren Querstraßen flüchten und über die relativ niedrigen Häuserdächer entkommen ...

Sie wollte gerade all ihren Mut zusammennehmen und auf den Wagen zurennen, als aus allen Richtungen Polizeiwagen angerast kamen und sich mit kreischenden Bremsen um die Limousine scharten. Zu spät, der Wagen war umstellt, und der Mann in Karamanlis Händen ... In den Schatten einer Mauer gedrückt, wartete Mireille mit angehaltenem Atem, was nun geschehen würde.

Karamanlis war auf die Fahrertür der Limousine zugetreten und leuchtete mit einer Taschenlampe ins Wageninnere. Zu seiner maßlosen Verblüffung war der Wagen leer! »Das ist doch nicht möglich«, rief er wie vor den Kopf geschlagen. »Ich habe ihn doch gesehen! Ihr habt doch auch gesehen, daß jemand darin saß, oder nicht?«

»Ja, Hauptmann« bestätigte einer der hinzugetretenen Männer, »gerade eben saß noch jemand im Wagen.«

Karamanlis dachte plötzlich wieder an die spöttische Stimme, die ihm auf dem Berg Peristeri das Blut in den Adern gefrieren hatte lassen: ›Was haben Sie hier zu suchen, Hauptmann Karamanlis?‹ Das Grauen kroch ihm auch jetzt wieder über den Rücken, doch er versuchte, einen kühlen Kopf zu bewahren und sagte: »Der Kerl muß hier doch irgendwie herausgekommen sein. Seht mal unten im Wagen nach, ob er irgendeinen Geheimausgang hat.«

Einer der Männer kroch in den Wagen, um das Wageninnere zu inspizieren. Als er nach einer Weile wieder zum Vorschein kam, sagte er: »Sie hatten recht, Hauptmann. Der Boden des Wagens läßt sich aufschieben und darunter befindet sich ein Kanaldeckel.«

»Fahrt sofort das Auto zur Seite«, befahl Karamanlis. Man befolgte seinen Befehl, und zwei seiner Männer stiegen dann zusammen mit dem Hauptmann in die Tiefe, nachdem sie den Kanaldeckel herausgehoben hatten. Mireille, die aus ihrem Versteck alles beobachtete, wobei sie immer wieder einen unruhigen Blick über die Schulter warf, konnte gerade noch hören, wie Karamanlis aus dem Kanal nach oben rief: »Folgt mir, schnell, ich höre hier unten Schritte!«

Es war so kalt, daß Mireilles Finger steifgefroren waren. Dennoch brach ihr der Schweiß aus allen Poren aus. Sie versuchte, sich vorzustellen, was dort unten gerade vor sich ging und sah den Besitzer der schwarzen Limousine völlig abgehetzt durch stinkende Gewässer waten, in denen es nur so von Ratten wimmelte, während ihm seine Verfolger schon dicht auf den Fersen waren …

»Postiert euch an den umliegenden Kanaldeckeln!« befahl ein Unteroffizier den Polizisten, die nicht in die Tiefe gestiegen waren. »Wir müssen ihm jeden Fluchtweg abschneiden.«

Ari hatte seinen Kontrollgang beendet und sich vor den Fernseher gesetzt. In den Spätnachrichten wurde ein

Rückblick auf die schrecklichen Ereignisse im Polytechnikum gesendet, die er vor zehn Jahren hautnah miterlebt hatte. Die grausamen Bilder von rollenden Panzern, schreienden Menschen und wahllos in die Menge schießenden Soldaten wurden von der Stimme eines Sprechers so ruhig und unbeteiligt kommentiert, als berichtete er von einem längst vergangenen historischen Ereignis, das zur Gegenwart keinen Bezug mehr hatte und nur noch als unwirklich anmutende Erinnerung existierte.

Ari war nervös und unruhig und stand immer wieder auf, um aus dem Fenster in die ungewöhnlich dunkle Nacht zu starren. Es regnete in Strömen, und auf der Fensterscheibe spiegelten sich leicht verzerrt die Fernsehbilder. Plötzlich klingelte es, und Ari ging sofort hinaus und machte die Tür auf.

»Hallo Ari. Ich bin's, Michel Charrier ... Erinnerst du dich noch an mich?«

Ari wich in ungläubigem Erstaunen zurück. »O ... ja, natürlich«, sagte er nach einem Moment und trat zur Seite, um Michel hereinzulassen. »Aber ja, mein Junge, komm herein und setz dich hin, statt wie ein begossener Pudel in der Tür zu stehen.«

Sie traten in die Stube, und Ari schaltete den Fernseher aus und holte eine Flasche und zwei Gläser aus einem Schrank. Michel legte seinen grauen Regenmantel ab, setzte sich auf einen Stuhl und fuhr sich verlegen mit den Fingern durch die nassen und zerzausten Haare.

»Magst du Metaxa?« fragte Ari, während er Flasche und Gläser auf den Tisch stellte.

»Bist du denn gar nicht verwundert, mich zu sehen?«

»In meinem Alter wundert man sich über nichts mehr.«

»Aber du bist doch gar nicht so alt, noch nicht einmal siebzig Jahre.«

»Ich fühle mich, als sei ich hundert. Ich bin müde, mein Junge, sehr müde ... Aber sag mir: Wie kommt es zu deinem überraschenden Besuch?«

Michel sah betreten zu Boden und schwieg, bevor er langsam hervorbrachte: »Es ist nicht leicht für mich, die richtigen Worte zu finden, Ari ... Wir haben uns seit jener furchtbaren Nacht nicht mehr gesehen.«

»Nein, nie mehr.«

»Weißt du auch, warum?«

»Nun, ich nehme an, daß eine traurige und unangenehme Geschichte dahintersteckt. Du schuldest mir keine Erklärung, mein Sohn. Ich bin nur ein alter pensionierter Museumswärter, der in diese friedliche Gegend gekommen ist, um sein Lebensende hier zu verbringen. Die Sache geht mich nichts an.«

Während er sprach, sah er den jungen Mann mit klaren und ruhigen Augen an.

Michel schwieg und nahm einen Schluck von seinem Brandy, während die Finger des Alten mit einem *kombolòi* aus falschem Bernstein spielten und die Kugeln in gleichmäßigem Rhythmus gegeneinanderschlagen ließen.

»Ich bin damals von der Polizei verhaftet worden, Ari.«

»Bitte, ich will nicht ...«

»Sie haben mich gezwungen, zu reden.«

»Wozu erzählst du mir das? Es ist doch alles vorbei und vergessen.«

»Nein. Nein, das ist es nicht. Claudio Setti ist noch am Leben, dessen bin ich mir sicher. Und ich glaube, daß du mehr darüber weißt, als du zugibst. Jemand will ihn vor kurzem hier in der Gegend gesehen haben. Stimmt das?«

Ari stand auf und ging zum Fenster. Aus dem Dorf drang ganz leise der Klang einer Flöte herauf, und Ari sagte versonnen: »Bei Tàssos spielt jemand auf der Flöte ... Es ist eine schöne Melodie, hörst du?« Nach einer Weile wurde die Flötenmusik von einer menschlichen Stimme abgelöst, die ein bittersüßes Lied sang, dessen Worte jedoch nicht zu verstehen waren. Ari stand mit geschlossenen Augen da und summte leise mit.

Michel war plötzlich bleich geworden, und auf seinem Gesicht spiegelte sich tiefe Verzweiflung. »Es ist sein Lied ... Ja, er selbst ist es; er ist irgendwo da draußen und singt, um mich zu Tode zu erschrecken.« Er sprang hastig auf, lief zur Tür und riß sie auf. »Wo bist du?« rief er laut in die

Nacht. »Willst du nicht mehr mit mir gemeinsam singen? Wo bist du, verdammt noch mal?«

Ari legte ihm eine Hand auf die Schulter und sagte in beruhigendem Ton: »Siehst du nicht, daß es regnet? Komm wieder herein, mein Junge, du wirst ja ganz naß.«

Michel schluckte die Tränen hinunter, die ihm in die Augen gestiegen waren, und wandte sich zu dem Alten um. »Ari, um des Himmels willen, hör mich an: Norman und ich, wir sind nach all den Jahren, in denen wir die Zeit von damals zu vergessen suchten, zurück nach Griechenland gekommen, und zwar weil wir Informationen über die goldene Vase bekommen haben. Du erinnerst dich doch an sie, nicht wahr? Die Vase, die du in jener Nacht nach Athen gebracht hast. Seit damals ist sie verschwunden. Nur du kannst sie damals aus dem Keller des Nationalmuseums geholt haben, und nur du kannst wissen, was die Spuren zu bedeuten haben, die uns erst auf den Peloponnes und dann nach Epirus lockten. Du bist unsere einzige Verbindung zu diesem verfluchten Ding, das aus irgendeinem Grunde unser Leben überschattet. Ari, sag mir die Wahrheit: Es ist Claudio, der uns hierhergerufen hat, nicht wahr? Bitte, du hattest uns doch gern, du weißt doch, daß wir damals nur dumme Jungen waren ... O mein Gott, wie oft habe ich mir gewünscht, ich hätte jene verdammte Nacht nie erlebt ...«

Der alte Mann sah Michel voller Mitleid an und sagte dann müde: »Wir alle haben unser Schicksal zu erfüllen, mein Junge. Wir können ihm nicht entgehen.«

»Ari, ich flehe dich an: Wenn Claudio lebt, dann ermögliche es mir, mit ihm zu reden, Bitte, ich muß ihn unbedingt sehen ...«

Ari schien immer noch auf die Musik zu lauschen und wandte sich dem Jüngeren erst nach einer Weile zu: »Ach, mein Junge, ich weiß nicht, ob er lebt oder tot ist, aber eines weiß ich, selbst wenn er noch am Leben ist, spricht er nicht mehr deine Sprache. Er kann dich nicht mehr verstehen.«

Die Musik war noch einmal besonders schön und leidenschaftlich aufgeklungen, bevor sie plötzlich abbrach.

Vielleicht war sie auch nur vom Prasseln des Regens und dem Heulen des Westwinds übertönt worden.

»Ari, laß mich mit ihm sprechen! Bitte, ich tue alles, was du willst …«

Ari, der das Spiel mit seinen *kombolòi*-Kugeln wieder aufgenommen hatte, sah ihn beschwörend an und sagte: »Geh fort, mein Junge! Ich flehe dich an: Kehre nach Hause zurück und vergiß alles, was du erlebt hast. Verschwinde von hier, solange noch Zeit ist.«

»Ich kann nicht. Sag mir, wo ich nach Claudio suchen muß.«

Der Alte wich Michels verzweifeltem Blick aus und fragte: »Dein Freund … Norman heißt er doch, nicht wahr? … Wo ist er jetzt?«

»Er ist in Ephyra. Auch er will herausfinden, was hier vor sich geht.«

Ari schüttelte traurig den Kopf. Tiefes Bedauern lag in seinem Blick, als er sagte: »Es hätte so schön sein können, mein Gott … Wir alle hier zusammen vereint, um Retsina zu trinken und über alte Zeiten zu sprechen.«

Michel ergriff seine Hände und trat ganz dicht auf ihn zu, so daß Ari seinen fiebrig glänzenden Augen standhalten mußte: »Sag mir, wo ich suchen muß, Ari … Sag es mir!«

»Du suchst die Schwelle zwischen Tod und Leben, doch wenn du es nicht anders willst, kann ich dir auch nicht helfen. Wenn du übermorgen kurz vor Mitternacht an der Mole von Çanakkale bist, kannst du ihn vielleicht sehen.«

Michels Gesicht leuchtete auf. »Also hatte ich mich nicht getäuscht: Er lebt!«

»Leben? Ach, mein Junge, es gibt Orte, Zeiten und auch Menschen, für die die Worte tot oder lebendig nicht mehr die Bedeutung haben, die wir darunter verstehen.«

XX

Athen, Dionysìou-Straße, 10. November, 21.00 Uhr

Mireille war enttäuscht und ratlos. Irgendwie fühlte sie sich mitschuldig für das Vorgefallene, denn Karamanlis mußte durch sie auf die Spur des Mannes gelockt worden sein. Wie hätte er sonst von der schwarzen Limousine erfahren sollen? Vielleicht war es ein Fehler gewesen, daß sie Zolotas vertraut hatte, oder aber Karamanlis hatte sie beobachten lassen ...

Während sie noch ihren Gedanken nachhing, hörte sie hinter sich plötzlich das Quietschen einer Tür und das leise Winseln eines Hundes. Als sie sich umwandte, sah sie einen Mann in dunklem Mantel und Hut aus der Tür im ersten Stock des Hauses mit der Nummer 17 treten. Unten im Garten war ein großer Hund mit dunklem Fell aufgetaucht, der nun über die Außentreppe schwanzwedelnd zu dem Mann hochgelaufen kam. Nachdem dieser etwas in die Dachrinne über dem Türstock gelegt hatte, beugte er sich zu dem Tier hinunter, streichelte es und raunte ihm sanft etwas zu. Während der Mann die Treppen hinunter durch den Garten ging, folgte der Hund ihm freudig winselnd. Schließlich öffnete er das Gartentor, der Mann trat allein auf die Straße und ging langsam davon. Mireille hatte sich hinter einem Mauervorsprung versteckt und sah dem Mann neugierig nach, wie er sich mit langen, sicheren Schritten, die Hände in den Hosentaschen vergraben, in die ihr entgegengesetzte Richtung entfernte. Sie hatte das deutliche Gefühl, daß sie diesen Gang und diese Art, den Kopf hoch erhoben zu halten, schon einmal irgendwo gesehen hatte. Aber ja natürlich – es war der Mann aus der schwarzen Limousine, der Mann, der auch für die rätselhafte Maske Modell gesessen hatte ...

Aber wie war das möglich? Der Mann war doch vor kurzem in der Kanalisation verschwunden, und Karamanlis hatte sogar seine Schritte gehört. Aber Mireille war sich sicher, daß sie sich nicht getäuscht hatte. Vielleicht sollte sie sich das Haus in der Dionysìou-Straße mal aus der Nähe ansehen. Sie ging nur wenige Meter an Karamanlis' Männern, die immer noch um den Kanaldeckel herumstanden, vorbei und blieb vor dem Haus stehen. Der Rolladen war immer noch geschlossen, aber aus der Tür daneben, die in ein Souterrain führte, drang Licht.

Draußen hing ein Schild mit der Aufschrift ›Artopoleion‹, und der herrliche Duft nach frischem Brot bestätigte Mireille, daß hier eine Bäckerei mitten in der Nacht ihre Tätigkeit aufgenommen hatte.

Als sie einen kurzen Blick zur Seite warf, sah sie den Mann von vorne direkt auf sich zukommen. Auch jetzt erkannte sie ihn sofort und wunderte sich nur, daß er überall gleichzeitig zu sein schien. Sie schlenderte ihm langsam entgegen und hätte ihn fast berührt, als sie aneinander vorbeigingen. Ihre letzten Zweifel an der Identität des Mannes zerstreuten sich, als sie im Licht der Straßenlampe deutlich sein Gesicht sah. Und für einen kurzen Moment war ihr auch sein Geruch in die Nase gestiegen: Er roch nach frischgebackenem Brot. Ein Mann, der gerade aus der Kanalisation kam und nach Brot duftete?

Mireille ging kopfschüttelnd weiter, blieb aber nach einer Weile stehen und wandte sich um: Der Mann war gerade in eine Telefonzelle getreten.

Ari machte keine Anstalten, den Telefonhörer abzunehmen.

»Ich verstehe nicht, was du mir damit sagen willst«, sagte Michel, den das Klingeln des Telefons aus seinen Gedanken gerissen hatte. »Aber wenn er lebt, werde ich ihn finden und ihn zwingen, mit mir zu sprechen. Er muß mir zuhören!«

Das Telefon klingelte fünfmal, verstummte dann kurz und fing wieder an zu läuten. Im Zimmer herrschte eine gespannte Erwartung, und Michel sah Ari verwundert an, der seine Hand aufs Telefon gelegt hatte und dennoch den Hörer nicht abnahm. Wieder läutete es fünfmal, dann trat nochmals eine Pause ein, dann läutete es noch viermal, um schließlich endgültig zu schweigen.

Ari wandte sich wieder Michel zu und wiederholte seine Worte: »Es gibt Orte, Zeiten und auch Menschen, für die die Worte tot oder lebendig nicht mehr die Bedeutung haben, die wir darunter verstehen. Der letzte Akt dieser schrecklichen Tragödie hat begonnen. Ich bitte dich, mein Junge, verschwinde von hier und kehre zurück nach Hause. Eigentlich dürfte ich es dir ja gar nicht sagen, gerade ich nicht, aber ich kann nicht anders: Dein Leben ist in Gefahr, du mußt dich retten! O Heilige Mutter, es hätte alles so schön sein können … Und jetzt geh, mein Junge, befolge meinen Rat!«

»Übermorgen abend in Çanakkale – da habe ich nicht mehr viel Zeit.« Michel erhob sich, zog seinen Regenmantel an und verabschiedete sich von dem Alten. Als er die Tür öffnete und hinaustrat, fuhr ein heftiger Windstoß ins Zimmer. Das Flötenspiel war verstummt, und auch die Lichter in Tàssos' Taverne waren erloschen.

Mireille hatte den Eindruck, daß der Mann kein Wort ins Telefon gesprochen hatte. Vielleicht war niemand zu Hause gewesen, oder er hatte nur ein Klingelzeichen an jemanden durchgegeben. Der Brotduft mußte jedenfalls mit der Bäckerei im Souterrain des Nachbarhauses der Dionysìou-Straße 17 zu tun haben. Wahrscheinlich hatte sein Fluchtweg über die Bäckerei geführt. Was er wohl in die Dachrinne gelegt hatte, als er aus dem Haus getreten war? Vielleicht einen Schlüssel?

Mireille schlug den Weg zum Gartentor des Anwesens ein, aus dem der Mann kurz zuvor getreten war, doch als sie im Hof den Hund knurren hörte, wagte sie nicht, das Tor zu öffnen. Vielleicht war es möglich, über die Glyzinienranken, die an der Außenfassade des Nachbarhauses bis zur Dachterrasse emporwuchsen, hochzuklettern, und von der Terrasse auf das angrenzende Dach und von dort auf den Treppenabsatz im ersten Stock zu gelangen …

Plötzlich wurde die junge Frau von Angst gepackt, und am liebsten wäre sie auf und davon und hätte in ihrem Hotelzimmer auf Michels Rückkehr gewartet. Aber sie spürte, daß sie jetzt nicht versagen durfte, wenn ihr die gemeinsame Zukunft mit Michel wichtig war.

Ein paar Spatzen, die im Schutz der Blätter die Nacht zubringen wollten, flogen verschreckt auf, als Mireille an den Ranken hinaufzuklettern begann. Nachdem sie wohlbehalten die laubbedeckte Terrasse erreicht hatte, ließ sie sich von dort auf das Dach des angrenzenden Hauses herunter. Sie lief leise über das Dach und gelangte schließlich zu der Dachrinne, in der sie nach einigem Tasten tatsächlich einen Schlüssel entdeckte. Wenn sie jetzt nur noch gewußt hätte, wo der Hund sich gerade aufhielt. Sicherlich würde er sich sofort auf sie stürzen, sobald sie sich auf den Treppenabsatz hinunterließ und die Tür zu öffnen versuchte. Sie lauschte mit klopfendem Herzen, doch es war nicht das Geringste zu hören. Dennoch zweifelte sie nicht daran, daß der Köter sie zerfleischen würde, sobald sie eine falsche Bewegung machte …

Während sie noch zögerte, verfolgte sie mit den Augen gespannt eine Katze, die leise miauend auf der Gartenmauer entlangspazierte, bevor sie mit der einen Vordertatze prüfend ins Leere tappte und schließlich in den Garten sprang. Von dem Hund war nach wie vor nichts zu sehen.

Mireille hätte sich einen Rückzieher nie verziehen, und sie beschloß daher, das Abenteuer zu Ende zu führen. Ganz vorsichtig ließ sie sich hinunter, bis ihre Füße fast geräuschlos auf dem Treppenabsatz zu stehen kamen. Da sie sich mitten im Lichtschein der Eingangsbeleuchtung befand, hätte jeder zufällig vorbeikommende Passant sie sofort sehen können. Ihre Hände zitterten, und es dauerte eine Weile, bis es ihr gelang, den Schlüssel ins Schlüsselloch zu stecken und herumzudrehen. Als die Tür schließlich mit einem trockenen Knacken aufsprang, erschrak Mireille so sehr von dem Geräusch, daß sie eine Weile angespannt in die Dunkelheit lauschte. Die Luft schien jedoch immer noch rein zu sein.

Langsam drückte sie die Tür auf und schlüpfte ins Haus, doch als sie sie hinter sich zumachen und erleichtert aufatmen wollte, erlebte sie eine böse Überraschung: Der Hund war nun endlich doch noch auf sie aufmerksam geworden und kam unter wütendem Gebell die Treppe hochgeschossen. Während Mireille sich mit aller Kraft gegen die Tür stemmte, hatte das Tier schon den Kopf hineingezwängt und versuchte mit gefletschten Zähnen, seinen mächtigen Körper nachzuschieben. Das Bellen hatte sich zu einem ohrenbetäubenden Lärm gesteigert, und Mireille wußte genau, daß sie der Bestie, die vor Wut und Angriffslust völlig außer sich geraten war, nicht mehr lange widerstehen würde können.

In ihrer Todesangst kam ihr plötzlich das Deospray in den Sinn, das in der Innentasche ihrer Jacke steckte. Sie zog es schnell hervor und beugte sich hinunter, um es dem Hund in die Augen zu sprühen. Als das Tier für einen Moment irritiert zurückfuhr, gelang es Mireille, hastig die Tür zuzuknallen, und der neuerliche Angriff des Hundes erfolgte einen Augenblick zu spät: Die Tür war unweigerlich ins Schloß gefallen.

Während sie den Hund immer noch hinter sich herkläffen hörte, lief Mireille durch einen langen, dunklen Gang und gelangte an eine Treppe, die sie hinunterging. Endlich fand sie einen Lichtschalter und gelangte durch einen weiteren Flur in einen nicht sehr großen, aber geschmackvoll eingerichteten Saal. In einer Ecke stand eine Staffelei mit dem unvollendeten Porträt einer Frau, die aussah wie eine Schauspielerin aus einer antiken Tragödie. Sie war auf eine strenge und aristokratische Weise schön, und ihr Gesicht erinnerte Mireille an Irene Papas. An der Wand hing die Fotografie eines etwa dreißigjährigen Mannes, der einen gespannten Bogen in der Hand hielt. Der nackte, muskulöse Oberkörper des Schützen leuchtete in den Strahlen der Sonne, die seine Schultern umspielten. Seine dunklen Augen waren auf ein unsichtbares Ziel gerichtet, und es lag soviel Leid und Haß in ihnen, daß Mireille ein Schauder über den Rücken lief.

Der Raum war fensterlos, doch an seinem anderen Ende befand sich eine Tür. Mireille ging langsam auf sie zu, während sie fieberhaft überlegte, was sie bei einem unvermittelten Erscheinen des Hausherrn tun sollte. Sie hatte schon die Hand auf die Türklinke gelegt, als sie plötzlich wie angewurzelt stehenblieb: Aus dem Raum dahinter waren Schritte zu hören.

Verzweifelt sah Mireille sich nach einem geeigneten Versteck um, konnte aber nichts entdecken. Umkehren war unmöglich, wenn sie nicht von der Bestie zerrissen werden wollte. Sie war verloren …

»Er muß in diese Richtung gegangen sein, Hauptmann, ich habe das Geräusch seiner Schritte gehört. Kommen Sie, wir kriegen ihn schon!«

Karamanlis lief keuchend auf den Lichtschein der Taschenlampe zu, mit der einer seiner Männer den Weg durch den Kanal beleuchtete.

»Haben Sie ihn gesehen?« fragte er, als er bei dem Mann angekommen war, und lehnte sich erschöpft gegen die feuchte Wand.

»Nein, Hauptmann, aber gehört habe ich ihn.«

»Ich höre gar nichts.«

»Ich schwöre Ihnen, daß …«

»Wir haben uns von diesem Hundesohn schon wieder an der Nase herumführen lassen, verdammt noch mal!« Karamanlis brach ab, als plötzlich das Geräusch von schneller werdenden Schritten zu hören war. Er lauschte eine Weile angestrengt und sagte dann: »Sie haben recht, jetzt höre ich auch was … Kommen Sie schon, bewegen Sie sich! Ich warte hier, sonst geht mir noch die Luft aus.«

Der Polizist stürzte mit einem Kollegen zusammen in die Richtung, aus der die Geräusche gekommen waren, doch bald schon mußten sie feststellen, daß sie in einer Sackgasse gelandet waren. Ratlos blieben sie stehen und sahen sich verwundert an. Eine kurze Weile herrschte tiefe

Stille unter dem mit Schimmel überwachsenen Deckengewölbe, doch plötzlich waren wieder Schritte zu hören, langsamer jetzt, fast gemütlich, als gehörten sie jemandem, der sich in dieser feuchten Gruft wie zu Hause fühlte.

Mireille hatte sich hinter ein Sofa gekauert, doch es war klar, daß der Hausherr ihr Versteck nach wenigen Minuten entdecken würde. Immer noch war das Geräusch von Schritten zu hören, doch irgend etwas stimmte damit nicht: Die Schritte waren manchmal sehr schnell, dann wieder langsamer, doch das Sonderbare an ihnen war, daß sie nicht näherzukommen schienen.

Als nach einer Weile immer noch nichts geschah, nahm Mireille all ihren Mut zusammen, wagte sich aus ihrem Versteck hervor, ging auf die Tür zu und öffnete sie einen Spaltbreit. Von der Tür aus führten ein paar Stufen in einen nicht sehr großen Raum hinunter, der von einem schwachen Licht erhellt war. Das Schrittgeräusch klang jetzt ganz nah, doch Mireille war sich sicher, daß dort unten niemand war.

Langsam ging sie die Stufen hinunter und fand sich einer elektronischen Schalttafel gegenüber, auf der eine leuchtende Linie zu erkennen war, die einer Straße oder einer Eisenbahnlinie entsprechen mochte. An einem bestimmten Punkt zweigte ein Seitenpfad von der Hauptstraße ab, auf dem ein blinkendes, rotes Licht zu sehen war, das sich langsam vorwärtsbewegte. Bei jedem Aufblinken des Lichts war das ominöse Schrittgeräusch zu hören. Die Schritte waren also gar nicht echt, sondern nur elektronisch vorgetäuscht. Aber was hatte das zu bedeuten?

Einer plötzlichen Eingebung folgend, betätigte Mireille einen Schalter, der sich am linken unteren Rand des Geräts befand. Sie fuhr unwillkürlich zusammen, als sie eine ihr wohlbekannte Stimme sagen hörte: »Bleiben Sie stehen, bleiben Sie stehen, Sie Dummkopf! Sehen Sie denn nicht, daß wir hier umsonst in der Scheiße herumwaten?«

»Aber Hauptmann, Sie haben die Schrittgeräusche doch auch gehört.«

»Stimmt und auch jetzt höre ich sie wieder. Aber sie kommen dummerweise aus dem Arm, den wir vor fünf Minuten schon durchlaufen haben und der nur von dieser Seite hier zugänglich ist. Wenn er wirklich dort wäre, hätte er doch hier vorbeikommen müssen, was glauben Sie? Es ist ein Trick, verdammt noch mal, ein ganz fieser Trick.«

Es war die Stimme von Hauptmann Karamanlis, die ihrem Klang nach zu urteilen aus einem unterirdischen Raum kam. Karamanlis lief also immer noch dort unten in der Kanalisation herum, und diese Teufelsmaschine konnte – vielleicht mit Hilfe seiner Stimme oder seiner Schritte – seine Position orten und akustische Fallen programmieren, die ihn auf seiner sinnlosen Jagd durch das Kanalnetz einem Gespenst hinterherjagen ließen.

Als Mireille den Schalter wieder in die Ausgangsposition brachte, verstummten die Stimmen sofort. Welches Hirn konnte nur auf die Idee kommen, einen so verzwickten Mechanismus zu entwickeln, und welche seltsamen Dinge spielten sich hinter der verschlossenen Tür des Hauses in der Dionysìou-Straße sonst noch ab?

Mireille ging weiter in einen Nebenraum und fand sich von neuem in einem Gang, in dem der Geruch nach frischgebackenem Brot intensiver wurde. An der Decke entdeckte sie ein paar Entlüftungsluken, die offensichtlich mit der Bäckerei im Keller der Dionysìou-Straße Nummer 15 in Verbindung standen. Die Druckerei der Nummer 17, in der das Werk des Professor Harvatis erschienen war, mußte sich jetzt mehr oder weniger über ihrem Kopf befinden.

Am Ende des Korridors führte eine kleine Holzleiter zu einer Luke hinauf. Mireille begann langsam, die Leiter hinaufzusteigen, doch je näher sie der Luke kam, desto mehr hatte sie das Gefühl, zu ersticken. Es war ihr, als nähere sie sich dem Tor zur Hölle …

Als Hauptmann Karamanlis eine Leiter vor sich auftauchen sah, sagte er zu seinen Männern: »Wenn ich unseren Standort richtig einschätze, komme ich über diese Leiter nur wenige Meter von meinem Auto entfernt heraus. Ihr geht den Weg zurück, den wir gekommen sind, und fahrt anschließend wieder ins Revier. Dort nehmt ihr eure Routinearbeit wieder auf und tut, als sei nichts geschehen. Eines sollte wohl klar sein: über diesen Reinfall werden unter keinen Umständen Berichte oder Protokolle angefertigt.«

»Wie Sie wollen, Hauptmann.«

Karamanlis packte seine Taschenlampe fester und stieg die rutschige und verrostete Leiter hinauf, schob oben den Kanaldeckel auf die Seite und streckte den Kopf hinaus. Als ihm die Luft rein zu sein schien, zog er sich hoch, schob den Deckel wieder über das Loch zurück und schaltete die Taschenlampe aus. Sein Orientierungssinn hatte ihn nicht getäuscht. Der Wagen stand etwa fünfzig Meter von ihm entfernt auf der linken Straßenseite. Er hatte gerade den Schlüssel ins Türschloß gesteckt, als sein durch langjährige Berufserfahrung trainierter Spürsinn ihm sagte, daß jemand hinter ihm stand. Und eine Stimme, die er in diesem Moment auf gar keinen Fall erwartet hätte, bestätigte ihm, daß es keine Einbildung gewesen war.

»Guten Tag, Hauptmann Karamanlis.«

Karamanlis war totenbleich, als er sich nun ganz langsam umwandte. »Na, wen haben wir denn da? Den angeblichen Admiral Bògdanos! Das ist aber eine schöne Überraschung! Dann kann ich Ihnen ja gleich sagen, daß Sie mich von nun an nicht mehr an der Nase herumführen werden. Folgen Sie mir zur Polizeizentrale. Ich will Ihnen einige Fragen stellen und vor allem Ihre Papiere sehen.«

»Reden Sie keinen Unsinn, Karamanlis! Ich bin hier, um Ihnen das Leben zu retten. Claudio Setti lebt.«

»Wenn das alles ist, was Sie mir zu sagen haben, dann können wir ruhig einen gemeinsamen Besuch im Revier machen, um uns dort in Ruhe zu unterhalten.«

»Claudio Setti will Sie umbringen, Sie und dieses Riesenvieh, das ich schon einmal in letzter Minute aus dem Dreck gezogen habe. Überdies will er eine schriftliche und mit Beweismaterial dokumentierte Erklärung über den Mord an Heleni Kaloudis an den Staatsanwalt schicken. Wenn Sie Glück haben, wandern Sie den Rest Ihres Lebens ins Gefängnis, wenn Sie Pech haben, werden Sie und Ihr Freund abgeschlachtet wie die Schweine. Dieser Junge ist unberechenbar.«

»Einem gemeinen Betrüger wie Ihnen glaube ich kein Wort.«

»Gut, dann werfen Sie wenigstens einen Blick auf dieses Foto. Es wurde vor einer Woche in Istanbul aufgenommen. Sehen Sie doch, hinter ihm hängt ein Plakat, das das Fußballspiel Türkei-Spanien ankündigt …« Karamanlis betrachtete das Foto, das tatsächlich Claudio Setti in den Straßen einer türkischen Stadt zu zeigen schien. »Jetzt ist er übrigens wieder in Griechenland, allerdings unter falschem Namen.«

»Wo genau ist er?«

»In Ephyra.«

»Ephyra …« Karamanlis erinnerte sich plötzlich an die rauhe, spöttische Stimme, die er auf dem Berg Peristeri aus dem Mund des *kallikàntharos* gehört hatte. »Ihr wollt mich dorthin locken, stimmt's? Aber warum eigentlich? Wieso ausgerechnet in dieses Scheißnest? Können wir nicht einfach hier in Athen miteinander abrechnen? Es gibt doch auch hier viele nette Orte …«

»Seien Sie kein Idiot und machen Sie keinen Wirbel. Setti ist in Ephyra, weil er einen Freund dort hat, einen gewissen Aristotelis Malidis. Ich glaube, er hat ihm all die Jahre über geholfen und ihn vor Entdeckung geschützt. Aber Setti wird nur kurze Zeit bei ihm bleiben, wenn ich richtig informiert bin. Karamanlis, entweder wir schnappen ihn jetzt, oder aber wir riskieren, ihn für immer aus den Augen zu verlieren. Was aber nicht heißt, daß sein Interesse für Sie schwinden wird, ganz im Gegenteil: Er wird Sie den Rest Ihres Lebens nicht mehr aus seinen Fängen lassen. Einmal hat er schon bewiesen, daß er sehr lange warten kann, und jemand wie er wartet auch ein zweites Mal, bis niemand mehr an ihn denkt und seine Chance gekommen ist. Auch Ihr Freund Vlassos wird übrigens keine ruhige Minute mehr haben. Denken Sie doch nur an Roussos und Karagheorgis, und an die Nacht in Porto Lagos …«

Karamanlis war ratlos und verwirrt. »Aber warum in Gottes Namen sollten Sie etwas für mich tun? Sie sind doch gar nicht Admiral Bògdanos. Der gute Bògdanos liegt in seinem Familiengrab in Volos, wie Sie vielleicht wissen. Ich habe ja keine Ahnung, wer Sie wirklich sind.«

»Das ist auch besser so, jedenfalls für die nächste Zeit. Außerdem wissen Sie ja gar nicht, ob es wirklich Bògdanos ist, der in dem Grab in Volos liegt.«

»Sie werden mir wohl nicht weismachen wollen, daß der Begrabene der wahre Betrüger war.«

»Karamanlis, vertrauen Sie mir ein letztes Mal: Ich werde Ihnen wichtige Informationen liefern und Ihnen den Mann geschickt in die Hände spielen – in der Hoffnung, daß Sie ihn diesmal nicht entkommen lassen. Und wenn wir diese ganze lästige Angelegenheit zum Abschluß gebracht haben, wird es niemanden mehr interessieren, wer ich bin oder nicht bin. Sorgen Sie dafür, daß dieser Junge kein Unheil mehr anrichten kann, dann bekommen Sie alle Erklärungen, die Sie wünschen. Mein Einsatz erfolgt übrigens auf höheren Befehl, falls Sie das interessieren sollte.«

»Haben Sie etwas dagegen, sich mit mir ins Auto zu setzen, Herr ... Wie soll ich Sie eigentlich nennen? Ich kann mich nämlich kaum mehr auf den Beinen halten.«

»Ich bin Fregattenkapitän Dimitrios Ritzos – laut den neuen Papieren, die ich von meinen Vorgesetzten erhalten habe.« Der Mann reichte ihm einen tadellosen Ausweis der Militärmarine. »Wie Sie sehen, bin ich auch jetzt wieder Marineoffizier. Aber um das Ganze einfacher zu machen – warum nennen Sie mich nicht einfach ›Kommandant‹? Verzeihen Sie mir bitte, daß ich lieber nicht zu Ihnen in Ihren Wagen steigen möchte. Sie stinken nämlich, Karamanlis.«

»Vielen Dank für das Kompliment.«

»Wissen Sie, woher der Titel ›Kommandant‹ kommt, Karamanlis? So nannte man mich während des Bürgerkriegs in der Gegend von Kastritza, als ich gegen die Truppen von General Tsolaglu kämpfte.«

»Kastritza – das hieße ja, daß wir damals Kriegsgegner

waren. Natürlich habe ich von dem ›Kommandanten‹ gehört …«

»Vergessen Sie das, Karamanlis, es ist lange vorbei. Die Sicherheit unseres Landes erfordert heute unseren Zusammenhalt, unabhängig davon, was wir persönlich denken mögen. Nun, wir werden sowieso nicht mehr viel miteinander zu tun haben. Nehmen Sie Vlassos als Köder mit. Wenn Setti ihn sieht, wird er vielleicht den Kopf verlieren und einen Fehler begehen.«

Karamanlis hatte sich inzwischen hinter das Steuer seines Wagens gesetzt und die Fahrertür offengelassen. Nun streckte er die Hand aus und nahm das Päckchen Zigaretten aus dem Handschuhfach, das dort seit Monaten lag, ohne daß er es angerührt hatte. Er nahm eine Zigarette heraus und zündete sie an. »Zum Teufel damit! Die Glimmstengel können auch nicht gefährlicher sein als die Falle, in die ich mich da locken lasse.« Genußvoll sog er den Rauch tief in sich ein.

»Noch etwas, Karamanlis: Sie sind sich wohl darüber im klaren, daß ich schon mehrmals die Gelegenheit hatte, Sie umzulegen oder Ihre Existenz zu zerstören. Ich habe es aber bisher dabei belassen, mit Ihnen zu spielen wie die Katze mit der Maus, damit Sie kapieren, wer hier die Regeln aufstellt. Aber ich warne Sie: Seien Sie jetzt brav und tun Sie, was ich sage, sonst kann ich für nichts mehr garantieren.« Damit drehte sich der Mann mit den vielen Namen um und ging davon.

Karamanlis war noch etwas eingefallen, und so beugte er sich aus dem Wagen und rief ihm hinterher: »Einen Moment noch, Kommandant!« Und als der andere stehenblieb, fragte er: »Sind Sie jemals auf dem Berg Peristeri gewesen? Ich meine, kann es sein, daß wir uns dort … getroffen haben?«

Der Mann wandte sich zu Karamanlis um, und seine Zähne blitzten in der Dunkelheit, als er nun breit grinste. »Ab und zu«, antwortete er dann, »während des Bürgerkrieges. Aber ich glaube nicht, daß Sie mit Ihren Truppen damals auch in der Gegend waren.«

»Nein, das war ich auch nicht«, sagte Karamanlis. Er schlug die Tür zu und sah dem Mann aufmerksam nach, wie er mit langen, sicheren Schritten davonging. Er hatte den Jackenkragen hochgeschlagen und den Hut tief ins Gesicht gezogen.

Plötzlich kamen Karamanlis wie ein Faustschlag die Worte des Sehers auf dem stürmischen Peristeri in den Sinn:

Er ist es, der den Tod verwaltet.

Gut, dann war es sowieso egal, ob er – Karamanlis – seine Anweisungen befolgte oder nicht. Zum Teufel, *ò Tàvros* hatte schon schlauere und stärkere Gegner zur Strecke gebrachte Wie oft hatte er gewartet, bis sie zur Ruhe gekommen waren und sich in Sicherheit gewähnt hatten, um dann mit unerbittlicher Härte zuzuschlagen. Und wer weiß – vielleicht wollte ihm der Mann ja auch gar nichts anhaben. Bisher hatte er jedenfalls nichts unternommen, das ihn als seinen Feind entlarvt hätte.

Kurz entschlossen schaltete Karamanlis sein Funkgerät an und rief die Zentrale: »Hier Karamanlis. Sagt dem Sergeanten Vlassos, daß er sich bereithalten soll: Er reist morgen früh um sechs mit mir ab.«

»Mit Ihnen, Hauptmann? Aber wohin denn?«

»Das ist meine Sache. Tun Sie lieber, was ich gesagt habe.« Als er den Kopf wieder hob, war der Kommandant – oder wer immer der Mann war – schon hinter der nächsten Straßenecke verschwunden. Karamanlis ließ seinen Wagen an und fuhr nach Hause.

Der Kommandant. Er war eine geheimnisvolle Figur des Widerstands gewesen, und niemand hätte damals mit absoluter Sicherheit sagen können, auf welcher Seite er eigentlich stand. Obwohl er ein erbitterter Gegner der Militärpolizei war und viele ihrer Truppen vernichtet hatte, hatte er auch Partisanen, die über die Stränge geschlagen hatten, unerbittlich zur Rechenschaft gezogen. Für die Leute war er ein Held, ein Mythos, auch wenn niemand wußte, wo er sich gerade befand und wie sein richtiger Name lautete. Sicherlich wußte er auch Bescheid über einige Dinge, die Karamanlis als Führer der Militärpolizei in der Gegend von Kastritza und in anderen nördlichen Regionen angestellt hatte, zu der Zeit, als jedes Kind ihn unter dem Namen *ò Tàvros* kannte. Karamanlis konnte sich des Gefühls nicht erwehren, daß das Spiel sich seinem Ende zuneigte und schon sehr bald einige Wahrheiten ans Licht kommen würden.

Er parkte auf dem üblichen Platz vor seinem Haus, ging langsam die Treppen hinauf und öffnete die Haustür. Im Flur zog er die Schuhe aus und versuchte, so leise zu sein, daß seine Frau ihn nicht hören konnte, doch sie war bereits aufgewacht und eilte ihm entgegen. »Da bist du ja endlich! O Heilige Mutter, weißt du eigentlich, wie spät es ist? Aber was ist das denn? Was ist das für ein Geruch?«

Mireille stieg langsam die Leiter hinauf und öffnete die Luke, indem sie sie leicht nach oben drückte. Oben angekommen, schaltete sie das Licht an und sah sich um. Kein Zweifel, dies mußte die Druckerei sein. Sie sah aus, als wäre sie bis vor kurzem noch in Betrieb gewesen: Der Boden war sauber geputzt, alles war feinsäuberlich aufgeräumt, auf den Regalen waren verschiedene Papierstöße ordentlich aufeinandergestapelt, und in einer Ecke stand eine Druckmaschine. War damit etwa das Büchlein von Periklis Harvatis hergestellt worden?

Mireille war müde und erschöpft, ihre Kehle war völlig ausgetrocknet, und ihr Herz schlug unregelmäßig; zwischendurch hatte sie das Gefühl, keine Luft mehr zu bekommen. Wo wohl Michel in diesem Moment war? Plötzlich erfüllte sie das dumpfe Gefühl, daß eine tödliche Bedrohung über ihm schwebte wie eine dunkle Wolke über einem Kornfeld. Um sich abzulenken, ging sie in dem mittelgroßen Raum umher und nahm die an den Wänden stehenden Regale unter die Lupe, in denen sich neben allerlei Papierkram auch elektronische Geräte, Bücher, Schallplatten und eine alte *bouzouki* angesammelt hatten.

Schließlich gelangte sie in einen Hinterraum, der viel größer war als die eigentliche Druckerei und der die größte Ansammlung von Kuriositäten bot, die Mireille je gesehen hatte: ein altes Lee Enfield-Gewehr und einen amerikanischen Revolver, die Kampfflagge einer byzantinischen Galeere aus dem vierzehnten Jahrhundert, eine Standarte von der heiligen Schlacht des Ypsilanti, alte Fotografien, Kunstgegenstände aus allen möglichen Epochen, antike Waffen, Bilder, zwei Schiffsruder, ein Fischernetz, verschiedene Modelle von antiken Schiffen, ein attischer Becher mit schwarzen Figuren, ein damaszierter spätmykenischer Dolch, ein Spieltisch ...

Und in einer Ecke entdeckte sie mehrere hundert Kopien eines einzigen Werks, das den Titel trug:

Hypothese über den Totenbeschwörungsritus in der ›Odyssee XI‹.

Daneben lag in einer Mappe eine maschinengeschriebene Abhandlung desselben Autors, mit dem Titel *Hypothese über die Position des Ortes namens ›Kelkea‹ oder – anderen Zeugen zufolge – ›Boùnima‹ oder ›Boùneima‹.*

Mireille war am Ende ihrer Kräfte, doch sie spürte, daß die Aufzeichnungen wichtig waren und sie versuchen mußte, sich soviel wie möglich davon zu notieren, auch wenn dies im ersten Moment nebensächlich erscheinen sollte. Das Buch mitnehmen wollte sie nicht, denn sie hatte das Gefühl, die seltsame, stille Feierlichkeit des Raums nicht stören zu dürfen, und überdies wollte sie keine Spuren hinterlassen, die dem Besitzer gezeigt hätten, daß sie in seinen Zufluchtsort eingebrochen war.

Nachdem sie das Licht in der Druckerei ausgeschaltet hatte, machte sie sich an die Lektüre, wenngleich sie von einer seltsamen Angst und Unruhe erfüllt war, die sie nicht nur darauf zurückführen konnte, daß der Hauseigentümer jeden Moment zurückkehren konnte. Der Wirt der Bar gegenüber war in diesem Moment wahrscheinlich gerade beim Aufräumen und hatte vielleicht beobachtet, daß das Licht nun zum zweitenmal in dieser Nacht gelöscht wurde.

Möglicherweise überlegte er gerade, ob er das französische Mädchen noch einmal in ihrem Hotel anrufen sollte, nachdem sie ihn nun schon des öfteren so reich beschenkt hatte.

Harvatis' Text war mit ziemlicher Sicherheit keine abgeschlossene wissenschaftliche Arbeit, sondern eher eine ungeordnete Sammlung von Notizen und Beobachtungen:

»Anmerkungen zu den antiken Quellen des Textes, der Gegenstand dieser Studie ist:

Aristarchos (Scholie H) gibt den Namen des im Landesinneren von Epirus gelegenen Gebiets, in das Odysseus eindringen mußte, folgendermaßen an: *éis Boùniman è éis Kelkèan (Gegen Boùnima und gegen Kelkéa zu).*

Eustathios: Von den Alten (damit ist Aristarchos und seine Schule gemeint) werden die Stätten, an denen Odysseus dem Poseidon Opfer dargebracht haben soll, unter anderem unter den düster und barbarisch klingenden Ortsnamen *Boùnima* und *Kelkèa* überliefert.

Pausanias (I, 12) versteht unter den bei Homer erwähnten Völkern, die das Salz nicht kennen, die Epiroten. Jedoch wußten diese – wenigstens die Küstenbewohner – sehr wohl, was Schiffe waren. Die Scholien B und Q berichten überdies, daß sich im Landesinneren von Epirus auch *háles oryktòi* (das heißt Steinsalz) gefunden habe. Zweifellos meint aber die Prophezeiung des Teiresias ein Volk, das so weit vom Meer entfernt lebte, daß es den Gebrauch von Salz gar nicht kannte.

Manche der antiken Gelehrten vertreten also die Meinung, daß der Ort, in dem Odysseus dem Poseidon ein Opfer darbringt, um sich vom Fluch des Gottes zu befreien, im Epirus gelegen sei. Allerdings hat es schon in den antiken Quellen Verwechslungen zwischen Epirus und ›épeiron‹ (Festland) gegeben, denn eigentlich geht man davon aus, daß die Episode sich irgendwo fernab vom Meer auf dem Festland ereignet haben muß. Außerdem ist es unwahrscheinlich, daß in den unfruchtbaren Bergen von Epirus Getreide angebaut wurde. Jedoch: Wie soll dann ein Wanderer – wie nach der Prophezeiung des Teiresias geschehen – das Ruder auf Odysseus' Schulter mit einer Worfschaufel verwechseln, die man gebraucht, um die Spreu vom Weizen zu trennen?

Auch ist zu beachten, daß es in Epirus Seen gab, auf denen Binnenschiffahrt praktiziert wurde. Auch die Bewohner des Landesinneren dürften also Ruder und Schiffe sehr wohl gekannt haben. Weiterhin war Epirus das Reich des Autolykos, der der Vater von Odysseus' Mutter war. Es fragt sich also, wieso dann der laut der Prophezeiung des Teiresias letzte Schauplatz der Abenteuer unseres Helden so sagenumwoben sein sollte. Der Terminus *Kelkéa,* der uns von Pausanias überliefert wird, scheint auf den Ursprung des Kultes um Artemis Brauronia zurückzugehen und führt uns somit nach Zentralasien, vielleicht nach Phrygien ... Der zweite Terminus – *Boùneima* – könnte ›Viehweide‹ bedeuten, was wiederum die anatolischen Hochebenen als Herkunftsort wahrscheinlich macht. Eine weitere Möglichkeit wäre aber, daß es von *bounòs* (›Berg‹) abgeleitet ist und eine Gebirgslandschaft bezeichnet. Und die ›düster und barbarisch klingenden Ortsnamen‹, von denen Eustathios spricht und die ihm fast wie unartikulierte Laute in den Ohren klingen, lassen doch eher an eine den Griechen völlig fremde Sprache eines weit entfernt lebenden Volkes denken als an den epirotischen Dialekt, der doch immer noch hellenischen Ursprungs ist.«

Dann folgten ein paar Seiten mit sehr komplizierten Skizzen und fragmentarischen Sätzen und Versen. Schließlich wurden die Aufzeichnungen fortgesetzt:

»Ich bin mir inzwischen sicher, daß der nekromantische Ritus aus der *Odyssee XI* in Ephyra stattgefunden hat, wo die Mündung des Acheron, der stygische Sumpf und das kimmerische Vorgebirge liegen: Dort muß also die Lösung des Problems gesucht werden, denn nur dort können die Hinweise gefunden werden, mit deren Hilfe wir das letzte Abenteuer des Odysseus rekonstruieren können.«

Es folgten weitere Seiten mit Zeitungsausschnitten, die über die Ausgrabungen berichteten, sowie mit weiteren Skizzen, Querschnitten, Stratigrafien und Sachverständigengutachten. An den Seitenrändern häuften sich die in einer winzigen, aber sehr schönen und regelmäßigen Handschrift verfaßten Anmerkungen.

Als Mireille auf die Uhr sah, stellte sie erstaunt fest, daß es schon halb vier Uhr morgens war. Sie spitzte die Ohren, hörte aber nicht ein einziges Geräusch. Der Ort schien in völlige Stille getaucht, und es war fast unerträglich heiß.

Sie langte am Ende der Aufzeichnungen an, ohne auf irgend etwas gestoßen zu sein, das ihr von besonderer Bedeutung erschienen wäre. Allerdings lag zwischen der letzten Seite und dem Mappendeckel ein Briefumschlag, auf dem in Harvatis' Handschrift eine Adresse geschrieben stand. Die Schrift war hier jedoch nicht mehr so klar und regelmäßig wie zuvor, seine Hand schien stark gezittert zu haben. Die Adresse auf dem Umschlag lautete:

Kyrios Stavros Kouràs
Odòs Dionysìou 17
Athinai

Der Empfänger – oder jemand anders – mußte den Umschlag sehr hastig geöffnet haben, da der Briefbogen eingerissen war. Mireille zog den schon ziemlich vergilbten Brief heraus und begann zu lesen:

Ephyra, 16. November 1973

Mein lieber Freund,

ich fürchte, daß dies die letzten Worte sein werden, die ich an Sie richten darf. Für Sie habe ich das Tor zur Unterwelt ausgegraben, und jetzt ist es offen und erwartet den Abschluß einer langen und tragischen Leidensgeschichte. Unglücklicherweise hat der kalte Hauch, der mir aus der Tiefe entgegenschlug, die wenige Lebenskraft ausgelöscht, die mir altem Mann noch geblieben

war. Aber im selben Moment, in dem Erebos mich in seine kalten Arme geschlossen hat, im selben Moment, in dem ich die goldene Vase, in die die Bilder des letzten Abenteuers eingegraben sind, in Händen halten durfte, wurde ich für einen Augenblick erleuchtet: Vielleicht war es nur die Hellsicht eines Menschen kurz bevor er das Diesseits verläßt, doch in diesem kurzen Moment haben die Figuren auf der Vase zu mir gesprochen.
Der Ort, in dem sich alles erfüllen muß und der von einigen Gelehrten ›Kelkéa‹ und von anderen ›Boùneima‹ genannt wird, hat seinen Ursprung dort, wo die schwarzen Tauben des altägyptischen Theben sich einst niederließen, um die ältesten Orakel der Erde ins Leben zu rufen: Dodona und Siwa. Das erste steht unter dem Zeichen des Ebers, das die Astrologen heute das der Fische nennen, das zweite steht unter dem Zeichen des Widders. Von dort müssen zwei der Opfer kommen, die – so steht es geschrieben – ihr Leben lassen müssen. Zwischen diesen zwei Orten befinden sich zwei Eingänge in die Unterwelt: Einer ist in Ephyra, von wo ich Ihnen schreibe, der andere liegt am Kap Tainaron. Die Entfernungen, die Ephyra von Tainaron und wiederum Tainaron von Siwa trennen, stehen in einem magischen Verhältnis zueinander. Die Formel, die diesem Verhältnis zugrundeliegt, werde ich Ihnen mit letzter Kraft hier aufzeichnen, damit sie Sie an den Ort der Erfüllung führen möge:

$$\frac{ET}{TS} = 0{,}37 = ro$$

$$\frac{alfa}{180} = ro \qquad \frac{alfa}{180} = 0{,}37$$

Der Stier ist das dritte Opfer, und er ist geboren an den Hängen des Berges Kyllene, der unter diesem Zeichen steht und an dessen Fuß, an dem auch der stymphali-

sche Sumpf liegt, sich ein weiterer Eingang zur Unterwelt befindet. Alle drei Opfer müssen die Wasser des Acheron überqueren, bevor sie getötet werden.
Ich glaube fest daran, daß eine Ihnen freundlich gesinnte Gottheit diese in Gold geritzte Botschaft in den Eingeweiden der Erde hinterlegt hat, damit ich sie eines Tages finde. Dies ist mein Trost, alles Weitere überlasse ich der Vorsehung. Leben Sie wohl, Kommandant, *chaire!* Ihnen habe ich mein ganzes Leben gewidmet, und Ihnen spreche ich nun zum Abschied noch einmal meine tiefste Verehrung aus.

Periklis Harvatis

Mireille verstand nicht alles, was in dem Brief stand, doch ihre Augen hatten sich mit Tränen gefüllt, da sie die tiefe Demut und die kompromißlose Selbstaufgabe in den Worten des Verfassers spürte. Dieser Mann hatte einem Freund sein Leben gewidmet, ohne auch nur die geringste Gegenleistung dafür zu erwarten. Auch sprach aus den erschütternden Zeilen die grenzenlose Einsamkeit eines schwachen Sterblichen angesichts des unerforschlichen Geheimnisses, daß der Tod mit weit aufgerissenem Rachen vor ihm stand und ihn bald verschlingen würde …

Eilig schrieb Mireille die Formeln ab und kopierte auch eine Grafik, die die Achse des Harvatis darstellen sollte und die der von Michel sehr ähnelte. Plötzlich ließ ein schrecklicher Gedanke sie erschauern: Siwa! Wenn ihr Vater die Wahrheit gesagt hatte, war Michel in Siwa geboren, und überdies war sein Sternzeichen der Widder … Aber nein, was sollte das denn damit zu tun haben, es konnte sich nur um ein Hirngespinst handeln … Die späte Stunde, die stickige Luft und ihre aufregenden Entdeckungen führten wohl langsam dazu, daß sie zu halluzinieren begann. Sie mußte hier so schnell wie möglich verschwinden! Aber wie sollte sie die Bestie umgehen, die wahrscheinlich im Garten lag und sich bei ihrem Auftauchen sofort wieder auf sie stürzen würde …

Während sie noch überlegte, stockte ihr plötzlich der

Atem. Da waren ganz deutlich Schritte zu hören, zwar schienen sie noch fern, doch Mireille war sich absolut sicher, daß es diesmal echte Schritte waren. Schnell löschte sie in beiden Zimmern die Lichter, lief zurück in den hinteren Raum und zwängte sich hinter ein großes Wandregal.

Die Schritte waren jetzt noch im Stockwerk unter ihr zu hören, doch schon vernahm Mireille ein leises Quietschen, das darauf hindeutete, daß die Luke geöffnet wurde. Gleich darauf wurde das Licht im Druckereiraum angeschaltet, und den Geräuschen nach zu urteilen, durchwühlte der Eindringling dort mehrere Papierstöße, bevor er auf die Tür zum Nebenraum zutrat und sie öffnete. Mireille konnte im Lichtschein, der aus dem Druckereiraum drang, nur die Umrisse einer dunklen, männlichen Gestalt erkennen.

Der Mann schaltete das Licht im zweiten Zimmer an und schloß die Tür hinter sich. Mireille wagte in ihrem Versteck kaum zu atmen und rechnete jeden Moment mit ihrer Entdeckung, denn der Mann würde sie kaum mehr übersehen können, wenn er noch ein paar Schritte weiter ins Zimmer trat. Da flackerte das Licht plötzlich kurz auf und erlöschte dann: Die Birne mußte durchgebrannt sein. Mireille atmete erleichtert auf. Der Mann kehrte um und machte die Tür weit auf, so daß das Licht aus dem Druckereiraum hereindringen konnte. Dann lenkte er seine Schritte zu einem Regal an der, von Mireille aus gesehen, gegenüberliegenden Wand, räumte ein paar Papierstöße heraus und legte einen kleinen Wandsafe frei.

Er gab eine Zahlenkombination ein, die Mireille von ihrem Versteck aus auf dem Display mitverfolgen konnte: 15 … 20 … 19 … 9 … 18. Dann öffnete der Mann den Safe und zog ein längliches schwarzes Etui mit zwei Scharnierverschlüssen heraus, das wie ein Instrumenten- oder Waffenkasten aussah. Schließlich ging er in den Druckereiraum und löschte das Licht, um dann im Dunkeln noch einmal zurückzukehren und einen Gegenstand, den Mireille nicht erkennen konnte, aus einem Regal zu nehmen.

Dabei ging er ganz dicht an Mireille vorbei, die in ihrem Versteck kaum zu atmen wagte.

Als er den Raum endlich verlassen hatte, wartete Mireille, bis seine Schritte verklungen waren, bevor sie sich aus ihrem Versteck wagte und sich nun selbst daran machte, mit der beobachteten Zahlenkombination den Safe zu öffnen. Mit der kleinen Taschenlampe an ihrem Schlüsselbund leuchtete sie in den Safe hinein und zog schließlich ein Bändchen mit einer seltsamen Kohlezeichnung auf dem Buchdeckel hervor, die drei Tierköpfe darstellte: den eines Wildschweins, den eines Stiers und den eine Widders. Mireille blätterte eine Weile in dem Büchlein und las dann ein paar Passagen aufmerksamer. Nach und nach begann ihre Miene sich zu verfinstern, und als sie die letzte Seite gelesen hatte, stand helles Entsetzen in ihrem Gesicht.

Ohne sich noch Gedanken darüber zu machen, ob jemand sie hören konnte, schrie sie laut auf und schleuderte das Bändchen wieder zurück in den Safe, als hätte sie sich die Finger daran verbrannt. Dann verschloß sie den Safe wieder und rannte weinend hinaus. Hastig riß sie die Luke auf, stolperte fast über die Leiter hinunter und gelangte unten im Korridor an eine Treppe, die in einen Keller führte, der einmal als Kohlenschuppen gedient haben mußte und durch eine Luke mit der Straße verbunden war. Draußen angelangt, fand sie sich den verwunderten Augen eines räudigen Hundes gegenüber, der eifrig damit beschäftigt war, herumstehende Müllsäcke nach weggeworfenen Leckerbissen zu durchsuchen. Mit klopfendem Herzen rannte Mireille zur nächsten Telefonzelle und rief in Michels Hotel in Ephyra an, wo allerdings nicht Michel, sondern Norman den Hörer abnahm: »Mireille? Was ist denn mit dir los?«

»Norman, ich muß mit Michel sprechen. Falls er schon schlafen sollte, wecke ihn bitte auf.« Am anderen Ende der Leitung herrschte Schweigen. »Norman, so sag doch etwas. Ich muß sofort mit Michel sprechen!«

»Michel ist nicht hier, Mireille. Ich hatte ihn eigentlich

schon heute nachmittag zurückerwartet. Er war weggegangen, um Aristotelis Malidis aufzusuchen, doch nun ist weder der noch Michel auffindbar. Die Polizei ist bereits verständigt und sucht überall nach Michel … Angeblich hat jemand seinen Wagen in Richtung Metsovon fahren sehen.«

»Metsovon? Nein … O mein Gott, nein …«

XXI

Kap Sunion, 11. November, 6.30 Uhr

Die Morgendämmerung hatte den Himmel mit einem milchigen Schleier überzogen, als Ari an den gespenstischweißen Säulen des Poseidon-Tempels am Kap Sunion vorbei und dann nach Norden in Richtung Marathon fuhr, bis er in einen Feldweg einbog, der sich zwischen Eichenwäldern zu einem einsamen Häuschen hinaufschlängelte. Vor dem Haus angekommen, nahm er ein Stoffbündel vom Rücksitz seines Wagens, trat auf die Haustür zu und drückte auf den Klingelknopf. Während er wartete, sah er gespannt zum Himmel, der grau und leblos über ihm hing. Es herrschte völlige Windstille.

Nach einer Weile erschien ein Mann mit langen grauen Haaren, der in einen Morgenmantel aus dunkler Baumwolle gehüllt war.

»Der Kommandant schickt mich«, sagte Ari nur.

»Ich weiß«, erwiderte der Mann ruhig. »Treten Sie ein.«

Durch den Vorraum und einen Gang folgte Ari dem Mann in einen großen leeren Raum, der wie ein Künstleratelier aussah. Dort legte er sein Bündel auf einen Tisch, wickelte es aus und brachte die herrliche mykenische Vase zum Vorschein, die er vor zehn Jahren in einer Nacht voller Angst nach Athen gebracht hatte. »Der Kommandant sagt, dies sei das Gold, mit dem Sie Ihr Kunstwerk vollenden sollen.«

»Dies? O mein Gott, aber wie kann ich denn …«

Ari sah den alten Künstler nur stumm an und stand unbeweglich da, die Hände vor dem Bauch verschlungen, als wartete er auf eine Antwort. Der andere Mann dagegen war völlig in den Anblick der wunderbaren Vase versunken. Endlich sagte Ari: »Der Kommandant will, daß nichts davon übrigbleibt. Und falls Sie versuchen sollten, eine Kopie davon zu machen …«

Der Künstler trat an die Staffelei und zog das Tuch weg, das sein Werk bisher verhüllt hatte: Vor Aris Augen erschien die wunderbare Maske, die er zunächst in Ton und dann in weißem Zement gearbeitet hatte.

»Aber wieso in aller Welt ist es nötig, daß ich dieses vollendete Kunstwerk zerstöre?« fragte der Künstler und deutete auf die Vase.

»Der Kommandant will es so. Alles Gold, das Sie verwenden, muß aus dieser Vase stammen. Wenn Sie sein Freund sind, dann handeln Sie nach seinen Wünschen.«

Der Mann nickte. »Gut, ich werde tun, wie er sagt. Kommen Sie in zwei Tagen wieder.«

»Nein. Ich warte hier, bis sie fertig ist. Es muß jetzt sehr schnell gehen.« Ari setzte sich in eine Ecke und zündete sich eine Pfeife an.

»Wo werden Sie die Maske hinbringen, wenn sie fertig ist?« fragte der Künstler.

»Nach Ephyra«, erwiderte Ari. »Dort wird alles bald seine Erfüllung finden. Wir haben nicht mehr viel Zeit.«

Der Künstler nickte und machte sich an die Arbeit.

Sergeant Vlassos steuerte den Wagen über die zu dieser frühen Stunde noch wenig befahrene Küstenstraße nach Patras, während er mit großem Appetit ein Wurstbrot verschlang und von Zeit zu Zeit einen Schluck aus seiner Bierflasche nahm. Hauptmann Karamanlis saß neben ihm auf dem Beifahrersitz und sah sich seine Notizen durch.

»Warum rufen wir nicht die Kollegen in Prevesa zu Hilfe, Chef?« fragte Vlassos kauend. »Wir lassen einfach alle Straßen in der weiteren Umgebung sperren, dann dürfte der Kerl uns doch mit ziemlicher Sicherheit ins Netz gehen. Und wenn wir ihn haben, werde ich ihm höchstpersönlich eine Abreibung verpassen, nach der er uns bestimmt nie mehr auf die Nerven fallen wird. Ich reiße den Hund in Stücke, wenn ich ihn erwische, das verspreche ich Ihnen. Gott weiß, was ich durch ihn gelitten habe, und dafür wird er mir büßen müssen, dieser verdammte Hurensohn ...«

»Was glauben Sie denn, was wir in Dirou und Porto Lagos alles angestellt haben, um ihn zu erwischen? Bei all den Sperren und Umzingelungsmanövern, die wir inszeniert haben, hätte uns theoretisch nicht einmal eine Fliege entkommen können. Da wir den Mann aber trotzdem nicht gefaßt haben, glaube ich langsam, daß er einen Pakt mit dem Teufel geschlossen hat. Wenn ich religiös wäre, würde ich sogar sagen, daß ich den Teufel mit eigenen Augen gesehen habe, genauso wie ich Sie jetzt sehe.« Vlassos war bei den letzten Worten die Kinnlade heruntergefallen, doch er erwiderte nichts, während Karamanlis fortfuhr: »Was Setti anbelangt, bleibt uns jetzt nur noch die direkte Konfrontation: Er will uns beide, aber zuallererst will er Sie, und in Porto Lagos hätte er Sie zweifellos erledigt, wenn wir nicht im letzten Moment dazwischengekommen wären.«

»Das heißt also, daß Sie mich als Köder mitgenommen haben, um den Kerl zu kriegen ... Nun gut, soll er es nur probieren. Diesmal wird er sich gehörig den Magen verderben.«

»Ich bin froh, daß Sie damit einverstanden sind, den Lockvogel zu spielen. Aber vergessen Sie nicht, daß Sie sehr vorsichtig sein müssen. Wir dürfen niemanden in die Sache einweihen, denn wenn gewisse Hintergründe dieser Geschichte an die Öffentlichkeit dringen, sind wir erledigt. Sie verstehen, was ich meine ... Dieses Spiel hier müssen wir beide zu Ende bringen: Wir sind zwei gegen einen, was wollen wir mehr. Vielleicht auch drei gegen einen, oder im schlechtesten Fall zwei gegen zwei ...«

»Und wer wäre dieser vierte Mitspieler, von dem niemand weiß, auf welcher Seite er steht?«

»Der Mann, der Ihnen in Porto Lagos den Arsch gerettet hat.«

»Aber wenn er mir das Leben gerettet hat, ist er doch auf unserer Seite.«

»Nein, nicht wirklich – aber vielleicht auch nicht auf der

Seite unseres Gegners. Ich habe so langsam den Eindruck gewonnen, daß er sein ganz persönliches Spiel spielt, wenn ich auch nicht weiß, wie seine Regeln lauten. Aber wir werden es bald herausfinden, dessen bin ich mir sicher.«

Vlassos schluckte. »Hauptmann«, fragte er dann, »wir schaffen es doch diesmal, nicht wahr? Sie haben doch sicher einen Plan, oder einen Joker, den Sie im richtigen Moment aus dem Ärmel schütteln.«

Karamanlis schlug seinen Kalender auf und betrachtete kurz das Farbfoto eines schönen, dunkelhaarigen Mädchens: Kiki Kaloudis.

»Ja«, erwiderte er, während er den Kopf hob und wieder nach vorne auf die Straße blickte, »ich habe da noch eine kleine Überraschung auf Lager. Aber die hebe ich mir für den Moment auf, wenn alle anderen Karten ausgespielt sind … Und jetzt halten Sie mal kurz an, ich muß pinkeln. Diese verdammte Prostata geht mir wirklich auf die Nerven. Vielleicht hat Irini recht: Sie sagt immer, es sei Zeit, daß ich in Pension gehe.«

Vlassos nahm einen tiefen Schluck aus der Bierflasche und wischte sich mit dem Handrücken über den Mund. »Das können Sie von mir aus gern tun, Chef, aber erst, wenn wir diese Sache hier zu Ende gebracht haben. Hier ist doch ein schönes Plätzchen zum Pissen.«

Mireille hatte sich nach ihrer Rückkehr ins Hotel keine Minute hingelegt, sondern mit ihrer Kreditkarte beim Nachtportier die Rechnung bezahlt und zwei Nachrichten an der Rezeption hinterlassen: einen Gruß an Herrn Zolotas und eine weitere Geldsumme als Dankeschön für den Wirt der Bar Milos. Dann war sie sofort losgefahren, und nun befand sie sich schon auf der Peloponnes-Autobahn, ohne zu wissen, daß auch Karamanlis sich drei oder vier Stunden später auf dieselbe Route begeben würde. Da sie die ganze Nacht kein Auge zugetan hatte, mußte sie allerdings immer wieder am Straßenrand stehenbleiben und ein Nickerchen von fünf oder zehn Minuten machen, bevor sie sich dann mit einem nassen Taschentuch übers Gesicht wischte und weiterfuhr.

Sie war sich jetzt absolut sicher, daß ein Wettlauf gegen die Zeit begonnen hatte, von dessen Gelingen Michels Leben abhing. Doch schien das Schicksal, das Michel ereilen sollte, ihr ein gutes Stück voraus zu sein, da sie nur sehr vage Hinweise hatte, wie sie ihn finden konnte.

Es war schon Tag, als sie sich in Rion hinter einer Reihe von Autos und einem halben Dutzend Lastwagen anstellte, um auf das nördliche Ufer des Golfs von Korinth überzusetzen. Ohne anzuhalten, fuhr sie an Mesolongion und Arta vorbei und erreichte Prevesa am frühen Nachmittag. Sie hatte die ganze Zeit über nichts gegessen außer ein paar Kekse und einen Apfel. Die Novembersonne stand bleich und niedrig am Himmel, als sie endlich im Hotel ankam, wo Norman sie schon erwartete.

»Ich habe Michel überall gesucht«, sagte er, »aber dies ist alles, was ich gefunden habe.«

Damit überreichte er ihr einen Zettel, auf dem geschrieben stand: »Ich rufe dich übermorgen abend aus Çanakkale an, hoffe ich jedenfalls. Tut mir leid, ich konnte nicht länger warten. Michel.«

»Es ist das Beste, wenn wir hier auf seinen Anruf warten, um zu erfahren, warum er so überstürzt abgereist ist. Ein alter Bekannter von uns namens Aristotelis Malidis wohnt hier in der Gegend. Er hat uns damals, als der Aufstand im Polytechnikum stattfand, sehr geholfen. Ich war schon bei ihm zu Hause, aber auch er scheint verschwunden zu sein.«

»Er hat euch geholfen? Wobei denn?«

»Nun, vielleicht hat Michel dir nie etwas über die Zeit damals erzählt ...«

»Nein.«

»Es tut mir leid, aber dann glaube ich nicht, daß ich das Recht habe ...«

»Wie du willst. Ich fahre sowieso gleich wieder.«

»Du willst weiterfahren? Aber du kannst dich doch kaum noch auf den Beinen halten. Du siehst schrecklich aus ...«

»Danke für das Kompliment«, versetzte Mireille, die sich auch in dieser außergewöhnlichen Situation noch einen Rest weiblicher Eitelkeit bewahrt hatte.

»Ich meine damit doch nur, daß du aussiehst wie jemand, der seit einer Woche nicht geschlafen hat. Nein, hör zu: du nimmst jetzt eine Dusche und dann legst du dich bis zum Abendessen ins Bett. Vielleicht ruft Michel ja auch früher an, dann wecke ich dich und du kannst mit ihm reden.«

»Nein, Norman! Michel ist in höchster Lebensgefahr. Ich muß ihn so schnell wie möglich finden.«

Norman runzelte die Stirn. »In Lebensgefahr? Aber wieso denn das?«

»Ich habe jetzt keine Zeit, es dir zu erklären, und vielleicht würdest du mir auch gar nicht glauben. Also, ich meine es wirklich ernst: Wenn du mir nicht noch etwas Wichtiges zu sagen hast, dann fahre ich jetzt los.«

Norman hielt sie am Arm fest. »Aber du weißt doch nicht mal, wo du ihn suchen sollst. Çanakkale ist nicht gerade ein kleines Dörfchen.«

»Irgendwie werde ich ihn schon finden. Die Hauptsache ist, daß ich so schnell wie möglich von hier wegkomme.«

Norman betrachtete die bleiche und verschwitzte junge Frau nachdenklich und begriff, daß nichts und niemand sie, von dem, was sie tun wollte, zurückhalten konnte.

»Also gut, du hast gewonnen. Wenn du aufbrechen willst, komme ich selbstverständlich mit dir. Allerdings nur unter der Bedingung, daß ich am Steuer sitze und du dich etwas ausruhst und vielleicht ein paar Stunden schläfst. Mir ist übrigens eine Idee gekommen, wie wir Michel vielleicht aufspüren können, angesichts der Tatsache, daß er mit meinem Auto gefahren ist. Geh du jetzt erst mal unter die Dusche, ich gehe in der Zwischenzeit runter an die Rezeption und hinterlasse dort eine Nachricht für Michel, daß wir ihm nachgefahren sind. Wenn er hier anruft, soll er Bescheid sagen, wo er sich befindet. Wir zwei rufen dann immer wieder im Hotel an und fragen, ob er sich schon gemeldet hat. Was hältst du davon?«

Mireille ließ ihre Reisetasche zu Boden gleiten und atmete erleichtert auf. »Es scheint mir eine wunderbare Idee! Ich bin in zehn Minuten wieder bei dir. Mein Wagen steht dort, auf dem Gehsteig gegenüber.«

Karamanlis und Vlassos kamen bei Einbruch der Dunkelheit in Prevesa an und begaben sich unverzüglich aufs Polizeirevier. Dann besorgte Karamanlis sich die Gästelisten der umliegenden Hotels und Pensionen und suchte darin nach einem Ausländer, der auf Claudio Setti hätte schließen lassen. Die Sommersaison war lange vorbei, und es waren nur noch wenige Touristen in der Gegend. Alles, was er in Erfahrung bringen konnte, war, daß Norman Shields und Michel Charrier ein paar Tage geblieben und dann getrennt, aber kurz nacheinander wieder abgereist waren. Herr Shields habe das Hotel allerdings nicht alleine verlassen, sondern in Begleitung einer sehr hübschen jungen Dame. Aus der Beschreibung, die ihm der Hotelangestellte von der Frau lieferte, folgerte Karamanlis, daß es sich um niemand anderen als Mireille de Saint-Cyr handeln konnte. Sie waren also alle in der Gegend, und er mußte nur noch herausfinden, wohin sie gefahren waren.

Als Karamanlis in das an der Straße nach Ephyra gelegene kleine Motel zurückkam, in dem er Vlassos zuvor abgesetzt hatte, wurde ihm an der Rezeption eine Nachricht überreicht. Er nahm den handgeschriebenen Zettel und las: »Er wird sich heute abend um elf Uhr im Gästehaus des Ausgrabungsgeländes mit Ari Malidis treffen. Da er Vlassos in der Stadt gesehen hat, ist er in großer Aufregung. Geben Sie acht, daß Sie keine Fehler begehen.«

Karamanlis begab sich sofort zu Vlassos' Zimmer und wurde von diesem in Unterhosen empfangen. »Ich hatte mich einen Moment aufs Ohr gehauen, Hauptmann. Was gibt's denn?«

»Ich habe eine Nachricht erhalten, daß unser Mann sich heute abend im Gästehaus des Ausgrabungsgeländes unten am Fluß einfinden wird. Einen einsameren Ort hätten wir kaum finden können, und es dürfte diesmal kein Problem sein, ihn endlich zu schnappen. Mein Plan ist folgender: Gegenüber von diesem Gästehaus steht eine alte Kirche. Dort werde ich mich versteckt halten und warten, bis er das Haus betreten hat. Sobald er drin ist, gebe ich Ihnen über Funk ein Zeichen, dann brechen Sie durch den Hintereingang des Gästehauses herein, während ich durch den Vordereingang komme, okay?«

»Geht in Ordnung. Aber wieso lassen Sie mich nicht in der Kirche auf ihn warten? Ich hoffe, daß Sie Ihr Versprechen nicht vergessen haben: Der Mann gehört mir!«

»Natürlich habe ich das nicht vergessen, und dies ist ja auch einer der Gründe, weshalb ich ihn lebend haben will. Bevor wir ihn in die Hölle schicken, will ich noch ein paar Dinge von ihm wissen, und Sie sind nun mal besser als jeder andere dafür geeignet, ihn zum Sprechen zu bringen. Ich habe dort in der Gegend übrigens einen verlassenen Schafstall bemerkt. Wir werden ihn dort hinbringen und uns dann in aller Ruhe mit ihm beschäftigen.«

»So gefallen Sie mir, Hauptmann!« Vlassos zog den Koffer mit seiner Ausrüstung hervor und nahm die neunkalibrige Beretta mit Langlauf und das Gewehr mit Infrarotsucher hervor. Liebevoll wiegte er die Waffen in seinen Händen und überprüfte sie auf ihre Funktionstüchtigkeit.

»Und der Alte? Was machen wir mit dem?«

»Nun, da er allein sein wird, hätten wir außer ihm theoretisch keine lästigen Zeugen … Aber wir sollten es möglichst nicht so weit kommen lassen, ihn umlegen zu müssen. Wir werden ihm irgendeine Geschichte präsentieren, daß wir Setti verhaften und einem Verhör unterziehen müssen.«

Auch Karamanlis hatte seine Pistole gezogen und war damit beschäftigt, sie zu laden. Nach einem kurzen Schweigen setzte er wieder an: »Noch etwas, Vlassos …«

»Was denn?«

»Sie müssen auf unvorhergesehene Zwischenfälle vorbereitet sein. Ich kann nicht ausschließen, daß dies ein Versuch ist, uns in die Falle zu locken. Es könnte vielleicht noch ein vierter Mann auftauchen – und zwar genau der,

der uns diese Information hat zukommen lassen. Er ist etwa fünfzig Jahre alt, mittelgroß, und das letztemal, als ich ihn gesehen habe, hatte er einen schwarzen Mantel und einen hellen Pullover an. Er ist einer von der ganz harten Sorte, verstehen Sie? Sollte er wirklich da sein, müssen Sie sehr vorsichtig sein, denn er ist in der Lage, Ihnen den Garaus zu machen, bevor Sie auch nur mit der Wimper zucken können.«

»Ist das derselbe Mann, der mir in Porto Lagos das Leben gerettet hat?«

»Ja, der ist es, aber meiner Meinung nach hat das nichts zu sagen. Wir wissen nichts über ihn, nicht einmal seinen Namen. Daher dürfen wir ihm nicht vertrauen, auf gar keinen Fall, kapiert? Vielleicht geht alles gut, aber ich warne Sie noch einmal: Passen Sie gut auf sich auf!«

Sie verließen das Hotel getrennt, und jeder von ihnen war mit einem Walkie-talkie ausgestattet. Vlassos machte sich schon um zehn Uhr auf den Weg, um die Umgebung des Gästehauses zu erkunden und die einzige Zufahrtsstraße zu beobachten. Karamanlis begab sich wenig später in das Kirchlein, das über dem Totenorakel gebaut war und von dem aus der Eingang des Gästehauses nur wenige Meter von ihm entfernt war. Von seinem Versteck aus hätte er jeden, der das Haus betrat oder verließ, ohne Vorwarnung erschießen können. Die Luft war frisch und schien schon das Ende eines ungewöhnlich milden Herbstes anzukünden.

Als die Nacht plötzlich von Autoscheinwerfern erhellt wurde, setzte Karamanlis sich in Position und sah einen Wagen auf der Straße näher kommen und vor dem Gästehaus halten. Ein alter Mann stieg aus, bei dem es sich nur um Aristotelis Malidis handeln konnte. Die Information war also soweit richtig gewesen. Karamanlis sah nervös auf die Uhr: Es war halb elf.

Der Alte, der ein größeres Bündel unter dem linken Arm trug, sperrte die Haustür auf, trat ein und schaltete das Licht an. Dann verschwand er hinter einer zweiten Tür, und als er kurz darauf wieder auftauchte, hatte er das

Bündel nicht mehr bei sich, hielt aber statt dessen eine Taschenlampe in der Hand, die er ausknipste und in einer Schublade verstaute. Schließlich setzte er sich auf einen Stuhl und machte den Fernseher an.

Karamanlis hatte ein Fernglas zu Hilfe genommen und ließ den Mann keinen Moment aus den Augen. Ab und zu meldete er sich über Funk bei Vlassos, um nach eventuellen Neuigkeiten zu fragen. Es geschah aber längere Zeit nichts.

Wenige Minuten vor elf Uhr zerteilten die Lichtkegel von Scheinwerfern abermals das Dunkel der Nacht, und ein zweites Auto kam gleich darauf auf das Gästehaus zugefahren. Auch Vlassos hatte es bemerkt und zischte in sein Walkie-talkie: »Ist er das, Hauptmann?«

»Wie soll ich denn das wissen, wenn ich ihn noch nicht einmal gesehen habe? Aber wahrscheinlich ist es unser Mann. Halten Sie sich bereit, aber sehen Sie sich gut um, ob jemand in Ihrer Nähe ist, bevor Sie ins Haus eindringen.«

»Gut. Ich warte auf Ihr Zeichen.«

Das Auto hatte ein italienisches Kennzeichen. Es hielt ganz dicht vor der Eingangstür, und kurz darauf stieg ein Mann aus und verschwand so schnell im Haus, daß Karamanlis ihn in der Dunkelheit nicht erkennen konnte.

Schnell legte Karamanlis seine Pistole nieder und griff zum Fernglas, mit dem er von neuem das Fenster inspizierte. Da Malidis sofort nach dem Eintreten seines Gastes die Vorhänge zuzog, konnte er nur einen kurzen Blick auf den Ankömmling werfen, doch er war lange genug, um sein Polizistenherz höher schlagen zu lassen: Der Ankömmling war Claudio Setti!

Er trug eine Militärjacke, die Haare fielen ihm ungekämmt in die Stirn, und er schien sich seit längerem nicht mehr rasiert zu haben. Dieser Mann war nicht mehr der Junge von damals, sondern ein erbarmungsloser Jäger. Er war es, der Roussos alle Knochen im Leib gebrochen und ihn anschließend an einem Eishaken in sein Grab geschleppt hatte; er hatte Karagheorgis' Leib mit Stalaktiten durchbohrt, und er hatte Vlassos auf den Fußboden geheftet und zur Hälfte kastriert. Und er war es auch, den man zehn Jahre zuvor halbtot und in einem engen Kofferraum an die mißhandelte Leiche seiner Freundin gepreßt, aus der Polizeizentrale Athen geschafft hatte. In schneller Folge stiegen die schrecklichen Bilder, die ihn mit Setti verbanden, in Hauptmann Karamanlis' Erinnerung auf, und plötzlich wurde ihm in aller Schärfe bewußt, daß nach allem, was geschehen war, auf der Welt kein Platz mehr für sie beide war. Wieso sollte er ihn überhaupt noch lebend fangen und einem umständlichen und grausamen Verhör unterziehen? War es nicht besser, ihn gleich zu töten und das Problem ein für allemal aus der Welt zu schaffen? Sorgfältig schraubte er einen Schalldämpfer auf den Lauf seiner Pistole, entschlossen, Setti und auch den Alten gleich nach seiner und Vlassos' Überraschungsaktion umzulegen. In dieser gottverlassenen Gegend würde es sicher nicht schwierig sein, die Leichen für immer verschwinden zu lassen.

»Vlassos ...«, flüsterte er in sein Walkie-talkie.

»Ja, ich bin hier, Hauptmann.«

»Er ist jetzt im Haus, und es besteht kein Zweifel, daß es sich um Setti handelt. Sehen Sie mal auf Ihre Uhr. Nach meinem Zeichen warten Sie zehn Sekunden, dann kommen Sie durch den Hintereingang, während ich mich von vorn anschleiche. Ist bei Ihnen alles ruhig?«

»Absolut. Es ist keine Menschenseele in der Nähe.«

»Gut, hier ist auch alles in Ordnung. Also dann, los!«

Karamanlis verließ die Kirche und pirschte sich auf den Eingang des Gästehauses zu. Dort wartete er, bis seine Uhr ihm das akustische Signal für den Ablauf der vereinbarten zehn Sekunden gab, dann stieß er mit dem Fuß die Tür auf und stürzte mit gezogener Pistole voran. Im selben Moment hörte er, wie Vlassos die Hintertür aufriß und schrie: »Keine Bewegung oder ich puste euch die Seele aus dem Leib!«

Im Zimmer angekommen fanden sie aber nur Malidis, der mit erhobenen Händen an die Wand gepreßt stand.

»Verflucht noch mal, wo ist er hin?« schrie Karamanlis

aufgebracht. »Vlassos, schnell, durchsuchen Sie jeden Quadratzentimeter dieser verdammten Hütte. Diese Schlange kann uns doch nicht schon wieder hereingelegt haben.«

Vlassos verschwand hinter der Tür, durch die er hereingekommen war, und polterte die Treppen ins obere Stockwerk hinauf. Da er es leer fand, kam er kurz darauf wieder herunter und rannte fluchend ins Freie, um das umliegende archäologische Gelände abzusuchen.

»Wo ist er?« stieß Karamanlis hervor und hielt dem Alten seine Pistole an die Kehle.

»Ich weiß es nicht«, antwortete Ari.

»Ich blas' dir das Hirn aus dem Schädel, wenn du nicht redest.«

In diesem Moment zerriß das Geräusch eines aufheulenden Motors die Stille, gefolgt von einem Steinregen, den die durchdrehenden Räder des Wagens gegen die Hauswände schleuderten. Karamanlis ließ den Alten sofort los und lief hinaus, doch von dem Wagen, der die Straße nach Prevesa nahm, waren nur noch die Rücklichter zu sehen. Während auch Vlassos angerannt kam, gab Karamanlis mehrere Schüsse ab, doch der aufgesetzte Schalldämpfer hatte die Reichweite seines Revolvers stark eingeschränkt. Als Vlassos mit seinem Gewehr wild draufloszuschießen begann, war das Auto schon um die Kurve gebogen, und als es später weiter oben noch einmal auftauchte, um gleich darauf endgültig aus dem Gesichtskreis der beiden Männer zu verschwinden, war es zu spät.

»Scheiße, Scheiße, Scheiße!« schrie Karamanlis in ohnmächtigem Zorn und traktierte die Hauswand mit seinen Fäusten. Vlassos dagegen hatte eine Weile mit offenem Mund dagestanden und fragte endlich verwundert: »Aber Hauptmann, wieso haben Sie denn den Schalldämpfer auf Ihren Revolver aufgeschraubt? Ohne ihn hätten Sie den Kerl wahrscheinlich noch erwischt.«

Mit wutverzerrter Miene fuhr Karamanlis zu ihm herum und brüllte: »Das ist meine Sache, okay? Es geht Sie einen Scheißdreck an!«

Vlassos zuckte die Schultern und entschloß sich, wieder ins Haus zu gehen und sich um den Alten zu kümmern. Er stürzte auf Ari zu, der sich erschöpft auf einen Stuhl niedergelassen hatte, und zerrte ihn am Kragen hoch. »Dieser Winzling hier wird uns gleich sagen, wohin unser Junge gefahren ist, nicht wahr, Opa?«

»Also?« zischte Karamanlis, der dazugetreten war. Doch Ari schüttelte nur den Kopf. Auf ein Zeichen seines Vorgesetzten hin versetzte Vlassos dem alten Mann mit dem Handrücken einen kräftigen Schlag ins Gesicht, der Ari mit blutendem Mund zu Boden stürzen ließ.

»Wenn du mir nicht sagst, wo der Kerl hin ist, dann reiß ich dir die Eier ab, du alter Schleimscheißer«, schrie Vlassos wütend. Doch auch jetzt kam aus Aris Mund nur ein leises Wimmern. Als Karamanlis ihm nochmals zunickte, begann Vlassos, wie ein Besessener auf den Alten einzuprügeln.

»Es reicht!« herrschte ihn Karamanlis nach einer Weile an. »Ich will, daß er spricht, und nicht, daß er stirbt.«

Ari hatte sich mühsam hochgezogen und saß nun mit dem Rücken gegen die Wand gelehnt auf dem Boden.

»Nun, was ist?« bellte Karamanlis.

»Jetzt kriegt ihr ihn sowieso nicht mehr«, murmelte Ari kaum hörbar.

»Das werden wir ja sehen. Sag uns lieber, wo er ist, wenn du nicht willst, daß wir weitermachen.«

»Es nützt euch nichts. Er hat bereits den Wagen und die Papiere gewechselt, vielleicht auch sein Aussehen verändert. Was ihr auch tut, ihr werdet ihn nicht aufhalten können. Und seine Drohung wird weiterhin über euren Köpfen hängen ...«

Vlassos hob die Faust, um ihn zu schlagen, doch Karamanlis hielt ihn zurück. »Nein, laß das. Es hat sowieso keinen Wert.«

»Wir sollten ihn besser umlegen, Chef. Der Typ weiß zuviel.«

»Er hat bis heute geschwiegen. Wieso sollte er dann jetzt sprechen? Nicht wahr, Alter?«

»Gewiß«, erwiderte Ari, »ich habe geschwiegen, aber nicht aus Angst, sondern weil ich den Tag der Abrechnung abwarten wollte. Wenn es überhaupt eine angemessene Strafe gibt für das, was ihr getan habt.«

»Wo ist Claudio Setti?« fragte Karamanlis noch einmal, ohne sich um den bitteren Vorwurf des alten Mannes zu kümmern.

»Morgen nacht wird er in der Türkei sein. Doch denken Sie nicht, daß Ihnen diese Information etwas nutzt. Sie können alle Straßen und selbst den Seeweg kontrollieren lassen, aber Sie haben keine Chance. Niemals werden Sie ihn finden. Bevor er nicht den Moment für gekommen hält, Sie zur Rechenschaft zu ziehen, werden Sie ihn nicht wiedersehen.«

»Ach, Sie können mich mal ...« murmelte Karamanlis und wandte sich an Vlassos: »Gehen wir. Es ist sinnlos, hier noch mehr Zeit zu verlieren.«

Kurz vor Mitternacht betrat Karamanlis sein Hotelzimmer und ließ sich mit schmerzendem Kopf aufs Bett sinken. Wie war das nur möglich? Er hatte doch genau gesehen, wie Setti das Haus betreten und den Alten begrüßt hatte, und eine Minute später war er nicht mehr dagewesen. Weshalb war er eigentlich gekommen? Steckten der Fremde und Setti doch unter einer Decke und hatten sie ihn und Vlassos nur verspotten wollen? Oder war Setti gewarnt worden? Und was nun? Zum Teufel, diese Geschichte wuchs ihm immer mehr über den Kopf.

»Wie ist es Ihnen denn ergangen, Hauptmann Karamanlis?« fragte plötzlich eine Stimme von der anderen Seite des Zimmers. Im selben Moment wurde eine Tischlampe angeschaltet, die den Mann beleuchtete, der dort in der Ecke saß.

Karamanlis war zu Tode erschrocken in die Höhe gefahren. »Wie sind Sie denn hier hereingekommen?«

»Man hat mir aufgesperrt. Hatten Sie nicht an der Rezeption eine Nachricht hinterlassen, daß Ihr Fernseher nicht funktioniert?«

»Mein Fernseher? Kein schlechter Schachzug von Ihnen!«

»Und? Wollen Sie meine Frage nicht beantworten?«

»Es hätte gar nicht schlechter gehen können. Er ist uns entkommen, und wir haben keine Ahnung, wo er hin ist und was seine weiteren Pläne sind. Angeblich will er in die Türkei. Und jetzt scheren Sie sich zum Teufel.«

»Meine Informationen waren exakt.«

»Ihre Informationen sind immer exakt. Aber seltsamerweise passiert am Ende immer etwas, das alles über den Haufen wirft.«

»Der Grund dafür ist einzig und allein Ihre Unfähigkeit.«

»Ich habe es gerade ernstgemeint: Scheren Sie sich zum Teufel!«

»Wie Sie wollen. Aber ich weise Sie darauf hin, daß Ihnen dann die Leitung der Ermittlungen in diesem Fall entzogen wird. Es dürfte keine Freude für Sie sein, wenn jemand anderer die Sache in die Hand nimmt, denn sicher wird er dann auch Ihre eigene Rolle in diesem Drama unter die Lupe nehmen. Einige nicht unbedeutende Leute sind sehr daran interessiert, diesen Fall endlich zu den Akten zu legen, und der einfachste Weg dorthin dürfte sein, daß man Ihren Kopf opfert.«

»Gar nichts wird passieren. Ich glaube Ihnen kein Wort mehr, weil Sie gar nicht der einflußreiche Großkotz sind, als der Sie sich ausgeben.«

»Ein gesunder Optimismus ist doch etwas sehr Schönes. Ich wünsche Ihnen, daß sich Ihre Hoffnungen erfüllen. Leben Sie wohl, Karamanlis.« Der Mann stand auf und ging auf die Tür zu.

»Warten Sie.«

»Ich höre.«

»Ein alter Spürhund, der die Zähne verloren hat, jagt keine Katze mehr unterm Ofen hervor, stimmt's?«

»Leider ist es so.«

»Auch wenn er einmal einer der Besten war und oft sein Leben riskiert hat.«

»Nun, die Wahrheit ist nicht immer angenehm.«

»Die Welt stinkt.«

»Ja, das tut sie.«

»Was soll ich tun?«

»Sie haben nur zwei Möglichkeiten – entweder Sie bringen Claudio Setti zur Strecke, oder Sie stellen sich und gestehen alles.«

»Wieso haben Sie ihn nicht schon längst getötet, verdammt noch mal?«

»Sie sind ein Dummkopf, Karamanlis. Anscheinend sind Sie sich wirklich nicht darüber im klaren, wie wichtig meine Mitarbeit für Sie ist. Doch ich verkörpere immer noch die Macht des Gesetzes und kann auf keinen Fall für Sie in Aktion treten. Sie selbst sind es, der seinerzeit eine schwere Schuld auf sich geladen und nun mit den Konsequenzen zu kämpfen hat. Sehen Sie, Karamanlis: Ein guter Polizist kann die Gesetze nicht immer beim Wort nehmen, aber er muß sich wenigstens zu decken wissen.«

»Können wir ... Besteht noch die Möglichkeit, ihn zu kriegen?«

»Ja, die besteht durchaus.«

»Das heißt?«

»Sein Freund Michel Charrier ist ihm hinterhergefahren, und wir haben Grund zur Annahme, daß er seinen Aufenthaltsort kennt. Charrier fährt das dunkelblaue Auto mit dem englischen Kennzeichen, das Sie wahrscheinlich noch im Gedächtnis haben, und er befindet sich im Moment irgendwo zwischen hier und Alexandroupolis. Es dürfte nicht so schwierig sein, ihn aufzustöbern und sich ihm an die Fersen zu heften. Und noch eins: Achten Sie auf jeden Fall darauf, daß Sie sich niemals von Vlassos trennen. Und seien Sie sich immer darüber im klaren, daß Setti genauso hinter Ihnen her ist wie Sie hinter ihm. Versuchen Sie, den Ort der Abrechnung selbst zu bestimmen. Ihr Leben könnte davon abhängen. Gute Nacht, Karamanlis.«

XXII

Parga, 11. November, 24.00 Uhr

Schweigend saß Claudio Setti am Steuer seines Wagens und starrte auf das Meer hinaus, das im fahlen Licht des wolkenverhangenen Himmels wie ein eiserner Teppich dalag. Er lauschte der Musik einer Tonbandkassette und sah hin und wieder auf die Uhr, bis schließlich aus östlicher Richtung eine dunkle Limousine auftauchte, die neben seinem eigenen Wagen zu stehen kam. Die Fahrertür des Fahrzeugs wurde geöffnet, und Claudio hörte für einen kurzen Moment einige Takte einer Mahler-Sinfonie aus dem Wagen klingen.

»Sei gegrüßt, mein Sohn. Wie fühlst du dich?«

»Guten Abend, Kommandant. Danke, es geht mir gut.«

»Dir ist hoffentlich nichts geschehen.«

»Nein nein, ich bin in Ordnung. Ich habe schon Schlimmeres erlebt. Aber ich glaube, sie haben Ari übel zugerichtet. Hätte man das nicht verhindern können?«

»Nein, leider ging es nicht anders. Ari ist stark und mutig, er wird wieder in Ordnung kommen. Wenn sie ihm weh getan haben, werden sie auch das noch büßen müssen. Der Moment der Entscheidung ist jetzt ganz nah. Von hier aus treten wir unsere letzte Reise an, und in drei Tagen wird alles zu Ende sein. Dann wird dir vielleicht klar werden, daß wir das einzig Mögliche getan haben.«

»Und danach? Was kommt danach, Kommandant?«

»Du bist jung und wirst dann ein trauriges, aber wichtiges Kapitel deines Lebens abgeschlossen haben. Große Verzweiflung und tiefes Leid hast du am eigenen Leib erfahren, und du hast dafür Gerechtigkeit geübt, wie ein Gott, oder wenigstens wie ein König. Danach wirst du wieder ein Mensch wie jeder andere werden.«

»Und Sie? Werde ich Sie wiedersehen?«

Als der Kommandant ihm eine Hand auf die Schulter legte, schien es Claudio, als läge ein seltsamer Glanz in seinen Augen. »Ich möchte diese ... Arbeit hinter mir lassen, die ich nun schon seit zu langer Zeit mache, und endlich ... nach Hause gehen. Es hängt alles davon ab, wie unsere Sache ausgehen wird. Wenn du die nötige Kraft hast, und ich das nötige Glück, dann kann ich vielleicht Ruhe finden. Siehst du – ich bin es schon so lange Zeit gewohnt, allein zu sein. Doch nach allem, was wir zusammen erlebt haben, habe ich dich liebgewonnen wie einen Sohn.«

»Haben Sie eine Familie, Kommandant?«

»Das ist Vergangenheit. Ich hatte eine wunderbare Frau, die von hier aus der Nähe kam. Sie war sehr stolz und auch sehr schön. Und mit ihr zusammen hatte ich einen Sohn, der dir sehr ähnlich war, sehr sehr ähnlich. Aber lassen wir das jetzt. Wir sehen uns morgen abend in Çanakkale. Dort werde ich dir den Ort unserer letzten Begegnung sagen.«

Claudio senkte traurig den Kopf und fragte nichts mehr.

Norman saß schweigend am Steuer, während Mireille neben ihm auf dem Beifahrersitz in tiefen Schlaf gefallen war. Um sie nicht zu stören, hatte er nicht einmal das Radio angeschaltet. Ab und zu warf er einen Blick auf das schlafende Mädchen und mußte Michel im stillen beglückwünschen. Mireille war nicht nur eine sehr schöne und leidenschaftliche Frau, sondern auch eine beeindruckende Persönlichkeit, und offensichtlich war sie bis über beide Ohren in Michel verliebt. Selbst jetzt im Schlaf schien sie ganz von der Sorge um ihren Freund erfüllt, denn immer wieder atmete sie heftiger und warf den Kopf hin und her. Einmal stieß sie sogar einen leisen, angstvollen Schrei aus.

Çanakkale. Was, zum Teufel, hatte Michel dort zu suchen? Und wie sollten er und Mireille ihn überhaupt finden? Wenn er nicht im Hotel anrief, um seinen Aufenthaltsort bekanntzugeben, hatten sie doch gar keine Chance. War sein überstürzter Aufbruch nicht letztendlich auch ein Zeichen, daß er ausdrücklich alleine weiterreisen wollte?

Er mußte langsam fahren, denn die ersten dreihundert Kilometer der Strecke waren fast nur Gebirgsstraßen. Mireille hatte guten Grund gehabt, auf dem unverzüglichen Aufbruch zu bestehen, wenn sie Çanakkale in weniger als sechsunddreißig Stunden erreichen wollten.

Norman hielt in Ioannina kurz an, um in einer Bar ein paar Sandwichs zu kaufen und im Hotel anzurufen: Michel hatte sich noch nicht gemeldet. Dann fuhr er weiter in Richtung Metsovon. Die Straße stieg jetzt steil an und bestand fast nur noch aus Serpentinen. Als er endlich oben auf dem Paß ankam, atmete er erleichtert auf und bemerkte, daß Mireille inzwischen aufgewacht war.

»Du hast ganz schön lange geschlafen; mußt ziemlich fertig gewesen sein, was? Willst du ein Sandwich?«

»O ja, danke«, erwiderte Mireille und begann mit großem Appetit zu essen. »Wie spät ist es denn?«

»Ein Uhr.«

»Soll ich dich am Steuer ablösen?«

»Nein, es geht noch. Ich kann noch eine gute Stunde fahren. Auf dem Rücksitz ist auch eine Dose Cola, wenn du Durst hast. Willst du mir jetzt vielleicht sagen, warum du dir so große Sorgen um Michel machst?«

»Michel soll sterben. Man will ihn töten, und zwar schon sehr bald«, erwiderte Mireille langsam und warf Norman einen verzweifelten Blick zu.

»Dann stimmt es also gar nicht, daß du nichts über die Geschehnisse von vor zehn Jahren weißt?«

Mireille senkte den Kopf und sagte nichts, was Norman als Eingeständnis auslegte.

»Gut«, sagte Norman, »die Nacht ist noch lang, und wir haben nichts zu tun. Vielleicht ist es das Beste, wenn ich dir alles genau schildere, für den Fall, daß du einen falschen Eindruck bekommen haben solltest.«

Und so erzählte Norman im Dunkel der Nacht die bittersüße Geschichte von drei jungen Männern, die lange Zeit zuvor in einen Strom von Blut und Schrecken gerissen worden waren. Mireille lauschte aufmerksam, doch trotz aller Bemühungen wurde ihr nicht deutlich, was Normans

Bericht mit dem, was sie in der Dionysìou-Straße gesehen hatte, zu tun haben konnte. Aber ihre Angst und Unruhe wuchsen immer mehr, denn es schien ihr, als häuften sich auf unerklärliche und absurde Weise die Gründe für die Richtigkeit ihres Verdachts, daß Michel in tödlicher Gefahr schwebte.

»Hast du irgendeine Ahnung, weshalb Michel so plötzlich nach Çanakkale aufgebrochen ist?« fragte sie Norman, als er seine Erzählung schließlich beendet hatte.

»Ich habe lange darüber nachgedacht. Vielleicht ist unser italienischer Freund Claudio Setti gar nicht tot, wie man uns damals glauben machen wollte. Wir haben den Verdacht, daß er so lebendig ist wie du und ich und nur einen Gedanken kennt: Rache. Vielleicht ist er auch einfach verrückt geworden. Wie auch immer – Michel wird von sehr starken Schuldgefühlen geplagt, die ihm keine Ruhe mehr lassen. Er will alles versuchen, um den Freund von damals um Verzeihung zu bitten und seinen Fehler soweit wie möglich wieder gutzumachen. Während du schliefst, ist mir nun der Gedanke gekommen, daß vielleicht Claudio Setti in Çanakkale auf Michel wartet …«

»Um ihm eine Falle zu stellen?«

»Ich weiß es nicht, aber wir können es nicht ausschließen. Alle Menschen, die mit dem Tod von Claudios Freundin Heleni zu tun hatten, sind auf grausame Weise ums Leben gekommen, oder haben sich – wie dieser Vlassos – gerade noch retten können. Aber sag mal, wie hast du eigentlich von dieser Geschichte erfahren?«

»Du hast sie mir gerade erzählt.«

»Willst du etwa behaupten, daß du geblufft hast?«

»Nein, so kann man das nicht sagen. Ich weiß von einer anderen Gefahr, die Michel droht, und sie ist genauso tödlich wie die Rachepläne eures Freundes. Es ist mir nur noch nicht ganz klar, wie die beiden Motive miteinander zusammenhängen. Auf jeden Fall müssen wir Michel finden, bevor es zu spät ist. Ich könnte es nicht ertragen, ihn zu verlieren.«

Ein langes Schweigen folgte, und schließlich schaltete

Norman das Radio an, um die Stimmung etwas aufzulokkern. Kurz vor Trikala hielt er an und sagte: »Ich bin sehr müde. Kannst du weiterfahren?«

Mireille war gerade ausgestiegen, als ein Polizeiwagen neben ihnen anhielt und einer der beiden Beamten auf sie zukam und fragte: »Haben Sie irgendwelche Probleme?«

»Nein nein, alles in Ordnung«, erwiderte Norman. »Meine Freundin löst mich nur am Steuer ab, weil ich müde bin.«

»Ich verstehe«, sagte der Polizist. »Seien Sie auf jeden Fall vorsichtig, und wenn ich Ihnen einen Rat geben darf: Übernachten Sie lieber in einem Hotel in Trikala, wenn Sie müde sind. Um diese Jahreszeit ist es kein Problem, ein Zimmer zu finden.«

»Vielen Dank für den Tip«, sagte Norman, »aber wir haben eine wichtige Verabredung, die wir nicht verschieben können.«

»Na, Sie müssen selbst wissen, was Sie tun«, meinte der Polizist achselzuckend. »Na dann, gute Reise!«

Sobald die beiden Ausländer weitergefahren waren, setzte sich der Polizist wieder in seinen Wagen und schaltete das Funkgerät an: »Hallo, Zentrale? Hier ist Lazaridis. Ich befinde mich auf der Staatsstraße E 87, etwa auf der Höhe von km 52, und habe gerade den Wagen kontrolliert, der aus Prevesa angefragt wurde. Die Insassen sind ein Mann von etwa fünfunddreißig Jahren und eine etwas jüngere Frau.«

»Hier Polizeizentrale Trikala«, antwortete eine Stimme. »Wohin fahren die beiden jetzt?«

»In Richtung Osten, wahrscheinlich nach Larisa oder weiter. Sie wechseln sich am Steuer ab und haben nicht die Absicht, in Trikala anzuhalten.«

Von Trikala aus wurde die Information sofort an die Zentrale in Prevesa weitergegeben, die den Auftrag zur Ermittlung des Fahrzeugs erteilt hatte. Allerdings zögerte man dort noch damit, den zwei Kollegen aus Athen, die im Hotel Cleopatra ihre wohlverdiente Nachtruhe genossen, Bescheid zu geben, denn man wollte zuerst auf Neuigkeiten von dem dunkelblauen Wagen mit englischem Kennzeichen warten, an dessen Steuer ein einzelner Mann saß. Am Morgen gegen sechs Uhr ging endlich die Meldung ein, daß man den englischen Wagen gesichtet hatte.

Hauptmann Karamanlis schlief noch, als das Telefon ihn hochschrecken ließ. »Hier Polizeidienststelle Prevesa«, sagte eine Stimme am anderen Ende der Leitung. »Wir haben Neuigkeiten über die beiden Fahrzeuge, für die Sie sich interessieren.«

Karamanlis setzte sich sofort im Bett auf und nahm einen Schluck Wasser aus dem Glas auf seinem Nachttisch. »Das sind gute Neuigkeiten! Wann habt ihr sie gesehen, und wo sind sie jetzt?«

»Der Wagen mit dem Mann und der jungen Frau wurde kurz vor zwei Uhr morgens in der Nähe von Trikala gesichtet, das englische Auto dagegen gerade eben in Rentina in der Chalkidike. Beide Fahrzeuge sind in östlicher Richtung unterwegs, wobei ersteres immer mehr aufholt. Die Insassen wechseln sich am Steuer ab, ohne anzuhalten.«

»Alle Achtung, ihr habt gute Arbeit geleistet. Wenn es Ihnen jetzt auch noch gelingt, uns einen Flug nach Thrakien zu beschaffen, verspreche ich Ihnen eine Gehaltserhöhung.«

»Nach Thrakien, Hauptmann? Wohin genau dort?«

»Irgendwohin, wenn es nur so nah wie möglich an der türkischen Grenze ist. Behalten Sie die beiden Fahrzeuge inzwischen im Auge und versuchen Sie herauszubekommen, ob sie auf Kesan oder auf Edirne zusteuern.«

Karamanlis zog sich in aller Eile an und weckte Vlassos. Als die beiden Polizisten in die Hotelhalle traten, war ein noch schlaftrunkener Barkeeper damit beschäftigt, die Kaffeemaschine anzuwerfen.

»In Rentina? Der Franzose ist schon in Rentina?«« fragte Vlassos fassungslos. »Den kriegen wir nicht mehr, Chef, wenn Sie ihn nicht an der Grenze aufhalten lassen.«

»Nein, wir dürfen ihn nicht aufhalten, Sie Idiot, sondern wir müssen ihm folgen. Es wird sich ja herausstellen, ob wir ihn kriegen oder nicht. Jedenfalls müssen wir zuallererst etwas in den Magen bekommen.«

Sie bestellten einen Kaffee, in den Karamanlis einen Keks nach dem anderen tunkte und diese mit großem Appetit verschlang. Wie immer erfüllte die Jagd ihn mit einem Bärenhunger, der ihn alles andere vergessen ließ. Nach dem Frühstück nahm er eine Zeitung zur Hand, setzte sich in einen Sessel und begann in aller Ruhe zu lesen, während sein Kollege ihn erst kopfschüttelnd anstarrte und sich schließlich daran machte, mit langen, nervösen Schritten den Raum zu durchmessen und eine Zigarette nach der anderen zu rauchen. Eine Stunde später – es war genau halb acht – rief die Zentrale wieder an.

»Hauptmann, ich habe einen Flug für Sie organisiert: Ein kleines Flugzeug der Esso Papàs startet in einer halben Stunde von Aktion, um eine Chemiefabrik in Piges zu kontrollieren. Der Pilot hat sich damit einverstanden erklärt, Sie und Ihren Kollegen mitzunehmen. In fünf Minuten steht ein Dienstwagen vor Ihrem Hotel und holt Sie ab. Sie müssen das Boot um sieben Uhr fünfundvierzig erwischen, um zum Flughafen auf der anderen Seite des Golfes überzusetzen.«

»Sie sind ein Held, mein Junge, ein wirklicher Held! Die Gehaltserhöhung nimmt Ihnen keiner mehr weg, das garantiere ich Ihnen. Schicken Sie mir auch gleich noch einen vollgetankten Zivilwagen zum Ankunftsflughafen, und sorgen Sie dafür, daß er mit etwas Proviant ausgestattet ist. Vielen Dank noch mal, und leben Sie wohl.«

»Aber Hauptmann, Sie wissen doch meinen Namen gar nicht.«

»Ach ja, natürlich, wie dumm von mir! Da hätte ich doch glatt das Wichtigste vergessen. Also gut – wie heißen Sie denn, mein Junge?«

Michel fühlte sich unendlich müde und abgespannt. Seine Augen brannten, und sein Magen hatte sich vor Hunger und Nervosität zusammengekrampft. Er hatte Kavala und Xanthi hinter sich gelassen und näherte sich nun Komotini. Auf dem Luftweg wäre es nicht mehr weit nach Çanakkale gewesen, doch auf dem Landweg stand ihm noch eine lange Fahrt bevor. Nach der türkischen Grenze würde er erst ein gutes Stück in Richtung Osten fahren müssen, um dann der Küstenstraße der Halbinsel mit der Hauptstadt Gelibolu nach Südwesten bis Eceabat zu folgen. Von dort aus würde er mit dem Boot auf das asiatische Ufer übersetzen.

Es war schon dunkel, und auf den Straßen waren nur noch Lastwagen und Sattelzüge unterwegs, die Güter aller Art in den Mittleren Orient transportierten. Als Michel an einer Tankstelle halten mußte, um seinen Tank aufzufüllen, kaufte er sich etwas Verpflegung. Doch sein Magen war so verkrampft, daß er nichts essen konnte. Michel hatte keine Ahnung, was ihm noch alles bevorstand, doch wußte er instinktiv, daß er Claudio Setti unbedingt finden mußte, wenn er jemals wieder zur Ruhe kommen wollte. Dieses Mal würde es ihm nicht mehr gelingen, seine Schuld von damals zu vergessen.

Während eine Gruppe von ungarischen Fernfahrern es sich vor einem Teller mit dampfenden Würsten gemütlich machte und Unmengen von Bier dazu trank, nippte Michel an einem Glas Milch, um wenigstens etwas in den Magen zu bekommen. Dann stieg er wieder in sein Auto und beschloß, ein paar Minuten zu dösen, um nicht vor Müdigkeit am Steuer einzunicken und am nächstbesten Straßenpfosten zu landen.

Das anhaltende Hupen eines schweren Sattelzugs, das ihm wie die Posaune des Jüngsten Gerichts erschien, schreckte Michel hoch. Als er auf die Uhr sah, merkte er zu seinem Entsetzen, daß er viel länger als geplant geschlafen hatte.

Er nahm einen großen Schluck Kaffee aus der Thermoskanne, die er bei sich hatte, zündete sich eine Zigarette an und machte sich dann schleunigst wieder auf den Weg. Um seinen Zeitverlust aufzuholen, fuhr er so schnell wie möglich und hielt sich an keine Geschwindigkeitsbegrenzung mehr, doch an der Grenze in Ipsala unterzog der

Zöllner seinen Wagen einer so minutiösen Kontrolle, daß Michel fast wahnsinnig geworden wäre. Während er nervös auf und ab ging, sah er immer wieder auf die große Uhr, die über dem Eingang des Duty-free-Shops hing und deren Zeiger sich unaufhaltsam weiterbewegte.

Als er endlich weiterfahren konnte, raste er in einem wahnwitzigen Tempo nach Gelibolu und schließlich nach Eceabat, verpaßte jedoch trotzdem die Fähre, die ihn noch vor Mitternacht nach Çanakkale gebracht hätte.

Verschwitzt und übermüdet hetzte Michel am Hafen auf und ab, um ein Privatboot zu finden, das ihn ans andere Ufer bringen konnte. Doch die Hochseefischer, die ihre Netze ins Meer von Marmara warfen, waren um diese Zeit schon abgefahren, und da die Sommersaison vorbei war, gab es auch keine Touristenschiffe mehr. Es blieb ihm nichts anderes übrig als zu warten, bis die nächste Fähre am Kai anlegte.

Es war zehn Minuten nach zwölf, als das Schiff dann endlich an der Mole von Çanakkale anlegte. Michel verließ die Fähre, parkte bei der nächstbesten Gelegenheit und sah sich hilflos um. Er war zwar nun endlich an seinem Bestimmungsort angekommen, hatte aber keine Ahnung, wie er seine wahnwitzige Suche weitergestalten sollte. Nach und nach fuhren die anderen Autos, die mit der Fähre gekommen waren, in verschiedenen Richtungen davon. Viele der Lastwagenfahrer hielten auf einem Parkplatz an, zogen die Vorhänge vor ihre Windschutzscheiben und streckten sich auf ihren Pritschen aus, um bis zum Morgengrauen zu schlafen.

Es waren kaum Fußgänger unterwegs. Irgendwann trat ein junger Mann auf ihn zu und redete in gebrochenem Englisch auf ihn ein: »*Hotel? Hotel, Sir? Three stars four stars five stars no problem good food no sheep good price … nice girls if you like …*

Während Michel noch damit beschäftigt war, den Mann loszuwerden, wurde eine bisher im Dunkeln gebliebene Ecke des großen Hafenplatzes von den Scheinwerfern eines Kranwagens erhellt, der auf der Mole eine Kehrtwendung machte. Für einen kurzen Augenblick konnte Michel einen jungen Mann sehen, der neben einem Geländewagen stand und mit einem älteren Mann, dessen eine Hand auf seiner Schulter ruhte, in ein ernstes Gespräch vertieft war. Der Jüngere war mit einer graugrünen Jacke und einem schwarzen Pullover bekleidet, und er trug einen dunklen Bart, der ihn wild und etwas verwahrlost aussehen ließ. Michel erkannte ihn sofort: Es war Claudio!

Er öffnete den Mund, um Claudios Namen zu rufen, doch im selben Moment war dieser schon in sein Auto gestiegen und mit kreischenden Rädern davongerast. Michel nahm seine letzten Kräfte zusammen und lief gestikulierend und rufend hinter dem Wagen her: »Claudio! Halt an, mein Gott, bitte, halt doch an!« Doch der Geländewagen war bereits in der Dunkelheit verschwunden. Als Michel stolperte und mitten auf die Straße fiel, geriet er so außer sich, daß er vor Erschöpfung und Wut mit den Fäusten auf das Pflaster eintrommelte. Erst als ein Sattelzug auf der Gegenfahrbahn laut hupend an ihm vorbeifuhr, erhob er sich endlich und schleppte sich an den Straßenrand.

Völlig niedergeschlagen taumelte er zurück zum Hafenplatz und trat mit gesenktem Kopf in eine Bar, um eine Kleinigkeit zu essen und wieder einigermaßen zu Kräften zu kommen. Während er ohne großen Appetit an seinem Sandwich kaute und ein Glas Milch dazu trank, fiel sein Blick auf eine der Bar gegenüber gelegene Mietwagenagentur, die noch offen zu sein schien. Einer plötzlichen Eingebung folgend, verließ Michel die Bar und ging zu ihr hinüber.

Er schob dem Angestellten am Schalter eine Zehn-Dollar-Note zu und sagte: »Verzeihen Sie bitte, ich brauche dringend Ihre Hilfe. Ein Freund von mir ist vor kurzem mit einem Geländewagen, den er hier gemietet hat, davongefahren. Ich muß ihn unbedingt einholen, um ihm eine Nachricht von seiner Familie zu übermitteln, aber ich habe ihn knapp verpaßt. Ich bin ihm noch hinterhergerannt, aber er hat mich einfach nicht gesehen. Könnten Sie mir vielleicht sagen, wo das Fahrzeug zurückgegeben werden soll?«

Der Angestellte nahm mit einer lässigen Handbewegung die Banknote entgegen und ließ sie unter dem Tisch verschwinden. Während er in einem Stapel Mietverträgen auf dem Tisch zu blättern begann, fragte er unbeteiligt: »Wie heißt denn Ihr Freund?«

Michel brach der Schweiß aus allen Poren aus, als er verzweifelt überlegte, was er antworten sollte. Um Zeit zu gewinnen, meinte er schließlich: »Nun, mein Freund ist Italiener, und er heißt …«

»Ach ja, genau, hier ist er ja: Dino Ferretti, wohnhaft in Tarquinia, Italien. Ist er das?«

»Ja, selbstverständlich, das ist er. Vielen Dank. Können Sie mir nun sagen, wo er den Wagen zurückgibt?«

»Einen Moment … Ja, hier steht's: In Eski Kahta … Wissen Sie, wo das ist? Nein? Es liegt in der Gegend von Adyaman. Da müssen Sie aber noch ganz schön weit fahren, wenn Sie Ihren Freund einholen wollen.«

»Darauf kommt es mir nicht an. Ich werde es schaffen, und wenn ich dafür durch die Hölle gehen muß«, erwiderte Michel grimmig. *»Teshekur ederim.* Vielen Dank.«

Er stieg wieder in seinen Wagen und schlug den Weg nach Izmir ein. Als er so müde wurde, daß ihm immer wieder die Augen zufielen, beschloß er notgedrungen, sich irgendwo ein ruhiges Fleckchen zu suchen und ein paar Stunden zu schlafen. Schließlich war auch Claudio allein unterwegs, und wenngleich er nicht mehr der war, den er einmal gekannt hatte, war er doch immer noch aus Fleisch und Blut.

Nach etwa zwanzig Kilometern wurde die Straße etwas breiter, und schließlich zweigte rechts eine kleine Straße zum Ausgrabungsgelände von Troja ab. Michel folgte ihr und kam nach kurzer Fahrt auf einem Parkplatz an. Über dem Eingang zu den berühmten Ruinen thronte das schreckliche Holzpferd, das die Türken für die Touristen gebaut hatten. In einem Wärterhäuschen saß ein Wachpolizist mit seinem Hund und löste Kreuzworträtsel. Einen besseren Schlafplatz hätte er gar nicht finden können, dachte Michel …

Bevor er seinen Sitz nach hinten klappte und sich ausstreckte, sah Michel sich noch einmal auf dem Platz um und bemerkte, daß er nicht der einzige war, der diesem geschichtsträchtigen Ort einen nächtlichen Besuch abstattete. Etwa hundert Meter von ihm entfernt parkte eine schwarze Limousine, dessen Fahrer ausgestiegen war und bewegungslos am Kofferraum lehnte. Der Mann war anscheinend völlig in Gedanken versunken und starrte in den von Dunstschleiern überzogenen nächtlichen Himmel. Die gespenstische Stille wurde nur von den sporadischen Schreien der Nachtraubvögel durchbrochen. Ab und zu nahm der Mann einen Zug von seiner Zigarette, deren Glut sein Gesicht mit einem rötlichen Schimmer überzog.

Wie vereinbart wartete ein Zivilwagen am Flughafen von Piges auf Hauptmann Karamanlis und seinen Kollegen Vlassos. Überdies wurde ihm mitgeteilt, daß man den Wagen der Französin und des Engländers eine Stunde zuvor in Kavala gesehen hatte. Aller Wahrscheinlichkeit nach würde es ihm also gelingen, die beiden auf der Staatsstraße kurz vor der türkischen Grenze abzufangen.

Karamanlis war sich inzwischen vollkommen sicher, daß Norman und Mireille ihrem Freund Michel folgten. Er beschloß daher, sich hartnäckig an ihre Fersen zu heften, und bat die Kollegen, ihm und Vlassos einen Zivilausweis zu besorgen, der ihnen die Überquerung der türkischen Grenze erleichtern würde. Dann legte er sich geduldig auf die Lauer, bis tatsächlich der Wagen mit Norman am Steuer auf der Staatsstraße vorbeigefahren kam. Es war etwa zwölf Uhr mittags.

Im griechischen Polizeibüro an der Grenze wurde Karamanlis ein Reisepaß ausgehändigt, der ihn als Sotiris Arnopoulos, Geschäftsreisender aus Thessaloniki, auswies, und Sergeant Vlassos als seinen Assistenten Konstantinos Tsulìs.

Nachdem sie Norman und Mireille bis Kesan gefolgt waren, beschloß Karamanlis, ihn bei nächster Gelegenheit zu überholen, da von hier aus nur noch eine einzige Straße nach Eceabat und Çanakkale führte. Als Norman schließlich anhielt, um in einem Lebensmittelgeschäft etwas Proviant zu kaufen, fuhr Karamanlis daher zügig weiter und kam so noch vor seinen beiden unfreiwilligen Wegbereitern am Hafen in Eceabat an, um die Fähre ans asiatische Ufer zu nehmen.

Die Sonne stand schon ziemlich niedrig, als Mireille und Norman um vier Uhr nachmittags die Fähre verließen und auf der Suche nach Michels Auto durch die Straßen von Çanakkale streiften. Bald schon mußten sie einsehen, daß es keinen Sinn hatte, ohne irgendeinen Hinweis auf den Verbleib ihres Freundes durch die Stadt zu irren, und so begaben sie sich zur Polizei, um sich dort weiterhelfen zu lassen. Der zuständige Beamte behandelte sie mit freundlicher Zuvorkommenheit, mußte sie aber enttäuschen.

»Wenn Sie mir wenigstens sagen könnten, wohin Ihr Freund in etwa gefahren ist, dann könnte ich die patrouillierenden Kollegen verständigen, daß sie ihn anhalten und ihm Ihre Nachricht durchgeben sollen. Aber wenn Sie überhaupt keinen Anhaltspunkt haben, dann kann ich Ihnen auch nicht weiterhelfen. Die Türkei ist groß, und ich kann ihn schließlich nicht im ganzen Land suchen lassen. Tut mir wirklich leid für Sie. Sie können natürlich versuchen, ihn über eine Radiodurchsage zu erreichen, aber wahrscheinlich werden Sie damit auch nicht viel mehr Glück haben. Viele europäische Touristen mögen die orientalische Musik nicht und schalten daher nach einer Weile das Radio aus.«

Norman und Mireille nahmen die Ausführungen des Polizisten enttäuscht zur Kenntnis und verließen das Gebäude, nachdem er ihnen versprochen hatte, zumindest in der unmittelbaren Umgebung nach dem Wagen fahnden zu lassen.

Karamanlis schimpfte sich selbst einen Idioten, als er endlich merkte, daß der Engländer und die Französin selbst keine Ahnung hatten, wo sie nach ihrem Freund suchen sollten. Es war wirklich stümperhaft von ihm gewesen, sich auf die beiden zu verlassen und zu erwarten, daß sie ihn ohne sein Zutun ans Ziel seiner Reise bringen würden.

»Tja, die beiden scheinen leider noch weniger als wir zu wissen, Hauptmann«, meinte schließlich auch Vlassos resigniert. »Wenn Sie meine Meinung hören wollen: Ich würde am liebsten wieder nach Hause fahren. Wenn diese Teufelstürken merken, daß wir unter falschem Namen reisen und in Wirklichkeit griechische Polizisten sind, machen sie Kleinholz aus uns.«

»Sind Sie wahnsinnig geworden? Wir sollen einfach aufgeben, nach all den Strapazen, die wir auf uns genommen haben? Denken Sie doch nur mal an die Niederlagen, die wir wegen dieses Kerls schon einstecken mußten! Aufgeben kommt überhaupt nicht in Frage. Nur Geduld: Wir warten einfach noch ein Weilchen und sehen zu, was die beiden sich einfallen lassen. Schließlich haben sie ein ebenso großes Interesse wie wir, den Mann aufzutreiben, und wer weiß, vielleicht fällt ihnen doch etwas ein, wie sie ihn finden können. Es ist noch lange nicht aller Tage Abend. Außerdem habe ich ja noch dich bei mir, mein Freundchen, dachte Karamanlis, während er Vlassos ruhig in die kleinen Schweinsäuglein blickte und ihm eine Hand auf die Schulter legte. Früher oder später wirst du unseren Fisch schon ins Netz locken.

Norman und Mireille haben sich im Restaurant nach dem Essen eine Weile schweigend gegenübergesessen, bis Mireille plötzlich herausplatzte: »Norman, es gibt da eine Sache, die ich dir noch nicht gesagt habe, da ich dachte, daß du mich für verrückt halten würdest. Aber wenn wir Michel finden wollen, haben wir keine andere Wahl. Ich habe da einen Verdacht, wohin er unterwegs sein könnte. Allerdings kann ich die Ortsangabe nicht alleine enträtseln.«

»Wovon sprichst du überhaupt?« fragte Norman verdutzt.

»Das will ich dir ja gerade erklären. Hör mir jetzt bitte genau zu, denn alles, was ich dir zu sagen habe, ist die reine Wahrheit. Auch wenn ich zugeben muß, daß die Schlüsse, die wir wohl oder übel daraus ziehen müssen, völlig absurd zu sein scheinen.«

»Das werden wir ja sehen«, sagte Norman. »Erzähl mir jetzt alles, was du weißt, und komm mir ja nicht auf die Idee, auch nur die kleinste Einzelheit wegzulassen.«

Vlassos hatte von Karamanlis den Auftrag erhalten, Norman und Mireille keinen Moment aus den Augen zu lassen. Karamanlis selbst wollte sich für eine Weile entfernen, um einen Polizeifreund aus Istanbul um seine Unterstützung zu bitten. Während er von seinem Wagen aus den beiden jungen Leuten im Restaurant gegenüber beim Essen zusah, warf Vlassos immer wieder einen mißtrauischen Blick in den Rückspiegel. Die Nacht von Porto Lagos saß ihm noch immer in den Knochen, und die Tatsache, daß er unbewaffnet war, trug nicht gerade zu seiner Beruhigung bei.

Norman und Mireille saßen an einem Fensterplatz, so daß Vlassos die beiden gut im Auge behalten konnte. Im Moment schien diese wirklich sehr appetitliche Französin ihrem Gefährten eine offensichtlich ungewöhnlich spannende Geschichte zu erzählen. Sie gestikulierte beim Reden aufgeregt mit den Händen, während der Blick des jungen Mannes wie gebannt an ihrem Mund hing. Nur ab und zu wandte er sich kurz ab, um etwas auf ein Stück Papier zu kritzeln. Schließlich sprang der Engländer plötzlich auf, stürzte hinaus zu seinem Auto, holte etwas heraus und begab sich wieder zurück an seinen Tisch, wo das Mädchen – das jetzt den Tränen nahe zu sein schien – auf ihn wartete. Vlassos hätte gar zu gerne gewußt, was die beiden ausheckten …

Karamanlis war in glänzender Laune, als er zu seinem Kollegen zurückkam. »Sie können aufatmen, Vlassos! Man hat mir versprochen, uns Waffen zu besorgen. Gott sei Dank! Ich hatte schon die ganze Zeit das Gefühl, in Unterhosen herumzulaufen.«

»Wem sagen Sie das, Hauptmann. Der Gedanke, diesem Bastard unbewaffnet gegenüberzutreten, hat mir eine Gänsehaut über den Rücken gejagt.«

»Das kann ich mir vorstellen. Was war denn hier los, während ich weg war?«

Nachdem Vlassos ihm kurz seine Beobachtungen mitgeteilt hatte, schlich sich Karamanlis in der einbrechenden Dunkelheit an das Fenster, hinter dem Norman und Mireille immer noch in ein angeregtes Gespräch vertieft waren. Karamanlis konnte sehen, daß auf ihrem Tisch eine große Landkarte ausgebreitet war. Die beiden waren anscheinend eifrig damit beschäftigt, mit einem Taschenrechner Berechnungen anzustellen und die Ergebnisse auf ein Stück Papier zu notieren ... Karamanlis atmete erleichtert auf, denn alles schien darauf hinzudeuten, daß die Irrfahrt der beiden zu Ende war und sie versuchten, eine Route auszuarbeiten. Es war ihm nämlich nicht wohl gewesen bei dem Gedanken, in der ganzen Türkei spazierenzufahren, in der vagen Hoffnung, irgendwann einmal durch Zufall über Claudio Setti zu stolpern.

Norman hatte zwar das bestimmte Gefühl, der Lösung schon sehr nahe zu sein, aber so einfach war die Sache auch wieder nicht: Ein Element von äußerster Wichtigkeit fehlte noch, um ihren Berechnungen einen Sinn zu geben.

»Alle Achtung, Mireille, wenn du das alles nicht nur geträumt hast, dann werden wir Michels Zielort hoffentlich bald herausfinden. Aber die Geschichte selbst ist natürlich ein Ammenmärchen, sie scheint mir völlig absurd und unrealistisch. Doch wenn auch nur ein winziger Bruchteil davon wahr ist, werden wir später ein tolles Abenteuer zu erzählen haben.«

»Und was machen wir jetzt?«

»Hier, schau mal: Was Michel die ›Achse des Harvatis‹ nennt, ist eine Loxodrome zwischen Dodona und der Oase von Siwa in Ägypten. Sie führt durch die Mündung des Acheron und berührt unter anderem auch Ephyra, das Heiligtum des Olympischen Zeus und Kap Tainaron ...«

»Die zwei Tauben aus dem altägyptischen Theben ...«

»Tauben?««

»Die Geschichte ist von Herodot überliefert und erzählt von der Entstehung der beiden ältesten Orakelstätten der Welt – Dodona und Siwa: Zwei schwarze Tauben haben sich in Theben zur gleichen Zeit auf den Weg gemacht, wobei die eine nach Dodona flog und sich dort auf einer Eiche niederließ, die andere dagegen in Siwa auf einer Palme landete. Später verwandelten sich dann beide in Priesterinnen und riefen die zwei Heiligtümer ins Leben.«

»Hübsche Geschichte ... Nun, wenn du die Unterlagen aus dem Safe mitgenommen hättest, wäre natürlich alles einfacher, aber auch so scheint mir diese Formel gar nicht so schwer zu lösen: ET/TS = 0,37 bezeichnet mit einiger Sicherheit das Verhältnis zwischen den beiden Entfernungen Ephyra-Tainaron und Tainaron-Siwa. Wir können wohl davon ausgehen, daß die Strecke Dodona-Siwa die Basis ist, von der aus wir den Ort namens *Kelkéa* oder *Boùneima* errechnen können. Das Einfachste ist wohl, wenn wir nun mal annehmen, daß wir es mit einem Dreieck zu tun haben. Seine Grundlinie bildet die Achse des Harvatis, und sein Scheitelpunkt könnte doch vielleicht der Ort sein, den wir suchen.«

»Das ist immerhin eine Möglichkeit. Ich hatte noch gar nicht daran gedacht«, bestätigte Mireille, die tief über die Landkarte gebeugt saß und Normans Aufzeichnungen mitverfolgte.

»Wir haben also nur eine einzige Unbekannte: Alfa. So, und wie kommen wir nun auf den dritten Schnittpunkt?«

Als Norman sich eine Zigarette anzünden wollte, zitterte seine Hand vor Aufregung. Er brauchte mehrere Streichhölzer, bis sie schließlich brannte und er einen tiefen Zug nehmen konnte.

»Eine einzige Unbekannte nur, aber das hilft uns auch nichts, verdammt! Für so ein Dreieck gibt es die verschiedensten Möglichkeiten, aber wenn wir von der einfachsten Möglichkeit ausgehen ...« Er schlug sich mit der Hand gegen die Stirn. »Ja natürlich, was für ein Dummkopf ich bin! Das Dreieck muß gleichschenklig sein, dann haben wir auf beiden Seiten zwei gleiche Winkel, und dann ist es auch nicht mehr schwer, den Wert von Alfa auszurechnen.« Er griff wieder nach dem Taschenrechner und murmelte vor sich hin: »180 multipliziert mit 0,37 … ergibt: 66,6 … Okay, wenn dein Harvatis keinen Fehler gemacht hat, dann liegt der Ort, zu dem Michel unterwegs ist, am Scheitelpunkt eines gleichschenkligen Dreiecks, dessen Grundlinie von Dodona nach Siwa führt und auf beiden Seiten einen Winkel von 66,6 Grad aufweist.«

»Norman …«

»Was ist?«

»Sechs sechs sechs … Das ist doch die Teufelszahl, die Zahl aus der Apokalypse.«

»Tut mir leid, Mireille, aber wir sollten es wirklich nicht übertreiben. Meinst du nicht auch, daß wir es hier sowieso schon mit genug Geistergeschichten zu tun haben? Und jetzt brauche ich einen Winkelmesser. Wo, zum Teufel, soll ich den jetzt um diese Uhrzeit herbekommen?«

»Im Schreibwarengeschäft. Es ist noch nicht mal acht, die Läden sind sicher noch offen.«

»Ich bin sofort wieder da«, sagte Norman und rannte zur Tür, kam dann aber noch einmal zurück und fragte: »Weißt du zufällig, was ›Winkelmesser‹ auf türkisch heißt?« Mireille schüttelte den Kopf. »Macht nichts, ich werde mich schon verständlich machen. Und du bleib schön brav hier sitzen. Komm mir ja nicht auf die Idee, abzuhauen!«

Damit sprang er ins Auto und fuhr los.

»Soll ich ihm folgen, Hauptmann?« fragte Vlassos und griff zum Steuer.

»Nein. Er wird sicher gleich zurückkommen. Das Mädchen ist ja noch da.«

Es dauerte über eine halbe Stunde, bis Norman ein Schreibwarengeschäft gefunden und dem Inhaber begreiflich gemacht hatte, was er wollte. Leider mußte er dann aber erfahren, daß der Laden keine Winkelmesser führte. Allerdings schickte der Inhaber ihn zu dem Obsthändler von nebenan, da dessen Sohn Vermessungstechniker sei und ihm sicherlich gern seinen Winkelmesser leihen würde.

»So, und jetzt schauen wir uns mal die Karte an«, keuchte Norman, als er endlich zu Mireille zurückkam. Sorgfältig zog er die Achse des Harvatis nach und nahm dann den Winkelmesser zur Hand, um zweimal 66,6 Grad abzumessen. Als er die Seitenschenkel des Dreiecks aufzeichnete, mußte er erstaunt feststellen, daß der Scheitelpunkt des Dreiecks gar nicht mehr auf ihrer Karte lag.

»Na so was«, meinte Mireille, »wir bräuchten eine Karte, die Griechenland und die ganze Türkei einschließt, wenn nicht sogar den Mittleren Orient.«

»Die Hafenbar!« rief Norman aus. »Sie müssen dort für die Fernfahrer aus dem Balkan eine Karte haben, die das ganze Gebiet abdeckt. Am Zoll von Capitan Andreevo in Bulgarien haben sie auch so eine. Komm, wir wollen es mal versuchen.«

Norman hatte recht. An der Wand der Hafenbar befand sich eine solche Karte mit dem Maßstab 1:800 000. Unter den erstaunten Blicken der anwesenden Gäste zeichneten Norman und Mireille auf der großen Wandkarte die Achse des Harvatis nach. Als die Seitenschenkel des Dreiecks an seinem Scheitelpunkt zusammentrafen, wurde Mireille bleich und wich entsetzt einen Schritt zurück. »O mein Gott … O mein Gott, der Nemrud Dag!«

XXIII

Çanakkale, 13. November, 22.30 Uhr

»Nemrut Dag …«, murmelte Norman, nachdem sie die Bar verlassen hatten und wieder in ihrem Auto saßen, »was ist denn das für ein komischer Ort?«

»Du müßtest ihn doch kennen«, erwiderte Mireille. »Hast du nicht Archäologie studiert?«

»Nur zwei Jahre lang, und das ist schon sehr lange her. Außerdem habe ich mich damals vor allem für die Bauweise der Straßen und Aquädukte des Römischen Imperiums interessiert. Später habe ich das Studium abgebrochen, vor allem, weil die Archäologie mich zu sehr an Athen und meine verlorenen Freunde erinnerte. Ich habe es dann vorgezogen, Journalist zu werden und mich jeden Tag mit einem aktuellen Thema zu beschäftigen.«

»Der Nemrut Dag ist ein sagenumwobener Berg im Taurus-Gebirge, an dessen Fuß das Euphrat-Tal liegt. Auf seinem Gipfel ließ sich im ersten Jahrhundert nach Christus Antiochos IV. Epiphanes von Kommagene ein prunkvolles Grabmonument bauen: Eine fünfzig Meter hohe, steinerne Pyramide mit zwei Seitenterrassen, die von vierzehn sieben Meter großen Kolossen bewacht wird. An ihrer Vorderseite befindet sich ein riesiger Opferaltar. Seit Urzeiten wird der Berg als magischer Ort betrachtet. Eine islamische Legende behauptet, daß dort einst Isaak geopfert werden sollte. In dieser Gegend soll der geheimnisvolle Nemrut, der es gewagt hat, Gott herauszufordern, oft zur Jagd gegangen sein. Und hier hat man auch Spuren vom Volk der Hethiter und von persischer Sternmagie gefunden …«

»Dann wäre das deiner Meinung nach der Ort *Kelkéa* oder *Boùneima?*«

»Davon bin ich überzeugt. Und ich bin auch überzeugt,

daß Michel dorthin unterwegs ist und daß der Tod dort auf ihn wartet, wenn wir nicht rechtzeitig ankommen.«

»Was heißt denn ›rechtzeitig‹? Was genau erwartet uns dort?« fragte Norman.

»Ich weiß es nicht. Ich weiß es wirklich nicht. Doch eines ist sicher: Wir haben keine Minute zu verlieren.«

»Aber wie soll Michel denn von dieser ganzen Geschichte wissen, wenn nur du in dieses Haus eingedrungen bist?«

»Er weiß mit Sicherheit nicht, was dieser Ort zu bedeuten hat. Aber er ist irgendwie dorthin gelockt worden, wie, weiß ich auch nicht. Und er ist nicht der einzige …«

»Was willst du denn damit schon wieder sagen?«

»Er ist … der Widder.«

»O Mireille!«

»Wußtest du, daß Michel am dreizehnten April in Siwa geboren und Sohn eines italienischen Soldaten und einer beduinischen Frau ist? Sowohl das Datum als auch der Ort seiner Geburt stehen im Zeichen des Widders. Doch damit nicht genug. Nachdem er nach Frankreich gekommen war, wuchs er in einem Waisenhaus namens Château Mouton auf, dessen Kinder mit dem Spitznamen ›mouton‹ gehänselt wurden. Michels ganzes Leben ist von diesem Zeichen geprägt.«

»Ich glaube nicht an Astrologie und den ganzen anderen Unsinn.«

»Die beiden anderen Opfer werden der Stier und der Eber sein.«

Norman schüttelte den Kopf. »Ich will dir auf diesem wahnwitzigen Weg nicht folgen, Mireille, denn ich bin ein überzeugter Rationalist. Aber ich will meinen Freund Michel wiederfinden, und daher werde ich ihm mit dir zusammen durch dieses Land folgen. Auch für mich steht viel auf dem Spiel: Claudio hat meinen Vater ermordet, und ich muß ihn wiedersehen, um herauszufinden, ob ich ihm den Kragen umdrehen oder ihn in die Arme schließen will, wenn ich ihm gegenüberstehe. Und jetzt ruh dich aus: Ich werde versuchen, die Nacht durchzufahren.«

Mireille klappte den Sitz nach hinten und schloß die Augen, während Norman mit großer Geschwindigkeit in Richtung Izmir davonbrauste. Von dort aus würde er dann die Straße ins Landesinnere nehmen und die große Hochebene durchqueren: Afyon, Konya, Kayseri, Malatya … Es lag noch ein weiter Weg vor ihnen.

Wenn sie den Zielort ihrer Reise richtig errechnet hatten, dann mußte Michel genau dieselbe Strecke zurücklegen. Da er allein unterwegs war und sicherlich ab und zu anhalten mußte, um ein paar Stunden zu schlafen, bestand sogar noch die Hoffnung, ihn irgendwann einzuholen, wenngleich sein Auto um einiges leistungsfähiger war als ihr Mietwagen.

Während Norman noch seinen Gedanken nachhing, setzte Mireille sich plötzlich ruckartig neben ihm auf und sagte: »Hüte dich vor der Pyramide auf dem Gipfel des großen Dreiecks …«

»Mireille, träumst du etwa?«

»Nein, ich bin vollkommen wach. Vor ein paar Tagen habe ich im Polizeirevier von Athen einen Blick in den Terminkalender von Hauptmann Karamanlis geworfen. Eine Seite darin war mit einem Zeichen markiert, und darauf stand genau dieser Satz geschrieben.«

»Na und?«

»Verstehst du denn nicht? Die Pyramide auf dem Gipfel des großen Dreiecks: Damit ist nichts anderes gemeint als die Grabstätte auf dem Gipfel des Nemrud Dag, der wiederum der Scheitelpunkt des Dreiecks ist, das wir selbst ausgerechnet haben. Dieser Satz will Karamanlis davor warnen, diesem Ort nahe zu kommen! Mein Gott, Karamanlis muß der Eber sein … oder der Stier … Aber wer kann ihn nur gewarnt haben? Wer kann noch von der Gefahr wissen?«

Da die ganze Geschichte ihm immer verworrener vorkam, sparte sich Norman eine Antwort und konzentrierte sich aufs Autofahren. Die Straße führte jetzt steil bergauf, so daß er einen niedrigeren Gang einlegen und voll aufs Gas treten mußte. Der Wagen machte einen kleinen

Sprung, als sie über den Gipfel schossen, und landete dann wieder wohlbehalten auf der Straße.

»Die beiden fahren wie die Verrückten«, meinte Karamanlis, als die Rücklichter des Autos vor ihnen hinter dem Hügel verschwanden. »Sie müssen sich ihrem Tempo anpassen, wenn wir sie nicht verlieren wollen.«

Vlassos trat aufs Gas und sagte: »Keine Angst, Hauptmann, ich lasse sie schon nicht entkommen. Immerhin sind wir noch etwas frischer. Wir haben letzte Nacht geschlafen, während die beiden nur abwechselnd in ihrem alten Karren gedöst haben.«

»Das stimmt zwar, aber vergessen Sie nicht, daß sie jünger sind«, erwiderte Karamanlis mit einem Seufzer.

»Glauben Sie denn, daß sie den Ort ansteuern, den sie auf der Karte in der Hafenbar aufgezeichnet haben?«

»Ja, das glaube ich.«

»Komisch, da irren sie zuerst eine Ewigkeit in der Gegend herum, kritzeln dann eine Landkarte voll und haben plötzlich ein Ziel ...«

Karamanlis schwieg und blätterte gedankenverloren in seinem Kalender. Als er ihn zufällig auf der Seite vom vierzehnten Oktober aufschlug, sprang ihm der unheimliche Satz, den er an jenem Tag aufgeschrieben hatte, förmlich entgegen:

Hüte dich vor der Pyramide auf dem Gipfel des großen Dreiecks.

Es war ein Dreieck gewesen, das Norman und Mireille auf die Landkarte in der verrauchten Hafenbar gezeichnet hatten ... Plötzlich fiel es ihm wie Schuppen von den Augen: Irgendwo dort in den Bergen Anatoliens wartete sein Schicksal auf ihn. Dort würde sich also entscheiden, wer leben durfte und wer sterben mußte. Auf einmal stand auch wieder das schweißüberströmte und schmerzverzerrte Gesicht des *kallikàntharos* auf dem Berg Peristeri vor seinen Augen, durch dessen Mund eine fremde Stimme sprach:

Was haben Sie hier zu suchen, Hauptmann Karamanlis?

Eine ohnmächtige Wut hatte von Karamanlis Besitz ergriffen, als er nun mit der geballten Faust auf seinen Kalender schlug und schrie: »Es ist meine Sache, was ich hier zu suchen habe. Es geht dich einen Scheißdreck an, hast du gehört?«

Vlassos fuhr erschrocken zu ihm herum und stammelte: »Hey, Chef, mit wem reden Sie denn? Ist etwas nicht in Ordnung?«

Karamanlis legte seinen Kalender beiseite und lehnte sich erschöpft zurück. »Nicht in Ordnung? Nein, nein, keine Sorge, es ist mir nie besser gegangen.«

Vlassos schwieg eine Weile und warf ab und zu einen verstohlenen Blick auf seinen Reisegefährten, der mit über der Brust gekreuzten Armen und geschlossenen Augen dasaß.

»Hauptmann«, fing er schließlich wieder an, »wie es aussieht, werden mehrere Leute am Zielort auf uns warten, und wir sind nur zu zweit. Haben wir überhaupt eine Chance? Ich meine, dieser Kerl ist doch schon allein kaum zu bezwingen …«

»Haben Sie etwa Angst, Vlassos? Das brauchen Sie nicht. Sie müssen wissen, daß ich auch in diesem Land viele Freunde habe. Als während des Zypern-Konflikts ein Waffenembargo gegen die Türkei in Kraft war, habe ich ab und zu ein Auge zugedrückt. Es gibt Leute, die das noch nicht vergessen haben.«

»Sie haben den Türken Militärausrüstung geliefert? Aber Hauptmann …«

»Sie sind ein Idiot, Vlassos! Was wissen Sie denn schon über strategisches Denken? Dank meiner Diplomatie wartet in Adiyaman ein Grüppchen bis auf die Zähne bewaffneter kurdischer Guerilleros auf uns, die uns bei der Jagd nach ein paar dollarschweren ›Drogenhändlern‹ unterstützen, die sich oben in den Bergen verschanzt haben. Die toten Drogenhändler gehören uns, die Dollars unseren Helfern, versteht sich. Was halten Sie davon, hm? Dieses

Bürschchen wollte uns allein und unbewaffnet an einen Ort locken, an dem man uns feindlich gesonnen ist. Doch er hat sich getäuscht: Ein Gentleman hat überall Freunde, vergessen Sie das nie. Und jetzt lassen Sie mich schlafen. Ich will erst geweckt werden, wenn Sie die Augen nicht mehr offen halten können.«

Eski Kahta, Ostanatolien, 16. November, 17.00 Uhr

Michel mußte sich gegen eine Hausmauer lehnen, um nicht hinzufallen, nachdem er aus dem Auto getaumelt war. Er hatte die letzten drei Tage nur wenige Stunden geschlafen und war ständig von der Angst gequält worden, vielleicht auch dieses Mal wieder zu spät zu kommen. Zudem hatte er sich aus Müdigkeit mehrmals verfahren und dann noch viel Zeit mit einer Reparatur seines Wagens verloren.

Er wartete, bis er das Gleichgewicht wiedergefunden und die kühle Abendluft seine Lebenskräfte geweckt hatte. Dann ging er auf das Fremdenverkehrsbüro zu, mußte aber feststellen, daß es um diese Jahreszeit schon geschlossen war. Ein kleiner Junge konnte ihm aber wenigstens sagen, wo er den Vertreter der großen Mietagenturen in Izmir, Istanbul und Adana finden konnte. Es handelte sich um einen etwa sechzigjährigen Mann, der eigentlich Gerber war und Michel inmitten eines stattlichen Haufens gehäuteter Schafe empfing. Von ihm erfuhr Michel endlich, daß der Italiener zwar vorbeigekommen sei, aber das Auto noch nicht zurückgegeben, sondern den Vertrag um vierundzwanzig Stunden verlängert habe.

»Wissen Sie vielleicht, wo er hingefahren ist?« fragte Michel.

Der Mann schüttelte mißbilligend den Kopf. »Der Kerl ist verrückt. Er ist in die Berge gefahren, obwohl ich ihn gewarnt habe, daß wir schlechtes Wetter bekommen werden. Er hat mir nicht mal geantwortet und ist einfach auf und davon. Mir soll's egal sein, unsere Wagen sind ja versichert. Soll er doch damit machen, was er will.«

»Wissen Sie, was er dort in den Bergen vorhat?«

»Er will natürlich das Grabmonument besichtigen, was denn sonst? Komisch ist das: So viele Besucher wie dieses Jahr habe ich um diese Jahreszeit noch nie hier gesehen.«

»Wieso, ist sonst noch jemand hochgefahren?« fragte Michel.

»Zwei Männer, vor etwa zwei Stunden.«

»Können Sie sie mir beschreiben?«

»Einer war etwa sechzig, hatte nicht mehr viele Haare auf dem Kopf und einen grauen Schnurrbart. Der andere war jünger, etwa fünfzig, und ziemlich dick. Sie schienen gut ausgerüstet zu sein.«

»Danke«, sagte Michel. »Was glauben Sie, wie weit ich mit diesem Wagen hier kommen kann?« Er zeigte auf sein staubbedecktes Auto.

»Bis fast auf den Gipfel, wenn es nicht zu regen oder – noch schlimmer – zu schneien beginnt. In dem Fall möchte ich nicht an Ihrer Stelle sein.«

»Hoffen wir das Beste ... Also dann – vielen Dank und auf Wiedersehen«, verabschiedete sich Michel.

Dann trat er in einen Laden, der von Olivenöl bis zu Bergschuhen so gut wie alles verkaufte. Michel erstand festes Schuhwerk, eine warme Decke und eine Jacke aus Widderfell. In einer Bäckerei kaufte er noch ein Stück Brot und eine Flasche Wasser und stieg dann wieder in sein Auto, um in einer Staubwolke das um ein Minarett herumgebaute Dörfchen zu verlassen und sich auf den Weg in die Berge zu machen. Der spitze Gipfel des Nemrud Dag zeichnete sich jetzt messerscharf gegen den im Abendrot leuchtenden Himmel ab.

Auf den schmalen Bergwegen tummelte sich eine Schafherde nach der anderen, denn es war die Zeit, in der sie von ihren in bodenlangen Pelzmänteln steckenden Schäfern auf die Winterweiden ins Tal geführt wurden. Bewacht wurden sie von den wilden und gefährlichen Bluthunden aus Kappadokien, denen man traditionsgemäß die Ohren abgezwickt und ein Stachelhalsband umgeschnallt hatte.

Was hatte Claudio auf diesem Berg vor? Einen Moment lang überlegte Michel, ob er sich nicht vielleicht doch getäuscht hatte und einem Gespenst durch ganz Anatolien hinterhergefahren war. Schließlich hatte er Claudio auf dem staubigen und dunklen Hafenplatz nur kurz gesehen. Aber da stand das Bild wieder ganz deutlich vor seinen Augen: Claudio, wie er sich umdrehte und ihm sein von den Scheinwerfern hell erleuchtetes Gesicht zuwandte. Seine Augen waren voller Schmerz, genauso wie an jenem Abend, als Michels Blick vom Gang der *astynomìa* in Athen aus kurz den seinen getroffen hatte. Hatte Claudio vielleicht auch ihn erkannt? War er deshalb so schnell geflüchtet? Oder hatte auch er eine geheimnisvolle Verabredung, die er auf keinen Fall versäumen durfte?

Michel fuhr bis ans Ende der Bergstraße, dann ließ er den Wagen auf dem kleinen Parkplatz stehen, packte eine Decke, etwas Proviant und eine Schachtel Zigaretten in seinen Rucksack und ging zu Fuß weiter. Bei jedem Schritt schien die einbrechende Dunkelheit zuzunehmen, und als er den Blick zum Gipfel hob, war dieser nur noch als eine schwarze Felsnadel zu erkennen, die herausfordernd in den düsteren Himmel ragte. Ein eiskalter Wind war aufgezogen, der in heftigen Böen über das nach den langen Sommermonaten völlig ausgetrocknete Gras hinwegfegte.

Nachdem Michel eine ganze Weile stetig bergauf gestiegen war, siegte schließlich die Erschöpfung über ihn. Als er über einen Stein stolperte, gaben seine Beine sofort nach, und er sackte mitten auf dem holprigen Weg zusammen. Um nicht ungeschützt von dem nahenden Sturm überrascht zu werden, sah er sich suchend um und entdeckte ein Stück weiter oben eine windgeschützte Höhle, zu der er sich mit letzter Kraft schleppte. Sie diente wahrscheinlich den Schäfern der Gegend als sporadische Unterkunft, denn in einer Ecke war aus Heu und Stroh ein Lager bereitet. Michel ließ sich erleichtert darauf nieder, aß ein paar Bissen von seinem mitgebrachten Brot und nahm einen tiefen Zug aus seiner Wasserflasche. Langsam kehrte wieder etwas Leben in seinen Leib zurück, und er beschloß, sich die Nacht über auszuruhen und erst in der Morgendämmerung weiterzugehen bis zum Gipfel. Sicher drohte ihm in seinem Unterschlupf keine Gefahr, denn so spät am Abend würde sich gewiß niemand mehr in die Berge wagen. Er zog schlotternd seine Jacke enger um sich und zündete sich eine Zigarette an. Wie hätte er auch ahnen sollen, daß ihre winzige Glut in der kahlen Landschaft den gleichen Effekt wie ein Leuchtturm auf dem Meer erzielte …

»Hauptmann, Hauptmann, haben Sie das gesehen?«

Karamanlis hatte schon eine ganze Weile auf das spitz zulaufende schwarze Ungetüm gestarrt, das in weniger als einem Kilometer Entfernung über ihnen aufragte: Das riesige Mausoleum von Kommagene. Nun wandte er sich widerwillig zu Vlassos um.

»Was soll ich gesehen haben?«

»Ein Licht, dort unten brennt ein Licht. Sehen Sie doch!«

»Na und? Das wird ein Schäfer sein, der sich eine stinkende Zigarre angezündet hat. Beruhigen Sie sich wieder und versuchen Sie, ein Weilchen zu schlafen. Sobald es hell wird, gehen wir weiter und sehen uns dort oben um. Wir werden ja sehen, ob uns jemand erwartet und wenn ja, welche Absichten er hat. Unsere Freunde werden sicher bald hier sein. Genau wie Katzen sind sie es gewohnt, sich im Dunkeln zu bewegen.«

Vlassos prüfte, ob sein Gewehr geladen war und legte es neben sich auf den Boden. Dann streckte er sich in seinem Schlafsack aus und brummte: »Ich kann Ihnen sagen, Chef, wenn mir jemand zu nahe kommt, ob's nun ein Schäfer ist oder sonstwer, mache ich ihn platt wie eine Flunder. Dieser Ort hier gefällt mir nicht.«

Ganz unvermittelt hörte der Wind auf zu heulen, und auch das ferne Donnergrollen verstummte. Einen kurzen Moment lang herrschte absolute Stille. Dann ertönte plötzlich vom Gipfel des Berges ein übernatürlich schöner Klang, der vielleicht von einer Flöte stammen konnte –

eine unendlich süße, aber auch schmerzliche Melodie umspielte die Felsschluchten, schwebte über die trockenen Wiesen und umschmeichelte die kahlen Zweige der Bäume.

Vlassos richtete sich ruckartig auf. »Was ist denn das schon wieder?«

Auch Karamanlis hatte die Ohren gespitzt, und als die Musik nun lauter und inbrünstiger wurde, sah er sich wie im Traum durch den Korridor der *astonymìa* gehen. Und wie damals vor zehn Jahren hörte er auch jetzt wieder den von Stolz und Einsamkeit kündenden Gesang, der einst durch die massiven Betonwände von Claudio Settis Zelle an sein Ohr gedrungen war …

»Ich weiß, was das ist«, sagte er schließlich ruhig. »Ich habe dieses Lied schon einmal gehört. Es ist eine Herausforderung. Er will uns damit sagen, daß er uns erwartet.«

»Zum Teufel noch mal, ich gehe jetzt da hoch und …«

»Sie bleiben schön hier und rühren sich nicht vom Fleck. Soll er nur spielen … Später, wenn der Rest des Orchesters kommt, wird er allerdings zu unserem Rhythmus tanzen müssen.«

Dieser Rest des Orchesters hatte sich trotz der einbrechenden Nacht auf der Westseite des Berges an den Aufstieg gemacht. Er bestand aus fünf dunkel gekleideten Männern, von denen jeder mit einer Kalaschnikow bewaffnet war. Es mußte sich um Leute aus der Gegend von Jezireh an der irakischen Grenze handeln, denn sie trugen die traditionellen Puffhosen und die Schärpen, die für die Kurden aus dem Süden typisch waren. Mit dem langsamen, aber energischen und nimmermüden Schritt von Leuten, die in den Bergen zu Hause waren, marschierten sie einher, um noch vor dem Morgengrauen an dem mit den beiden Ausländern vereinbarten Treffpunkt anzukommen. Nachdem sie einen schwer zu erklimmenden Felsen überwunden hatten, hob ihr Anführer die Hand und deutete auf etwas, das nur wenige Meter von ihnen entfernt war.

Sie sahen sich nicht wie befürchtet einem größeren Feldlager gegenüber, sondern nur einem einzelnen Mann, der eine Kapuze aufhatte und vor einem Lagerfeuer saß. Langsam ging der Anführer des Trupps auf ihn zu. Das Gesicht des Mannes war dunkel und scharfgeschnitten, Haare und Bart waren schwarz, und das tiefe Blau seiner harten und durchdringenden Augen war selbst in der Dunkelheit noch auffällig. Er trug die traditionelle Kluft der Bauern der Hochebene, und im Schoß hatte er einen seltsamen Gegenstand liegen.

»Ist das Jahr nicht schon zu weit fortgeschritten, um mit deinem Werkzeug noch zu arbeiten Bauer?« fragte ihn der Kurde und deutete auf die Berglandschaft. »Es weht ein heftiger Wind, doch ich sehe kein geschnittenes Getreide, das du mit deiner Worfschaufel bearbeiten könntest.«

Die Augen des Mannes loderten wie eine Flamme, als er sagte: »Du hast recht, *peshmerga,* ich bin auch nicht zur Feldarbeit hier. Nimm deine Männer und kehre um, Freund, und ziehe hin in Frieden. Dies ist eine furchtbare Nacht ...« Er senkte die Augen, und als er sie wieder hob, spiegelte sich der Schein des Lagerfeuers in ihnen. Dann fuhr er fort: »Nein, ich bin nicht hier, um mit diesem Werkzeug, das du für eine Worfschaufel hältst, die Spreu vom Weizen zu trennen, sondern um die Seelen der Menschen im Wind zu zerstreuen, so Gott will ...«

»Es tut mir leid, Väterchen«, sagte der kurdische Soldat, »aber uns erwartet auf diesem Berg eine gute Ernte. Du mußt uns gehen lassen.« Drohend legte er die Hand auf den Griff seiner Maschinenpistole.

Michel hörte von seinem Unterschlupf aus den Schuß, dem ein weiterer und dann eine ganze Gewehrsalve folgten. In einem schier endlosen Echo donnerte sie durch die Schluchten des Nemrud Dag und wurde von den kahlen Felswänden hin- und hergeworfen.

Auch Sergeant Vlassos schreckte von neuem aus seinem unruhigen Schlaf auf und griff sofort nach dem Gewehr: »Heiliger Strohsack! Was ist das denn für eine Musik?«

Karamanlis war nicht weniger erschrocken, als er die Schüsse gehört hatte. Dennoch versuchte er, einen kühlen Kopf zu bewahren und auch seinen Kollegen zu besänftigen. »Nur die Ruhe, Vlassos. In den Bergen hier wimmelt's nur so von Schmugglern, die sich wahrscheinlich des öfteren Schießereien untereinander liefern. Oder die Polizei ist hinter ihnen her. Vielleicht hat auch nur ein Hirte die Schafe eines anderen geklaut und wird von diesem zur Rechenschaft gezogen ... Hören Sie? Es ist doch schon wieder alles ruhig.« Tatsächlich lagen die Berge jetzt wieder in tiefem Schweigen. »Dies ist ein sonderbarer Ort, mein Freund ... Wir sollten aber trotzdem versuchen, noch etwas zu schlafen. Morgen werden wir unsere Mission hier zu Ende bringen und dann nie mehr einen Gedanken daran verlieren. Wenn wir Glück haben, sitzen wir am Samstag schon in einer Taverne der Plaka, lassen uns eine herrliche Bohnensuppe schmecken und trinken frischgekelterten Retsina dazu.«

»Schon allein der Gedanke daran läßt mir das Wasser im Munde zusammenlaufen«, sagte Vlassos sehnsüchtig. »Ich hatte noch gar nicht daran gedacht, daß es schon wieder Zeit für den neuen Retsina ist.«

Norman und Mireille hatten ihren strapazierten Leihwagen in Kayseri gegen einen anderen getauscht und kamen kurz nach Mitternacht in Eski Kahta an. Es regnete heftig, und die staubigen, ungeteerten Straßen des Dorfes hatten sich bald in Schlammbäche verwandelt. Über Lautsprecher wurde vom Minarett aus die Einladung zum letzten Gebet des Tages verkündet, doch als der Muezzin mit seinem Gesang begann, ließ die Begleitmusik des prasselnden Regens diesen wie ein verzweifeltes Weinen klingen.

Nachdem Norman den Wecker seiner Armbanduhr gestellt hatte, versuchten sie beide, ein Stündchen zu schlafen. Als es dann soweit war, setzte Norman sich sofort auf, kurbelte seinen Sitz hoch und startete den Wagen. Bevor er losfuhr, warf er jedoch noch einen langen Blick auf die schlafende Mireille: Sie sah müde und erschöpft aus, unter ihren Augen lagen tiefe Schatten, und ihr Körper war in einen alten Wollpullover gehüllt. Doch trotz allem war sie unglaublich schön ...

Er fuhr die unwegsame Bergstraße so schnell wie möglich hinauf, kam aber wegen der Schlammdecke, die die Straße inzwischen bedeckte, immer wieder ins Rutschen. Während der Fahrt drehte er so lange am Knopf des Autoradios, bis er den englischsprachigen Sender der amerikanischen Militärbasis in Diyarbakir fand. Der Wetterbericht sagte für die Nacht in einer Höhe von über dreitausend Fuß Schnee voraus.

Es war so kalt geworden, daß Hauptmann Karamanlis keinen Schlaf mehr finden konnte. Der eisige Wind hatte einen heftigen Schneehagel mit sich gebracht, und die winzigen Kristalle traktierten sein Gesicht und seine Hände wie mit Nadelstichen. Der Tag war noch nicht angebrochen, der dichte Schnee und der wolkenverhangene Himmel tauchten ihre Umwelt in eine seltsame Helligkeit. Karamanlis war fast überrascht, als er auf die Uhr sah und feststellte, daß es erst fünf Uhr morgens war. Als er aufstand und einen Blick zum Berggipfel warf, schien es ihm, als sehe er dort ein Licht blinken. Nach einer Weile wurde ihm klar, daß es sich um ein Feuer auf der Terrasse vor dem riesigen Mausoleum handelte, dessen Flamme einen rötlichen Schimmer auf die Steinkolosse legte und die zur Ewigkeit erstarrten Wächter noch gespenstischer aussehen ließ. Schwach und kaum hörbar zunächst erklang auch jetzt wieder das Spiel der Flöte, doch langsam steigerte sich ihr trauriges Seufzen zu einem harten und schneidenden Hohnlied, das wie der herausfordernde Schrei eines Raubvogels klang.

Karamanlis wurde von Moment zu Moment unruhiger und beschloß, dem quälenden Warten endlich ein Ende zu machen. Er rüttelte Vlassos aus dem Schlaf und herrschte seinen frierenden und noch etwas verträumten Kollegen an: »Kommen Sie jetzt, Vlassos, es geht los! Der Kerl wartet dort oben auf uns. Bringen wir die Sache hinter uns.«

»Aber Hauptmann, sollten wir denn nicht Verstärkung bekommen?«

Karamanlis senkte betreten den Kopf. »Ja, unsere Leute hätten eigentlich schon seit einer guten Weile hier sein sollen. Sie kennen sich in den Bergen aus wie in ihrer Westentasche und haben sicher auch keine Angst vor dem Schnee, daran kann's also nicht liegen. Ich fürchte eher, daß die Schüsse, die wir vorhin gehört haben ...«

Vlassos riß entsetzt die Augen auf. »Aber Hauptmann, dann ... Ich meine, vielleicht ist es in diesem Fall doch besser, wenn wir umkehren.«

»Sie machen sich in die Hosen, was? Gut, dann gehen Sie doch zum Teufel! Los, hauen Sie schon ab, ich gehe auch alleine hinauf. Anscheinend sind Sie eben doch nur noch ein halber Mann.«

Vlassos unterbrach ihn wütend: »Hey hey, Chef, jetzt reicht's mir aber! Ich habe zwar nur noch ein Ei, aber trotzdem mehr Mut als Sie und der da oben mit allen beiden. Warten Sie nur, ich werd's Ihnen schon zeigen, ob ich ein halber Mann bin oder nicht!« Damit packte er seine Maschinenpistole, schlug mit der flachen Hand den Ladestreifen hinein und wollte losgehen.

»Warten Sie!« befahl Karamanlis. »Es ist taktisch klüger, wenn wir uns von zwei verschiedenen Seiten anpirschen. Die Grabstätte hat zwei vorgelagerte Terrassen, eine im Osten und eine im Westen. Ich steige von hinten im Westen hinauf und werde etwas später als Sie oben ankommen. Sie kommen von dieser Seite. Da Sie einen Infrarotsucher in dem Eisen haben, das Sie da spazierentragen, können Sie diesen Teufel auch aufspüren, wenn er sich versteckt hält. Und noch etwas: Kommen Sie nicht auf die Idee, sich irgendwelche Spielchen mit ihm zu erlauben. Es ist zu gefährlich. Wenn Sie ihn kriegen, legen Sie ihn sofort um, verstanden? Passen Sie aber auf, daß Sie nicht versehentlich mich abknallen. Viel Glück.«

»Das wünsche ich Ihnen auch, Hauptmann. Heute abend verschwinden wir dann mit dem ersten Schiff oder besser mit dem Flugzeug aus diesem Scheißland und saufen uns zu Hause die Hucke voll!« Damit wandte Vlassos sich um und stapfte davon.

Während er mit grimmiger Miene ausschritt, versuchte er, sich soweit möglich im Schutz der dunklen Schatten zu bewegen, die von Felsen oder toten Baumstämmen auf die weiße Schneedecke geworfen wurden. Schon nach einer Viertelstunde sah er die eine der beiden Terrassen auftauchen, über denen sich das riesige Grabmonument erhob. Vorsichtig schlich er sich so weit darauf zu, daß er sie überblicken konnte, ohne selbst gesehen zu werden, und entdeckte etwa in der Mitte der Esplanade ein knisterndes Feuer aus trockenem Gestrüpp. Fast wäre er vor den vom Feuerschein umspielten Kolossen erschrocken. Von seinem Standort aus konnte er nämlich nur ihre riesigen Köpfe sehen, die wirkten, als habe sie jemand mit dem Beil abgehauen.

Vlassos' Nerven waren zum Zerreißen gespannt, als sein Blick jeden Winkel des unheimlichen Ortes nach seinem Gegner absuchte. Plötzlich überzog jedoch ein Lächeln sein Gesicht: Dort saß der Bastard, halb hinter einem Steinblock versteckt! Er trug dieselbe graugrüne, wattierte Militärjacke, mit der Vlassos ihn damals im Keller des Polizeigebäudes gesehen hatte, und er saß leicht nach vorne gebeugt, wahrscheinlich um zu sehen, ob jemand nach oben kam. Langsam hob Vlassos das Gewehr, dessen Infrarotsucher ihm bestätigte, daß Leben im Körper des Mannes war, wenn auch nicht mehr lange … Vlassos zielte mit äußerster Sorgfalt und gab dann schnell hintereinander fünf Schüsse ab. Ohne ein Wort oder einen Schrei sackte die Gestalt zusammen und blieb leblos auf der Erde liegen.

Vlassos konnte nicht mehr an sich halten und stürzte in einem wahren Glückstaumel aus seiner Deckung, wobei er wie ein kleiner Junge nach einem geglückten Streich ausrief: »Hauptmann, Hauptmann, ich habe ihn erwischt! Hören Sie mich? Ich habe ihn umgelegt, Hauptmann!« Doch als er bei seinem Opfer ankam, stockte ihm der Atem: Vor ihm lag eine Puppe, die mit Hilfe eines Gitters aus Holzstäben in aufrechter Stellung gehalten worden war. Daneben fand er ein noch glimmendes Holzscheit, das seine Wärme an die Puppe abgegeben und so den Infrarotsucher von Vlassos' M 16 getäuscht hatte.

Da erklang hinter seinem Rücken auch schon die Stimme, die ihm noch in lebhafter Erinnerung war: »Ich bin hier, *Chìros!*« Bevor Vlassos herumfahren konnte, hatte sich bereits ein Pfeil zwischen seine Schulterblätter gebohrt, dessen Spitze er zu seinem Entsetzen aus seiner Brust treten sah. Taumelnd und mit einem Ausdruck ungläubigen Erstaunens drehte er sich um und wollte mit letzter Kraft seine Waffe heben, doch der andere hatte bereits zur Pistole gegriffen und ihm die rechte Hand zerschossen. Als Vlassos zu Boden stürzte, ergoß sich sein Blut in einem warmen Strom über den Opferaltar.

Sein Blick war noch nicht gebrochen, als er kurz darauf das Gesicht des jungen Mannes über sich auftauchen sah, dem er viele Jahre zuvor in der Athener Polizeizentrale unendliches Leid zugefügt hatte. Ein letzter Lebensfunken ließ ihn die Hand zu einer obszönen Geste heben, wobei er stammelte: »Ich habe deine Frau ...« Doch bevor er weitersprechen konnte, durchschlug ein weiterer Schuß ihm die Kehle. Vassilios Vlassos, genannt *ò Chìros*, hatte in einer eisigen Winternacht sein Leben ausgehaucht.

Die Schüsse hatten Michel aus dem Halbschlaf geweckt, und weiter unten im Tal war Norman abrupt auf die Bremse getreten und hatte den Motor ausgemacht, um sich zu versichern, daß er richtig gehört hatte. Eine Weile lauschte er vergebens, dann fielen kurz hintereinander noch zwei Schüsse. Schließlich aber senkte sich wieder Stille über den Berg, die nur vom Heulen des Nordwinds durchbrochen wurde.

Mireille war ausgestiegen und starrte wie gebannt zum Gipfel, wo sie einen Moment lang das Aufblitzen der Feuersalven zu erkennen glaubte. Als sie eine Gestalt den Bergrücken hinaufgehen sah, in der sie nach einer Weile Michel erkannte, wurde sie von wilder Panik erfaßt. »O mein Gott … Michel!« rief sie verzweifelt und riß winkend die Arme hoch. »Michel … Komm zurück, Michel, ich bin's doch! … Hörst du mich denn nicht?« Doch der Wind trug ihre Schreie unerbittlich mit sich fort.

Hauptmann Karamanlis hatte die erste Gewehrsalve gehört, als er gerade am Rand der westlichen Terrasse anlangte. Auch schien ihm, als habe Vlassos ihm etwas zugerufen, doch er hatte die Worte nicht verstehen können.

Um auf die andere Seite zu gelangen, hatte er zuerst versucht, die Pyramide hochzuklettern, doch er hatte auf ihrem glatten Steinrücken keinen Halt gefunden und war immer wieder abgerutscht. Schließlich beschloß er, sich auf der Südseite des Grabmonuments im Schutz der großen Platten, die den einstigen Prozessionsweg flankierten, voranzupirschen.

Als er endlich auf der dem Wind und dem Schneeregen schutzlos ausgesetzten Terrasse angekommen war, war das Feuer in ihrer Mitte fast erloschen. Vorsichtig tastete er sich an dem großen Steinlöwen entlang, der mit weitaufgerissenen Lefzen das Grab des Königs Antiochos bewachte. Plötzlich packte ihn jedoch maßloses Entsetzen: Vor ihm lag, bereits von einer dünnen Schneedecke überzogen, der steife, leblose Körper seines Kollegen Vlassos …

Da erhob sich aus unbestimmter Richtung eine Stimme, die dunkler war als die Nacht und kälter als der Wind: »Was haben Sie hier zu suchen, Hauptmann Karamanlis?«

Wie aus dem Nichts leuchteten auf einmal zwei eisige blaue Augen in einem von einem Wolfslächeln verzerrten Gesicht vor Karamanlis auf, und in seinem Kopf ertönte lauter denn je die Mahnung des *kallikàntharos:*

Er ist es, der den Tod verwaltet.

Wild um sich schießend, sprang Karamanlis aus seiner Deckung und schrie wie ein Wahnsinniger: »Du verdammter Betrüger bist es gewesen, der mich hierhergelockt hat. Aber dafür wirst du jetzt mit mir in die Hölle kommen!«

Doch das Gesicht des Mannes war schon wieder verschwunden, und während Karamanlis sich noch verwirrt umblickte, donnerte plötzlich eine andere Stimme von oben auf ihn herab: »Karamanlis!«

Als er den Blick hob und gleichzeitig seine Pistole nach oben riß, sah er auf den Knien der kopflosen Zeus-Statue Claudio Setti stehen, der mit seiner Waffe auf ihn zielte. Karamanlis begriff, daß er den kürzeren ziehen würde, falls er zu schießen versuchte, doch da fiel ihm die letzte Karte ein, die ihm noch verblieben war ...

»Nein, schieß nicht! ... Heleni lebt, und ich weiß, wo sie sich befindet!« Er hatte eine Fotografie aus der Tasche gezogen, die er nun in der Luft schwenkte. »Schau doch! Heleni lebt!«

Doch der Wind verwehte seine Worte, ohne daß Claudio ihn hören konnte. Langsam und ohne ein Wort hob er seine Waffe und schoß. Die erste Kugel traf Karamanlis neben dem Schlüsselbein, die zweite schleuderte ihn zwischen die Pranken des steinernen Löwen. Er war tot.

Claudio sprang auf die Erde und warf einen langen Blick auf sein Opfer. Dann sah er an dem Steinlöwen empor und rief: »Vlassos und Karamanlis sind tot, Kommandant!«

Michel war naß bis auf die Haut, seine Kleider waren zerrissen und seine Hände blutig und verschmutzt, als er im selben Moment an der Terrasse anlangte.

»Dein Werk ist noch nicht vollendet!« rief eine Stimme hinter ihm. »Er ist es, der dich verraten hat. Auch ihn mußt du richten!«

Claudio war bleich geworden, hob aber die Waffe gegen Michel, der unbeweglich und mit hängenden Armen stehengeblieben war.

»Claudio, um des Himmels willen: Hör mich an!« rief er, während Tränen über sein Gesicht liefen. »Man hat mich damals getäuscht ... Hör mich doch nur einen Moment lang an, und dann töte mich, wenn du willst. Ich bin dein Freund, Michel ...«

»Wegen seiner Feigheit mußte Heleni sterben. Es ist

nicht recht, daß er lebt!« donnerte da wieder die Stimme, die jetzt zwischen den Pranken des Löwen hervorzukommen schien.

Claudio, der die Pistole hatte sinken lassen, hob sie jetzt wieder und zielte auf Michel, doch in diesem Moment hatten auch Norman und Mireille den Rand der Terrasse erreicht. Während Norman wie versteinert stehenblieb, stürzte Mireille nach vorn und rief in panischer Angst: »Nein, Claudio, nein! Du glaubst, du bist hier, um Gerechtigkeit zu üben, doch in Wirklichkeit sollst du ein Menschenopfer darbringen, das gar nichts mit dir zu tun hat. Du bist dazu auserwählt worden, den Stier, den Eber und den Widder zu opfern! Sieh doch hinter dich, auf die Spitze der Pyramide, sieh doch nur! ... Und laß deinen Freund Michel leben, ich flehe dich an!«

Während Claudio noch dastand und hilflos um sich blickte, ertönte abermals die schreckliche Stimme, die nun von der Spitze der Pyramide zu kommen schien: »Er hat dich betrogen! Du siehst doch, daß er zusammen mit Karamanlis hier heraufgekommen ist.«

Wie im Traum drückte Claudio den Abzug, doch statt eines Schusses war nur ein leises Klicken zu vernehmen: Das Magazin seiner Pistole war leer. Mit einer mechanischen Geste nahm er seinen Bogen aus seinem Schulterriemen, spannte einen Pfeil und zielte direkt auf Michels Brust, während Mireille ihn weinend anflehte: »Sieh doch nur hinter dich auf den Gipfel, Claudio ...«

Michel, der mit weit aufgerissenen Augen dagestanden hatte, schien nun wieder zum Leben zu erwachen und rief voller Wut und Verzweiflung aus: »Tu, was du willst, du hast mich sowieso schon umgebracht! ... Aber glaube mir wenigstens eines: Ich bin nicht mit deinen Feinden hier heraufgekommen, sondern ich habe dich seit langem gesucht, um mich vor dir auf die Knie zu werfen, ... um dich für meine Schwäche um Verzeihung zu bitten und dir zu sagen, daß ich mein eigenes Leben für das Helenis geben würde, wenn es möglich wäre. Doch es ist zu spät ...«

Der Bogen in Claudios Hand zitterte, und als er nun den

Kopf zurückwarf, sah er eine Bewegung auf der Spitze der Grabstätte. »Kommandant …«, rief er laut.

»Ich bin hier, mein Sohn.« Die Stimme klang jetzt ganz nah.

»Kommandant, wie kann ich einen unbewaffneten Mann töten, der mich um Verzeihung anfleht?« Er spürte plötzlich, wie eine mächtige und düstere Präsenz an seine Seite trat, und als er den Blick zur Rechten wandte, stand der Kommandant neben ihm. Seine blauen Augen schimmerten, als ob Tränen darin stünden.

»Du mußt tun, was dein Herz dir sagt … Es gibt keinen anderen Weg für die Menschen … Leb wohl, mein Sohn!«

Er ging ein paar langsame Schritte und war im nächsten Moment verschwunden. Claudio spürte, wie alle Kraft aus seinem Körper wich. Der Bogen entglitt seinen Händen, auch der Köcher und die Pfeile landeten auf der Erde.

»Kommandant!« rief Claudio ein letztes Mal. »Ich habe immer getan, was Sie gesagt haben. Aber das konnte ich nicht tun … Das konnte ich nicht tun.« Weinend ließ er sich auf den Boden sinken und legte den Kopf in die Arme. Im selben Moment schwieg der Wind, und die Morgendämmerung erhob sich über die weite mesopotamische Ebene und legte einen bleichen Schimmer über den Gipfel des Bergs.

Eine ganze Weile blieb Claudio dort niedergekauert, bis die Freunde mit zögernden Schritten auf ihn zutraten, neben ihm niederknieten und ihn mit einer langen Umarmung umfingen, bevor sie sich wieder erhoben und sich auf den Weg ins Tal machten.

Claudio blieb allein mit den Leichen seiner Feinde auf dem weiten Platz zurück. Nach einiger Zeit erhob er sich mühsam, sammelte Bogen und Köcher auf und schlug den ehemaligen Prozessionsweg ein, um sich an der westlichen Seite des Berges an den Abstieg zu machen. Doch plötzlich fiel ihm ein, daß Karamanlis ihm etwas zugerufen hatte, bevor er gestorben war. So kehrte er nochmals um und fand in der Hand des toten Polizisten eine Fotografie.

Claudio nahm sie an sich und las das Datum und den Namen der Ortschaft auf ihrer Rückseite. Dann drehte er sie um und starrte mit ungläubigen Augen auf das wunderschöne, von rabenschwarzen Haaren umrahmte Gesicht des Mädchens. Schließlich steckte er das Bild in die Innentasche seiner Jacke und machte sich auf den Weg.

XXIV

Ephyra, 17. November, 22.00 Uhr

Nachdem er den Tisch abgeräumt und das Geschirr gespült hatte, setzte Ari sich an seinen Arbeitstisch und trug die Zahl der verkauften Eintrittskarten ins Ausgrabungsgelände sowie seine Tageseinnahmen in ein Register ein. Ab und zu hob er die Augen zum Fenster und horchte auf die Straßengeräusche und das kaum noch hörbare Rauschen des fernen Flusses.

Plötzlich klingelte das Telefon. Statt abzunehmen, saß er bewegungslos da und lauschte, bis es dreimal hintereinander je dreimal geläutet hatte und schließlich verstummt war.

Der Alte schloß die Augen und senkte den Kopf, als habe ein unerwarteter Schmerz ihn ergriffen. Nachdem er eine Weile so verharrt hatte, erhob er sich, trocknete sich die Augen, schneuzte sich geräuschvoll die Nase und lenkte seine Schritte entschlossen in die unterirdischen Räume des Nekromanteions. Mit der Schaufel legte er eine Steintafel frei, auf der eine Schlange aufgeprägt war, schob sie zur Seite und stieg über die Treppe, die viele Jahre zuvor auch den bebenden Schritt von Periklis Harvatis aufgenommen hatte, hinunter in die Tiefe. Der Strahl seiner Taschenlampe fiel auf eine Holzkiste, die in einer Ecke verborgen stand. Ari öffnete sie und entnahm ihr eine herrliche Maske aus purem Gold, die das feierliche und majestätische Antlitz eines schlummernden Königs zeigte. Diese trug er in die Mitte des Raums und vergrub sie dort.

»Der Moment, deine lange Reise zu beenden, ist noch nicht gekommen, Kommandant«, sagte er leise. »Es gibt noch immer keinen Ort für ein langes und zufriedenes Altern in dieser Welt, denn die Menschen sind noch immer nicht glücklich ... Du mußt es noch einmal versuchen, vielleicht ist es dann das letzte Mal ...«

Während er zum Gästehaus zurückging, meinte er, hinter seinem Rücken den dumpfen Knall einer zufallenden Steintür zu hören. Sorgfältig ordnete er seine Habe, schloß das Register und legte es in seine Schublade zurück. Dann löschte er das Licht und ging hinaus.

Athen, Bar Milos, 18. November, 20.00 Uhr

»Gut, dann glaubt ihr mir eben nicht! Aber ich sage euch, daß ich das alles nicht erfunden habe und daß hinter dieser Tür die Beweise verborgen sind. Außerdem kannst du mir doch auch keine logische Erklärung für das geben, was wir auf diesem Berg gesehen und erlebt haben. Stimmt's, Norman?« Mireille stand schnell auf und wandte sich zur Glastür, um Norman und Michel ihre Enttäuschung nicht merken zu lassen.

»Mireille, ich will doch nicht sagen, daß du lügst. Aber wir haben viel zu wenige Indizien, und wahrscheinlich wären wir bis ans Ende unserer Tage damit beschäftigt, wenn wir etwas Licht in diese Sachen bringen wollten«, wandte Norman ein.

Mireille drehte sich wieder um und zeigte ihm den Zeitungsartikel, der über den Tod von Vlassos und Karamanlis berichtete. »Hier steht's schwarz auf weiß: Vlassos ist am 15. Mai 1938 in Kerkyra geboren worden – also in einem Ort, der dem Zeichen der Fische zugeordnet ist, beziehungsweise nach den antiken Tierkreiszeichen dem des Ebers, unter dem auch das Orakel von Dodona steht. Karamanlis dagegen ist in Gurà in der Nähe des Berges Killene zur Welt gekommen, der wiederum vom Zeichen des Stiers beherrscht wird. Und wißt ihr, wie sein Kampfname lautete? *Ò Tàvros* – der Stier. Harvatis hat diese Orte in seinem Brief genannt, den er vor zehn Jahren geschrieben hat. Was haltet ihr davon, wenn wir in dieses Haus gehen und den Safe öffnen, damit ich euch die Papiere zeigen kann? Hier, ich habe immer noch die Zahlenkombination!«

Michel nahm den Zettel, den Mireille aus ihrer Brieftasche gezogen hatte, und sah ihn schweigend an. Dann nahm er seinen Kalender zur Hand, schrieb die Zahlen ab und begann, sie mit Zeichen zu versehen.

»Mein Gott, schaut mal!« rief Mireille plötzlich aus.

Norman und Michel standen beide auf und traten an ihre Seite. Ein großer Umzugswagen hatte vor dem Haus in der Dionysìou-Straße 17 geparkt. Zwei Männer waren ausgestiegen, hatten den Rolladen mit einem Schlüssel aufgesperrt, waren ins Innere des Hauses getreten und hatten die Tür wieder hinter sich geschlossen.

»Ich gehe keinen Schritt von hier weg, bevor ich nicht weiß, was dort vor sich geht«, sagte Mireille. »Ihr könnt von mir aus machen, was ihr wollt.«

Während sie abwarteten, was weiter geschehen würde, murmelte Michel nachdenklich: »Wo Claudio wohl sein wird? Wer weiß, ob wir ihn jemals wiedersehen ...«

»Natürlich werden wir ihn wiedersehen««, versetzte Norman. »In Italien, in Frankreich, vielleicht sogar hier in Athen. Er wird sich noch für eine Weile zurückziehen und abwarten, bis unserer aller Wunden geheilt sind. Aber er wird wieder auftauchen, dessen bin ich mir ganz sicher.«

»Wißt ihr was?« fragte Michel. »Als ich dort oben auf dem Nemrud Dag ankam, habe ich Karamanlis etwas rufen hören. Er rief: ›Schieß nicht! Heleni ist nicht tot, sie lebt!‹ oder so ähnlich. Kann denn das möglich sein?«

Norman schüttelte den Kopf. »Das kann ich mir beim besten Willen nicht vorstellen, andererseits halte ich inzwischen so gut wie alles für möglich. Eines ist jedenfalls sicher: Sollte Heleni wirklich noch leben, dann wird Claudio sie finden.«

Eine Stunde später wurde der Rolladen der Nummer 17 wieder geöffnet, und die beiden Männer traten heraus und luden den Wagen mit verschiedenen Kisten voll. Sie wollten gerade wieder losfahren, als Mireille die Tür aufriß und zu ihnen hinüberlief. Michel und Norman folgten ihr.

»Entschuldigen Sie bitte«, wandte sich Mireille mit einem Lächeln an die Männer, »wir würden uns für dieses Gebäude hier interessieren. Wissen Sie vielleicht, ob es zu vermieten ist?«

»Tut mir leid, meine Dame«, erwiderte der jüngere der beiden Männer, »das können wir Ihnen auch nicht sagen. Wir haben nur den Auftrag bekommen, das Gebäude leerzuräumen.«

»Aber der ehemalige Mieter könnte uns vielleicht mehr darüber sagen. Darf ich fragen, wo sie die Einrichtung hinbringen?«

»Nach Piräus. Auf eine Yacht, die noch diese Nacht ablegt.«

»Na, trotzdem vielen Dank«, erwiderte Mireille enttäuscht. Die beiden Männer stiegen in ihren Wagen und fuhren los.

Michel, der bisher schweigend dagestanden hatte, schreckte plötzlich hoch und rannte hinter dem Wagen her. »Halt, warten Sie, einen Moment noch!«

Der Fahrer hatte ihn im Rückspiegel gesehen und hielt an. »Was ist denn noch?« fragte er.

»Hören Sie ... Wenn Sie Ihren Auftraggeber sehen, dann sagen Sie ihm, daß ich ... ich ...« Er hatte sich auf die Unterlippe gebissen und konnte keine Worte finden. »Verzeihen Sie, es ist schon in Ordnung««, sagte er dann mit zitternder Stimme. »Es macht nichts ...«

Nachdem der Umzugswagen am Ende der Dionysìou-Straße verschwunden war, betraten sie alle wieder die Bar.

»Gut«, meinte Norman, »damit wären die Beweise für deine Worte verschwunden, Mireille. Die Wahrheit ist leider, daß wir nur das wissen, was wir mit eigenen Augen gesehen haben. Und das ist einerseits viel, andererseits so gut wie nichts. Ein Mann hat beschlossen, sich für ein schreckliches Unrecht, das ihm widerfahren ist, zu rächen. Ein anderer Mann, dessen Identität völlig im dunkeln liegt, hat ihm dabei geholfen, wofür er sicherlich seine persönlichen Gründe gehabt hat. Die beiden sind nach dem Ritual eines alten Mythos vorgegangen. Das ist sehr merkwürdig, sicher, so etwas kommt nicht alle Tage vor – aber unmöglich ist es nicht. Die menschliche Fantasie kennt schließlich keine Grenzen.«

»Aber dieser andere Mann hatte doch keinen Grund, Michels Tod zu wollen«, wandte Mireille ein. »Außer dem Orakelspruch, der auf der Vase des Teiresias steht.«

»Wir wissen nichts über ihn und kennen daher auch seine Motive nicht«, sagte Norman bestimmt.

»Das stimmt nicht«, schaltete sich Michel dazwischen. »Wir wissen seinen Namen. Er ist in der Zahlenkombination für den Safe enthalten.«

»Ach ja?« fragte Norman verwundert. Auch Mireille hatte sich ihm gespannt zugewandt.

»Seht hier«, sagte Michel und zeigte ihnen den Zettel, auf dem er kurz zuvor die Zahlenkombination notiert hatte. »In Altgriechisch werden die Zahlen mit den Buchstaben des Alphabets geschrieben: Alfa steht für Eins, Beta für Zwei und so weiter. Und jetzt schaut euch das an!«

Norman nahm seinem Freund den Kalender aus der Hand und las:

15 20 19 9 18
o y t i s

„Oýtis ...«, murmelte er kopfschüttelnd. »›Niemand‹ ... Sein Name wäre also Niemand ... Das ist ja ein seltsamer Zufall.«

Sie zahlten ihre Rechnung und gingen in die graue und regnerische Nacht hinaus. Eine Weile liefen sie still nebeneinander her, bis schließlich Mireille das Schweigen brach: »Michel, ich habe in deinem Arbeitszimmer in Grenoble deine Aufzeichnungen gelesen, bevor ich hierher kam.«

»Das hast du mir schon gesagt.««

»Du hast irgendwo eine Bemerkung an den Seitenrand gekritzelt, die mir jetzt wieder in den Sinn kommt. Sinngemäß stand dort: ›An allen Orten im Mittelmeerraum, in denen ein homerischer Held den Tod fand, hat sich später ein Kult entwickelt. Wieso hat es in Ithaka, der Heimat des

Odysseus, nie einen Heldenkult gegeben?‹ Nun, hast du eine Antwort auf diese Frage gefunden?«

Michel schien Mireilles Worte zunächst gar nicht gehört zu haben. Doch plötzlich blieb er stehen und sah sie mit einem seltsamen Lächeln an. »Ja, das habe ich«, sagte er dann. »Odysseus ist niemals gestorben.« Dann ging er schweigend weiter.

Anmerkungen des Autors

In diesem Roman habe ich wie schon in meinen vergangenen Büchern Realität und Fiktion miteinander vermischt. Den realen Hintergrund bilden wichtige Episoden sowohl der jüngeren als auch der älteren Geschichte Griechenlands, und daher möchte ich noch ein paar Erklärungen nachschicken.

Die Passage über die Besetzung des Polytechnikums wurde aufgrund historischer Dokumente nachgestellt, wobei jedoch auch persönliche Erfahrungen und Erzählungen von Personen, denen ich unbedingt vertraue, eingeflossen sind. Allerdings stehen in meiner Darstellung weniger die tatsächlichen damaligen Ereignisse als die Emotionen der Betroffenen im Vordergrund, und die persönlichen Erlebnisse der Romanfiguren sind selbstverständlich frei erfunden.

Die Zitate aus antiken Quellen – einschließlich der Orakelsprüche – sind authentisch. Auch die homerischen Scholien, die sich auf die rätselhaften Orte ›Kelkea‹ und ›Bouneima‹ beziehen, sind überlieferten Texten entnommen. Es ist allerdings wissenschaftlich nicht erwiesen, daß Bouneima mit dem Nemrud Dag gleichzusetzen ist. Zu dieser Annahme wurde ich inspiriert, weil ich vor Jahren – im Rahmen anderweitiger Studien – von Bewohnern dieser Gegend gehört habe, daß es in der Nähe des Berges einen Ort gibt, der in türkischer Sprache ›Rinderweide‹ heißt: Die ethymologische Herkunft von Bouneima könnte sich nämlich aus Bous – ›Rind‹, und *nemo* – ›Weide‹ zusammensetzen. (Eine zweite Möglichkeit wäre, daß sich das Wort aus Bounòs – ›Berg‹ ableitet).

Diese Hypothese bildet also die Grundlage für meinen Roman. Das mathematische Verhältnis zwischen den verschiedenen Abschnitten der ›Achse des Harvatis‹ (auf die ich durch die archäologischen und astrologischen Studien von Richer gekommen bin) ist exakt, wenn auch zufällig bedingt, und auf einem seltsamen Zufall beruht auch die Zahl 66,6.

Als Epilog der Abenteuer des Odysseus galt in der Antike die sogenannte *Telegonie,* die im sechsten Jahrhundert vor Christus von dem kyrenäischen Dichter Eugammon verfaßt wurde. Darin wird erzählt, daß Telegon – der Sohn des Odysseus und der Zauberin Kirke – auf der Suche nach seinem Vater nach Ithaka gelangt und ihn unwissentlich im Duell tötet. (Damit hätte Egammon die Worte aus der Prophezeiung des Teiresias gelöst, in denen es heißt, daß der Tod für Odysseus ›außer dem Meer‹ komme, denn wahrscheinlich kannte er den Teil des Epos nicht, der eine Reise des Helden ins Landesinnere beschreibt. Der *Telegonie* zufolge heiratet Telegon die Penelope, während sich Telemach auf den Inseln der Glücklichen mit Kirke verbindet.)

Es ist wahrscheinlich, daß die *Telegonie* jüngeren Datums als die *Odyssee* und im großen und ganzen Frucht der Fantasie ihres Verfassers ist, basierend auf der Prophezeiung des Teiresias im 11. Gesang der *Odyssee.* Älter und vielleicht direkt im Zusammenhang mit der *Odyssee* stehend dürfte dagegen das verlorengegangene Epos *Thesprotis* sein, wobei die darin vorkommenden Ortsnamen ›Boùneima‹ und ›Kelkéa‹ wahrscheinlich so gut wie alles sind, was uns davon erhalten ist.

Eine Scholie des hellenistischen Dichters Lykophron (Scheer II, S. 253, V. 21) enthält – vielleicht in Nachfolge des Theopompos (Frgm. 354 Jacoby) – den Verweis auf zwei verschiedene Hypothesen über den Tod des Odysseus: Der ersten zufolge ist der Held in Gortyn in Etrurien gestorben und in Pyrgos begraben worden. Nach der zweiten Hypothese dagegen starb Odysseus in einer uns unbekannten Stadt in Epirus, die Eurytana genannt wird. In Wirklichkeit ist sein Ende jedoch völlig ungeklärt.

Die im Roman ausgeführten Ortsschilderungen sind korrekt. Ein paar Freiheiten habe ich mir allerdings in der Beschreibung der Höhlen von Dirou und ihrer Umgebung herausgenommen. Porto Lagos ist heute eine Stadt wie viele andere. Die etwas düstere Beschreibung, die ich hier von ihr gebe, geht auf einen nächtlichen Besuch vor vielen Jahren zurück, als die Stadt noch halb verlassen war.

Zu *Ikarus* hat mich das Programm *Ibicus* von Hewlett-Packard inspiriert, das gerade in Vorbereitung ist.

Eine Straße namens Dionysìou existiert nicht. Jedenfalls nicht unter dieser Bezeichnung …

V.M.M.

Danksagung

Ich möchte den Freunden danken, ohne deren Hilfe und Ermutigung dieser Roman nicht zustande gekommen wäre: Marco Guidi, mit dem mich eine herzliche Freundschaft verbindet, und der in all den Jahren mit seinen wertvollen Ratschlägen nie gegeizt hat. Romolo Biolchini und Silvana Bettelli Biolchini, deren *mens mathematica* die Berechnung der ›Achse des Harvatis‹ und des Nemrud Dag als Scheitelpunkt des Dreiecks zu verdanken ist. Professor Aristide Murru, der mir wichtige Informationen über das moderne Griechenland geliefert hat. Und endlich der ›Logos traduzioni‹ von Modena, die mir freundlicherweise ihre Informatikausrüstung zur Verfügung stellte.

V.M.M.